육구연집

陸九淵集

❸

이 책은 (재)한국연구재단의 지원으로 학고방출판사에서 출간, 유통합니다.

한국연구재단 학술명저번역총서  동양편 619

육구연집

陸九淵集

저 육구연 陸九淵
역주 이주해 · 박소정

❸

學古房

일러두기

1. 이 책은 북경 중화서국(中華書局)에서 출판한 『육구연집』(2014년)을 저본으로 삼았다.
2. 번역문, 원문 순서로 수록하였다.
3. 한자어는 우리말 독음으로 표기한 다음 번역문에는 ( )안에 한자를 넣었고, 각주에서는 우리말 독음을 생략하였다.
4. 원주는 각주에서 【 】로 표기하고 밝혔다.
5. 원문에는 없지만 이해를 돕기 위해 필요한 내용이 있으면 [ ]안에 삽입하였다.

　『육구연집(陸九淵集)』을 세상에 내놓는 데까지 꼬박 4년이 걸렸다. 2014년 한국연구재단 명저번역 지원사업에 선정되어 본격적으로 번역에 착수한 게 2014년 9월이니, 정말 꼬박 4년이다. 처음 선정되었을 때 참으로 많은 생각이 들었다. 육구연이라는 철학자가 세상에 남긴 거의 모든 글이 다 묶여있는 책이 바로 『육구연집』이므로 육구연을 알고자 하는, 혹은 육구연을 연구하는, 혹은 송명 이학(理學) 내지는 심학(心學)을 전공하는 사람들에게 최소한 책임감 있는 번역을 제공해야 한다는 생각에 마음이 무거웠다. 문집 번역은 많이 해봤으나 『육구연집』은 기존의 문집과 그 성격이 판연히 다르므로 반드시 잘 해낼 수 있다는 보장도 없는 터였다. 게다가 분량 또한 압도적이어서, 숱한 고민과 두려움에 쉽게 착수하지 못했다.

　이 책에서 가장 많은 분량을 차지하는 것은 편지글이다. 그는 문하생 및 동료들과 편지를 주고받으면서 학술 토론을 벌였는데, 태어나서 가장 많은 편지글을 번역하면서 편지라는 매체가 이토록 훌륭한 지식의 소통 담체가 되어준다는 사실에 놀라움을 감출 수 없었다. 더구나 그가 주희와 주고받은 논변을 읽으면서, 그들이 과연 어느 지점에서 갈리고 어느 지점에서 합치했는지, 어렴풋이나마 이해할 수 있었다. 간이(簡易)와 지리(支離). 그들은 서로 다른 공부법을 놓고 치열하게 토론하고 공박하였으되 끝내 나이와 견해 차이를 넘어서 우의를 지켜냈다. 천 년 전의 논쟁을 지면으로 감상하면서 나도 모르게 몰입되던 순간이 많았으며, 후대에 이른바 심학(心學), 이학(理學)과 같은 구분 짓기가 과연 무슨 의미가 있는가 되묻기도 하였다.

육구연에 대한 학술적 평가는 뒤에 붙인 해제를 읽으면 될 것이므로 여기서 사족을 붙일 생각은 없다. 그러나 분과학문의 틀에 묶여 번다한 도문학(道問學)을 일삼고 있는 21세기 우리들에게 육구연이 남긴 글귀는 아프게 다가온다. 육경이 내 인생을 주석해야지 왜 내가 육경을 주석하느냐? 오늘날 우리들은 하나의 학술을 놓고 허다한 주석을 달고 있다. 그래야 공부라고 여긴다. 자기 주장과 의견을 세우고, 문파를 이루고, 이를 전승한다. 그래야 번듯한 학자라 여긴다. 육구연이 남긴 글을 번역하는 내내 깊은 성찰을 하게 되었으니, 내게 있어서 아주 고마운 책이라 아니할 수 없다.

마지막으로 독자들에게 고백하고자 하는 바는, 번역의 원래 목적이 읽지 못하는 언어로 되어 있는 글을 이해할 수 있는 언어로 바꾸어냄으로써 원문 없이도 "읽을 수 있게" 해야 하는 것인데, 여전히 번역투를 다 버리지 못해 난삽한 구문이 도처에 보인다는 사실이다. 앞으로 더욱 노력할 것이다.

육구연은 1139년 3월 26일에 태어나 1193년 1월 18일에 세상을 떠났다. 자(字)는 자정(子靜)이며 강서성(江西省) 금계(金溪) 사람이다. 상산(象山)에서 강학했다 하여 사람들은 그를 상산 선생이라고 부른다.

2018년 8월 막바지에
이주해 쓰다

7

8

9

권18

주표奏表

산정관 윤대[1] 차자
刪定官輪對箚子

신이 전모(典謨)[2]의 큰 가르침을 읽어보니 군신지간에 화목하게 정사를 논하면서[3] 서로 논변을 주고받음에 각자의 뜻을 다 펼쳤으되 기피하는 바나 혐의를 사는 바가 전혀 없었습니다. 이에 임금을 모시는 의리란 마음을 다하지 않으면 안 된다는 것을 알게 되었습니다. 당나라 태종(太宗) 즉위 초에 위징(魏徵)[4]은 상서우승(尚書右丞)으

---

1) 次對라고도 한다. 北宋 초기에 待制와 侯對官을 두어 돌아가면서 황제와 대면하여 정사에 관한 논의를 펼치게 한 제도이다. 후에는 文武百官 모두가 輪對에 참여하였다.

2) 『尚書』의 「堯典」과 「舜典」, 그리고 「大禹謨」·「皋陶謨」·「益稷」 각 편을 통틀어 이르는 말이다.

3) 都는 찬미하는 말이고, 兪는 동의하는 말이며, 吁는 동의하지 않는 말이고, 咈은 반대하는 말이다. 이는 堯·舜·禹의 조정에서 정사를 돌볼 때 쓰이던 말인데, 후에 군신지간에 화목하게 정사를 논하는 것을 뜻하는 말로 사용되었다.

4) 魏徵(580~643). 字는 玄成. 秘書監이 되어 조정의 일에 참여하게 되자 학자들을 불러 四部를 교정하고 梁·陳·北齊·北周·隋 5개 왕조의 역사편찬을 주도했다. 그 공으로 광록대부에 임명되었고, 鄭國公에 봉해졌다. 태종은 항상 위징에게 나라를 다스리는 원리에 대해 물었는데, 그는 "임금은 배와 같고 백성은 물과 같다. 물은 배를 뜨게 해주지만 반대로 전복시킬 수도 있다."라는 비유

로 있었는데, 위징이 친척들과 당파를 짓는다며 비방하는 자가 있었습니다. 태종이 온언박(溫彦博)[5]에게 명해 조사하게 하였더니 사실이 아니었습니다. 온언박이 말했습니다. "위징은 신하로서 자신의 행적을 밝히 드러내 혐의를 멀리하지 못하였으니, 비록 마음에 사심이 없었다고는 하나 그 또한 책임이 있습니다." 태종은 온언박을 보내위징을 질책하며, "앞으로는 행적을 잘 간수토록 하라."고 하였습니다. 위징이 알현해 아뢰었습니다. "신이 듣기에 군신이 덕을 같이 하는 것을 일러 일체(一體)라 한다 하였습니다. 그러니 서로 진심을 다해야 마땅합니다. 만약 상하 모두 자기 행실만 잘 간수하려 든다면, 이 나라의 흥망성쇠를 알 길이 없을 것입니다." 태종은 흠칫 놀라며, "내 벌써 후회하고 있다."고 말했습니다. 몇 년 후에 오랑캐 군장이 칼을 차고서 금위(禁衛)에서 숙직 서고,[6] 바깥문을 걸어 잠그지 않으며, 상인들이 들에서 잘 수 있게 된 것은 결코 우연이 아닙니다. 당태종이 폐하 앞에 거론하기에 부족한 인물이지만, 군신지간에 능히 이렇게 할 수 있었기에 그와 같이 성과를 밝히 드러냈던 것입니다.

폐하와 같이 지혜와 용기를 타고난 분이시라면 아랫사람들에게 관대함을 베풀고 아득히 요순 임금의 뒤를 따르는 일도 어렵지 않을 것

로 대답했다. 위징의 간언은 태종이 훗날 貞觀之治를 이루는 데 큰 역할을 했다.

5) 溫彦博(574~637). 字는 大臨. 隋나라에서 관직을 하다가 唐나라에 들어와서도 幽州大都督長史, 中書舍人, 中書侍郎 등을 역임했다. 貞觀 4년에는 中書令으로 승진하였고 10년에는 尙書右僕射로 승진하였다.

6) 『貞觀政要』에 태종이 신하들에게 "[돌궐의] 추장이 칼을 차고서 금위에서 숙직 서고, 부락들이 모두 의관을 착용하여, 나로 하여금 지금에 이르게 한 것은 모두 위징의 힘이다.(其酋長並帶刀宿衛, 部落皆襲衣冠, 使我遂至於此者, 皆魏徵之力也.)"라고 말하는 내용이 나온다.

입니다. 그렇지만 재위하신 지 20여년이 지나도록 태종이 몇 년 동안에 이룩한 성과조차 아직 내지 못하고 계십니다. 판도도 아직 다 수복하지 못하였고, 원한과 수치도 아직 다 갚지 못하였으니, 만백성이 힘을 모아 치욕을 씻는다는 말[7])의 실질에 비추어볼 때 가히 한심하다 이를 만합니다. 그런데도 집정자들은 온화한 모습으로 문서나 재물 출입[8])의 착오 등을 가지고 청탁하러 온 사람들과 주거니 받거니 지치지 않고 어울리고, 제 때 비 내리고 제 때 해 난다며 태평성대를 노래하고 있으니, 신은 참으로 당혹스럽습니다. 신이 매우 두려운 바는, 이런 태도에 오래도록 익숙해지고 몸에 깊이 배어들면, 폐하께서 아무리 강건하다 하실지라도 이에 침식당하지 않을 수 없을 것이라는 점입니다. 봉황이 높이 날 수 있는 것은 양 날개가 있기 때문입니다. 원컨대 폐하께서 오늘날 이 정도의 성취에 만족하지 마시고, 널리 천하의 준걸들을 찾아내, 도를 논하고 나라를 경영하는 직책을 맡기십시오. 그리하시면 당(唐)·우(虞)의 조정에 비해도 부끄럽지 않을 터이니, 당 태종은 실로 폐하 앞에 언급하기에도 부족할 것입니다. 어지를 기다려 움직이겠나이다.[9])

臣讀典謨大訓, 見其君臣之間, 都兪吁咈, 相與論辯, 各極其意, 了無忌諱謙疑. 於是知事君之義, 當無所不用其情. 唐太宗卽位之初, 魏徵

---

7) 원문은 '生聚教訓'이다. 軍民이 마음과 德을 같게 하고 힘을 모아 나라의 부흥을 도모함으로써 치욕을 씻는 것을 가리켜 '生聚教訓'이라고 한다.
8) 원문에 나오는 '期會'란 정해진 기한 내에 정령을 시행하는 것을 말한다. 주로 관부의 재물 출입을 관리하는 일을 말한다.
9) 고대 奏疏의 맨 끝에 사용하던 상투어로서 어지를 기다려 해야 할 바를 결정하겠다는 뜻이다.

爲尙書右丞, 或毁徵以阿黨親戚者. 太宗使溫彦博按訊, 非是. 彦博言: "徵爲人臣, 不能著形迹, 遠嫌疑, 心雖無私, 亦有可責." 太宗使彦博責徵, 且曰: "自今宜存形迹." 徵入見曰: "臣聞君臣同德, 是謂一體, 宜相與盡誠, 若上下但存形迹, 則邦之興衰, 未可知也." 太宗瞿然曰: "吾已悔之." 數年之後, 蠻夷君長, 帶刀宿衞, 外戶不閉, 商旅野宿, 非偶然也. 唐太宗固未足爲陛下道, 然其君臣之間, 一能如此, 卽著成效.

陛下天錫智勇, 隆寬盡下, 遠追堯舜, 誠不爲難. 而臨御二十餘年, 未有太宗數年之效. 版圖未歸, 讐恥未復, 生聚敎訓之實, 可爲寒心. 執事者方雍雍于于, 以文書期會之隙與造請乞憐之人, 俯仰醻酢而不倦, 道雨暘時若, 有詠頌太平之意, 臣竊惑之. 臣誠恐因循玩習之久, 薰蒸浸漬之深, 雖陛下之剛健, 亦不能不消蝕也. 鸞鳳之所以能高飛者, 在六翮. 臣願陛下毋以今日所進爲如是足矣, 而博求天下之俊傑, 相與學論道經邦之職. 將見無愧於唐·虞之朝, 而唐之太宗誠不足爲陛下道矣. 取進止.

두 번째 차자

二

　신은 한나라 무제(武帝)의 「책현량조(策賢良詔)」를 읽다가 이른바 '책임은 크고 맡은 바 직분은 무겁다'는 대목에 이르러 몰래 탄식하며 말했습니다. "한 무제가 어찌 책임이 크고 맡은 바 직분이 무겁다는 말의 뜻을 알겠는가. 진(秦)나라 이래로 치세를 말할 때면 늘 한나라와 당나라를 일컬어 왔다. 하지만 한·당 치세 때는 비록 어진 군주라 하더라도 그저 비루한 것을 답습하고 간략한 데로 나아갔을 뿐, 우뚝 도에 뜻을 둔 자가 없었다. 비루한 것을 답습하고 간략한 데로 나아가는 데 무슨 큰 것과 무슨 무거운 것이 있었겠는가?"

　지금 폐하께서는 우뚝 도에 뜻을 두고 계시니, 진정 책임이 크고 맡은 바 직분이 무겁다 하겠습니다. 천하에 있는 도는 결코 없앨 수 없습니다. 하지만 사람이 도를 넓히는 것이지 도가 사람을 넓히는 것은 아닙니다. 폐하의 양 날개가 아직 완성되지 않은 지금, 황공하오나 폐하의 이러한 뜻은 스스로 완수하기에 아마도 어려울 것입니다. 폐하의 이 뜻이 이루어지지 않는다면, 다스림을 위한 공력도 제대로 세워지지 않을 것이며, 흘러가는 세월 속에서 점차 한나라 당나라 어진 군주 밑에 놓이게 될 것입니다. 신룡(神龍)이 창해를 버리고 풍운을 놓아버린 채 한 척 못 안에서 미꾸라지와 더불어 재주를 겨룬다면, 분명 미꾸라지만도 못해질 것입니다. 원컨대 덕을 존숭하고 도를 즐기는 성심에 더욱 힘을 기울이시어 처음 뜻을 이루시옵소서. 그리한다면 지금 천하의 크나 큰 행운일 뿐만 아니라, 천고에 길이 빛날 광영일 것입니다. 어지를 기다려 움직이겠나이다.

臣讀漢武帝「策賢良詔」, 至所謂'任大而守重', 常竊嘆曰: "漢武亦安知所謂任大而守重者. 自秦而降, 言治者稱漢·唐. 漢·唐之治, 雖其賢君, 亦不過因陋就簡, 無卓然志於道者. 因陋就簡, 何大何重之有?"

今陛下獨卓然有志於道, 眞所謂任大而守重. 道在天下, 固不可磨滅, 然人能弘道, 非道弘人. 今陛下羽翼未成, 則臣恐陛下此心亦不能以自遂. 陛下此志不遂, 則宜其治功之不立, 日月逾邁, 而駸駸然反出漢·唐賢君之下也. 神龍棄滄海, 釋風雲, 而與鯢鰌校技於尺澤, 理必不如. 臣願陛下益致尊德樂道之誠, 以遂初志, 則豈惟今天下之幸, 千古有光矣. 取進止.

세 번째 차자

三

　신은 일찍이 세상에서 가장 어려운 일 중에 사람을 알아보는 것보다 더한 것이 없고, 가장 큰 일 중에 사람을 아는 것보다 더한 것이 없다고 말한 바 있습니다. 임금이 능히 사람을 알아볼 수 있다면 천하에 별다른 일일랑 없을 것입니다. 관중(管仲)은 세 번 전쟁에 나갔다 세 번 도주했고 세 번이나 임금에게 쫓겨났지만, 포숙(鮑叔)은 무엇을 보았는지 소백(小白)으로 하여금 화살에 맞았던 원한을 버리고 감옥에서 풀어주어 재상으로 삼게 하였습니다.[10] 한신(韓信)은 집안도 가난하고 이렇다 할 업적도 없어 관리로 선발되지 못하였습니다. 스스로 사업을 도모하지도 못하고 사람들에게 미움을 받았으며, 빨래하는 어미에게서 얻어먹기도 하고, 바짓가랑이 밑을 기어하는 모욕도 받았습니다. 그러나 소상국(蕭相國)은 무엇을 보았는지 한왕(漢王: 劉邦)으로 하여금 도망친 군졸들 사이에서 기어이 그를 발탁하게 하고, 재계하고 단까지 마련한 다음에 그를 관직에 제수하게 하였습니다.[11] 육손(陸遜)은 오(吳) 땅의 소년 서생에 불과했으나 여몽(呂蒙)

---

10) 이 내용은 『史記』 권62 「管安列傳」에 자세히 보인다. 관중은 公子 糾를 섬겼고, 포숙은 공자 小白을 모셨는데, 서로 견제하고 있던 상황에서 관중은 일찍이 소백을 찾아가 담판을 벌이다가 후퇴하는 척하고 물러나 소백에게 활을 쏘아 치명상을 입힌 바 있다. 후에 공자 糾가 죽고 관중이 사로잡혔을 때 포숙의 중재로 소백은 관중을 용서하고 받아들여 재상으로 삼았다.

11) 이상의 내용은 모두 『史記』 권92 「淮陰侯列傳」에 보인다. 소상국은 蕭何를

은 무엇을 보았는지 손권(孫權)으로 하여금 다른 노장들을 다 제치고 그를 등용하게 하였습니다.[12] 제갈공명(諸葛孔明)은 남양(南陽)에서 농사짓는 오만한 사내였을 뿐입니다. 하지만 서서(徐庶)는 무엇을 보았는지 촉(蜀) 선주(先主: 劉備)로 하여금 먼저 몸을 굽혀 몸소 찾아가 만나보게 하였습니다.[13] 이 네 사람이 거둔 성과만 본다면 그들이 비범한 사인임은 삼척동자도 알 수 있을 것입니다. 하지만 이들이 곤궁하고 불우한 처지였을 때라면, 보통 사람의 식견으로는 아마도 그 비범함을 알아보지 못했을 것입니다.

사람의 지식이란 마치 사다리를 오르는 것처럼 한 계단 오를수록 더욱 넓어지는 법입니다. 위에 있는 사람은 아래 있는 자가 보는 모든 것을 볼 수 있지만, 아래 있는 사람은 절대 위에 있는 사람처럼 볼 수 없습니다. 폐하께서 이 도리를 터득하시어 고금의 인품을 가슴으로 환히 꿰뚫어 보실 수 있다면, 위의 네 사람의 공적 또한 어찌 폐하께 언급할 만한 것이겠습니까? 하지만 봉황으로 하여금 닭이나 오리 떼들 속에서 날개를 접게 하여, 날마다 하찮은 자들과 일하면서 속된 귀 용렬한 눈으로 고금의 시비를 논하게 하고 인물을 품평하게 하신다면, 이는 신이 감히 알 수 있는 바가 아닙니다. 어지를 기다려 움직이겠나이다.

臣嘗謂事之至難, 莫如知人, 事之至大, 亦莫如知人. 人主誠能知人, 則天下無餘事矣. 管仲常三戰三北, 三見逐於君, 鮑叔何所見而遽使小

가리킨다.
12) 이 내용은 『三國志』「吳書」 권13 「陸遜傳」에 보인다.
13) 유비와 제갈공명의 三顧草廬 고사는 『三國志』「蜀書」 권5 「諸葛亮傳」에 보인다.

白置彎弓之怨, 釋囚拘而相之. 韓信家貧無行, 不得推擇爲吏, 不能自業, 見厭於人, 寄食於漂母, 受辱於跨下, 蕭相國何所見而必使漢王拔於亡卒之中, 齋戒設壇而拜之. 陸遜吳中年少書生耳, 呂蒙何所見而必使孫仲謀度越諸老將而用之. 諸葛孔明南陽耕夫, 偃蹇爲大者耳, 徐庶何所見而必欲屈蜀先主枉駕顧之. 此四人者, 自其已成之效觀之, 童子知其非常士也. 當其困窮未遇之時, 臣謂常人之識, 必無能知之理.

人之知識若登梯然, 進一級則所見愈廣. 上者能兼下之所見, 下者必不能如上之所見. 陛下誠能坐進此道, 使古今人品瞭然於心目, 則四子之事又豈足爲陛下道哉? 若猶屈鳳翼於雞鶩之羣, 日與瑣瑣者共事, 信其俗耳庸目, 以是非古今, 臧否人物, 則非臣之所敢知也. 取進止.

네 번째 차자

四

신은 늘 천하의 일 중에는 즉시 도달할 수 있는 것도 있고 오래 길들여야 가능한 것도 있다고 생각해왔습니다. 취지가 다르거나 의론에 실수가 있다 해도 이는 다만 깨닫지 못해서일 뿐, 깨닫기만 하면 즉시 고칠 수 있습니다. 따라서 방향을 정하고 규모를 세우는 일은 오래 기다릴 필요가 없습니다. 이것이 바로 이른바 즉시 도달할 수 있는 일이라는 것입니다. 하지만 오랜 동안 피폐해진 풍속을 구제하고 오랜 동안 무너져 내린 법도를 바로잡는 일은 순임금이나 주공(周公)이 다시 살아난다 해도 하루아침에 뜻대로 되지 않을 것입니다. 오직 방향을 정하고 규모를 세운 다음, 점차 치세에 이르게 할 방도를 천천히 강구하고 긴 시간을 들여 절차탁마한 후라야 큰 변화를 기대할 수 있습니다. 이것이 바로 이른바 오래 길들여야만 가능한 일이라는 것입니다. 하지(夏至) 때에는 양기가 즉시 응하니, 이것이 바로 즉시 도달한다는 것의 징험입니다. 그러나 한겨울은 하루아침에 한여름이 될 수 없으니, 이것이 바로 오래 길들여야만 가능하다는 것의 징험입니다.

무릇 천리에 부합하지 않고 인심에 합당치 않은 모든 일은 반드시 천하에 해를 끼칩니다. 또 징험 또한 확실하여서, 어리석은 자이건 똑똑한 자이건 모두 그것이 잘못되었다는 것을 알 수 있습니다. 그러나 지혜로는 물리를 밝히 알지 못하고 용량으로는 외물을 다 받아들이지 못하는데 어느 날 분에 못 이겨 갑자기 바꾸고자 할 경우, 그

폐해는 종종 이전보다 더 심해지기도 합니다. 그렇다고 해서 후인들이 이를 경계삼아 바꾸어서는 안 된다고 여긴다면, 이야 말로 이른바 뜨거운 국을 조심한답시고 차가운 나물마저 불어 먹고, 목이 막힐까 두려워 먹는 것을 포기하는 꼴이 될 것입니다. 진(秦)·한(漢) 이래로 치도(治道)가 어지러워지고 복잡해진 이유도, 또 전 시대에 견주어 기꺼이 부끄러움을 품은 채 안주했던 이유도 바로 이 때문입니다.

임진년(1172)에 신은 성시(省試)의 대책(對策) 첫 번째 편에서, 옛일의 시비는 전혀 따지기 어렵지 않음에도 불구하고 오늘날 논의를 보면 대부분이 빈 소리나 마찬가지여서 요체로부터 아득히 떨어져있고, 형편 또한 가로막혀 있어 시행할 수 없다고 대략 적은 바 있습니다. 마지막 장에서는 "그렇다면 [夏·殷·周] 삼대(三代)의 정치는 끝내 회복할 수 없는가? 한 아름이나 되는 나무도 싹이 움터 자라난 것이고, 한여름의 더위도 한겨울로부터 차츰 바뀌어 이루어진 것이다. 삼대의 정치인들 어찌 끝내 회복하지 못하겠는가? 지금부터 차츰차츰 해나가야지 갑자기 도달하지 못할 뿐이다. 거친 것을 포용할 수 있는 도량과 맨 몸으로 강을 건너는 용기, 먼 곳을 빠뜨리지 않는 현명함, 벗을 끊을 수 있는 공정함[14]이 있으면, 삼대를 회복하는 일이 어찌 어려울 것인가?"라고 적었습니다. 신이 오늘 폐하를 위해 그 글을 다시금 읊어보기를 청하나이다. 어지를 기다려 움직이겠나이다.

---

14) 『周易』「泰卦」의 九二爻辭이다. "거친 것을 포용하고 배 없이 물을 건너는 사람을 쓰며, 먼 곳을 잊지 않고, 붕당이 없으면 중도에 이를 수 있다.(包荒, 用馮河, 不遐遺, 朋亡, 得尙于中行)"라고 하였는데, '포황'이란 너그럽게 용납하는 것을 말하고 '馮河'란 용감하게 결단을 내리는 것을 말한다. '不遐遺'란 멀리 있는 현인을 빠뜨리지 않는 것을 말하고, '朋亡'이란 친구 사이의 사적인 정을 끊는 것을 말한다. '中行'이란 중도에 맞는 정치를 의미한다.

臣嘗謂天下之事有可立至者, 有當馴致者. 旨趣之差, 議論之失, 是惟不悟, 悟則可以立改. 故定趨向, 立規模, 不待悠久, 此則所謂可立至者. 至如救宿弊之風俗, 正久隳之法度, 雖大舜·周公復生, 亦不能一旦盡如其意. 惟其趨嚮既定, 規模既立, 徐圖漸治, 磨以歲月, 乃可望其不變, 此則所謂當馴致者. 日至之時, 陽氣卽應, 此立至之驗也. 大冬不能一日而爲大夏, 此馴致之驗也.

凡事不合天理, 不當人心者, 必害天下, 效驗之著, 無愚智皆知其非. 然或智不燭理, 量不容物, 一旦不勝其忿, 驟爲變更, 其禍敗往往甚於前日. 後人懲之, 乃謂無可變更之理, 眞所謂懲羹吹虀, 因噎廢食者也. 自秦·漢以來, 治道龐雜, 而甘心懷愧於前古者, 病正坐此.

歲在壬辰, 臣省試對策首篇, 大抵言古事是非, 初不難論, 但論於今日, 多類空言, 事體遼絶, 形勢隔塞, 無可施行. 末章有云: "然則三代之政其終不復矣乎? 合抱之木, 萌蘖之生長也. 大夏之暑, 大冬之推移也. 三代之政豈終不可復哉? 顧當爲之以漸而不可驟耳. 有包荒之量, 有馮河之勇, 有不遐遺之明, 有朋亡之公, 於復三代乎何有?" 臣乃今日請復爲陛下誦之. 取進止.

다섯 번째 차자

五

신이 듣건대 임금은 세세한 일까지 친히 살피지 않는다고 하였습니다. 이 때문에 고요(皐陶)는 화답의 노래를 지어 자질구레하게 굴면 만사를 그르친다는 경계를 드리웠고,[15] 주공(周公)은 「입정(立政)」을 지어 "문왕은 여러 말과 여러 옥사와 여러 삼가는 일들을 겸한 바가 없으셨다."고 칭송하였으며,[16] 당나라 덕종(德宗)이 기읍(畿邑)의 관리와 수령을 직접 선발하려 하자 유혼(柳渾)은 "폐하께서는 성덕을 보좌하라는 의미로 신 등을 뽑으셨으니, 신은 경조윤을 뽑아 큰 교화를 받들어야 마땅하고, 경조윤은 부하 장관들을 찾아 세세한 일을 살펴야 마땅합니다. 경조윤을 대신해 장관을 뽑는 일은 폐하께서 하실 일이 아닙니다."[17]라고 하였습니다. 이 말은 참으로 고요와

---

15) 원문의 '賡歌'란 노래를 서로 이어 부른다는 뜻이다. 『尙書』「益稷」에 보면 "대신들이 즐거우면 임금이 흥하고 백관도 화락하리라.(股肱喜哉, 元首起哉, 百工熙哉)"라고 순임금이 노래하자 皐陶가 "임금님이 밝으시면 신하들도 훌륭하여 만사가 안정되리라.(元首明哉, 股肱良哉, 庶事康哉)"라고 화답하고 또 이어서 "임금님이 자질구레하게 굴면 신하들도 해이해져서 만사가 실패하리라.(元首叢脞哉, 股肱惰哉, 萬事墮哉)"라고 화답했다는 내용이 있다.

16) 『尙書』「立政」에 나오는 내용이다. 『상서』에는 "庶言 · 庶獄 · 庶事"가 아니라 "庶言 · 庶獄 · 庶愼"으로 되어 있다.

17) 柳渾(714~789)은 본명이 柳載이고 字는 夷曠이다. 다른 字는 惟深이다. 貞元年間에 同中書門下平章事에 임명되어 재상이 되었다. 위에서 인용한 내용은 그와 같은 집안 출신인 당나라 문인 柳宗元이 지은 「銀靑光祿大夫右散騎常侍輕車都尉宜城縣開國伯柳公行狀」에 보인다.

주공의 뜻을 잘 터득했다고 할 수 있습니다. 오늘날 천하에서는 쌀이나 소금 같은 세밀한 업무들로 폐하의 귀에 누를 끼치고 있습니다. 그러니 폐하께서 비록 고요나 주공같은 인물을 얻는다 하더라도 무슨 겨를에 그들과 더불어 도를 논하고 나라를 경영하겠습니까?

순경자(荀卿子: 荀子)가 말했습니다. "군주가 요체를 좋아하면 만사가 상세해지고, 군주가 상세한 것을 좋아하면 만사가 거칠어진다."[18] 신이 오늘날의 일을 살펴보니, 장관에게 책임 물어 마땅한 일이 있으면 장관은 이내 "나는 스스로 이 일을 시행하지 못한다."고 말하고, 수령에게 책임 물어 마땅한 일이 있으면 수령 또한 "나는 스스로 그 일을 시행하지 못한다."고 말합니다. 이런 식으로 미루어 올라가보아도 상황은 한결같습니다. 문서를 주고받을 때도 서로를 견제하면서, '사사로움을 방지하기 위함'이라고 말합니다. 하지만 사사로움을 행하는 자들은 바로 이런 것을 이용해 간특함을 숨기면서 사람들로 하여금 힐난하지 못하게끔 만듭니다. 오직 충심을 다하고 힘을 다바치는 자만이 자신의 직분을 완성하고자 하지만, 길이 통하지 않아괴로워하다 끝내 뜻을 이루지 못합니다. 폐하처럼 영명하신 분께서 위에서 노심초사하고 계시지만, 천하에서 행해지는 실제 일인즉 폐하의 뜻처럼 되어가지 못하나니, 이것이 혹 상세함을 좋아하는 탓은 아니겠는지요? 이것은 신이 앞에서 '취지가 다르고 의론에 실수가 있시만 즉시 바꿀 수 있다.'고 말한 그런 것에 해당합니다. 신이 생각하기에 이 실수를 깊이 거울삼아야만 도를 구하고자 하는 뜻을 이룰 수 있고, 사람을 알아보는 현명함에 이를 수 있을 것입니다. 그리되면 폐하께서는 두 손 소매에 넣은 채 아무 일 하지 않으셔도 만사가 다

---

18) 『荀子』「王霸」에 나온다.

상세해질 것입니다. 신 간절한 마음 이길 길이 없습니다. 어지를 기다려 움직이겠나이다.

臣聞人主不親細事, 故皐陶賡歌, 致叢脞之戒, 周公作立政, 稱文王罔攸兼于庶言·庶獄·庶事. 唐德宗親擇吏宰畿邑, 柳渾曰: "陛下當擇臣輩以輔聖德, 臣當選京兆尹以承大化, 尹當求令長以親細事. 代尹擇令, 非陛下所宜." 此言誠得皐陶·周公之旨. 今天下米鹽密細之務往往皆上累宸聽. 臣謂陛下雖得皐陶·周公, 亦何暇與之論道經邦哉?

荀卿子曰: "主好要則百事詳, 主好詳則百事荒." 臣觀今日之事, 有宜責之令者, 令則曰: "我不得自行其事." 有宜責之守者, 守亦曰: "我不得自行其事." 推而上之, 莫不皆然. 文移回復, 互相牽制, 其說曰'所以防私.' 而行私者方藉是以藏姦伏慝, 使人不可致詰. 惟盡忠竭力之人欲擧其職, 則苦於隔絶而不得以遂志. 以陛下之英明, 焦勞於上, 而事實之在天下者, 皆不能如陛下之志, 則豈非好詳之過耶? 此臣所謂旨趣之差, 議論之失, 而可以立變者也. 臣謂必深懲此失, 然後能遂求道之志, 致知人之明. 陛下雖垂拱無爲, 而百事詳矣. 臣不勝拳拳! 取進止.

형문에 부임한 뒤 올리는 감사의 표문

荊門到任謝表

　사관(祠館)[19]으로 기용해주시고 이어 변방 성을 맡겨 주시니, 관리와 백성들을 만나러 오면서 광영과 총애를 받들었나이다. 엎드려 생각건대, 신은 재주도 졸렬하고 학문 또한 단순합니다. 옛날의 도(道)란 반드시 구할 수 있는 것이라 여기어 어리석은 마음을 다 바쳐가며 자신했으며, 스스로 흡족해 하는 것에 마음을 쏟으며 거짓 신는 것을 부끄러워했습니다. 과거에 가까스로 붙는 오명을 남겨 중임을 받지는 못하였으나, 거듭 상주하여 천거 받은 덕에 외람되이 큰 길에 나아가게 되었습니다. 신은 처음에 성균(成均)에서 교정 일을 하였고, 뒤이어 서국(書局)에서 편집 일을 하였는데,[20] 5년이라는 긴 시간 동안 부끄럽게도 한 가지 기이한 계책도 내놓지 못하였습니다. 상희전(祥曦殿)에서 윤대할 기회를 주셨을 때에는 외람되이 성상의 칭찬을 받

---

19) 육구연은 淳熙 13년(1186)에 將作監丞에 제수되었다가 얼마 후에 台州崇道觀을 주관하게 되었는데, 여기서 '祠館'이라 표현한 것은 바로 이 기간 동안 맡았던 직책을 가리킨다. 이를 일러 '祠祿'이라 하는데, 대신이 관직에서 물러나면 예우 차원에서 食俸을 하사한 것을 가리키며, 관직명이긴 하나 실제 직책은 없었다. 『宋史』권161 「職官志十」에 "송나라 제도에서는 사록이라는 관을 설치하여 노인을 편히 모시고 현자를 우대했다. 그 전에는 인원수가 적었으나, 희녕연간 이후로 더 많이 두었다.(宋制, 設祠祿之官, 以佚老優賢, 先時員數絶少, 熙寧以後乃增置焉.)"라는 기록이 보인다.

20) 육구연은 淳熙 9년(1182)에 國子正에 제수되어 그해 가을 國學에 나아갔으며, 겨울에 敕令所 刪定官에 임명되었다. 여기서 成均이라 한 것은 國學을 가리키고, 書局이라 한 것은 敕令所를 가리킨다.

앉고, 동성(東省)21)에 모여 언쟁할 때에는22) 두터운 은혜를 감히 거스르기도 했습니다. 다시금 빛나는 해를 우러르며 낮은 곳에 엎드린 채 기뻐할 수 있게 되었기에, 미약한 힘이나마 채찍질하여 이 찬란한 시대에 힘을 바치고자 하옵니다.

[이곳에는 옛날] 기주(基州)와 옥주(玉州)23)가 있었고 경내에는 저하(沮河)와 장하(漳河)가 흐릅니다. 장강을 끌어안고 한수를 두르고 있으며, 촉(蜀)을 손으로 쥘 듯하고 회수(淮水)를 가까이서 어루만질 듯하니, 어찌 옛날의 전쟁터이기만 하겠습니까? 실로 오늘날 공수(攻守)에 있어서의 요지라 할 수 있습니다. 정치란 영명한 준걸이 나와 원대한 계획을 보좌해야 마땅한 것이거늘, 외람되이 지치고 노둔한 이 몸이 망령되이 책임을 위탁받게 되었습니다. 아마도 순임금 우임금과 같은 도를 지니고, 탕왕 문왕에 버금가는 덕을 지니신 황제 폐하께서 삼준(三俊)24)을 밝히 보는 마음과 구덕(九德)25)에 나아가는

---

21) 송나라 때 東省은 祕書省을 가리킨다. 서적을 관리하고 문서 업무를 담당했다.
22) 『左傳』「定公 4년」 조에 "회합이 잘되기가 매우 어려운 데다 언쟁이 일어나면 아무도 다스릴 수가 없다.(會同難, 嘖有煩言, 莫之治也.)"라는 말이 나온다. 따라서 '嘖煩'이란 언쟁을 그치지 않는 것을 말한다.
23) 육구연이 부임한 荊門은 隋나라 玉州, 당나라 때에 基州로 불렸다.
24) 剛과 柔와 正直 세 가지 덕을 갖춘 사람을 가리킨다. 『尚書』「立政」에 "영원히 크게 법이 있어 세 가지 일에 임명된 사람들과 세 사람의 뛰어난 인재를 등용할 수 있다.(嚴惟丕式, 克用三宅三俊.)"는 말이 나오는데, 孔穎達은 『疏』에서 "삼준이란 「홍범」에서 말한 굳셈으로 이김, 유함으로 이김, 그리고 정직함 세 가지 덕을 가진 인재를 말한다.(三俊卽是洪范所言剛克, 柔克, 正直三德之俊也.)"고 설명했다.
25) '九德'에 대한 설명은 여러 가지가 있으나 여기서는 『尚書』「皐陶謨」에 나오는 설명을 염두에 둔 것 같다. "고요가 말하기를, 너그러우면서도 장엄하며, 부드러우면서도 꼿꼿하며, 삼가면서도 공손하며, 다스리면서도 공경하며, 익숙하면서도 굳세며, 곧으면서도 온화하며, 간략하면서도 모나며, 굳세면서도 독실하며,

행실, 물려받은 정밀함과 타고나신 광대함으로 비축해두었던 재목을 수소문하고, 실무를 시험하시기 위해 아래에 명을 내리신 덕분에 발탁될 수 있었을 것입니다. 그러니 신 어찌 감히 처음 마음을 더욱 면려하여, 한 치나마 위로 원대한 책략에 보탬이 됨으로써 조금이나마 보답하지 않을 수 있겠습니까. 신 감당할 길 없나이다.[26]

起之祠館, 畀以邊城, 來見吏民, 祗承光寵. 伏念臣才由拙短, 學以樸專, 必古道之可求, 竭愚衷而自信, 用情所愜, 載僞是羞. 頃玷末科, 未更煩使, 薦塵薦刻, 遽忝周行. 初紏正於成均, 繼編摩於書局, 坐閱五年之久, 慚無一策之奇. 賜對祥曦, 誤蒙聖獎, 嘖煩東省, 反冒優恩. 仰麗日之重明, 伏下風而增怵. 固願鞭其綿力, 以自效於昌時.

基玉維州, 沮·漳在境, 擁江帶漢, 控蜀撫淮, 豈惟古爭戰之場, 實在今攻守之要. 政須英傑, 以佐規恢, 敢謂疲駑, 濫膺委寄. 兹蓋伏遇皇帝陛下, 道同舜·禹, 德配湯·文, 灼三俊之心, 迪九德之行, 精微得於親授, 廣大蔚乎天成, 以搜訪儲材, 以試用責實, 肆令凡下, 亦被甄收. 臣敢不益勱素心, 庶幾尺寸, 上裨遠略, 附近涓塵. 臣無任.

강하면서도 의를 좋아하는 것이니, 몸에 드러나고 시종 떳떳함이 있는 것이 길한 사람입니다.(皐陶曰, 寬而栗, 柔而立, 願而恭, 亂而敬, 擾而毅, 直而溫, 簡而廉, 剛而塞, 强而義, 彰厥有常, 吉哉.)"

26) '無任' 혹은 '不勝'은 편지나 상소문, 표문 등의 맨 끝에 붙이는 일종의 敬語이다

성의 축조를 부탁하기 위해 묘당에 올리는 차자
與廟堂乞築城箚子

참람함을 무릅쓰고 아뢰올 말씀이 있나이다. 『상서』에 이르기를, "미리 준비하면 우환이 없다."[27]고 하였고, 『예기』에 이르기를 "준비를 잘 한 일은 성공한다."[28]고 하였습니다. 형문(荊門)은 장강(長江)과 한수(漢水) 사이에 있으며, 사방이 모여드는 곳입니다. 남으로는 강릉(江陵)을 막고 있고 북으로는 양양(襄陽)을 쥐고 있으며, 동으로는 수주(隨州)와 영주(郢州)의 위협으로부터 보호하고 있고, 서로는 광화(光化)와 이릉(夷陵)이 치고 올라오는 것을 지키고 있습니다. 형문이 공고하면 사방 이웃에 믿을 바가 생기고, 그렇지 못하면 복심(腹心)이 위협당할 근심이 생깁니다. 당주(唐州)의 호양(湖陽)으로부터 산을 따라 가다보면 한수와 만나는 곳이 벌써 형문의 옆구리에 닿아있고, 등주(鄧州) 성으로부터 한수를 따라 가다보면 산으로 향한 곳이 어느새 형주의 배에 닿아 있습니다. 이 길 말고도 내달릴 수 있는 샛길이나 배 저을 수 있는 나루, 말이 달리기에 충분한 비탈길이나 수레바퀴조차 젖지 않을 만큼 야트막한 여울이 얼마든지 많습니다. 우리가 먼저 기이한 책략을 내서 승리를 제압함으로써 적군의 옆구리나 배를 칠 수 있는 것도 바로 이 때문입니다. 일을 제압하는 데 능하면 언제나 이로움은 우리에게 있고 우환은 저쪽에 있습니다. 그

---

27) 『尙書』「說命」에 나오는 말이다.
28) 『禮記』「中庸」에 나오는 말이다.

러나 능하지 못하면 그 반대가 됩니다. 『손자병법』에서 이르기를, "적이 우리를 이길 수 없게 하고, 적을 이길 수 있을 때를 기다려야 한다."[29]고 하였고, 또 "적이 오지 않는 것을 믿지 말고 내게 대비책이 있음을 믿어야 한다. 적이 공격하지 않을 것을 믿지 말고 내게 적이 공격하지 못하게 할 방도가 있음을 믿어야 한다."[30]고 하였으니, 우환을 없애고 이로움을 얻기 위해서는 만일의 경우에 미리 대비해야 함을 말한 것입니다.[31] 형문이 비록 사방 산으로 에워싸여 있어 방어에 유리하고, 4천 명에 달하는 의용군도 씩씩하여 쓸 만하긴 하지만, 본래부터 성벽이 없어 곳집이나 관부의 창고에 사슴이 나타나기도 합니다. 이전부터 [이곳] 수령들이 자성(子城)을 축조하고자 하였으나, 경비 때문에 꺼려져 쉽사리 시행하지 못하였습니다. 그러나 제가 생각하기에 군(郡)에 성곽이 없다면 내지일지라도 불가하거늘, 하물며 변방인데 되겠습니까? 평상시에 준비 태세를 갖추어 놓고 자물쇠를 단단히 잠그고 있지 않는다면 민심을 잡고 난폭한 침입자를 상대할 방도가 없습니다. 만일 위급한 상황이 발생한다면, 창고에 비축되어 있는 보잘 것 없는 것으로는 적을 불러들이기에 딱 좋을 뿐입니다. 그때 닥칠 우환과 피해는 산더미보다 더 할 것이니, 지금 들어가는 비용과 용역은 그에 비하면 털끝밖에는 되지 않을 것입니다. 털끝만큼의 비용을 아끼려고 산더미 같은 피해를 소홀히 한다면 지혜롭다 말하기 어려울 것입니다. 어느 날 갑자기 만일의 사태가 발생했을 시, 그 허물을 누가 지겠습니까?

---

29) 『孫子兵法』「軍形」에 나오는 말이다.
30) 『孫子兵法』「九變」에 나오는 말이다.
31) 『左傳』「文公 6년」 조에 보인다. "만일의 경우에 미리 대비하는 것은 매우 훌륭한 일이다.(備豫不虞, 善之大者也.)"

저는 지난 겨울에 안무사(按撫使) 관부에 망령되이 이러한 사실을 고하고 이 일을 할 수 있게 해 달라 청을 올렸습니다. 얼마 후에 안무사로부터 격문(檄文)이 내려왔는데, 관리를 두고 국(局)을 설치해 곧장 성을 쌓으라는 명령이었습니다. 겨울이 끝나기 전에 성을 쌓으면 땅이 견고하여 오래 버틸 수 있을 것이기에 12월 4일에 바로 일을 시작했습니다. 다행히 날씨도 청명하였습니다. 백성들이 한 마음이 되어 일함에, 그믐날 20일 이전에 공사를 마칠 수 있었는데, 규모가 자못 웅장하여 고을 사람들이 매우 흡족해하였습니다. 나약한 작은 성채가 해마다 이어진 전송과 영접으로 재력이 고갈되고, 그간 쌓인 정무 또한 많았던지라 겨우 이 정도밖에는 할 수 없었습니다. 벽돌을 쌓고 섬돌을 두르고, 문을 세우고 누대를 설치하려면 들어갈 비용이 아직도 많습니다. 현재까지 10장(丈) 정도 성을 에워쌌고, 모퉁이에 대(臺)를 쌓아 올린 곳이 한 곳, 적을 감시하는 망루를 세운 곳이 한 곳입니다. 이로써 계산해보건대 3만 민(緡)은 들어가야 할 것 같습니다. 본 군(軍)에 매명은(買名銀)이 1만 7천 냥 남짓 있지만 상평(常平)에 예속되어 있고, 전문 조약에 묶여 있기 때문에 마음대로 사용할 수 없습니다. 장관[32] 나리께 바라옵건대, 특별히 상주해 주시어 액수 내에서 은 5천 냥을 꺼내 섬돌 두르는 비용으로 충당하게 해주시옵소서. 성벽이 새로 수리되어 형세가 더욱 장엄해지면, 간사한 적들의 계략이 꺾일 것이요 백성들은 의지할 곳이 생길 터이니, 실로 무궁한 이득이 될 것이옵니다. 생각건대, 커다란 아량으로 담장이나 다를 바 없는 이 변방 성을 염두에 두시고, 우환을 생각하시어 미리 방비할 계책을 오래 전부터 가지고 있으셨을 것입니다. 제가 이 글을

---

32) 원문의 '鈞慈'는 仁厚와 慈愛를 뜻하는 말로 황제 혹은 長官에 대한 敬稱이다.

다 마치기 전에 이미 광망하고 어리석은 언사는 가려내셨겠지요.

　某僭有白事. 『書』曰: "有備無患." 『記』曰: "事豫則立." 荊門在江漢
之間, 爲四集之地. 南捍江陵, 北援襄陽, 東護隨·郢之脅, 西當光化·
夷陵之衝. 荊門固則四隣有所恃, 否則有背脅腹心之虞. 由唐之湖陽以
趨山, 則其涉漢之處, 已在荊門之脅. 由鄧之鄧城以涉漢, 則其趨山之
處, 已在荊門之腹. 自此之外, 間道之可馳, 漢津之可涉, 坡陀不能以
限馬, 灘瀨不能以濡軌者, 尙多有之. 自我出奇制勝, 徼敵兵之腹脅者,
亦正在此. 善制事者, 常令其利在我, 其患在彼, 不善者反之. 『法』曰:
"先爲不可勝, 以待敵之可勝." 又曰: "無恃其不來, 恃吾有以待之. 無
恃其不攻, 恃吾有所不可攻." 謂能銷患致利, 備豫不虞也. 荊門雖四山
環合, 易於備禦, 義勇四千, 强壯可用, 而素無城壁, 倉廩府庫之間麋鹿
可至. 累政欲修築子城, 畏憚其費, 不敢輕擧. 某竊謂郡無城郭, 使在
內地, 尙且不可, 況其在邊? 平居形勢不立, 局鑰不固, 無以係民心, 待
暴客. 脫有緩急, 區區倉庫之儲, 適足以啓戎召寇, 患害之致, 何啻丘
山. 權今費役, 曾不毫末. 惜毫末之費, 忽丘山之害, 難以言智. 一旦有
警, 誰執其咎?
　某去冬妄意聞于帥府, 請就此役. 尋得帥檄, 令委官置局, 徑自修築.
欲趁冬, 土堅密, 庶幾可久. 已於十二月初四日發手, 亦幸天氣晴霽, 人
心齊一, 臘前兩旬, 土工畢事, 規模稍壯, 邦人慰滿. 小壘綿薄, 仍歲送
迎, 事力殫竭, 累政之積, 僅足辦此. 會計用甎包砌, 立門施樓, 其費尙
多. 目今見已包城十丈, 砌角臺一所, 建敵樓一座. 以此計之, 猶當用緡
錢三萬. 本軍有買名銀一萬七千餘兩, 隷在常平, 稽之專條, 不可擅用.
欲乞鈞慈, 特爲敷奏, 於數內撥支銀五千兩, 應副包砌支用. 使城壁一
新, 形勢益壯, 姦宄沮謀, 民心有賴, 實爲無窮之利. 伏想鈞懷, 垂念邊
城, 不異牆屛, 思患豫防, 久有廟算. 擇狂聽愚, 當不待辭之畢也.

권 19

기記

경재기
敬齋記

　고인이 자신의 몸으로부터 가국(家國)과 천하에 이르기까지 부끄러움이 없을 수 있었던 것은 본심을 잃지 않았기 때문이다. 오늘날 현(縣)을 다스리는 자들인들 어찌 그 마음이 이와 같지 않겠는가? 그러나 간혹 외부의 힘에 막히고 관습에 젖다보면 이 마음을 거의 찾아볼 수 없게 된다. 서리가 멋대로 굴며 근엄하지 못해도 그래야 일을 처리할 수 있다 말하고, 백성이 곤궁하여 소생하지 못할 지경이 되어도 그래야 공가(公家)가 넉넉해질 수 있다고 말한다. 권세 높은 귀인이나 힘 센 부자일 경우 아무리 간악한 짓을 해도 다스리지 않고, 가난하고 야위고 믿을 사람 없고 힘없는 사람일 경우 아무리 정직해도 믿어주지 않는다. 이는 이미 예삿일이 되었다. 백성을 어루만지고자 하는 뜻에서 천자의 조서가 내려오면 이를 받들어 엎으려 배독하지만, 눈 하나 까딱 않은 채 '어찌 나 혼자만의 책임이겠는가?'라고 말한다. 서리가 멋대로 굴며 엄숙하지 못한 것이나, 백성이 곤궁하여 소생하지 못할 지경에 이른 것이나, 간악한 자 다스리지 않고 정직한 자 믿어주지 않는 것이나, 천자의 백성 어루만지는 뜻을 백성에게 베풀지 않는 것이나, 이 모두가 어찌 본심이겠는가? 어쩌면 상황이 그리 만든 것이리라.

아직 멀리 가지 않았을 적에 평소 고요히 생각해보다가 혹시라도 마음에 와 닿은 바가 있다면, 그 마음에 어찌 부끄러움이 없을 수 있겠는가? 그러나 같은 이익끼리 맞붙고 같은 물결끼리 부딪혀 자신의 행위를 천하의 달도(達道)라고 여기게 된 결과, 바른 말을 헐뜯고 곧은 사인을 원수로 대하게 된다면, 이 마음은 어쩌면 사라져버릴 지도 모른다. 사람이 금수와 다른 바가 많지 않지만, 보통 사람은 이를 없애고 군자는 이를 지킨다. 이 마음이 혹시라도 거의 사라져버릴까, 나는 그것이 두렵다! 천지 귀신은 무고할 수 없고, 어리석은 사내와 아낙은 속일 수 없다. 이 마음이 혹시라도 거의 사라져버릴까, 나는 그것이 두렵다! 황종(黃鍾)과 대려(大呂)를 안에 펼치면 모든 생물에 싹이 움튼다. 태주(大簇)로써 연주하고 협종(夾鍾)으로써 도우면 비록 돌과 기왓장으로 누르고 겹겹의 집으로 가린다 하더라도 반드시 도달하게 되어 있다. 분명 존재하고 있는 이 마음이 제대로 길러질 수만 있다면, 외부의 힘이 어찌 그것을 막을 수 있겠는가?

귀계(貴溪)는 신주(信州)에 속한 큰 현으로 면적이 백 리에 달하며 백성도 많고 업무 또한 번다하다. 기양(曁陽) 오 공(吳公)께서 이곳 현재(縣宰)로 계신다. 서리들이 근엄하지만 처리되지 않은 일이 없고, 백성들이 소생했지만 공가가 부족한 적이 없다. 간악한 자 다스리고 정직한 자 믿어주니, 백성들이 기뻐한다. 그럼에도 여전히 천자의 백성 어루만지는 뜻을 펼치지 못할까 늘 두려워하고 있으니, 이는 본심으로부터 발현되어 외부의 힘 따위에 막히지 않아서가 아니겠는가? 공은 막 도착하자마자 학교를 수리하고 유자를 스승으로 모셔와 매우 공손히 예를 올렸다. 나도 몇 번이나 예우를 입었지만 감히 받들지 않았다. 지금 치소의 동쪽 모퉁이에 재실을 짓고 '경(敬)'이라 이

름 붙였다. 내게 거듭 기문(記文)을 청해오는 것을 보니, 도 있는 자
를 경모하는 마음은 따라가지 못할 듯하다.

나는 부형과 사우(師友)들로부터 도란 마음 바깥에 있지 않다고 들
었다. 하고자 하는 바를 가능케 하는 선(善)에서부터 크게 만물을 화
육하는 성(聖)과 성스러우면서 알 수 없는 신(神)[1]에 이르기까지, 모
두가 내 마음이다. 마음이 하는 일은 모든 생물로 하여금 황종과 대
려의 기운을 얻게 하고, 이를 잘 길러 반드시 도달하게 하며, 기왓장
이나 돌이 누르지 못하게 하고, 겹겹의 집이 가리지 못하게 한다. 그
런즉 자신에게 있는 것을 미루어 커다란 선으로 만물을 화육하는 경
지에 이를 수 있게 하는 것의 근본이 바로 '경'인 것이다. 어찌 현을
다스릴 때만 쓰이겠는가. 비록 그렇긴 하나, 그것의 폐해를 몰라서는
안 된다. 이 마음의 잡풀은 외물과 접촉하는 초기에 싹이 터서 베어
내지 않는 틈에 자라나고, 소홀히 여기는 틈에 뿌리내리며, 황급히 내
달리는 동안 무성해진다. 깊이 드리우고 빽빽이 뒤덮는 통에 좋은 새
싹이 성장하지 못한다. 실질에 드러난 것은 쉬이 뽑아낼 수 있지만
모습이 감추어진 것은 살피기 어렵다. 경에 힘쓰는 사람이라면 더욱
이 이를 구분하지 않을 수 없다. 공께서도 조심하시라. 내 비록 불민
하지만 훗날 함께 강학하는 자리에서 배움을 청해 오시길 바라는 바
이다.

---

1) 『孟子』「盡心下」에 보이는 내용이다. "자기가 바라는 것을 타인도 가지게 하는
   것을 선이라 한다. 선을 자신이 소유하고 있는 것이 믿음이다. 그 선이 충실하
   면 아름답다고 한다. 충실한데다 광채가 있다면 대인이다. 선이 크고 그것이
   만물을 화육하게 한다면 성인이다. 성스러우면서 알 수 없는 것을 신이라 한
   다.(可欲之謂善, 有諸己之謂信, 充實之謂美, 充實而有光輝之謂大, 大而化
   之之謂聖, 聖而不可知之之謂神.)"

공은 이름이 박고(博古)이고 자(字)는 민숙(敏叔)이다.

순희(淳熙) 2년(1175) 12월 보름날,
적공랑 신융흥부 정안현 주부 육 아무개가 쓰다.

古之人自其身達之家國天下而無愧焉者, 不失其本心而已. 凡今爲
縣者豈顧其心有不若是乎哉? 然或者遏於勢而狃於習, 則是心殆不可
考. 吏縱弗肅, 則曰事倚以辦, 民困弗蘇, 則曰公取以足, 貴勢富疆, 雖
姦弗治, 貧羸孤弱, 雖直弗信, 習爲故常. 天子有勤恤之詔, 迎宣拜伏,
不爲動心, 曰'奚獨我責?' 吏縱弗肅, 民困弗蘇, 姦弗治而直弗信, 天子
勤恤之意不宣于民, 是豈其本心也哉? 勢或使之然也.

方其流之未遠, 平居靜慮, 或有感觸, 豈能不怵惕於其心? 至其同利
相挺, 同波相激, 視己所行爲天下達道, 訕侮正言, 仇讐正士, 則是心或
幾乎泯矣. 人之所以異於禽獸幾希, 庶民去之, 君子存之, 是心或幾乎
泯, 吾爲懼矣! 天地鬼神不可誣也, 愚夫愚婦不可欺也, 是心或幾乎泯,
吾爲懼矣! 黃鍾大呂施宣於內, 能生之物莫不萌芽. 奏以大簇, 助以夾
鍾, 則雖瓦石所壓, 重屋所蔽, 猶將必達. 是心之存, 苟得其養, 勢豈能
遏之哉?

貴溪信之大縣, 綿地過百里, 民繁務劇. 暨陽吳公爲宰於玆. 吏肅矣,
而事未始不辦, 民蘇矣, 而公未始不足. 姦治直信, 民莫不說. 而惴惴
焉惟恐不能宣天子勤恤之意, 是其本心之所發, 而不遏於其勢者耶? 然
公之始至, 則修學校, 延師儒, 致禮甚恭. 余屢辱其禮, 不敢受. 今爲齋
於其治之東偏, 名之以'敬'. 請記於余文, 至於再三, 望道之重, 若不可
及者.

某聞諸父兄師友, 道未有外乎其心者. 自可欲之善, 至於大而化之之
聖, 聖而不可知之神, 皆吾心也. 心之所爲, 猶之能生之物得黃鍾大呂

之氣, 能養之至於必達, 使瓦石有所不能壓, 重屋有所不能蔽. 則自有諸己至於大而化之者, 敬其本也, 豈獨爲縣而已. 雖然, 不可以不知其害也. 是心之稂莠, 萌於交物之初, 有滋而無芟, 根固於怠忽, 末蔓於馳騖, 深蒙密覆, 良苗爲之不殖. 實著者易拔, 形潛者難察, 從事於敬者尤不可不致其辨, 公其謹之. 某雖不敏, 它日周旋函丈, 願有所請.

公名博古, 字敏叔.

淳熙二年十有二月望日 迪功郎 新隆興府 靖安縣主簿 陸某記

의장현학기
宜章縣學記

큰 가르침에 이르기를, "하늘이 밝게 듣고 밝게 보는 것은 우리 백성들이 밝게 듣고 밝게 보는 것으로 말미암는 것이고, 하늘이 밝게 드러내주고 두렵게 하는 것은 우리 백성들이 밝게 드러내고 두렵게 하는 것으로부터 말미암는 것이다."[2]라고 하였다. 이 백성의 마음은 실로 상제께서 내려주신 것이다. 그들에게 임금을 둔 것은 상제를 돕게 하기 위함이기에 '천자'라고 부른다. 안에 세운 조정의 공경(公卿)에서부터 백사(百司)와 서부(庶府)[3]에 이르기까지, 밖에 설치한 방읍(邦邑)의 목백(牧伯)부터 자남(子男)과 부용(附庸)[4]에 이르기까지, 오직 천자를 돕게 하기 위해 둔 것이다. 그래서 주공(周公)이 아름다운 말로써 성왕(成王)에게 고하기를, "세 자리에 임명된 사람의 마음을 아시고, 세 사람이 추천한 인재의 마음을 환히 보심으로써 공경히 상제를 섬기어 백성들을 위해 장관을 세우셨습니다."[5]라고 한 것이

---

2) 『尙書』「皐陶謨」에 보인다.
3) 『尙書』「立政」에 " 좌우에서 일을 돕는 사람들과 재물과 창고를 관리하는 사람들(左右携僕, 百司庶府)"이라는 표현이 보인다. '百'과 '庶'는 많음을 상징하는 단어로 사용되었다.
4) 『禮記』「王制」에 "공후는 땅이 100리, 백은 70리, 자남은 50리이다. 50리에 못 미치면 천자를 직접 만나지 못하니, 제후에게 소속시켜 '부용'이라 칭한다.(公侯田方百里, 伯七十里, 子男五十里. 不能五十里者, 不合於天子. 附於諸侯, 曰附庸.)"는 구절이 있다. 여기서는 땅과 일정한 지위를 소유하고 있는 부호를 가리키는 말로 사용되었다.

다. 또 성왕이 강숙(康叔)에게 가르침을 고하며 백성의 인지상정을 설명한 뒤에 이르기를 "외서자(外庶子)로서 사람을 가르치는 자나 관장(官長), 그리고 부절(符節) 잡은 소신들까지, 나누어 이를 전파하게 하여 백성들에게 큰 명예를 구하게 하라."[6]고 한 것이다. 또 한나라 동중서(董仲舒)가 이르기를 "오늘날의 군수(郡守)와 현령(縣令), 백성의 스승과 우두머리 된 자를 둔 것은 위에서 내려오는 교화를 이어받아 널리 펼치게 하기 위함이다."[7]라고 한 것이다. 그러니 하늘에 대해 이 백성을 책임져야 하는 자가 임금이고, 임금의 책임을 나눠 맡은 자가 관리이다. 백성이 따르지 않는 것은 관리의 책임이며, 관리가 착하지 않은 것은 임금의 책임이다. 『논어』에서 이르기를, "만방에 죄가 있다면 그 죄는 내게 있는 것이다."[8]라고 하였고, 또 "백성에게 허물이 있으면 내 한 몸에 있는 것이다."[9]라고 하였다. 이는 임금으로서 그 책임을 진 것이니, 관리된 몸으로서 그 책임을 지지 않을 수 있겠는가?

---

5) 『尙書』「立政」에 보인다.
6) 『尙書』「康誥」에 보인다. 그러나 내용에 약간의 출입이 있다. 『尙書』 본문은 "법도를 따르지 않는 자들은 철저히 다스려야 한다. 더군다나 外庶子로서 사람을 가르치는 자, 관장과 符節을 잡은 소신 등이 조정의 명령과 별도로 선전하고 전파하여 선심을 쓰면서 백성들에게 큰 명예를 구하기만 할 뿐, 임금을 생각하지도 않고 국법을 적용하지도 않아 임금의 정사를 해치는 경우야 더 말해 무엇 하겠는가. 이는 바로 악을 조장하는 것으로서 내가 미워하는 바이니 그냥 놔둘 수 있겠는가. 그대는 속히 이 의리를 따라 그들을 모두 주륙하라.(不率大戛. 矧惟外庶子訓人, 惟厥正人, 越小臣諸節, 乃別播敷, 造民大譽, 弗念弗庸, 瘝厥君, 時乃引惡, 惟朕憝已, 汝乃其速由茲義率殺.)"이다.
7) 『漢書』 권56 「董仲舒傳」에 보인다.
8) 『論語』「堯曰」에서 탕왕의 말을 인용한 것이다.
9) 위와 같다.

오늘날 관리된 자들은 서로 이렇게들 말한다. "아무 고장 백성들은 다스릴 수가 없어. 아무 고장 풍속은 교화할 수가 없어." 오오라! 생각하지 못함이 심하구나. 이적(夷狄)의 나라에서는 [우리의] 정삭(正朔)을 사용하지 않으며, 풍속은 각지의 우두머리에 달려있을 뿐, 천자가 파견한 관리라곤 있지 않으니, 그런 곳을 두고 다스리고 교화할 방도가 없다고 한다면 틀린 소리가 아닐 것이다. 그러나 혹자가 구이(九夷)[10]의 누추함을 탓하자 부자께서는 "군자가 거하는데, 무슨 누추함이 있겠느냐?"[11]고 말씀하였다. 하물며 이적의 땅도 아니며 언제나 천자가 파견한 관리가 머무는 곳이거늘, 백성을 다스릴 수 없고 풍속을 교화할 수 없다고 말하다니, 대체 누구를 속이려 드는가? 춘추시대는 서주(西周)와 시대가 그리 멀리 떨어져있지 않는데도 증자(曾子)는 "윗사람이 도를 잃어 백성이 흩어진지 오래이니, 백성이 죄를 짓게 된 실정을 알게 되거든 가련히 여겨야지 기뻐해서는 안 된다."[12]라고 말했다. 춘추시대로부터 지금까지는 오랜 세월이 흘렀다. 백성이 죄 짓는 것을 보았거나 풍속이 악해져가는 것을 보고서 윗사람에게 그 책임을 묻지 않고 백성만을 탓한다면, 그 자가 어떤 관리인지 가히 알만하다. 맹자께서는 "배고픈 자에게는 밥 대접하기 쉽고, 목마른 자에게는 물 대접하기 쉽다."[13]라고 말씀하셨고, 공자께서는

---

10) 先秦時代 때 九夷라 함은 지금의 山東 동부, 淮河 중하류 江蘇와 安徽 일대 부족에 대한 범칭이었다. 당시 東夷에 해당하는 종족이 9부족 있었다고 한다.
11) 『論語』「子罕」에 보인다. "공자께서 구이에 거하고자 하심에 혹자가 말했다. '그 누추한 곳에 어찌하여 가시려 하십니까?' 공자께서 말했다. '군자가 거하는데, 무슨 누추함이 있겠느냐?(子欲居九夷, 或曰, '陋, 如之何?' 子曰, '君子居之, 何陋之有?')"
12) 『論語』「子張」에 보인다.
13) 『孟子』「公孫丑上」에 보인다.

"덕이 퍼지는 것은 역참을 두어 소식을 전하는 것보다 빠르다."[14]고 말씀하셨다. 이로써 나는 다스릴 수 없는 자들을 매우 쉽게 다스릴 수 있고, 교화할 수 없는 풍속을 쉽게 교화할 수 있는 방도가 있음을 알게 되었다.

침주(郴州)는 오령(五嶺) 가까이에 있으며, 형호(荊湖)의 남쪽 변계에 해당하는데, 의장(宜章)은 침주에서도 또 남쪽 변계에 해당한다. 의관 차려입은 사인이나 상인들 오가는 도회지로부터 멀리 떨어져있어서 백성들이 순수하고 질박하며, 우매하고 거칠어 사기 칠 줄 모른다. 그런데 못난 관리들이 그곳 백성들을 잘 교화하여 보듬어 기르지 못하고 심각하게 침탈까지 하였다. 이에 백성들이 견디지 못하고 못나게 대항하였으니, 이 또한 형세가 그렇게 만든 것이다. 순수하고 질박하며, 우매하고 거칠어 사기 칠 줄 모르기 때문에 침탈하려는 자들이 쉬이 뜻을 이룰 수 있었던 것이고, 너무 많이 쌓여 견딜 수 없었기 때문에 못난 용기가 솟아나 더 이상 거리낄 것 없이 굴었던 것이다. 이 모두 형세가 그렇게 만든 것이다. 불과 수십 년 사이에 도적 떼가 거듭 일어나 의장현이 오명을 뒤집어쓰게 된 데에는 다 [그럴만한] 이유가 있다.

순희(淳熙) 12년(1185), 지방관이었던 오일(吳鎰)이 임시 수도에 도착하자 제공(諸公)과 귀인들이 신발을 거꾸로 신고 나와 맞이하면서 입을 모아 그의 재능을 칭찬하며 그를 천거하고자 하였다. 이 때 의장현에는 현재(縣宰) 자리가 비어 있었다. 관리들이 의장현에서 고을살이 하는 것을 마치 호랑이 소굴로 들어가는 것처럼 여겨 감히 가려고 하는 자가 없었던 까닭이다. 수부(帥府)에서 오일의 어짊이 마

---

14) 『論語』「顔淵」에 보인다.

음에 들어 그를 초징하는 편지를 동쪽으로 급히 보내자 오일은 흔쾌히 부임했다. 도착하자마자 백성들이 싫어하는 바를 힘써 없애고 원하는 바를 들어주었으며, 배움에 나아가도록 면려하여 오명을 씻었다. 또 학교를 크게 지어 제자들을 충원했다. 순희 5년(1178)에 지금 학교를 처음 짓기 시작했는데, 8년에는 조정에서 그 일을 특별히 여겨 학생 수를 늘려줌으로써 사인들의 입학을 장려했다. 부사자(部使者)[15]들은 자기 밑에 예속되어 있는 한전(閒田)을 찾아내 학교에 식량을 공급했다. 사인들 중 학교로부터 식량을 제공받는 자가 50명, 자기 집에서 먹고 학교에서 공부하는 자가 또 수십 명이었다. 구두 끊기와 훈고, 문장 뜻 파악하기와 수사법 등을 나이 별로 조를 나누어 일일이 가르쳤다. 사인들에게 생업 또한 권면하였으니, 어찌 학교에만 힘쓰게 했을 뿐이겠는가? 다투고 빼앗고, 게으르고 사치스럽던 과거의 습관들이 일시에 바뀌어, 공경하고 화목하고 윗사람을 존경하고 친애하는 풍속이 성대히 일어났다. 고소하는 일도 적어져 감옥이 늘 비어 있고, 아침마다 해야 하는 장부나 회계[16] 정리도 몇 시간밖에 걸리지 않았다. 오일은 문사에 기록될 만한 공을 세우며 마을에서 유유자적 보냈다. 그러다 틈이 나면 숨겨져 있는 샘과 바위를 찾아내서는 배회하며 노래를 읊조리면서 한적함을 만끽했다. 그는 스스로 이곳의 즐거움은 실로 중원이 미칠 바 아니라고 말하였다. 그가 막 이곳에 와서 번다한 부담을 없애고, 천자의 덕을 펼치며, 가르침을 세워 부형들을 일깨우고, 학교를 일으켜 자제들을 교육하자 백성들은

---

15) 郡國을 장관하고 督察하는 관원을 말한다.
16) 규정된 기한 내에 정령을 시행하는 것을 '期會'라 하는데, 대부분 관부의 재물 출입을 맞추는 것을 가리켰다.

발을 굴러 춤을 추었고, 마음을 돌리고 방향을 바꾸며 오직 남보다 늦을세라 전전긍긍하였다. 오래 머무르지 않았는데도 효과가 명백히 드러나되 여유롭기가 이와 같으니, 다스림을 완성하고 교화를 펼치는 것이 실로 이보다 더 쉬울 수가 없다!

비록 그러긴 하나, 주나라의 도가 행해질 때 만백성들은 덕을 좋아하였고, 무인들의 절개는 성 담장보다 높았으며, 여인들의 정조는 교목보다 우뚝했다. 충후함과 순수함이 사람들 모두에게 배어있었고, "빽빽이 자란 길가의 갈대를 소나 양도 밟지 않았다."[17] 이때에 백성들이 개과천선하고 죄를 멀리하면서도 그 이유를 알지 못했던 것이 드넓은 길을 걸으면서 평평함을 잊은 것이나 고광대실에서 여유 있게 거하면서 안락함을 잊은 것과 같았다. 하지만 도가 쇠하여 왕의 은택이 메마르고 강상이 해이해지자 송사가 번다해지고 전쟁이 일어나 민생이 도탄에 빠지고 말았다. 이에 패권을 도모하는 자가 번갈아 일어나고 이단이 나란히 생겨났다. 극에 달한 곤궁함을 돌이키고자 하였지만, 가시덤불에서 나와 험한 계곡에 들어가고, 진흙탕에서 빠져나와 초가집에서 자는 것조차도 그저 덧없는 바람일 뿐이었으니, 드넓은 길과 고광대실에서 허리띠를 느슨히 풀고 편히 거하는 일은 일어나지 않았다. 한편 서책들을 한데 모아 스스로를 문식하고, 의를 해쳐가며 사사로움을 드높이는 자들은 부지기수여서, 가시밭길과 진흙탕은 갈수록 깊어져만 갔다. 편안한 집을 비워둔 채 거하지 않고, 바른 길을 버려둔 채 말미암지 않으면서 저 백성들을 어찌 탓할 수 있

---

17) 『詩經』「大雅·生民之什」에 나오는 구절이다. 「毛詩序」에서는 「행위」는 충후함을 나타낸다. 주 황실의 충후함이 초목에까지 미친 것이다.(「行葦」, 忠厚也. 周家忠厚, 仁及草木)"라고 설명하였다.

겠는가? 오 현령이 이런 일에서도 우수함을 보여줄 수 있을까?

마부가 말을 몰면 [말의] 명령한 데로만 간다. 천 리가 비록 멀다해도 처음 몬 방향이 어디냐에 따라 [북쪽] 연(燕) 나라와 [남쪽] 월(越) 나라로 나뉜다. 이 학교를 일으킴에 감히 묻노니, 그 방향이 어디인가? 수사법을 익히고 과거에 힘쓰는 것은 오늘날 면치 못하는 바이다. 하지만 도에 뜻을 둔다면 그런 것이 어찌 해를 입힐 수 있겠는가? "원하는 것 중에 사는 것보다 더 한 것이 있고, 싫은 것 중에 죽음보다 더 한 것이 있다."[18] 이 마음을 간직한다면 상제께서 그대 위에임해 계실 것이요, 선인들이 남기신 가르침은 해와 별처럼 밝을 것이다. 그 뜻을 읊조린 후, 쓸 것을 쓰고 폐할 것을 폐하는 책임은 그대에게 있다. 천 리 길도 멀다하지 않고 내게 기문(記文)을 부탁한 것이어찌 까닭 없는 일이겠는가? 삼진(三晉)이 나라를 분열시키자 제(齊)나라와 진(秦)나라가 황제 자리를 넘봤다. 공손연(公孫衍)과 장의(張儀)는 수레를 타고 분주히 다녔고, 유세가들은 벌 떼처럼 일어났으니,이때는 부국강병을 실현하는 자가 곧 훌륭한 신하였다. 공리(功利)의누습이 골수에 스며들어 있던 차에 양주(楊朱) · 묵적(墨翟) · 고자(告子) · 허행(許行)의 무리가 각자의 학설로 세상을 무고하자 상제께서내려주신 선함[19]이 심각하게 막히고 말았다. 자포자기하는 자와는본디 너불어 말할 만하지 못하다. 하지만 자포자기하는 자들이 "나는인에 거하고 의를 말미암을 수 없다."라고 말하였기 때문에 맹자께서성선(性善)을 말씀하시고 사단(四端)을 열어주시며, "사람이 이것을

---

18) 『孟子』「告子上」에 나오는 말이다.
19) 『尙書』「湯誥」에 "빛나는 상제께서 하민에게 선을 내려 주셨다.(惟皇上帝, 降衷于下民.)"는 말이 나온다. 이에 대해 孔穎達은 "충은 곧 선이다.(衷, 善也)"라고 풀이하였다.

가지고도 스스로 하지 못한다고 말하는 자는 스스로를 해치는 자이고, 그 임금더러 하지 못한다고 말하는 자는 임금을 해치는 자이다."[20]라고 말씀하신 것이다. 당나라 한유(韓愈)는 "침주는 중원의 맑은 기운을 받고 있어 기세가 드높고 방대하며 울창하다. 그러니 우뚝 기이하고 충성스럽고 믿음직하고 재덕을 갖춘 인물이 분명 그 안에 있을 것이다."[21]라고 말했다. 오늘 이후로 나는 의장현에 그 희망을 걸어본다.

순희 14년(1187) 11월 갑자일
임천의 육 아무개가 기를 짓다

---

20) 『孟子』「公孫丑上」에 보인다.
21) 한유의 「요도사를 보내는 글(送廖道士序)」에 나오는 말이다. 내용에 약간의 출입이 있는데, 한유의 원문은 다음과 같다. "형산은 신령한데, 침주는 중원의 맑은 기운을 받고 있어 기세가 드높고 방대하며 울창하다. 때문에 이곳이 물과 땅은 신기에 감응하였으니, 백금, 수은, 단사, 석영, 종유석 및 커다란 귤, 아름다운 대, 몇 길이나 되는 목재만 그것을 받지는 않았으리라. 생각건대 우뚝 기이하고 충성스럽고 믿음직하고 재덕을 갖춘 인물이 그 안에 있을 것 같은데, 내 아직 보지 못했다.(衡山之神旣靈, 而郴之爲州, 又當中州淸淑之氣, 蜿蜒扶輿, 磅礴而鬱積. 其水土之所生, 神氣所感, 白金, 丹砂, 石英, 鍾乳, 桔柚之包, 竹箭之美, 千尋之名材, 不能獨當也. 意必有魁奇忠信才德之民生其間, 而吾未見也.)"

大訓有之: "天聰明, 自我民聰明, 天明畏, 自我民明威." 蓋斯民之衷, 惟上帝實降之. 作之君師, 惟其承助上帝, 故曰'天子'. 內建朝廷, 由公卿[22]至於百司庶府, 外部邦邑, 由牧伯至於子男附庸, 則亦惟天子是承是助. 故周公以徽言告成王曰: "克知三有宅心, 灼見三有俊心, 以敬事上帝, 立民長伯." 成王之誥康叔, 誕陳民常, 且曰: "外庶子訓人正人, 至於小臣諸節, 皆所以使之分別乎此而播敷之, 以造民大譽." 漢董生曰: "今之郡守縣令, 民之師帥, 所使承流而宣化也." 是故任斯民之責於天者, 君也, 分君之責者, 吏也. 民之弗率, 吏之責也, 吏之不良, 君之責也. 『書』曰: "萬方有罪, 罪在朕躬." 又曰: "百姓有過, 在予一人." 此君任其責者也. 可以爲吏而不任其責乎?

今爲吏而相與言曰: "某土之民不可治也. 某土之俗不可化也." 嗚呼! 弗思甚矣. 夷狄之國, 正朔所不加, 民俗各繫其君長, 無天子之吏在焉, 宜其有不可治化者矣. 然或病九夷之陋, 而夫子曰: "君子居之, 何陋之有?" 況非夷狄, 未常不有天子之吏在焉, 而謂民不可治, 俗不可化, 是將誰欺? 春秋之時, 去成周未遠也, 曾子且曰: "上失其道, 民散久矣, 如得其情, 則哀矜而弗喜." 春秋而來, 至于今幾年矣. 覯民之罪, 視俗之惡, 顧不于其上之人而致其責, 而惟民是尤, 則斯人之爲吏可知也. 孟子曰: "飢者易爲食, 渴者易爲飲." 孔子曰: "德之流行, 速於置郵而傳命." 吾於其所謂不可治者, 有以知其甚易治也, 於其所謂不可化者, 有以知其甚易化也.

郴據嶺爲荊湖南徼, 宜章又郴之南徼. 遠於衣冠商賈之都會, 其民宜淳願忠樸, 顓蒙悍勁, 而不能爲詐欺. 不才之吏, 不能敎訓拊循其民, 又重侵漁之. 民不堪命, 則應之以不肖, 其勢然也. 夫淳願忠樸, 顓蒙悍勁, 而不能爲詐欺, 此侵漁者之易以逞志, 而其積之已甚, 有所不堪,

---

22)『陸九淵集』원문에는 '鄕'으로 되어 있으나 문맥에 의거하여 '卿'으로 고쳐 해석한다.

則不肖之心勇發而無所還忌, 亦其勢然也. 不數十年間, 盜孽屢起, 宜章以是負惡聲, 有自來矣.

淳熙十有二年, 吳侯鎰抵行都, 諸公貴人倒屣迎之, 咸稱其才, 將有論薦. 於是宜章闕宰, 顧吏之視仕宜章, 若蹈豺虎之區, 無敢往者. 帥府嗜吳侯之賢, 辟書東馳, 吳侯欣然就之. 至則務去民之所惡, 而致其所欲, 勉之使爲學, 以雪惡聲. 大葺學宮, 補弟子員. 淳熙五年, 始建今學. 八年, 朝廷殊其令, 優其數, 以獎誘入學之士. 部使者各求其所隸閒田以廩之, 士之廩於學者五十人, 自食而學於其間者又數十人. 句讀訓詁, 旨義辭章, 少長分曹, 皆經講授. 士勸其業, 豈惟學官? 異時鬪爭敚攘, 惰力侈費之習, 廓然爲變, 忠敬輯睦, 尊君親上之風, 靄然爲興. 牒訴希闊, 岸獄屢空, 旦晝爲求簿書期會之事, 僅費數刻. 吳侯策勳文史, 優于里居. 間則益發泉石之秘, 倘徉詠歌, 以致其適. 自謂茲土之樂, 中州殆不如也. 方其始至, 解除煩苛, 布宣天子德意, 爲條教以曉其父兄, 興學校以育其子弟, 而其民鼓舞踊躍, 回心異鄉, 惟恐居後. 曾不淹久而效見明著, 暇裕若此, 然則致治施化, 誠莫易於此矣!

雖然, 周道之行, 羣黎好德, 武夫之節, 優於干城, 游女之操, 竦於喬木, 忠厚純積, 洽于庶類, "敦彼行葦, 牛羊勿踐履." 當此之時, 民日遷善遠罪而不知爲之者, 如雍容康莊而忘其夷, 優游夏屋而忘其安也. 及道之衰, 王澤寖竭, 綱弛倫斁, 獄訟滋而干戈起, 民墜塗炭. 由是霸圖迭興, 異端並作, 徽其困極窘至而歸之, 若出荊棘而蹈邪蹊, 脫涂淖而棲茇舍, 喜幸之浮, 康莊夏屋, 平居緩帶, 所無有也. 至於會載籍以自藩飾, 害義崇私, 不知紀極, 則其爲荊棘塗淖抑益深矣. 曠安宅而弗居, 舍正路而弗由, 豈得罪彼民哉? 吳侯其亦有憂於是乎?

僕夫效駕, 必命所之, 千里雖遠, 首途發軔, 燕·越可辨. 此學之興, 敢問所向? 爲辭章從事場屋, 今所未免. 苟志於道, 是安能害之哉? "所欲有甚於生, 所惡有甚於死." 是心之存, 上帝臨女, 先民垂訓, 昭若日星. 呻其佔畢, 覆用敝之, 責有在矣. 夫不遠千里屬記於予, 而豈徒哉?

三晉分國, 齊‧秦圖帝, 衍儀伏軾, 說士蜂起, 兵強國富, 是爲良臣. 功利之習入於骨髓, 楊朱‧墨翟‧告子‧許行之徒, 又各以其說從而詆之, 帝降之衷茅塞甚矣. 自暴者旣不足與有言, 而自棄者又曰: "吾身不能居仁由義." 故孟子道性善, 發四端, 曰: "人之有是而自謂不能者, 自賊者也. 謂其君不能者, 賊其君者也." 唐韓愈謂柳[23]當中州淸淑之氣, 蜿蟺扶興, 磅礴而鬱積, 必有魁奇忠信材德之民生其間. 而今而後, 吾有望於宜章矣.

淳熙十有四年十有一月甲子 臨川陸某記

---

23) 『陸九淵集』에는 '柳'로 되어 있으나 한유의 「送廖道士序」 원문에 의거하여 '郴'으로 고친다.

형국 왕문공 사당기
荊國王文公祠堂記

　당(唐)·우(虞)·삼대(三代) 시절에는 천하에 도가 행해졌다. 하(夏)나라와 상(商)나라 말년이라 해도 치세(治世)로부터 그리 멀지 않았기에 공경들 사이에 바뀌지 않는 규범이 남아있었다. 이윤(伊尹)이 하나라를 떠나고,[24] 세 명의 어진 이[25]가 상나라에 남았던 것도 이 도가 남아있었기 때문이다. 그러나 주(周)나라 말에 이르러서는 이러한 자취도 사라지고 은택도 메말라버려, 사람들은 자기 한 몸만을 사사로이 도모하고 사인들은 자신의 학문만을 사사로이 여겼다. 이에 도리에 어긋난 의론들이 벌 떼처럼 일어났다. 노자(老子)는 그 사사로움을 훌륭하게 완성하여 백가(百家) 가운데 으뜸이 되었으며, 노자가 남긴 뜻을 훔친 자들까지 모두 천하에 득세하였다. 한(漢)나라에 이르러 노자의 학술이 더욱 성행하였는데, 장자방(張子房)이 스승으로 삼은 것은 사실 황석공(黃石公) 뿐이었고,[26] 조참(曹參)은 집

---

24) 『戰國策』「楚策四·客說春申君」에 "옛날 이윤이 하나라를 떠나 은나라로 들어가자 은이 왕자가 되고 하가 망했다.(昔伊尹去夏入殷, 殷王而夏亡.)"는 내용이 보인다.

25) 세 명의 어진 이[三仁]는 微子·箕子·比干을 가리킨다. 『論語』「微子」에 "미자는 떠났고, 기자는 노예가 되었고, 비간은 간하다가 죽었다. 공자께서 이르시기를, '은나라에 세 명의 어진 이가 있었다.'고 하셨다.(微子去之, 箕子爲之奴, 比干諫而死. 孔子曰, '殷有三仁焉.')"는 구절이 보인다.

26) 『史記』 권55 「留侯世家」에 나오는 내용이다. 張良 즉 장자방이 하비에서 만나 그에게 도와 관련된 서책을 전해주고 홀연히 사라진 노인이 바로 황석공이다.

무하던 방을 개공(蓋公)에게 내어주었다.[27] 한 고조(高祖)와 혜제(惠帝)가 성취를 이루고 문제(文帝)와 경제(景帝)에게까지 물려줄 수 있었던 것은 모두 이 두 공이 남겨준 치세술 덕분이었다. 부자께서 경황없이 [列國을] 주유하실 때부터 장저(長沮)·걸닉(桀溺)·접여(接輿)[28] 등의 무리는 이미 그 뒤에서 몰래 왈가왈부하였고, 맹자께서

노인은 張良을 여러 번 시험한 후 "책 한 권을 내놓으며 말했다. '이 책을 배우면 제왕의 스승이 될 수 있다. 10년 후에는 능히 흥할 것이고, 13년 후에는 나를 볼 수 있으리니, 제북 곡성산에 있는 누런 돌이 바로 나다!' 그리고는 아무 말도 하지 않고 사라져버렸다. 날이 밝은 후에 그 책을 살펴보니 그것은 바로 태공병법이었다. 장량이 기이한 일이라고 여겨 그 책을 항상 몸에 지니고 다니면서 읽고 외웠다.(出一編書, 曰, '讀此則爲王者師矣. 後十年興. 十三年孺子見我, 濟北穀城山下黃石卽我矣.' 遂去, 無他言, 不復見. 旦日視其書, 乃太公兵法也. 良因異之, 常習誦讀之.)"

27) 『史記』 권54 「趙相國世家」에 나오는 내용이다. "개공(蓋公)이 황로학에 조예가 깊다는 소문을 듣고 사람을 시켜 후한 예물로 그를 초징했다. 개공과 만났더니 개공이 말하기를 다스림에 있어 청정무위를 귀히 여기면 백성들이 절로 안정될 것이라 하면서 이와 비슷한 이야기들을 갖추어 아뢰었다. 조참은 집무하는 자리를 개공에게 양보하여 조언을 구했다. 그는 나라를 다스림에 황로술을 사용했는데, 그렇게 9년 동안 제나라의 상국 노릇을 한 결과 마침내 제나라가 안정되어 조참은 현상이라 크게 칭송받았다.(聞膠西有蓋公, 善治黃老言, 使人厚幣請之. 旣見蓋公, 蓋公爲言治道貴淸淨而民自定, 推此類具言之, 參于是避正堂舍蓋公焉. 其治要用黃老術, 故相齊九年, 齊國安集, 大稱賢相.)"

28) 모두 『論語』 「微子」에 나오는 隱者들이다. "초나라 광인인 접여가 공자 앞을 지나며 노래하였다. '봉이여, 봉이여! 어찌 덕이 쇠하였는가? 지나간 것은 간할 수 없거니와 오는 것은 오히려 따를 수 있으니, 그만둘지어다. 그만둘지어다! 오늘날 정사에 종사하는 자들은 위험하다.'(楚狂接輿歌而過孔子曰, 鳳兮鳳兮, 何德之衰. 往者不可諫, 來者猶可追, 已而已而, 今之從政者殆而.)" 장저와 걸닉은 바로 그 뒤 이어 등장하는데, 함께 밭을 가는 그들에게 공자가 자로를 시켜 나루를 묻게 했더니, "저 질펀한 물결, 온 천하가 그러하니 누가 바꿀 수 있으리오? 또 그대가 사람 피하는 선비를 따르는 것보다 세상 피하는 선비를 따르는 것이 낫지 않겠소?(滔滔者, 天下皆是也, 而誰以易之? 且而與其從辟

말씀마다 요임금과 순임금을 언급하자 듣는 이들은 이로 인해 망연해졌다. 마치 실처럼 [명맥이] 끊이지 않았다 해도 쇠미해진 이 도를 밝히기에는 부족했다. 수천 수백 년 간 계속된 내리막길에서 우뚝 이러한 뜻을 다시 드러낸 자가 있다면, 어찌 위대하다 하지 않겠는가?

유릉(裕陵)[29]은 형국공을 얻은 후 당나라 태종이 어떠한 군주였는지 물었다. 공이 대답했다. "폐하께서는 요순을 법도로 삼아야 합니다. 태종은 아는 것이 심원하지 않았고 행위 또한 모두 법도에 맞았던 것은 아닙니다." 유릉이 말했다. "경은 임금의 직책으로써 짐을 다그칠 수 있겠지만, 짐이 스스로를 보기에 너무나 미약하여 이런 경의 뜻에 부합하지 못할 것 같소. 경이 온 뜻을 다해 짐을 보좌한다면 이 도를 함께 구제할 수도 있을 것이오." 이때부터 군신 사이에 의론을 주고받을 때면 늘 요순처럼 되고자 기대하였다. 공에게 정사를 맡길 때는 "짐을 도와줄 수 있는 게 있다면 아끼지 말고 모두 말하시오."라고 하였고, 또 "반드시 짐을 독책하여 큰일을 이룰 수 있도록 해주시오."라고 하였으며, 또 "하늘이 빼어난 인재를 내주면 백성들을 덮어 보호해줄 수 있다. 그러니 도의상 그 인재들과 더불어 사력을 다해야지, 만약 허송세월한다면 이는 자포자기나 다름없다."고 하였다. 진(秦)·한(漢) 이래 남면하여 군주가 된 자 중에 이러한 뜻을 품은 자가 있었던가? 훗날 의론하기 좋아하는 자들이 이 말을 듣고서도 이를 가슴에 숨겨놓은 채 공의 뜻을 판단해서야 되겠는가? 증 노공(曾魯

人之士也, 豈若從辟世之士哉?)"라고 말하자 공자는 탄식하며 "새나 짐승과 함께 무리 지을 수는 없으니, 내가 이 사람들과 함께하지 않으면 누구와 함께 하리. 천하에 도가 있었다면 나 공구는 바꾸는 일에 함께하지 않을 것이다.(鳥獸不可與同羣! 吾非斯人之徒與而誰與? 天下有道, 丘不與易也.)"라고 말했다.
29) 북송 神宗을 가리킨다.

公)30)이 말했다. "이와 같은 성상의 지우를 입었으니, 왕안석이 목숨 바쳐 보답하고자 한 것도 당연하다." 공은 "군신이 함께 함에 각각의 뜻을 다하고자 할 뿐이다. 임금 된 자는 임금의 도를 다하고자 하고, 신하된 자는 신하의 도를 다하고자 하는 것이지, 서로를 위해 도와주는 것이 아니다."라고 말했다. 진·한 이래 집권했던 사인들 중에 이런 뜻을 지녔던 자가 있었던가? 훗날 의론하기 좋아하는 자들이 이 말을 듣고서도 이를 가슴에 숨겨놓은 채 공의 뜻을 판단해서야 되겠는가? 안타깝도다! 공의 학문이 이 뜻을 이루기에 부족하여 마침내 이 뜻을 저버리고 말았고, 이 뜻을 끝까지 밝히기에 부족해 마침내 이 뜻을 가려버리고 말았다.

공은 소릉(昭陵)31) 때 지방관으로 나갔다가 돌아와 상주문을 올려 시사를 열거하고 폐단을 분석했는데,32) 내용이 치밀하고 종종 적실, 타당하였다. 그러나 강령의 핵심을 총괄할 때는 도리어 "지금의 법도는 선왕의 법도에 맞지 않습니다."라고 하였으니, 공이 이 뜻을 끝까

---

30) 曾公亮(999~1078). 字는 明仲이고 號는 樂正이다. 泉州 晉江(지금의 福建省 泉州市) 사람이다. 仁宗 天聖 2년(1024)에 진사가 되어 仁宗·英宗·神宗 세 황제 밑에서 관직 생활 하면서 翰林學士·端明殿學·參知政事·樞密使和同 中中書門下平章事 등을 역임하고 兗國公·魯國公에 봉해졌다. 昭勛閣 24功臣 중의 한 명이다.

31) 북송 仁宗을 가리킨다.

32) 여기서 언급하고 있는 글은 왕안석이 38세 되던 해인 1058년(인종 嘉祐 3년) 10월에 江東路 提點刑獄으로부터 중앙으로 소환되어 三司度支判官에 임명되었을 때 인종에게 올린 「上仁宗皇帝言事書」이다. 이 글은 글자 수가 만 자에 육박한다 하여 「萬言書」라고도 불린다. 이 상주문의 요지는 인재 양성과 선발이다. 인재의 부족은 옛 성현(선왕)들의 제도를 채용하지 않은 데 있는데, 옛 성현의 제도는 인재를 '가르치는 법[教之]', '대하는 법[養之]', '선발하는 법[取之]', '임용하는 법[任之]' 네 측면에서 집약적으로 나타난다고 말하고 있다.

지 밝히지 못하여 마침내 스스로 가려버리고 만 원인을 바로 이 말에서 찾아볼 수 있다.[33] 공이 유릉에게 고한 내용에 다른 뜻일랑 있지 않았다. 임금에게 요순을 법도로 삼으라고 권면한 것은 옳다. 하지만 매사를 본받아야 한다고 말한다면, 그런 말로 어떻게 능히 요순을 본받게 할 수 있겠는가? 태종은 법도로 삼을 만한 대상이 못된다고 한 말은 맞다. 그러나 태종의 행위가 다 법도에 맞는 것은 아니었다고 말한다면, 그런 말로 어떻게 능히 태종을 뛰어넘게 할 수 있겠는가? 말하는 법을 모르면 사람 볼 줄도 모른다. 공의 지난날의 학문이며 희녕연간(熙寧年間: 1068~1077)[34]의 사업이며, 모두 지방관으로 나갔다 돌아와 올린 상소로부터 벗어나지 않았다. 그런데도 공을 배척하는 사람들은 아부하여 사랑받았다느니, 영합했다느니, 변절했다느니, 배운 바를 거슬렀다느니 말한다. 어찌 공을 아는 자라 할 수 있겠는가? 서로 기질이 맞지 않아 마음에 들지 않으면 반드시 상대를 헐뜯는 말을 하게 된다. 이것은 사람의 사사로움이다. 공이 등용되기 전에도 본디부터 공을 헐뜯던 자가 있었으니, 장안도(張安道)[35] · 여

---

33) 즉 치세의 도리가 '사람'에 있다는 것을 모르고 '법'에서 찾았기에 근본부터 잘못되어 있었다는 이야기이다. 육구연은 권35 「語錄下」에서 왕안석의 패인을 다음과 같이 분석한 바 있다. "개보의 글을 읽다보면 매사를 법도로 귀속시키곤 하는데, 이것이 바로 개보가 천하를 망쳐놓은 원인이었다. 요 · 순 · 삼대 때에 비록 법도가 있긴 하였지만 이것만 전적으로 의지한 적이 있었던가?(讀介甫書, 見其凡事歸之法度, 此是介甫敗壞天下處. 堯舜三代雖有法度, 亦何嘗專恃此?)"

34) 北宋 神宗의 첫 번째 연호이다. 이 10년 동안 왕안석의 신법이 본격적으로 시행되었다.

35) 張方平(1007~1091). 字는 安道, 號는 樂全居士, 시호는 文定이다. 知諫院, 知制誥, 知開封府, 翰林學士, 御史中丞 및 滁州 · 江寧府 · 杭州 · 益州 등 지방관을 역임했고, 神宗 때에는 參知政事에 임명되었다. 왕안석의 신법에 반대한 대표적 인물이다.

헌가(呂獻可)36)·소명윤(蘇明允)37)이 그러했다. 이 세 공이 공을 마음에 들어 하지 않았던 까닭은 기질이 서로 맞지 않아서였다. 공이 무언가에 가려져 있었던 것은 사실이지만 어찌 세 공이 말한 정도까지 이르렀겠는가? 영특하고 비범했으며 유속 따위는 거들떠보지도 않았을 뿐더러, 성색을 밝히고 이익과 영달을 꾀하는 습성 따위는 그 마음으로 추호도 비집고 들어갈 틈이 없었다. 결백한 지조는 서릿발보다 차가웠으니, 이것이 바로 공이 타고난 바탕이었다. 범범하고 비루한 속학을 일소하고, 옛것만을 인습하는 폐법(弊法)을 없앴으며, 도술로는 반드시 공맹(孔孟)이 되고자 했고, 공훈으로는 반드시 이윤(伊尹)이나 주공(周公)처럼 되고자 했다. 이것이 바로 공이 지향한 바였다. 남이 알아주기를 바라지 않았으나 명성과 빛이 크게 번쩍였기에, 당대의 거공(鉅公)과 명현들도 그에게 미치지 못했다. 공이 이런 성취를 얻은 것이 어찌 우연이었겠는가! 좋은 시절을 만나 등용되었고 불세출의 임금까지 만난 덕분이었다. 임금 또한 [공에게서] 먼저 배운 다음 신하로 삼았기에38) 성탕(成湯)이나 고종(高宗)에 부끄럽지 않은 임금이 될 수 있었다. 임금이 혹 의심하면 병을 핑계 삼아 떠나

---

36) 呂誨(1014~1071). 字는 獻可. 勝德·扶風 主簿, 知翼城·交城을 거쳐 중앙으로 들어와 殿中侍御史에 배수되었다가 파면되어 知江州로 다시 나갔다. 英宗이 즉위하자 다시 侍御史가 되었고 起居舍人·同知諫院을 역임했다.

37) 蘇洵. 아들인 蘇軾·蘇轍과 함께 "三蘇"로 불리며 唐宋八大家로 꼽힌 이름난 문장가이다. 字는 明允, 號는 老泉. 韓琦의 추천으로 秘書省 校書郎이 되었고, 후에 文安縣 主簿를 지냈다. 『嘉祐集』이 세상에 전한다.

38) 『孟子』「公孫丑上」에 "탕임금이 이윤에게 먼저 배운 다음에 신하로 삼으니 힘들이지 않고 왕노릇을 할 수 있었던 것이고, 환공이 관중에게 먼저 배운 다음에 신하로 삼으니 힘들이지 않고 패자가 된 것이다.(故湯之於伊尹, 學焉而後臣之, 故不勞而王, 桓公之於管仲, 學焉而後臣之, 故不勞而霸.)"라는 구절이 보인다.

겠노라 청하였고, 임금이 스스로 돌아보고 자책하면 비로소 다시 돌아와 일을 보았으니, 공이 임금께 입은 지우는 가히 독보적이었다고 할 수 있다.

신법에 관한 의론으로 온 조정이 떠들썩했고, 시행한 지 얼마 되지도 않아 천하가 흉흉해졌다. 그러나 공은 『주례(周禮)』를 손에 쥔 채 분명하게 설명했으며,[39] 자신이 배운 바를 확신하며 조금도 의심하지 않았다. 군자들은 힘껏 싸우다 이내 떠나갔으며, 소인배들은 기회를 틈타 공의 결단을 은밀히 부추겼다. 충성스럽고 질박한 이들은 엎드린 채 숨죽이고, 간사하고 교활한 자들만 득의양양해하는데도 전혀 깨닫지 못하였으니, 공의 눈이 무언가에 의해 가려져있었음에 분명하다. 제도와 예의(禮儀), 관작과 형벌은 모두 천리가 아닌 것이 없고, 「홍범(洪範)」 구주(九疇)는 사실 상제께서 내리신 것이다. 옛날에 이른바 헌장(憲章)이니 법도니 전칙(典則)이니 하는 것들도 모두 이 이치였다. 그러나 공이 말하는 법도라는 것이 어찌 이런 것이었겠는가? [신법을] 바친 지 얼마 되지 않았을 때, 유릉이 간원(諫院)에서 올린

---

39) 왕안석은 1069~1076년에 新法이라고 불리는 青苗法·募役法·市易法·保甲法·保馬法 등의 정책을 입안하고 추진했는데, 『周禮』에 주석을 단 『주관신의』를 지어 학교의 교과서로 사용하고 신법의 지침으로 삼았다. 신법의 내용은 크게 富國을 위한 재정, 强兵을 위한 군사, 교육의 세 가지로 나눌 수 있다. 市易法이란 국가가 저리로 돈을 빌려줘 중소상인을 육성하는 것이고, 募役法이란 농가의 소득에 따라 세금을 걷고 이 돈으로 희망자를 모집해 차역을 대신하게 하는 법이다. 保甲法이란 향촌을 열 집씩 묶어 향촌방위를 강화하는 법이고, 保馬法이란 향촌별로 군마를 할당하여 사육하게 하는 법이다. 青苗法은 춘궁기에 굶주린 소농이 빚 때문에 소작농으로 전락하는 것을 막아 주는 법이고, 균수법은 물가를 조절하기 위해 시행한 법이다. 그러나 이런 신법들은 국가의 재정 수입을 늘리며, 대지주와 대상인에 맞서 소농과 소상인을 보호하는 성격을 띠고 있었기에 기득권층의 강한 반발에 부딪혔다.

상소를 꺼내 공과 더불어 논평하였는데, '간단하고 쉽게'라는 대목에 이르자 "지금은 간단하고 쉽게 할 수 없습니다. 법도를 정비하는 것만이 간단하고 쉽게 하는 방법입니다."라고 말했다. 희녕연간의 정치는 이로 인해 지리멸렬해졌다. 이런 것을 제쳐놓고 논하지 않으면서, 어찌하여 그가 행한 조치의 말단만을 놓고 언사를 낭비한단 말인가? 정치하는 것은 사람에게 달려 있으니, 사람을 취하는 것은 몸으로써 하고, 몸을 닦는 것은 도로써 하며, 도를 닦는 것은 인(仁)으로써 한다.[40] 인이란 사람의 마음이요, 사람이란 정치의 근본이다. 몸이란 사람의 근본이요, 마음이란 몸의 근본이다. 근본에 나아가지 않고 말단에 종사한다면, 그 말단은 다스려지지 못한다. 큰 학문이 전해지지 않고 옛 도가 가시덤불로 뒤덮여버린 지 이미 오래이다. 세태를 좇아 공명을 얻으려는 자들은 그 연원을 거슬러 올라가봄에 또 모두 노자에게서 나왔다. 이 세상 군자들이 타고난 두터운 천상(天常)[41]과 서적에 기록된 높은 스승들을 통해 자질을 보완하고, 천하를 다니며 자신의 분수를 따른다면, 아마도 보탬 되는 바가 있을 것이다. 하지만 그 뜻을 궁구하지 않는다면 큰일을 해낼 수 없다. 사람들은 당대의 폐단을 바로잡을 길이 없으면 그 사이에서 인습하면서 약간의 윤식만을 가함으로써 화만 입지 않기를 바란다. 하지만 공은 이 세상이 당우(唐虞) 시절처럼 되지 못하는 것을 부끄럽게 생각하셨으니, 어찌 이런 것에 안주하려 했겠는가? 말단에 가리어 그 뜻을 궁구하지 못한 것은 세상의 군자나 공이나 마찬가지인데 입은 해가 다른 이유는, 저들은 유속 사이에서 그대로 따른 반면 공은 반드시 고치고자 하였기

---

40) 『中庸』 20장.
41) 하늘이 정한 떳떳한 도리를 말한다.

때문이다. 희녕연간에 공을 배척했던 자들은 지극한 이치로써 절충해 보지도 않고 대체적으로 극구 비방만 하였다. 이에 공평한 언사는 열에 한 둘도 되지 않고, 과격한 언사가 열에 여덟아홉이어서, 위로는 유릉에게 믿음 얻기에 부족하였고, 아래로는 공의 가리어진 눈을 뜨게 해주기에 부족하였다. 도리어 그 의지를 더욱 굳혀 일을 밀어붙이게 만들었으니, 신법의 죄는 여러 군자들에게도 있는 셈이다.

원우대신(元祐大臣)들의 모든 경장(更張)[42]이 이른바 치우침 없고 당파도 없는 것이라 말할 수 있는가? 옥이 귀한 까닭은 티를 감추지 않기 때문이다. 고대의 믿을 만한 사신(史臣)들은 사실을 있는 그대로 기록했기에 시비와 선악이 모두 드러났고, [그 안에 드리워진] 권선과 징악, 귀감과 징계의 뜻을 후세가 우러를 수 있었다. 그런데 누르고 추켜올리고 덜어내고 보태어 자신의 호오에 끼어 맞추거나, 진실 그대로 반영하지 않음으로써 소인배들로 하여금 이를 빌미로 격노케 한다면, 이것이 어찌 군자에게 바라는 행위이겠는가? 소성연간(紹聖年間: 1094~1098) 변법[43]을 두고 어찌 그 죄를 공에게만 덮어씌울 수 있겠는가? 희녕연간 초부터 공은 자신의 주장이 시행되면 사람들이 달가워하지 않으면서, 유속이라 손가락질하고 소인배라 내칠 것임을 미리부터 알고 있었다. 여러 현자들이 공을 배척할 당시의 심했던

---

42) 북송 元祐年間(1086~1094)에 司馬光을 우두머리로 하는 舊黨 세력이 宣仁太后에 의해 발탁되면서 왕안석의 신법을 뒤집고 구법을 회복시킨 것을 일컬어 元祐更張이라고 부른다.

43) 紹聖은 북송 哲宗의 두 번째 연호이다. 여기서 말한 '변법'이란 철종이 신종 때에 취택했던 신법을 다시금 회복시킨 사건을 말한다. 元祐 8년(1093)에 신종의 모후인 高太后가 죽자 철종은 친정을 시작하는데, 신법을 회복시키고 신법에 반대하던 사람들을 모두 유배 보냈다. 역사에서는 이 사건을 '紹聖紹述'이라고 부른다.

언사들을 보면 정말로 그 예측과 맞아떨어졌다. 쌍방이 서로 부딪히는 중에 사태가 심각해질수록 이치는 더욱 분명해졌다. 원우연간의 제공(諸公)들은 방향을 돌릴 수 있었는데도 더욱 심한 쪽으로 치달았다. 올곧은 육예(六藝)를 가지고도 간사한 말을 문식할 수 있거늘, 소인배들이 그 무엇인들 갖다 붙이지 않았겠는가. 소성연간에 정권을 잡은 자들이 그토록 포악했으니, 신법이 없었다면 그 교활함을 감추지 않고 제멋대로 뜻을 펼치지 않았겠는가? 이랬다저랬다 하면서 숭녕연간(崇寧年間: 1102~1106)에 간교한 자들[44]을 끌어들인 것은 사실 원우연간 삼관(三館)에 있던 인재들이었다.[45] 원풍연간(元豊年間: 1078~1085) 말에 옳지 못한 자들을 끌어들여 스스로 정책을 결정하고 거짓을 꾸며 수상까지 무고하자[46] 그 옛날 공이 고요히 학문에 임

---

44) 崇寧은 徽宗의 두 번째 연호이다. 숭녕 원년(1102)에 휘종은 蔡京을 재상에 등용한 다음 희녕연간의 신법을 다시금 채택하였다. 그해 9월에 휘종은 중서성에 명해 원우연간에 신법에 반대한 신하 및 元符 연간에 신법에 대해 격한 언행을 한 바 있는 신하의 명단을 적어 올리게 했다. 채경은 집필을 맡은 신하 文彦博·呂公著·司馬光·范純仁·韓維·蘇轍·范純禮·陸佃 등 22명과 待制 이상 관직을 맡았던 蘇軾·范祖禹·晁補之·黃庭堅·程頤 등 48명을 위시하여 총 120명의 이름을 적어 올렸다. 이에 휘종이 직접 그들의 이름을 적어 돌에 새긴 다음 端禮門 밖에 세우니, 이를 '元祐黨人碑'라고 불렀다. 휘종은 黨人들의 자손으로 하여금 도성에 머물지도 못하게 하고 과거를 치르지도 못하게 하였다.

45) 송나라 때는 昭文館·集賢院·史館을 三館이라고 불렀는데, 藏書와 校書, 그리고 修史 등의 일을 맡아보았다. 陸游가 지은 「施司諫注東坡詩序」에 다음과 같은 말이 보인다. "옛날 조종께서 삼관을 두어 장상의 재목을 준비해두었는데, 원풍연간에 관제(왕안석이 개혁한 관제를 말한다.)를 시행하면서 삼관을 없앴다.(昔祖宗以三館養士, 儲將相材. 及元豊官制行, 罷三館.)"

46) 元豊은 神宗의 첫 번째 연호이다. 여기서 암시하고 있는 사람은 蔡京(1047~1126)이다. 元豊 8년(1085)에 신종이 붕어하고 群臣들이 새로운 황제 책봉을 논의하자 蔡京은 蔡確에게 붙어 王珪를 해하고 定策의 공을 차지하려

하고 비분강개하여 뜻을 펼쳤던 일에 대해 여러 군자들은 깊이 동조하게 되었다. 임금을 바로 잡는 학문과 밝히 알고 훤히 보는 도에 힘쓸 줄을 모르고서, 어지러이 말단에만 나아가 남들보다 뛰어난 것만 기뻐하였으며, 소인들로 하여금 틈을 얻게 하여 맞으면 투합하고 거스르면 방종하게 하였으니, 그 결과는 마찬가지인 셈이다. 근세의 학자들이 천편일률 부화뇌동하며 조정에 서서 발언을 일삼는 것은 혹 선배들을 배워서가 아니겠는가?

공은 집안 대대로 임천(臨川)에 살았는데, 정치에서 물러한 뒤에는 금릉(金陵: 지금의 南京)으로 이사했다. 선화연간(宣和年間: 1119~1125)[47]에 금릉의 귀인들이 공의 옛 집터에 사당을 세우게 해달라고 현에 부탁했다. 소흥연간(紹興年間: 1131~1162)[48] 초에 일찍이 수리한 바 있으나, 벌써 40년이나 지난 터라 심하게 무너져 내려 지나가는 사람마다 보고 탄식한다. 지금 괴력난신(怪力亂神)을 모시는 사당은 면면히 끊이지 않지만, 공은 세상을 뒤덮고도 남을 영무함과 빼어난 지조를 지닌 인물이요 산천의 정령을 타고난 불세출의 인물이거늘, 사당의 모습에 위엄이라곤 없어 고을 사람들이 경외하지 않는다. 공평치 못한 의론과 두려움과 의심에 가득한 사람들의 마음으로 인해 이 지경에 이른 것이 아니겠는가? 군후(郡侯)인 전 공(錢公)께서 일

───────────────

하였으나 실패하였다. 어린 哲宗이 즉위하여 선인황후가 수렴청정을 시작하고 사마광이 수상이 되어 집권하게 되었다. 사마광은 신법 폐지를 단행하는 일환으로 단 닷새의 말미를 주며 差役法을 회복시키라 명하였는데, 다른 관료들은 해내지 못했지만 채경은 사마광의 눈에 들기 위해 자신의 관할구역 전체를 差役으로 바꾸었다.
47) 徽宗의 여섯 번째이자 마지막 연호이다.
48) 남송 高宗이 금나라에 쫓기어 江浙 일대로 피난 간 다음에 사용했던 연호이다.

년 만에 정사를 완성하니, 백성들이 단결하고 화목하였다. 학교를 정비한 뒤에 [사당을 보고] 개탄하며 허물고 다시 지으니, 외관이 예전보다 훨씬 장엄해졌다. 사당을 잠그고 학관에게 맡겨 관리하게 하였으며 계절마다 제사를 올렸다. 나는 그 소식을 처음 듣고 속으로 경탄하였다. 얼마 후 내게 기문을 지어 달라는 부탁이 왔다. 나는 본디부터 이 학문이 강구되지 못하여 사인들의 마음이 어두워진 탓에, 남들이 하는 소리나 따라하며 시비를 가리고 절충할 줄 모르는 것을 애석해하고 있었다. 공이 지방관으로 있을 적에 사인(舍人) 증 공(曾公: 曾鞏)이 답장을 보내 절차탁마하며 말했다. "그대는 지금 다른 사람의 좋은 점을 따르는 데 가장 능하십니다. 근자에 누군가가 고해온 말을 그대가 모두 받아들이지 않았다면, 필시 그대의 견해를 바꾸게 할 만한 이치가 없었기 때문일 것입니다."[49] 나는 스스로의 역량도 헤아리지 못하고서 군후의 뜻을 따를 수밖에 없었기에 삼가 들은 바로써 사당에 바치노니, 공께서 분명 즐겨 들으실 것이다.

순희 15년(1188), 무신년 정월 초길
고을 사람 육 아무개가 기를 짓다

唐 · 虞 · 三代之時, 道行乎天下. 夏 · 商叔葉, 去治未遠, 公卿之間, 猶有典刑. 伊尹適夏, 三仁在商, 此道之所存也. 周歷之季, 跡熄澤竭, 人私其身, 士私其學, 橫議蜂起. 老氏以善成其私, 長雄於百家, 竊其

---

49) 舍人 曾公은 曾鞏(1019~1083)을 가리킨다. 자는 子固, 시호는 文定이며 建昌 南豐 사람이다. 이 내용은 증공이 왕안석에게 보낸 편지 「與王介甫第二書」에 보인다.

遺意者猶皆逞於天下. 至漢而其術益行, 子房之師, 實維黃石, 曹參避堂以舍蓋公. 高·惠收其成績, 波及文·景者, 二公之餘也. 自夫子之皇皇, 沮·溺·接輿之徒固已竊議其後. 孟子言必稱堯·舜, 聽者爲之藐然. 不絶如綫, 未足以喩斯道之微也. 陵夷數千百載, 而卓然復見斯義, 顧不偉哉?

裕陵之得公, 問唐太宗何如主. 公對曰: "陛下每事當以堯·舜爲法, 太宗所知不遠, 所爲未盡合法度." 裕陵曰: "卿可謂責難於君, 然朕自視眇然, 恐無以副此意, 卿宜悉意輔朕, 庶同濟此道." 自是君臣議論, 未嘗不以堯·舜相期. 及委之以政, 則曰: "有以助朕, 勿惜盡言." 又曰: "須督責朕, 使大有爲." 又曰: "天生俊明之才, 可以覆庇生民, 義當與之戮力, 若虛捐歲月, 是自棄也." 秦·漢而下, 南面之君亦嘗有知斯義者乎? 後之好議論者之聞斯言也, 亦嘗隱之於心以揆斯志乎? 曾魯公曰: "聖知如此, 安石殺身以報, 亦其宜也." 公曰: "君臣相與, 各欲致其義耳. 爲君則自欲盡君道, 爲臣則欲自盡臣道, 非相爲賜也." 秦·漢而下, 當塗之士亦嘗有知斯義者乎? 後之好議論者之聞斯言也, 亦嘗隱之於心以揆斯志乎? 惜哉! 公之學不足以逐斯志, 而卒以負斯志. 不足以究斯義, 而卒以蔽斯義也.

昭陵之日, 使還獻書, 指陳時事, 剖析弊端, 支葉扶疏, 往往切當, 然覈其綱領, 則曰: "當今之法度, 不合乎先王之法度." 公之不能究斯義, 而卒以自蔽者, 固見於此矣. 其告裕陵, 蓋無異旨. 勉其君以法堯·舜, 是也, 而謂每事當以爲法, 此豈足以法堯舜者乎? 謂太宗不足法, 可也, 而謂其所爲未盡合法度, 此豈足以度越太宗者乎? 不知言, 無以知人也. 公疇昔之學問, 熙寧之事業, 擧不遁乎使還之書. 而排公者, 或謂容悅, 或謂迎合, 或謂變其所守, 或謂乖其所學, 是尚得爲知公者乎? 氣之相迕而不相悅, 則必有相訾之言, 此人之私也. 公之未用, 固有素訾公如張公安道, 呂公獻可, 蘇公明允者. 夫三公者之不悅於公, 蓋生於其氣之所迕. 公之所蔽, 則有之矣, 何至如三公之言哉? 英特邁往,不屑於流俗, 聲色利達之習, 介然無毫毛得以入於其心, 潔白之操, 寒於冰霜, 公之質也. 掃俗學之凡陋, 振弊法之因循, 道術必爲孔·孟, 勳績必爲伊·周, 公之志也. 不蘄人之知, 而聲光燁奕, 一時鉅公名賢爲之左次, 公之得此, 豈偶然哉! 用逢其時, 君不世出, 學焉而後臣之, 無愧成湯·高宗. 君或致疑, 謝病求去, 君爲責躬, 始復視事, 公之得君, 可謂專矣.

新法之議, 擧朝讙譁, 行之未幾, 天下恟恟, 公方秉執『周禮』精白言之, 自信所學, 確乎不疑. 君子力爭, 繼之以去, 小人投機, 密贊其決, 忠樸屛伏, 憸狡得志, 曾不爲悟, 公之蔽也. 典禮爵刑, 莫非天理, 「洪範」九疇, 帝實錫之, 古所謂憲章·法度·典則者, 皆此理也. 公之所謂法度者, 豈其然乎? 獻納未幾, 裕陵出諫院疏與公評之, 至簡易之說曰: "今未可爲簡易. 修立法度, 乃所以簡易也." 熙寧之政, 粹於是矣. 釋此弗論, 尙何以費辭於其建置之末哉? 爲政在人, 取人以身, 修身以道, 修道以仁. 仁, 人心也. 人者, 政之本也. 身者, 人之本也, 心者, 身之本也. 不造其本而從事其末, 末不可得而治矣. 大學不傳, 古道榛塞, 其來已久. 隨世而就功名者, 淵源又類出於老氏. 世之君子, 天常之厚, 師尊載籍, 以輔其質者, 行於天下, 隨其分量, 有所補益, 然而不究其義, 不能大有所爲. 其於當世之弊有不能正, 則依違其間, 稍加潤飾, 以幸無禍. 公方耻斯世不爲唐·虞, 其肯安於是乎? 蔽於其末而不究其義, 世之君子未始不與公同, 而犯害則異者, 彼依違其間, 而公取必焉故也. 熙寧排公者, 大抵極詆訾之言, 而不折之以至理. 平者未一二, 而激者居八九. 上不足以取信於裕陵, 下不足以解公之蔽, 反以固其意, 成其事, 新法之罪, 諸君子固分之矣.

元祐大臣一切更張, 豈所謂無偏無黨者哉? 所貴乎玉者, 瑕瑜不相揜也. 古之信史直書其事, 是非善惡靡不畢見, 勸懲鑑戒, 後世所賴. 抑揚損益, 以附己好惡, 用失情實, 小人得以藉口而激怒, 豈所望於君子哉? 紹聖之變, 寧得而獨委罪於公乎? 熙寧之初, 公固逆知己說之行,人所不樂, 旣指爲流俗, 又斥以小人. 及諸賢排公, 已甚之辭, 亦復稱是. 兩下相激, 事愈戾而理益不明. 元祐諸公, 可易轍矣, 又益甚之. 六藝之正, 可文姦言, 小人附託, 何所不至. 紹聖用事之人如彼其傑, 新法不作, 豈將遂無所竄其巧以逞其志乎? 反復其手, 以導崇寧之姦者, 實元祐三館之儲. 元豊之末, 附麗匪人, 自爲定策, 至造詐以誣首相, 則疇昔從容問學, 慷慨陳義, 而諸君子之所深與者也. 格君之學, 克知灼見之道, 不知自勉, 而憂憂於事爲之末, 以分異人爲快, 使小人得間, 順投逆逞, 其致一也. 近世學者, 雷同一律, 發言盈庭, 豈善學前輩者哉?

公世居臨川, 罷政徙于金陵. 宣和間, 故廬丘墟, 鄕貴人屬縣立祠其上. 紹興初, 常加葺焉. 逮今餘四十年, 隳圮已甚, 過者吝嘆! 今怪力之祠, 綿綿不絶, 而公以蓋世之英, 絶俗之操, 山川炳靈, 殆不世有, 其廟貌弗嚴, 邦人無所致敬, 無乃議論之不公, 人心之畏疑, 使至是耶? 郡侯錢公, 期月政成, 人用輯和. 繕學之旣, 慨然徹而新之, 視舊加壯, 爲之管鑰, 掌于學官, 以時祠焉. 余初聞之, 竊所敬嘆! 旣又屬記於余, 余固悼此學之不講, 士心不明, 隨聲是非, 無所折衷. 公爲使時, 舍人曾公復書切磋, 有曰: "足下於今, 最能取於人以爲善, 而比聞有相曉者, 足下皆不受[50]之, 必其理未有以奪足下之見也." 竊不自揆, 得從郡侯, 敬以所聞薦於祠下, 必公之所樂聞也.

淳熙十有五年 歲次戊申 正月初吉 邦人陸某記

---

50) 『육구연집』 원문에는 '足' 자로 되어있으나 『曾鞏集』 권16에는 '受' 자로 되어 있다. 『曾鞏集』에 근거하여 '受'로 바로잡는다.

경덕당기

經德堂記

    당(堂)의 이름은 『맹자』의 "덕을 떳떳이 잡고 굽히지 않는 것은 녹을 구하기 위함이 아니다."[51]에서 취해왔다. '경(經)'이란 상(常)이며, '덕'이란 사람이 하늘로부터 얻은 것이다. '굽히지 않는다[不回]'는 덕이란 본디 구부리거나 휘두를 수 없다는 뜻이다. 이것이 없으면 사람이 될 수 없다. 신하가 되어 이것이 없으면 임금을 섬길 수 없으며, 자식이 되어 이것이 없으면 아비를 섬길 수 없다. 우(禹) 임금이 물길을 뚫은 것도,[52] 직(稷)이 씨를 뿌린 것도,[53] 설(契)이 가르침을 베푼 것도,[54] 고요(皋陶)가 형정을 밝힌 것도,[55] 익(益)이 금수를 몰아낸

---

51) 『孟子』「盡心下」에 나오는 구절이다.
52) 禹가 홍수를 다스릴 적에 龍門山을 파서 하수를 뚫은 일을 가리킨다.
53) 稷은 舜의 다섯 현신 가운데 하나로, 파종법을 개량하여 농업에 발전을 가져왔기에 오곡의 신으로 불린다. 『尙書』「舜典」에 "순임금이 말했다. 기여, 백성이 굶주림을 걱정한다. 그대는 후직이니 때에 맞춰 백곡을 파종하라.(帝曰, 棄, 黎民阻飢, 汝后稷, 播時百穀.)"는 내용이 보인다.
54) 위의 주석 인용문 바로 뒤이어 "순임금이 말했다. 설이여, 백성이 친하지 아니하며 오품에 공손하지 아니하기에 그대에게 사도를 맡기니 공경히 다섯 가지 가르침을 베풀되 너그러움을 있게 하라.(帝曰, 契, 百姓不親, 五品不遜, 汝作司徒, 敬敷五教, 在寬.)"는 내용이 나온다.
55) 위의 주석 인용문 바로 뒤이어 "순임금이 말했다. 고요여, 만이가 중원을 어지럽히며 도적떼들이 안팎으로 들끓고 있다. 너는 법관이 되어 다섯 가지 형벌을 행하되, 오형에 복죄한 자들을 세 곳으로 나누어 行刑하며, 다섯 가지 유배형에 처하되, 다섯 가지 유형에 해당하는 자들을 세 곳으로 나누어 거처하게 할 것이다. 오직 밝게 살펴 사람들이 신복토록 하라.(帝曰皋陶, 蠻夷猾夏, 寇賊姦

것도,56) 수(垂)가 일상에 사용할 기물을 구비한 것도,57) 백이(伯夷)가 삼례를 장관한 것도,58) 기(夔)가 음악을 장관한 것도,59) 용(龍)이 황제의 말씀 출납을 맡은 것도,60) 윤(尹)이 유신(有莘)에서 농사짓다가 성탕(成湯)의 재상이 된 것도,61) 부열(傅說)이 부암(傅巖)에서 담을

宄, 汝作士, 五刑有服, 五服三就, 五流有宅, 五宅三居, 惟明克允.)"는 내용이 나온다.

56) 『尙書』「舜典」에 "순임금이 말하기를 '누가 나의 상하 초목과 조수를 순하게 돌볼 수 있겠소?' 하니, 여러 사람이 益이라고 대답했다. 순임금이 이르기를, '그러하다. 익이여, 너는 나의 우(虞: 산택을 다스림) 관직을 맡으라.' 순이 익으로 하여금 조수를 잡게 했다.(帝曰, 疇若予上下草木鳥獸? 僉曰, 益哉. 帝曰, 兪. 咨益, 汝作朕虞. 益拜稽首, 讓于朱虎熊羆.)"라는 내용이 보인다. 『孟子』「滕文公上」에도 "순임금이 익으로 하여금 불을 장관하게 하자 익이 산택에 불을 놓아 모두 태우니, 금수들이 도망가 숨었다.(舜使益掌火, 益烈山澤以焚之, 禽獸逃匿.)"라는 내용이 보인다.

57) 『尙書』「舜典」에 "순임금이 말했다. 누가 나의 百工의 일을 순히 다스리겠는가? 여럿이 垂라고 말했다. 순임금이 말했다. 그렇구나. 수야, 너는 공공이 되라.(帝曰, 疇若予工? 僉曰, 垂哉. 帝曰, 兪. 咨垂, 汝共工.)"는 구절이 나온다. '共工'은 百工의 일을 맡아보는 관직 이름이다.

58) 『尙書』「舜典」에 보인다. "순임금이 말했다. 아! 四岳아. 나의 三禮를 맡을 자가 있는가? 하니, 여럿이 伯夷라고 말하였다. 순임금이 말했다. 그렇구나. 아, 伯아! 너를 秩宗으로 삼으니, 밤낮으로 공경하여 곧게 하여야 깨끗해질 것이다.(帝曰, 咨四岳, 有能典朕三禮? 僉曰, 伯夷. 帝曰, 兪, 咨伯, 汝作秩宗, 夙夜惟寅, 直哉惟淸.)"

59) 위의 주석 인용문 바로 뒤이어 나오는 내용이다. "순임금이 말했다. 기야! 너를 명하여 典樂으로 삼으니, 胄子를 가르치되 곧으면서도 온화하며 너그러우면서도 엄하며 강하되 사나움이 없으며 간략하되 오만함이 없게 할 것이다.(帝曰, 夔, 命汝典樂, 敎胄子, 直而溫, 寬而栗, 剛而無虐, 簡而無傲.)"

60) 위의 주석 인용문 바로 뒤이어 나오는 내용이다. "순임금이 말했다. 용아! 짐은 讒言이 善行을 끊어놓아 짐의 무리를 놀라 떨게 함을 미워한다. 너를 명하여 納言으로 삼노니, 밤낮으로 짐의 명령을 출납하되 진실하게 하라.(帝曰, 龍, 朕堲讒說殄行, 震驚朕師, 命汝作納言, 夙夜出納朕命, 惟允.)"

61) 『孟子』「萬章上」에 "이윤이 유신의 뜰에서 농사를 지으면서 요순의 도를 즐거

쌓다가 무정(武丁)을 보좌한 것도,[62] 태공(太公)이 반계(磻溪)에서 낚시질 하다가 문왕과 무왕의 스승이 된 것도[63] 모두 이 덕이 있어서였다. 관용봉(關龍逢)이 죽임을 당한 것도,[64] 왕자 비간(比干)의 심장이 갈기갈기 찢긴 것도,[65] 기자(箕子)가 옥에 갇혀 노예가 된 것도,[66] 공자께서 자취를 감추고, 나무를 하고, 진(陳)·채(蔡)에서 곤경에 처하고,[67] 숙손(叔孫)에게 비방 당하고, 미생묘(微生畝)와 초나라 광인 접여(接輿)와 성문지기와 밭 갈던 장저·걸닉과 삼태기를 매고 지팡이 짚은 노인 등에게 조롱당한 것도,[68] 맹자께서 장창(臧倉)

워하며 살았다.(伊尹耕於有莘之野, 而樂堯舜之道焉.)"라는 말이 나온다.

[62] 은나라 傅說이 등용되기 전에 傅巖에서 版築하는 일을 한 것을 가리킨다.

[63] 呂尙이 文王을 만나기 전에 磻溪에서 홀로 낚시질 하던 것을 말한다. 『史記』 권32 「齊太公世家」에 보인다.

[64] 關龍逢은 하나라 桀王의 어진 신하로서 걸왕의 황음무도한 짓을 보다 못해 자주 간하다가 걸왕의 분노를 사서 감옥에 갇혔다가 결국은 살해당하였다

[65] 比干은 商의 28대 太丁帝 文丁의 아들로 紂王의 숙부이다. 주왕의 학정을 강하게 간했기 때문에 분노를 샀고, 주왕은 성인의 가슴에는 7개의 구멍이 있다고 하는데 이것을 시험해본다며 비간을 죽여 가슴을 갈랐다고 한다.

[66] 기자 또한 주왕에게 여러 차례 간했는데, 주왕이 끝내 듣지 않자 목숨을 부지하기 위해 머리를 풀어헤치고 미친 척 하며 노예 노릇을 했다고 한다. 후에 주왕은 그런 기자를 옥에 가두었다.

[67] 『莊子』 「漁父」에 "구는 노에서 거듭 쫓겨나고 위에서 자취를 감추었으며, 송에서 벌목하고 진과 채에서 포위되었다.(丘再逐於魯, 削迹於衛, 伐樹於宋, 圍於陳蔡.)"는 구절이 보인다.

[68] 微生畝에 관한 이야기는 『論語』 「憲問」에 보인다. 그는 공자에게 "구여, 그대는 어찌하여 이처럼 바삐 다니는가? 그대의 말솜씨가 훌륭하지 않던가?(丘何爲是栖栖者與? 無乃爲佞乎?)"라고 조롱한 바 있다. 문지기 이야기도 「憲問」에 나온다. "자로가 石門에서 묵었다. 새벽에 문지기가 말했다. 어디서 오는 길이시오? 자로가 말하였다. 공자로부터 오오. (문지기가) 말하였다. 아! 그 안 될 줄 알면서도 행하는 사람 말이오?(子路宿於石門, 晨門曰, 奚自? 子路曰, 自孔氏. 曰, 是知其不可而爲之者與?)" 接輿 이야기는 「微子」에 보인다. 각주 29)

에게 막힌 것도,[69] 순우곤(淳于髡)에게 비웃음을 산 것도,[70] 윤사(尹士)와 충우(充虞)에게 의심을 받은 것도[71] 모두 마찬가지로 이 덕이 있어서였다. 무왕이 태왕(太王)·왕계(王季)·문왕(文王)의 뒤를 이어 천하를 다스린 것도, 주공이 문왕과 무왕의 업적을 이룬 뒤 태왕과 왕계를 추존함과 동시에 문왕을 명당에 제사지냄으로써 선대를 계승하는 선업(善業)을 완성하여 천하의 효자가 된 것도, 증자(曾子)가 중니로부터 법도를 전수받아 효로써 천하에 이름나고 후세에 이름을 남긴 것도, 모두 이 덕이 있어서였다. 순임금이 작은 매질이면 받고 큰 매질이면 도망친 것도,[72] 요임금의 두 딸을 아내로 맞이할 때 아비인 고수의 명을 기다리지 않은 것도[73], 창고를 고치려다가 불이 났

참고.「微子」에는 또 공자의 제자 子路가 荷蓧丈人을 만나 공자의 행방을 묻자, 공자를 조롱하는 말을 하고는 지팡이를 꽂고서 계속 김을 맸다(植其杖而芸)는 이야기가 전한다.

69)『孟子』「梁惠王下」에서 孟子가 臧倉의 저지로 魯平公과의 만남이 이루어지지 못한 사건을 말한다.

70) 맹자와 제나라 사람 淳于髡 사이에 벌어진 설전은「盡心」과「離婁」등 편에 보인다.

71) 맹자가 제나라를 떠날 때 尹士 및 充虞의 질문에 대해 답한 내용은「公孫丑下」에 보인다.

72)『孔子家語』「六本」에 나오는 말이다. 유가에서는 작은 매질은 받고 큰 매질로부터는 달아나는 것이 부모의 처벌에 대해 자식이 지켜야 하는 도리라고 생각했다.

73)『孟子』「萬章上」에 "만장이 여쭈었다. 『시』에 말하기를 아내를 맞이할 때는 어떻게 해야 하는가? 반드시 부모님에게 아뢰어야 한다라고 하였는데, 이 말이 진실이라면 순처럼 해서는 안 될 것 같습니다. 순께서 아뢰지 않고 아내를 맞이하신 까닭은 무엇입니까?' 맹자께서 말씀하셨다. '아뢰었다면 아내를 맞이할 수 없었을 것이다. 남자와 여자가 가정을 이루어사는 것은 사람의 중요한 인륜이다. 만약에 아뢰었다면 사람의 중요한 인륜을 폐기하게 되어 부모님을 원망하게 될 것이므로 이 때문에 아뢰지 않은 것이다.'(萬章問曰, 『詩』云娶妻如之何? 必告父母. 信斯言也, 宜莫如舜. 舜之不告而娶, 何也?' 孟子曰, '告則不得娶.

으나 삿갓으로 불길을 막고 지붕에서 내려온 것도, 우물을 파다가 땅에 묻혔으나 옆으로 구멍을 파 빠져나온 것도,[74] 태백(太伯)과 우중(虞仲)이 계력(季歷)에게 자리를 물려주고 머리 자르고 문신한 채 형만(荊蠻)으로 망명한 것도,[75] 태자 신생(申生)이 사람을 보내 호돌(狐突)에게 말을 전하고 재배한 뒤 머리 조아려 죽은 것도[76] 모두 이 덕이 있어서였다.

　옛날 치세 때에는 백성들이 화목하게 변하였고 집집마다 봉작을

男女居室, 人之大倫也. 如告, 則廢人之大倫, 以懟父母, 是以不告也.')"라는 말이 나온다.

74) 『孟子』「萬章上」에 "부모가 순에게 창고 지붕을 수리하게 하였는데, 사다리를 치운 다음 고수가 창고에 불을 질렀으며, 순에게 우물을 파게 하였는데, 나오려 하자 곧바로 흙을 덮어 생매장 하였다.(父母使舜完廩, 捐階, 瞽瞍焚廩. 使浚井, 出, 從而揜之.)"라는 내용이 보인다. 『史記』 권1 「五帝本紀」에 "순은 두 개의 삿갓으로 불길을 막고 내려와 그곳을 피한 덕에 죽지 않았다.(舜乃以兩笠自捍而下, 去, 得不死.)"는 내용이 보이고, 이어 "(고수가 또 순으로 하여금 우물을 파게 했는데, 순이 우물을 파되 구멍을 숨겨 파 옆으로 나왔다.(瞽瞍又使舜穿井, 舜穿井, 爲匿空, 旁出.)"는 내용이 보인다.

75) 『史記』 권4 「周本紀」에 나오는 내용이다. 古公亶父의 맏아들인 태백과 둘째 아들 우중은 막내아들 계력이 장차 西伯이 될 昌을 낳자 창에게 성덕이 있음을 알고는 계력에게 자리를 물려주고 형만으로 망명했다.

76) 『說苑』에 다음과 같은 고사가 실려 있다. "진 헌공 때 호돌이라는 사인이 있었는데, 태자 신생의 사부가 되었다. 헌공이 여희를 부인으로 삼아 나라가 어려워지자 호돌은 병을 핑계로 출사하지 않았다. 6년에 헌공은 참언을 듣고 태자를 죽이려 하였다. 태자는 죽기 전에 사람을 보내 호돌에게 말했다. '임금께서 연로하신데 나라에 어려움이 많습니다. 사부께서 한번 나오시어 임금을 보좌해주신다면 신생은 죽음을 받아도 한이 없습니다.' 그리고는 재배하고 머리를 조아린 뒤 죽었다. 호돌은 이에 다시 나와 헌공을 섬겼다.(晉獻公之時, 有士焉曰狐突, 傅太子申生. 公立驪姬爲夫人, 而國多憂, 狐突稱疾不出. 六年, 獻公以譖誅太子, 太子將死, 使人謂狐突曰, '吾君老矣, 國家多難, 傅一出以輔吾君, 申生受賜以死不恨.' 再拜稽首而死. 狐突乃復事獻公.)"

하사받을 정도로 어진 이가 넘쳐났다. 한수(漢水) 가에 노니는 아가씨는 저 우뚝 솟은 교목 같고,[77] 숲 가운데 있는 무부(武夫)는 [공후] 의 심복이 될 수 있었다.[78] 원하는 것 중에 사는 것보다 더 한 것이 있고, 싫은 것 중에 죽음보다 더 한 것이 있다[79]는 말의 명백한 증험을 여항에서도 찾아볼 수 있었으니, 하물며 사대부였겠는가? 덕이 쇠미해지고 이런 마음이 약해지자 호걸들도 일어나지 않고 황극(皇極)도 세워지지 않았다. 어질고 지혜로운 자들은 모여야 할 곳을 잃고 헤맸고, 보통 백성들은 누구의 명을 따라야할지 알지 못했다. 학자들이 지어내는 글들은 더욱 번다해지고, 소송 거는 문장이 기승을 부렸다. 공(公)으로 꾸몄으나 실은 사(私)였고, 의(義)는 손님이요 이(利)가 주인이었다. 모든 것이 무너지는데도 구제하지 못하고, 횡류가 범람하는데도 막아내지 못했다. 하늘과 백성의 상도와 떳떳한 도리는 끊어져 없어져서는 아니 되거늘, 한나라 헌제(獻帝)가 허도(許都)에 있으면서 오로지 저 물여우같은 조조(曹操)의 명령만을 따르게 되자[80] 옛날 선조들의 법제와 지극한 격언은 함만 남은 채 진주는 사라져버리고, 도리어 화려한 문식이 되어버렸다. 그릇되고 황당한 해석

---

77) 『詩經』「周南·漢廣」에 "남쪽에 우뚝 솟은 나무 있어도 그 아래서 쉴 수 없도 다. 한수에 노는 아가씨 있어도 다가가 가까이할 수 없도다.(南有喬木, 不可休 息. 漢有游女, 不可求思.)"라는 구절이 있다.

78) 『詩經』「周南·兔罝」에 "가지런한 토끼그물이여, 숲 한 가운데에 쳤도다. 굳세고 굳센 무부여, 공후의 복심이로다.(肅肅兔罝, 施于中林. 赳赳武夫公侯腹 心.)"라는 구절이 있다.

79) 『孟子』「告子上」에 나오는 말이다.

80) 許都는 지금 河南省 許昌市 建安區의 張潘鎭 古城村에 있다. 東漢 建安 원 년(196)에 曹操는 獻帝를 洛陽으로부터 이곳에다 데려다놓고 사실상 정권을 좌지우지했다.

이 난무하고, 참되고 바른 것이 변질되어 어지러워짐에, 도리어 도적의 병사에게 식량을 대주는 꼴이 되어버렸다. 등창이 나 살이 문드러지고, 구더기가 득실대며, 못된 백성들이 창궐했다. 성질 급한 사인들은 분노와 답답함을 이기지 못하여, 의(義)를 창 삼아 절개를 갑옷 삼아 저들의 칼날에 맞서 싸웠다. 간혹 하늘에 의지하고 성인의 힘을 빌려 끊어져 없애서는 안 될 것을 지킨 자들이 있었는데, 우리들의 이목을 집중시키기에 충분했지만 계란으로 바위치기나 마찬가지인 경우가 열에 여덟아홉이었다. 실질을 총괄해보건대, 한 수레 가득한 땔나무에서 불이 났는데, 물이라곤 고작 한 잔도 가득 차지 못한 꼴이었으니, 그렇다! 결국엔 망할 수밖엔 없었던 것이다.

부자께서는 주나라 말에 태어나셨다. 인문의 폐단이 극에 달하여 왕자(王者)의 자취도 사라지고, 시서(詩書) 모두 없어진 지 오래였던지라, 예물 실은 수레를 타고[81] 발해(渤海)와 태산, 장강과 회하(淮河), 황하와 제수(濟水) 사이를 방황했으나 부자를 등용할 줄 아는 사람은 없었다. 돌아와 사수(泗水)와 수수(洙水) 사이에서 도를 가르치며, 안연(顔淵)의 즐거움을 어질게 여기고,[82] 임방(林放)의 질문을 훌륭하게 여기셨으며,[83] 증점(曾點)의 뜻에 감탄하시고,[84] 우(禹)임금

<hr />

81) 군주를 알현할 때 바치는 예물을 늘 수레에 싣고 다님을 말한다. 『孟子』「滕文公下」에 "공자께서는 세 달 동안 군주를 모시지 못하면 어찌할 줄 몰라 하여, 국경을 떠날 때에는 반드시 선사할 예물을 수레에 싣고 다녔다.(孔子三月無君則皇皇如也, 出疆必載贄.)"라는 내용이 보인다.
82) 『論語』「雍也」에 "어질구나, 회여. 한 소쿠리의 밥과 한 바가지의 물로 누추한 골목에 거한다면, 사람들은 그 근심을 이기지 못하거늘, 회는 그 즐거움을 바꾸려하지 않으니, 어질구나, 회여!(賢哉, 回也! 一簞食, 一瓢飮, 在陋巷, 人不堪其憂, 回也不改其樂. 賢哉, 回也!)"라는 내용이 보인다.
83) 『論語』「八佾」에 "임방이 예의 근본을 묻자 공자께서는 '훌륭한 질문이다! 예란

과 후직이 몸소 농사를 지었다는 남궁괄(南宮适)의 말을 듣고 높이 평가하셨으며,[85] 자고(子羔)와 증삼(曾參)의 어리석음과 노둔함을 안타까워하셨다.[86] 그러나 끝내 재여(宰予)·자공(子貢)·자유(子游)·자하(子夏)·자로(子路)·염구(冉求) 등으로 하여금 지덕(知德)의 경지에 나아가게 하지는 못했으니, 먼저 들어간 것은 뽑아내기 어렵고, 오래된 누습이 사람을 가두어버렸기 때문이었다. 부자께서 돌아가신 후 백가(百家)가 일어났으나, 유가의 이름을 내 건 자들은 모두 공자로부터 비롯되었다고들 말했다. 안연이 죽은 뒤로 공자의 도에 의심을 품지 않은 자는 오직 증자뿐이었음에도 자하·자유·자장(子張)이 그에게 유약(有若)을 모실 것을 강요했으니,[87] 다른 말은 해서 무

사치스러운 것보다는 검소한 것이 낫고, 상사란 매끄러운 것보다는 진심으로 슬퍼하는 것이 낫다.(林放問禮之本, 子曰, '大哉問! 禮, 與其奢也寧儉, 喪, 與 其易也寧戚.)"라는 내용이 보인다.

84) 『論語』「先進」에 "증점이 말하기를, …… '늦봄에 봄옷이 이미 지어졌거든 어른 대여섯, 아이 예닐곱과 기수에서 목욕하고 무우에서 바람 쐬고 노래하면서 돌아오고 싶다.'고 하자 공자께서 탄식하며 말씀하시기를, '나는 점과 뜻을 같이한다.'고 하셨다.(點曰 …… '莫春者, 春服旣成, 冠者五六人, 童子六七人, 浴乎沂, 風乎舞雩, 詠而歸.' 夫子喟然歎曰, '吾與點也.')"라는 내용이 보인다.

85) 『論語』「憲問」에 "남궁괄이 공자에게 물었다. '예는 활을 잘 쏘았고, 오는 육지에서 배를 끌 정도로 힘이 세었지만 두 사람 다 제명이 죽지 못했습니다. 우임금과 후직은 몸소 농사를 지었으나 오히려 천하를 얻었습니다.' 공자께서는 대꾸하지 않으셨다. 남궁괄이 물러난 뒤에 공자께서 말씀하셨다. '훌륭한 교양이로다. 이 사람은! 덕을 숭상하는도다. 이 사람은!'(南宮适問於孔子曰, '羿善射, 奡盪舟, 俱不得其死. 然禹稷躬稼而有天下.' 夫子不答. 南宮适出, 子曰, '君子哉, 若人! 尙德哉, 若人!')"라는 내용이 보인다.

86) 『論語』「先進」에 "子羔는 어리석고, 曾參은 둔하다.(柴也愚, 參也魯)"는 내용이 보인다.

87) 『孟子』「公孫丑上」에 공자 사후에 子夏·子張·子遊 3인이 有若을 스승으로 모시려고 하자 曾子가 강력하게 반대했다는 내용이 보인다.

엇 하겠는가? 장보관(章甫冠)을 쓰고 봉액의(逢掖衣)를 입고,[88]
『시경』·『서경』·『예기』·『악기(樂記)』에 나오는 글을 입에 달고 사
는 자들이 과연 정말로 공자에게서 나왔겠는가? 노담(老聃)과 몽장
(蒙莊)[89]의 무리가 그 사이에서 방자하게 굴면서 유가의 단점을 묘사
하고 주공과 공자를 비웃고 탓하며, 『시경』과 『예기』를 짓밟은 것도
형세상 당연한 일이었다. 전국시대와 진(秦)나라는 더 말할 것도 못
된다. 한나라 고제(高帝)가 항적(項籍)을 제거할 수 있었던 관건은
의제(義帝)의 발상 사건이었으니, 하늘의 상도와 백성의 인륜이 이보
다 더 클 수는 없다.[90] 신성삼로(新城三老)[91]는 아마도 노장에 조예
가 깊은 자였던 것 같다. 하지만 그는 천하의 대계가 여기 달려 있음
을 알았을 뿐, 어찌 "필부필부라도 요순의 혜택을 입지 못한 자가 있
으면 마치 자신이 밀어서 도랑에 빠뜨린 것처럼 생각하는"[92] 마음이
있었겠는가? 장자는 전상(田常)이 인의를 도둑질하고 나라를 훔쳤다
고 조롱했지만,[93] 자신들의 학문에도 인의를 도둑질하고 천하를 훔치

---

88) 章甫冠은 유생들이 쓰던 관 중의 하나이고, 逢掖衣는 소매가 넓은 유자의 옷을
   말한다. 공자가 송나라에 살 때 장보관을 썼고, 노나라에 살 때는 봉액의를 입었
   다고 하여 후에 儒學하는 이의 의관을 상징하는 용어로 사용하였다.
89) 노담은 노자, 몽장은 장자를 가리킨다.
90) 『漢書』 권1 「高帝紀上」에 나오는 내용이다. 한왕 유방은 董公의 계책에 따라
   항우가 살해한 義帝를 위해 發喪하고 병사들에게 흰 상복을 입혔다. 이때 동공
   은 군대는 명분이 있어야 적을 복종시킬 수 있다고 고조를 설득하여 항우를
   임금을 내쳐 죽인 천하의 역적으로 내몰았다.
91) 바로 위 주석에 나오는 董公을 가리킨다.
92) 『孟子』 「萬章下」에 나오는 내용으로, 伊尹이 한 말이다. "또 생각하기를 천하의
   필부필부라도 요순의 혜택을 받지 못하는 사람이 있으면 마치 자신이 밀어서
   도랑에 빠뜨린 것처럼 생각하였으니, 천하의 무거운 책임을 자임한 것이 이와
   같으셨다.(思天下之民匹夫匹婦有不與被堯舜之澤者, 若己推而內之溝中, 其
   自任以天下之重也.)"

려는 계책이 있음을 알지 못하였다. 비록 그렇지만 이는 군자들이 경(經)을 거슬렀기 때문이다. 경이 바로 서면 서민이 흥기하고, 서민이 흥기하면 사특함이 사라진다.

운금(雲錦)[94]의 오소고(吳紹古)는 먼 곳에서 찾아와 나와 교유했다. 자신의 독서당에 이름을 지어달라기에 이름을 지어 적어준 다음 이 글을 지어주면서 돌아가 뜻을 찾아보도록 하였다. 『맹자』에 이르기를, "옛 사람들은 천작(天爵)을 닦음에 인작(人爵)이 따라왔었는데, 요즈음 사람들은 인작을 얻고자 천작을 닦는다. 인작을 얻고 나면 천작을 버리니, 미혹됨이 심하다."[95]고 하였다. 후세에 이르러서는 책문(策文)을 지어 높은 점수로 급제한 뒤, 문예로써 발탁되고 품급이 거듭 올라 대관이 되어 은퇴하고 나면, 천작은 더 이상 닦을 필요조차 없게 되었다. 그대는 일찌감치 이를 판단하고 삼가 생각해보라.

순희 원년(1174) 5월 보름날
상산옹이 쓰다

堂名取諸『孟子』"經德不回, 非以干祿也." 經也者, 常也, 德也者, 人之得於天者也. 不回者, 是德之固不回撓也. 無是則無以爲人. 爲人臣

---

93) 『莊子』「盜跖」에 "작은 도적은 잡히고 말지만, 큰 도적은 제후가 됩니다. 그러나 제후의 문에는 늘 의로운 사인이 모이게 됩니다. 옛날 환공 소백은 형을 죽이고 형수를 부인으로 삼았으나 관중은 그의 신하가 되었고, 전성자 상은 임금을 죽이고 나라를 훔쳤으나 공자는 그에게서 폐물을 받았습니다.(小盜者拘, 大盜者爲諸侯, 諸侯之門, 義士存焉. 昔者桓公小白殺兄入嫂, 而管仲爲臣, 田成子常殺君竊國, 而孔子受幣.)"라는 내용이 보인다.
94) 四川省에 있는 지명이다.
95) 『孟子』「告子上」에 나오는 내용이다.

而無是, 則無以事其君, 爲人子而無是, 則無以事其父. 禹之疏鑿, 稷之播種, 契之敷敎, 臯陶之明刑, 益驅禽獸, 垂備器用, 伯夷典禮, 后夔典樂, 龍出納帝言, 尹自耕莘相成湯, 說由築巖佐武丁, 太公以磻溪漁釣爲文武師, 皆是德也. 關龍逢誅死, 王子比干剖心, 箕子爲囚奴, 孔子削跡伐木, 窮於陳·蔡, 毁於叔孫, 貽譏於微生畝·楚狂接輿·晨門·耦耕·負簣·植杖之流, 孟子見沮於臧倉, 受噲於優髡, 見疑於尹士·充虞者, 同是德也. 武王纘太王·王季·文王之緖, 以有天下. 周公成文·武之業, 追王太王·王季, 宗祀文王於明堂, 盡繼述之善, 爲天下達孝. 曾子受經於仲尼, 以孝聞天下而名後世, 皆是德也. 舜小杖則受, 大杖則走, 妻帝二女, 不待瞽瞍之命, 繕廩而焚, 捍笠以下, 浚井而掩, 鑿旁以出. 太伯·虞仲將致位乎季歷, 斷髮文身, 逃之荊蠻. 太子申生使人辭於狐突, 再拜稽首而死, 同是德也.

治古盛時, 黎民於變, 比屋可封, 漢上游女如彼喬木, 中林武夫可爲腹心, 所欲有甚於生, 所惡有甚於死, 證驗之著, 在於塗巷, 況士大夫乎? 逮德下衰, 此心不競, 豪傑不興, 皇極不建, 賢智迷於會歸, 庶民無所歸命, 學者文煩, 訟者辭勝, 文公實私, 賓義主利, 陵夷不救, 橫流不隄. 天常民彝所不可泯絶者, 如漢獻在許, 聽命於蝨操而已. 舊章先典, 格言至訓, 櫝存珠亡, 轉爲藻繢, 邪釋繆解, 正漫眞渝, 又轉而給寇兵充盜糧矣. 疽潰蛆肆, 賊民猖獗, 狷狂之士方不勝憤悶, 矛義介節, 出嬰其鋒, 猶或憑天藉聖, 因其不遂泯絶者, 足爲且吾以聳觀聽, 然如孤豚之咋虎者常十八九. 總其實, 火不啻一車薪, 而水未必盈杯也. 信乎! 終亦必亡而已矣.

夫子生於周季, 當極文之弊, 王者之迹熄, 書訖詩亡, 亦已久矣. 載贄之興方羊海·岱·江·淮·河·濟之間, 莫能用者. 歸而講道洙·泗, 賢顔氏之樂, 大林放之問, 嘆曾點之志, 稱重南宮适禹·稷躬稼之言, 眷眷於柴·參之愚魯, 而終不能使予·賜·偃·商·由·求之徒進於知德, 先入之難拔, 積習之錮人, 乃至於此. 夫子旣沒, 百家並興, 儒名者皆曰自孔氏. 顔淵之死, 無疑於夫子之道者, 僅有曾子, 自子夏 · 子游 · 子張猶欲强之以事有若, 他何言哉? 章甫其冠, 逢掖其衣, 以『詩』·『書』·『禮』·『樂』之辭爲口實者, 其果眞爲自孔氏者乎? 老聃 · 蒙莊之徒, 恣睢其間, 摹寫其短, 以斬病周 · 孔, 躪籍『詩』·『禮』, 其勢然也. 戰國 · 嬴秦, 無足復道. 漢高帝鋤項籍, 其要領在爲義帝發喪一事, 天常民彝莫大於此. 新城三老, 蓋深於老氏者也. 彼知取天下之大計在此耳, 豈有"匹夫匹婦, 不與被堯 · 舜之澤, 若己推而納諸溝中"之心哉? 莊子譏田常盜仁義以竊國, 乃不知其學自有盜仁義以竊天下之計也. 雖然, 君子反經而已矣. 經正則庶民興, 庶民興斯無邪慝矣.

雲錦吳生紹古, 遠[96]來從余游, 求名其讀書之堂, 余旣名而書之, 且爲其說, 使歸而求之. 『孟子』曰: "古之人修其天爵, 而人爵從之. 今之人修其天爵以要人爵, 旣得人爵而棄其天爵, 則惑之甚者也." 後世發策決科而高第可以文藝取, 積資累考而大官可以歲月致, 則又有不必修其天爵者矣. 生其早辨而謹思之.

紹熙元年五月望日　象山翁記

---

96) [원주] '遠' 자는 원래 '而' 자로 되어 있으나 道光本에 근거하여 고친다.

귀계 중수 현학기
貴溪重修縣學記

　　풍속이란 하루 이틀에 생겨난 것이 아니다. 그러나 풍속의 무너짐을 보고서 말단만을 다스리고 겉모습만을 금하고자 하였으니, 이것이 바로 후세의 형정(刑政)이 날로 피폐해진 원인이다. [더 이상] 어찌할 수 없는 지경에 이르러 점차 구차함으로 흘러가는데도 허송세월하며 가리고 드러내는 것에 습관이 된 터라,[97] 학설을 문식하여 책임을 회피하고, 명예를 훔치려 하면서 이치가 이러할 뿐이라고 말한다. 그러나 책에 적혀 있는 고대 치세(治世) 때의 풍속을 보고서 결코 다시 회복할 수 없을 것이라고 말한다면, 꼭 그렇지만은 않다고 여기는 자도 있을 것이다. 아이들 중 부모를 사랑할 줄 모르는 아이는 없고, 자라서 선배를 존경할 줄 모르는 사람은 없다. 선왕 때 학교의 가르침이란 그저 이 뜻을 펼쳐 알게 함으로써 본심을 잃지 않도록 하는 것뿐이었다. 요순의 도도 이러할 따름이었다. 이는 몹시 고상하여 행하기 어려운 일이 아니거늘, 어찌하여 옛날의 풍속을 아득히 [멀리 두고] 바라보면서 스스로 성현과 단절시키는 지경에 이르렀는가? 외물

---

97) 원문의 '揜著'는 '揜其不善而著其善'의 줄임말로 나쁜 점은 가리고 좋은 점은 드러내는 것을 말한다. 『大學』에 "소인배가 홀로 있을 때 못하는 짓이 없다가 군자의 모습을 본 후에 기가 죽어 황급히 선을 가장하지만, 다른 사람들 눈에는 마치 폐와 간을 꿰뚫어보듯 훤하게 보이니, 그렇게 가장한들 무슨 이익이 있겠는가?(小人閑居爲不善, 無所不至, 見君子而後, 厭然揜其不善而著其善, 人之視己, 如見其肺肝然, 則何益矣?)"라는 말이 보인다.

에 눈이 가리고, 학설에 미혹되고, 욕망에 제압되고, 생각에 얽매인 채 그 궁극적 요인을 연구, 고찰하여 그것을 제거하고자 하지는 않고서, 어찌하여 도리어 거기에 안주하려 하는가?

사인을 선발하는 과거(科擧)를 보면, 고대의 제도는 오래 전부터 흐려졌고, 점차 폐단이 생겨나 오늘날에 이르러 극심해졌다. 웬만한 식자라면 반드시 이를 우환으로 여길 것이다. 하지만 유속을 좇지 않고 바른 학문으로써 말한다고 해서 어찌 모두 유사(有司)에게 버려지고 천명에게 버림받겠는가! 과거를 통해 벼슬길에 나간 덕행 높고 학식 깊은 사인들만 보아도 이를 입증할 수 있다. 그러니 시세를 제어하고 유속을 다잡는 책임을 사인된 자로서 남에게 떠넘기고 스스로를 용서한다면, 사인이라 할 수 있겠는가? 이제(二帝)와 삼왕(三王)의 책이나 앞선 성인과 스승들의 가르침이 해와 별처럼 환히 빛나고 있건만, 전주(傳註)가 번다해지고 논설이 많아질수록 [그 뜻은] 발휘할 길 없고, 그저 독자의 눈만 가릴 뿐이다. 집집마다 권질을 소장하고 있고 사람마다 그 말씀을 읊조리고 있지만, 마땅히 그래야 할 일에 급급해 하지 않고 있으며, 부형들의 소원이나 사우(師友)들의 지향하는 바는 기실 반대 방향으로 치닫고 있다. 그럼에도 온 세상 사람들은 이를 잘못되었다 여기지 않고 정상이라고 생각한다. 식견 있는 사인이라면 그 원인을 고찰할 수 있고, 실정을 파악할 수 있고, 무엇을 선택해야 할지 알 수 있을 것이다. 물러남에 유속에 빠지지 않고서 능히 자립할 수 있고, 나아감에 배운 바를 저버리지 않고서 스스로 [도에] 도달할 수 있어서, 천년 동안 이어진 폐단을 하루아침에 바른 데로 돌려놓을 수 있다면, 이 어찌 성명한 시대에 마땅히 있어야 할 일이요, 성군께서 얻고자 하는 바이요, 사인으로 당연히 해야 할 일이 아니겠는가? 무엇이 두려워서, 무엇에 얽매여서 안주해야 할 곳을 택하지 못하고 가야 할 방향을 결정하지 못하는가?

복당(福唐) 사람 진현공(陳顯公)이 귀계를 다스린 것을 보면, 이전의 정사와 비교해보아도 우월하고, 주변 현과 비교해보아도 우월하다. 백성들의 이야기며 사인들의 언론이 이미 한데 모였는데도 진 군은 스스로 부족한 듯 여기면서 배움으로 나아가고, 도를 물음에 행여 미치지 못할세라 걱정하는 듯하니, 백성의 장관으로서 한 역할이 가히 크다 이를 만하다. 현학을 오랫동안 수리하지 못했기에 강당과 숙직실을 허물어 새로 짓고, 사우(祠宇)와 사인들이 머무는 오두막과 복도와 부엌과 욕실을 더욱 장엄하게 수리했다. 그 건물에 처음으로 이름을 붙여 '신의(申義)'라는 편액을 달았다. [진 군이] 현학의 직사(職事)를 보내 내게 기문(記文)을 부탁해왔다. 그 지향하는 바가 이처럼 분명하니, 이 읍의 사인들이 스스로 유속으로부터 빠져나와 스스로 곧게 서고, 도에 도달할 수 있도록 면려함으로써 진 군의 뜻을 저버리지 말아야 하지 않겠는가?

소희(紹熙) 원년(1190) 경술년 8월 16일 무신일
상산 육 아무개가 기를 짓다

風俗之所由來, 非一日也. 或覯其壞, 而欲齊諸其末, 禁諸其外, 此後世政刑之所以益弊. 至無如之何, 則寢而歸於苟且, 玩歲月, 習揜著, 便文飾說, 以規責偸譽, 謂理不過如是. 其視書傳所記治古之俗, 若必不可復至, 以爲未必然者, 有矣. 孩提之童, 無不知愛其親, 及其長也, 無不知敬其兄. 先王之時, 庠序之敎, 抑申斯義以致其知, 使不失其本心而已. 堯·舜之道不過如此. 此非有甚高難行之事, 何至遠視古俗, 自絶於聖賢哉? 物之所蔽, 說之所迷, 欲之所制, 意之所驅, 獨不可硏極考竟, 圖所以去之, 而顧安之乎?

取士之科, 久渝古制, 馴致其弊, 于今已劇. 稍有識者, 必知患之. 然不徇流俗而正學以言者, 豈皆有司之所棄, 天命之所遺! 先達之士由場屋而進者, 旣有大證矣. 是固制時御俗者之責, 爲士而託焉以自恕, 安在其爲士也? 二帝三王之書, 先聖先師之訓, 炳如日星. 傳註益繁, 論說益多, 無能發揮, 而祗以爲蔽. 家藏其帙, 人誦其言, 而所汲汲者顧非其事, 父兄之所願欲, 師友之所期向, 實背而馳焉. 而擧世不以爲非, 顧以爲常. 士而有識, 是可以察其故, 得其情, 而知所去就矣. 退不溺其俗而有以自立, 進不負所學而有以自達, 使千載之弊一旦而反諸其正, 此豈非明時所宜有, 聖君所願得, 而爲士者所當然乎? 何所悼懼, 何所維縶, 而顧不擇所安, 決所鄕哉?

福唐陳君顯公之爲貴溪, 視前政則優焉, 視比縣則優焉. 民言士論固已胥輯, 而陳君自視欿然, 鄕學問道之誠如恐不及, 此其所以爲民師帥者大矣. 縣學久不葺, 於是撤講堂直舍而新之, 祠屋士廬門廡庖湢, 繕治加壯. 創表其坊, 扁曰'申義'. 遣學職事致請記於予. 陳君所鄕明著如此, 斯邑之士可不自拔於流俗, 而勉所以立, 所以達者, 以無負陳君之意哉?

紹熙元年 歲次庚戌 八月二十有六日戊申
象山陸某記

무릉현학기
武陵縣學記

　　사람에게 있는 인륜은 하늘이 명한 것이고, 양지(良知)의 단서는 경애(敬愛)에 드러난다. 이를 확충해 가는 것이 바로 성철이 성철인 까닭이다. 먼저 안 사람은 이것을 알았을 따름이고, 먼저 깨달은 사람은 이것을 깨달았을 따름이다. 그러나 기(氣)란 우매하여 가리어지기 쉽고 물(物)이란 보지 못하는 바가 있으며, 세(勢)란 따라 옮겨가기 마련이고 습(習)이란 사람을 변하게 한다. 이에 길을 잃고 해답을 얻지 못하다가, 끝내 우매한 자가 되고 불초한 자가 되어버린다. 이에 인륜이 망가지고 천명은 어그러지는데, 이 때문에 군사(君師)가 생겨나고 정사(政事)가 세워졌다. 선왕 시대에 풍교(風敎)를 행하고 법과 형정을 밝히 드러낸 것은 모두 사방을 사랑으로 안무하고 이 백성[의 마음을 움직임으로써 상성(常性)을 보존케 하고, 그 도에 안분할 수 있도록 해주기 위함이었다. 그래서 향리에서 인재를 천거하여 선발하고, 매 달 및 계절 별 시험을 치렀으며,[98] 3년마다 대비(大比)[99]를 실시함으로써 어질고 능력 있는 자를 일으켰던 것이니, 이는

---

98) 송나라 때는 태학에서 매달 私試를 보고 孟月에는 經義, 仲月에는 論, 季月에는 策 시험을 치러 문리의 우월을 가린 다음 매달 장부에 기록해 升降을 결정했다. 『宋史』「職官志五」에 "숭녕연간 초에 월서와 계고에 관한 법을 제정했다.(崇寧初, 立月書季考法.)"는 기록이 보인다.

99) 『周禮』「地官・鄕大夫」에 이르기를, "(향대부는) 삼년마다 대비를 시행한다.(三年則大比.)"라고 하였다. 즉 백성들의 도덕 수준을 살펴어 현능을 천거한

준걸을 길러내 정사를 함께 하고 사업을 같이 하기 위함이었다. 학교와 상서(庠序)에서 절차탁마하고 [도를] 강론하여 밝히는 자들이 어찌하여 이것을 버리고 다른 것을 구한단 말인가? 이른바 '격물치지(格物致知)'란 이것을 다스려 이 앎에 도달하는 것이므로 능히 천하에 명덕을 밝힐 수 있다. 『주역』의 궁리(窮理)란 이 이치[理]를 궁구하는 것이므로 능히 성(性)을 다하여 명(命)에 이를 수 있다. 맹자의 진심(盡心)이란 이 마음을 다하는 것이므로 능히 성(性)을 알고 하늘을 알 수 있다. 학자들이 진실로 먼저 할 것과 나중할 것을 안다면, 이는 곧 나무에 뿌리가 생기는 것이요 물에 근원이 생기는 셈이니, 여기에 훈련을 더하여 축적시킨다면 달마다 변하고 해마다 달라질 터, 그 [발전을] 누군들 막을 수 있겠는가? 그러나 단서부터 헷갈려 사물의 본말을 뒤바꾸고, 일의 시종을 어그러뜨린 채 어지러이 펼치며 순리대로 하지 않는다면,[100] 이를 일러 이단이라 하고 이를 일러 사설(邪說)이라 한다. 이로써는 밝음에 이르지 못할뿐더러 그저 밝음에 누만 끼치고, 이것으로는 몽폐된 것을 제거하지 못할뿐더러 도리어 더욱 몽폐되게 한다. 후세의 사인들도 옛 것에 뜻을 두고 유속에 휩쓸리고자 하지 않는다. 그러나 심신을 수고로이 하며 한 해가 다 가도록 단 하루를 쉬지 않는데도 날로 졸렬해지는 것은 학문의 죄가 아니다. 학문이 끊기고 도도 사라졌으며 먼저 깨달은 자도 만나지 못했기 때문에 단서부터 헷갈리고 말아, 말단을 쥐고서 근본이라 여기게 된 것이다.

다음 왕에게 보고하는 것을 말하는데, 후세에는 鄕試를 大比라고 불렀다.
100) 『禮記』「學記」에 나오는 말이다. "때가 지난 뒤에 배운다면 아무리 부지런히 해도 이루기 어렵다. 어지러이 펼치며 순리로 하지 않는다면 혼란을 빚어내 학업이 닦여지지 않는다.(時過然後學, 則勤苦而難成, 雜施而不遜, 則壞亂而不修.)"

그들이 힘쓰고 있는 것은 고인의 학문이 아니다. 고인의 학문은 때로 익히면 반드시 기뻤고, 벗이 찾아오면 반드시 즐거웠으니,[101] 그 이치는 알기 쉽고 그 일은 따르기 쉬웠다. 이단사설에 흔들리지도 않고, 사리사욕에 얽매이지도 않으면서 경황 중에도 인을 행하고, 위급한 상황에서도 인을 행한다면,[102] 오랜 뒤에는 반드시 인에 이를 수 있을 것이다. 『맹자』에 "발원한 물 졸졸 흘러 밤낮으로 그치지 아니하여 구덩이를 채운 후에 사방으로 흘러 들어간다."[103]는 말이 나오는데, 이것이 바로 고인의 학문이다.

옛날 무릉에는 현학(縣學)이 없었다. 현 옆에 경치 빼어난 곳이 있는데, 거기 옛날에 집 지었던 터가 있는 것으로 보아 예전에 부학(府學)을 이곳으로 옮기려다 시행에 옮기지 못한 듯하다. 지금 현재(縣宰)로 있는 임몽영(林夢英) 군이 거친 수풀 사이에서 이 터를 찾아내 학교를 세우자 힘 있는 사인과 백성들이 앞 다투어 재산을 기증해 공사를 도왔다. 임 군이 관부의 위세를 드러내지 않았는데도 학교를 짓는 데 필요한 모든 공사를 민간에서 [자발적으로] 지원한 것이나 다름 없다. 학교가 완성됨에 모습이 화려하고 기상이 웅장하여 무릉의 장

---

101) 『論語』「學而」의 "배우고 때론 익히면 기쁘지 아니한가? 벗이 먼 곳으로부터 찾아오면 즐겁지 아니한가?(學而時習之, 不亦說乎? 有朋自遠方來, 不亦樂乎?)" 구절을 인용한 것이다.

102) 『論語』「里仁」에 "군자는 밥먹는 새라도 인도를 어기지 말아야 하고 황망한 중에도 반드시 인에 있어야 하고 넘어지는 중에도 반드시 인에 있어야 한다. (君子無終食之間違仁, 造次必於是, 顚沛必於是.)"라는 내용이 보인다.

103) 『孟子』「離婁下」에 "발원한 물 졸졸 흘러 밤낮으로 그치지 아니하여 구덩이를 채운 후에 사방으로 흘러 들어간다. 근본이 있는 것은 이와 같으니 그 점을 취한 것이다.(原泉混混, 不舍晝夜, 盈科而後進, 放乎四海. 有本者如是, 是之取爾.)"라는 구절이 보인다.

관이 되었다. 이에 앞서 창대(倉臺) 설백선(薛伯宣) 공이 찬조하여 강당을 지은 바 있는데, 지금은 헌대(憲臺) 정봉(丁逄) 공, 창대 조불우(趙不迂) 공, 군후(郡侯) 장행간(蔣行簡) 공 등이 자금을 내 밭을 사들이고 사림(士林)을 기르고 계신다. 임 군이 이 학교를 세움에 위, 아래가 한 마음으로 도와 이토록 아름다운 경관을 완성하였으니, 임 군의 정사 또한 가히 알 만하다. 이에 나는 들은 바를 삼가 옮어 기문을 짓는다.

소희 2년(1191) 신해년 유월 상순에
상산 육 아무개가 기를 짓다

彛倫在人, 維天所命, 良知之端, 形於愛敬, 擴而充之, 聖哲之所以爲聖哲也. 先知者, 知此而已, 先覺者, 覺此而已. 氣有所蒙, 物有所蔽, 勢有所遷, 習有所移, 往而不返, 迷而不解, 於是爲愚爲不肖, 彛倫於是而斁, 天命於是而悖, 此君師之所以作, 政事之所以立. 是故先王之時, 風敎之流行, 典刑之昭著, 無非所以寵綏四方, 左右斯民, 使之若有常性, 克安其道者也. 是故鄕擧里選, 月書季考, 三年而大比, 以興賢能, 蓋所以陶成髦俊, 將與共斯政, 同斯事也. 學校庠序之間, 所爲切磋講明者, 何以捨是而他求哉? 所謂'格物致知'者, 格此物致此知也, 故能明明德於天下. 『易』之窮理, 窮此理也, 故能盡性至命. 孟子之盡心, 盡此心也, 故能知性知天. 學者誠知所先後, 則如木有根, 如水有源, 增加馴積, 月異而歲不同, 誰得而禦之? 若迷其端緖, 易物之本末, 謬事之終始, 雜施而不遜, 是謂異端, 是謂邪說, 非以致明, 祇以累明, 非以去蔽, 祇以爲蔽. 後世之士, 有志於古, 不肯甘心流俗, 然而苦心勞身, 窮年卒歲, 不爲之日休, 而爲之日拙者, 非學之罪也. 學絶道喪, 不遇先覺, 迷其端緖, 操末爲本, 其所從事者非古人之學也. 古人之學, 其時習必悅, 其朋來必樂, 其理易知, 其事易從. 不貳於異說, 不牽於私欲, 造次於是, 顚沛於是, 則其久大可必.『孟子』曰: "原泉混混, 不舍晝夜, 盈科而後進, 放乎四海." 此古人之學也.

武陵舊無縣學. 縣傍有勝地, 地有故築基, 蓋往時有欲遷府學於是而不遂者. 今縣宰林君夢英, 出故基於蕪穢之中而創學焉, 士民之有力者皆爭出財以相其役. 林君不事官府之威, 凡學之百役, 無異民家之爲者. 旣成, 規模宏麗, 氣象雄偉, 遂爲武陵壯觀. 先是倉臺薛公伯宣, 助成講堂, 今憲臺丁公逢, 倉臺趙公不迂, 郡侯蔣公行簡, 皆助錢買田, 以養士林. 君之創玆學, 而上下翕然助成其美如此, 則林君之政可知矣. 余於是敬誦所聞以記之.

紹熙二年 歲次辛亥 六月上澣 象山陸某記

본재기
本齋記

　당우(唐虞) 시절에 우(禹) 임금은 치수를 하였고 고요(皐陶)은 형정을 밝혔으며, 직(稷)은 파종법을 가르치고 설(契)은 오교(五教)를 펼쳤다. 익(益)은 산림을 관장하였고, 수(垂)는 백공을 다스렸으며, 백이(伯夷)는 예(禮)를 주관하고, 기(夔)는 악(樂)을 주관하며 용(龍)은 납언(納言)을 맡는 등104) 각자 맡은 직분이 있고 작가 공적을 쌓아가며 화목하고 밝은 치세를 이루었다. 일찍이 그들을 시험해 본 적이 어디 있었겠는가? 그들 스스로가 자신하고 남들 또한 믿었던 바는 모두 그간 배워온 것들이었다. 후세의 사인들은 거칠게 이것저것 마구 건드리며, 입과 귀로 섭렵하지 않는 바가 없는데도 기실 단 한 가지도 제대로 된 앎에 이르지 못한다. 그러니 이른바 인재들이 천하를 위해 쓰이기에 부족한 것도 본디 탓할 게 못 된다.

　비록 그렇긴 하지만 온 천하에 모든 책임을 물을 수는 없다. 하늘이 이 백성을 낳음에, 먼저 안 사람으로 하여금 나중 안 사람을 깨우치게 하고, 먼저 깨달은 사람으로 하여금 나중 깨달은 사람을 깨우치게 했으니,105) 요컨대 그 책임을 맡을 사람이 따로 있는 것이다. 『대학(大學)』에서 이르기를, "모든 것에는 근본과 말단이 있고 모든 일에는 끝과 시작이 있다. 먼저 할 것과 나중 할 것을 안다면, 도에 가까

---

104) 이 내용들은 모두 『尚書』「舜典」에 보인다. 권19 「經德堂記」의 각주 참고.
105) 『孟子』「萬章上」에 나오는 말이다.

운 것이다."라고 하였다. "졸졸 흐르는 샘물이 밤낮으로 그치지 아니
하여 구덩이를 채운 후에 흘러 나가 사해에 이른다. 근본이 있는 것
은 이와 같다."[106]는 맹자의 말씀을 통해 먼저 할 것과 나중 할 것을
안다는 것이 무엇인지 확인할 수 있다.

성도(成都) 사람 순인(醇仁) 곽진(郭震)은 '본(本)' 자로 재실의 이
름을 짓고 내게 글을 부탁했다. 내 그 뜻을 가상히 여겨 들은 바로써
고하노니, 훗날 그 징험을 볼 수 있으리라.

唐虞之朝, 禹治水, 皐陶明刑, 稷降播種, 契敷五教, 益作虞, 垂作工,
伯夷典禮, 夔典樂, 龍作納言, 各共其職, 各敦其功, 以成雍熙之治. 夫
豈嘗試爲之者哉? 蓋其所以自信與人之所以信之者, 皆在其疇昔之所
學. 後世之爲士者, 鹵莽泛濫, 口耳之間, 無不涉獵, 其實未嘗有一事
之知其至者. 人才之不足爲天下用, 固無足怪.

雖然, 是又未可以汎責於天下. 天之生斯民也, 以先知覺後知, 先覺
覺後覺, 要當有任其責者. 『大學』曰: "物有本末, 事有終始, 知所先後,
則近道矣." "原泉混混, 不舍晝夜, 盈科而後進, 放乎四海, 有本者如
是." 孟子之言, 乃知所先後之驗.

成都郭震醇仁, 以'本'名齋, 求言於余. 余嘉其志, 告以所聞, 後日當
有以觀其驗.

---

106) 『孟子』「離婁下」에 나온다.

임천부청벽기[107]

臨川簿廳壁記

　벽기(壁記)에 전임자의 성명을 기록해 넣는 것은 유래가 오래된 일이다. 하지만 오늘날 모든 관부에 다 벽기가 있는 것도 아닐뿐더러, 관부의 세력, 관리의 지향과 재능, 그리고 어떤 시절을 만났는지 등을 고려해야 하기 때문에 일괄적으로 논할 수는 없다.

　예전에는 임천 부청에 벽기가 없었다. 파양(鄱陽) 사람 계해(季海) 장영(張瀛)은 이 직책을 맡은 지 오래되자 청벽기가 없어서는 안 된다고 생각하고서 전임자의 성명을 찾아내기 시작했는데, 지금 제치사(制置使)가 된 사천(四川) 사람 경 공(京公)까지 찾아내고 그 전후임자는 고찰하지 못했다. 내 일찍이 부청에 가본 적이 있는데, 그 공관은 바로 경 공이 설치한 것이었다. 신임 현령 장 군이 고찰한 바로도 경 공에게서 시작되었다고 하니, 참으로 기이하도다!

　장 군은 한창 나이임에도 노련하고 충직, 근면하며, 일을 함에 있어 대충하지 않는다. 현재(縣宰) 일을 맡건 군의 막료 일을 맡건 모두 직분을 온전히 수행해내더니, 지금 다시 금계(金谿)를 다스리게 됨에 백성들이 편안해졌다. 이 기문(記文)은 금계를 다스리기 전에 내게 부탁했던 것인데, 이미 써주겠노라 허락한 바 있다. 내 비록 형문(荊門)에서 고을살이 하느라 경황도 없고 병까지 난 터이지만, 식언할

---

107) 簿廳은 主簿가 업무를 보던 관서를 말한다. 관공서의 벽에 새겨 넣던 글을 廳壁記라 칭한다.

수 없어서 병을 이겨가며 기문을 짓는다.

壁記書前任人姓名尙矣. 然今官府不皆有, 亦視官府事力, 其人志向
才具與所遭之時如何, 不可一槪論也.

臨川簿廳舊無壁記. 鄱陽張瀛季海, 蒞事旣久, 謂不可缺. 於是搜求
前任姓名, 至今制置四川京公, 其上不復可考. 余嘗至簿廳, 見其廨宇,
乃京所置. 新令張君所考, 適首於京, 異哉!

張君春秋鼎盛, 而老練忠謹, 臨事不苟, 攝縣宰, 攝郡幕, 皆擧其職,
今又攝宰金谿, 百姓安焉. 是記乃未攝金谿時誘余, 旣諾之矣. 余迫荊
門之役, 且抱拙疾, 念不可食言, 力疾記之.

권 20

서증序贈

모원선을 보내며[1]

送毛元善序

　일정한 생업이 없는데도 변치 않는 마음을 지니는 것,[2] 이는 오직 사인(士人)이라야 가능하다. 옛날 사인들은 과거에 얽매이지 않았다. 그들이 아침저녁으로 강론하던 것은 모두가 내 몸과 내 마음에 관련된 일과 이를 온 천하에 미치는 일이었다. 그렇기 때문에 변치 않는 마음을 잃지 않을 수 있었던 것이다. 후세에는 과거로 인해 피폐해지고 지향하는 바도 날로 비루해져, 자신을 이욕(利欲)의 길로 다급히 몰아갈 뿐, 내 몸 내 마음에 관한 일은 전혀 강론하지 않는다. 편안한 집을 비워둔 채 거하지 않고, 바른 길을 버려둔 채 가지 않는다. 이에 보통 정도의 마음을 지닌 사람들은 사인을 귀히 여기지 않고, 우뚝 홀로 선 호걸이 아니고서는 비록 아름다운 자질을 타고난 자라 하여

---

1) 送……序라는 제목이 붙은 글은 고대 산문의 장르상 贈序에 속한다. 보통 지인을 먼 곳으로 떠나보내면서 덕담 내지는 당부의 말을 해주는 내용이 주를 이룬다.
2) 『孟子』「梁惠王上」에 나오는 "항산이 없이도 항심을 두는 이는 오직 사인뿐이니, 백성은 항산이 없으면 그로 인해 항심도 없습니다.(無恒産而有恒心者, 惟士爲能, 若民則無恒産, 因無恒心.)"를 인용한 것이다.

도 종종 유속에 휩쓸려 돌아갈 곳을 잃고 만다. 가련하구나!

남성(南城) 사람 모 군(毛君)이 고맙게도 나를 찾아주었는데, 그 전에 나는 그를 알지 못했다. 그는 자신이 지은 글을 가져왔다. 내 그의 용모를 보니 온화한 유인(儒人)이었고, 그가 지은 글을 보니 과거 공부를 하고 있는 자였다. 모여 사는 친족들에 관해 물으니 부형께서 계시다 했고, 가산에 관해 물으니 성벽 가까이에 토지가 있다고 했다. 사는 집에 관해 물으니 새끼줄이나 깨진 항아리로 이어붙일 만큼 비루하지는 않다고 했다. 그가 입은 옷이며 관이며 신발을 보니 모두 깨끗하고 고운 것이, 이른바 갓 끈 끊어지고 팔꿈치가 드러난 가난뱅이 행색은 아니었다. 찾아온 뜻이 무엇인지 물으니, 과거에서 뜻을 이루지 못한 것이 슬프고 [부모님께] 맛난 음식 봉양하지 못하는 것이 부끄러워 이제껏 해오던 학업을 접고 사방 유람을 다니고자 한다고 했다. 그러면서 내게 나아갈 바를 정해달라고 했다. 내 모 군을 보건대 비록 질박하고 순후하나 글이나 뜻이 지향하는 바가 대략 방잡하였으니, 바로 기질은 아름답지만 유속에 휩쓸려 돌아갈 곳을 잃고 만 자가 아니겠는가? 이에 앞에서 했던 말의 뜻을 펼치어 그와 더불어 본분이 지향해야 할 바와 곤궁함을 의연히 견디는 도에 대해 이야기 나누었다. 모 군은 낯빛도 변하고 심경도 움직이는 듯하더니, 놀란 얼굴로 내게 감사하며 말했다. "이제야 눈을 가리고 있던 것이 벗겨진 듯 모든 것이 분명해졌습니다. 이 길로 돌아가겠습니다." 나는 본디 그의 자질을 아름답다 생각했는데, 그토록 영민하게 잘못을 뉘우치는 것이 또한 몹시도 가상하여 그를 면려하며 말했다. "돌아가시게! 옛 사람들이 부모를 모실 적에는 가난해도 콩잎 먹고 물 마시면서 그 즐거움을 다했다네. 그대의 부형은 모두 유관을 쓰신 분들이고 가업 또한 스스로 봉양하기에 족하니, 돌아가거든 선왕의 도를 강론함으로써 변치 않는 마음을 온전히 회복하고, 넓은 집에 거하고 바른 길을 말미암게. 그렇게 해서 얻는 것이 자신을 이욕의 길로 급히 몰고 가는 것에 비해 과연 어떠하겠는가?" 모 군은 나의 말에 깊이 수긍하였다. 그가 떠나는 길에 이 글을 지어 그에게 준다.

無常産而有常心者, 惟士爲能. 古之時, 士無科擧之累, 朝夕所講, 皆吾身吾心之事而達之天下者也. 夫是以不喪其常心. 後世弊於科擧, 所鄕日陋, 疾其驅於利欲之途, 吾身吾心之事漫不復講, 曠安宅而弗居, 舍正路而弗由. 於是有常心者不可以貴士, 非豪傑特立, 雖其質之僅美者, 蓋往往波蕩於流俗, 而不知其所歸, 斯可哀也!

南城毛君, 惠然訪余, 余未之前識也. 贄余以文, 余視其貌, 溫然儒人也. 觀其文, 則從事於場屋者也. 問其聚族, 則有父兄在, 問其貲産, 則有負郭之田. 問其室廬, 則不至繩甕之陋, 視其衣裳冠履, 則皆楚楚鮮明, 非所謂纓絶肘見者也. 詰其所以來之志, 則悼科擧之不偶, 恥甘旨之不充, 將變其業以遊於四方者也. 且決去就於余. 余觀毛君雖朴直淳厚, 而辭旨趨鄕, 大槪麗雜, 豈所謂質之僅美而波蕩於流俗, 而不知其所歸者耶? 於是申前之說, 與之言義命之歸, 固窮之道. 毛君色動情變, 矍然謝余曰: "乃今廓然如發蒙, 請從此歸矣." 余固美其質, 又甚賢其改過之敏, 因勉之曰: "君歸矣! 古人事親, 貧則啜菽飮水盡其歡. 君父兄皆儒冠, 貲業又足以自養, 歸而共講先王之道, 以全復其常心, 居廣居, 由正路, 此其所得, 視疾其驅於利欲之途者何如耶?" 毛君甚然余言, 於其行, 遂書以贈.

의황 하 현위를 보내며
送宜黃何尉序

　백성들이 현위(縣尉)는 매우 마땅히 여기나 현령은 매우 못 마땅히 여기고, 서리가 현령은 매우 마땅히 여기나 현위는 매우 못 마땅히 여긴다면, 이럴 경우 현위와 현령의 현우(賢愚)를 판별하기란 어렵지 않다. 현위가 이런 이유로 현령에게 잘하지 못하고, 현령이 이런 이유로 현위에게 잘하지 못한다면, 현령과 현위의 곡직(曲直)을 판별하기란 어렵지 않다.

　동양(東陽) 사람 하탄(何坦) 군은 의황의 현위로 있는데, 현령인 장 씨(臧氏)와 잘 지내지 못하고 있으니, 그가 어진지 못났는지, 곧은 사람인지 굽은 사람인지 알기 어렵지 않다. 이 두 사람의 다툼은 유사(有司)에게까지 알려졌다. 그러나 유사는 그 사이의 흑백을 구분하지 아니하고서 둘 다 파면시켰다. 현의 백성들은 장 씨의 죄는 파면에 그쳐서는 안 된다 여기면서 그가 떠나는 것을 기뻐했고, 하 군의 죄는 파면 당할 정도는 아니라 여기면서 그가 떠나는 것을 안타까워했다. 장 씨는 탐욕으로 부를 채웠던 터에 자신이 백성들에게 득죄하고 있음을 아는지라 돌아가는 걸음을 빨리 하였다.[3] 하 군은 청렴하여 가난했기에 길 떠날 차비를 마련할 만한 자력이 없었다. 이에 현의

---

3) 『詩經』 「大雅・蒸民」에 "네 마리 말이 건장하며 여덟 개의 방울 울림이 조화롭도다. 중산보가 제나라에 가나니 그 돌아옴을 빨리 하리도다.(四牡騤騤, 八鸞喈喈. 仲山甫徂齊, 式遄其歸.)"라는 구절이 있다.

백성들은 그의 궁핍함을 가련히 여겨 그를 위해 짐을 꾸려주고 전별연을 열어주었으며, 그의 어짊을 기리며 시가를 지어 그를 전송하였다. 그러니 하 군의 귀향은 또한 영예롭다 할 수 있다. 비간(比干)은 심장이 찢겨 죽은 반면 악래(惡來)는 정사를 맡았으며,[4] 오자서(伍子胥)는 [시신이] 말가죽에 싸인 채 강물에 버려진 반면 재상 백비(伯嚭)는 나라를 도모했다.[5] 이처럼 관작과 형벌이 어그러지게 시행되고, 덕업이 거꾸로 심어진 사례는 옛 전적 곳곳에서 볼 수 있다. 지금 유사에서 장 씨와 하 군의 어짊과 못남, 곧음과 굽음을 처리한 것이 비록 사람들 마음에 흡족하지는 않지만, 어그러지게 시행하고 거꾸로 심은 것에 비교해보면 한참 낫지 않은가? 게다가 백성들의 마음과 사인들 사이의 의론이 이처럼 성대히 하 군을 위로해주고 지지해주고 있지 않은가! 하 군은 더 무엇을 아쉬워하는가?

　노(魯)나라의 사사(士師)였던 유하혜(柳下惠)[6]나 초(楚)나라 영윤(令尹)이었던 자문(子文)[7]처럼 훌륭하게 옥사를 해결하고 정사를 다

---

4) 『荀子』「儒效」에 " 비간의 가슴을 가르고 기자를 가두었으며 비렴과 악래가 정사를 맡았으니 못할 짓이 어디 있었겠는가.(比干而囚箕子, 飛廉惡來知政, 夫又惡有不可焉)"라는 말이 보인다. 비렴과 악래는 은나라 주(紂) 임금 때의 간신으로, 비렴은 악래의 아버지이며 악래는 엄청난 힘을 지닌 자였다고 한다.

5) 『史記』 권66「伍子胥傳」에 관련 내용이 보인다. 오자서는 끝내 간신 백비의 이간질로 인해 오왕 夫差에게 버림받아 결국 죽고 만다.

6) 『論語』「微子」에 다음과 같은 내용이 보인다. "유하혜는 土師였는데, 세 차례나 쫓겨났다. 사람들이 말하기를 '다른 데로 가 버릴 수 없었던가요?'라고 하자, 그는 '곧은 도리로 남을 섬기자면 어디에 간들 세 차례 쫓겨나지 않겠소? 정도를 굽혀서 남을 섬기려면 꼭 부모의 나라를 떠나야 할 필요 있겠소?'라고 하였다. (柳下惠爲士師, 三黜. 人曰, 子未可以去乎? 曰, 直道而事人, 焉往而不三黜, 枉道而事人, 何必去父母之邦?)"

7) 『論語』「公冶長」에 다음과 같은 내용이 보인다. "자장이 여쭈어보았다. '초나라 영윤 자문은 세 번 영윤에 임용이 되었으나 기뻐하는 기색이 없었으며, 세 번

스런 사람 또한 이루 다 헤아릴 수 없다. [그 둘이] 세 번 쫓겨나고 세 번 그만두는 사이에는 수많은 곡직이 있었을 것이다. 그러나 『논어』와 『맹자』에서 칭찬한 것은 오직 버려져도 원망하지 않고, 궁액을 만나도 스스로를 가련히 여기지 않으며,[8] 벼슬해도 기뻐하는 기색 없고, 벼슬이 그쳐도 화내지 않은 점뿐이었다.[9] 하물며 지금 천자께서는 광명정대하시어[10] 그 빛이 날로 새로워지고 있고, 대신들은 덕성(德星)과도 같아 음기를 다스려 양기를 보좌함으로써 사악한 기운을 없애고 있지 않은가. 작은 지방 읍의 일개 현위가 온 힘을 다해 백성을 보호하고, 탐욕스런 현령의 뜻을 거스름으로써 관리로서의 규칙을 제대로 지키다 현령과 함께 파면되었으니, 어찌 종신토록 버려지고 궁액에 처한 채로 지내겠는가? 하 군은 무얼 아쉬워하는가?

비록 그렇긴 하지만 하 군이 이처럼 성대한 명예를 누리는 것은 기실 장 씨 덕분이다. 하 군의 뜻과 하 군의 학문이 여기서 그쳐서야 되겠는가? 하 군의 이번 행동은 참으로 용기 있는 것이었다. 이 용기

물러났으나 조금도 섭섭해 하는 기색 없이 전임 영윤으로서 신임 영윤에게 정사를 보고하였습니다. 이것을 어떻게 생각하십니까?' 공자께서 말씀하셨다. '충실한 사람이니라.'(子張問曰, 令尹子文三仕爲令尹, 無喜色, 三已之, 無慍色. 舊令尹之政, 必以告新令尹. 何如. 子曰, 忠矣.)"

8) 『孟子』 「公孫丑上」에 "[유하혜는] 나아가면 자신의 현능을 감추지 않았고 반드시 도로써 행하였다. 버려져도 원망하지 않았고, 궁액에 처해도 자신을 가련히 여기지 않았다.(進不隱賢, 必其以道, 遺逸而不怨, 阨窮而不憫.)"라는 내용이 보인다.

9) 각주 7 참고.

10) 원문은 '重明麗正'이다. 『周易』 「離卦」의 「象辭」에 나오는 "離는 나란한 것이다. 해와 달이 하늘에 나란하고 백곡과 초목이 땅에 나란하니, 거듭 밝으며 바른 곳에 나란히 서서 천하를 교화하여 이룬다.(離, 麗也. 日月麗乎天, 百穀草木麗乎土, 重明以麗乎正, 乃化成天下.)"에서 따온 말이다.

를 가지고 도에 뜻을 두고 학문에 정진한다면, 반드시 "넓은 집에 거하고 바른 자리에 서고 큰 도를 행하면서,"11) 부귀로 인해 마음을 더럽히지 않고, 빈천으로 인해 뜻을 바꾸지 않으며, 위무로 인해 굴복하지 않을 수 있을 것이다. 이것이 내가 하 군에게 바라는 바이다. 이렇게 되지 못한다면, 하 군은 자신에게 아쉬움이 없을지라도 나는 하 군에게 아쉬움이 남을 것이다.

民甚宜其尉, 甚不宜其令, 吏甚宜其令, 甚不宜其尉, 是令·尉之賢否不難知也. 尉以是不善於其令, 令以是不善於其尉, 是令·尉之曲直不難知也.

東陽何君坦尉宜黃, 與其令臧氏子不相善, 其賢否曲直, 蓋不難知者. 二12)人之爭, 至于有司, 有司不置白黑於其間, 遂以俱罷. 縣之士民, 謂臧之罪不止於罷, 而幸其去. 謂何之過不于罷, 而惜其去. 臧貪而富, 且自知得罪至於民, 式遄其歸矣. 何廉而貧, 無以振其行李, 縣之士民, 哀其窮而爲之裹囊以餞之, 思其賢而爲之歌詩以送之, 何之歸亦榮矣. 比干剖心, 惡來知政, 子胥鴟夷, 宰嚭謀國, 爵刑舛施, 德業倒植, 若此者, 班班見於書傳. 今有司所以處臧·何之賢否曲直者, 雖未當乎人心, 然揆之舛施倒植之事, 豈不遠哉? 況其民心士論, 有以慰薦扶持如此其盛者乎! 何君尙何憾?

魯士師如柳下惠, 楚令尹如子文, 其平獄治理之善, 當不可勝紀. 三黜三已之間, 其爲曲直多矣, 而『語』·『孟』所稱, 獨在於遺逸不怨, 阨窮不憫, 仕無喜色, 已無慍色. 況今天子重明麗正, 光輝日新, 大臣如德星, 禦陰輔陽, 以却氛祲. 下邑一尉悉力衛其民以迓墨令, 適用吏文, 與令俱罷, 是豈終遺逸阨窮而已者乎? 何君尚何憾?

雖然, 何君譽處若此其盛者, 臧氏子實爲之也. 何君之志, 何君之學, 遽可如是而已乎? 何君是擧亦勇矣! 誠率是勇以志乎道, 進乎學, 必居廣居, 立正位, 行大道, 使富貴不能淫, 貧賤不能移, 威武不能屈, 此吾所望於何君者. 不然, 何君固無憾, 吾將有憾於何君矣.

팽자수를 보내며

送彭子壽序

임강(臨江)의 팽자수(彭子壽) 군이 행도(行都)[13]로 왔는데, 품계가 올라야 마땅했으나 유사(有司)가 각박한 규정을 적용해 승진시키지 않자 다 버리고 떠나려 했다. 하지만 벗들의 위로와 면려 덕분에 남기로 했다. [후에] 유사가 그의 이름을 올렸으나 [이번에도] 불분명한 혐의가 생기자 버리고 떠나려하다가 벗들이 다시금 혐의를 풀어준 덕에 그를 잡아둘 수 있었다. 품계가 오른 뒤 그는 부모를 봉양하고 사당을 모시기 위해 돌아가게 되었다. 사람들은 모두 팽 군이 출세에 이토록 담담하다고들 칭찬했지만, 나는 그런 말은 팽 군에게 해주기에 부족하다고 생각한다.

팽 군은 관리가 되어 온 힘을 다했다. 백성에게 불편한 정령이 있으면 언제나 상관에게 고하였으며, 비록 좌절되고 억눌린다 하여도 그친 적이 없다. 이는 사람들이 하기 힘든 일이지만, 이 또한 팽 군을 위해 해줄 만한 말은 못 된다.

나와 팽 군은 같은 강서(江西) 사람이라, 그의 어짊에 대해 오래 전부터 들어왔다. 근자에 들어서야 비로소 얼굴을 알게 되었는데, 강직한 기운을 미간 사이에서 찾아볼 수 있었다. 팽 군의 어짊이라면 지난날 벗을 가려 사귈 때에도 반드시 훌륭한 사인을 찾았을 것이고,

---

13) 수도 이외의 또 다른 도성을 行都라 불렀는데, 南宋은 紹興 8년(1138)에 臨安 (지금의 杭州)를 행도로, 建康을 留都로 정했다.

취사선택에 있어서도 선악과 시비의 커다란 종지를 위배하지 않았을 것이며, 과하게 요구하는 바도 없어서 절로 금세의 어진 사대부로서 손색이 없었을 것이다. 하지만 스스로 부족하다 여기며 [늘 자신에게] 만족스러워하지 않는 듯했다. 그와 함께 옛 성현들의 '격물치지(格物致知)'에 관한 말씀의 뜻을 강구해보았는데, 이러한 말을 들으면 스스로 의구심이 없을 수 없다고 말하면서, 이미 알고 있는 것에 안주하지 않겠다고 하였다. 이것이 바로 내가 팽 군을 기특하게 여기면서 팽 군에게 희망을 거는 까닭이다. 그가 돌아가는 길에 이 글을 지어 그에게 준다.

　臨江彭君子壽來行都, 當改秩, 有司以苛文滯留之, 輒欲棄去, 朋舊慰勉, 乃肯留. 有司以名上, 又以疑似之嫌, 欲棄去, 朋舊又相與解釋而留之. 旣改秩, 欲便親養, 奉祠而歸. 人皆稱彭君恬於進取如此, 余謂此未足爲彭君言也.
　彭君當官, 無不盡力, 政有不便於民未嘗不盡意爲上官言之, 雖見挫抑, 不爲衰止. 此人所難, 然亦未足爲彭君言也.
　余與彭君, 同爲江西人, 聞其賢久矣. 比來始識其面, 直諒之氣, 固可得之眉宇間. 以彭君之賢, 疇昔擇交必善士, 取舍向背, 不畔于善惡是非之大歸, 不必過求, 自可不失爲今世賢士大夫. 然自視欿然, 若有所甚不足者. 嘗相與講求古聖賢格物致知之說, 自謂不能無疑於此, 而不肯自安於其所已知者, 此吾所以奇彭君而有望於彭君者也. 於其歸, 書以贈之.

양통로를 보내며
送楊通老

  배움이란 사람의 어둔 눈을 열어주어 앎에 이르게 하는 것이다. 배움에 있어 그 방법을 모른다면 도리어 어두움을 더하기만 할 뿐이다. 제자백가도 종종 인의도덕을 언급했지만 끝내 이단이 되어 황극(皇極)을 배반하고 만 것은 무언가에 눈이 가려지지 않을 수 없었기 때문이다.

  장계(長溪) 사람 통로(通老) 양즙(楊楫)은 충실하고 정성스러우며 배움에 뜻을 두고 있다. 서로 만난 지 비록 오래이진 않으나, 이런 것 사이에서 힘껏 절차탁마하였다. 그가 돌아가는 길에 이 글을 지어 그를 면려한다.

  學所以開人之蔽而致其知, 學而不知其方, 則反以滋其蔽. 諸子百家往往以仁義道德爲說, 然而卒爲異端而畔於皇極者, 以其不能無蔽焉耳.

  長溪楊楫通老, 忠實懇到, 有志於學. 相見雖未久, 而其切磋於此甚力. 於其歸, 書以勉之.

오숙유에게 주다
贈吳叔有

　　천지간 사람들은 오상(五常)의 성을 지니고서 만물 중 가장 영령한 존재로서 살아간다. 그 영령함을 없애면 죄를 짓고, 이 영령함을 보전하면 자신의 분수를 지킨다. 실로 이 영령함을 보전할 수 있다면 자식 된 자는 자식의 도를 다할 수 있고, 신하 된 자는 신하의 도를 다할 수 있으니, 어찌 바라고 도모하는 바가 없다고 말할 수 있겠는가?[14] 채옹(蔡邕)이 한 말은 허기질 때 음식이 달고 목마를 때 물이 달다는 뜻이니, 정상적으로 음식을 먹지 못할 때를 말한 것이다. 맹자께서는 일찍이 내 안에 있는 것을 구하라고 독려하신 바 있다.[15] 내 안에 있는 것을 구할 줄 안다면, 바라고 도모하는 바가 없다는 말은 언급하기조차 부족할 것이다.

　　人生天地間, 抱五常之性, 爲庶類之最靈者. 汩其靈則有罪, 全其靈則適其分耳. 誠全其靈, 則爲人子盡子道, 爲人臣盡臣道, 豈曰無營乎

---

14) 한나라 사람 蔡邕은 「釋誨」에서 "가난을 편히 여기고 천함을 즐거워하며 이 세상에서 구하거나 도모하는 바가 없다.(安貧樂賤, 與世無營.)"고 말했다.

15) 『孟子』 「盡心上」에 "구하면 얻어지고 버려두면 잃어버리는 것, 이러한 구함은 얻기에 유익함이 있나니 나에게 있는 것을 구하기 때문이다. 구하는 데 방도가 있고 얻는 데 운명적 요소가 개입하는 것, 이러한 구함은 얻음에 무익하나니 내 밖에 있는 것을 구하기 때문이다.(求則得之, 舍則失之, 是求有益於得也, 求在我者也. 求之有道, 得之有命, 是求無益於得也, 求在外者也.)"는 내용이 보인다.

哉? 蔡邕之說, 是殆饑甘食, 渴甘飲, 未得飲食之正也. 孟子嘗勉人以
求在我者, 誠能求在我者, 則無營之說不足道矣.

유 문학에게 주다

贈兪文學

　내가 유 군(兪君)이 쓴 대전(大篆)을 보니 필획이 힘차고 글자체가 우아한 것이 온화한 기운과 잘 융화되었다. 그가 지금 세상의 자획을 논하는 것을 들어보니 반드시 기질과 결부시키던데, 혹 그가 기질로부터 이러한 성취를 얻었기 때문인가? 편방(偏旁)을 고증한 것이나 모범으로 참고한 것이나 모두 근거와 내력이 있었으니, 대충 둘러댄 것이 아니었다. 그 스스로 말하기를 자신의 글을 좋아하는 사람이 드물다고 하였는데, 그가 담암(澹庵)16)으로부터 받은 시를 보니 알아보는 자가 없지는 않은 듯하다. 그가 관직 얻고 처벌 받게 된 본말에 대해 물어보니, 그의 말이 참으로 기이하였다! 이에 나의 느낀 바는 더욱 깊어졌다.

　유 군은 남북을 두루 다녀서 그곳의 산수 풍속을 뚜렷이 이야기할 수 있었다. 내가 질문하여 얻어 들은 바가 열에 둘 셋도 안 되지만, 이미 충분히 많다. 안타깝게도 마침내 동쪽으로 올라가게 되었는데, 그를 붙잡아둘 길 없어 이 글을 지어 그에게 준다.

　吾觀兪君大篆, 用筆勁快, 而體致閑雅, 與和氣浹洽. 聽其論當世字畫, 必推及氣質, 豈其所自得者在此耶? 至其考訂偏旁, 參稽模範, 有

---

16) 胡銓(1102~1180). 字는 邦衡이고 號는 澹庵이다. 吉州 廬陵(지금의 江西省 吉安市) 사람으로 李綱·趙鼎·李光과 더불어 南宋四名臣으로 일컬어진다.

根據來歷, 殊不苟也. 自謂少所賞識, 及觀其所得澹庵詩, 則蓋有識之
者. 又問其得官獲罪本末, 異哉! 其言之也. 余於是所感益深.

　俞君跋履南北, 歷歷能談其山川風俗, 余所叩未十二三, 然已多矣.
惜其遂將東上, 余未有以留之, 因書以贈.

두 조 씨에게 주다
贈二趙

　서계(書契)가 만들어진 이래 문자가 날로 많아졌고, 육경(六經)이 등장한 이래 전주(傳註)가 날로 번다해졌으니, 이는 형세상 당연한 일이다. 그 실상만 알 수 있다면 본말과 시종이 매우 분명해지고, 먼저 할 것과 나중 할 것을 알면 시비와 사정 중 무엇을 택해야 할지를 알게 되므로, 아무리 많고 번다해도 병폐될 것 없으며, 그저 보탬이 될 뿐이다. 그러나 실상을 알지 못하고 말단에 눈이 가려지면, 보탬은 되지 못하고 그저 병폐만 될 뿐이다. 두 형제께서 내실에 이르는 방도를 삼가 강구하시길 바란다.

　書契旣造, 文字日多, 六經旣作, 傳註日繁, 其勢然也. 苟得其實, 本末始終, 較然甚明. 知所先後, 則是非邪正知所擇矣. 雖多且繁, 非以爲病, 祗以爲益. 不得其實而蔽於其末, 則非以爲益, 祗以爲病. 二昆其謹所以致其實哉.

승 윤회에게 주다
贈僧允懷

　　한 집안의 자제나 한 나라의 사대부라면 부형과 군주의 일을 함에 있어 천지간 어디로도 도망쳐서는 안 된다. 그러나 힘과 몸을 다 바쳐 직분을 다하지 못하고, 심지어 해악을 끼치는 자들도 있다.

　　회 상인(懷上人)[17]은 불교를 배운 자이다. 법교(法敎)를 존숭하고 문정(門庭)을 높이기 위해 서고(書庫) 건설을 위한 공사를 정성껏 부지런히 진행해왔는데, 공사한 지 얼마 지나지 않아 점차 완공되어가고 있으니, 얼마나 능력이 뛰어난가! 집안의 자제와 나라의 사대부가 모두 이와 같아서 부형과 군주가 명을 내리지 않고도 완성을 바라볼 수 있다면, 어찌 아름답지 않겠는가?

　　회 상인은 본디 육 씨였다. 이번 공사를 하면서 나를 찾아왔는데, 나는 이에 느낀 바가 있어 이 글을 지어 그에게 준다.

　　子弟之於家, 士大夫之於國, 其於父兄君上之事, 所謂無所逃於天地之間者, 顧乃不能竭力致身以供其職, 甚者至爲蠹害.

　　懷上人, 學佛者也. 尊其法敎, 崇其門庭, 建藏之役, 精誠勤苦, 經營未幾, 駸駸鄕乎有成, 何其能哉! 使家之子弟, 國之士大夫, 擧能如此, 則父兄君上, 可以不詔而仰成, 豈不美乎?

　　懷本陸出. 是役也, 過余. 余於是有感, 因書以贈.

---

17) 上人은 승려에 대한 존칭이다.

거듭 주다

二

 엄동설한에 얼음서리 매서울 때면 백성들은 강 건널 근심을 하고[18] 매질 앞에 두려워한다. 위에서 훌륭한 관리를 뽑을 수 있고, 그 관리가 힘을 다 펼칠 수 있다면, 사람 다니는 작은 다리와 가마 수레 다니는 큰 교량에서 정사를 살필 수 있을 것이다. 그러나 이런 일을 논하지 않은 지 이미 오래이다.

 양림계(楊林溪)는 귀계(貴溪)에 있는 중요한 나루인데, 이전에 거기 빠지는 사람들이 많았다. 향리의 훌륭한 사인들이 윤회의 간곡한 정성에 감동하여 그에게 돌다리를 놓아주어 다니기에 편하게 해주었다. 회는 육 씨 집안 출신으로 불교를 배운 자이다. 나는 일찍이 그의 행동에 감동받은 바가 있었는데, 지금 이 공사를 보고는 거듭 그를 가상히 여기게 되었다. 회여! 더욱 면려하라!

 隆冬盛寒, 冰霜嚴厲, 民之病涉, 威於搒掠. 上能擇吏, 吏能陳力, 則徒杠輿梁, 可以觀政. 玆事之不論久矣.

---

18) 『孟子』「離婁下」에 "자산이 정나라 정사를 관장할 적에 자기의 수레로 사람들을 진·유 강을 건너게 해주었다. 맹자가 말씀하기를, 친절하기는 하나 정사를 할 줄 모른 것이다. 그 해 십일월에 방교가 완성되고 십이월에 교량이 완성되면 백성들이 강 건너는 것은 근심할 것이 없다.(子産聽鄭國之政, 以其乘輿濟人於溱洧. 孟子曰, 惠而不知爲政. 歲十一月徒杠成, 十二月輿梁成, 民未病涉也. 君子平其政.)"라는 내용이 보인다.

楊林溪者, 貴溪之要津, 他日溺焉者衆矣. 鄕之善士, 以允懷勤誠,
使爲石橋, 以便行者. 懷, 陸出而學佛, 余嘗因其所爲有所感矣, 今於
是役, 又重嘉之. 懷勉之哉!

증우문에게 주다
贈曾友文

"'덕을 이루면 높아지고 기예를 이루면 낮아진다."[19] 그대가 점을
쳐 이치를 논할 때나 경사(經史)를 일컬을 때나, 저촉되는 바를 보지
못하였으나, 그저 점쟁이의 기술을 업 삼고 있을 뿐이다. 기술이란
아무리 정교해도 낮아질 수밖에 없다! 그대는 또한 지난날의 방황을
스스로 슬퍼할 줄 알고, 『맹자』에 나오는 "작은 것으로 큰 것을 해쳐
서는 안 되며, 천한 것으로 귀한 것을 해쳐서는 안 된다."[20]는 말을
인용할 줄도 알며, 나이 또한 젊으니, 과거를 버리고 새로운 것을 도
모할 때가 바로 지금이다. 그대여, 힘쓰라!

德成而上, 藝成而下. 生占辭論理, 稱道經史, 未見牴牾, 乃獨業相
人之術藝. 藝雖精, 下矣! 生書又能自悼疇昔之顚頓, 稱引『孟子』"無以
小害大, 無以賤害貴"之言, 年又尙少, 則舍其舊而新是圖, 此其時也.
生其勉之!

---

19) 『禮記』에 나오는 말이다.
20) 『孟子』「告子上」에 나오는 말이다.

왕견로에게 주다
贈汪堅老

　오행서(五行書)는 사람이 태어난 연, 월, 일, 시와 만나는 일진(日辰)을 가지고 부귀와 빈천과 요수(夭壽)와 화복(禍福)을 상세히 추론한다. 그러나 지혜로운지 어리석은지, 현명한지 불초한지만은 소홀히 여긴다. 보통 말하기를, 순수하고 맑고 밝으면 부귀와 장수와 복을 누린다 하고, 박잡하고 탁하고 어두우면 빈천해지고 요절과 화를 당한다고 말한다. 관용봉(關龍逢)은 죽임을 당했고, 비간(比干)은 심장이 갈렸으며, 기자(箕子)는 옥에 갇혀 노예가 되었다. 백이와 숙제는 굶주린 사내가 되었고, 중니는 떠돌아다니다 진(陳) 땅에서 양식이 끊기고 마침내 집에서 가난하게 살다 죽었다. 안회(顏回)와 염경(冉耕)은 요절했을 뿐만 아니라 빈천했고, 맹자는 늙도록 분주히 돌아다녔다. 성현 중에 이러한 운명을 겪은 이는 매우 많다. [어떤 자들은] 용렬하고 자질구레한 자질로 당파를 이루어 사사로움을 도모함으로써 존귀와 현달에 이르고, 임금이 맡긴 책임도 저버리고 백성의 신망도 저버린 채 녹을 받고 총애를 입는다. 곧은 자를 미워하고 바른 자를 추하게 여기면서 함부로 참언과 사특함을 일삼으며 끝도 없이 탐욕을 부린다. 그러나 이러한 자들 중에는 간혹 늙어 죽을 때까지 장수하고, 가문을 세우기도 하고, 봉작과 시호를 하사받아 대대로록 두터운 복을 누린 자도 있다. 도술의 순수함과 잡박함이며, 타고난 기질의 맑음과 흐림이며, 식견의 밝고 어두움이 장차 무엇을 따라야 한단 말인가? 『주역』에 「비태(否泰)」[21]가 있듯 군자와 소인의 도는 번갈아가며 사라졌다 자라났다 각각의 성쇠(盛衰)가 있다. 순수함과 박잡함, 맑음과 흐림, 밝음과 어두움의 구분은 성한지 쇠한지에 달려있지 않고 군자인지 소인인지에 달려있다. 지금 만약 지혜로움과 어리석음, 현명함과 불초함을 소홀히 여기면서 기어이 순수하고 청명하면 부귀와 장수와 복을 누리고, 박잡하고 탁하고 어두우면 빈천해지고 요절과 화를 당한다고 말한다면, 나는 오행서를 정말 이해할 수 없다. 그대가 내게 말해주지 않겠는가?

五行書, 以人始生年月日時所値日辰, 推貴賤貧富夭壽禍福, 詳矣. 乃獨略於智愚·賢不肖. 曰純粹淸明, 則歸之貴富壽福, 曰駁雜濁晦, 則歸之賤貧夭禍. 關龍逢誅死, 比干剖心, 箕子囚奴, 夷·齊爲餓夫, 仲尼羈旅, 絶糧於陳, 卒窮死於其家, 顔·冉夭疾, 又皆貧賤, 孟子亦老於奔走, 聖賢所遭若此者衆. 闒茸委瑣, 周比以致尊顯, 負君之責, 孤民之望, 懷祿斅寵, 惡直醜正, 尸肆讒慝, 莫知紀極. 又或壽老死簀, 立閥閱, 蒙爵諡, 以厚累世. 道術之純駁, 氣稟之淸濁, 識鑑之明晦, 將安歸乎?『易』有「否泰」, 君子小人之道迭相消長, 各有盛衰. 純駁淸濁明晦之辨不在盛衰, 而在君子小人. 今顧略於知愚·賢不肖, 而必以純粹淸明歸之貴富壽福, 駁雜濁晦歸之賤貧夭禍, 則吾於五行書誠有所不解. 生盍爲我言之?

---

21) 『周易』의 괘 이름인데, 「否卦」는 「乾」이 위에 있고 「坤」이 아래에 있어 상하가 통하지 못하므로 否塞의 뜻이 되며, 「泰卦」는 이와 반대여서 安泰의 뜻이 된다. 여기서 파생되어 '否極泰來'라는 말이 생겼는데, 안 좋은 운이 다하면 좋은 운이 돌아온다는 뜻이다.

정윤보에게 주다
贈丁潤父

"도가 장차 행하여지는 것도 천명이며, 도가 장차 무너지는 것도 천명이다. 공백료(公伯寮) 그대가 천명을 어찌할 수 있겠는가?"[22] "내가 노나라 제후를 만나지 못하는 것은 하늘의 뜻이다. 장 씨(臧氏)의 아들이 어찌 능히 나로 하여금 만나지 못하게 할 수 있겠는가?"[23] 성현께서 천명을 아심은 이와 같았다. 오늘날 천명을 아는 자가 다행히 빈천과 부귀에는 정해진 수(數)가 있음을 알고서, 소인이 되어 그 마음을 해치지만 않는다면, 그래도 괜찮은 편이다.

그러나 내가 말하는 마음이란 하늘이 내게 부여한 것이다. 성정이 음험하고 비뚤어져서 온 정력을 다해 사욕을 이루고자 하고, 요순의 도에 들어가고자 하지 않는 것이 어찌 하늘이 내게 부여한 마음이겠는가?

내 왕견로에게 글을 써준 적이 있는데, 이 이야기를 미처 하지 못하였다. 그대도 이미 보았을 것이다. 지금 그대가 어울리는 자들 중에는 어진 사대부들이 많으리니, 나를 위해 한번 이야기해주지 않겠는가?

"道之將行也與? 命也. 道之將廢也與? 命也. 公伯寮其如命何?" "吾之不遇魯侯, 天也, 臧氏之子, 焉能使予不遇哉?" 聖賢之知命如此. 今之

---

22) 『論語』「憲問」에 나오는 내용이다.
23) 『孟子』「梁惠王下」에 나오는 내용이다.

知命者, 幸其知貧賤・富貴之有定數也, 而無爲小人以害其心, 斯可矣.

雖然, 吾所謂心, 天之所予我者也. 彼其險詖頗側, 悉精畢力以遂其私, 而不肯以入堯・舜之道, 豈亦天之所予我者乎?

吾嘗有說以贈汪堅老, 而未及於此, 子旣見之矣. 今子所遊, 又多賢士大夫, 盍兼爲我言之.

황순자에게 주다

贈黃舜咨

    진정기(陳正己)가 편지로 황순자를 불러들여 우리 집 조카[24]의 운명을 점치게 한 뒤 그의 점술을 몹시 칭찬했다.

    내 일찍이 당대 거공(鉅公)께서 운명에 관해 이야기하는 것을 듣고 이렇게 답한 바 있다. "도가 장차 행하여지는 것도 천명이며, 도가 장차 무너지는 것도 천명입니다." 거공은 깜짝 놀라 말씀하셨다. "그대가 말씀하신 것은 큰 운명이고, 내가 말한 것은 작은 운명입니다. 이 학설은 몽장(蒙莊)[25]에게서 나왔지요." 나는 거공께서 학문이 드넓어, 이처럼 근거를 두어가며 말하는 것에 감탄하였다. 작은 운명을 점치는 기술은 그 유래가 오래되었는데, 오늘날에 이르러 더욱 기승을 부린다.

    내가 또 듣자니 근자에 대저택에서 술사를 불러들여 하루 사이에 길에 심부름꾼들이 줄을 섰다고 한다. 순자 그대가 점술에 이미 정통하였다면 어찌하여 큰 운명으로 나아가지 않는가? 진광문(陳廣文)은 황순자에게 충심을 다하는 자가 아니다.

    陳正己以書導黃舜咨見吾家阿咸, 甚譽其命術.

    吾嘗聞當世鉅公言命, 余答之曰: "道之將行也與? 命也. 道之將廢也

---

24) 원문은 '阿咸'이다. 魏나라 사람 阮籍 의 조카 阮咸은 재기가 뛰어나 이름났는데, 이로 인해 후세에는 조카를 '阿咸'이라고 칭하게 되었다.
25) 莊子를 가리킨다.

與? 命也." 鉅公瞿然曰: "足下所言者, 大命也, 吾所言, 小命耳. 此其說
出於蒙莊." 余因嘆鉅公博洽, 出言有稽據如此. 小命之術, 其來久矣,
於今尤盛.

余又聞近時府第呼召術士, 有一日之間, 而使人旁午於道者. 舜咨術
旣精, 何爲不導之於彼? 陳廣文非忠於黃舜咨者也.

왕언상에게 주다
贈汪彦常

    번양(番陽) 사람 왕언상 군은 태을수(太乙數)[26]를 가지고 여러 공들 사이를 돌아다녔는데, 실제로 기이한 효험이 있었다. 왕 군은 본래 책을 읽던 자였으나 하루아침에 노인의 말을 듣고서 학업을 폐하고 노인을 따라 이 기술을 전수받았다. 지금은 또 용케 맞추기까지 하자 스스로 기뻐하고 있다. 내가 왕 군의 정신을 보건대 여기에 멈추지는 않을 듯하다. 훗날 나를 찾아오거든 왕 군을 위해 이 이야기를 모두 들려줄 것이다.

    番陽汪君彦常, 挾太乙數遊諸公間, 實有奇驗. 然汪君本知書, 一旦以老人之言, 廢其業, 從受此術, 今又以其效驗自喜. 吾觀汪君精神, 有不宜止於是者. 後日過我, 當與汪君究其說.

---

26) 太乙數는 '太一' 혹은 '太乙神數'라고도 하며, 중국에서 유행했던 『周易』 사상
　　체계 중의 중요한 術數 학설이다.

진진경에게 주다

贈陳晉卿

군자를 따라잡을 수 없는 것은 보지 못하기 때문 아니겠는가? 옛날 사람들이 남들보다 훨씬 뛰어났던 까닭은 다름 아니라 자신의 행동을 다른 데로 잘 미루어나갈 수 있었기 때문이다. 사람들은 보지 못하지만 이 마음은 환히 빛나고 있다. 행동을 다른 데로 잘 미루어나간다는 것은 이 마음을 확충해나가는 것뿐이다.

> 소희(紹熙) 신해년(1191) 입추 이틀 뒤에
> 임천의 육 아무개 자정이 복당(福唐)의
> 진경 진관(陳縮)을 위해 쓰다

君子所不可及者, 其唯人之所不見乎? 古人之所以大過人[27]者無他焉, 善推其所爲而已. 人所不見, 此心昭然. 善推所爲, 充是心而已.

> 紹熙辛亥立秋後二日
> 臨川陸某子靜 爲福唐陳縮晉卿書

---

27) [원주] '人' 자는 원래 빠져있으나 道光本에 근거해 보충하였다.

상산 학자에게 보여주다
示象山學者

　도는 사람에게서 멀리 있지 않다. 그저 사람이 도를 떠날 뿐이다. 고인께서는 "도에 머물며 바른 데로 향한다."[28]고 말씀하셨다. 너희 군자들은 나의 거처에 머문 채 날마다 뭇 산으로만 향하지 말고, "도에 머물며 바른 데로 향한다."는 말씀에 부끄러움이 없도록 해야만 할 것이다. 나도 바야흐로 이 말씀을 가지고 스스로를 성찰하다가 이를 적음으로써 경계의 말씀으로 받들 것이다. 학예에 진보가 있는지 없는지는 각각의 재능을 보아야 하겠지만 도에는 아무런 손익이 없다. 그러나 이를 버리는 날, 아직 여력이 남아 있으되 바른 데가 어딘지 모르는데도 아는 자에게 물을 줄을 모르게 된다면, 그 도가 어찌될지 가히 알 수 있다. 소홀히 여기지 말고 힘쓰기를 바란다!

오월 그믐날
아무개가 상산의 여러 동지들에게 고함

---

28) 『荀子』「王霸」에 "만약 한 사람의 재상을 선택하여 겸하여 거느리게 하고, 신하와 백관들로 하여금 도에 머무른 채 바른 데로 향하게 하면서 직무에 충실토록 하는 것이 바로 임금의 직책이다.(若夫論一相以兼率之, 使臣下百吏莫不宿道鄕方而務, 是夫人主之職也.)"라는 내용이 보인다. 宿道는 도에 머무는 것을 뜻하고, 鄕方은 곧 向正의 뜻이다.

道不遠人, 顧人離道耳. 古人謂: "宿道鄉方." 二三君子毋徒宿吾方
丈, 日鄉羣山, 得無愧於'宿道鄉方'之言, 斯可矣. 吾方以此自省, 因書
此以奉警. 藝之進不進, 亦各視其才, 雖無損益於其道, 然至於有棄日,
有遺力與未知其方而不能問於知者, 則其道亦可知矣. 幸勉旃毋忽!

五月朔

某白象山諸同志足下

금계 길거리에 섬돌 까는 자에게 주다

贈金谿砌街者

선(善)을 행하고 공(公)을 행하는 것은 바른 마음이다. 악을 행하고 사(私)를 행하는 것은 치우친 마음이다. 선을 행하고 공을 행하면 화목하고 조화로운 기풍이 생겨나니, 이를 일러 복이라 한다. 악을 행하고 사를 행하면 어그러져 다투고 서로 침범하는 기풍이 생겨나니, 이를 일러 화(禍)라 한다. 화목함과 조화로움은 사람들이 바라는 바요, 어그러져 다투고 서로 침범하는 일은 사람들이 싫어하는 바이다.

우리 읍의 길거리는 정비되지 않은 지 오래되어서 다니는 자들이 불편해하고 있다. 그러니 누군가가 기꺼이 마음과 힘을 기울이고 재물을 덜어 내 고생스럽게 이 일을 맡아준다면, 이야말로 참으로 선을 행하고 공을 행하는 것이요, 바른 마음에서 비롯된 행동이다. 이런 마음이 있는 자라면 어찌 너도나도 서로 호응하고 상부상조하여 이 일을 완수하지 않을 수 있겠는가? 장차 화목하고 조화로운 기풍이 일어나고, 어그러져 다투고 서로 침범하는 일일랑 사라지는 것을 보게 되리니, 이 길을 걷는 자는 모두 당우(唐虞)·서주(西周) 시대의 백성일 것이다. 제군들이여, 힘쓸 지어다!

爲善爲公, 心之正也. 爲惡爲私, 心之邪也. 爲善爲公, 則有和協輯睦之風, 是之謂福. 爲惡爲私, 則有乖爭陵犯之風, 是之謂禍. 和協輯睦, 人所願也. 乖爭陵犯, 人所惡也.

吾邑街道不治久矣, 行者病之, 乃有肯出心力損貨財, 辛勤而爲之

者, 此眞爲善爲公, 而出於其心之正者也. 有是心者, 豈得不翕然相應
而助成之乎? 將見和協輯睦之風興, 而乖爭陵犯之事息, 履是街者, 皆
唐·虞·成·周之人也. 諸君勉之!

탕모거에게 주다
贈湯謨擧

　청강(淸江) 사람 탕모거를 왕년에 본 적이 있는데, 점사(占辭)가 뛰어나고 예법 또한 공경스러웠다. 그는 지리술(地理術)을 지니고 있어서 상산(象山)에 올라 그 모습을 그렸는데, 실제 모습을 잃지 않았다. 오래 어울려보니 온화하고 자상한 것이 처음 만났을 때와 조금도 다르지 않았다. 근자에 그가 다시 계사(啓事)²⁹⁾를 가지고 나를 만나러 왔다. 글의 내용을 보니 경사(經史)에 나오는 온전한 구절을 많이 인용했는데, 시작과 끝이 상세하고 가지런하여 마치 과거 공부에 전념해 온 사람 같았다. 그에게 [그 까닭을] 물으니, "옛날에 과거에 응시했지만 누차 떨어져 그만두었습니다. 지리는 선대로부터 전수받은 것이라 그저 이를 업 삼아 살아가고 있습니다."라고 대답했다. 또 「사중승시(謝中丞詩)」를 꺼내보였는데, 모거의 본래 뜻이 잘 드러나 있었다. 떠날 때가 되어 내게 말 한 마디 해달라기에 이 글을 적어 그에게 준다.

　淸江湯謨擧往年見過, 占辭甚文, 爲禮甚恭. 而挾地理之術, 登象山, 圖其形, 殊不失實. 相從之久, 溫然慈祥, 不少異其初. 比來又以啓事見余, 多經史全句, 首尾詳整, 類從事場屋間者. 問之, 則曰: "舊亦應擧, 屢不中, 乃舍之. 地理乃先世之傳, 姑業之以爲生." 又出謝中丞詩, 詩得謨擧素懷. 旣別, 求余言, 因廢書以贈.

---

29) 어떠한 내용을 갖추어 아뢴 奏章이나 편지를 말한다.

육당경에게 주다

贈陸唐卿

　　귀계(貴溪) 유구(醹口)에 살던 요신(堯臣) 육당경은 이제 망고(望姑)로 이사 가서 산다. 집안 대대로 의술을 업 삼고 있어 두 아들에게 전수하였다. 그가 말하길, "내가 전수하고 있는 것은 대방맥(大方脉)[30]입니다. 소방맥(小方脉)[31]에 대해서는 비록 배워보긴 하였으나 아직 정통하지 못했습니다. 성곽에 이것에 정통한 사람이 있는데, 승려입니다. 저는 이미 늙은지라 작은 아들에게 배워보게 하려 합니다." 육 군 같은 사람이면 자기 소견대로만 하지 않는 자[32]라 이를 만하다. 배움에는 반드시 스승이 있어야 하나니, 어찌 의술만 그렇겠는가? 그가 말씀을 구하기에 이 글을 적어 면려하는 바이다.

　　貴溪醹口陸堯臣唐卿, 今徙居望姑, 世其家醫學, 傳之二子. 又曰: "吾所傳大方脉也, 吾於小方脉, 雖嘗學之, 而不能精. 郭中有精於此者, 在浮屠氏. 今老矣, 吾將使少子學焉." 若陸君者, 可謂不自用矣. 學必有師, 豈唯醫哉? 因其求言, 遂書以勉之.

---

30) 중국 고대 의학 分科 중 하나로 성인의 질병을 전문으로 치료한다. 지금의 내과에 해당한다.
31) 幼科의 別稱이다. 소아의 질병을 전문으로 치료하며 지금의 소아과에 해당한다.
32) 『尙書』 「仲虺之誥」에 나오는 "내 듣기론 스스로 무리를 얻으면 임금이 되고, 남이 나만 못하다고 말하는 사람은 망한다. 남의 의견 묻기를 즐겨하면 풍성해지고, 자기 소견대로만 하면 곤궁해진다고 했다.(予聞曰, 能自得師者王, 謂人莫己若者亡. 好問則裕, 自用則小.)"를 염두에 두고 쓴 말인 듯하다.

소산의 시자侍者 익에게 주다

贈疎山益侍者

순희 기유년(1189) 7월, 중기(中氣)가 월 초하루에 들고33) 토성(土星)34)이 다시 순조롭게 창룡(蒼龍) 저수(氐宿)35)에 들어가 두 큰 별 사이에 놓였는데, 가까이 딸린 별들과의 관계는 심대성(心大星)과 전성(前星)36)의 관계처럼 되었다. 2일 저녁에는 약간 서쪽에서 나오더니 3일 저녁에는 약간 동쪽에서 나왔다. 4일에는 더욱 동쪽으로 옮겨갔다. 만약 초하루에 서쪽에 있었다면 3일 아침에 숨어 있었던 것이다.

옛날 희화(羲和)의 관직37)은 매우 중요했기에 「요전(堯典)」에서

---

33) 고대 역법에서는 24절기를 음력 12개월에 배합하여 매 달 두 개의 氣가 들게 했는데, 월 초에 있으면 節氣라고 부르고 월 중 이후에 있으면 中氣라고 불렀다. 예컨대 입춘은 정월의 절기가 되고 우수는 정월의 중기가 된다. 이 中氣의 날짜는 하루씩 늦춰져서 어느 날에는 맨 마지막 날 중기가 들게 되어 그 다음 달은 중기가 없게 되는데, 이 달이 곧 윤달이 된다. 이때 중기는 그 다음 달 초로 옮겨간다.

34) 옛날에는 土星을 鎭星 혹은 塡星이라고 불렀다. 오행설에 따르면 塡星은 五方 중에 중앙에 위치하고 五行 중 土에 속하며 계절 중에서는 季夏에 해당한다.

35) 東方靑龍 七宿 중 세 번째에 해당하는 별자리이다. 七曜 중에 土에 속한다. 土는 간지에서 '己'에 해당하는데, 여기서는 이 글을 쓰고 있는 己酉年을 설명하기 위해 별자리를 인용한 것이다.

36) 心大星은 大火라고도 부르며, 東方 蒼龍 7수 중의 다섯 번째인 心宿이다. 心宿는 별 3개로 이루어진 心과 12개의 별로 이루어진 積卒로 구성되어 있다. 이 중 心의 별 3개중 가운데를 明堂, 위의 별을 太子, 아래 별을 庶子라고 부른다. 여기서 前星이란 바로 心宿의 太子 별을 가리킨다.

그 직책에 관해 매우 상세히 설명하고 있다. 후세 별자리나 역법을 주관하는 자들은 천한 관리로서, 용렬하고 아는 것이라곤 없으니 어떻게 그 일을 감당해낼 수 있겠는가? 전대에 하던 대로 따라하거나 폐지하는 등 제대로 바로잡지 못했다. 이러한 일들을 기록에 남긴다면 후에 이 일을 다스리는 자에게 도움 되는 바가 없지 않을 것이다.

이 달에 나는 동조(東漕)의 용강(龍岡)에서 장모님의 묏자리를 살피기 위해 초하룻날 저녁에 상산(象山)을 출발해 3일에 내 집에 도착하였고, 4일 저녁에 내 집에서 출발해 다음날 저녁에 대원관(大原觀)에, 6일에 용강에 도착했다. 일을 마친 후 마침내 소산(疎山)에 이르렀을 때 동행한 소무(昭武) 오대년(吳大年) 및 마을 사람 서필선(胥必先)에게 이렇게 말했다. "오성(五星)의 순서와 위치, 그리고 경도가 이처럼 정확한 것은 보아서 알 수 있으니, 기록하지 않을 수 없다. 역법을 다스리기 위해서는 천문을 오래 관찰하여 부합 여부를 고찰해야 한다. 그러나 관부에서 이 일에 힘쓰지 않은 지 이미 오래되었으니, 이렇게 적어놓으면 후에 찾아볼 수 있을 것이다." 이튿날 시자(侍者) 익이 종이를 꺼내 간절히 나의 말을 구하며 "보배처럼 간직하겠습니다."라고 하기에 그 부탁을 들어주었다. 훗날 이를 꺼내 보고서 내 뜻을 알아주는 이가 있으리라.

칠석날 달 아래서
상산옹이 쓰다

---

37) 신화에 나오는 인물로 희화가 태양을 수레에 싣고 나갔다가 올라온다고 한다. 또 다른 전설에 의하면 희화는 천지가 처음 생겨났을 때 태양과 달을 주관하는 신이었다고 한다. 『尙書』「堯典」에서는 희화가 천문을 담당하는 관리라고 하여서 후대에는 천문과 역법을 주관하는 관리를 희화의 관이라고 불렀다,

淳熙己酉孟秋, 中氣在月之初, 塡星復順入龍氏, 直二大星之間, 比下星如心大星之於前星. 二日之夕, 微出其西. 三日之夕, 微出其東. 四日, 益東. 如朔之在西, 則其正隱於三日之朝矣.

古羲和之官甚重,「堯典」獨詳其職. 後世星翁曆官, 爲賤有司, 人庸識暗, 安能擧其職哉? 因循廢弛, 莫董正之. 是等或有所記, 後有治其事者, 不無所助.

是月也, 余將視吾外姑之宅兆于東漕之龍岡, 朔之夕, 發象山, 三日而抵余家, 四日之夕發余家, 次夕抵大原觀, 六日抵龍岡. 事旣, 遂抵疎山, 與同行昭武吳大年, 里中脊必先言曰:"五緯次, 舍, 有經宿可準如此者, 得之於所見, 不可不記之. 治曆須積候以稽合否. 官之不宿其業, 爲日久矣, 是亦可以備其搜訪也." 越翼日, 因益侍者出此紙求余言甚力, 且曰:"當寶藏之." 余於是得所託矣. 他日拈出, 當有賞音.

　　　　　　　　　　　　　　　　七夕月下
　　　　　　　　　　　　　　　　象山翁書

유계몽에게 주다
贈劉季蒙

　명덕(明德)이 내게 있거늘 다른 데가 구할 필요 있겠는가? 방사(方士)와 선백(禪伯)[38]은 참으로 큰 우환거리이다. 세속이 그들에게 빠지지 않고, 이 두 우환거리가 세속을 미혹하지도 않아, 이른바 치우침도 당파도 없이 왕도가 평안해진다면[39] 드넓은 우주 사이에 그 즐거움을 누가 헤아리랴!

임자년(1192) 아무 달 아무 날
몽천 태수 육 아무개가 써서 유계몽에게 주다

　明德在我, 何必他求? 方士禪伯, 眞爲大祟. 無世俗之陷溺, 無二祟之迷惑, 所謂無偏無黨, 王道蕩蕩, 浩然宇宙之間, 其樂孰可量也?

壬子月日
蒙泉守陸某　書贈劉季蒙

---

38) 방사는 道家에서 방술을 행하는 도사를 말하고, 禪伯은 고승을 말한다.
39) 『尙書』「洪範」에 나오는 말이다.

신흥사 벽에 쓰다
題新興寺壁

목(木)은 창룡(蒼龍) 저수(氐宿)[40]에 있고, 금(金)이 먼저 항수(亢宿)[41]에 들어갔다. 저옹(著雍)[42] 군탄(涒灘)[43] [무신년에] 보름날이 동쪽 벽에 걸렸다. 제때 내린 비가 막 개고 서풍이 한결 서늘해졌다. 한가로운 구름 아직 돌아오지 않고 끝도 없이 그늘이 드리웠다. 기장 낱알 여물고 밭엔 벼가 가득하며, 콩도 조도 반짝이고 뽕도 마도 기름졌다. 상산옹은 반산(半山)에서 폭포를 보고, 배에 올라 물 남쪽으로 간 다음 상청(上淸)에서 묵고 용호(龍虎)에서 이틀 간 머문 뒤 신흥사에 도착했다. 선암(仙巖)의 빼어난 경치를 다 둘러보았는데, 바위 사이로 흐르는 급류에서는 눈꽃이 뿜어져 나왔고, 맑은 못은 푸르게 물들었으며, 해오라기가 날갯짓하고 오리가 날아다녀 마치 그림처럼 황홀했다. 성근 소나무, 비취빛 대나무, 푸른 이끼, 무성한 풀 사이로 원추리가 노란색을 드러내고, 황금빛 귤은 빨갛게 익어 벼랑을 뒤덮고 언덕에 줄지어 있었는데, 찬란하기가 금수비단 같았다. 가벼운

---

40) 氐宿는 東方靑龍 七宿 중 세 번째 별자리로, 그 모습이 나무가 뿌리를 내리고 있는 형상이기 때문에 이렇게 표현한 것이다.
41) 亢宿는 東方靑龍 七宿 중 두 번째 별자리로, 金에 해당하고 용을 상징하므로 亢金龍이라 칭한다. 이 글은 무신년 8월에 지어졌는데, 여기서 亢宿를 말한 이유는 가을이라는 계절을 상징하기 위함인 것으로 보인다.
42) 十干 중 戊에 해당한다.
43) 古甲子에서, 地支의 하나인 '申'을 이르는 말이다.

배에 높이 돛을 매다니 웃음소리 노래 소리가 들려오는데, 물고기 비늘처럼 모여 앉고 기러기 행렬처럼 줄지어 섰다. 그윽한 곳 찾고 기이한 곳 탐방할 때면 거듭 배를 대고 서로 나아가면서, 번갈아가며 앞서서니 뒤서거니 하였는데, 그 모습이 마치 우연히 따라나선 듯 보였다. 늙은이는 허연 머리 허연 수염에 고아한 담론을 깊이 받아들였고, 젊은이는 옷매무새를 단정히 하고 모습도 엄숙히 하여 자세히 보고 깊이 들었으니, 스스로의 한적함을 한적히 즐기지 않는 이가 없었다. 나 또한 크고 작음, 정교함과 거침, 강함과 유함, 늦음과 급함이 가지런하지 않다는 것도 잊은 채 조카인 겸지(謙之)와 유지(檘之), 그리고 아들인 지지(持之)에게 명하여 함께 노닌 자 78명의 사는 곳, 성씨와 이름을 왼쪽에 나누어 적어 넣게 하였다.

木在龍氏, 金先塡于亢, 著雍涒灘, 月望東壁. 時雨新霽, 西風增涼, 閒雲未歸, 悠然垂陰, 黍粒登場, 稻花盈疇, 菽粟粲然, 桑麻沃然. 象山翁觀瀑半山, 登舟水南, 宿上淸, 信龍虎, 次于新興. 究仙巖之勝, 石瀨激雪, 澄潭漬藍, 鷺翹鳧飛, 恍若圖畫. 疏松翠篠蒼苔茂草之間, 石薿呈黃, 金橙舒紅, 被崖緣坡, 爛若錦繡. 輕舟危檣, 笑歌相聞, 聚如魚鱗, 列如雁行. 至其尋幽探奇, 更泊互進, 迭爲後先, 有若偶然而相從. 老者蒼顏皓鬐, 語高領深, 少者整襟肅容, 視微聽沖, 莫不各適其適. 予亦不知夫小大·精粗·剛柔·緩急之不齊也. 乃俾猶子謙之·檘之·子持之分書同遊者七十有八人邑姓名字于左方.

취운사 벽에 적다
題翠雲寺壁

    순희(淳熙) 기유년(1189) 하지 후 이틀날, 나는 허창조(許昌朝) 집에 머물며 취운산[44]을 함께 유람하기로 약속했다. 이튿날 유백협(劉伯協)이 내 아침밥을 준비해주었고, 허창조와 호무상(胡無相)이 함께했다. 유백협은 취운산의 샘과 바위를 자랑하면서 여산(廬山)만 못하지 않다고 하였다. 밥을 다 먹고 난 후 흥에 겨워 함께 떠나니, 약속하지 않았는데도 만난 사람들이 취운당에 가득했다. 취운 오제(五題)는 왕문공(王文公) 부자에게서 시작되었다.[45] 육영(六詠)은 우리 집안사람인 용재(庸齋)와 사산(梭山)[46] 두 형님이 유람하면서 덧붙인 것인데, 오늘에서야 직접 보게 되었다.

    옛날에 일찍이 동으로 회계산(會稽山)을 유람하면서 우(禹) 임금의 동굴[47]을 탐방하고, 서쪽으로 오로봉(五老峰)에 올라 옥연(玉淵)을 본 적이 있다. 근자에는 또 용호(龍虎) 상류에서 상산(象山)을 개척하고, 반산(半山)·체담(磏潭)·풍련(風練)·비설(飛雪)·수렴(水

---

44) 翠雲山은 江西省 撫州市 金溪縣에 있다.
45) 왕문공은 王安石을 가리킨다. 왕안석은 재상으로 있을 때 아들과 함께 이 산을 방문한 적이 있는데, 그 때 「躍馬泉」이라는 5언 율시를 지어 이 산의 명승을 읊었다. 취운 五題란 이 시를 가리키는 듯하다.
46) 庸齋는 육구연의 셋째 형인 陸九皐의 호이다. 字는 子昭이다. 梭山은 넷째 형 陸九韶의 호이며 사산에서 강학했다 하여 그렇게 불렸다. 字는 子美이다.
47) 浙江省 紹興에 있는 회계산에 치수의 업적을 남긴 우 임금이 죽어서 들어간 동굴이 있다는 전설이 전해온다.

簾)·치자(梔子) 등 폭포를 찾아냈다. 올 늦가을[48]에 운대(雲臺)에
올라 귀곡(鬼谷)을 내려다보며 석인(石人)의 용추(龍湫)[49]를 다 둘러
보고, 천 길이나 되는 옥대(玉帶)도 보았다. 그러나 약마(躍馬)와 명
옥(鳴玉)의 기이한 풍광만은 보지 못하였으니, 도는 가까이 있거늘
먼 곳에서 찾았다 말할 만하다. 이번 유람에서 얻는 바가 이미 적지
않다.

한겨울이라 샘물이 말라버렸는데 오래 비까지 내리지 않고 있다.
이에 장로이신 민공(敏公)께서 와부(畦夫)[50]로 하여금 밭 사이에 비
축해놓은 물을 트게 하여 대대적으로 물을 공급했다. 진사연(陳師淵)
이 밥을 공양했고 호무상이 차를 공양하여 이 기이한 일을 이루어주
었다.

이번 모임에서 어르신과 젊은이들의 호의가 내 불어나듯 하였으니,
기록하지 않을 수 없다. 함께 한 자의 성과 이름을 뒤에 열거한다.
아이는 이름만 적는다.

상산옹이 쓰다.

淳熙己酉長至後二日, 余寓許昌朝家, 約遊翠雲. 明日, 劉伯協戒余
朝餐, 許昌朝·胡無相與焉. 伯協又誇翠雲泉石, 謂不減廬阜. 飯餘乘
輿一行, 不期而會者盈翠雲之堂. 翠雲五題, 始於王文公父子, 六詠增

---

48) 秋杪는 秋秒라고도 쓰며, 늦가을을 뜻한다.
49) 福建省 寧德에 있는 南漈山(일명 南際山)에 龍湫山이 있는데, 그곳의 승경
   중에 하나가 바로 '石人面壁'이다.
50) 송나라 때 명을 받아 밭두둑을 개간하고 소금을 제조하던 성인 남자를 부르던
   말이다.

於吾家庸齋·梭山二兄之遊, 乃今始得親目.

昔年嘗東遊會稽, 探禹穴, 西登五老, 窺玉淵. 比歲又開象山於龍虎之上游, 啓半山·礧潭·風練·飛雪·水簾·梔子諸瀑. 今秋之秒, 登雲臺, 瞰鬼谷, 窮石人之龍湫, 觀千尋之玉帶, 乃獨未覿躍馬·鳴玉之奇, 可謂道在近而求之遠. 然則斯遊之得, 亦已多矣.

盛冬水泉旣縮, 又値久晴, 長老敏公, 俾畦丁決田間蓄水, 大作水供. 陳師淵作飯供, 胡無相作茶供, 成此一段奇事.

在會長少爲善之意, 如川方增, 不可不紀. 會者姓字, 俱列于後, 童子書名.

象山翁書

주 씨 아들의 이름을 고쳐주고 지어준 글
朱氏子更名字說

순희 정미년(1187) 5월 초에 성문에 도착했는데, 나를 찾아와 배우는 후생과 학생들이 날로 늘어났다. 내 그들과 함께 시속의 공통된 병폐를 가슴아파하며 사람 마음속에 본디 간직하고 있는 것을 열어주자 모두 두려워하며 스스로를 징계하고 분연히 떨치고 일어났다. 선배나 장자들 중에도 종종 찾아와 가르침을 받는 자들이 있었는데, 그들 또한 다른 말을 하지 않았다. 이에 나는 이 마음 이 이치가 우주를 가득 채우고 있어서 그 누구도 떨어뜨려놓을 수 없다는 것을 더욱 확신하게 되었다.

하루는 주백호(朱伯虎)가 앞으로 나와 청을 하였다. "「우서(虞書)」에 주(朱)·호(虎)라는 이름이 나옵니다.[51] 저 백호는 어려서 아직 학문을 모르는 터라, 이런 이름을 써서는 안 된다는 사실을 몰랐는데, 스승님을 만나고 나서야 비로소 깨달았습니다. 등에 가시가 있는 것처럼 좌불안석이오니, 원컨대 이름을 바꿔주십시오." 이에 나는 이름을 원유(元瑜)로, 자(字)를 충보(忠甫)로 지어주었으니, "티로 옥을 가리지 못하고, 옥으로 티를 가리지 못하는 것이 충이다."[52]에서 뜻을 취한 것이었다. 옥에 있어 티는 끝내 티이고 옥은 끝내 옥이다. 사람

---

51) 『尙書』「虞書·舜典」에 나오는 순 임금의 신하이다. 「舜典」 기록에 의하면 4형제로 각각의 이름은 朱, 虎, 熊, 羆라고 한다. 朱와 虎는 산택 초목과 조수를 관리하는 직책을 맡았다.
52) 『禮記』「聘義」에 나오는 말이다.

은 그렇지 않아서, 배우면 티도 옥이 될 수 있지만, 배우지 않으면 옥도 티가 될 수 있다. 하늘이 내게 부여하신 바는 본디 모두 옥이었다. 그저 생각하지 않아 외물에 눈이 가려졌기 때문에 나중에 옥이 티가 되어버렸을 뿐이다. 지금 그대가 이미 이를 깨달았으니, 티가 옥이 된 것이다. 그래서 '원유'라는 이름을 지어주었다.

능히 깨달아 고칠 수 있으면 이를 일컬어 '가려지지 않다.'고 한다. 가려지지 않는 것을 일러 '충'이라 한다. 타고난 기질에 가려지고 습관에 얽매인다면, 어찌 티가 되는 것을 면할 수 있겠는가? 앞으로 계속 이 충을 저버리지 않는다면, 문명 '원유'가 될 수 있을 것이다. 그래서 '충보'라는 자를 지어주었다.

나는 처음에 그에게 이름과 자를 지어주고 나서 미처 이 이야기를 들려주지 못하고 있었다. 나는 한 달 넘게 머물다가 동쪽에 있는 내 집으로 돌아갔는데, 주 씨네 아들이 다시 책 상자를 싸들고 찾아와 내 집 옆에 머물며 배우고자 하였다. 가을 칠월 초하루에 양친을 뵈러 돌아가기에 이제야 이 글을 적어 그에게 준다.

淳熙丁未, 暮春之初, 予抵城闉, 後生學子來從余游者日以益衆. 余與之悼時俗之通病, 啓人心之固有, 莫不惕然以懲, 躍然以興. 前輩長者往往辱臨敎之, 擧無異辭. 余於是益信此心此理充塞宇宙, 誰能間之.

一日朱伯虎進而請曰: 「「虞書」有朱虎. 伯虎幼未知學, 蓋不知其名之不可. 得待函丈, 乃始自覺, 背若負芒, 願賜更之.」余於是名以元瑜, 字以忠甫, 取諸 "瑕不掩瑜, 瑜不掩瑕, 忠也." 夫玉之瑕終瑕, 瑜終瑜, 人則不然, 學則瑕者瑜, 不學則瑜者瑕. 天之所以予我者固皆瑜也, 惟不思而蔽於物, 而後瑜者瑕. 今子旣覺之, 則瑕者瑜矣. 故曰 '元瑜'.

能覺而更, 是謂 '不揜', 不揜之謂 '忠'. 氣稟之所蒙, 習尙之所梏, 豈遽能盡免於瑕哉? 繼是而不替其忠, 則信乎其爲元瑜也. 故曰 '忠甫'.

余始名字之, 未及告之以其說. 余留踰月, 而後東還吾廬, 朱子又篋
書旅于吾廬之傍, 以求講益. 秋七月朔, 歸覲其親, 始書以遺之.

두 장 씨의 이름을 지어주고 지어준 글
二張名字說

    파양(番陽) 장계해(張季海)가 두 아들의 이름을 지어 달라 부탁하기에 첫째 아들은 괴경(槐卿)이라 지어주었다. 관(冠)을 올리는 날, 빈객들에게 이 이름을 알리고 청보(淸父)라는 자를 지어주었다. 둘째 아들은 이름을 월경(樾卿), 자를 굉보(宏父)라 지어주었다. 더운 날 청명하기로 홰나무[槐] 만한 것이 없기에 괴경의 자를 청보라 하였으니, 더위를 씻어준다는 뜻을 취한 것이다. 여름날 그늘 드리우기로 그늘나무[樾] 만한 것이 없기에 월경의 자를 굉보라 하였으니, 거대한 그늘에서 뜻을 취한 것이다. 때는 유월 중순인데, 내 마침 이 곳을 다녀갈 일이 있어서 이 글을 지어 축하를 대신한다.

    番陽張季海見二子求名, 名其一曰槐卿, 冠之日, 宜告賓, 字以淸父. 其二曰樾卿, 字以宏父. 暑氣之淸莫如槐, 字槐卿曰淸父, 取淸暑也. 夏日之蔭莫如樾, 字樾卿曰宏父, 取宏蔭也. 時六月中澣, 予方有行役, 因以是祝云.

격교재설
格矯齋說

격(格)은 다하다[至]의 뜻으로, 궁(窮)이나 구(究) 자와 마찬가지로 모두 연마하고 고찰함으로써 구하는 것을 다 이룸을 뜻한다. 학자라면 누구인들 "내 장차 지극한 이치를 구하고자 한다."고 말하지 않겠는가? 다만 아는 바가 과연 다 안 것인지 아닌지, 그것을 알지 못할 따름이다. 마땅히 분별해야 하고, 마땅히 살펴야 하는 것이 바로 이것이다.

"강하다, 꿋꿋함이여!"[53]라는 구절에 대해 옛 주석에서는 '교(矯) 또한 강한 모습'이라고 하였는데, 매우 타당하다. 만약 이를 '바로잡다'로 해석하면 문장의 주지와 뜻 모두 통하지 않는다. 온화하되 흐르지 않고, 중립하여 치우침이 없는데, 무얼 더 바로잡을 수 있단 말인가? "넓은 집에 거하고 바른 자리에 서서 큰 길을 걸으면"[54] 능히 온화하되 흐르지 않을 수 있고, 중립하여 치우침이 없을 수 있다. 이것이 바로 천하의 지극한 강(强)이다. 그래서 '강하다, 꿋꿋함이여'라고 말한 것이다.

---

53) 『中庸』에 나오는 내용이다. "군자는 온화하되 흐르지 않으니, 강하다 꿋꿋함이여. 중립하여 치우치지 않으니, 강하다 꿋꿋함이여. 나라에 도가 있을 때에는 궁할 때의 도를 변치 않으니, 강하다 꿋꿋함이여. 나라에 도가 없을 때에는 죽어도 변절하지 않으니, 강하다 꿋꿋함이여!(故君子和而不流, 强哉矯, 中立而不倚, 强哉矯. 國有道, 不變塞焉, 强哉矯. 國無道, 至死不變, 强哉矯.)"
54) 『孟子』「滕文公下」에 "천하의 넓은 집에 거하고, 천하의 바른 자리에 서서, 천하의 큰 길을 다닌다.(居天下之廣居, 立天下之正位, 行天下之大道.)는 말이 나온다.

格, 至也, 與窮字·究字同義, 皆研磨考索, 以求其至耳. 學者孰不曰 "我將求至理", 顧未知其所知果至與否耳. 所當辨, 所當察者, 此也.

"强哉矯", 古註以爲矯亦强貌, 甚當. 若以爲矯揉, 則章旨文義皆不通. 和而不流, 中立而不倚, 豈矯揉所能? 居廣居, 立正位, 行大道, 乃能和而不流, 中立而不倚, 此天下之至强也. 故曰'强哉矯'.

자국사 웅석진첩에 쓰다
跋資國寺雄石鎭帖

상산 서쪽 땅에 시내가 있고, 시내에 '석귀(石龜)'라는 나루터가 있다. 시내를 끼고 있는 산의 이름은 서산(西山)이다. 서산 북쪽에 가파른 산봉우리가 서산과 나란히 솟아 있는데, 그 산의 이름은 징군산(徵君山)이다. 노인네들이 전하는 바에 따르면 "옛날에 저 산 위에 은자가 살았는데, 몇 번이나 초징해도 나가지 않았다. 사람들이 그를 징군이라 불러서 이 산의 이름이 되었다."고 한다. 산기슭에 자국(資國)이라는 이름의 절이 있는데, 아직도 이 절을 세울 적에 지은 첩(帖)을 간직하고 있으니, 그것이 바로 웅석진첩(雄石鎭帖)이다. 글씨체가 조밀하고 행필에 법도가 있는 것이 오늘날 서리들의 글씨가 따라잡을 수 있는 바가 아니다. 연도를 적는 곳에 "용기 원년(龍紀元年)"이라 쓰고 다시금 "세차 기유(歲次己酉)"라고 썼는데, 이 또한 오늘날 문서와 비슷하지 않다. 관직을 적는 난에는 "진알사 시어사(鎭遏使侍御史)"라고 적었고, 서명 난에는 "압아 겸 부장(押衙兼副將)"이라 적었으며, 인장은 "신주 웅석진(信州雄石鎭)"이라 찍혀 있었다. 본말을 기록한 문장은 정전(正篆)으로 썼는데, 얽히거나 겹치지 않았다.

지금 그곳은 귀계(貴溪)에 속해 있다. 사서의 기록에도, 노인네들이 전하는 말에도 웅석진에 대해서는 언급된 바가 없다. 마을 사람들은 영태(永泰) 2년(766)에 귀계현이 설치되었다고 말한다. 『당사(唐史)』를 고찰해보니, 귀계는 영태 원년(765)에 설치되었으며, 그 이듬해는 바로 대력(大曆) 원년이었다. 그러나 대력으로 개원한 것은 동짓날이었으니, 영태 2년은 존재했다고 볼 수 있다. 건의에서부터 세워지는 데까지 2년이 걸린 것은 상황상 정상적이다. 현을 설치한 해도 아직까지 전해지는데, 용기(龍紀, 889)는 영태로부터 100여년 뒤이거늘 아무도 웅석진을 아는 자가 없는 것은 무엇 때문일까? 『당육전(唐六典)』에 "진에는 진장(鎭將)과 진부(鎭副)를 두어 진압하고 수비하는 일을 장관케 한다."는 기록이 보이며, 병부(兵部)의 조문에도 "모든 진마다 사(使) 한 명, 부사(副使) 한 명씩을 둔다."고 하였으니, 지금 '진알사'니 '부장'이니 한 것에서도 나타난다. 또 말하기를, "여러 군진(軍鎭)의 경우 500명 당 압관(押官) 한 명을 둔다."고 하였으니, 지금 '압아'라고 한 것이 그것 아니겠는가? 그 땅을 내놓은 자의 이름은 주승업(周丞鄴)인데, 승업의 관직이 압아 겸 도감(都監)이었으니, 이 또한 진관(鎭官)과 비슷하다. 그렇다면 이 진에는 두 명의 압아가 있고 도감도 있었던 셈이다. 『당백관지(唐百官志)』는 『당육전』에 근본을 두고 있다. 『당육전』은 명황(明皇: 唐 玄宗)이 편찬하였다. 사신(史臣)이 이르기를, "영태 이후로 여러 진관의 수에 자못 변동이 많았다." "개원(開元) 당시의 옛 제도를 다 고찰해볼 길 없는 것은 당연하다."고 하였다. 주승업은 진장을 중승(中丞)이라 칭하였는데, 그 관직은 기실 시어사였다. 당나라 때 공봉관(供奉官)은 어사중승 및 시어사와 직책이 나란했으니, 이로써 후인이 능히 위조할 수 있는 것이 아님을 더욱 잘 알 수 있다. 땅인즉 "승업의 자택 서쪽에 있는 동쪽 웅덩이, 징산의 자락"이라고 적혀 있어서 '군(君)'이라는 자는 전혀 찾아볼 수 없다. 산 위에 우물이 있는데, 한도 없이 깊어서 가뭄이 들어 기우제를 올리면 대부분 영험함을 보였다 한다. 그래서 그 우물을 성정(聖井)이라 부른다. 물이 흘러 나와 돌 웅덩이를 이루는데, 이를 '군갱(君坑)'이라 부른다. 실은 징군 두 글자를 쪼개놓았을 뿐이다.

절의 스님 해경(海瓊)은 주 씨로 승업의 후손이다. 글을 좋아하고 시를 배웠는지라 이 첩이 마멸될 것을 두려워하여 돌에 새겨 넣기로 하고 내게 발문(跋文)을 부탁했다. 내가 보건대 당은 지금으로부터 멀지 않으며, 당나라 말기라면 더욱 가깝다. 용기 원년은 지금으로부터 303년 전이다. 그런데도 사서에 기술된 바로도, 노인들이 전하는 말로도 웅석진이 무엇인지 비슷하게 조차 알지 못하니, 이 첩이 전해진다면 옛 것을 고증하는 자들에게 족히 귀감이 될 것이기에 갖추어 논하여 글로 남긴다.

象山西址瀕溪, 溪有渡曰'石龜', 夾溪之山曰西山, 西山之北, 有峭峙, 與西山同出, 曰徵君山. 故老相傳: "古有隱者在其上, 累徵不就, 人號徵君, 因以名山." 山麓有寺曰資國, 猶藏其立寺時帖, 乃雄石鎭帖也. 字體結密, 行筆有法, 非今時吏書所及. 年曰"龍紀元年", 仍書"歲次己酉", 亦不類今時文移. 官曰"鎭遏使侍御史", 簽書者曰"押衙兼副將", 印曰"信州雄石鎭", 本末記文乃正篆, 不繆疊.

今其地屬貴溪, 史傳所記, 故老所傳, 皆未嘗知有雄石鎭. 鄕人常言永泰二年置貴溪. 考之『唐史』, 貴溪之建在永泰元年, 而次年爲大曆元年. 然大曆改號在長至日, 是永泰嘗有二年矣. 建議至巳立, 涉兩年, 亦事勢之常. 置縣之年, 尙傳至今, 龍紀後永泰百餘年, 而人不復知有雄石鎭, 何也? 『唐六典』: "鎭有鎭將·鎭副, 掌鎭捍防守." 兵部條中又曰: "凡鎭皆有使一人, 副使一人." 今曰'鎭遏使', 曰'副將', 蓋互見矣. 又曰: "凡諸軍鎭, 五百人置押官一人." 今曰'押衙'者, 豈幾是歟? 施其地者曰周丞鄴, 丞鄴之官曰押衙兼都監, 似亦鎭官. 然則此鎭有兩押衙, 又有都監. 『唐百官志』本『六典』, 『六典』乃明皇所撰. 史臣固曰: "永泰後諸鎭官頗增減." "開元之舊制, 固宜不可盡考." 丞鄴稱鎭長曰中丞, 而其官實侍御史. 唐供奉官, 御史中丞與侍御史聯班, 此尤足以知非後人所能僞也. 其地則曰"丞鄴宅西面東坑徵山脚", 初無君字. 然山上有井, 其深無底, 旱時禱雨, 率多靈應, 謂之'聖井'. 水流出爲石坑, 謂之'君坑', 實析徵君二字云耳.

寺僧海瓊乃周氏子, 丞鄴之後也. 好文學詩, 懼此帖之磨滅, 將刊諸石, 求予爲跋. 予觀唐於今爲近, 其季尤近. 龍紀之元, 距今纔三百有三年. 史傳所述, 故老所傳, 已不復知雄石鎭之髣髴, 則是帖之傳, 亦足爲考古者之監, 故備論而書之.

조덕묘의 시말을 기록하다

갑진년 봄에 처음으로 헌관이 되어 사당 아래서 적다

記祚德廟始末 甲辰春, 初爲獻官, 書于祠下

　　원풍연간(元豊年間: 1078~1085)에 태자가 제대로 성장하지 못하자 오처후(吳處厚)가 다음과 같이 상주하였다. "정영(程嬰)과 공손저구(公孫杵臼)를 위해 사당을 세워야 합니다." 이에 조령(詔令)을 내려 그들의 유적을 수소문하게 하였는데, 강주(絳州) 태평현(太平縣) 조촌(趙村)에서 그들의 집을 찾아내 사묘를 짓고, '조덕묘(祚德廟)'라 칭하였다.[55] 또 정영을 성신후(誠信侯)에 봉하고, 공손저구를 충지후(忠智侯)에 봉했으며, 오처후를 장작감승(將作監丞)으로 발탁했다. 휘종(徽宗) 때에는 다시 한궐(韓厥)을 의성후(義成侯)에 봉했다.

　　소흥(紹興) 13년(1144)에 건주(建州)의 왕조의(王朝倚)가 봉사(封事)를 올려 행도(行都)에서 세 명의 후를 위해 제사 올리게 해달라고 청하였다. 그 후 행묘를 세우라는 조령이 내려오고, 네 글자로 된 시

---

55) 『宋史』 권471에 오처후의 傳이 실려 있는데, 이 글과 관련된 내용이 소개되어 있다. 송 인종(仁宗)이 거듭 皇子를 잃자 오처후가 상주하였다. "신 일찍이 『사기』를 읽고 조 씨의 흥망 본말을 연구해보았습니다. 도안고의 난을 당했을 때, 정영과 공손저구가 목숨을 바쳐 조 씨 고아를 지켜냈습니다. 그러나 송이 천하를 가진 뒤에 이 두 사람의 충의를 표창하지 않았습니다. 그러니 그들의 묘지를 찾아가서 사당을 세워야 합니다. 황제는 그 상소문을 읽고 두려운 마음이 들어 즉시 오처후를 장작승에 임명하고, 강주로 두 사람의 묘지를 찾아가 후에 봉하고 묘를 세웠다.(臣嘗讀史記, 考趙氏廢興本末, 當屠岸賈之難, 程嬰·公孫杵臼盡死以全趙孤. 宋有天下, 二人忠義未見褒表. 宜訪其墓域, 建爲其祠. 帝覽其疏矍然, 卽以處厚爲將作丞, 訪得兩墓于絳, 封侯立廟.)"

호까지 더해져 정영은 충용성신후(忠勇誠信侯), 공손저구는 통용충지후(通勇忠智侯), 한궐은 충정의성후(忠定義成侯)가 되었다. 사당은 처음 극사(棘寺) 터에 세워졌는데, 후에 극사가 중건되면서 원정관(元貞觀)으로 옮겨갔다.

[소흥] 22년(1154)에 한 신료가 아뢰기를, "사당이 좁은 골목 안에 있으며, 비좁고 야트막해서 군(郡)에서 해마다 종사를 보내 대충 술과 고기를 갖추어 제사 지내게 하지만 놓을 곳이 없습니다. 사당의 외관을 웅장하게 해야 하며, 여섯 글자 혹은 여덟 글자의 후(侯)보다 더 높게 두 글자로 된 공(公)을 더하고, 중사(中祠)로 승격해야 합니다."라고 하였다. 이에 정영을 강제공(强濟公), 공손저구를 영루공(英累公), 한궐을 계우공(啓佑公)에 봉하고, 사당을 청련사(靑蓮寺) 옆으로 옮긴 다음 계절마다 제사를 올렸다. 이 모든 것은 태상(太常)에서 관장하였는데, 매 해 관리를 파견해 일을 진행하고, 음악을 지어 제사에 바치니, 사당의 외관이 비로소 엄숙해졌다. 또 절의 스님에게 이 일을 주관하도록 고했다.

元豊中, 皇嗣未育, 吳處厚上書言: "宜祠程‧嬰公孫杵臼." 於是下詔搜訪遺迹, 得其家於絳州太平縣趙村, 立廟祠之曰祚德廟. 封嬰爲誠信侯, 杵臼爲忠智侯. 擢處厚將作監丞. 徽廟朝, 又封韓厥爲義成侯.

紹興十三年, 建州王朝倚上封事, 乞祠三侯於行都. 其後詔立行廟, 加謚四字, 嬰爲忠勇誠信侯, 杵臼爲通勇忠智侯, 厥爲忠定義成侯. 初立廟在棘寺基上, 後建棘寺, 徙於元貞觀.

二十二年, 臣寮上言: "廟在委巷中, 湫隘卑陋, 郡歲遣從事草具酒脯祠之, 弗處. 宜崇其廟貌, 超六字八字侯, 加封二字公, 升爲中祠." 於是嬰封爲强濟公, 杵臼爲英累公, 厥爲啓佑公. 徙廟于靑蓮寺側, 秩于祀典, 掌于太常, 歲差官行事, 作樂祠之, 廟貌始嚴肅, 封告寺僧主之.

등문원이 중도로 가는 길에
내게 말 한 마디를 부탁하다

鄧文苑求言往中都

의리(義理)는 모든 사람의 마음에 똑같이 있다. 설령 가려지고 은폐되고 옮겨가고 뺏기는 한이 있더라도 어찌 끝내 민멸될 수 있겠는가? 사람이 돌이켜 구하고 깊이 생각하지 못해 근심일 뿐이다. 이 마음만 간직하고 있다면, 수신·제가·치국·평천하는 하나이다. 빈천하건 부귀하건, 죽건 살건, 복을 입건 화를 당하건 하나이다. 군자라면 본디 자신이 처한 곳에 서서 행할 뿐, 바깥의 것을 원해서는 안 된다.

당우(唐虞) 시절에 백성들이 교화되어 집집마다 가히 봉작을 받을 만한 인물이 즐비했던 것은 이 마음을 간직하고 있었기 때문이다. 주(周)나라의 도가 행해지자 모든 사람들이 사군자의 행실을 지니게 되었으니, 「토저(兎罝)」에서 "방패가 될 수 있고", "좋은 짝이 될 수 있고", "심복이 될 수 있다"[56]고 한 것도 이 마음을 간직하고 있었기 때문이다. 전국시기(戰國時期) 이후로 권모와 공리(功利)에 관한 학설이 성행한 까닭은 선왕의 은택이 메마르자 이 마음을 놓쳐버리고 깊

---

[56] 『詩經』의 「周南·兎罝」는 토끼 그물을 치며 사냥하는 사람을 빌려 주 문왕의 덕화 아래 모여 있는 수많은 어진 인재들을 칭송한 시이다. 시의 마지막 구는 각각 "씩씩한 무사는 공후의 방패로다(赳赳武夫, 公侯干城)", "씩씩한 무사는 공후의 좋은 짝이로다(赳赳武夫, 公侯好仇)로다", "씩씩한 무사는 공후의 심복이로다(赳赳武夫, 公侯腹心)"로 끝을 맺는다.

이 빠뜨린 때문이다. 지금은 밝으신 천자께서 위에 계신다. 바라건대, 위로는 왕공대인부터 아래로는 분주히 뛰어다니는 하인들까지, 모두 이 마음을 잃지 않아 이로써 대의(大義)를 믿고 대업(大業)을 이룬다면, 우리는 밭에 물주고 농사나 지으며 당우 및 주나라의 백성이 되어도 그만이니, 그 또한 즐겁지 않겠는가? 무엇 때문에 그리 다급히 동쪽으로 가는가?

등 군(鄧君)이 멀리서 찾아와 이번에 떠나게 되었다고 고하기에, 내 삼가 이 글을 지어 그가 [이 마음을] 돌아보고 찾아보기를 권면하는 바이다.

義理所在, 人心同然, 縱有蒙蔽移奪, 豈能終泯? 患人之不能反求深思耳. 此心苟存, 則修身·齊家·治國·平天下, 一也. 處貧賤·富貴·死生·禍福, 亦一也. 故君子素其位而行, 不願乎其外.

唐·虞之時, 黎民於變, 比屋可封之人, 此心存也. 周道之行, 人皆有士君子之行, 兔罝"可以干城", "可以好仇", "可以腹心"者, 此心存也. 自戰國以降, 權謀功利之說盛行者, 先王之澤竭, 此心放失陷溺而然也. 當今明天子在上, 所願上而王公大人, 下而奔走役服之人, 皆不失其本心, 以信大義, 成大業, 則吾人可以灌畦耕田, 爲唐·虞·成·周之民, 不亦樂乎? 又何必挈挈而東哉?

鄧君遠告予以有行, 予敬書是, 以勸其反而求之.

권 21

잡저 雜著

역설

易說

이 이치[理]가 우주에 가득하니 그 누군들 이로부터 도망칠 수 있으랴. 이에 순응하면 길하고, 거스르면 흉하다. 우매하고 가리어져 이 이치를 보지 못하면 어둡고 어리석어지고, 환히 꿰뚫으면 밝고 지혜로워진다. 어둡고 어리석은 자는 이 이치를 보지 못하므로 대개 이 이치를 거스르다 흉에 이르고, 밝고 지혜로운 자는 이 이치를 볼 수 있으므로 능히 순응하여 길에 이른다.

『주역』을 논하는 자들은 양(陽)이 귀하고 음(陰)이 천하다 하고, 강(剛)이 밝고 유(柔)가 어둡다 하는데, 본래는 맞는 소리이다. 그런데 「진괘(晉卦)」를 보면 위에 있는 「이괘(離卦)」의 육오(六五) 음효(陰爻)[1] 하나가 밝음을 주재하고, 아래 있는 「곤괘(坤卦)」는 세 개의 음효로써 「이괘」의 밝음을 따르고 있기 때문에 길함을 부를 수 있다. 두 개의 양효는 도리어 좋지 않다. 「이괘」가 밝은 까닭은 바로 이 이

---

1) 六五는 아래에서부터 다섯 번째에 해당하는 陰爻를 말한다. 晉卦는 위의 離卦 [☲], 아래의 坤卦[☷]로 이루어져 있다. 따라서 아래에서부터 다섯 번째에 해당하는 것은 바로 離卦 가운데 있는 음효(--)가 된다.

치에 밝기 때문이다. 「곤괘」의 세 음효가 능히 그 밝음을 따를 수 있
으니, 길하여 이롭지 않음이 없는 것도 당연하다. 따라서 이 이치를
밝히 알고 이 이치를 따르면 좋아지나니, 그렇게 다 하지 못할 경우
모두 좋아질 수 없는 것 또한 당연한 일이다. 이 이치를 알지 못하고
서 효의 획이나 이름 설명과 같은 말단에 함몰되어 있는 자와 어찌
더불어 『주역』을 말할 수 있겠는가! 양이 귀하고 음이 천하고, 강이
밝고 유가 어둡다는 설명에 때론 집착해서는 안 된다.

　우레가 하늘에 울리는 것이 「대장괘(大壯卦)」[2]이다. 이에 군자는
예가 아니면 행동하지 않는다. 예가 아니면 행동하지 않을진대, 누구
인들 훌륭하다 여기지 않겠는가? 또한 누구인들 그렇게 하고자 하지
않겠는가? 그러나 선의(善意)가 희미하고 정기(正氣)가 약할 때는 비
록 그렇게 하고 싶더라도 반드시 가능하지는 않다. 하지만 지금은 네
개의 양효가 자라나 하늘에서는 우레가 울리니, 정대함이 이처럼 장
엄하므로 이런 때에 예가 아니면 행동하지 말라 하신 일에[3] 힘쓴다
면 넉넉히 해낼 수 있을 것이다. 안자(顔子)가 이 말씀을 실천하겠다
고 청한 때가 바로 이러한 때이다.

　「태괘(泰卦)」의 구이(九二) 효사에 포황(包荒)이라는 말이 나온
다.[4] 포황이란, 황폐하고 거친 곳까지 포괄한다는 뜻이다. 태평한 시

---

2) 「大壯卦」는 하늘[乾, ☰] 위에 우레[震, ☳]가 울리는 상이다.
3) 『論語』「顏淵」에 "공자께서 말씀하셨다. '禮가 아니면 보지 말고, 禮가 아니면
　듣지 말며, 禮가 아니면 말하지 말고, 禮가 아니면 움직이지 않는 것이다.' 안연
　이 말했다. '제가 비록 어리석지만 그 말씀을 실천하고자 합니다.'(子曰, '非禮
　勿視, 非禮勿聽, 非禮勿言, 非禮勿動.' 顏淵曰, '回雖不敏, 請事斯語矣.')"라
　는 말이 나온다. 이 일을 말한다.
4) 泰卦의 九二爻辭는 "황폐한 곳까지 아우르고, 맨몸으로 황하를 건너간다. 먼데
　남아있는 사람까지 버리지 않는다.(包荒, 用馮河, 不遐遺.)"이다.

절이라면 황폐하고 거친 곳이 없어야 마땅하다. 그러나 만물은 극에 달하면 되돌아가고, 맨 위에 오르면 내려오며, 가득 차면 이지러진다. 사람이 안일과 방자함에 빠지면 태만과 소홀이 따라온다. 따라서 황폐하고 거친 상황은 늘 오랜 평안 뒤에 따라오는 법이다.

"『역』이라는 책은 멀리 할 수 없느니라. 역의 도리는 자주 변천하는지라 변화하고 움직여 머무르지 아니하여 여섯 빈 자리에 두루 흐르되 올라가기도 하고 내려오기도 하여 일정함이 없으며, 강유(剛柔)가 서로 바뀌므로 항상 변치 않는 준칙으로 삼을 수 없으며, 때와 장소에 맞게 변화에 따르느니라."[5] "깊은 못 가에 나아가고 얇은 얼음을 밟듯이,"[6] "서있을 때면 [忠信篤敬이] 눈앞에 있듯이, 수레에 타서는 [충신독경이] 횡목에 기대어 있듯이,"[7] 근심 없을 적에 삼가고 경계하며[8] 늘 조심스럽게 행동해야 하나니,[9] "도(道)란 잠시라도 떨어져있을 수 없는 것"[10]이다. 오전(五典)은 하늘이 펼쳐주신 바요 오례(五禮)는 하늘이 내린 질서이다.[11] 「홍범(洪範)」 구주(九疇)를 상제

---

5) 『周易』「繫辭下」에 나오는 말이다.
6) 『詩經』「小雅·小旻」에 나오는 "늘 조심조심, 마치 깊은 연못에 임한 듯, 얇은 얼음을 밟는 듯하라.(戰戰兢兢, 如臨深淵, 如履薄冰.)"에서 인용한 말이다.
7) 『論語』「衛靈公」에서 '忠信篤敬'의 뜻을 설명하면서, "서있을 때면 이 이치가 바로 눈앞에 있음을 보고, 수레에 타서는 이 이치가 횡목에 기대어 있는 것을 볼 것이니, 그러한 연후에 행할 것이다.(立則見其參於前也, 在輿則見其倚於衡也, 夫然後行.)"라고 하였는데, 이 구절을 인용하였다.
8) 『尙書』「大禹謨」에 나오는 말이다.
9) 『詩經』「大雅·大明」에 나오는 말이다. "문왕께서는 매사에 조심하시어(維此文王, 小心翼翼.)"
10) 『中庸』 1장.
11) 『尙書』「皐陶謨」에 나오는 말이다. "하늘이 만물을 펼침에 법칙을 두셨으니 우리 오전을 신중히 지키도록 다섯 가지를 후하게 하시며, 하늘이 질서를 만들어 예를 두시되 우리 오례로부터 하셨다.(天敍有典, 勅我五典, 五惇哉. 天秩有

께서 우(禹)임금에게 내리시니, 이를 기자(箕子)가 전해 받고 무왕(武王)은 기자를 찾아갔으며,[12] 삼대가 흥할 때마다 공경하며 법도로 삼았다. 이 사람들이 없었다면, 『역』이라는 멀리 할 수 없는 책과 거듭 옮겨가는 도를 어떻게 이야기할 수 있었을까!

此理塞宇宙, 誰能逃之, 順之則吉, 逆之則凶. 其蒙蔽則爲昏愚, 通徹則爲明智. 昏愚者不見是理, 故多逆以致凶. 明智者見是理, 故能順以致吉.

說『易』者謂陽貴而陰賤, 剛明而柔暗, 是固然矣. 今「晉」之爲卦, 上「離」, 六五一陰, 爲明之主, 下「坤」, 以三陰順從於「離」明, 是以致吉, 二陽爻反皆不善. 蓋「離」之所以爲明者, 明是理也. 「坤」之三陰能順從其明, 宜其吉無不利, 此以明理順理而善, 則其不盡然者, 亦宜其不盡善也. 不明此理, 而泥於爻畫名言之末, 豈可與言『易』哉! 陽貴, 陰賤, 剛明, 柔暗之說, 有時而不可泥也.

雷在天上「大壯」, 君子以非禮弗履. 非禮弗履, 人孰不以爲美? 亦孰不欲其然? 然善意之微, 正氣之弱, 雖或欲之而未必能也. 今四陽方長, 雷在天上, 正大之壯如此, 以是而從事於非禮弗履, 優爲之矣. 此顏子請事斯語時也.

「泰」之九二言包荒, 包荒者, 包含荒穢也. 當泰之時, 宜無荒穢. 蓋物極則反, 上極則下, 盈極則虧, 人情安肆, 則怠忽隨之, 故荒穢之事, 常在於積安之後也.

"『易』之爲書也不可遠, 其爲道也屢遷. 變動不居, 周流六虛. 上下無

禮, 自我五禮, 有, 庸哉! 同寅協恭.)"

12) 周나라 武王이 商을 멸한 후 기자는 陵川으로 가 은거하였다. 무왕은 陵川에서 기자를 찾아낸 다음 국사를 보좌해 달라 부탁했으나 기자는 우 임금이 남긴 『洪範』九疇만을 무왕에게 고한 뒤 다른 곳으로 숨었다.

常, 剛柔相易, 不可爲典要, 唯變所適." 臨深履冰, 參前倚衡, 儆戒無虞, 小心翼翼, 道不可須臾離也. 五典天敍, 五禮天秩, 「洪範」九疇, 帝用錫禹, 傳在箕子, 武王訪之, 三代攸興, 罔不克敬典. 不有斯人, 孰足以語不可遠之書, 而論屢遷之道也!

역수 장권숙을 위해 써주다

易數 爲張權叔書

　　1이 5를 얻으면 합쳐 6이 된다. 하늘의 1은 수(水)를 낳고 땅의 6은 수를 완성시킨다.[13] 따라서 1이 6을 얻으면 합쳐져서 수가 된다. 2가 5를 얻으면 합쳐 7이 된다. 땅의 2는 화(火)를 낳고 하늘의 7은 화를 완성시킨다. 따라서 2가 7을 얻으면 합쳐져서 화가 된다. 3이 5를 얻으면 합쳐 8이 된다. 하늘의 3은 목(木)을 낳고 땅의 8은 목을 완성시킨다. 따라서 3이 8을 얻으면 합쳐져서 목이 된다. 4가 5를 얻으면 합쳐 9가 된다. 땅의 4는 금(金)을 낳고 하늘의 9는 금을 완성시킨다. 따라서 4가 9를 얻으면 합쳐져서 금이 된다. 5가 5를 얻으면 합쳐 10이 된다. 하늘의 5는 토(土)를 낳고 땅의 10은 토를 완성시킨다. 따라서 5가 10을 얻으면 합쳐져서 토가 된다. 오행의 생성으로 논해보자면, 수는 1, 6과 합하고, 화는 2, 7과 합하고, 목은 3, 8과 합하고, 금은 4, 9와 합하고, 토는 5, 10과 합한다.

　　수를 헤아려 4에 이르면 5는 그 안에 있게 된다. 1과 4를 합하면 자연히 5가 되고, 2와 3을 합해도 자연히 5가 된다. 2와 3은 소음(少

---

13) 河圖에 대한 설명이다. 하도의 그림을 보면, 1과 6은 북쪽에 있으며, 하늘의 1이 水를 낳고 땅의 六이 이를 완성시킨다. 2와 7은 남쪽에 있으며, 땅의 2가 火를 낳고 하늘의 七이 이를 완성시킨다. 3과 8은 동쪽에 있으며, 하늘의 3이 木을 낳고 땅의 8이 이를 완성시킨다. 4와 9는 서쪽에 있으며, 땅의 4가 金을 낳고 하늘의 9가 이를 완성시킨다. 5와 10은 서로를 지키면서 중앙에 거하며, 하늘의 5가 土를 낳고 땅의 10이 이를 완성시킨다. 하늘은 陽이므로 奇數 즉 홀수가 하늘에 해당하고, 땅은 陰이므로 偶數 즉 짝수가 땅에 해당한다.

陰)과 소양(少陽)이니 속이다. 1과 4는 노양(老陽)과 노음(老陰)이니 겉이다. 5라는 수가 이미 드러났으니, 이제 2가 5를 얻어 7이 되고, 3이 5를 얻어 8이 되므로 7은 소양, 8은 소음이 된다. 1이 5를 얻어 6이 되고, 4가 5를 얻어 9가 되므로 6은 노음, 9는 노양이 된다. 7이 8과 합쳐지면 15가 되고, 6이 9와 합쳐져도 15가 된다. 소음과 소양, 노음과 노양을 일러 사상(四象)이라 한다. 사상으로 논해보자면 소음과 소양은 7, 8과 합하고 노음과 노양은 9, 6과 합한다. 사상의 수를 순서대로 늘어놓으면 7, 8은 속이 되고 9, 6은 겉이 된다. 음양이 나뉨에 있어 먼저 속에서 시작하여 후에 겉이 되므로 7, 8이 소양, 소음이 되고 9, 6이 노양, 노음이 된다. 4곱하기 7은 28이므로 28은 소양의 책수(策數)이다. 4곱하기 8은 32이므로 32는 소음의 책수이다.

　"『역』이라는 책은 멀리 할 수 없느니라. 역의 도리는 자주 변천하는지라 변화하고 움직여 머무르지 아니하여 여섯 빈 자리에 두루 흐르되 올라가기도 하고 내려오기도 하여 일정함이 없으며, 강유(剛柔)가 서로 바뀌므로 항상 변치않는 준칙으로 삼을 수 없으며, 때와 장소에 맞게 변화에 따르느니라."[14] 내 일찍이 천하에 바꿀 수 없는 이치[理]가 있으나 이 이치에는 무궁한 변화가 있다고 말하였다. 진실로 이 이치를 터득할 수 있다면, 무궁히 변하는 것들이 바로 모두 바꿀 수 없는 이 이치임을 알게 될 것이다.

　물[水]을 낳는 숫자는 1이고 이루는 숫자는 6이다. 이에 해당하는 괘는 「감(坎)」인데, 「감괘」는 속이 양효이고 겉이 음효이다. 물의 모습이 유약한 것은 겉이 음이기 때문이다. 하지만 근본은 양에서 생겨나므로 도가에서는 물은 음이지만 그 뿌리에는 양이 있다고 말한다.

---

14) 『周易』「繫辭下」에 나오는 말이다.

불[火]을 낳는 숫자는 2이고 이루는 숫자는 7이다. 이에 해당하는 괘
는 「이(離)」인데, 「이괘」는 속이 음효이고 겉이 양효이다. 불의 모습
이 강렬한 것은 겉이 양이기 때문이다. 하지만 근본은 음에서 생겨나
므로 도가에서는 불은 양이지만 뿌리에는 음이 있다고 말한다. 수와
화를 이루는 숫자로부터 말해보자면, 수는 6이고 화는 7이며, 수는 음
이고 화는 양이다. 수와 화의 괘로부터 말해보자면, 수는 「감괘」이고
화는 「이괘」이며, 「감」은 양괘이고 「이」는 음괘이다. 「감괘」와 「이
괘」로부터 말해보자면, 「감」은 월(月)이고 「이」는 일(日)이다. 답답
한 유자들이 이것에 대해 장차 어떻게 음양을 논할 것인가? 오행이
서로 만나 각자 합하는 바가 있으니, 앞의 두 가지 합에 그치지는 않
을 것이다.

一得五, 合而爲六, 天一生水, 地六成之, 故一得六合而成水. 二得
五, 合而爲七, 地二生火, 天七成之, 故二得七合而成火. 三得五, 合而
爲八, 天三生木, 地八成之, 故三得八合而成木. 四得五, 合而爲九, 地
四生金, 天九成之, 故四得九合而成金. 五得五, 合而成十, 天五生土,
地十成之, 故五得十合而成土. 論五行生成, 水合在一六, 火合在二七,
木合在三八, 金合在四九, 土合在五十.

數至四而五在其中矣. 一與四自爲五, 二與三自爲五. 二與三, 少陰·
少陽之裏也. 一與四, 老陽·老陰之表也. 五數旣見, 二得五爲七, 三得
五爲八, 故七爲少陽, 八爲少陰. 一得五爲六, 四得五爲九, 故六爲老
陰, 九爲老陽. 故七與八合, 其數十五, 六與九合, 其數亦十五. 少陰·
少陽·老陰·老陽, 是謂四象. 論四象, 則陰陽之少合在七八, 陰陽之
老合在九六. 四象成列, 七八在裏, 九六在表. 陰陽之分, 先裏後表, 故
七八爲少, 九六爲老. 四七二十八, 故二十八者, 少陽之策, 四八三十
二, 故三十二者, 少陰之策也.

"『易』之爲書也不可遠, 其爲道也屢遷. 變動不居, 周流六虛, 上下無常, 剛柔相易, 不可爲典要, 惟變所適." 吾嘗言天下有不易之理, 是理有不窮之變. 誠得其理, 則變之不窮者, 皆理之不易者也.

水生數一, 成數六, 其卦爲坎, 坎陽裏而陰表. 水形柔弱, 蓋陰表也, 然本生於陽, 故道家謂水陰根陽. 火生數二, 成數七, 其卦爲離, 離陰裏而陽表. 火形剛烈, 蓋陽表也, 然本生於陰, 故道家謂火陽根陰. 自水火之成數而言, 則水六也, 火七也, 水則爲陰, 火則爲陽. 自水火之卦而言之, 水, 坎也, 火, 離也. 坎則陽卦, 離則陰卦. 自坎·離之卦而言之, 則坎, 月也, 離, 日也. 拘儒於此將如何而言陰陽哉? 五行相得而各有合, 蓋不止乎前二合而已.

역수 연숙광을 위해 써주다

易數 爲連叔廣書

    삼기(三奇)란 四, 四, 四이고, 삼우(三偶)란 八, 八, 八이다.[15] 이는 곧 노음(老陰)과 노양(老陽)이니 건(乾), 곤(坤)의 상(象)에 다름 아니다. 소음(少陰)과 소양(少陽)의 경우는 각각 세 가지 변화가 있으니, 이것이 바로 육자(六子)[16]의 상이다. 두 개의 우(偶)와 하나의 기(奇)

---

15) 원문의 四를 4로 읽으면 맥락상 세 개의 기수(홀수)라는 의미로 쓰이고 있는 이유를 이해하기 어렵게 된다. 4는 육구연의 수리 철학에서 "사상(四象)"의 의미로 주로 쓰였기 때문에 아무런 설명 없이 4를 기수(홀)를 가리키는 것이라 보기 어렵다. 가령 "4"와 "8"을 각각 4계절의 수인 "4"로 나누어 "1"과 "2"라는 기수(홀수)와 우수(짝수)가 나온다고 이해해볼 수도 있겠으나 그렇게 보려면 육구연이 "장권숙을 위해 써준 역수"에서 1~5까지의 수에서 "1"은 "노양"을 의미하고 "2"는 "소음"을 의미한다고 이미 말했기 때문에, 바로 뒤에 이어지는 "이것이 노음과 노양"이라는 말과 맞지 않는다.

  그래서 이 글이 육구연이 연숙광을 위해 써준 글(인쇄된 활자본이 아닌 손수 손으로 쓴 글)이라는 점에 착안하여 四와 八이 숫자 4와 8을 가리키는 것이 아닌 기수와 우수 달리 말하여 괘를 이루는 양효와 음효를 의미하는 기호라고 생각하기에 이르렀다. 이 기호들이 활자화되면서 적절한 표기가 없었기 때문에 四와 八로 대체되었다고 추측하였다. 시초점을 칠 때 노음 또는 태음(6으로 표시, 책수는 24), 소양(7로 표시, 책수는 28), 소음(8로 표시, 책수는 32), 노양 또는 태양 (9로 표시, 책수는 36)은 전통적으로 다음과 같은 기호로 표시한다.

여기에서 ▭는 四라는 한자와 유사한 기호라고 할 수 있고 ✕은 八이라는 한자와 유사한 기호이다.

16) 八卦 중에서 震·巽·坎·離·艮·兌를 말한다. 이 여섯 괘는 모두 乾卦의 陽爻와 坤卦의 陰爻로만 이루어져 있기에 그렇게 부르는 것이다. 『周易』 「說卦」에 "건은

일 경우, 四, 八, 八로 진(震, ☳)의 상이 되고, 八, 四, 八로 감(坎, ☵)의 상이 되고, 八, 八, 四는 간(艮, ☶)의 상이 된다. 두 개의 기(奇)에 하나의 우(偶)일 경우, 八, 四, 四는 손(巽, ☴)의 상이 되고, 四, 八, 四는 이(離, ☲)의 상이 되고, 四, 四, 八은 태(兌, ☱)의 상이 된다. 사상이 팔괘를 낳는다는 말을 여기서도 확인할 수 있다.

세 개의 기(奇) 四는 노양[☰]이므로 변한다.

세 개의 우(偶) 八은 노음[☷]이므로 변한다.

두 개의 우 八, 한 개의 기 4는 소양[☳, ☵, ☶]이므로 변하지 않는다.

두 개의 기 4, 한 개의 우 八은 소음[☴, ☲, ☱]이므로 변하지 않는다.

1, 2, 3, 4, 5는 오행의 생수(生數: 낳는 숫자)이다. 6, 7, 8, 9, 10은 오행의 성수(成數: 이루는 숫자)이다.

하늘의 1이 수(水)를 낳고, 땅의 6이 수를 이룬다. 땅의 2가 화(火)를 낳고 하늘의 7이 화를 이룬다. 하늘의 3이 목(木)을 낳고 땅의 8이 목을 이룬다. 땅의 4가 금(金)을 낳고 하늘의 9가 금을 이룬다. 하늘의 5가 토(土)를 낳고 땅의 10이 토를 이룬다. 낳기만 하고 이루지 않으면 쓸 수가 없기에 이룬 수[成數]를 사용하는 것이다.

하늘이므로 아비라 부른다. 곤은 땅이므로 어미라 부른다. 진은 첫 번째 득남한 것이므로 장남이라 부른다. 손은 첫 번째 득녀한 것이므로 장녀라 부른다. 감은 두 번째 득남한 것이므로 중남이라 부른다. 리는 두 번째 득녀한 것이므로 중녀라 부른다. 간은 세 번째 득남한 것이므로 소남이라 부른다. 태는 세 번째 득녀한 것이므로 소녀라 부른다.(乾, 天也, 故稱乎父. 坤, 地也, 故稱乎母. 震, 一索而得男, 故謂之長男. 巽, 一索而得女, 故謂之長女. 坎, 再索而得男, 故謂之中男. 離, 再索而得女, 故謂之中女. 艮, 三索而得男, 故謂之少男. 兌, 三索而得女, 故謂之少女.)"는 설명이 보인다.

3이란 변화의 시작이요, 5란 변화의 끝이다. 따라서 숫자가 5에 이르면 모든 변화가 다 갖추어진다. 천지의 숫자는 55가지에 이르지만[17] 모두 5에서 말미암지 않는 것이 없다. 하늘의 수 다섯은 1, 3, 5, 7, 9이다. 땅의 수 다섯은 2, 4, 6, 8, 10이다. 낳은 수[生數] 다섯은 1, 2, 3, 4, 5요, 이룬 수[成數] 다섯은 6, 7, 8, 9, 10이다. 삼상(三象)은 삼재(三才)[18]에 드러나고, 오상(五象)은 위에는 오성(五星)에, 아래는 오악(五嶽)에 드러나니 이를 총괄하면 오방(五方)이 된다.

오방의 형상은 정면으로 나누어도 사방을 이루고, 모퉁이로 나누어도 사방을 이룬다. 5에는 분계선이 없다. 때문에 하늘에는 사시(四時)가 있는데, 봄은 목이요, 여름은 화요, 가을은 금이요, 겨울은 수요, 토는 사계절에 왕성히 깃들어 있다. 맹자께서는 사단(四端)을 말씀하시되 신(信)은 말하지 않았지만[19] 공자께서는 유독 신을 언급하며 "예로부터 다 죽음이 있거니와, 백성이 믿지 아니하면 서지 못하니라."[20]라고 하셨고, "사람이면서 신의가 없다면, 쓸모 있는지 모르겠

---

17) 『周易』「繫辭上」에 "천1, 지2, 천3, 지4, 천5, 지6, 천7, 지8, 천9, 지10이니, 하늘의 수가 다섯, 땅의 수가 다섯이다. 다섯 자리가 서로 만나 각각 합쳐지면, 하늘의 수가 25, 땅의 수가 30이 된다. 무릇 천지의 수는 55이니, 이것이 변화를 이루고 귀신을 부린다.(天一地二天三地四天五地六天七地八天九地十, 天數五, 地數五, 五位相得而各有合, 天數二十有五, 地數三十. 凡天地之數五十有五, 此所以成變化而行鬼神也.)"는 설명이 보인다.

18) 天·地·人을 일러 三才라 한다.

19) 四端은 『孟子』「公孫丑上」에 나오는 말이다. "남을 측은히 여기는 마음은 인의 단서이고, 자기의 옳지 못함을 부끄러워하고, 남의 옳지 못함을 미워하는 마음은 의의 단서이며, 사양할 줄 아는 마음은 예의 단서이고, 시비를 판단할 줄 아는 마음은 지의 단서이다.(惻隱之心, 仁之端也, 羞惡之心, 義之端也, 辭讓之心, 禮之端也, 是非之心, 智之端也.)"라고 하여 '인·의·예·지'만을 이야기하였지 信은 언급하지 않았다.

20) 『論語』「顏淵」에 "자공이 말하기를, '부득이하게 버려야 한다면 [식량과 병사

다."[21]라고 하셨으며, 누차 "충신(忠信)을 위주로 하라."[22]고 말씀하셨다. 의가(醫家)에서 말하는 육맥(六脉)에는 모두 위맥(胃脉)이 있으니, 위맥이 없으면 죽는 것 또한 이와 같은 이치이다. 때문에 4라는 숫자는 커다란 벼리요, 5는 그 가운데 있는 것이다. 네 번 경영하여 『주역』을 완성했다[23]는 말 또한 이 뜻이다.

『주역』에는 태극(太極)이 있고, 이것이 양의(兩儀)를 낳는다. 양의는 사상(四象)을 낳고 사상은 팔괘를 낳는다. 사상이란 음양에 노소가 있는 것으로, 노양(9), 소양(7), 노음(6), 소음(8)을 말한다. 혹자는 "6, 7, 8, 9가 사상이다."라고 하는데 이것이 곧 노양·소양·노음·소음이다. 이 넷은 일체를 이루며, 7과 8이 속이 된다. 음양의 구분은 속부터 시작되므로 7이 소양, 8이 소음이 된다. 6과 9는 겉이 된다. 속은 늘 소(少)가 되고 겉은 늘 노(老)가 되므로 6은 노음, 9는 노양이 된다.

4란 기본이 되는 숫자이다. 4씩 곱해가다 보면 「건」「곤」의 책수가

이 두 가지에 무엇을 먼저 버려야 합니까?' 하니, 공자께서 말씀하시기를, '먹을 것을 버려야 하니, 예로부터 다 죽음이 있거니와, 백성이 믿지 아니하면 서지 못하니라.'라고 하셨다.(子貢曰, 必不得已而去, 於斯二者, 何先? 曰, 去食. 自古皆有死, 民無信不立.)"

21) 『論語』「爲政」에 나온다.

22) 『論語』「學而」에 "主忠信, 無友不如己者, 過則勿憚改."라는 말이 나온다. 「子張」에도 "자장이 덕을 숭상하고 의혹을 분별하는 것에 대하여 묻자 공자께서 말씀하시기를 '충과 신을 주로 하고 의로움으로 옮겨가는 것이 덕을 숭상하는 것이다. 충과 신을 주로 하면 근본이 확립되고, 의로움으로 옮겨가면 날로 새로워진다.(子張問崇德辨惑, 子曰, 主忠信, 徙義崇德也. 主忠信則本立, 徙義則日新.)"라는 내용이 보인다.

23) 『周易』「繫辭上」에 "이러한 까닭에 네 번 경영하여 『주역』이 완성되었다.(是故四營而成易)."라는 구절에 나오는데, 孔穎達은 이에 대해 疏를 달며, "영이란 경영을 뜻한다. 즉 시책을 네 번 경영하여 역이 한번 변화를 이루었다는 뜻이다.(營謂經營, 謂四度經營著策, 乃成易之一變也.)"라고 설명하였다.

나타난다. 4 곱하기 6은 24이므로 매 효마다 24개의 책수가 있다. 그것에 6효를 곱하면 144가 되므로 「곤」의 전체 책수는 144가 된다. 4 곱하기 9는 36이므로 매 효마다 36책이 있다. 그것에 6효를 곱하면 216이 되므로 「건」의 전체 책수는 216이 된다.

1, 3, 5, 7, 9는 하늘의 다섯 기수(奇數)인데, 그 가운데가 5이므로 5는 천중수(天中數)가 된다. 2, 4, 6, 8, 10은 땅의 다섯 우수(偶數)인데, 그 가운데가 6이므로 6은 지중수(地中數)가 된다. 10일(日)은 양이며 2곱하기 5로 된 숫자이다. 12진(辰)은 음이며 2곱하기 6으로 된 숫자이다. 천중수는 10일이고 지중수는 12진이다. 오음(五音)과 육률(六律)도 이렇게 만들어졌다. 10일에 12진을 배합하면 60이 되어서 한 바퀴를 돈다. 때문에 갑자는 60인 것이다. 4 곱하기 6은 24, 4 곱하기 9는 36이다. 24는 노음의 책이고 36은 노양의 책이다. 노음과 노양을 서로 배합하면 60이 된다. 4 곱하기 7은 28인데, 이는 소양의 책이고, 4 곱하기 8은 32인데, 이는 소음의 책이다. 28과 32를 서로 배합하면 또 60이 나오니, 이것이 곧 음양이 서로 배합된 숫자인 것이다.

三奇者, 四四四也, 三偶者, 八八八也. 此老陰·老陽也, 卽乾坤之象, 故不容有二. 若少陰·少陽, 則各有三變, 此六子之象也. 兩偶一奇, 則四八八爲震之象, 八四八爲坎之象, 八八四爲艮之象. 兩奇一偶, 則八四四爲巽之象, 四八四爲離之象, 四四八爲兌之象. 四象生八卦, 亦可見於此.

三奇四, 爲老陽 變

三偶八, 爲老陰 變

兩偶八, 一奇四, 爲少陽 不變

兩奇四, 一偶八, 爲少陰 不變

一二三四五, 五行生數. 六七八九十, 五行成數.

天一生水, 地六成之. 地二生火, 天七成之. 天三生木, 地八成之. 地四生金, 天九成之. 天五生土, 地十成之. 生而未成不可用, 故用其成數.

三者, 變之始, 五者, 變之終. 故數至於五, 而變化具矣. 天地之數, 五十有五, 莫非五也. 天數五, 一三五七九也. 地數五, 二四六八十也. 生數五, 一二三四五也. 成數五, 六七八九十也. 三象著於三才. 五象上著五星, 下著五嶽, 總爲五方.

五方之形, 正分之亦四, 隅分之亦四, 五無分界, 故天有四時, 春木·夏火·秋金·冬水, 而土寄旺四季. 孟子言四端, 不言信, 孔子嘗獨言信, 曰: “自古皆有死, 民無信不立.” 又曰: “人而無信, 不知其可也.” 又屢言, “主忠信.” 醫家言六脉, 皆有胃脉, 人無胃脉則死, 亦此理也. 故四爲數之大紀, 五在其中矣. 四營成『易』, 亦此義也.

『易』有太極, 是生兩儀, 兩儀生四象, 四象生八卦. 四象者, 陰陽有老少, 謂老陽·少陽·老陰·少陰也. 或曰: “六七八九爲四象”, 卽是老陽·少陽·老陰·少陰也. 四者一體, 七八爲裏. 陰陽之分自裏始, 故七爲少陽, 八爲少陰. 六九爲表, 裏常少, 表常老, 故六爲老陰, 九爲老陽.

四者其本數也. 以四積之, 則乾坤之策見矣. 四六二十四, 每爻二十四策, 六爻積之, 則百四十有四, 故坤之策百四十有四. 四九三十六, 每爻爲三十六策, 六爻積之, 則二百一十有六, 故乾之策二百一十有六.

一三五七九, 則天之五奇也, 而其中爲五, 故五爲天中數. 二四六八十, 此則地之五偶也, 而其中爲六, 故六爲地中數. 十日者, 陽也, 乃二五之數. 十二辰者, 陰也, 乃二六之數. 天中數爲十日, 地中數爲十二辰. 五音六律, 亦由是也. 十日十二辰相配, 至六十而周, 故甲子六十. 四六二十四, 四九三十六, 二十四是老陰之策, 三十六是老陽之策, 老陰·老陽相配而爲六十. 四七二十八, 是少陽之策, 四八三十二, 是少陰之策, 二十八與三十二相配, 亦得六十者, 陰陽相配之數也.

역수 3과 5의 변화로써 그 숫자를 교차배합하다

易數 三五以變錯綜其數

숫자가 짝수[偶]가 되면 가지런하고 홀수[奇]가 되면 가지런하지 못하다. 하지만 가지런하지 못하기 때문에 변화가 생기는 것이다. 따라서 변화를 주재하는 것은 홀수이다. 1, 3, 5, 7, 9가 바로 기수(奇數)이다. 1이란 숫자의 시작이라 아직 변화를 말할 수 없다. 1에서 3에이르고 3에서 5에 이르면 그 변화는 끝이 없다. 따라서 3과 5는 숫자를 변화시키는 주요 원소이다.

한 가지 물건이 있으면 반드시 상하, 좌우, 전후, 머리와 꼬리, 정면과 뒷면, 안팎이 있다. 때문에 "1이 2를 낳는다."고 말한 것이다. 상하, 좌우, 전후, 머리와 꼬리, 안팎이 있다면 반드시 가운데가 있다. 가운데와 양쪽 끝을 합치면 셋이 된다. 때문에 "2가 3을 낳는다."고한 것이다. 이런 까닭에 태극은 양의(兩儀)로 나뉘지 않을 수 없다. 양의가 나뉘고 천지가 자리를 잡으면 사람은 그 가운데 처하게 된다. 삼극(三極)의 도란 것이 어찌 『역』을 만든 자가 스스로 지어낼 수 있는 것이겠는가? 나누어 말하면 1, 2, 3, 4, 5이고, 합쳐서 말하면 15가된다. 3은 그 가운데 있으니, 3으로 벼리를 세우면 3 곱하기 5는 15가된다. 3이 15번 있으면 『낙서(洛書)』 구장(九章)의 45라는 숫자가 된다. 구장이 자리 잡고 나자 가로로 세건 세로로 세건 모두 15가 된다.[24] 그러니 3과 5가 숫자를 변하게 하는 주요 요소임을 알 수 있다.

---

24) 『後漢書』 권10 「五行志」 기록에 따르면, "우 임금이 홍수를 다스릴 적에 하늘

구장에는 1부터 9만 있고 10이 없다. 그러나 1에 9를 더하면 10이 되고, 3에 7을 더하면 10이 되며, 2에 8을 더하면 10이 되고, 4에 6을 더하면 10이 된다. 그런즉 이른바 10이란 본디 1, 2, 3, 4, 5, 6, 7, 8, 9 사이에 들어있는 것이니, 비록 10이 없다 해도 10은 그 가운데 있는 것이다. 이른바 15를 보면, 5는 토(土)를 낳은 수이고 10은 토를 이룬 수이다. 그런즉 구장의 수가 비록 45에 그치지만 천지의 수 55가 이미 그 가운데 들어 있는 것이다. 이로써 보건대 3과 5의 변화에 끝이 있겠는가?

천·지·인을 삼재(三才)라 하고, 해와 달과 별을 삼신(三辰)이라 한다. 괘는 세 획이면 이루어지고 정(鼎)은 세 발이면 선다. 노장에서도 말하길, "1이 2를 낳고, 2가 3을 낳고, 3이 만물을 낳는다."[25]라고 한다. 그러니 3이란 변화의 시작인 것이다. 하늘에는 오행이 있고, 땅에는 오방이 있다. 1, 2, 3, 4, 5는 오행을 낳은 숫자이고, 6, 7, 8, 9, 10은 오행을 이룬 숫자이다. 1, 3, 5, 7, 9는 하늘의 수이고, 2, 4, 6, 8, 10은 땅의 수이다. 『역대전(易大傳)』에서 말했다. "하늘의 수가 다

이 내려준 낙서를 얻었는데, 이를 본 따 기술한 것이 「홍범」이다.(禹治洪水, 得賜洛書, 法而陳之, 洪範是也.)"라고 하였다. 또 「孔安國傳」에 따르면 "하늘이 우에게 낙서를 내려주었다. 신귀가 등에 글을 싣고 나오는데, 등에 펼쳐놓고 보니 숫자가 9에 이르렀다. 우는 이를 따라 차례를 매긴 다음 아홉 가지 일정한 도를 완성하였다.(天與禹洛出書. 神龜負文而出, 列于背, 有數至于九. 禹遂因而第之, 以成九類常道.)"고 한다. 이것이 바로 九章인 것이다. 낙서의 숫자 배치도를 살펴보면 1부터 9까지 숫자가 적혀있으며, 이를 차례로 더하면 총 수가 45가 된다. 또 어느 방향으로 더하여도 합은 언제나 15가 된다.

4	9	2
3	5	7
8	1	6

25) 『老子』42장에 나오는 말이다.

섯, 땅의 수가 다섯이다. 다섯 자리가 서로 만나 각각 합쳐진다."[26]
1은 6과 합하는데, 1과 5를 더하면 6이 되기 때문에 1을 6과 합하는
것이다. 2는 7과 합하는데, 2와 5를 더하면 7이 되기 때문에 2를 7과
합하는 것이다. 3이 8과 합하고, 4가 9와 합하고, 5가 10과 합하는
것도 모두 마찬가지이다. 따라서 천지의 수가 55인데, 여기서 5는 소
연(小衍)이 되고 50은 대연(大衍)이 된다.[27] 5란 변화의 끝인 것이
다. 3과 5로 변화를 이루나니, 천하의 모든 수는 여기서 벗어나지 않
는다.

천지가 자리 잡은 뒤 사람이 그 가운데 거하여 밝은 곳을 향해 서
니, 이에 좌우전후가 사방이 되었다. 하늘은 기(氣)로 운행하여 춘하
추동을 이루고, 땅은 형세로써 처해 동서남북을 이루니, 4라는 숫자
가 이에 나타나고 사방이 생겨난다. 가운데와 사방을 합치면 다섯이
된다. 때문에 1은 수를 낳고 수는 북에 자리하고, 2는 화를 낳고 화는
남에 자리하며, 3은 목을 낳고 목은 동에 자리하고, 4는 금을 낳고
금은 서에 자리한다. 5는 토를 낳고 토는 중앙에 자리한다.

數偶則齊, 數奇則不齊, 唯不齊而後有變. 故主變者奇也, 一三五七
九, 數之奇也. 一者數之始, 未可以言變. 自一而三, 自三而五, 而其變
不可勝窮矣. 故三五者, 數之所以爲變者也.

有一物, 必有上下, 有左右, 有前後, 有首尾, 有背面, 有內外, 有表
裏, 故一必有二, 故曰: "一生二." 有上下·左右·前後·首尾·表裏, 則必有

---

26) 「역대전」은 「繫辭」를 말한다. 각주 17참고.
27) 5라는 수는 中央土가 되며 수의 祖라고 한다. 이 5數를 小衍이라 한다. 천지의
    수인 55에서 이 小衍의 수 5를 빼고 나면 50이 되는데 이 50을 大衍이라고
    한다.

中, 中與兩端則爲三矣. 故曰: "二生三." 故太極不得不判爲兩儀, 兩儀之分, 天地旣位, 則人在其中矣. 三極之道, 豈作『易』者所能自爲之哉? 錯之則一二三四五, 總之則爲數十五. 三居其中, 以三紀之, 則三五十五. 三其十五, 則爲『洛書』九章四十有五之數. 九章奠位, 縱橫數之, 皆十五. 此可見三五者, 數之所以爲變者也.

九章自一至九而無十. 然一與九爲十, 三與七爲十, 二與八爲十, 四與六爲十, 則所謂十者, 固在一二三四五六七八九之間矣. 雖無十, 而十固在其間. 所謂十五者, 五卽土之生數, 十卽土之成數. 然則九章之數, 雖四十有五, 而其天地五十有五之數, 已在其間矣. 由是觀之, 三五之變, 可勝窮哉?

天地人爲三才, 日月星爲三辰, 卦三畫而成, 鼎三足而立. 爲老氏之說者, 亦曰: "一生二, 二生三, 三生萬物." 蓋三者, 變之始也. 天有五行, 地有五方, 一二三四五, 則五行生數, 六七八九十, 則五行成數. 一三五七九爲天數, 二四六八十爲地數. 『易大傳』曰: "天數五, 地數五." 五位相得而各有合. 一與六爲合, 蓋一與五爲六, 故一六爲合. 二與七爲合, 蓋二與五爲七, 故二七爲合. 三與八, 四與九, 五與十皆然. 故天地之數五十有五, 而五爲小衍, 五十爲大衍. 蓋五者, 變之終也. 參五以變, 而天下之數不能外乎此矣.

天地旣位, 人居其中, 鄕明而立, 則左右前後爲四方. 天以氣運而爲春夏秋冬, 地以形處而爲東西南北, 四數於是乎見矣, 然後有四方. 中與四方, 於是爲五. 故一生水而水居北, 二生火而火居南, 三生木而木居東, 四生金而金居西, 五生土而土居中央.

학설
學說

   옛날에는 열다섯에 대학에 들어갔다. 『대학』에서 이르기를, "대학의 도는 밝은 덕을 밝히는 데 있고, 백성을 사랑하는 데 있고, 지극한 선에 머물게 하는 데 있다."고 하였다. 이 말이 곧 대학의 주지이다. 밝은 덕을 천하에 밝히고자 하는 것이 대학에 들어가는 목표이다. 격물치지(格物致知)란 시작 지점이다. 『중용』에서는 "널리 배우고, 자세히 묻고, 신중히 생각하고 밝게 변별하라."[28]고 말하는데, 이것이 바로 격물하는 방법이다. 책을 읽고 사우(師友)를 가까이 하는 것이 배움이니, 생각하는 것은 스스로에게 달렸지만 묻고 변별하기 위해서는 모두 사람이 필요하다.

   자고로 성인들도 옛 철인들이 남긴 말씀과 사우들의 말에 기초를 두었기에 학문에 나아갈 수 있었다. 하물며 성인도 아니면서 사사로운 지혜를 멋대로 부리며 학문에 나아갈 수 있겠는가? 그러나 옛 철인들이 남긴 말씀은 이치를 시대에 맞게 탔기 때문에 그 함의가 같지 않다. 책에 기록된 내용에는 또 참과 거짓, 순정한 것과 하자 있는 것이 섞여 있어서 만약 제대로 고를 줄 모르면 수박 겉핥기로 읽게 된다. 사우를 통해 판단을 내리고자 하여도 사우의 말 또한 하나가 아니며, 옳은 것과 옳지 않은 것, 마땅한 것과 마땅치 않은 것이 섞여 있어서 만약 제대로 고를 줄 모르면 분별없이 따르게 된다. 수박 겉

---

28) 『中庸』 20장.

핥기로 읽고 분별없이 따른다면 어디에 이르러 머물 것인가? 집 짓는 데 길 가는 사람에게 물어본다면, 시작해도 아무 것도 이루어지지 않는다.[29] 하나를 취해 따르고자 하여도, 그것이 사적인 의견이요 치우친 학설이 아닐 줄 또 어찌 알겠는가? 자막(子莫)은 가운데를 지켰는데도 맹자께서는 한쪽만을 고집하며 백 가지를 폐하는 행위라 여기셨다.[30] 한쪽만 고집하며 백 가지를 폐하는 것이 어찌 훌륭한 학문이될 수 있겠는가? 후학들은 이에 대해 어찌 처신하겠는가?

古者十五入大學. 『大學』曰: "大學之道, 在明明德, 在新民, 在止於至善." 此言大學指歸. 欲明明德於天下, 是入大學的標的. 格物致知是下手處. 『中庸』言博學 · 審問 · 愼思 · 明辨, 是格物之方. 讀書親師友是學, 思則在己, 問與辨皆須在人.

自古聖人亦因往哲之言, 師友之言, 乃能有進. 況非聖人, 豈有自任私知而能進學者? 然往哲之言, 因時乘理, 其指不一. 方冊所載, 又有正僞純疵, 若不能擇, 則是泛觀. 欲取決於師友, 師友之言亦不一, 又

---

29) 『詩經』「小雅 · 小旻」에 "집 짓는 일, 지나가는 사람과 의논하는 것 같아, 시작해도 아무 것도 이루어지지 못하리라.(如彼築室于道謀, 是用不潰于成.)"라는 구절이 있다.

30) 『孟子』「盡心上」에 "맹자가 말했다. 양자는 자신을 위하는 입장을 취하여, 머리털 하나를 뽑음으로써 천하를 이롭게 한다 하여도 하지 아니한다. 묵자는 겸애를 주장하여 이마에서 발꿈치까지 닳아 없어진다 할지라도 천하를 이롭게 하는 일이라면 한다. 자막은 그 가운데를 지킨다. 가운데를 지킴은 도에 가깝다 하겠다. 그러나 가운데만 지키며 임기응변의 권도가 없으니, 이는 한쪽만을 주장하는 것이다. 한쪽만을 고집하는 것을 미워함은 그것이 중용의 도를 해치기 때문이며, 한 가지만을 주장하고서 백 가지의 장점을 버리기 때문이다.(孟子曰, 楊子取爲我, 拔一毛而利天下, 不爲也. 墨子兼愛, 摩頂放踵, 利天下, 爲之. 子莫執中, 執中爲近之, 執中無權, 猶執一也. 所惡執一者, 爲其賊道也, 擧一而廢百也.)"라는 내용이 보인다.

有是非當否, 若不能擇, 則是泛從. 泛觀泛從, 何所至止? 如彼作室于道, 是用不潰于成. 欲取其一而從之, 則又安知非私意偏說. 子莫執中, 孟子尙以爲執一廢百. 執一廢百, 豈爲善學? 後之學者顧何以處此?

논어설

論語說

"진정 인(仁)에 뜻을 둔다면 악함이 없을 것이다."[31] 악함과 과실은 다르다. 악함은 면할 수 있지만 과실은 면할 수 없다. 거백옥(蘧伯玉)처럼 현명한 자도 과실을 줄이고자 하였으나 미처 그렇게 하지 못했고,[32] 부자와 같은 성인도 "내게 몇 년의 시간을 더 주어 쉰 살에 『주역』을 배울 수 있게 해준다면 큰 과실이 없을 수 있을 것이다."[33]라고 말씀하셨다. 하물며 배우는 자가 갑자기 과실을 없애겠다고 다그쳐서야 되겠는가? 악함이 있는 곳이라면 군자가 심히 싫어하나니, 추호도 마음에 두어서는 안 되고 잠깐이라도 범해서는 안 된다. 그러나 일단 인(仁)에 뜻을 두고 나면 악함은 사라진다.

"도에 뜻을 두고, 덕을 꼭 지키며, 인에 의지하고, 예에 노닐지라."[34]

도란 천하 만세의 공리(公理)요 모든 사람들이 함께 따르는 길이

---

31) 『論語』「里仁」에 나오는 말이다.
32) 『論語』「憲問」에 나오는 내용이다. "거백옥이 공자에게 사자를 보냈다. 선생님께서 그와 자리에 앉아 물었다. '주군께서는 무엇을 하고 계시는지요?' 사자가 대답했다. '주군께서는 과실을 줄이고자 하시는데 아직은 잘되지 않는 것 같습니다.' 사자가 물러난 뒤 공자께서 말씀하셨다. '훌륭한 사자로다. 훌륭한 사자로다!(蘧伯玉使人於孔子. 孔子與之坐而問焉曰, 夫子何爲? 對曰, 夫子欲寡其過而未能也. 使者出, 子曰, 使乎, 使乎!)"
33) 『論語』「述而」에 나오는 말이다.
34) 『論語』「述而」에 나오는 말이다.

다. 임금에게는 임금의 도가 있고, 신하에게는 신하의 도가 있으며, 아비에게는 아비의 도가 있고, 자식에게는 자식의 도가 있으니, 누구에게나 도란 있는 것이다. 그러나 오직 성인만이 이 도를 제대로 갖출 수 있어서, 임금이 되면 임금의 도를 다하고, 신하가 되면 신하의 도를 다하며, 아비가 되면 아비의 도를 다하고, 자식이 되면 자식의 도를 다하여, 어떤 상황에 처하건 그 도를 다할 수 있다. 일반 사람은 도를 제대로 갖추고 있지 못하지만, 그렇다고 해서 어찌 도가 전혀 없겠는가? 부자께서 말씀하셨다. "누가 능히 문을 통해 나가지 않을 수 있겠는가? 그런데 어찌하여 이 도를 말미암는 자가 없는가?"35) 밭과 들, 밭두둑과 논두렁에 사는 사람이라도 언제나 임금을 존경하고 부모를 사랑하는 마음을 지니고 있으며, 언제나 임금을 존경하고 부모를 사랑하는 행동을 한다. 신하와 자식으로서의 도를 다할 단서는 여기에 갖추어져 있는 것이다. 그러나 위에서 가르치지 않고 아래에서 배우지 않으니, 스스로의 행동을 온전히 갖추게 되는 데까지 미루어 나아가지 못하는 것은 고사하고, 외물에 눈이 가리고 욕망에 빠진 채 끝까지 미루어나가다 보면, 이른바 '다 없을 수는 없다'라고 했던 것조차 언젠가는 거의 다 사라지고 말 것이다. 아비와 임금을 시해하기에 이르면, 모조리 없어진 때가 온 것이다. 백성이 도에 나아갈 수 있는지 여부는 위의 가르침에 달려있고, 사인(士人)이 도에 나아갈 수 있는지 여부는 자신의 배움에 달려있다. 그러나 뜻이 없으면 배울 수 없고, 배우지 않으면 도를 알 수 없다. 그렇기 때문에 도에 나아가는 길은 배움에 달려있고, 배움의 길은 뜻에 달려 있다. 부자께서 말씀하셨다. "나는 열다섯에 배움에 뜻을 두었다."36) 또 말씀하

---

35) 『論語』「雍也」에 나오는 말이다.

셨다. "선비가 도에 뜻을 두고도 나쁜 옷과 음식을 부끄러워한다면, 더불어 논의할 만하지 못하다."[37) 맹자께서 말씀하셨다. "사인은 뜻을 숭상한다."[38) 그러니 도에 뜻을 두신 것은 하나이다.

"작은 덕은 냇물처럼 흐르고 큰 덕은 감화됨을 두텁게 하니,"[39) 이 것이 성인이 덕을 보전하는 방법이다. 「고요모(皐陶謨)」의 구덕(九德)에 이르기를 "날마다 엄숙하게 여섯 가지 덕을 경건하게 실천하면 나라를 경영할 수 있고, 날마다 세 가지 덕을 펼치면 집안을 경영할 수 있다."[40) 덕이 사람에게 있다 해서 완전하라고 요구할 수는 없다. 하등한 사람의 경우 세 가지를 갖추라 할 필요도 없으니, 한 가지만 있더라도 덕인 것이다. 그 한 가지 덕도 꼭 완전할 필요는 없다. 그 덕 안에 취할 만한 미약한 선이나 조그만 아름다움이 있어 그 한 가지 덕에 근접한 바가 있다면, 그 또한 덕이기는 마찬가지이다. 이것을 꼭 쥔 채 잃지 않을 수만 있다면, 나날이 축적되고 나날이 나아가며, 나날이 드러나고 나날이 성대해지며, 나날이 넓어지고 나날이 커질 것이다. 다만 꼭 쥐고 있지 못하는 까닭에 가지고 있는 것마저도 나날이 사라지고 나날이 죽어가는 것이다. 나날이 축적되고 나날이 나아가며, 나날이 드러나고 나날이 성대해지며, 나날이 넓어지고 나날이 커지기를 바랄 수조차 있겠는가? 도에 뜻을 두었다면 어찌 덕이

---

36) 『論語』「爲政」에 나오는 말이다.
37) 『論語』「里仁」에 나오는 말이다.
38) 『孟子』「盡心上」에 나오는 말이다.
39) 『中庸』에 나오는 말이다.
40) 『尙書』「皐陶謨」의 원문은 다음과 같다. "날마다 세 가지 덕을 펴서 밤낮으로 크게 밝히면 집안을 경영할 수 있으며, 날마다 엄숙하게 여섯 가지 덕을 경건하게 실천하여 밝게 다스리면 나라를 경영할 수 있다.(日宣三德, 夙夜浚明, 有家. 日嚴祗敬六德, 亮采, 有邦.)"

없을 수 있겠는가? 때문에 부자께서 '덕을 꼭 지키라.'고 깨우치신 것이다.

인(仁)은 사람의 마음이다. "마음이 하고자하는 대로 따라도 법에 어긋나지 않는다."[41] 이는 성인께서 인을 다했기 때문이다. 공자의 훌륭한 제자인 자로(子路)나 염유(冉有) 등에게도 부자께서는 "그들이 어진지는 모르겠다."[42]고 하셨고, 반드시 안연(顔淵)이나 중궁(仲弓) 같은 자에게만 어질다는 칭찬을 해주셨다.[43] 일반 사람이라면 인을 기대하기 어렵겠지만, 그렇다고 해서 어찌 한결같이 어질지 못하겠는가? 성인이 하는 일을 일반 사람이 다 따라하지는 못하겠지만, 개중에는 할 수 있는 것도 있다. 성인이 하지 않는 일을 일반 사람이 다 하지 않을 수는 없겠지만, 개중에는 하지 않는 일도 있다. 성인이

---

41) 『論語』「爲政」에 나오는 말이다.

42) 『論語』「公冶長」에 보인다. "맹무백이 공자에게 물었다. '자로는 어집니까?' 공자께서 말씀하셨다. '잘 모르겠다.' 맹무백이 다시 묻자 공자께서 말씀하셨다. '자로에게는 제후국이 군무를 맡길 수 있으나 그가 어진지는 모르겠다.' '그렇다면 염구는 어떻습니까?' 공자께서 말씀하셨다. '염구는 천 호의 고을이나 경대부의 집에서 읍장이나 가재 노릇을 할 수는 있으나 그가 어진지는 모르겠다.' '公西赤은 어떻습니까?' 공자께서 말씀하셨다. '공서적은 대례복을 차려입고 조정에 서서 외국 사신들을 응대하며 담판 지을 수는 있으나 그가 어진지는 모르겠다.(孟武伯問, '子路仁乎?' 子曰, '不知也.' 又問, 子曰, '由也, 千乘之國, 可使治其賦也, 不知其仁也.' '求也何如?' 子曰, '求也, 千室之邑, 百乘之家, 可使爲之宰也, 不知其仁也.' '赤也何如?' 子曰, '赤也, 束帶立於朝, 可使與賓客言也, 不知其仁也.')"

43) 공자의 제자 중 德行에 속한 자는 顔淵·閔子騫·冉伯牛·仲弓이다. 『論語』「雍也」에서 공자는 안연을 칭찬하며"회는 그 마음이 세 달 동안 인을 어기지 않았다.(回也, 其心三月不違仁.)고 하였다. 안연과 같이 덕행에 속한 중유에 대해서도 「公冶長」에서 "중궁은 어질지만 말재주가 없다.(雍也, 仁而不佞.)" 고 칭찬했다.

하는 일을 하고 성인이 하지 않는 일을 하지 않는 것을 보면, 이들도 모두 천지의 중용을 품부 받고 마음의 영령이 심어져 있어 이런 것들을 민멸시키지 못함을 알 수 있다. 민멸시키지 못한 것을 의지하고 따르며 확충시켜 나간다면, 인이 어찌 먼 곳에 있겠는가? 인이란 사람에게 있는 것이라, 완전히 없애버릴 수는 없다. 다만 인을 의지해 따르고 인에 나아가지 못한 채 늘 인을 거스르고 불인한 지경에 매몰되는 탓에, 그처럼 불인한 자도 생기는 것이다. 사인이 도에 뜻을 두었다면 어찌 인이 없을 수 있겠는가? 때문에 부자께서 '인에 의지하라'고 깨우치신 것이다.

예(藝)란 천하에서 함께 쓰는 바라 누구나 익히지 않을 수 없다. 그 사이에서 노니는 것은 본디 도에 뜻을 두고, 덕을 꼭 잡으며, 인에 의지하는 데에 아무 해가 되지 않는다. 더구나 도와 덕과 인은 예를 통해 드러날 때가 있기에 '예에 노닐라'고 한 것이다.

"苟志於仁矣無惡也." 惡與過不同, 惡可以遽免, 過不可以遽免. 賢如蘧伯玉, 欲寡其過而未能, 聖如夫子, 猶曰"加我數年, 五十而學『易』, 可以無大過矣." 況於學者豈可遽責其無過哉? 至於邪惡所在, 則君子之所甚疾, 是不可毫髮存而斯須犯者也. 苟一旦而志於仁, 斯無是矣.

"志於道, 據於德, 依於仁, 游於藝."

道者, 天下萬世之公理, 而斯人之所共由者也. 君有君道, 臣有臣道, 父有父道, 子有子道, 莫不有道. 惟聖人惟能備道, 故爲君盡君道, 爲臣盡臣道, 爲父盡父道, 爲子盡子道, 無所處而不盡其道. 常人固不能備道, 亦豈能盡亡其道? 夫子曰: "誰能出不由戶, 何莫由斯道也." 田野隴畝之人, 未嘗無尊君愛親之心, 亦未嘗無尊君愛親之事, 臣子之道, 其端在是矣. 然上無教, 下無學, 非獨不能推其所爲以至於全備, 物蔽欲汨, 推移之極, 則所謂不能盡亡者, 殆有時而亡矣. 弑父與君, 乃盡亡之時也. 民之於道, 係乎上之敎, 士之於道, 由乎己之學. 然無志則不能學, 不學則不知道. 故所以致道者在乎學, 所以爲學者在乎志. 夫子曰: "吾十有五, 而志於學." 又曰: "士志於道, 而耻惡衣惡食者未足與議也." 孟子曰: "士尙志", 與志於道一也.

小德川流, 大德敦化, 此聖人之全德也. 「皐陶謨」之九德, 曰嚴祗敬六德, 則可以有邦, 曰宣三德, 則可以有家. 德之在人, 固不可皆責其全, 下焉又不必其三, 苟有一焉, 卽德也. 一德之中亦不必其全, 苟其性質之中有微善小美之可取而近於一者, 亦其德也. 苟能據之而不失, 亦必日積日進, 日著日盛, 日廣日大矣. 惟其不能據也, 故其所有者亦且日失日喪矣. 尙何望其日積日進, 日著日盛, 日廣日大哉? 士志於道, 豈能無其德? 故夫子誨之以'據於德'.

仁, 人心也, 從心所欲不踰矩, 此聖人之盡仁. 孔門高弟如子路·冉有之徒, 夫子皆曰"不知其仁", 必如顏淵·仲弓然後許之以仁. 常人固未可望之以仁, 然亦豈皆頑然而不仁? 聖人之所爲, 常人固不能盡爲, 然亦有爲之者. 聖人之所不爲, 常人固不能皆不爲, 然亦有不爲者. 於其爲聖人之所爲與不爲聖人之所不爲者觀之, 則皆受天地之中, 根一心之靈, 而不能泯滅者也. 使能依於其所不能泯滅者而充之, 則仁豈遠乎哉? 仁之在人, 固不能泯然而盡亡, 惟其不能依乎此以進於仁, 而常違乎此而沒於不仁之地, 故亦有頑然而不仁者耳. 士志於道, 豈能無其仁? 故夫子誨之以'依於仁'.

藝者, 天下之所用, 人之所不能不習者也. 游於其間, 固無害其志道, 據德, 依仁, 而其道其德其仁亦於是而有可見者矣. 故曰'游於藝'.

맹자설

孟子說

'뜻이 하나로 모이면 기를 움직인다.'는 말은 더 논할 필요도 없다. 하지만 '기가 하나로 모이면 뜻을 움직인다.'[44]는 말에 대해서만은 의구심이 생기지 않을 수 없었는데, 맹자께서 다시 '넘어지는 것과 달리는 것이 마음을 움직인다.'는 말로써 이를 증명하심에 의심이 사라졌다. 하나란 전일한 것을 말한다. 뜻은 기를 거느린다. 그러나 기가 하나로 전일해지면 능히 뜻을 움직일 수 있다. 이 때문에 '뜻을 붙들라'고만 말씀하시지 않고 '그 기를 사납게 부리지 마라'고 경계하신 것이다. 기거할 때나 음식을 먹을 때 온당한 몸조리를 적절하게 하고, 보고 듣고 말하고 움직일 때 사정(邪正)의 변별을 엄중히 하는 이유는 모두 기를 사납게 부리지 않기 위한 공부인 셈이다. '꼭 어떤 일을 하고 있다고 해서 마음을 미리 쓰지 말고'가 한 구절이고, '잊지 말고

---

44) 『孟子』「公孫丑上」에 나오는 말이다. "[공손추가 말했다.] '이미 뜻이 지극한 것이고 기운은 그 다음이라고 말씀하시고서 다시 그 뜻을 잡고 기운을 사납게 내버려두지 말라고 말했는데, 무엇을 뜻하는지요?' 맹자께서 말씀하셨다. '뜻이 하나로 모이면 기를 움직이고, 기가 하나로 모이면 뜻을 움직인다. 지금 넘어지는 것과 달리는 것이 모두 기이지만, 이것이 도리어 마음을 움직이는 경우가 있다.' '감히 묻고자 합니다. 선생님은 그 중 어떤 것을 더 잘하십니까?' 맹자께서 말씀하셨다. '나는 다른 사람의 말을 잘 이해한다. 또 나의 거침없는 기운 즉 호연지기를 잘 기른다.'('旣曰志至焉, 氣次焉, 又曰持其志無暴其氣者, 何也?' 曰, '志壹則動氣, 氣壹則動志也. 今夫蹶者趨者, 是氣也, 而反動其心.' '敢問夫子惡乎長?' 曰, '我知言, 我善養吾浩然之氣.')"

억지로 자라도록 도우려하지 말라.'가 한 구절이다.[45] 아래 구절은 위의 구절을 해석한 부분이다. 『맹자』 가운데 같은 뜻으로 쓰인 '정(正)' 자가 두 군데 있다. '꼭 어떤 일을 하고 있다고 해서 마음을 미리 쓰지 말고'가 하나이고, '말을 신의가 있게 하는 것은 행실이 바른 체하기 위해서가 아니다.'[46]가 또 하나이다. '물정(勿正)' 자 아래에 '심(心)' 자가 있어야 문장이 온전해지며 '물망(勿忘)' 자 위에 '심' 자가 없어야 군더더기가 없어진다. 이는 문장에 조예 있는 사람이라면 누구나 알 수 있다. '필유사언(必有事焉)'의 뜻은 '삼가고 힘쓰시어, 밝게 상제를 섬기시고'[47]의 '사(事)' 자와 동일하다

---

45) 『孟子』「公孫丑上」에서 바로 위의 주석 다음에 이어지는 내용이다. '必有事焉而勿正心勿忘勿助長'에 대해 趙岐와 程頤는 '必有事焉而勿正, 心勿忘勿助長'으로 떼어 읽었는데, 여기서 육구연은 '必有事焉而勿正心, 勿忘勿助長'으로 떼어 읽을 것을 주장하고 있다. 주희 또한 육구연과 같은 구두법을 사용하고 있는데, 이 구절 전체에 대한 주희의 해석은 이러하다. "필유사언"은 일하는 바를 둠이니 [『論語』「季氏」의]'有事於顓臾'에 나오는 '有事'와 같다. 正은 미리 기약함이니, 『춘추좌전』 僖公 26년에 '전쟁에 이길 것을 기약하지 못한다.'고 한 것이 바로 이것이다. 正心이라 하여도 뜻은 같으나, 이는 『대학』의 이른바 '정심'과는 뜻이 같지 않다. 이것은 '기운을 기르는 자는 반드시 義를 모아 일에 힘쓰고 그 효과를 예기치 말며, 혹 차지 못하거든 그 하던 일을 잊지 않기만 하면 된다. 작위적으로 성장을 돕지 말아야 할 것이니, 이것이 의를 모아서 기운을 기르는 절도이다.(必有事焉, 有所事也, 如有事於顓臾之有事. 正, 預期也, 春秋傳曰, 戰不正勝, 是也. 如作正心, 義亦同, 此與大學之所謂正心者, 語意自不同也. 此言養氣者, 必以集義爲事, 而勿預期其效, 其或未充, 則但當勿忘其所有事, 而不可作爲, 以助其長. 乃集義養氣之節度也.)"

46) 『孟子』「盡心下」에 나오는 말이다. "동작과 표정, 진퇴가 예에 합당한 것은 성덕이 지극한 것을 보여준다. 죽음에 곡하고 슬퍼하는 것은 살아있는 사람에게 보여지기 위해서가 아니다. 기준이 되는 덕을 구부리지 않는 것은 녹봉을 구하기 위해서가 아니다. 말을 할 때 믿음으로 하는 것은 행동이 바른 체 하기 위해서가 아니다.(動容周旋, 中禮者, 盛德之至也. 哭死而哀, 非爲生者也, 輕德不回, 非以干祿也, 言語必信, 非以正行也.)"

『맹자』 중 '지언(知言)' 한 단락[48]에 대해서도 후세 사람들은 그 도리를 잘 이해하지 못한다. 문장의 뜻을 알지 못하기 때문에 억지로 편벽[詖], 방탕[淫], 부정[邪], 도피[遁]라는 말을 각각 양주(楊朱)와 묵적(墨翟), 부처와 노자에게 배당하여 "누구의 말이 편벽된 말이고, 누구의 말이 방탕한 말이고, 누구의 말이 부정한 말이고, 누구의 말이 도피하는 말이다."라고 말하면서, 이 네 글자가 절대 나눌 수 없는 것임을 알지 못한다. [法이니, 名이니, 縱橫이니 하는] 제자백가를 정의하는 글자야말로 바로 제자백가를 구분하는 관건이다. 가린 바, 빠진 바, 떨어진 바, 궁한 바가 그들의 실제이고, 편벽한 것, 방탕한 것, 부정한 것, 도피하는 것은 이름이다. 실제가 있는 연후에 이름이 있다. 편벽하고 방탕하고 부정하고 도피한다는 이름의 뜻을 알고자 한다면, 먼저 그들이 무엇에 가리고 빠지고 떨어지고 궁했는지 그 실제를 알아야 한다. 가리고 빠지고 떠나고 궁한 것은 처음과 끝이니, 깊고 얕음의 분별은 네 사람에게만 해당하는 것은 아니다. 배움에 가린 바가 있으면 그 옳음을 그릇되게 만들므로 편벽한 말이라고 한 것이다. 가렸는데도 이를 풀 줄을 모르면 하는 말이 반드시 깊이 그 안에 빠지게 되므로 방탕한 말이라고 한 것이다. 막 가려졌을 때에는 그래도 그 말이 옳음에 닿아있지만 실제가 옳지 않음으로 인해 깊이 빠진 뒤

---

47) 『詩經』「大雅・大明」에 나오는 말이다.
48) 『孟子』「公孫丑上」에 나온다. "무엇을 일러 말을 안다[知言]고 하나이까?' 맹자께서 말씀하셨다. '치우친 말에 그 가린 바를 알며, 방탕한 말에 그 빠진 바를 알며, 부정한 말에 그 떠나는 바를 알며, 도망하는 말에 그 궁한 바를 아니, 그 마음에서 생겨나 그 정사를 해치며, 그 정사에서 발표하여 그 일을 해치나니, 성인이 다시 일어나셔도 반드시 내 말을 따르시리라.'('何謂知言?' 曰, 詖辭知其所蔽, 淫辭知其所陷, 邪辭知其所離, 遁辭知其所窮, 生於其心, 害於其政, 發於其政, 害於其事, 聖人復起, 必從吾言矣.)"

에는 그 말이 [옳음에] 닿아있던 것으로부터 떨어져나가지 않을 수 없다. 그래서 부정한 말이라고 한 것이다. 떠나면 반드시 궁해지며, 궁해지면 이리저리 도망치며 말을 하게 되기에 도피하는 말이라고 한 것이다. 따라서 가려졌는데도 풀지 않으면 반드시 빠지고, 빠졌는데도 멈추지 않으면 반드시 떨어지며, 떨어지면 반드시 궁해지고, 궁해졌는데도 옳은 길로 돌아오지 않은즉 더 이상은 구제할 약이 없다. 맹자께서 양주와 묵적을 내치실 적에는 그저 크게 '부정한 학설을 잦아들게 하고, 편벽한 행동을 막으며, 방탕한 언사를 내쫓는다.'49)고만 말씀하셨을 뿐, 양주와 묵적을 놓고 누가 편벽되고 누가 방탕하며 누가 부정한지 구분하지 않았다. 『논어』에서 육언(六言)과 육폐(六蔽)에 대해 언급하며 후세 학자들이 가려진 바에 대해 논했지만,50) 가려진 것이 어찌 이 여섯 가지 뿐이겠는가! 가려진 바가 무엇인지를 아는 것이 중요하다는 것이다. 종합해서 논해볼 때, 가려지다[蔽] 한 글자면 모든 것을 포괄할 수 있다. 『순자(荀子)』「해폐편(解蔽篇)」에서는 '폐'라는 글자의 뜻으로 통용하셨다. 『논어』의 육언과 육폐 및 『순

---

49) 『孟子』「滕文公下」에 나오는 말이다.
50) 『論語』「陽貨」에 나오는 말이다. "공자께서 말씀하셨다. '유야, 너는 육언과 육폐를 들어보았느냐?' 자로가 내답했다. '아직 듣지 못하였습니다.' 공자께서 말씀하셨다. '앉아라. 내 너에게 말해 주리라. 仁만 좋아하고 배우기를 좋아하지 않으면 어리석음에 가려지고, 아는 것만 좋아하고 배우기를 좋아하지 않으면 방탕함에 가려지며, 믿음만 좋아하고 배우기를 좋아하지 않으면 해치는 것에 가려진다. 정직함만 좋아하고 배우기를 좋아하지 않으면 갑갑함에 가려지고, 용맹만 좋아하고 배우기를 좋아하지 않으면 어지러움에 가려지며, 剛한 것만 좋아하고 배우기를 좋아하지 않으면 경솔함에 가려진다.'(子曰, '由也, 女聞六言六蔽矣乎?' 對曰, '未也.' '居, 吾語女. 好仁不好學, 其蔽也愚. 好知不好學, 其蔽也蕩. 好信不好學, 其蔽也賊. 好直不好學, 其蔽也絞. 好勇不好學, 其蔽也亂. 好剛不好學, 其蔽也狂.')"

자』「해폐편」을 보면 설명한 글자에서 제자백가를 구분해야 함을 알수 있을 것이다.

호호(皜皜)란 고결함이다. 장강과 한수 물에 빨고 가을볕에 말렸으니, 고결함에 이 이상 더할 것이 없다. 부자의 도를 말하는 것도 이와 같아서, 사사로운 지혜나 마음대로 지어낸 말로 덧칠할 수 없다.

'志壹動氣,' 此不待論, 獨'氣壹動志', 未能使人無疑. 孟子復以蹶趨動心明之, 則可以無疑矣. 壹者, 專一也. 志固爲氣之帥, 然至於氣之專壹, 則亦能動志. 故不但言'持其志', 又戒之以'無暴其氣'也. 居處飮食, 適節宣之宜, 視聽言動, 嚴邪正之辨, 皆無暴其氣之工也. '必有事焉而勿正心'是一句, '勿忘勿助長也'是一句. 下句是解上句. 『孟子』中有兩正字同義. '必有事焉而勿正心', 一也, '言語必信, 非以正行也', 二也. '勿正'字下有'心'字, 則辭不虧, '勿忘'字上無'心'字, 則辭不贅. 此但工於文者亦能知之. '必有事焉', 字義與'小心翼翼, 昭事上帝"事'字義同.

『孟子』'知言'一段, 後人旣不明其道, 因不曉其文, 强將詖·淫·邪·遁於楊·墨·佛·老上差排, 曰: "何者是詖辭, 何者是淫辭, 何者是邪辭, 何者是遁辭." 不知此四字不可分. 諸子百家, 所字乃是分諸子百家處. 蔽·陷·離·窮是其實, 詖·淫·邪·遁是其名. 有其實而後有其名. 若欲曉詖·淫·邪·遁之名, 須先曉蔽·陷·離·窮之實. 蔽·陷·離·窮是終始, 淺深之辨, 非是四家. 學有所蔽, 則非其正, 故曰詖辭. 蔽而不解, 必深陷其中, 其說必淫, 故曰淫辭. 受蔽之初, 其言猶附著於正, 其實非正, 故深陷之後, 其言不能不離於其所附著, 故曰邪辭. 離則必窮, 窮則必宛轉逃遁而爲言, 故曰遁辭. 故蔽而不解必陷, 陷而不已必離, 離則必窮, 窮而不反於正則不復可救藥矣. 孟子之闢楊·墨, 但泛言'息邪說, 距詖行, 放淫辭', 初不向楊·墨上分孰爲詖, 孰爲淫, 孰爲邪. 所以『論語』有六言六蔽, 論後世學者之蔽, 豈止六而已哉! 所以貴於知其所蔽也. 總而論之, 一蔽字可盡之矣. 『荀子』「解蔽篇」却通蔽字之義. 觀『論語』六言六蔽與『荀子』「解蔽篇」, 便可見當於所字上分諸子百家.

　皜皜, 潔白也. 濯以江漢, 暴以秋陽, 其潔白不可復加矣. 言夫子之
道如此, 非有若私智杜撰者所可糊塗也.

잡저雜著

무제가 이르기를, 급암은 배우지 못하였다
장석지가 이르기를, 지금 법이 이러하다
잡설

무제가 이르기를, 급암은 배우지 못하였다

武帝謂汲黯無學

　　급암(汲黯)이 쌓아놓은 땔감 이야기를 올렸을 때 한 무제(武帝)가 잠자코 있었던 것은 분명 적중시킨 바가 있어서였을 것이다. 이윽고 말하기를, "과연 사람은 배우지 않을 수 없다. 급암이 말하는 것을 보니 날이 갈수록 심해지는구나."[1]라고 하였다. 사람이 장차 누군가를 이김으로써 스스로를 확신하고자 할 때, 할 말이 없을까 걱정이랴. 그러니 급암을 일러 못 배웠다 말한다 해도 안 될 것은 없겠지만, 무제가 어찌 배움을 거론하며 남을 왈가왈부할 수 있단 말인가?

　　태사공(太史公: 司馬遷)은 그렇게 된 원인을 추론하면서, "급암은 편협한 마음에 조금의 원망조차 없을 수는 없었다."라고 했는데, 이 말이 과연 급암의 마음을 알기에 충분했다고 할 수 있는가? 급암은

---

1) 『史記』 권60 「汲黯傳」에 보면 '積薪'과 관련된 고사가 소개되어 있다. 한 무제가 公孫弘과 張湯을 중용하자 급암은 이들을 비판하며, "폐하께서 신하들을 등용하시는 법은 마치 땔나무를 쌓아놓는 것과 같아서 나중에 올려진 나무만이 위로 올라갑니다.(陛下用群臣如積薪耳, 後來者居上.)"라고 말했다. 그가 물러가자 한 무제는 "사람은 과연 배우지 않으면 안 된다.(人果不可以無學.)"라고 말하면서 비아냥거렸다.

처음에 영양 현령(滎陽縣令)으로 기용되었다가 병으로 인해 시골로 돌아갔다. 후에 회양 태수(淮陽太守)에 제수되었으나 고사하며 관인을 받지 않았다. [무제가] 불러 접견하자 "신 중랑(中郞)이 되어 궁을 출입하며 과오를 메우고 놓친 것을 수습하고 싶습니다."라고 답했다. 그러나 끝내 청대로 되지 않자 이식(李息)을 찾아가 말했다. "내 버림받아 군(郡)에 거하는 바람에 이제는 조정 논의에 참여하지 못합니다." 그러면서 이식에게 조속히 장탕(張湯)의 잘못을 알리라고 당부하였다. 후세에 실로 급암을 안다는 자가 기어코 속이 좁다는 말을 믿고자 한다면, 이것이 어린아이의 견해와 무엇이 다르겠는가.

동월(東越)이 침략하자 시찰 차 사신으로 파견되었는데, 그곳에 가지도 않고 돌아와서 보고하기를, "번거롭게 천자의 사신까지 파견할 만한 일이 못 됩니다."라고 하였고, 하내(河內)에 불이 나자 시찰 차 사신으로 파견되었는데, 돌아와 말하기를, "집안의 누군가가 실수로 불을 내서 나란히 붙은 집들이 연이어 연소된 것뿐이니, 근심할 만한 것이 못 됩니다. 하남(河南)의 빈민들은 가뭄과 홍수로 큰 피해를 입었습니다. 이에 신이 상황을 판단해 부절(符節)을 가지고 가 곡식 창고를 열어 그들을 진휼했습니다. 부절을 돌려드리며, 교서를 사칭한 죄를 엎드려 빕니다."라고 하였다. 천자가 문학 유자(文學儒者)를 초징하고자 하며 조정 신하들에게 자신이 하고자 하는 포부를 밝히자 이렇게 답했다. "폐하께서는 안에 욕심이 가득한데 밖으로만 인의를 펼치고자 하시면서 어찌하여 요순의 정치를 본받고자 하십니까?" 이에 무제는 노여움에 아무 말도 하지 않았으며, 얼굴색이 변하여 조회를 파했다. 여러 신료들이 급암을 나무라자, "천자께서 공경(公卿)과 보필 대신들을 둔 이유가 어찌 아부나 하고 뜻이나 받들며 주상을 불의에 빠뜨리기 위함이겠소? 이미 자리에 있는 몸으로, 자기 몸만 아끼면서 조정을 욕보이는 이유가 무엇이요?" [흉노] 혼야왕(渾邪王)이 한나라에 항복해왔다. 한나라에서는 수레 2천 승(乘)을 징발하려고 백성들로부터 말을 빌렸는데, 백성들이 말을 감추는 바람에 말을 준비하지 못했다. 이 때문에 장안 현령(長安縣令)의 목을 베려고 하자 급암은 맞서 간쟁(諫爭)했다. 혼야왕이 도착했을 때, 상인들 중에 [법에 연루되어] 사형에 처해져야 할 자가 5백 명이었는데, 이때도 간쟁하면서 "중국을 피폐하게 해가면서 이적을 섬기고, 잎을 보호하고자 가지를 상하게 하는 일"이라고 말했으니, 이 말을 그 누가 바꿀 수 있겠는가? 공손홍(公孫弘)의 무리를 가리켜 속에 거짓을 품고 있으며 지혜로운 척 꾸밈으로써 임금에게 아부하여 환심을 산다고 하였다. 장탕(張湯)을 가리켜 각박한 법령과 교묘한 속임수로 사람을 죄에 몰아넣음으로써 진실로 돌아오지 못하게 만들었을 뿐더러, 이기는 것을 공으로 여긴다고 말했다. 회남왕(淮南王)이 모반했을 때, 공손홍 등을 설득시키기는 덮여 있는 것을 젖히고 떨어지려는 것을 흔드는 것만큼 쉽지만, 급암은 직간하기를 좋아하고 절개를 지키고 의를 위해 죽는 자라 옳지 않은 것으로 유혹하기가 어렵다고 말하면서, 끝내 감행하지 못했다. 급암 같은 자라면 비록 배우지 못했다 하더라도 나는 기어이 배움이 있다고 말하겠다.

비록 그러하나 장탕이 율령을 개정한 일이야 꾸짖을 수 있다손, 꼭 고황제의 규약을 [어지러이 바꾸었다고] 말해야 했단 말인가? 무제가 사이(四夷)를 섬긴 일은 그릇된 것이거늘, 꼭 호인들과 화친하라고 말해야 했단 말인가? 이 모두가 황로학(黃老學)을 배워 생겨난 오류이다. 배움이 끊기고 도가 사라지자 노장의 학설이 한나라에 성행하였다. 급암은 불행히도 그 시대에 태어나 노장에 빠져있었다. 그렇지만 노장을 배운 사람이 아무리 많다고 해도 급암 정도의 자질이라면 노장 따위에 빠져들지 않을 수 있었을 터이거늘, 안타깝구나! 제대로 된 때를 만나지 못하였도다. "밥을 마구 퍼먹고 국물을 줄줄 들이키면서 이로 끊어 먹을 것이 없느냐고 묻는다면, 이를 일러 힘쓸 바를 알지 못한다고 한다."[2] 말단이로다!

무제가 바랐던 것은 급암을 이기는 것이었다. 무제는 태자로 있을 적부터 본래 급암의 준엄함을 꺼려해 왔다. 제위에 오른 지 한참 뒤에 대장군 위청(衛靑)이 시중을 들 때면, 무제는 아무렇게나 걸터앉아 곁눈질로 그를 쳐다보곤 했다. 승상 공손홍이 평소 알현할 적에 무제는 간혹 관을 쓰지 않기도 했다. 그러나 급암은 알현하러 왔다가 [무제가] 관을 쓰고 있지 않으면 알현하지 않았다. 한번은 무제가 무장(武帳)[3]에 관을 쓰지 않은 채 앉아 있는데, 급암이 상주할 내용이 있어 찾아왔다. 이에 무제는 휘장 뒤로 숨으며 사람을 보내 그 내용을 [대신] 승인하게 하였다. 장조(莊助)가 급암을 대신해 휴가를 청하며 급암의 훌륭한 점에 관해 논하자 무제도 수긍하면서, "옛날 사직의 신이 있다하더니 급암 정도면 비슷했을 것이다."라고 말했다. 중대부(中大夫)가 되어서도 잦은 간언으로 [내직에] 오래 머물러있지 못하고 동해 태수(東海太守)로 좌천되었는데, 이에 동해가 크게 다스려지자 무제는 이 소식을 듣고 그를 불러들여 구경(九卿)의 반열에 올려놓았다. 장탕이 패망한 후에 무제는 급암이 이식에게 했던 말을 듣고 이식의 죄를 물은 뒤 급암을 제후의 재상급으로 삼아 회양에 머물게 했

---

2) 『孟子』「盡心上」에 나오는 말이다. 『禮記』「曲禮」에 나오는 식사 예절의 내용을 인용하여 '예를 먼저 갖출 줄은 모른 채 무례하게 식사하면서 삶은 고기까지 찾는다.'는 뜻으로 위정자들이 급선무가 무엇인지를 모르고 잇속 챙길 궁리나 함을 꼬집어 한 말이다.

3) 무기를 비치한 휘장으로 제왕 혹은 대신이 사용할 수 있다.

다. 급암이 죽은 뒤 그의 아우는 구경의 관직을 받았고, 아들은 제후의 재상이 되었다. 무제가 스스로를 억누르지 못하고 급암의 직간을 달가워하지 않은 것은 당연한 일이다. 그러나 마음의 영명함은 감출 수 없었으니, 그가 급암을 알아본 것 자체로도 어쩌면 한 마리 개가 짖자 따라 짖었던 후세 사람들보다 나았던 것인지 모른다. 후에 자신의 그릇됨을 밀어붙여 이기기를 바랐을 때, 마음의 영명함은 거의 사라지고 없었으니, 이것이 곧 맹자께서 "결국에 모두 잃을 따름이다."[4]라고 말씀하신 것이다. 시대를 잘못 만난 것을 어찌 크게 안타까워하지 않을 수 있는가? 잘못을 하고도 이기기를 바라는 것을 어찌 크게 두려워하지 않을 수 있겠는가?

汲黯進積薪之言, 武帝爲之默然, 是必有所中矣. 已而曰: "人果不可以無學, 觀黯之言也, 日益甚." 人將求勝乎人以自信, 何患無辭. 謂黯無學未必不可, 武帝亦安取學而議人哉?

太史氏推原其故, 謂"黯褊心不能無少望", 果足以知黯之心乎? 始遷榮陽令, 病歸田里. 後拜淮陽太守, 伏謝不受印. 及召見, 則曰: "臣願爲中郎, 出入禁闥, 補過拾遺." 卒不得請, 過李息曰: "黯棄居郡, 不得與朝廷議." 勉息早言張湯. 後之人誰實爲知黯者, 必信褊心之言, 此與兒童之見何異.

使視東越相攻, 不至而還, 曰: "不足以辱天子之使." 使視河內失火, 曰: "家人失火, 比屋延燒, 不足憂. 河南貧民傷水旱, 便宜持節發粟以

4) 『孟子』「告子上」에 나오는 말이다. "옛날 사람은 천작을 닦으면 인작이 따라왔다. 지금 사람은 천작을 닦으며 인작을 원한다. 그러나 인작을 얻고 나면 천작을 버리니, 참으로 어리석도다. 결국엔 모두 잃을 따름이다.(古之人修其天爵, 而人爵從之. 今之人修其天爵, 以要人爵. 旣得人爵, 而棄其天爵, 則惑之甚者也. 終亦必亡而已矣.)"

賑之, 請歸節, 伏矯制之罪." 天子招文學儒者, 告廷臣以所欲爲, 則對曰: "陛下內多欲而外施仁義, 奈何欲效唐虞之治乎?" 上默然怒, 變色而罷朝. 羣臣或數黯, 黯曰: "天子置公卿輔弼之臣, 寧令從諛承意, 陷主於不義乎? 且已在其位, 縱愛身, 奈辱朝廷何?" 渾邪降漢, 漢發車二千乘, 從民貰馬, 民匿馬, 馬不具, 欲斬長安令, 則爭之. 渾邪至, 賈人與市者坐當死五百人, 則爭之. "弊中國以事夷狄, 庇其葉而傷其枝"之言, 誰能易之? 謂公孫弘徒懷詐飾智, 以阿人主取容. 謂張湯深文巧詆, 陷人於罪, 使不得反其眞, 以勝爲功. 淮南謀反, 說公孫弘等如發蒙振落耳, 獨憚黯好直諫, 守節死義, 難惑以非, 卒以不敢. 若黯者雖曰未學, 吾必謂之學矣.

雖然, 張湯更定律令, 可斥也, 何必曰高皇帝約束爲哉? 武帝之事四夷, 非也, 何必曰與胡和親爲哉? 此等皆黃老言誤之也. 學絕道喪, 老氏之說盛行於漢, 黯不幸生乎其時, 亦沒於是. 雖然, 學老氏者多矣, 如黯之質, 固自有老氏所不能沒者, 惜哉! 其生弗逢時也. 放飯流歠, 而問無齒決, 是之謂不知務. 末哉!

武帝之所以求勝於黯者乎! 帝自爲太子時, 固已憚其嚴矣. 卽位既久, 大將軍青侍中, 帝踞廁而視之, 丞相弘燕見, 或時不冠, 至黯見, 不冠不見也. 嘗坐武帳不冠, 黯奏事, 避而使人可之. 莊助爲黯請告, 論黯之長, 帝然之, 且曰: "古有社稷臣, 黯近之矣." 爲中大夫, 固以切諫不得久留, 出守東海, 大治, 帝聞而召之, 列於九卿. 湯敗, 帝聞黯與息言, 則抵息罪, 令以諸侯相秩居淮陽. 其卒也, 官其弟至九卿, 官其子至諸侯相. 武帝之不能自克, 不樂於黯之切直, 固也, 然其心之靈不能掩沒, 有以知黯者未必不愈於後世吠聲之人也? 及其遂非而求勝, 則是心之靈或幾乎熄矣, 此孟子所謂"終亦必亡而已"者也. 然則生弗逢時者, 豈不大可惜? 過而求勝者, 豈不大可畏哉?

장석지가 이르기를, 지금 법이 이러하다
張釋之謂今法如是

장 정위(張廷尉)가 위교(渭橋) 아래서 [튀어나와] 어가 끄는 말을 놀라게 한 자를 벌금형에 처하자 문제(文帝)가 노하였다. 이 때 장 정위가 더 중한 벌을 내려서는 안 된다고 말한 것은 옳은 처사였다. 하지만 "법이란 천자와 천하가 함께 지키는 것입니다. 지금 법이 이러 한데 더 중하게 하였다간 그 법이 백성에게 믿음을 얻지 못할 것입니다. 게다가 그가 튀어나왔을 때 그 즉시 죽였다면 모를까, 지금은 이미 정위에게 넘겼습니다. 정위란 천하를 공평하게 다스리는 자입니다. 정 위가 한번 법을 기울게 처리하면 천하의 모든 법이 그로 인해 가벼워 지기도 하고 무거워지기도 할 것입니다."⁵⁾라고 말한 것은 옳지 않다.

정위가 천하를 공평하게 다스리는 자인 것은 맞지만, 천자라고 해 서 공평하게 다스리는 자가 아니란 말인가? 법이 본래 천하가 함께 지켜야 하는 것이라면, 법에 온당치 않은 바가 있을 경우 정위라는 자가 천자에게 청하여 고치지 않고서 그저 '지금 법이 이러하다.'고만 말하다니, 그래도 된단 말인가? 「우서(虞書)」에서는 "과실을 너그럽 게 하여 크게 벌하지 않는다."⁶⁾고 말하였고, 「주서(周書)」에서는 "큰 죄를 짓더라도 끝까지 그렇게 하지 않는다면 이는 바로 모르고 지은 죄이거나 재앙으로 마침 이와 같이 된 것이니, 이미 그 죄를 말하기

---

5) 이 내용은 『史記』 권102 「張釋之傳」에 보인다.
6) 『尙書』「大禹謨」에 나오는 말이다.

를 다하였거든 이에 죽이지 말아야 한다."[7]고 말하였다. 고을 사람이 천자의 행차에 벽제(辟除)[8]하는 소리를 듣고 다리 아래 한참 숨어 있다가, 이제 어가가 지나갔으려니 싶어 밖으로 나오다 그만 말을 놀라게 하는 지경에 이르렀다. 만약 천자가 다치는 일이 벌어졌다 하더라도 이는 이른바 "큰 죄를 짓더라도 끝까지 그렇게 하지 않는다면 이는 바로 모르고 지은 죄이거나 재앙으로 마침 이와 같이 된 것이니" 죽여서는 안 된다. 장석지는 이러한 의리를 미루어 밝힘으로써 문제의 미혹됨을 없애주지 못하고서, 한갓 '법이 이러하다.'고만 말했을 뿐이다. 이로 인해 후세에 법을 마음대로 하는 폐단이 생겨났으며, 삼대(三代)의 정형(政刑)은 이때부터 사라지고 말았다.

張廷尉當渭橋下驚乘輿馬者以罰金, 文帝怒, 張廷尉爭以爲不可更重, 是也. 然謂"法者, 天子所與天下公共也, 今法如是, 而更重之, 是法不信於民也. 方其時, 上使立誅之則已. 今旣下廷尉, 廷尉, 天下平也, 一傾, 天下用法皆爲輕重", 則非也.

廷尉固天下平也, 天子獨可不平乎? 法固所與天下公共也, 苟法有不當, 爲廷尉者, 豈可不請之天子而修之, 而獨曰'今法如是', 可乎? 「虞書」曰: "宥過無大." 「周書」曰: "乃有大罪, 非終, 乃爲眚災, 適爾, 旣道極厥辜, 時乃不可殺." 縣人聞蹕匿橋下久, 謂乘輿已過而出, 至於驚馬, 假令有敗傷, 亦所謂'有大罪非終, 乃爲眚災適爾', 是固不可殺. 釋之不能推明此義, 以袪文帝之惑, 乃徒曰'法如是'. 此後世所以有任法之弊, 而三代政刑所從而亡也.

---

7) 『尙書』「康誥」에 나오는 말이다.
8) '辟除'란 예전에, 지위가 높은 사람이 행차할 때, 벼슬아치의 집에서 사사로이 부리는 하인이 일반 사람들의 통행을 금하는 일을 이르던 말이다.

잡설
雜說

우뚝 선 황극(皇極)과 이륜(彝倫)의 질서는 어기면 그릇된 행실이 되기에 자고이래로 바꿀 수 없다. 이 극(極)와 이 이(彝)는 사람의 마음에 뿌리 내리고 있고 천지를 가득 메우고 있다. 그 집에 거하며 훌륭한 말을 하면 천 리 밖에서도 응할 것이요, 훌륭하지 못한 말을 하면 천 리 밖에서도 거스를 것이다. 스스로 초래한 옳고 그름의 결과를 가히 속일 수 있겠는가!

비록 그러하나 묘민(苗民)이 선함을 쓰지 못한 것은[9] 요임금 때부터 그러했다. 순임금이 [요임금이] 그만두신 임금 자리를 이어받았을 때에도[10] 마음을 바로 잡지 못하자 삼위(三危)로 쫓아냈다.[11] 다시 수십 년 뒤에 우임금이 천명을 받았을 때에는 군사를 이끌고 정벌에 나서기도 하였다.[12] 요순 같은 성인이 연달아 천하를 다스렸으니 가

---

9) 『尙書』「呂刑」에 나오는 말이다. "묘민이 선함을 쓰지 못하고 형벌로써 제압하니, 다섯 가지 사나운 형벌을 만들어 법이라 하였다.(苗民弗用靈, 制以刑. 惟作五虐之刑曰法.)"

10) 『尙書』「舜典」에 "[순 임금이] 첫째 달 첫날에 [요 임금이] 그만두신 임금 자리를 종묘에서 받았다.(正月上日, 受終于文祖.)"는 구절이 나온다.

11) 『尙書』「舜典」에 "공공을 유주로 유배 보내고, 환두를 숭산으로 추방했으며, 삼묘를 삼위로 쫓아내고, 곤을 우산에서 죽을 때까지 있게 하였다.(流共工于幽洲, 放驩兜于崇山, 竄三苗于三危, 殛鯀于羽山.)"라는 내용이 보인다.

12) 『尙書』「大禹謨」에 "순이 말했다. 아, 우여. 오직 이때에 유묘가 다스려지지 않으니, 그대가 가서 정벌하라. 우가 이에 여러 제후들을 모아놓고 군사들에게 경계하기를, 늠름한 무리들이여! 모두가 짐의 명령을 들어라. 무지한 유묘가

히 성대하다 이를 만하였고, 소소(簫韶)를 아홉 번 연주하자 봉황이 내려와 춤을 추기도 하였지만13) 무지한 묘인들은 여전히 무례하고 오만하게 굴었다. 방패와 깃을 들고 70일 동안 춤을 춘 뒤에는 그렇다 치고,14) 공손치 못하게 굴며 스스로 어질다 여기던 때를 논하자면 [훌륭한 말을 하면 천 리 밖에서도] 응하고 [훌륭하지 못한 말을 하면 천 리에서도] 거스른다는 도리를 입증할 길 없을 것이다. 주나라는 후직(后稷) 때부터 인덕을 쌓고 닦아왔으니, 그 유래가 오래라 할 수 있다. 그러나 무왕이 태왕(太王)와 왕계(王季)15), 그리고 문왕(文王)의 뒤를 이어 천하를 다스렸음에도 완악한 상(商)나라 유민들은 세 세대가 지나도록 교화되지 않았다. 하늘이 사람에게 부여한 바가 여기에만 유독 빠져있었던 것일까? 당우 시절에는 묘족들이 완악하게 굴었고, 성주(成周) 시절에는 상의 유민들이 완악하게 굴었으니, 이는 저들이 부족한 탓이었다고 핑계 댈 만하다. 향원(鄕原)은 공자께서 싫어하셨지만 사람들 모두 좋아했으며, 양주(楊朱)와 묵적(墨翟)은 맹자께서 배척하셨지만 논자들은 그들에게 쏠렸다. 부자께서 오랫동안

혼미하고 공손치 못하여, 무례하고 오만하게 굴며 스스로 어질다 여기고 있다. 또 도를 어기고 덕을 무너뜨려 군자는 들판에 있고 소인은 벼슬자리에 있다. 백성들을 버리고 보호하지 아니하여 하늘이 재앙을 내리시었다.(帝曰, 咨禹, 惟時有苗弗率, 汝徂征. 禹乃會羣后, 誓于師曰, 濟濟有衆, 咸聽朕命. 蠢玆有苗, 昏迷不恭, 侮慢自賢, 反道敗德, 君子在野, 小人在位, 民棄不保, 天降之咎.)"라는 내용이 보인다.

13) 『尙書』「大禹謨」에 나오는 말이다.

14) 『尙書』「大禹謨」에 "[순 임금이] 방패와 깃을 들고 두 섬돌 사이에서 춤을 추었는데, 그런지 70일 만에 완악한 묘인이 감복하였다(舞干羽于兩階, 七旬有苗格.)"라는 내용이 보인다. 干羽는 옛날에 방패를 들고 추던 武舞와 깃을 들고 추던 文舞의 합칭이다.

15) 周 太王의 작은 아들이자 文王의 아버지이다.

제자들을 받아들였지만 오직 안연(顔淵)만이 배우기를 좋아하였다. 그 후 부자의 도에 의심을 갖지 않은 자는 오직 증자(曾子) 뿐이었지만, 부자께서 돌아가신 후에 자하(子夏)·자유(子游)·자장(子張)은 증자에게 유약(有若)을 섬길 것을 강요하였다.[16] 부자에서부터 [자신의 도로써] 제자들을 깨우치지 못하였고, 증자 또한 벗들을 깨우치지 못하였으니, 도만 홀로 외로이 남게 된 것이다. 오호라! 시비의 판단은 현명한 자에게 달려있지 어리석은 자에게 달려있지 않으며, 수의 많고 적음으로 판단할 수 있는 문제가 아니로다. 묘민은 다스려지지 않았고 상의 유민은 교화되지 않았으며, 향원은 그 잘못을 알지 못하였고, 양주와 묵적은 유가에 귀의하지 않았다. 자하와 자유와 자장은 극기복례를 실천하지 못하였다. 이 같은 사사로운 학설과 치우친 논의야 이루 다 셀 수 있겠는가! 지극한 이치로써 헤아려볼 때, 이들은 이른바 훌륭하지 못한 자들이다. 이른바 현명하지 못한 자들이다. 행동을 그르친 자들이다. 묘민이 다스려지고, 상의 유민이 교화되고, 향원이 그 잘못을 알고, 양주와 묵적이 유가에 귀의하고, 자장과 자유와 자장이 하루라도 극기복례할 수 있었다면 시비의 판단은 명백해졌을 것이다. 이 이치[理]는 천하에 빈 틈 없이 가득 차있다. 하지만 먼저 안 사람과 먼저 깨친 사람이 열어주고 이끌어주지 않는다면 끝내 어두움에서 벗어나지 못한다. 따라서 오직 지극히 밝아진 연후라야 이치를 말할 수 있다. 배움이 아직 밝음에 이르지 않았는데 억측으로 천하의 시비를 판단하려 든다면, 이는 거의 자신의 역량을 알지 못하는 것이나 마찬가지이다. 순전히 선(善)하기만 하거나 순전히 불선

---

16) 『孟子』「公孫丑上」에 공자 사후에 子夏·子張·子遊 3인이 有若을 스승으로 모시려고 하자 曾子가 강력하게 반대했다는 내용이 보인다.

(不善)하기만 하다면야 누구나 보아 알 수 있을 것이다. 하지만 사람이란 지극한 성인도 지극한 우인(愚人)도 아닌 경우가 많고, 때란 지극한 형통함[泰]도 지극한 막힘[否]17)도 아닌 경우가 많아서 여러 가지가 뒤섞여 있게 마련이다. 기왕에 여러 가지가 뒤섞여 있으니, 대소·본말·경중·다과(多寡)·표리·감춤과 드러남[隱顯]·시작과 끝[始卒]·오래됨과 가까움[久近]·어려움과 쉬움[劇易]·행과 불행[幸不幸]의 변화를 지극히 밝은 자가 아니고서 어떻게 판별할 수 있겠는가? 지금 한 가지 선이 있는데, 지극히 크고 지극히 무겁다면 마땅히 본받고 마땅히 존숭하여야 한다. 다만 거기에 불선이 섞여 있는 탓에 선을 이루지 못하고 일을 구제하지 못할 뿐이거늘, 세상 사람들은 이를 판별하지 못하고 도리어 그릇되다 여기고 징계해야 한다 여기니, 크게 탄식하지 않을 수 있겠는가?

皇極之建, 彝倫之敍, 反是則非, 終古不易. 是極是彝, 根乎人心, 而塞乎天地. 居其室, 出其言善, 則千里之外應之, 出其言不善, 則千里之外違之. 是非之致, 其可誣哉!

雖然, 苗民之弗用靈, 當堯之時則然矣. 逮舜受終, 而未有格心, 乃竄之於三危. 又數十載, 而禹始受命, 爰有徂征之師. 夫以堯·舜之聖,

---

17) 『周易』의 「否卦」와 「泰卦」에서 否極泰來라는 말이 나왔다. 「비괘」는 임금을 상징하는 「乾」이 위에서 누르고 신하를 뜻하는 「坤」이 아래에 놓여 '천지가 만나지 못해 만물이 형통하지 못하며, 상하가 만나지 못해 천하에 나라가 없는(天地不交而萬物不通也, 上下不交而天下無邦也)' 상태다. 「태괘」는 이와 반대로 임금을 상징하는 「乾」이 아래에 있고, 땅을 나타내는 「坤」이 위에 있는 괘상이다. 임금의 도가 바탕에서 시행되고 신하의 도가 위로 전해지는 태평시대의 형상이다. 따라서 否極泰來란 불행과 혼란이 극에 달하면 다시 태평성세가 돌아옴을 말한다.

相繼而臨天下, 可謂盛矣. 簫韶九成, 鳳凰來儀, 而蠢玆有苗, 侮慢自若. 不要諸舞干七旬之後, 而論於其不恭自賢之日, 則違應之理, 殆無證於此矣. 周自后稷積仁修德, 其來遠矣, 武王纘太王王季文王之緒以有天下, 而商之頑民, 乃至三世而弗化. 天之所以與人者, 豈獨缺於是乎? 苗頑之於唐·虞, 商頑之於成周, 可諉曰寡. 鄉原, 夫子所惡也, 而人皆悅之. 楊·黑, 孟子所闢也, 而言者歸之. 夫子受徒久矣, 而顏淵獨爲好學. 其後無疑於夫子之道者, 僅有曾子. 夫子沒, 而子夏·子游·子張乃欲强之以事有若. 自夫子不能喩之於其徒, 曾子不能喩之於其友, 則道之所存亦孤矣. 嗚呼! 是非之決, 于其明, 不于其暗, 衆寡非所決也. 苗民之未格, 商民之未化, 鄉原之未知其非, 楊·黑之未歸於儒, 子夏·子游·子張之徒未能克己而復禮, 彼其私說詖論可勝聽哉! 揆之至理, 則是所謂不善者也, 是所謂不明者也, 是其所以爲非者也. 苗民之格, 商民之化, 鄉原而知其非, 楊·墨而歸於儒, 子夏·子游·子張之徒一日克己而復禮, 則是非之辨判然明矣. 是理之在天下無間然也. 然非先知先覺爲之開導, 則人固未免於暗. 故惟至明而後可以言理, 學未至於明而臆決天下之是非, 多見其不知量也. 純乎其善, 純乎其不善, 夫人而能知之也. 人非至聖至愚, 時非至泰至否, 固有所不純. 有所不純, 則其大小·本末·輕重·多寡·表裏·隱顯·始卒·久近·劇易·幸不幸之變, 非至明誰能辨之? 有善於此, 至大至重, 宜在所師, 宜在所尊, 而以其有不善焉, 而其善不遂, 其事不濟, 擧世莫辨, 而反以爲非, 反以爲懲, 豈不甚可歎哉?

　사려의 옳고 옳지 못함은 한 순간에 달려 있다. 사려가 옳지 못하다 해도 한 순간 이를 알아차리면 옳음을 얻을 수 있고, 사려가 옳았다 해도 한 순간 실수하면 옳음을 잃을 수 있으니, 모두가 마음에 달린 것이다. 『상서』에서 이르기를, "성인도 망념을 가지면 광인이 되

고, 광인도 망념을 이기면 성인이 된다."18)고 하였다. 그러나 사념의
잘못 중에는 형적에 드러나 지적할 수 있는 것이 있고, 형적에 드러
나지 않아 지적할 수 없는 것이 있다. 지금 누군가에게 남을 업신여
기고 깔보는 마음이 있어 업신여기고 깔보는 태도, 업신여기고 깔보
는 얼굴, 업신여기고 깔보는 말을 한다면, 이러한 것들은 형적으로
드러나므로 지적할 수 있다. 하지만 또 다른 사람의 경우, 남을 업신
여기고 깔보는 마음을 가지고 있다 하여도 공경스러운 체 위장하고,
태도나 얼굴이나 말이나 마치 정중한 듯이 하면 형적으로 드러나지
않기 때문에 지적할 수 없다. '두터운 외모 속에 감정을 깊이 감추고
있다.'19) '얼굴빛은 위엄 있지만 안으로 마음은 유약하다.'20)는 것이

---

18) 『尚書』「多方」에 나오는 말이다.
19) 『莊子』「列禦寇」에서 공자가 한 말을 인용한 부분이다. "공자께서 말씀하셨다.
사람의 마음이란 산이나 내보다 험하고 하늘을 알기보다 어렵다. 자연에는 봄,
가을과 겨울, 여름 및 아침, 저녁의 일정한 시간의 변화가 있다. 하지만 사람은
두터운 외모 속에 감정을 깊이 감추고 있다.(孔子曰: 凡人心險於山川, 難於
知天. 川猶有春秋冬夏旦暮之期, 人者厚貌深情.)" 공자는 이 말을 한 뒤 사
람을 살피는 아홉 가지 항목을 열거하는데, 그 방법은 "군자는 멀리 놓고 부리
면서 충성됨을 살피고, 가까이 놓고 부리면서 공경함을 살핀다. 번거로운 일을
시켜 능력을 살피고, 갑자기 질문함으로써 지혜를 살핀다. 급작스럽게 약속을
함으로써 신용을 살피고, 재물을 맡겨봄으로써 어짊을 살핀다. 위태로움을 애
기해줌으로써 절의를 살피고, 술로 취하게 함으로써 그의 법도를 살핀다. 남녀
가 섞여 지내게 함으로써 호색함의 정도를 살핀다. 이 아홉 가지 시험을 다
마치면 못난 자를 가려낼 수 있다.(故君子遠使之而觀其忠, 近使之而觀其敬,
煩使之而觀其能, 卒然問焉而觀其知, 急與之期而觀其信, 委之以財而觀其
仁, 告之以危而觀其節, 醉之以酒而觀其則, 雜之以處而觀其色. 九徵至, 不
肖人得矣.)"이다.
20) 『論語』「陽貨」에 "얼굴빛을 위엄 있게 하지만 안으로 마음을 유약하게 하는 것
은 저 소인에게 비유하자면 구멍을 뚫고 담을 넘는 도둑과 같다.(色厲而內荏,
譬諸小人, 其猶穿窬之盜也與.)"는 말이 나온다.

바로 이를 두고 한 말이다. 형적으로 나타나 지적할 수 있는 것은 얕은 것이고, 형적에 드러나지 않아 지적할 수 없는 것은 깊은 것이다. 만약 형적만으로 사람을 보고자 한다면 사람을 알기에 부족하고, 형적만 가지고 사람을 바로잡으려 한다면 사람을 구제하기에 부족하다. 사려가 바르지 않은 것만 형적에 드러나고 드러나지 않고 하는 것이 아니라, 사려가 바른 것이라 하여도 드러나고 드러나지 않는 바가 있다. 또 형적을 통해서는 살필 수 없는 사리의 변화라는 것이 있고, 선과 불선이 뒤섞여 나타나는 것도 있다. 예컨대 비간(比干)의 충심은 능히 볼 수 있지만, 기자(箕子)가 미친 척 한 것이나 미자(微子)가 주나라로 간 것 역시 불충이라고는 말할 수 없다. 증자의 효심은 능히 볼 수 있지만, 순임금이 아비에게 고하지 않고 아내를 맞이한 것 역시 불효라고는 말할 수 없다. 이것이 바로 형적을 통해서는 살필 수 없는 사리의 변화이다. 광장(匡章)이 아비에게 득죄한 이유는 선한 행실을 요구하였기 때문이니, 이는 선과 불선이 뒤섞여 나온 경우이다. 온 나라가 다 그를 불효자라 일컬었지만 이런 것으로 광장을 제대로 볼 수는 없다. 맹자는 그의 선한 부분과 불선한 부분을 분명히 볼 수 있었기 때문에 그와 교유하면서 예의로써 대해주었던 것이다.[21] 보통 사람들은 이러한 것을 알지 못하므로 더불어 논할 만하지

---

21) 匡章의 이야기는 『孟子』「離婁下」에 나온다. "공도자가 물었다. '광장은 온 나라 사람들이 모두 불효라 일컫는 자인데, 부자께서는 그와 교유하시고 또 예의로써 대해주시니, 그 까닭이 무엇입니까?' 맹자께서 말씀하셨다. 세속에서 이른바 불효란 다섯 가지이다. 게으르고 나태하여 부모를 봉양하지 못하는 것이 첫째이고, 장기와 바둑과 음주 등에 탐닉하여 부모를 봉양치 않는 것이 두 번째이고, 재물을 탐하여 처와 자식에게만 돈을 쓰는 것이 세 번째이고, 정당하지 못한 것을 듣고 보기를 즐겨 부모를 욕되게 하는 것이 네 번째이고, 무용을 좋아하고 폭력을 마구 휘둘러 부모를 위태롭게 하는 것이 다섯 번째이다. 광장

못하다. 세상에서 현자끼리 만나고도 서로를 알아주지 못하는 일이 있는 것은 바로 이러한 이유 때문이다. 노천(老泉: 蘇洵)이 왕임천(王臨川: 王安石)을 대한 것[22]이나, 동파(東坡: 蘇軾)가 이천 선생(伊川先生)을 대한 것[23]이 모두 이러한 사례이다.

念慮之正不正, 在頃刻之間. 念慮之不正者, 頃刻而知之, 卽可以正. 念慮之正者, 頃刻而失之, 卽是不正. 此事皆在其心. 『書』曰: "惟聖罔念作狂, 惟狂克念作聖." 然心念之過, 有可以形迹指者, 有不可以形迹指者. 今人有慢侮人之心, 則有慢侮之容, 慢侮之色, 慢侮之言, 此可以形迹指者也. 又有慢侮人之心, 而僞爲恭敬, 容色言語反若莊重, 此則不可以形迹指者也. '深情厚貌', '色厲而內荏'者, 是也. 可以形迹指

에게 한 가지라고 있던가? 광장은 아버지와 아들이 서로에게 善을 요구하다가 아버지에게 쫓겨나 효를 다할 수 없게 된 것뿐이다.(公都子曰, '匡章, 通國皆稱不孝焉, 夫子與之遊, 又從而禮貌之, 敢問何也?' 孟子曰, '世俗所謂不孝者五, 惰其四肢, 不顧父母之養, 一不孝也. 博奕好飮酒, 不顧父母之養, 二不孝也. 好貨財, 私妻子, 不顧父母之養, 三不孝也. 從耳目之欲, 以爲父母戮, 四不孝也. 好勇鬪狠, 以危父母, 五不孝也. 章子有一於是乎? 夫章子, 子父責善而不相遇.)"

22) 老泉은 북송 사람 蘇洵(1009~1066)을 말하고 王臨川은 王安石이다. 蘇軾 형제의 아버지인 소순은 정치석으로 왕안석과 맞지 않았는데, 일찍이「辨姦論」을 지어 왕안석의 표리부동하고 음험한 행위를 지적하여 "대체로 얼굴에 때가 끼면 씻으려 하고, 옷이 더러우면 빨아 입고자 하는 것이 인지상정이다. 그런데 지금은 그렇지 않아, 지금 죄수처럼 머리도 빗지 않고 상중에 있는 사람처럼 얼굴도 씻지 않은 채 시서를 말하고 있으니, 이것이 어찌 그의 마음이겠는가?(夫面垢不忘洗, 衣垢不忘浣, 此人之至情也. 今也不然, 衣臣虜之衣, 食犬彘之食, 囚首喪面, 而談詩書, 此豈其情也哉!)"라고 말한 바 있다.

23) 蘇東坡는 蘇軾(1036~1101)이고 伊川은 북송의 理學家 程頤(1033~1107)이다. 司馬光의 장례 의식을 程頤가 집행하였는데, 지나치게 『논어』 및 古禮에 집착하자 소식이 그를 조롱하며 비난한 바 있다.

者, 其淺者也. 不可以形迹指者, 其深者也. 必以形迹觀人, 則不足以知人. 必以形迹繩人, 則不足以救人. 非惟念慮之不正者, 有著於形迹, 有不著於形迹, 雖念慮之正者, 亦有著有不著, 亦有事理之變而不可以形迹觀者, 亦有善不善雜出者. 如比干之忠則可見, 如箕子佯狂, 微子適周, 不可謂之不忠. 如曾子之孝則可見, 如舜不告而娶, 不可謂之不孝. 此是事理之變, 而不可以形迹觀者. 如匡章之得罪於其父, 乃在於責善, 此是善不善雜出者. 通國皆稱不孝, 則便見匡章不得. 孟子乃見得他善不善處分明, 故與之遊, 又從而禮貌之. 常人不能知此等處, 又未足論. 世固有兩賢相値而不相知者, 亦是此處, 如老泉之於王臨川, 東坡之於伊川先生, 是也.

요·순·문왕·공자 네 성인은 성인 중에서도 성대한 분들이다. 「요전」과 「순전」 두 「전(典)」에서 요·순을 형용한 것과, 『시경』과 『상서』에서 문왕을 형용한 것과, 『논어』와 『중용』에서 공자를 형용한 것을 보면 그 내용이 각각 다르다. 성인이 같은 시대에 태어나 같은 곳에서 배우고 같은 조정에 등용되었다 하더라도, 타고난 기질과 덕성 및 그들의 조예와 수양이 어찌 다 똑같을 수 있겠는가? 하지만 같은 것인즉 우·익(益)·탕(湯)·무(武) 또한 똑같았다. 부자의 제자들 가운데 오직 안연과 증자만이 [부자의 도를] 전수받았는데, 안연처럼 어진 자도 부자께서는 "그가 멈추는 것을 보지 못하였다."[24]고 하셨고 맹자께서는 "내용은 대체로 갖추고 있지만 구체적인 부분이 미약하다."[25]고 평했다. 증자는 더더욱 안연을 감히 쳐다보지 못한다. 하지만 안연과 증자의 도는 본디 성인의 도와 다르지 않다. 안연과 증

24) 『論語』「子罕」에서 顔淵의 호학을 칭찬하며 공자가 한 말이다.
25) 『孟子』「公孫丑上」에서 맹자가 안연을 평가하며 한 말이다.

자만이 성인과 같을 뿐 아니라 다른 제자들도 역시 본디 성인과 다르지 않다. 당시 문하제자들 뿐만 아니라 후세의 현자들 또한 성인과 다르지 않다. 현명한 사대부만 성인과 같은 것이 아니라 밭에서 농사 짓는 사람일지라도 양심이 사라지지 않아 어버이를 모시고 윗사람을 따르며, 사물에 응하고 접대하는 사이에 이를 발견할 수만 있다면, 이들 또한 성인과 다르지 않다. 같은 것을 가리켜 말해보자면 억지로 다른 부분이란 있을 수 없다. 그러나 도가 아무리 광대하고, 모든 것을 갖추고 있으며, 유구한 세월동안 끊임없이 존재하고 있다 하더라도, 사람이 얻는 도에는 많고 적음, 지속적인 것과 일시적인 것의 차이가 있다. 긴 것과 짧은 것이 교대해가며 이기고, 잃는 것과 얻는 것이 번갈아 찾아오기 때문에 크고 작고, 넓고 좁고, 얕고 깊고, 높고 낮고, 우월하고 저열하고의 구분이 생겨나며, 여러 부류와 등급이 나뉘게 된다.

堯 · 舜 · 文王 · 孔子四聖人, 聖之盛者也. 二典之形容堯 · 舜, 『詩』 · 『書』之形容文王, 『論語』 · 『中庸』之形容孔子, 辭各不同. 誠使聖人者, 並時而生, 同堂而學, 同朝而用, 其氣稟德性, 所造所養, 亦豈能盡同? 至其同者, 則禹 · 益 · 湯 · 武亦同也. 夫子之門, 惟顔 · 曾得其傳, 以顔子之賢, 夫子猶曰"未見其止." 孟子曰: "具體而微." 曾子則又不敢望顔子. 然顔 · 曾之道固與聖人同也. 非特顔 · 曾與聖人同, 雖其他門弟子亦固有與聖人同者. 不獨當時之門弟子, 雖後世之賢固有與聖人同者. 非獨士大夫之明有與聖人同者, 雖田畝之人, 良心之不泯, 發見於事親從兄, 應事接物之際, 亦固有與聖人同者. 指其同者而言之, 則不容强異. 然道之廣大悉備, 悠久不息, 而人之得於道者, 有多寡久暫之殊, 而長短之代勝, 得失之互居, 此大小廣狹淺深高卑優劣之所從分, 而流輩等級之所由辨也.

『상서(尙書)』의 『소(疏)』 중에 "하늘을 한 바퀴 돌면 365도(度) 4분도(分度)의 1이다."[26]는 말이 나온다. 천체는 탄환처럼 둥글며, 북쪽이 높고 남쪽이 낮다. 북극은 지상으로부터 36도 올라와 있고, 남극은 지하로부터 36도 들어가 있는데, 남극과 북극의 도수[27]는 직경 182도가 조금 넘는다. 천체는 높고 둥글다. 하늘의 중앙, 남극과 북극이 반으로 나뉘는 곳을 일러 적도라 하는데, 남북극으로부터 각 91도 되는 곳에 위치한다. 춘분에 해는 적도 위를 지나가, 이날부터 점차 북쪽으로 움직인다. 하지에는 적도에서 북으로 24도 되는 곳을 운행하는데, 북극으로부터는 67도, 남극으로부터는 115도 떨어진 곳이다. 하지 이후로 해는 점점 남쪽으로 갔다가 추분이 되면 다시 적도로 돌아와 춘분 때와 같은 위치에 이른다. 동지에는 적도 남쪽을 운행하는데, 남극으로부터 67도, 북극으로부터 115도 떨어진 곳이다. 해가 운행하는 길을 황도(黃道)라 부른다. 또 달이 운행하는 길도 있는데, 해와 가까운 곳에서 교차하며 지나간다. 반은 해가 다니는 길 안쪽에 있고, 반은 해가 다니는 길 바깥쪽에 있다. [해와 달이] 서로 교차하는 지점이 황도와 백도(白道)가 서로 만나는 곳인데, 북극과 남극으로부터는 멀리 떨어져 있으며, 황도와 백도 사이는 6도[28]를 이룬다. 이것이 일월이 운행하는 길의 대략이다.

---

26) 이 구절은 『尙書』 「堯典」의 "1년은 366일(朞三百有六旬六日)"의 해석에 보이는 말이다. "천체는 지극히 둥글다. 주위가 3백 65도 4分度의 1로서 땅을 둘러 왼편으로 돈다.(天體至圓, 周圍三百六十五度四分度之一, 繞地左旋.)"

27) 남극에서 북극 사이의 도수(남극과 북극이 이루는 각도)를 계산하면 182도가 약간 넘는다는 뜻인 듯이다.

28) 오늘날 황도와 백도의 교점을 대략 5.8도라고 보므로 이것은 대단히 정확한 수치인 셈이다.

『書疏』云: "周天三百六十五度四分度之一." 天體圓如彈丸, 北高南下, 北極出地上三十六度, 南極入地下三十六度, 南極去北極直徑一百八十二度强. 天體隆曲, 正當天之中央, 南北二極中等之處, 謂之赤道, 去南北極各九十一度. 春分日行赤道, 從此漸北. 夏至行赤道之北二十四度, 去北極六十七度, 去南極一百一十五度. 從夏至以後, 日漸南至. 秋分還行赤道與春分同. 冬至行赤道之南二十四度, 去南極六十七度, 去北極一百一十五度. 其日之行處, 謂之黃道. 又有月行之道, 與日相近, 交路而過, 半在日道之裏, 半在日道之表, 其當交則兩道相合, 去極遠處兩道相去六度, 此其月日行道之大畧也.

황도란 해가 운행하는 길이다. 동지면 두수(斗宿)에 이르는데 적도를 출발해 남으로 24도에 해당하는 곳이고, 하지면 정수(井宿)에 이르는데, 적도를 출발해 북으로 24도에 해당하는 곳이다. 추분에는 각수(角宿)에서, 춘분에는 규수(奎宿)에서 교차한다. 달에는 아홉 개의 궤도가 있는데, 황도를 출입함이 불과 6도에 지나지 않으며, 서로 교차하면 합쳐지니, 이를 일러 교식(交蝕)이라 한다. 교식이란 달의 궤도와 황도가 교차하는 것을 말한다.

黃道者, 日所行也. 冬至在斗, 出赤道南二十四度. 夏至在井, 出赤道北二十四度. 秋分交於角. 春分交於奎. 月有九道, 其出入黃道不過六度, 當交則合, 故曰交蝕. 交蝕者, 月道與黃道交也.

가려진 바가 없다면 반드시 막힘이란 없을 것이고, 가려진 바가 있다면 반드시 막히는 바가 있을 것이다. 학문이란 반드시 가려진 바가 없은 연후라야 가능하다.

苟無所蔽, 必無所窮. 苟有所蔽, 必有所窮. 學必無所蔽而後可.

배움에 사우(師友)를 가까이하지 않으면 『태현(太玄)』이 『주역』을 이길 수도 있다.[29]

學不親師友, 則『太玄』可使勝『易』.

도(道)를 위주로 하면 욕이 사라지므로 예(藝) 또한 발전할 수 있다. 하지만 예를 위주로 하면 욕이 타오르기 때문에 도도 사라지고 예 또한 발전하지 못한다.

主於道則欲消, 而藝亦可進. 主於藝則欲熾而道亡, 藝亦不進.

도로써 욕을 제어하면 즐겁되 질리지 않으나, 욕으로써 도를 망각하면 미혹되되 즐겁지 못하다.

以道制欲, 則樂而不厭, 以欲忘道, 則惑而不樂.

유지(有志)가 있고, 무지(無志)가 있고, 동지(同志)가 있고, 이지(異志)가 있다. 닭과 돼지를 보면 뜻을 구별할 수 있고, 묶인 원숭이나 갇힌 호랑이로 뜻을 논할 수 있다.[30] 정미한 것을 신중히 여기며

---

29) 한나라의 학자 揚雄은 '경전도 시대에 맞게 재편해야 한다.'는 應時變經의 방법으로 『주역』을 모방하여 『태현』을 짓고, 『논어』를 모방하여 『법언』을 지었으며, 『爾雅』를 모방하여 『方言』을 지었다. 또한 新 왕조에서 벼슬을 하는 등 지조를 지키지 못했기에 학문적 업적이나 인격 모두 종종 폄하되곤 하였다.

자잘한 것에 힘쓰지 않으면, 뜻이 커져 견고하고 강대해지니, 하물며 좋은 생각 따위를 중히 여기는 것이야 어떠하겠는가?

> 有有志, 有無志, 有同志, 有異志. 觀雞與鷇, 可以辨志, 繫猿檻虎, 可以論志. 謹微不務小, 志大堅强有力, 況重善思.

사방의 위와 아래를 일러 우(宇)라 하고, 옛날과 지금을 오가는 것을 주(宙)라 한다. 우주가 곧 내 마음[吾心]이요 내 마음이 곧 우주이다. 천 년 만 년 전에 성인이 나왔어도 이 마음과 이 이치는 같고, 천 년 만 년 후에 성인이 나와도 이 마음과 이 이치는 같다. 동서남북 바다에서 성인이 나와도 이 마음과 이 이치는 같다. 근세에 나온 상동설(尙同說)[31]은 매우 옳지 않다. 이치가 있는 곳에 어찌 다름이 있을 수 있겠는가? 옛날의 성현들은 도가 같고 뜻이 일치했으며, 모두 하나의 덕(德)이 있어 함께 일할 수 있었다. 다름이 생겨난 이유는 이치가 있는 곳을 다 같이 볼 수 없기 때문이니, 그러므로 부자와 같은 성인일지라도 "회(回)는 나를 돕는 자가 아니다."[32] "나를 깨우친 자

---

30) 육구연은 사람의 志를 마음에 본디 갖추어져 있는 것, 즉 자연적인 것으로 여겨 그것의 고유성을 설명하려 하면서, 사람의 志는 동물과의 비교를 통해 입증할 수 있다고 주장한 것이다.

31) 墨子의 학설을 말한다. 『墨子』「尙同」에 보면 하늘이 가장 어질고 성스럽고 지혜로운 자를 선택해 천자로 삼고, 三公과 제후로 삼았으며, 그 이하 左右將軍, 大夫, 鄕長 순으로 임명하였다고 하면서 사회 구성원들에게 아래로부터 위의 천자가 지닌 '義'와 같아질 것을 요구하였다.

32) 『論語』「先進」에 "회는 나를 돕는 자가 아니로다. 내 말에 기뻐하지 않는 바가 없구나.(回也, 非助我者也. 於吾言, 無所不說.)"라는 말이 나온다. 이에 대해 주희는 "나를 돕는다는 것은 '자하가 나를 일깨우는구나.'(八佾篇)와 같으니, 의심하여 묻는 것으로 인하여서 서로 도와 성장하게 함(敎學相長)이 있음이라.

는 상(商)이다.”[33]라고 말씀하셨고, 또 “나는 배우는 것에 싫증 내지
않는다.”[34]고 말씀하셨던 것이다. 순임금은 “내가 잘못하거든 그대가
보필하라.”[35]고 하였고 요임금을 칭송하며 “자기를 버리고 남을 따른
것은 오직 요임금만이 잘 해내셨다.”[36]고 하였다. 따라서 도유(都兪)
뿐만 아니라 우불(吁咈)도 있었던 것이다.[37] 진정한 군자라면 하지

안자가 聖人의 말씀을 묵묵히 알고 마음이 통하여 의문하는 바가 없으므로 부
자가 그렇게 말씀하셨으나 그 말이 마치 유감이 있는 듯 들리지만 실은 이에
깊이 기뻐하심이라.(助我, 若子夏之起予, 因疑問而有以相長也. 顔子於聖人
之言, 默識心通, 無所疑問. 故夫子云然, 其辭若有憾焉, 其實, 乃深喜之)”고
해석하였다.

33) 『論語』「八佾」에 “자하가 물었다. ‘예쁘게 웃을 때 드러나는 보조개여, 아름다운
눈의 흑백이 선명함이여! 하얀 얼굴에 아름답게 화장을 하였구나!라고 하였는
데, 이는 무엇을 일컫는 것입니까?’ 공자께서 말씀하셨다. 그림 그리는 일은 흰
바탕이 마련된 뒤에 한다는 뜻이다. 자하가 말했다. 그러면 예는 뒤에 오는 것
입니까? 공자께서 말씀하셨다. 나를 일깨운 자는 자하로다. 비로소 더불어 시를
이야기할 수 있겠구나.(子夏問曰, ‘巧笑倩兮, 美目盼兮, 素以爲絢兮.’ 何謂
也? 子曰 , 繪事後素. 曰, 禮後乎? 子曰, 起予者商也, 始可與言詩已矣.)”라는
내용이 보인다.

34) 『孟子』「公孫丑上」에 나오는 내용이다. “아아! 이것이 무슨 말인가? 옛날에 자공
이 공자께 ‘선생님은 성인이 아니시냐’고 묻자, 공자께서 ‘성인은 내가 감당할
수 없는 것이지만, 나는 배우는 것에 싫증 내지 않고, 가르치는 데 게으르지
않다.’고 하셨다.(曰: 惡! 是何言也. 昔者子貢問於孔子曰, ‘夫子聖矣乎.’ 孔子
曰, ‘聖則吾不能, 我學不厭而敎不倦也.’)”

35) 『尙書』「益稷」에 나오는 구절이다.

36) 『尙書』「大禹謨」에 나오는 구절이다. “순 임금이 말했다. 진실로 이와 같다면
아름다운 말이 숨겨지는 바가 없으며 들에는 버려진 현자가 없어서 만방이 다
편안할 것이다. 여러 사람에게서 살펴, 자기를 버리고 남을 따르며, 하소연할
곳 없는 자들을 학대하지 않고 곤궁한 자들을 폐하지 않는 것은 오직 요임금만
이 잘 해내셨다.(帝曰, 兪允若玆, 嘉言罔攸伏, 野無遺賢, 萬邦咸寧. 稽于衆,
舍己從人, 不虐無告, 不廢困窮, 惟帝時克)”

37) 『尙書』의 「堯典」과 「舜典」 등에서 요임금과 순임금이 신하들과 정사를 토론할

못하는 것이 있다 해도 군자가 되는 것에 해 될 것은 없으나, 진정 소인이라면 비록 할 수 있다 해도 소인이 될 뿐이다.

四方上下曰宇, 往古來今曰宙. 宇宙便是吾心, 吾心卽是宇宙. 千萬世之前, 有聖人出焉, 同此心同此理也. 千萬世之後, 有聖人出焉, 同此心同此理也. 東南西北海有聖人出焉, 同此心同此理也. 近世尙同之說甚非. 理之所在, 安得不同? 古之聖賢, 道同志合, 咸有一德, 乃可共事, 然所不同者, 以理之所在, 有不能盡見. 雖夫子之聖, 而曰: "回非助我", "啓予者商." 又曰: "我學不厭." 舜曰: "予違汝弼." 其稱堯曰: "舍己從人, 惟帝時克." 故不惟都兪, 而有吁咈. 誠君子也, 不能, 不害爲君子. 誠小人也, 雖能, 不失爲小人.

우주 안의 일은 자기 분수 안의 일이고, 자기 분수 안의 일은 우주 안의 일이다.

宇宙內事, 是己分內事. 己分內事, 是宇宙內事.

사람의 마음은 지극히 영명하고, 이 이치는 지극히 밝다. 사람은 모두 이 마음을 지니고 있으며, 마음에는 모두 이 이치가 갖추어져 있다.

人心至靈, 此理至明, 人皆有是心, 心皆具是理.

_____

때 찬성과 반대 의견을 거리낌 없이 펼치고, 허물없이 받아들였던 일을 두고 하는 말이다. 都는 찬미의 뜻, 兪는 동의하여 호응하는 표현이다. 吁는 생각이 다를 때, 咈은 반대의 뜻을 나타낼 때 쓴다. 즉 임금의 말이 옳으면 적극적으로 찬동하고, 아니라고 생각되면 솔직하게 반대의 뜻을 밝혔다. 그러면 임금은 순수한 마음으로 그 말에 귀를 기울였다. 후대에 이 말은 밝은 임금과 어진 신하가 뜻이 맞아 정사를 토론하는 것을 뜻하는 말이 되었다.

성인께서 본디 인(仁)에 대해 말씀하셨거늘, 천하에서 인에 대해 말하는 사람들은 매양 성인께서 말씀하신 인과 다르게 말한다. 성인께서 본디 의(義)를 말하였거늘, 천하에서 의를 말하는 사람들은 매양 성인께서 말씀하신 의와 다르게 말한다. 성인의 말씀은 도(道)를 알고 하신 말씀이지만 천하 사람들의 이야기는 도를 알지 못하고서 한 이야기이다. 도를 아는 말씀에는 함몰되거나 빠질 바가 없으나, 도를 알지 못하고서 한 이야기에는 함몰되거나 빠질 수 있다.

聖人固言仁矣, 天下之言仁者, 每不類聖人之言仁. 聖人固言義矣, 天下之言義者, 每不類聖人之言義. 聖人之言, 知道之言也, 天下之言, 不知道之言也. 知道之言, 無所陷溺, 不知道之言, 斯陷溺矣.

현(賢)이 먼저이고 능(能)이 그 다음이다. 덕성을 이룬 사람은 위에 거하고, 기예를 이룬 사람은 아래에 거한다.[38]

右賢而左能, 德成而上, 藝成而下.

도가 행해지고 도에 밝아지면 수치스러워하는 것과 숭상하는 바가 제자리를 잡지만, 도가 행해지지 않고 도에 밝지 못하면 수치스러워하는 것과 숭상하는 바가 제 자리를 잃는다. 수치스러워하는 바가 제 자리를 잡는 것은 본심이요, 제자리를 잃는 것은 본심이 아니다. 성인이 수치스러워하는 바를 귀히 여기는 까닭은 수치스러워할 바를 알았기 때문이다. 수치스러워하는 바가 남아 있으면 마음도 남고, 수치스러워하는 바가 사라지면 마음도 사라진다. 간보(干寶)의 『진기(晉紀)』에 수치스러워는 것과 숭상하는 것

---

38) 『禮記』에 나오는 말이다.

이 제자리를 잃은 것에 관한 이야기가 나온다.[39]

道行道明, 則恥尙得所, 不行不明, 則恥尙失所. 恥得所者, 本心也, 恥失所者, 非本心也. 聖賢所貴乎恥者, 得所恥者也. 恥存則心存, 恥亡則心忘. 干寶『晉紀』有恥尙失所之說.

사실에 처하기를 구하고, 두터운 데 거하기를 구하며, 자신을 낮추어 어진 이를 높이기를 구하라. 행실이 이름을 넘어서고자 하고, 이름이 행실을 넘어서는 것을 부끄러워 하라. 선생께서 「표기」를 읽으시다가 이 말을 적었다.[40]

求處情, 求處厚, 求下賢, 欲行浮於名, 恥名浮於行. 先生因讀「表記」書此語.

---

39) 간보의 『晉紀』 권11에 다음과 같은 내용이 나온다. "조정에는 순정한 덕을 지닌 사람이 적고, 향리에는 지조 굳은 장자가 없었다. 풍속이 음험하고 편벽하여 잃음을 숭상하는 것을 수치스러워했다. 학자들은 노장을 종주로 삼아 육경을 내치고, 논자들은 허탄한 것만 따지며 명의와 절검을 천시했다.(朝寡純德之人, 鄕乏不貳之老. 風俗淫僻, 恥尙失所. 學者以莊老爲宗而黜六經, 談者以虛蕩爲辯而賤名儉)" 아마도 이 단락을 언급한 듯하다.

40) 『禮記』 「表記」에 다음과 같은 내용이 나온다. "공자께서 말씀하셨다. 선왕이 시호를 지어 명성을 높이되 한 가지 선행을 절취해서 지으니, 이름이 행실보다 지나친 것을 부끄러워한 것이다. 그러므로 군자는 자신의 사업을 크다 여기지 않고, 자신의 공을 높이지 않는다. 사실에 처하기를 구하고, 너무 높은 행실은 좇지 않는다. 후한 것에 처하기를 구하며, 남의 착함을 드러내고 남의 공을 칭찬하여 자신을 낮추어 어진 이를 높이기를 구한다. 그러므로 군자가 스스로 낮추어도 백성은 공경하고 높인다.(子曰, 先王謚以尊名, 節以壹惠, 恥名之浮於行也. 是故, 君子不自大其事, 不自尙其功, 以求處情, 過行弗率, 以求處厚, 彰人之善, 而美人之功. 以求下賢, 是故, 君子雖自卑而民敬尊之)"

사정(邪正)과 순잡(純雜)은 생각에 달려 있고, 청탁(淸濁)과 강약
은 혈기에 달려 있다.

邪正純雜係念慮, 淸濁强弱係血氣.

단주(丹朱)와 상균(商均)[41], 관숙(管叔)과 채숙(蔡叔)[42]은 뜻이 변
하지 않은 것이지 바탕이 바뀔 수 없었던 것은 아니다. 묘인(苗人)이
감화되고[43] 숭인(崇人)이 투항한 것[44]은 성인에게 그들의 뜻을 바꿀
방법이 있었기 때문이다.

---

41) 堯임금의 아들 丹朱와 舜임금의 아들 商均을 가리키는데, 모두 불초자였다고
한다.
42) 周 文王의 아들이자 武王의 아우인 管叔鮮과 蔡叔度를 가리킨다. 『史記』 권
35 「管蔡世家」에 따르면, 무왕이 붕어하고 어린 成王이 즉위하자 周公이 섭정
을 했는데, 이들은 "공이 장차 어린 아이에게 이롭지 못하리라.(公將不利於孺
子)"라는 말을 퍼뜨려 주공이 동토로 피했다. 뒤에 성왕이 주공을 맞이해 돌아
오자 이들은 모반을 꾀하다가 결국 죽임을 당했다.
43) 『尙書』 「大禹謨」에 "황제가 문덕을 크게 표시고 방패와 새깃을 들고 두 계단
사이에서 춤을 추니, 칠십일 만에 삼묘가 감복하였다.(帝乃誕敷文德, 舞干羽
于兩階, 七旬有苗格)"라는 말이 나온다. 후에 '格苗'는 변방에서 신하로 귀의하
는 것을 가리키는 말로 사용되었다.
44) 『說苑』 「指武」에 나오는 이야기이다. "周 文王이 崇侯虎를 정벌하기에 앞서
먼저 선언했다. '崇侯虎가 부형을 모욕하고, 장자를 존경하지 않으며, 옥사를
공정히 처결하지 않고, 재산을 균등히 분배하지 않는다고 들었다. 백성들은 힘
을 다해 노동해도 의식을 얻지 못한다고 들었다. 내가 그를 장차 정벌하려 함은
오직 백성을 위해서이다.' 그러고는 숭후호를 정벌한 다음 사람을 죽이지 말고,
집을 부수지 말고, 우물을 메우지 말고, 나무를 자르지 말고, 육축을 동원하지
말 것을 명하면서 만약 명령대로 따르지 않는 자가 있으면 가차없이 죽일 것이
라고 했다. 이에 숭국 사람들이 이 말을 듣고 투항을 청하였다.(文王將欲伐崇,
先宣言曰, '余聞崇侯虎蔑侮父兄, 不敬長老, 聽獄不中, 分財不均. 百姓力盡,
不得衣食, 余將來征之, 唯爲民.' 乃伐崇, 令毋殺人, 毋壞室, 毋塡井, 毋伐樹
木, 毋動六畜, 有不如令者, 死無赦. 崇人聞之, 因請降)"

朱·均·管·蔡, 志不變也, 非質不可變也. 苗格·崇降, 聖人有以變其志也.

후세 사람들은 일[事]이 있는 줄만 알지 정[政]이 있는 줄은 알지 못한다. 또 법에 대고 자세히 따질 줄만 알지 사람에게 자세히 따질 줄은 모른다.

後世知有事而不知有政, 知責詳於法而不知責詳於人.

배우는 자의 규모는 대부분 견문에 달려 있다. 어린 아이 적에는 전해 들어 익힌 것이 없으니, 어떻게 그런 규모를 갖출 수 있겠는가? 따라서 익히는 바를 조심하지 않을 수 없다. 중도에 처하면서 스스로 빠져나올 수 있는 것은 호걸이 아니고서는 불가능한 일이다. 일의 형세에 내몰려 그것으로 나아갈 방향을 삼는 자는 대부분 정도(正道)를 얻지 못하는데, 이 또한 당연한 이치이다.

學者規模多係其聞見. 孩提之童, 未有傳習, 豈能有是規模? 是故所習不可不謹. 處乎其中而能自拔者, 非豪傑不能. 劫於事勢而爲之趨向者, 多不得其正, 亦理之常也.

도(道)란 비유하자면 물과 같다. 사람에게 있어 도란 비유하자면 마소 발굽에 고인 물, 더러운 물, 온갖 시내, 강과 바다와 같다. 바다는 지극히 크지만, 사해의 넓이와 깊이가 꼭 같을 필요는 없다. 그것이 물이 됨을 말하자면 마소 발굽에 고인 물 또한 물이다.

道譬則水, 人之於道, 譬則蹄涔・污沱・百川・江海也. 海至大矣,
而四海之廣狹深淺不必齊也. 至其爲水, 則蹄涔亦水也.

보통 사람들의 욕망은 부귀에 있고, 군자가 귀히 여기는 바는 덕에
있다. 사서인(士庶人)에게 덕이 있으면 능히 제 몸을 보전할 수 있고,
경대부(卿大夫)에게 덕이 있으면 가(家)를 보전할 수 있으며, 제후에
게 덕이 있으면 국(國)을 보전할 수 있고, 천자에게 덕이 있으면 천하
(天下)를 보전할 수 있다. 덕 없이 부귀하다면, 그저 그 과오만 더하
고 훗날의 재화(災禍)만 무겁게 할 뿐이다. 오늘 부유하다고 해서 언
제까지 지킬 수 있겠는가? 게다가 하늘이 백성을 내고 임금을 세운
것은 백성을 주관하고 이끌게 하기 위함이다. 따라서 임금이란 백성
을 위한 자리인 것이다. 『상서』에서 말했다. "오직 덕으로써만 좋은
정치를 할 수 있고, 좋은 정치란 백성을 잘 기르는 것이다."[45] 인정
(仁政)을 베푸는 것은 백성을 기르기 위함이다. 임금이 인정을 베풀
지 않는다고 도리어 재물을 긁어모아 임금을 부유하게 해준다면, 이
는 임금을 거들어 백성을 학대하는 짓이니, 군자라면 마땅히 끊어버
려야 할 것이다. 전국시대(戰國時代)에는 모두가 부국강병을 내세우
며 서로 침벌하였다. "성을 다투기 위해 전쟁을 벌여 죽인 사람이 성
에 가득했고, 땅을 다투기 위해 전쟁을 벌여 죽인 사람이 들판에 가
득했다."[46] 그렇기에 맹자께서 공자의 말씀을 미루어 밝히면서, "토
지를 거느리고서 인육을 먹는 것이니, 그 죄는 죽음으로도 용서받을
수 없다."[47]고 말했던 것이다. 추론을 분명히 한 다음에 단언하여 말

---

45) 『尙書』「大禹謨」.
46) 어순에 약간의 변화가 있으나 『孟子』「離婁上」에서 인용한 말이다.

하기를, 신하 중에 "전쟁을 잘하는 자는 최고 가는 형벌을 받아야 하고, 제후를 연횡하는 자는 그 형벌을 받아야 하며, 초래를 열어 토지를 맡기는 자가 그 다음 형벌을 받아야 한다."48)고 했던 것이다. 맹자께서 당시에 펼쳤던 것은 모두 요순의 도로서, 이로써 임금에게 덕을 닦고 [바른] 정사를 베풀 것을 면려하고, 한가할 때에 형정을 밝힐 것을 권면했다. 맹자 스스로 말씀하시길, 제나라로서 [왕자가 된다는 것은] 손바닥 뒤집기였다49)고 하였다. 만약 맹자께서 등용되었다면 천하의 벼슬아치들은 모두 그 조정에 서고자 하고, 농부들은 모두 그 들판에서 농사짓고자 하고, 장사치들은 모두 그 시장에 재화를 보관하고자 하고, 여행자들은 모두 그 거리로 다니고자 하여 천하 만백성이 모두 그 나라로 귀의했을 터이니, 그런즉 천하무적이 되었을 것이다. 이 이치는 매우 분명하며 효험 또한 반드시 볼 수 있었을 터이거늘, 당시 임금은 습속이나 좇으며 안주하려 들면서 맹자의 주장을 채택하지 못하고서 도리어 어리석다고 여겼으니, 그 어두움이 심하다고 이를 만하다.

---

47) 『孟子』 「離婁上」에 나오는 말이다. 앞에서 먼저 "염구가 계씨의 재상이 되어 계씨의 덕을 고치지 못하고 세금으로 부과하는 곡식이 이전의 배가 되었다. 공자께서 말씀하셨다. 염구는 나의 무리가 아니로다. 소자들아 북을 울려 그를 성토함이 가하다.(求也爲季氏宰, 無能改於其德, 而賦粟倍他日, 孔子曰, 求非我徒也, 小子鳴鼓而攻之, 可也)"를 인용한 다음 자신의 주장을 적었기에 공자의 뜻을 미루어 밝혔다고 표현한 것이다.

48) 『孟子』 「離婁上」.

49) 『孟子』 「公孫丑上」에 나오는 내용이다. "공손추가 말하기를, 관중은 자기 임금을 패자가 되게 했고, 안자는 자기 임금의 이름이 드러나게 해주었는데, 그런데도 관중과 안자가 함께 하기에 부족합니까? 맹자께서 말씀하셨다. 제나라로서 왕자가 된다는 것은 손바닥 뒤집기였다.(曰管仲以其君霸, 晏子以其君顯, 管仲晏子猶不足爲與? 曰, 以齊王, 由猶反手也)"

常人所欲在富, 君子所貴在德. 士庶人有德, 能保其身, 卿大夫有德, 能保其家, 諸侯有德, 能保其國, 天子有德, 能保其天下. 無德而富, 徒增其過惡, 重後日之禍患, 今日雖富, 豈能長保? 又況天生民而立之君, 使司牧之, 故君者, 所以爲民也. 『書』曰: "德惟善政, 政在養民." 行仁政者所以養民, 君不行仁政, 而反爲之聚斂以富之, 是助君虐民也. 宜爲君子之所棄絶. 當戰國之時, 皆矜富國强兵以相侵伐, 爭城以戰, 殺人盈城, 爭地以戰, 殺人盈野. 故孟子推明孔子之言, 以爲率土地而食人肉, 罪不容於死. 推論旣明, 又斷之曰: "人臣善戰者服上刑, 連諸侯者次之. 辟草萊任土地者次之." 孟子在當時所陳者皆堯·舜之道, 勉其君修德行政, 勸之以閒暇之時明其政刑. 自謂以齊王猶反手耳. 使孟子得用, 必能使天下仕者皆欲立於其朝, 耕者皆欲耕於其野, 商賈皆欲藏於其市, 行旅皆欲出於其塗. 天下之民盡歸之, 則無敵於天下矣. 此理甚明, 效可必至. 當時之君, 狗俗自安, 不能聽用其說, 乃反謂之迂闊, 可謂不明之甚也.

권 23

강의講義

백록동서원 논어강의[1]

白鹿洞書院論語講義

　　내 젊어서부터 부형과 사우(師友)의 가르침을 입으며 감히 스스로 포기하지 않았지만, 못나고 둔하고 서툴고 졸렬하여 학문에 발전이 없었기에, 늘 부끄럽고 두려운 마음에 끝내 초심을 저버릴까 근심하였다. 이에 사방의 사우들로부터 따끔한 가르침과 훈련을 구하여 [학문을] 깨우치고 발전시킴으로써 죄와 허물을 면할 수 있기를 바라고 있던 참이었다. 근자에 군후(郡侯) 비서(秘書)[2]를 따라 백록서당에 오게 되었는데, 뭇 현자들이 모두 모인 성대한 경관을 보고서 내심 기뻐하였다. 비서 선생과 교수(敎授) 선생[3]은 나의 어리석음을 살피지 못하시고, 강석에 올라 들은 바를 이야기하게 했다. 용속하고 텅

---

1) 육구연은 1181년에 주희가 재건한 백록동 서원을 찾아간 적이 있는데, 이때 주희는 그에게 학생들을 위한 특별강연을 부탁했다. 육구연은 『논어』의 「里仁」에 나오는 "군자는 의리에 밝고 소인은 이익에 밝다(君子喩於義, 小人喩於利)" 구절을 가지고 주희의 학생들 앞에서 이런 내용의 강연을 했다.
2) 淳熙 6년(1179) 3월에 주희는 秘書郎의 신분으로 知南康軍에 임명되어 남강으로 왔다가 얼마 후에 白鹿洞 書院 옛 터를 수소문한 다음 그해 가을부터 복구에 들어갔다. 따라서 여기서 郡侯 秘書라고 지칭한 사람은 바로 주희이다.
3) 당시 南康 軍學의 敎授로 있던 사람은 揚大法이었다.

빈 내가 어찌 이를 감당할 수 있겠는가? 두세 번 고사하였으나 허락 받지 못하여 『논어』 중 한 장(章)을 취해 평소에 느낀 바를 늘어놓음으로써 아름다운 명령에 응하노니, 또한 가르침을 주시기를 바란다.

공자께서 말씀하셨다. "군자는 의(義)에 밝고, 소인은 이(利)에 밝다."[4]

이 장은 의리(義利)를 가지고 군자와 소인을 구분한 것으로, 글의 주지가 매우 분명하다. 그러나 읽는 사람이 스스로를 절실히 돌아보지 않는다면, 어쩌면 별 도움이 되지 않을 수도 있다. 나는 평상시 이 글을 읽을 때마다 느낀 바가 없지 않았다. 외람되이 생각하건대, 배우는 자라면 이에 있어 마땅히 그 뜻을 분별해야만 한다. 사람의 깨달음은 익힘에서 비롯되고, 익힘은 그 뜻에서 비롯된다. 의(義)에 뜻을 두었다면 익힌 것 또한 반드시 의에 있을 것이며, 익힌 것이 의였다면 깨달은 것 또한 의일 것이다. 이(利)에 뜻을 두었다면 익힌 것 또한 반드시 이에 있었을 것이며, 익힌 것이 이였다면 깨달은 것 또한 이일 것이다. 따라서 배우는 자라면 뜻을 분별하지 않을 수 없다.

과거로 사인(士人)을 선발해온 지 오래라, 명유(名儒)와 거공(鉅公) 모두 과거를 통해 배출되었다. 오늘날 사인들이라면 이를 피해갈 수 없지만, 과장(科場)에서 성공하느냐 실패하느냐는 기예와 담당관의 호오(好惡)가 어떠하냐에 달려있을 뿐, 이로써 군자와 소인을 구분할 수는 없다. 그러나 지금 세상에서는 모두 과거를 높이 떠받들기 때문에 여기에 골몰한 채 스스로 빠져나오지 못하니, 종일토록 파고드는 것이 비록 성현들의 책이라고 말들 하지만 그 뜻이 향하고 있는

---

4) 『論語』「里仁」.

곳인즉 성현과 반대쪽을 향해 치닫고 있다. 이를 통해 위로 올라갔다 하더라도 그저 벼슬의 높고 낮음, 봉록의 많고 적음만을 따질 뿐, 어찌 국사와 백성들의 근심을 위해 전심전력하여 그를 임명하여 부린 자의 뜻을 저버리지 않을 수 있겠는가? 과거에 힘 쏟아 많은 것을 경험하고 숙련되도록 강습한 사람으로서 어찌 깨달은 바가 없겠는가? 다만 그것이 의(義)에 있지 않을까 걱정스러울 뿐이다. 참으로 자신에 대해 깊이 생각해보아 소인이 되지 않도록 할 수만 있다면, 이욕(利欲)에 젖은 습성을 근심하고 가슴아파하면서, 오로지 의에 뜻을 두고 날마다 권면할 것이다. "널리 배우고, 자세히 묻고, 신중히 생각하고, 분명히 구별하여 독실히 실행할 것이다."[5] 이러한 태도로써 과장에 나아간다면, 문장을 지을 시 반드시 평소에 배운 바와 가슴에 쌓아 둔 지식을 말하게 되어 성인을 기만하는 일이 없을 것이다. 이러한 태도로써 벼슬길에 나아간다면, 반드시 직분을 이행하고 맡은 일을 근면히 하며, 나라에 마음을 두고 백성에 마음을 두지 자기 몸을 위해 계산하지 않을 것이다. 그런 자를 군자라 아니 할 수 있겠는가?

비서 선생께서 이 당(堂)을 열어 무너진 것을 다시 일으키신 뜻이 돈독하다. 이 당에 온 자라면 그 뜻이 다르지 않을 터, 제군들과 더불어 힘씀으로써 그 뜻을 저버리지 않을 수 있기를 바란다.

순희 신축년(1181) 봄 2월에 육자정(陸子靜) 형께서 금계(金谿)에서 오셨는데, 그의 사도인 주극가(朱克家)·육인지(陸麟之)·주청수(周淸叟)·웅감(熊鑒)·노겸형(路謙亨)·서훈(胥訓)이 수종했

---

5)『中庸』20장.

다. 10일 정해일에 나 주희(朱熹)는 함께 기거하는 벗들 및 제생들을 이끌고 함께 백록서원을 찾아가 학자들을 일깨워줄 말한 경구(警句)를 청했다. 자정은 [나의 청을] 비루하다 여기지 않고 감사하게도 이를 허락해주었다. 그 뜻을 시원스레 밝혀 설명해줄 때에도 또한 매우 간곡하고 분명하였는데, 학자들의 미세하고도 심각한 고질병을 정확히 적중시킴에 듣는 자들 모두 모골이 송연하여 마음이 움직였다. 나는 오래 되면 혹시 잊어버릴까 염려되어 자정에게 다시 종이에 적어달라고 청한 다음, 이를 받아 간직하였다. 나와 뜻을 같이 하는 사람이 이 내용에 대해 스스로를 반성하고 깊이 성찰해본다면 덕으로 들어가는 길을 잃지 않을 수 있을 것이다.

신안(新安) 주희(朱熹)가 쓰다

某雖少服父兄師友之訓, 不敢自棄, 而頑鈍疏拙, 學不加進, 每懷愧惕, 恐卒負其初心. 方將求鍼砭鐫磨於四方師友, 冀獲開發以免罪戾. 比來得從郡侯秘書至白鹿書堂, 羣賢畢集, 瞻視盛觀, 竊自慶幸. 秘書先生敎授先生不察其愚, 令登講席, 以吐所聞. 顧惟庸虛, 何敢當此? 辭避再三, 不得所請, 取『論語』中一章, 陳平日之所感, 以應嘉命, 亦幸有以敎之.

子曰: "君子喩於義, 小人喩於利." 此章以義利判君子小人, 辭旨曉白. 然讀之者苟不切己觀省, 亦恐未能有益也. 某平日讀此, 不無所感. 竊謂, 學者於此, 當辨其志. 人之所喩, 由其所習, 所習由其所志. 志乎義, 則所習者必在於義, 所習在義, 斯喩於義矣. 志乎利, 則所習者必在於利, 所習在利, 斯喩於利矣. 故學者之志不可不辨也. 科擧取士久矣. 名儒鉅公皆由此出. 今爲士者固不能免此, 然場屋之得失, 顧其技與有司好惡如何耳, 非所以爲君子小人之辨也. 而今世以此相尙, 使汨沒於此而不能自拔, 則終日從事者, 雖曰聖賢之書, 而要其志之所鄕, 則有與聖賢背而馳者矣. 推而上之, 則又惟官資崇卑, 祿廩厚薄是計, 豈能悉心力於國事民隱, 以無負於任使之者哉? 從事其間, 更歷之多, 講習之熟, 安得不有所喩? 顧恐不在於義耳. 誠能深思是身, 不可使之爲小人之歸, 其於利欲之習, 怛焉爲之痛心疾首, 專志乎義而日勉焉. 博學‧審問‧愼思‧明辨而篤行之. 由是而進於場屋, 其文必皆道其平日之學, 胸中之蘊, 而不詭於聖人. 由是而仕, 必皆共其職, 勤其事, 心乎國, 心乎民, 而不爲身計. 其得不謂之君子乎?

秘書先生起廢以新斯堂, 其意篤矣. 凡至斯堂者, 必不殊志. 願與諸君勉之, 以毋負其志.

淳熙辛丑春二月, 陸兄子靜來自金谿, 其徒朱克家‧陸麟之‧周淸叟‧熊鑒‧路謙亨‧胥訓實從. 十日丁亥, 熹率寮友諸生, 與俱至於白鹿書院, 請得一言以警學者. 子靜旣不鄙而惠許之. 至其所以發明敷暢, 則又懇到明白, 而皆有以切中學者隱微深痼之病, 蓋聽者莫不悚然動心焉. 熹猶懼其久而或忘之也, 復請子靜筆之於簡, 而受藏之. 凡我同志, 於此反身而深察之, 則庶乎其可不迷於入德之方矣.

新安 朱熹識

대학춘추강의 순희 9년(1182) 8월 17일
大學春秋講義 淳熙九年八月十七日

초인이 서료를 멸하다6) (楚人滅舒蓼)

성인이 중국을 귀히 여기고 이적(夷狄)을 천시한 것은 중국을 사사로이 편들고자 함이 아니다. 중국은 천지 중화의 기운을 얻었기에 본디 예의(禮義)가 깃들어 있는 곳이다. 중국을 귀히 여김은 중국을 귀히 여긴 것이 아니라 예의를 귀히 여긴 것이다. 비록 쇠란이 거듭되었지만 선왕의 전형(典型)이 아직 남아있고, 전해 내려온 풍속이 아직 다 사라지지 않았다. 이적이 강성하여 소국을 병탄하고, 기세를 타고서 중화 곳곳을 능멸하고 있어서 장차 이 예의를 펼칠 방도가 없어지자 성인께서 크게 근심하셨다. 초인이 현(弦)을 멸하고 황(黃)을 멸하고, 강(江)을 멸하고, 육(六)을 멸하고, 용(庸)을 멸하더니 이때에 이르러 다시 서료를 멸하였다. 성인께서 이를 다 기록하며 빠뜨리지 않은 것은 중국에게 거는 기대가 절실했기 때문이다.

聖人貴中國, 賤夷狄, 非私中國也. 中國得天地中和之氣, 固禮義之所在. 貴中國者, 非貴中國也, 貴禮義也. 雖更衰亂, 先王之典刑猶存,

---

6) 『春秋』「宣公 8년」에 나오는 내용이다. 『左傳』에서는 "楚나라는 남쪽오랑캐인 舒의 족속들이 반란을 일으키는 것을 괴롭게 여겨서 서요를 멸했다. 초자는 경계를 바르게 하여, 滑水·汭水까지 취하고, 吳·越과 맹약한 뒤 돌아왔다.(楚爲衆舒叛, 故伐舒蓼, 滅之. 楚子疆之, 及滑·汭, 盟吳·越而還.)"이라고 설명하였다. 이하 표제로 딴 제목들 모두가 이 대목 아래에 이어지는 내용들이다.

流風遺俗, 未盡泯然也. 夷狄盛强, 呑幷小國, 將乘其氣力以憑陵諸夏, 是禮義將無所措矣, 此聖人之大憂也. 楚人滅弦, 滅黃, 滅江, 滅六, 滅庸, 至是又滅舒蓼, 聖人悉書不置, 其所以望中國者切矣!

가을 7월 갑자일에 개기일식이 일어나다(秋七月甲子, 日有食之旣)

『춘추』에는 일식이 36차례 나오는데, 그 중 개기일식은 두 차례 나온다. 일식과 그것의 깊고 낮은 정도는 역법가들이 모두 알 수 있는 바이다. 여기에는 대개 수(數)가 있어서 아마도 변하지 않는 듯하다. 하지만 천인(天人) 사이에 서로 감응하여 통하는 바가 있으니, 비록 수가 있다 하더라도 도(道) 또한 있는 것이다. 옛날 성인들은 천재지변으로 말미암아 스스로를 다스렸다. "우레가 거듭 이르는 것이 진이니, 군자는 이로써 삼가고 두려워하며 자신을 닦고 성찰한다."[7]라고 하였고, "군자는 밥 먹는 동안에도 인을 어기지 않고, 경황 중에도 반드시 인에 있고, 위급한 상황에서도 인에 있어야 한다."[8]라고 하였으니, [인에 머무는 것은] 스스로를 수양하는 이가 본래 지켜야할 도리인 것이다. 그러나 우레가 계속될 때에는 반드시 그로 말미암아 두려워하고 자신을 돌아보고 성찰해야 하니, 이것이 군자가 덕을 잃지 않고 하늘 섬기는 도를 다할 수 있는 방법이다. 하물며 해와 달이 내린

---

7) 『周易』「震卦」의 「象傳」에 나오는 내용이다. "우레가 거듭 이르는 것이 진이니, 군자는 이로써 삼가고 두려워하며 자신을 닦고 성찰하느니라.(洊雷, 震, 君子以恐懼修省.)" 孔穎達은 『疏』에서 "천이란 거듭되는 것이고 이어지는 것이다. 우레가 계속되면 그 위엄에 두려워하였다.(洊者, 重也, 因仍也. 雷相因仍, 乃爲威震也.)"고 설명하였다.
8) 『論語』「里仁」.

재앙이 위에 나타나지 않았는가. "재앙을 당하자 두려운 마음으로 몸을 뒤척이며 불안해 하면서 자기 몸을 닦아 소멸시키려고 노력하였다."[9] 이것이 바로 선왕이 중흥을 이룩할 수 있었던 까닭이다. 천재(天災)를 소멸시킬 도리가 있음을 알았다면, 천인 사이에도 스스로 다복을 구할 도리가 있음을 알 수 있다. 해란 양(陽)이다. 양은 임금이요, 아비요, 지아비요, 중국이다. 일식이 있었다면 이는 변고이며, 개기일식까지 있었다면 더욱 큰 변고이다. 일자만 말하고 삭(朔)을 말하지 않은 것은 일식이 삭일에 일어나지 않았기 때문이다.[10] 일식은 반드시 삭일에 일어나는데, 삭일에 일어나지 않은 것은 역법의 차이 때문이다.

春秋日食三十六, 而食之旣者二. 日之食與食之深淺, 皆歷家所能知. 是蓋有數, 疑若不爲變也. 然天人之際, 實相感通, 雖有其數, 亦有其道. 昔之聖人未嘗不因天變以自治. 洊雷震, 君子以恐懼修省. 君子無終食之間違仁, 造次必於是, 顚沛必於是, 所以修其身者素矣. 然洊震之時, 必因以恐懼修省, 此君子之所以無失德而盡事天之道也. 況日月之眚見於上乎. 遇災而懼, 側身修行, 欲銷去之, 此宣王之所以中興

---

9) 『詩經』「大雅·雲漢」의 序에 나오는 말이다. 두려운 마음으로 몸을 뒤척이며 불안하게 여긴다는 뜻인데, 변이를 당한 임금이 반성하며 자기 몸을 닦아 재앙을 소멸하기 위해 노력한다는 의미가 담겨 있다.

10) 朱文鑫의 『春秋日食考』에 따르면 "『춘추』에 기록된 일식은 모두 37차례이다. 그중 일자와 삭을 기록한 것은 27차례, 삭만 기록하고 일자를 기록하지 않은 것이 한 차례, 일자만 기록하고 삭을 기록하지 않은 것이 7차례, 일자와 삭을 모두 기록하지 않은 것이 두 차례 있었다."고 한다. 일식에 반드시 某月, 某日, 朔을 쓰는 것이 『춘추』의 예이다. 따라서 朔이 빠져 있는 부분을 놓고 후대 기록의 착오로 보는 경우도 있지만 다른 견해도 없지 않다. 즉 고대 역관들은 일식이 반드시 삭일에 일어난다는 것을 알고 있었는데, 그믐에 일어났을 경우 '朔' 자를 쓰지 않았다고도 본다.

也. 知天災有可銷去之理, 則無疑於天人之際, 而知所以自求多福矣. 日
者, 陽也. 陽爲君, 爲父, 爲夫, 爲中國. 苟有食之, 斯爲變矣. 食至於旣,
變又大矣. 言日不言朔, 食不在朔也. 日之食必在朔, 食不在朔, 歷差也.

겨울 10월 기축일에 우리 소군(小君) 경영(敬嬴)을 장사지내다(冬十月己
丑, 葬我小君敬嬴)

양중(襄仲)이 태자 악(惡)을 죽인 것은 경영(敬嬴)이 시켰기 때문
이다.[11] 경영은 정실이 아님에도 부인(夫人)의 신분으로 훙거하였고,
소군(小君)의 신분으로 매장되었으니, 노(魯)나라 군신의 책임이 깊
다. 『춘추』를 짓자 난신적자가 두려워하였다는 말은 대략 이를 두고
서 한 말이다.

襄仲殺太子惡, 敬嬴爲之也. 敬嬴非嫡, 而薨以夫人, 葬以小君, 魯
君臣之責深矣. 『春秋』作而亂臣賊子懼, 蓋爲是也.

비가 내려 장사 지내지 못하고, 경인일 한낮에야 장사지내다(雨不克葬,
庚寅日中而克葬)

비로 인해 장사를 멈추지 않는 것은 비에 대한 대비가 있기 때문이
다. 비가 내려 장사를 지내지 못했다면, 이는 비에 대한 대비가 없었

---

11) 東門襄仲은 이름이 遂이고 자가 襄仲이다. 춘추 전기 魯나라 귀족으로 魯 莊
公의 아들이다. 그는 노나라의 요직을 맡고 있었는데, 文公 재위 시 文公의
寵姬인 敬嬴과 각별한 사이였다. 敬嬴이 자신의 아들 公子 餒를 儲君으로 삼
아달라고 부탁하자 文公 붕어 후 哀姜이 낳은 아들 公子 惡과 公子 視를 죽이
고 庶公子인 餒를 魯侯로 삼았다. 그가 바로 魯 宣公이며, 東門氏는 계속해서
專政을 행하였다.

던 것이다.12) 요거(燎車)에 도롱이13)를 실어두는 것이 사인의 상례(喪禮)이거늘, 제후가 모친을 장사 지냄에 비에 대한 대비를 하지 않았다니, 이것이 어찌 예법이겠는가!

葬不爲雨止, 以其有雨備也. 雨不克葬, 是無雨備. 燎車載蓑笠, 士喪禮也. 諸侯葬其母, 而無雨備, 豈禮也哉!

평양에 성을 쌓다(城平陽)

평양은 노(魯)나라 읍이다. 겨울은 백성을 부리는 시기이다. 그러나 선공(宣公)은 모친을 장사 지내면서 비에 대한 대비를 하지 못했고, 때를 바꾸지 않고서 갑자기 토목공사를 일으켰으니, 그 죄로부터 도망칠 길이 없다.

平陽, 魯邑也. 冬, 使民時也. 然宣公葬母, 不能爲雨備, 不易時而遽興土工, 罪不可逃矣.

초나라 군사가 진(陳)나라를 치다(楚師伐陳)

지난해에 진(晉)나라와 위(衛)나라가 진(陳)나라를 침략했는데, 이는 진(陳)이 초나라에 붙었기 때문이다. 이때에 이르러 초나라가 비로소 진(陳)나라를 쳤으니, 진나라에서 뜻을 다 이루지 못하였기 때

---

12) 敬嬴이 죽던 해에 가뭄이 들어 麻가 없었던 탓에 칡줄로 관을 매어 묶어 끌었는데, 비가 내리는 바람에 제 때 매장하지 못했다. 여기서는 이 사건에 대해 이야기하고 있다.

13) 燎車는 비올 때를 대비하여 위에 덮개를 마련한 마차를 말하고, 蓑笠은 비올 때 머리에 쓰는 도롱이를 말한다. 즉 둘 다 雨具이다.

문이다. 초 장왕(莊王)은 육혼(陸渾)을 정벌하고 주(周)나라 땅에서 군사를 사열했으며, 보정(寶鼎)의 경중에 관해 물었다.[14] 이 해에 서료의 영토를 넓혀 활수(滑水)와 예수(汭水)까지 이르렀으며, 오(吳)·월(越)과 맹약한 뒤에 돌아왔다. 그 영토가 지극히 넓어졌는데도 진(陳)과 정(鄭) 사이에서만은 뜻을 다 이루지 못하였다, 이때 중국의 군신들이 두려움에 떨면서 스스로를 다스리고 정령을 밝힐 수만 있었다면, 그토록 갑자기 그 예봉을 막지 못했겠는가!

前年晉衛侵陳, 以其卽楚之故. 至是楚始伐之, 是楚未能盡得志於陳也. 楚子陸渾之役, 觀兵周疆, 問鼎輕重. 是年疆舒蓼及於滑汭, 盟吳越而還, 其疆至矣, 然猶未盡得志於陳·鄭之間, 當是時, 使中國之君臣能恐懼自治, 明其政令, 何遽不能遏其鋒哉!

---

14) 『史記』 권40 「楚世家」에 나오는 내용이다. "8년, 장왕은 陸渾에서 戎族을 정벌하고, 洛河에 이르렀다. 周나라 도성 교외에서 열병식을 가지며 힘을 과시했다. 周 定王은 王孫滿을 보내어 장왕을 위로했다. 장왕이 九鼎의 대소경중을 물으니 왕손만이 대답했다. '그것은 덕행에 있지, 寶鼎에 있지 않습니다.' 장왕이 말했다. '그대는 구정을 막을 수 없소. 초나라가 창칼의 예봉을 꺾는다면 구정을 만들기에 족하오.'(八年, 伐陸渾戎, 遂至洛, 觀兵於周郊. 周定王使王孫滿勞楚王. 楚王問鼎小大輕重, 對曰, '在德不在鼎.' 莊王曰, '子無阻九鼎! 楚國折鉤之喙, 足以為九鼎.')"

다시 쓰다 10년 2월 7일

又 十年二月七日

[선공] 9년 봄 왕정월(王正月)에, 공이 제나라에 가다. 공이 제나라에서 돌아오다. 여름, 중손멸이 경사에 가다(九年春王正月, 公如齊. 公至自齊, 夏, 仲孫蔑如京師)

옛날에 "제후는 천자에게 매년 한 차례씩 소빙(小聘)하고, 3년에 한 차례씩 대빙(大聘)하며, 5년에 한 차례씩 조알하였다. 천자는 5년에 한 차례씩 순수(巡狩)하였다."[15] 주나라 제도에서는 "6년에 다섯 복(服)이 한 차례씩 조알하러 오고, 다시 6년 동안에 왕이 순수에 나서 사악의 제도를 고찰하였으며, 제후들은 각기 방향의 산을 조알하러 왔으니",[16] 이는 제도를 고찰하고 천자를 높이기 위함이었다. 그렇기 때문에 "천자가 별일이 없을 때 제후와 상견하는 것을 일러 조(朝)라 한다. 예를 상고하며 바로잡고, 형벌을 바르게 하며, 덕을 하나로 하여 천자를 높이 받든다."[17]고 했던 것이다. 『곡량전(穀梁傳)』에서는 "천자가 별일 없을 때에 제후가 서로 조알한다."[18]라고

---

15) 『禮記』「王制」.
16) 『尙書』「周官」에 "육년 동안에 다섯 복이 한번 내조하고 다음 육년 동안에는 임금이 철에 따라 순수하여 사악의 제도를 고찰한다. 제후들이 각기 방향의 산을 조알하러 오면 벼슬을 올리고 내림을 크게 밝힌다.(六年, 五服一朝, 又六年, 王乃時巡, 考制度于四岳, 諸侯各朝于方岳, 大明黜陟.)"는 내용이 있다. 여기서 다섯 服이라 함은 侯·甸·男·采·衛를 말한다.
17) 『禮記』「王制」.
18) 『穀梁傳』「隱公 11년」에 나오는 구절이다.

했는데, 이는 잘못된 말이다. 『예기』에서 "두 임금이 상견하다."[19]라고 했는데, 이는 그런 일이 없을 수 없었기 때문일 뿐, 정해진 제도는 아니었다. 매년 소빙하고 3년마다 대빙하고, 제후들 간에 서로 빙문하는 것에는 정해진 제도가 있다. 따라서 조근(朝覲)의 예는 군신의 의(義)를 밝히기 위함이요, 빙문(聘問)의 예는 제후로 하여금 서로 존경케 하기 위함이라고 말한 것이다. 이러한 까닭에 "한번 조알하지 않으면 관작을 낮추었고, 두 번 조알하지 않으면 영토를 깎았으며, 세 번 조알하지 않으면 여섯 군대를 동원하여 군주를 바꾼다."[20]고 하였으니, 이것이 곧 삼왕(三王) 때 통용되던 제도였다. 의(義)가 존재하는 이유는 바깥에서 집어넣어서가 아니라, 사람의 마음에 뿌리 내리고 있어 천하에 이르렀기 때문이다. 선왕께서 이를 위해 예절에 관한 규정을 세우시고 가르침으로 드러냈으니, 광망하여 미혹된 자가 아니라면 그 누가 이를 어길 수 있겠는가? 선공은 즉위 9년 동안 제(齊)나라를 두 차례 조알했으나, 대부를 보내 주나라 황실에 빙문한 것은 한 차례였다. 왕의 자취도 꺼져버리고 강상도 무너져버려, 시행하는 일도 거꾸로 되고 모든 순서 또한 뒤바뀌었는데도 아무렇지도 않게 여겼다. 『춘추』 짓는 일은 그만 둘 수 있었겠는가? 이를 책에 직접 기록해두었으니, 옆에 두고서 읽으면서 마음에 두려움이 없을 수 있는 자가 과연 있을지 나는 모르겠다.

---

19) 『禮記』「仲尼燕居」에 "두 임금이 서로 볼 때에는 읍양해서 문에 들고 문에 들어가면 종·정의 악이 연주된다. 읍양하여 당에 오르고, 당에 오르면 음악이 멈춘다.(兩君相見, 揖讓而入門, 入門而縣興, 揖讓而升堂, 升堂而樂闋)"는 내용이 보인다.

20) 『孟子』「告子下」.

古者, "諸侯之於天子, 比年一小聘, 三年一大聘, 五年一朝. 天子五年一巡狩." 周制, "六年五服一朝, 又六年王乃時巡. 考制度于四岳, 諸侯各朝于方岳", 所以考制度, 尊天子也. 故曰: "天子無事與諸侯相見曰朝, 考禮·正刑·一德, 以尊天子." 『穀梁子』以爲, "天子無事, 諸侯相朝", 誤矣. 『禮』所謂"兩君相見"者, 不能無是事耳, 非定制也. 比年小聘, 三年大聘, 諸侯交相聘問, 則有定制矣. 故曰朝覲之禮, 所以明君臣之義也. 聘問之禮, 所以使諸侯相尊敬也. 是故一不朝則貶其爵, 再不朝則削其地, 三不朝則六師移之, 三王之通制也. 義之所在, 非由外鑠, 根諸人心, 達之天下, 先王爲之節文, 著爲典訓, 苟不狂惑, 其誰能渝之? 宣公卽位九年, 兩朝于齊, 乃一使其大夫聘于周室, 王迹旣熄, 綱常淪斁, 逆施倒置, 恬不爲異. 『春秋』之作, 其得已哉? 直書于策, 比而讀之而無懼心者, 吾不知矣.

제나라 제후가 내(萊)를 치다(齊侯伐萊)

내(萊)는 약한 나라이다. 3년 사이에 내에 두 번이나 병사를 동원하였으니, 제나라 제후의 뜻을 여기서 볼 수 있다.

萊, 微國也. 三年之間, 兩勤兵於萊, 齊侯之志, 可見於此矣.

가을에 근모를 취하다(秋, 取根牟)

노나라 제후의 뜻은 제나라 제후와 같다.

魯侯之志, 猶齊侯也.

8월에 등자가 죽다(八月, 滕子卒)

이름이 간책에 기록되어 있지 않으면 이름을 적지 않는다.[21]

名不登載書簡牘, 則不名.

9월에 진후, 송공, 위후, 정백, 조백이 호(扈)에서 회맹하고, 진(晉)의 순임보가 군대를 거느리고 진(陳)을 치다(九月, 晉侯 · 宋公 · 衛侯 · 鄭伯 · 曹伯會於扈, 晉荀林父帥師伐陳)

진(晉)나라는 영공(靈公)이 임금의 도리를 행하지 못하고부터[22] 점차 초나라에 뒤쳐지게 되었다. 초나라는 정령이 날로 정비되고 병력이 날로 강해졌다. 그러나 성인의 마음은 언제나 진나라에게 희망을 버리지 못하였으니, 이는 사사로이 여겨서가 아니라 화이(華夷)의 구분이 응당 그래야했기 때문이다. 그 전 해에 진(陳)이 초(楚)의 공격을 받았을 때, 대세는 초나라를 향해 있음이 분명하였으나, 호(扈)에서의 회맹은 진(陳)을 위해서였다. 진(陳)이 진(晉)에 붙지 않자 순임보(荀林父)는 제후의 병사들을 병합하여 진(陳)을 쳤는데, 『춘추』에서는 이를 훌륭하다고 여겼다.

晉自靈公不君之後, 浸不競於楚. 楚之政令日修, 兵力日强, 然聖人之情, 常拳拳有望於晉, 非私之也, 華夷之辨當如是也. 前年陳受楚伐, 勢必向楚, 扈之會, 乃爲陳也. 陳不卽晉, 荀林父能併將諸侯之師以伐陳, 『春秋』蓋善之.

---

21) 여기서 滕子는 滕 昭公이다.
22) 『左傳』「宣公 2년」에 "진 영공이 임금의 도를 행하지 못하고 많은 세금을 거둬들여 궁궐 담장을 장식하였다.(晉靈公不君, 厚斂以雕墻)"는 내용이 나온다.

신유일에 진후 흑둔이 호(扈)에서 죽다. 겨울 10월 계유일에 위후 정(鄭)이 죽다(辛酉, 晉侯黑臀卒于扈, 冬十月癸酉, 衛侯鄭卒)

지명을 적은 것은 본국에서 죽지 않았음을 드러내기 위함이다. '장(葬)'이라고 적지 않은 것은 노(魯)나라가 참석하지 않았기 때문이다.

書地, 不卒于國都也. 不書葬, 魯不會也.

송인이 등(滕)나라를 포위하다(宋人圍滕)

등(滕)이 비록 작은 나라이나 포위하는 것은 옳지 않으니, 군사가 적음을 얕잡아 본 것이다. 등나라 제후가 죽은 지 몇 달도 채 안 되어 군사를 일으켜 포위하였으니, 이를 기록한 자의 이에 대한 폄하의 뜻이 매우 분명하다.

滕雖小國, 圍之則非, 將卑師少也. 滕子卒未數月興兵圍之, 書人之爲貶, 明矣.

초자(楚子)가 정(鄭)나라를 치다. 진(晉)의 극결(郤缺)이 병사를 거느리고 정나라를 구하다(楚子伐鄭, 晉郤缺帥師救鄭)

진(陳)을 정벌하고 정(鄭)을 구하였으니, 진(晉)의 여러 신하들은 여전히 문공(文公)의 패업을 잊지 않고 있었던 것이다. 이에 『춘추』에서 이를 훌륭하다고 여겼다.

伐陳救鄭, 晉之諸臣猶未忘文公之霸業, 『春秋』蓋善之.

진(陳)나라가 대부 설야(洩冶)를 죽이다(陳殺其大夫洩冶)

한 나라를 이야기할 때 '죽이다[殺]'라고 한 것은 그 죄가 위까지 연루됨을 나타낸다. 설야는 직간을 하다가 죽임을 당했는데,[23] 그의 이름을 적음으로써 진나라의 죄를 더욱 드러냈다.

稱國以殺, 罪累上也. 洩冶以直諫見殺, 名之, 陳罪著矣.

---

[23] 『左傳』「宣公 9년」에 다음과 같은 내용이 있다. "陳 靈公이 공녕과 의항보와 함께 하희와 通情하고 모두 그 속곳을 바쳐 입고서 조정에서 희희덕거렸다. 설야가 간하며 말하기를, '공과 경이 음란함을 보이면 백성들이 본받을 것이 없을뿐더러 소문나서 좋을 것이 없으니 인군께서는 거두어주소서.'라고 했다. 공이 '나는 능히 고치겠노라.'고 하면서 두 사람에게 말했더니 두 사람은 죽이자고 했다. 공이 막지 않았고 마침내 설야를 죽였다.(陳靈公與孔寧·儀行父通於夏姬, 皆衷其衵服, 以戲于朝. 洩冶諫曰, '公卿宣淫, 民無效焉, 且聞不令, 君其納之.' 公曰, '吾能改矣.' 公告二子, 二子請殺之, 公弗禁, 遂殺洩冶.)"

다시 쓰다 7월 17일

又 七月十七日

6월에 송나라 군사가 등(滕)나라를 치다(六月, 宋師伐滕)

  송은 큰 나라이고 등은 작은 나라이니, 등나라가 어찌 송나라를 해할 수 있겠는가? 송나라가 등나라를 친 것은 작고 약한 나라를 능멸함으로써 자신의 욕심을 드러내고자 함이었다. 『좌전(左傳)』에서는 "등나라 사람이 진(晉)나라를 믿고서 송나라를 섬기지 않았다."[24]고 하였는데, 진나라는 패업 경쟁에서 밀리고 있는 상황이었고 등나라는 본디 미약한 나라이거늘 대체 무얼 믿었다는 것인가? 혹여 진나라를 섬긴다는 이유로 송나라에 소홀히 했기 때문인가? 하지만 송나라가 무슨 의리로써 등나라에게 자신을 섬기라고 다그칠 수 있단 말인가? 큰 나라라면 마땅히 작은 나라를 돌보아야 하고, 자기만 못한 자를 긍휼히 여겨야 하거늘, 지난해 상사(喪事)를 틈 타 포위하더니 올해 다시 군사를 일으켜 정벌하였으니, 송나라가 약소국을 능멸함으로써 자신의 욕심을 드러내었음이 분명하다. 진상(陳常)이 임금을 시해하자 공자께서는 노나라 제후를 조회하고 토벌할 것을 청하였다.[25] 지

---

24) 『左傳』「宣公 10년」.

25) 『論語』「憲問」에 나오는 陳成子(田常)가 齊 簡公을 시해한 것에 관한 내용이다. "진성자가 간공을 죽이니 공자가 목욕하고 조회에 나가서 애공에게 말했다. '진항이 자기 임금을 죽였으니, 토벌하기 바랍니다.'(陳成子弒簡公, 孔子沐浴而朝, 告於哀公曰, '陳恒弒其君, 討之')" 육구연은 陳常이라고 하였으나 『논

난달에 진상이 임금을 시해했다고 고해왔는데, 송은 이웃 나라로서 지금이 어떤 때인지도 모르고 시끄럽게 군사를 일으켜 등나라를 침으로써 욕심을 드러냈으니, 사람의 마음을 간직하고 있다고 말할 수 있겠는가?

宋, 大國也, 滕, 小國也. 滕安能害宋? 宋之伐滕, 陵蔑小弱, 以逞所欲耳. 『左氏』謂"滕人恃晉而不事宋," 然晉之伯業方不競, 滕固微國, 何恃之有? 或者事晉之故, 而有闕於宋故歟? 宋亦何義而責滕之事己? 大當字小, 恤其不及焉可也. 去年因其喪而圍之, 今年又興師而伐之, 其爲陵蔑小弱, 以逞所欲明矣. 陳常弒其君, 孔子朝魯侯而請討之. 前月, 陳方以弒君告, 宋爲隣邦, 不知此何時耶, 而牟牟焉興師伐滕, 以逞所欲, 尙得爲有人心者乎?

공손귀보가 제나라로 가 제 혜공(惠公)을 장사지내다(公孫歸父如齊, 葬齊惠公)

선공(宣公)은 임금을 시해한 자에 의해 옹립되었는데, 제나라에 토벌될 것이 두려워 제를 섬김으로써 토벌을 면하고자 하였다. 제나라는 그가 자신을 섬기는 것이 기뻐 그 지위를 안정시켜주었다. 이때부터 제나라와 노(魯)나라의 사귐이 두터워졌고, 노나라가 제나라를 섬김이 더욱 부지런해졌다. 제나라 제후가 죽자 [노나라] 선공은 직접 달려가 문상했고, 장사지낼 때는 자신의 귀경(貴卿)들로 하여금 가서 참석하게 했다. 이를 책에 직접 기록해놓았으니, 난신적자가 두려움

어』에는 陳恒으로 나온다. 한나라 때 文帝의 이름이 恒이어서 이를 피휘하여 田常이라 칭한 적이 있는데, 아마도 이 때문에 이렇게 표기한 듯하다.

이 없을 수 있겠는가? 귀보(歸父)는 중수(仲遂)[26]의 아들로, 신분도 높고 총애도 입었다. 임금을 시해한 자는 바로 중수이다.

宣公爲弑君者所立, 懼齊見討, 故事齊以求免. 齊悅其事己, 而定其位. 自是齊·魯之交厚, 而魯之事齊甚謹. 齊侯之卒, 宣公旣身奔其喪, 及其葬也, 又使其貴卿往會. 直書于策, 亂臣賊子, 得無懼乎? 歸父, 仲遂之子, 貴而有寵. 弑君者, 仲遂也.

진인·송인·위인·조인이 정나라를 치다(晉人·宋人·衛人·曹人伐鄭)

『좌전』에서 이르기를, "정(鄭)이 초(楚)와 화평하였다. 이에 제후들이 정나라를 치고 화의를 맺고 돌아갔다."[27]고 하였다. 제후들이 정나라를 침에 '인(人)'이라고 칭한 것은 폄하의 뜻이다. 진(晉)과 초는 정나라를 두고 싸워온 지 이미 오래였다. 『춘추』는 늘 진나라가 정나라 얻기를 바랐지, 초나라가 정나라 얻기를 바라지 않았다. 정나라가 진나라 따르는 것을 좋게 여겼지, 정나라가 초나라 따르는 것을 좋게 여기지 않았다. 이는 진나라를 귀히 여기고 초나라를 천히 여겼기 때문이다. 진나라가 귀한 까닭은 바로 중국이기 때문이고, 중국이 귀한 까닭은 예의가 있기 때문이다. 정나라는 두 대국 사이에 끼어있었으니, 강한 자의 명령을 따르는 것 또한 당연했다. 그런데 진나라가 정나라를 비호하지 못해 그들로 하여금 초나라를 따르게 만들었다. 진(陳)에 임금을 시해한 역적이 있어도 진(晉)은 천왕(天王)에게 고하

---

26) 각주 11에 보이는 東門襄仲이다. 그는 선공을 옹립하기 위해 태자인 惡과 視를 죽였고, 선공의 옹립을 반대하던 叔仲惠伯도 죽였다.
27) 『左傳』「宣公 10년」.

여 그 죄를 성토하지 못했다. 그리고는 도리어 정나라를 치기에 급급
했으니, 이른바 예의라는 것이 모두 사라진 셈이다. 그 죄를 어찌 다
다스릴 수 있겠는가? 인(人)이라 적어 폄하함은 성인이 이때 진나라
에 대해 절망했음을 보여준다.

『左氏』謂: "鄭及楚平, 諸侯伐鄭, 取成而還." 諸侯伐鄭而稱人, 貶也.
晉·楚爭鄭, 爲日久矣. 『春秋』常欲晉之得鄭, 而不欲楚之得鄭. 與鄭
之從晉, 而不與鄭之從楚, 是貴晉而賤楚也. 晉之所以可貴者, 以其爲
中國也. 中國之所以可貴者, 以其有禮義也. 鄭介居二大國之間, 而從
於强令, 亦其勢然也. 今晉不能庇鄭, 致其從楚. 陳又有弑君之賊, 晉
不能告之天王, 聲罪致討, 而乃汲汲於爭鄭, 是所謂禮義者滅矣, 其罪
可勝誅哉? 書人以貶, 聖人於是絶晉望矣.

가을에 천왕(天王)이 왕계자를 사신으로 보내어 빙문하다(秋, 天王使王季子來聘)

선공은 즉위한 10년 동안 거듭 제나라를 조알했으나 주(周) 황실은
한 차례도 조알하지 않았다. 제후들의 상사(喪事)를 위해 뛰어다닐
수는 있었지만 천왕의 상사를 위해 뛰어다니지는 못했다. 귀경(貴卿)
들을 제(齊)나라 제후의 장례에 참석시킬 수는 있었지만 사람들을 천
왕의 장례에 참석시키지는 못했다. 그런데도 천왕은 왕계자를 보내
빙문하였으니, 관과 신발이 거꾸로 되었고, 군신지간의 윤상 또한 거
의 사라진 채 남아있지 않았다.

宣公卽位十年, 屢朝于齊, 而未嘗一朝于周. 能奔諸侯之喪, 而不能
奔天王之喪. 能使其貴卿會齊侯之葬, 而不能使人會天王之葬. 如是而
天王猶使王季子來聘, 則冠履倒置, 君臣之倫汨喪殆盡矣.

공손귀보(公孫歸父)가 군사들을 이끌고 주(邾)를 쳐서 역(繹)을 취하다
(公孫歸父帥師伐邾, 取繹)

노(魯)나라가 주(邾)나라를 친 것은 송(宋)나라가 등(滕)나라를 친 것과 다르지 않다. 역(繹)을 취하였다고 특별히 기록해 놓음으로써 그 죄를 더욱 무겁게 하였다.

魯之伐邾, 無以異於宋之伐滕, 特書取繹, 罪益重矣.

다시 쓰다 10월 22일

又 十月二十二日

홍수(大水)

태극(太極)이 나뉘어 음양(陰陽)이 되고, 음양이 퍼져 오행(五行)
이 된다. "천일(天一)이 수(水)를 낳고, 지육(地六)이 그것을 이룬다.
지이(地二)가 화(火)를 낳고 천칠(天七)이 그것을 이룬다. 천삼(天三)
이 목(木)을 낳고 지팔(地八)이 그것을 이룬다. 지사(地四)가 금(金)
을 낳고 천구(天九)가 그것을 이룬다. 천오(天五)가 토(土)를 낳고 지
십(地十)이 그것을 이룬다." 다섯 개 홀수의 천수(天數)는 양이고, 다
섯 개 짝수의 지수(地數)는 음이다. 음과 양, 홀수와 짝수가 서로 배
합되어 오행의 생성이 다 갖추어진다. 이 때문에 태극이 나뉘어 오행
이 되나니 음양이 곧 태극이요, 음양이 퍼져 오행이 되나니 오행이
곧 음양이다. 우주를 메우고 있는 가운데 그 어디를 가건 오행이 아
닌 것이 있겠는가? 수(水)·화(火)·금(金)·목(木)·토(土)·곡(穀),
이를 일러 육부(六府)라 한다. 흙에서 곡식 농사를 지으니, 곡(穀)은
곧 토(土)이다. 여기에는 백성의 목숨이 달려 있기에 달리 하나의 부
(府)로 두었으나, 종합하자면 바로 오행이다. 「홍범(洪範)」 구장(九
章)에서 "첫 번째는 오행이라."고 하였는데, 이것은 하늘에 있는 근본
이다. "다음 두 번째는 다섯까지 일을 공경히 쓰는 것이고, 다음 세
번째는 팔정(八政)을 힘껏 펼치는 것이고, 다음 네 번째는 다섯 가지
기율(紀律)을 어울리게 활용하는 것이고, 다음 다섯 번째는 황극(皇

極)을 세워 쓰는 것이고, 다음 여섯 번째는 세 가지 덕을 다스려 쓰는 것이고, 다음 일곱 번째는 의문을 물어 밝히 쓰는 것이고, 다음 여덟 번째는 여러 가지 징험을 생각해서 쓰는 것이고, 다음 아홉 번째는 오복(五福)을 길러 쓰는 것과 육극(六極)을 위압하여 쓰는 것이다."라고 하였는데, 이것은 사람에게 달린 쓰임이자 음양을 다스리는 방도이다. 일월(日月)과 오위(五緯)를 합쳐 칠정(七政)이라 한다. 사계절이 운행되면 역수가 생겨나는데, 임금이 하늘을 대신해 만물을 다스리면 역수가 그 한 몸에 달려있게 되어서, 재단하여 완성하고 힘 보태 보조하며,[28] 참여하여 돕고 섭리하는 책임이 생겨나게 된다. 그렇기 때문에 요임금이 희화(羲和)에게 명한 것도,[29] 순임금이 선기(璇璣)를 살핀 것도[30] 모두 「요전(堯典)」과 「순전(舜典)」에 나타난 큰 정사인 것이다.

"[歲星이] 금에 든 해는 풍년이 들고, 수에 든 해는 수해가 나고, 목에 든 해는 기근이 들고, 화에 든 해는 가뭄이 드는 것,"[31] 이는 하늘의 운행이다. 요임금 때 9년 동안 홍수가 지자 "물을 내려 내게 경고하는구나."[32]라고 하였으니, 이는 홍수를 스스로의 책임으로 여겼기

---

28) 『周易』「泰卦」의 「象」에 이르기를, "하늘과 땅의 사귐이 「태괘」의 괘상이니 군주가 이로써 천지의 도를 재단하여 이루며, 천지의 마땅함을 도와 백성을 좌우한다.(天地交泰, 后以財成天地之道, 輔相天地之宜, 以左右民)"고 하였다.
29) 『尙書』「堯典」에 "이에 희화에게 명하여 광대한 하늘을 공경히 따라 해와 달과 별의 상을 관찰하게 하고, 이를 책력으로 만들어 공경히 사람들에게 천시를 알리셨다.(乃命羲和, 欽若昊天, 曆象日月星辰, 敬授人時)"라는 내용이 보인다.
30) 『尙書』「舜典」에 "선기옥형을 살펴서 칠정을 가지런히 하였다.(在璇璣玉衡, 以齊七政)"는 내용이 보인다.
31) 『史記』권129 「貨殖傳」에서 計然의 말을 인용한 부분이다. 한나라 학자 王充이 지은 『論衡』「明雩」에 나오는 말이다.

때문이다. 옛날의 성인들은 삼가고 조심하여, 깊은 못 가에 이른 듯, 얇은 얼음을 밟는 듯,³³⁾ [忠信篤敬이] 앞에 있듯, 수레 횡목(横木)에 매달려 있듯 하였으니,³⁴⁾ 옛날에 하늘을 섬기고 하늘을 존경하고 하늘을 두려워하던 바가 언제나 지극함에 이르지 않은 적이 없었는데도 재변이 일어나면 늘 자신의 책임으로 여겼다. 주나라의 도가 쇠하고 왕의 자취가 사라져 제후들이 방자하게 구는데, 하늘의 책임을 대신하는 일을 그 누가 주관하였겠는가? 『춘추』에서 재난과 이변을 기록하였으나, 『주역』의 태극과 『상서』의 「홍범」에 밝은 자가 아니고서 그 누가 부자의 마음을 족히 알 수 있었겠는가? 한나라 유자들의 전문적인 학문은 술수(術數)로 흘러갔다. 유추를 통해 확인하려 하고, 옆에 것을 인용하고 왜곡해 취하는 등 흘러가는 곳[流]을 좇다가 그만 근원을 잊고 말았기에 옛 도가 가시덤불로 막히고 말았다. 후인이 한나라 유자들의 견강부회의 오류를 깨달았으나, 도리어 태만과 소홀의

---

32) 이는 『孟子』「滕文公下」에서 『尙書』「大禹謨」의 구절을 인용하여 한 말이다.

33) '小心翼翼'은 『詩經』「大雅·大明」의 "오직 문왕께서는 삼가고 조심 하셨네. (維此文王, 小心翼翼)"에서 나온 말이고, '臨深履冰'은 『詩經』「小雅·小旻」의 "전전긍긍, 깊은 못 가에 나온 듯, 얇은 얼음을 밟듯(戰戰兢兢, 如臨深淵, 如履薄冰)"에서 나온 말이다.

34) 『論語』「衛靈公」에 "자장이 행함에 대해 묻자 공자께서 말씀하셨다. '말이 충성스럽고 미더우며 행실이 돈독하고 공경스러우면 비록 만맥의 나라에서라도 행할 수 있겠으나 말이 충성스럽고 미덥지 못하며 행실이 돈독하고 공경스럽지 못하면 비록 이웃마을에서인들 행할 수 있겠느냐? 서 있으면 [忠信篤敬 네 글자개] 그 앞에 있는 것을 보고, 수레에 있으면 수레 횡목에 매달려 있음을 볼지니, 무릇 그런 뒤에 행할 수 있다.'(子張問行, 子曰, '言忠信, 行篤敬, 雖蠻貊之邦, 行矣. 言不忠信, 行不篤敬, 雖州里, 行乎哉? 立則見其參於前也, 在輿則見其倚於衡也, 夫然後行')"는 내용이 보인다. 따라서 '參前倚衡'은 忠信篤敬을 언제나 염두에 두고 있어야 함을 의미하는 말로 사용된다.

과오를 더욱 만연케 했다. 동중서(董仲舒)나 유향(劉向) 같은 자도 이를 면하지 못하였으니, 아아! 탄식할 노릇이로다! 이 해의 홍수를 두고 동중서는 주(邾)를 쳤기 때문이라고 했고, 유향은 [宣公이] 자적(子赤)을 죽인 탓이라고 했는데, 이런 것으로 어찌 천도를 알고 성인의 마음을 보았다 하겠는가?

[魯나라 正卿] 계손행보(季孫行父)가 제(齊)나라에 갔다. 겨울에 [노나라 上卿] 공손귀보(公孫歸父)가 제나라에 갔다. 제나라 제후는 [上卿인] 국좌(國佐)를 보내 빙문했다. 선공이 한 해 동안 직접 제나라를 찾아 간 것이 두 차례였고, 신하를 제나라에 보낸 것이 세 차례였다. 천왕이 [주나라 匡王의 아들이자 大夫인] 왕계자(王季子)를 보내 빙문하였다는 말은 들었으나 그가 직접 경사(京師)를 찾아갔다거나 그 신하가 경사를 찾아갔다는 말은 들어보지 못했다. 자세한 사실을 고찰해볼 것도 없이 그 죄가 이미 명백하다.

『좌전』에는 행보(行父)가 거(莒)나라의 [태자] 복(僕)을 내보낸 일을 싣고 있는데, 펼친 뜻이 매우 높다. 또한 말하기를, "선대부인 장문중(臧文仲)이 내게 임금을 섬기는 예를 가르쳐 주었기 때문에 나는 그것을 받들어 노나라의 정사를 잘 꾀하면서 감히 어기지 못하였다."35)고 하였다. 제 혜공(惠公)이 죽자 직접 그 상사(喪事)를 위해

---

35) 『左傳』「文公 18년」에 보이는 내용이다. "거나라의 기공은 태자 복을 낳고 또 계타를 낳았다 그는 계타를 사랑하여 복을 내쫓았으며 또한 나라에서 무례한 짓을 수없이 자행했다 그래서 복은 백성들의 힘을 빌려 기공을 시해하고 자기 나라의 보물을 가지고 노나라로 도망쳐 나와서 그것들을 선공에게 바쳤다. 선공은 그에게 고을을 내주되 오늘 안에 꼭 주라고 명령하였다. 그러나 계문자는 사구에게 명하여 그를 국경 밖으로 내보내게 하면서 오늘 안에 꼭 쫓아내라고

뛰어갔다. 왕계자는 노나라가 어려울 때에 빙문했는데, 행보는 수고롭게 제나라를 찾아가 빙문했으니, 임금 섬기는 예를 알고 이를 받들어 정사를 잘 꾀했다는 자가 과연 이러하단 말인가?

귀보가 간 것은 역(繹)을 취했기 때문이다. 제 혜공이 죽고 한 해가 채 지나지 않았을 때 국좌가 찾아왔는데, 사사로움을 좇고 예를 저버렸으며, 이(利)를 보고 의(義)를 돌아보지 않으면서 아무렇지도 않게 행하였다. 하늘도 두려워하지 않고 사람앞에 부끄러워하지도 않았다. 인심이 이 지경으로까지 민멸되었다니, 아아, 가히 두려워할 일이로다!

太極判而爲陰陽, 陰陽播而爲五行. 天一生水, 地六成之, 地二生火, 天七成之, 天三生木, 地八成之, 地四生金, 天九成之, 天五生土, 地十成之. 五奇天數, 陽也, 五偶地數, 陰也. 陰陽奇偶相與配合, 而五行生成備矣. 故太極判而爲陰陽, 陰陽卽太極也. 陰陽播而爲五行, 五行卽陰陽也. 塞宇宙之間, 何往而非五行? 水火金木土穀, 謂之六府. 土爰稼穡, 穀卽土也, 以其民命所係, 別爲一府. 總之則五行也. 「洪範」九章, 初一曰五行, 此其在天之本也. 次二曰敬用五事, 次三曰農用八政,

---

하였다. 선공이 그 까닭을 묻자 계문자는 태사 극에게 다음과 같이 대답하게 하였다. '선대부인 장문중이 내게 임금을 섬기는 예를 가르쳐 주었기 때문에 나는 그것을 받들어 노나라의 정사를 잘 꾀하면서 감히 어기거지 못하였다. 그의 가르침인즉 자기의 임금에게 예를 다하는 사람을 보면 그 사람을 효성스러운 자식이 부모를 봉양하는 것처럼 섬기고, 자신의 임금에게 무례한 자를 보면 그를 매나 새매가 참새를 잡듯이 죽이라.'는 것이었다.(莒紀公生大子僕, 又生季佗, 愛季佗而黜僕, 且多行無禮於國. 僕因國人以弑紀公, 以其寶玉來奔 納諸宣公. 公命與之邑曰, 今日必授, 季文子使司寇出諸竟, 曰今日必達. 公問其故, 季文子使大史克對曰, 先大夫臧文仲敎行父事君之禮, 行父奉以周旋, 弗敢失墜, 曰見有禮於其君者, 事之如孝子之養父母也, 見無禮於其君者, 誅之如鷹鸇之逐鳥雀也.')"

次四曰協用五紀, 次五曰建用皇極, 次六曰乂用三德, 次七曰明用稽疑, 次八曰念用庶徵, 次九曰嚮用五福. 威用六極者, 此其在人之用, 而所以燮理陰陽者也. 日月五緯, 謂之七政, 四時行焉, 歷數興焉. 人君代天理物, 歷數在躬, 財成輔相參贊燮理之任, 於是乎在. 故堯命羲和, 舜在璇璣, 皆二典大政.

夫金穰, 水毁, 木饑, 火旱, 天之行也. 堯有九年之水, 則曰洚水警予, 蓋以爲己責也. 昔之聖人, 小心翼翼, 臨深履冰, 參前倚衡, 疇昔之所以事天敬天畏天者, 蓋無所不用其極, 而災變之來, 亦未嘗不以爲己之責. 周道之衰, 王迹旣熄, 諸侯放肆, 代天之任, 其誰尸之? 『春秋』之書災異, 非明乎『易』之太極, 『書』之「洪範」者, 孰足以知夫子之心哉? 漢儒專門之學流爲術數, 推類求驗, 旁引曲取, 狗流忘源, 古道榛塞. 後人覺其附會之失, 反滋怠忽之過. 董仲舒·劉向猶不能免, 吁! 可歎哉. 是年之水, 仲舒以爲伐邾之故, 而向則以爲殺子赤之咎, 是奚足以知天道而見聖人之心哉?

季孫行父如齊, 冬, 公孫歸父如齊, 齊侯使國佐來聘. 宣公是年, 身如齊者二, 使其臣如齊者三. 聞天王使王季子來聘矣, 未聞身如京師與使其臣如京師也. 不待詳考其事, 而罪已著矣.

左氏載行父出莒僕之事, 陳誼甚高. 且曰: "先大夫臧文仲敎行父事君之禮, 行父奉以周旋, 弗敢失墜." 齊惠公之卒, 公旣親奔其喪矣. 王季子之聘魯未易時, 而行父僕僕往聘于齊, 知事君之禮而奉以周旋者, 果如是乎?

歸父之往, 則以取繹之故. 齊惠公卒未踰年, 而國佐寔來, 徇私棄禮, 見利而不顧義, 安然行之, 不畏于天, 不愧于人. 人心泯滅一至於於此. 吁, 可畏哉!

기근이 들다(饑)

　군사(君師)를 세움은 상제를 도와 사방을 보듬어 어루만지기 위함이다. 따라서 임금[君]이란 백성을 위한 자리인 것이다. 『상서』에서 이르기를, "하늘은 우리 백성들이 눈으로 보는 것을 보고, 하늘은 우리 백성들이 귀로 듣는 것을 듣는다."[36]라고 하였고, 『맹자』에서 이르기를, "백성이 귀하고, 사직이 그 다음이며 임금은 가장 아래이다."[37]라고 하였다. 한 해에 기근이 들면 백성의 목숨이 달려있으니, 천하의 일 중에 이보다 더 중한 것이 어디 있겠는가? 『춘추』에서 기근을 기록한 것은 대략 여기에서 시작하였으니, 성인의 뜻이 어찌 노나라 임금만을 질책하고자 하였겠는가!

　作之君師, 所以助上帝寵綏四方. 故君者所以爲民也. 『書』曰: "天視自我民視, 天聽自我民聽." 『孟子』曰: "民爲貴, 社稷次之, 君爲輕." 歲之饑穰, 百姓之命係焉, 天下之事孰重於此? 『春秋』書饑蓋始於是. 聖人之意, 豈特以責魯之君哉!

초자(楚子)가 정(鄭)나라를 치다(楚子伐鄭)

　이 때 진백(晉伯)은 더 이상 가망이 없었고, 제나라와 노나라 사이에서 이처럼 가깝게 지냈으니, 초나라 왕이 마음대로 행동하는 것을 누가 막을 수 있었겠는가? 정나라를 친 일을 기록한 것은 성인의 상심이 깊었기 때문이다. 『좌전』에는 [晉나라의] 사회(士會)가 영수(潁

---

36) 『尙書』「泰誓」.
37) 『孟子』「盡心下」.

水) 북쪽으로까지 [초나라] 군사를 쫓아버렸다고 기록하고 있는데, 이는 경서에 보이지 않는다. 설사 그런 일이 있었다고 해도 대단한 일이라 하기에 부족하다.

當是時, 晉伯旣不復可望, 齊·魯之間, 熟爛如此, 楚子之肆行, 其誰遏之? 伐鄭之書, 聖人所傷深矣. 左氏所載士會逐楚師于潁北, 不見於經. 縱或有之, 亦不足爲輕重也.

형문군 상원설청 강의
荊門軍上元設廳講義

"다섯 번째 황극(皇極)은 임금이 나라 다스리는 법칙을 세우는 것이다. 오복을 거두어들여서 여러 백성들에게 베풀어 주면 그 백성들도 그대의 법칙에 대하여 그대에게 그 법칙을 보호하게 해줄 것이다."[38]

황(皇)이란 대(大)이고, 극(極)이란 중(中)이다. 「홍범」 구주(九疇) 중 오(五)가 그 가운데 거하므로 '극'이라 한 것이다. 이 극의 크기는 우주를 가득 채울 정도여서, 천지는 이로써 자리 잡고 만물은 이로써 자란다.

"五皇極, 皇建其有極, 斂時五福, 用敷錫厥庶民, 惟時厥庶民, 于汝極, 錫汝保極."

皇, 大也, 極, 中也. 「洪範」九疇, 五居其中, 故謂之極. 是極之大, 充塞宇宙, 天地以此而位, 萬物以此而育.

옛 성왕께서 극을 크게 세우시니, 천지에 참여하고 화육을 도울 수 있었다. 이때에 모든 백성들은 능히 극을 보존할 수 있어서 집집마다 봉작을 받을 만한 사람이 있었고, 누구에게나 사군자의 행실이 있었다. 화락한 기운이 아름답게 일어나 태평성세를 이루었으니,[39] 오복

---

38) 『尙書』「洪範」.

을 누린다는 것은 바로 이를 가리킨다. 크게 그 극을 세우심이 있었기에 이 오복을 거두어들여 백성에게 베풀었던 것이니, 극을 버리고 복을 말하는 것은 빈 말이요, 망언이요, 이치에 밝지 못함이다. "크나크신 상제가 충(衷)을 아래 백성들에게 내리시었다."[40] 충(衷)이란 곧 '극'이다. 무릇 백성이 태어날 때는 나란히 이 극을 지니고 태어난다. 다만 타고난 기질에 맑음과 흐림이 있고, 지혜에 열림과 막힘이 있을 뿐이다. 하늘이 이 백성을 내실 때, 먼저 안 자로 하여금 나중 안 자를 깨우치게 하셨고, 먼저 깨우친 자로 하여금 나중 깨우친 자를 깨우치게 하셨다. 옛날의 성현들도 백성과 같은 부류이나 이른바 천리(天理)를 아는 백성 중의 선각자이다. 이 도로써 이 백성을 깨우쳤기에, 크게 극을 세울 수 있었고, 오복을 거두어들일 수 있었고, 백성들에게 베풀 수 있었던 것이다.

古先聖王皇建其極, 故能參天地, 贊化育. 當此之時, 凡厥庶民, 皆能保極. 比屋可封, 人人有士君子之行, 葉氣嘉生, 薰爲太平, 嚮用五福, 此之謂也. 皇建其有極, 卽是斂此五福以錫庶民. 捨極而言福, 是虛言也, 是妄言也, 是不明理也. 惟皇上帝, 降衷于下民, 衷卽極也. 凡民之生, 均有是極, 但其氣稟有淸濁, 智識有開塞. 天之生斯民也, 使先知覺後知, 先覺覺後覺. 古先聖賢與民同類, 所謂天民之先覺者也. 以斯道覺斯民者, 卽皇建其有極也, 卽斂時五福, 用敷錫厥庶民也.

지금 성스러운 천자께서 위에서 큰 빛을 드리우며 하늘을 대신해

---

39) "화락한 기운이 아름답게 일어나 태평성세를 이루었다(葉氣嘉生, 薰爲太平)"
는 구절은 『新唐書』 권197 「循吏傳」에 보인다.

40) 『尙書』 「湯誥」.

만물을 다스리고, 하늘의 뜻을 받들어 정사를 맡아 보시며, 그 극을 크게 세움에 "이에 떳떳함이며 이에 가르침이니, 상제께서 그 가르치신 것이라."[41] 이 오복을 거두어들이지 않은 것이 없어 만백성에게 베풀고 계시며, 군수와 현령들은 이 은택을 받들어 교화를 베풀고 있다. 이 복을 받들어 베푸는 것은 곧 성스러운 천자를 대신해 백성에게 베푸는 것이다. 만백성이 부모를 사랑할 줄 알고, 부형을 존경할 줄 아는 것은 크신 상제께서 내려주신 충(衷)이요 지금 성스러운 천자께서 내려주신 복이다. 이 마음을 보존할 수 있다면 이는 곧 극을 보존하는 것이요, 이에 마땅히 수(壽)를 누릴 수 있고, 복을 얻을 수 있고, 강녕을 얻을 수 있다. 이것을 일러 덕을 좋아하여 즐겨 행하는 일[攸好德]이라 하고, 이를 일러 명대로 살다가 편안히 죽는 것[考終命]이라 한다. 만백성이 군신(君臣)이 있음을 알고, 상하가 있음을 알고, 중국과 이적(夷狄)이 있음을 알고, 선악이 있음을 알고, 시비가 있음을 알고, 아비는 자애로움을 알고, 자식은 효순을 알고, 형은 우애를 알고, 아우는 공경을 알고, 지아비는 의롭고, 지어미는 순종하며, 벗 사이에 신의가 있는 것, 이것이 크나크신 상제께서 내려주신 충(衷)이요, 지금 성스러운 천자께서 베풀어주신 복이다. 혹 몸이 비록 장수를 누리지 못했더라도 이 마음이 실로 장수를 누리고, 혹 집안이 혹 부유하지 못해도 이 마음이 실로 부유하며, 혹 환난이 있다 하여도 이 마음이 실로 강녕하고, 혹 나라를 위해 죽었다 하여도 살신성인(殺身成仁)할 수 있다면, 이 또한 고종명인 셈이다.

今聖天子重明于上, 代天理物, 承天從事, 皇建其極, 是彝是訓, 于帝

---

41) 『尙書』「洪範」.

其訓, 無非斂此五福, 以錫爾庶民. 郡守縣令, 承流宣化, 卽是承宣此福, 爲聖天子以錫爾庶民也. 凡爾庶民, 知愛其親, 知敬其兄者, 卽惟皇上帝所降之衷, 今聖天子所錫之福也. 若能保有是心, 卽爲保極, 宜得其壽, 宜得其福, 宜得康寧, 是謂攸好德, 是謂考終命. 凡爾庶民, 知有君臣, 知有上下, 知有中國夷狄, 知有善惡, 知有是非, 父知慈, 子知孝, 兄知友, 弟知恭, 夫義婦順, 朋友有信, 卽惟皇上帝所降之衷, 今聖天子所錫之福也. 身或不壽, 此心實壽, 家或不富, 此心實富, 縱有患難, 心實康寧. 或爲國死事, 殺身成仁, 亦爲考終命.

　실제로 오복을 논하였지만 마땅히 논해야 하는 것은 오직 사람의 마음뿐이다. 이 마음이 만약에 바르면 복이 아닌 것이 없고, 이 마음이 삿되면 화(禍)가 아닌 것이 없기 때문이다. 속세의 사람들은 이를 깨닫지 못하고서 눈앞의 부귀만을 복이라 여기고, 눈앞의 환난만을 화라 여긴다. 하지만 부귀한 자라도 만약 그 마음이 삿되고 하는 일이 악하다면, 이는 천지를 거스르고, 귀신을 거스르고, 성현의 교훈을 어그러뜨리고, 군사(君師)의 가르침을 배반하는 행위인지라, 천지와 귀신이 용서치 않을 것이요, 성현과 군사가 도와주지 않을 것임을 사람들은 알지 못한다. 부모와 조상을 욕되게 하고 자신의 몸을 스스로 해치고 있으니, 고요할 적에 돌이켜 생각해본다면 스스로 기만하지 못할 바가 있을 것이다. 하지만 만약 이러한 때에 재차 스스로를 기만한다면, 이는 그야말로 그 본심을 스스로 끊어 없애버리는 짓이다. 따라서 설령 당장에는 부귀해 보일지라도 올바른 사람이 보기에는 감옥이나 똥구덩이 속에 있는 것과 다르지 않다. 환난 중에 있는 사람이라도 그 마음이 바르고 하는 일이 선하다면, 이는 천지를 거스르지 않고, 귀신을 거스르지 않고, 성현의 교훈을 어그러뜨리지 않고, 군사의 가르침을 배반하지 않는 바라, 천지귀신이 응당 보우할 것이요, 성현과 군사가 도와줄 것이다. 부모와 조상을 욕되게 하지 않고 자기 몸을 저버리지 않았으니, 하늘을 우러러 참괴함이 없고, 땅을 굽어 부끄러움이 없을 것이다. 따라서 비록 빈천과 환난 중에 살고 있더라도 마음은 절로 형통하여, 올바른 사람과 달관한 사람이 보기에 이것이 곧 복이요 덕일 것이다. 선을 행한 자에게는 백 가지 상서로움이 내려오지만, 선하지 못한 일을 한 자에게는 백 가지 재앙이 내려온다. 선을 쌓은 집안에는 반드시 넘치는 경사가 있지만, 불선(不善)을 쌓은 집안에는 반드시 넘치는 재앙이 있다. 스스로 그 마음을 고찰해본다면, 복과 상서로움, 재앙과 근심이 찾아오는 것은 마치 그림자가 형체를 따르듯, 메아리가 소리에 응하듯 필연적인 이치임을 알 게 될 것이다. 어리석은 자들은 선으로 옮겨갈 줄도, 죄를 멀리할 줄도 모르고서, 그저 부귀만을 탐하면서 도리어 신이나 부처에게 복을 달라고 빈다. 귀신과 부처가 어디에 있는지도, 무슨 수로 복을 얻어 선하지 못한 자에게 줄 수 있는지도 모르고서 말이다.

實論五福, 但當論人一心. 此心若正, 無不是福, 此心若邪, 無不是禍. 世俗不曉, 只將目前富貴爲福, 目前患難爲禍, 不知富貴之人, 若其心邪, 其事惡, 是逆天地, 逆鬼神, 悖聖賢之訓, 畔君師之敎, 天地鬼神所不有, 聖賢君師所不與, 忝辱父祖, 自害其身. 靜時回思, 亦有不可自欺自瞞者, 若於此時, 更復自欺自瞞, 是直欲自絶滅其本心也. 縱是目前富貴, 正人觀之, 無異在囹圄糞穢之中也. 患難之人, 其心若正, 其事若善, 是不逆天地, 不逆鬼神, 不悖聖賢之訓, 不畔君師之敎, 天地鬼神所當佑, 聖賢君師所當與, 不辱父祖, 不負其身, 仰無所愧, 俯無所怍, 雖在貧賤患難中, 心自亨通. 正人達者觀之, 卽是福德. 作善降之百祥, 作不善降之百殃, 積善之家, 必有餘慶, 積不善之家, 必有餘殃.

但自考其心, 則知福祥殃咎之至, 如影隨形, 如響應聲, 必然之理也.
愚人不能遷善遠罪, 但貪求富貴, 却祈神佛以求福, 不知神佛在何處,
何緣得福以與不善之人也.

　황극(皇極)은 「홍범」 구주 안에 있으며, 곧 「홍범」의 근본이다. 경
문(經文)에서 이르기를 "하늘이 우(禹)에게 「홍범」구주를 내리셨다."
고 하였다. 성스러운 천자께서 황극을 세워 쓰신 것도 또한 하늘로부
터 하사 받은 것이고, 오복을 거두어들인 것도 만백성에게 베푼 것이
다. 즉 이 마음을 교화와 정사에 펼침으로써 하늘이 백성들에게 내리
신 충(衷)을 밝혀 어디에 함몰되거나 빠지지 않게 하기 위해서였다.
백성들이 이 마음을 능히 보존하여 사악함에 빠지지 않을 수 있다면,
곧 극(極)을 보존하여 성스러운 천자의 가르쳐주시고 길러주신 은혜
를 갚을 수 있다. 또한 오복을 길이 누리리니, 달리 신이나 부처에게
빌 필요도 없다. 「홍범」 편이 『상서』에 기록되어 있어 오늘날 사람들
이 많이들 읽고 있지만, 대의를 능히 다 안다고는 할 수 없다. 만약
마음이 바르고 하는 일이 선하다면, 글자조차 모른다 하여도 책을 읽
은 공력을 절로 얻게 되겠지만, 마음이 바르지 못하고 하는 일이 선
하지 못하다면, 비록 책을 많이 읽었다 한들 무슨 소용 있으리오. 그
것을 선하지 못한 데에 쓴다면, 도리어 죄악만 보탤 뿐이다.

　皇極在「洪範」九疇之中, 乃「洪範」根本. 經曰: "天乃錫禹「洪範」九
疇". 聖天子建用皇極, 亦是受天所錫, 斂時五福, 錫爾庶民者, 卽是以
此心敷于敎化政事, 以發明爾庶民天降之衷, 不令陷溺. 爾庶民能保全
此心, 不陷邪惡, 卽爲保極, 可以報聖天子敎育之恩, 長享五福, 更不必
別求神佛也. 「洪範」一篇著在『尙書』, 今人多讀, 未必能曉大義. 若其

心正, 其事善, 雖不曾識字, 亦自有讀書之功. 其心不正, 其事不善, 雖
多讀書, 亦何所用? 用之不善, 反增罪惡耳.

  평범한 해라면 이 날 설청(設廳)42)에서 건초(建醮)43) 의식을 올리
며 백성을 위해 복을 빈다. 삼가 생각건대 성스러운 천자께서 황극을
세워 쓰심으로 천하에 군림하고 계시니, 군현의 관리들이 황제께서
세우신 극(極)을 마땅히 받들어 천자의 빛에 다가가고, 「홍범」에 나
온 오복을 거두어 백성들에게 베푼 뜻을 삼가 밝힘으로써 초사(醮事)
를 대신한다면 은덕을 베풀고 풍교(風敎)를 이어 받는 책임의 만분의
일은 해낼 수 있을 것이다. 이어서 구주의 순서를 대략 적고, 그 뒤에
상수(象數)를 그려보고자 한다. 책을 읽어본 적 없는 자들이 그 대략
을 알고자 할 때, 선을 행하고 복을 구하고자 하는 마음에 아마도 도
움이 될 수 있을 것이다. 『시경』에서 말한 "스스로 많은 복을 구한
다."44)란 바로 이를 두고 한 말이다.

  常歲以是日建醮於設廳, 爲民祈福. 竊惟聖天子建用皇極以臨天下,
郡縣之吏, 所宜與爾庶民惟皇之極, 以近天子之光. 謹發明「洪範」斂福
錫民一章, 以代醮事, 亦庶幾承流宣化之萬一. 仍略書九疇次敍, 圖其
象數于后, 恐不曾讀書者, 欲知大槪, 亦助爲善求福之心. 『詩』曰: "自
求多福", 正謂此也.

---

42) 고대 관부나 사묘의 廳堂을 이른다. 연회를 위해 설치했기에 設廳이라 부른
   것이다.
43) 매년 청명절과 음력 7월 15일, 시월 초하루에 도량을 설치하고 道士를 불러
   망혼 기도를 올리는 것을 建醮라 한다.
44) 『詩經』「大雅·文王」.

『역』에 태극이 있고, 이것이 양의(兩儀)를 낳는다. 양의가 사상(四象)을 낳고, 사상이 팔괘(八卦)를 낳는다. 건(乾)는 천(天), 곤(坤)은 지(地), 진(震)은 뇌(雷), 손(巽)은 풍(風), 감(坎)은 수(水), 이(離)는 화(火), 간(艮)은 산(山), 태(兌)는 택(澤)이다.

『易』有太極, 是生兩儀. 兩儀生四象, 四象生八卦. 乾爲天, 坤爲地, 震爲雷, 巽爲風, 坎爲水, 離爲火, 艮爲山, 兌爲澤.

건은 세 효(爻)가 이어져 있고[☰], 곤은 여섯 효가 끊어져 있다[☷]. 진은 사발을 위로 보게 놓은 것과 같고[☳], 간은 사발을 아래로 보이게 놓은 것과 같다[☶]. 태는 맨 위의 효가 뚫려 있고[☱], 손은 맨 아래 효가 끊겨 있다.[☴]45) 이(離)는 가운데 효가 비어있고[☲], 감(坎)은 가운데 효가 가득 차있다[☵].

乾三連, 坤六斷, 震仰盂, 艮覆盌, 兌上缺, 巽下短, 離中虛, 坎中滿.

「홍범」구주: 첫 번째는 오행이요, 다음 두 번째는 공경하여 오사(五事)를 행함이요, 다음 세 번째는 팔성(八政)을 후하게 펼침이요, 다음 네 번째는 오기(五紀)로 화합하는 것이요, 다음 다섯 번째는 황극을 세워 쓰는 것이요, 다음 여섯 번째는 삼덕(三德)으로 다스리는 것이요, 다음 일곱 번째는 의심나는 것을 상고하여 밝히는 것이요, 다음 여덟 번째는 여러 징조로 생각하는 것이요, 다음 아홉 번째는 오

---

45) 원래 「卦象歌」는 '巽下斷'이다. 즉 손은 아래 효가 끊어져 있다는 뜻이다.

복으로써 권장하고 육극(六極)으로 위엄을 세움이다.

「洪範」九疇: 初一日五行, 次二日敬用五事, 次三日農用八政, 次四日協用五紀, 次五日建用皇極, 次六日乂用三德, 次七日明用稽疑, 次八日念用庶徵, 次九日嚮用五福, 威用六極.

9를 이고 1을 밟음　　왼쪽이 3이고 오른쪽이 7임
2와 4가 어깨가 됨　　6과 8이 발이 됨
가로로 합해도 세로로 합해도 수가 모두 15임[46]

戴九履一　　　　　左三右七
二四爲肩　　　　　六八爲足

4	9	2
3	5	7
8	1	6

---

46) 洛書의 數를 설명하고 있는 것이다.

권 24

책문策問

문(問): 전해오는 말 중에, "사람 사이의 차이는 아홉 마리 소의 털만 큼이나 많다."[1]는 말이 있다. 혹자는 그 말이 잘못된 것 아닌가 하고 의심하기도 한다. 옛날 어떤 사람이 이 말을 해석하여 말하기를, "소보(巢父)와 허유(許由)는 천하도 마다하였으나, 시정 소인배들은 반 푼의 이익을 놓고 다툰다. 이들 사이의 차이가 어찌 아홉 마리 소의 털에 그치겠는가?" 참으로 훌륭한 변론이긴 하지만 그 뜻이 넓지 못한 것을 늘 탓해왔다. 선유(先儒)께서 사람의 국량을 논하면서, "천지의 국량이 있고, 강해(江海)의 국량이 있고, 종정(鍾鼎)의 국량이 있고, 말[斗]이나 종지의 국량이 있다."[2]고 말씀하셨는데, 그 뜻이 넓

---

1) 『晉書』 권52 「華譚傳」에 다음과 같은 내용이 전한다. "혹자가 화담에게 물었다. '속담에 이르길 사람 사이의 거리가 아홉 마리 소의 털만큼이 많다고 하였는데, 정말 그런 이치가 있습니까?' 환담이 대답했다. '옛날 허유와 소보는 천자처럼 존귀한 자리도 사양했지만 시정 소인배들은 반 푼의 이익을 놓고 싸운다. 그러니 그 거리가 어찌 아홉 마리 소의 털 정도에 그치겠느냐!' 이 말을 들은 사람들은 훌륭하다 칭찬했다.(或問譚曰, '諺言人之相去, 如九牛毛, 寧有此理乎?' 譚對曰, '昔許由・巢父讓天子之貴, 市道小人爭半錢之利, 此之相去, 何啻九牛毛也!' 聞者稱善)"

2) 『이정수언(二程粹言)』 권10 「人物篇」에 나오는 程顥가 한 말이다. "성인의 국량은 하늘이 주신 것이다. 군자의 국량은 학식으로 이룬 것이다. 성인은 일월과 더불어 나란히 비추므로 그 국량이 천지와 같고, 그 아래로는 강해와 같고, 종정과 같고, 부곡과 같고, 두소와 같다. 그 한계가 비록 다르고 받은 바도 같지 않지만, 그 국량을 채우지 못하는 사람은 없다.(聖人之有量, 天資也. 君子之有量, 學識也. 聖人與日月并照, 故天地同量, 下此者, 猶之江海也, 鐘鼎也, 釜斛也, 斗筲也. 其涯雖異, 其受也不齊, 而未有不滿者也.)"

긴 하였지만 말이란 것이 참으로 갖추어지기 어려운 것임에 거듭 탄
식하였다. 천지간에 태어나 모두 사람의 형상을 갖추어 똑같은 사람
이 되었거늘, 품류의 차등이 어쩌면 이리도 아득히 떨어져 있단 말인
가! 지금 천하의 풍속을 가지고 옛날을 말할 수는 없으나, 선왕의 은
택을 입어 요순과 공자의 도를 구하는 사인들이 날로 많아지고 있고,
유궁(儒宮)3)과 학관(學館) 사이에는 부형들의 가르침이, 사우(師友)
들 사이에는 강습과 절차탁마가 있다. 그럼에도 그들이 향해가는 바
를 살펴봄에 보통 사람조차 부끄러워하는 바가 있으니, 요순과 공자
의 도를 구해 반드시 거기에 이르고자 하는 마음과의 거리가 어찌 아
홉 마리 소의 털 정도에 그치겠는가! 너희들은 각자 날마다 실천하며
나아가고 있는 바를 모두 궁구하여서, 서로 더불어 이 말에 대해 논
평해보라. 한갓 과거 시문(時文)이나 짓지 말고, 사람 사이의 거리가
이처럼 아득히 떨어져 있는 이유가 무엇인지 한번 말해보도록 하라.
자신의 기질, 자신이 나아가는 방향은 마땅히 어디에 있어야 하는가?
오늘 마음 쓰고 있는 바와 오늘 힘을 기울이고 있는 바는 기실 어떠
한가? 장차 살펴볼 바가 있을 것이다.

　問: 語有之曰: "人之相去, 如九牛毛." 或者疑其言之過. 昔人有解之
者曰: "巢·許遜天下, 而市道小人爭半錢之利, 此其相去, 何啻九牛毛
哉?" 其言誠辯矣, 然嘗病其意之未廣. 先儒論人之量曰: "有天地之量,
有江海之量, 有鍾鼎之量, 有斗筲之量." 其意廣矣, 而嘗嘆乎言之難
備. 生乎天地之間, 具人之形體, 均之爲人也, 品類差等, 何其若是之
相遼絶哉! 今夫天下之俗, 固不可以言古, 然蒙被先王之澤, 士之求
堯·舜·孔子之道者日衆, 而儒宮學館之間, 有父兄之所敎, 有師友之

---

3) 고대 관립 학교를 가리킨다.

所講磨, 而考其所向, 則有常人之所恥者. 此其與求堯·舜·孔子之道
而期於必至, 何啻九牛毛哉! 二三子各悉究其日履之所鄉, 嘗試相與共
評斯語, 毋徒爲場屋課試之文. 試言人之所以相去若是遼絶者何故? 己
之氣質, 己之趨鄉, 當在何地? 今日之用心, 今日之致力者, 其實何如?
將有所考焉.

　문: 제(齊)가 동제(東帝)라 칭하고자 하자 추(鄒)·노(魯)의 신하들
은 기꺼이 죽을지언정 따르고자 하지 않았고, 진(秦)이 서제(西帝)라
칭하고자 하자 노중련(魯仲連)[4]은 기꺼이 죽을지언정 따르고자 하지
않았다. 제나라와 진나라의 강성함이라면 힘으로 천하를 제패하기에
충분했음에도 필부의 말 한 마디에 마침내 막히고 말았다. "국방을
굳게 하기를 산과 골짜기의 험준함으로써 하지 않으며, 천하를 위압
하기를 무기의 날카로움으로 하지 않는다."[5]는 맹자의 말씀이 참으로
믿을 만하다. 서한(西漢)은 예의를 숭상하지 않고 시의(時宜)를 말하
기 좋아했다. 숙손통(叔孫通)이나 육가(陸賈) 등의 무리는 유학으로
등용되었다고 일컬어지지만, 그 실제를 종합해보건대 기이한 모략이
나 비밀스런 계책을 일삼는 사인(士人)들과 거의 다르지 않다. 고조

---

4) 『戰國策』에 보이는 내용이다. 『古文觀止』에는 「魯仲連義不事秦」이라는 제목
　으로 이 글을 수록하고 있는데, 노중련이 한 말을 보면 다음과 같다. "진나라는
　예의를 버리고 적군의 머리를 벤 공만 숭상하는 나라입니다. 간교한 수단으로
　군사를 파견하고, 백성을 노예처럼 부립니다. 그들은 공공연히 황제가 되어, 천
　하를 통치하고자 합니다. 그렇게 되면 저는 동해로 가서 죽을 뿐, 진나라 백성이
　되는 것을 참을 수 없습니다.(彼秦棄禮義而上首功之國也. 權使其士, 虜使其
　民, 彼則肆然而爲帝, 過而遂正於天下. 則連有赴東海而死耳, 吾不忍爲之民
　也.)"
5) 『孟子』「公孫丑下」

(高祖)는 기병하던 날부터 "관대한 장자(長者)"6)라는 칭송을 받아, 사람들은 패공(沛公: 高祖)이 혹시라도 진왕(秦王)이 되지 못할까 걱정했으니, 장안의 백성들이 그를 사랑하고 추대함이 가히 깊고도 오래되었다 이를 만하다. 뒤를 이은 문제(文帝)와 경제(景帝)의 인애나, 무제(武帝)와 선제(宣帝)가 펼친 정령이나, 그들이 이어받아 지킨 것 또한 후세에 짝할 자가 없을 정도이다. 원제(元帝)·성제(成帝)·애제(哀帝)·평제(平帝)를 거치는 동안 비록 점차 쇠약해졌다고는 하지만, 포악하고 사납고 음험하고 모진 행동은 하지 않았다. 그런데 저 보잘것없는 신망(新莽)이 한나라의 정(鼎)을 옮겨가자 마치 마른 낙엽 떨어지듯 온 천하가 두려움에 떨며 감히 대항하지 못했다. 동도(東都)의 중흥이 있었지만, 광무제(光武帝)의 도량은 고조보다 넓지 못했고, 명제(明帝)의 명찰함과 지혜는 문제나 경제에 비해 많이 부족했다. 장제(章帝)의 어질고 온유함은 거의 원제와 성제에 버금갔고, 그 뒤로도 나무랄 만한 것 없이 서한과 비등할 정도로 왕조를 이어갔다. 조조(曹操)는 강했고 스스로 이룩한 바가 고조나 광무제에 뒤지지 않았지만, 종신토록 신하의 자리를 감히 떠나지 않았다. 천하에 공북해(孔北海)7) 보기를 마치 어린아이가 준엄한 사부께서 꼿꼿이 안석에 앉아 있어 감히 멋대로 굴지 못하듯 하였다. 그렇게 할 수

---

6) 『史記』 권8 「高祖本紀」에 보면 楚 懷王의 老將들이 項羽와 高祖 劉邦을 비교하면서 누구를 함곡관으로 들여보낼 것인가를 논하며 한 말이 기록되어 있다. "항우는 경박하고 사나워 보낼 수 없습니다. 오직 패공만은 관대한 장자라, 보낼 수 있습니다.(今項羽僄悍, 今不可遣. 獨沛公素寬大長者, 可遣)"

7) 공융(孔融: 153~208). 字는 文擧이고 魯國(지금의 山東省 曲阜) 사람이다. 建安七子 중의 한 사람이며 공자의 19대손이라고 한다. 漢 獻帝 때에 北海相을 지냈기에 孔北海라고 불렸다. 曹操에게 미움을 사 결국 처형되었다.

있었던 근본 원인을 추론해보건대, 탁무(卓茂)8)를 예로써 높여 태부 (太傅)로 삼고, 창을 던져버리고 문예를 강구하며, 말을 쉬게 하고 도 를 논하고, 경전의 이치를 강론한 뒤 한밤중이 되어서야 잠자리에 들 었기 때문이리니, 아마도 조문(條文)을 가지고 심하게 나무랄 수는 없을 것이다. 일신(一身)과 가(家)와 국(國)과 천하는 결코 두 가지 이치로써 볼 수 없다. 너희들은 자신의 몸으로부터 살피어 가와 국과 천하에 이른 다음, "국방을 굳게 하기를 산과 골짜기의 험준함으로써 하지 않으며, 천하를 위압하기를 무기의 날카로움으로 하지 않는다." 의 뜻을 갖추어 논하도록 하라. 도가 있는 세상에서는 사인들이 전하 는 말, 거리에서 백성들이 비방하는 말, 저자에서 상인들이 의론하는 말 모두 조정에서 즐겨 들으며 금하지 않는다. 당(唐)·우(虞)· [夏·殷·周] 삼대(三代)의 정사를 탐구하고, 양한의 득실 및 지금 세 상의 업무에 대해 논할 수 있는 자가 있거든 감추지 말고 모두 적도 록 하라.

問: 齊欲稱東帝, 鄒·魯之臣妾肯死而不肯從之. 秦欲稱西帝, 魯仲 連肯死而不肯從之. 夫以齊·秦之强, 力足以帝天下, 而卒沮於匹夫之 一辭. "固國不以山谿之險, 威天下不以兵革之利." 孟子之言, 於是信 矣. 西漢不崇禮義, 好言時宜. 叔孫通·陸賈之徒, 號稱以儒見用, 綜其 實, 殆未有以殊於奇謀秘計之士也. 高祖寬大長者之稱, 見於起兵之

---

8) 卓茂(?~28). 字는 子康이고 南陽郡 宛縣 사람이다. 한나라 때 관리로 雲臺 28將 중 하나이다. 元帝 때 장안에 와 학문을 시작해 博士 江生에게서 『詩經』 과 『禮記』 및 역법과 산술을 배웠는데, 터득한 바가 깊어 '연박한 儒士'라 일컬 어졌다. 후에 王莽이 집권하자 병을 이유로 귀향했다가 光武帝가 다시 불러들 여 태부로 삼고 食邑 二千戶와 几杖, 車馬 등을 하사하였으며, 아들들에게도 작위를 내렸다.

日. 惟恐沛公不爲秦王, 則長安之民, 所以愛戴之者, 亦可謂深且素矣.
繼以文·景之仁愛, 武·宣之政令, 所以維持之者, 亦後世所鮮儷.
元·成·哀·平雖浸以微弱, 亦非有暴鷙淫虐之行. 然區區新莽, 擧漢
鼎而移之, 若振槁葉, 天下憛然莫之敢爭. 東都之興, 光武之度, 不洪
於高祖, 明帝之察慧, 有愧於文·景多矣. 章帝之仁柔, 殆伯仲於元·
成之間, 自是而降, 無足譏矣. 然綿祀埒於西漢. 以曹操之强, 其所自
致者不後於高·光, 然終其身不敢去臣位. 視天下有孔北海, 如孺子之
有嚴師傅, 凜然於几席之上而不敢肆也. 推其所自, 則尊禮卓茂以爲太
傅, 投戈講藝, 息馬論道, 講論經理, 夜分乃寐, 殆未可以文具而厚非之
也. 於身於家於國於天下, 初不可以二理觀. 二三子盍自其身而觀之,
以及於家於國於天下, 而備論夫"固國不以山谿之險, 威天下不以兵革
之利"之道. 有道之世, 士傳言, 庶人謗於道, 商旅議於市, 皆朝廷之所
樂聞而非所禁也. 有能究唐·虞·三代之政, 論兩漢之得失, 以及乎當
世之務者, 其悉書之毋隱.

　문: 이단이라는 말은 주나라 이전에는 전적의 기록에 보이지 않는
다. 후세 사람들이 모두 부자의 말씀이라 믿으며 의심하지 않는 것은
오직 『춘추』·『십익(十翼)』9)·『논어』·『효경』, 그리고 『대기(戴記)』·
『중용』·『대학』 등 편장뿐이다. 『논어』에 "이단에 빠지면 결국 해로
울 뿐이다."10)라는 말이 있으나, 이른바 '이단'이 과연 무엇을 가리키
는지 알 수 없다. 『맹자』에 이르러 비로소 양주(楊朱)와 묵적(墨翟)
을 내치고, 허행(許行)을 내치고, 고자(告子)를 내치기 시작했다. 후

---

9) 『周易』의 十傳을 말한다.
10) 『論語』「爲政」.

세 사람들은 양주와 묵적 등을 가리켜 이단이라고 하지만, 『맹자』책
에서는 이단이라고 지목하지 않았다. 부자께서 말씀하신 이단이란 과
연 어떤 자들일까? 『논어』에서 이르기를, "향원(鄕原)은 덕을 해치는
사람이다."11)라고 하였고, 『맹자』에서도 향원의 해악을 누차 언급했
다. 향원 같은 자라면 혹 부자께서 말씀하신 이단이 아니겠는가? 만
약 이들을 가리킨다면, 비단 향원에 그치지 않을 터, 그밖에 더 미루
어 추측할 수 있는 자가 있겠는가?

맹자 후에 유도(儒道)로 세상에 이름난 자 중에서 순경(荀卿)·양
웅(揚雄)·왕통(王通)·한유(韓愈) 네 사람이 가장 유명하다. 『순자
(荀子)』에 「비십이자편(非十二子篇)」이 있는데, 자사(子思)와 맹가
(孟軻)가 여기 포함되어 있다. 순자는 맹자로부터 세대가 멀지 않는
데, 그가 한 말을 보면 공자를 매우 높이고 있고, 왕패(王覇)의 구분
에 엄정하며, 스승을 존중하고 예법을 존중한다. 그런즉 그의 학문에
전수받은 바가 있다면 그것을 분명 공자로부터일 것이다. 그렇다면
자사와 맹자를 심히 비난한 것은 어째서일까? 자하(子夏)·자유(子
游)·자장(子張)을 언급할 때도 또 천한 유자라고 배척하였으니, 그
가 스승으로 삼은 자는 과연 누구일까? 그가 전해 받은 것은 과연 무
슨 도일까? 그가 자사와 맹자와 자하와 자유와 자장을 배척하는 것이
과연 사사로운 뜻, 사사로운 학설에서 나온 것이라 모두 고증할 바가
없는 것일까? 아니면 고찰하여 논할 바가 응당 있는 것일까?

노장(老莊)은 세상에서 말하는 이단이다. 전적에서 기록하기를, 노
자는 부자 이전에 태어났다고 하는데, 부자께서 그를 내쳤다는 말은
들어보지 못하였다. 맹자 역시 노자를 내치지 않았다. 양주(楊朱) 학

---

11) 『論語』「陽貨」.

문의 원류를 고찰해보건대 노자에게서 나왔음이 분명한데, 맹자의 언사 중에 노자를 대략 언급한 곳조차 없는 것은 또 어째서인지 모르겠다. 양자(揚子: 揚雄)에 이르러서야 비로소 "노자는 인의(仁義)를 내던지고 예학을 멸절시켰으니, 나는 취하지 않을 따름이다."[12]라고 말하였으나, 노자의 도덕설은 또한 취하였다. 한유는 「원도(原道)」를 지어 비로소 노자가 말한 도덕을 힘껏 비판하였다.

불교가 중국에 들어온 것은 양자 이후이다. 불교 및 불교 서적은 한나라 때 처음 중국에 들어왔고, 불도가 유행한 것은 중국 양(梁)나라 때이며, 당나라에 이르러 성행하였다. 한유가 불교를 힘껏 내쳤으나 이기지 못했다. 왕통의 경우, [유·불·도] 삼가(三家)의 학문을 혼합하면서 아무런 비난도 폄하도 하지 않았다. 이에 불교와 도교는 마침내 유학과 천하에 나란히 정립(鼎立)하게 되었으니, 세상에서 분주히 뛰어가며 향하는 대상은 아마도 저들이지 우리 유학은 아닐 것이다. 어리석은 백성들이 화복(禍福)[을 두려워하고 비는 마음]을 가지고 귀의하는 정도는 불교와 도교가 비등하지만, 도로써 천하의 영웅들을 거두어들이는 것은 도교가 아니라 불교이다. 따라서 근세의 대유께서 "옛날에 입문한 사람은 길을 잃고 어두웠기 때문이지만, 지금 입문하는 사람은 고명하기 때문이다."[13]라고 말씀하신 것은 바로 불학을 두고 한 말인 것이다. 백가(百家)가 천하에 가득한데, 입문한 자는 이를 주인으로 섬기고 나간 자는 이를 노예처럼 여기며, 입문한 자는 그것에 의지하고 나간 자는 그것을 더럽힌다. 장자(莊子)가 피차 서로 비난한다[14]고 주장한 이유가 바로 이것 때문이다.

---

12) 揚雄 『法言』「問道」.
13) 이는 程頤이 지은 「明道先生行狀」에서 程顥가 한 말을 기록한 것이다.

요컨대 천하의 이치[理]란 오직 하나만이 옳을 뿐이다. 저들이 서로 공격하고 서로 비난하며 통일에 이르지 못하는 까닭이 하나의 옳은 경지에 이르지 못해서인가? 아니면 본디 시비란 절로 정해져 있으나 미혹된 자들이 반드시 이해할 수 있는 것은 아니고, 눈이 가린 자들이 반드시 눈을 뜰 수 있는 것은 아니므로 도가 행해지고 행해지지 않고에는 때와 운명이 있어서인가? 도란 것이 처음 학문하는 자들이 감히 가벼이 의론할 수 있는 바는 아니지만 목표를 둔 곳, 뜻이 지향하는 바는 일찌감치 구분하여 평소에 정하지 않을 수 없기에, 제군들과 더불어 상세히 의론하고 깊이 바로잡기를 원한다.

　問: 異端之說, 自周以前, 不見於傳記. 後世所同信其爲夫子之言而無疑者, 惟『春秋』·『十翼』·『論語』·『孝經』與『戴記』·『中庸』·『大學』等篇. 『論語』有“攻乎異端, 斯害也已.”之語, 然不知所謂異端者果何所指. 至『孟子』乃始闢楊·墨, 闢許行, 闢告子. 後人指楊·墨等爲異端, 『孟子』之書亦不目以異端. 不知夫子所謂異端者果何等耶? 『論語』有曰: “鄕原, 德之賊也.” 『孟子』亦屢言鄕原之害. 若鄕原者, 豈夫子所謂異端耶? 果謂此等, 則非止鄕原而已也, 其他亦有可得而推之者乎?

　孟子之後, 以儒稱於當世者, 荀卿·揚雄·王通·韓愈四子最著. 『荀子』有「非十二子篇」, 子思·孟軻與焉. 荀子去孟子未遠, 觀其言, 甚尊孔子, 嚴王覇之辨, 隆師隆禮, 則其學必有所傳, 亦必自孔氏者也.

---

14) 『莊子』「在宥」에 “유가와 묵가들이 한꺼번에 생겨나자, 기뻐하고 노여워하면서 서로를 의심하고, 어리석은 자와 지혜 있는 자들이 서로를 속이고, 훌륭하다느니 그렇지 않다느니 하며 서로 비난하고, 거짓이니 참이니 하며 서로 헐뜯게 되어 천하가 쇠퇴했다(而儒墨畢起, 於是乎喜怒相疑, 愚知相欺, 善否相非, 誕信相譏, 而天下衰矣.)”라는 말이 나오는데, 이 단락을 가리키는 듯하다.

而乃甚非子思・孟軻何耶? 至言子夏・子游・子張, 又皆斥以賤儒, 則其所師者果何人? 而所傳者果何道耶? 其所以排子思・孟軻・子夏・子游・子張者, 果皆出其私意私說, 而擧無足稽耶? 抑亦有當考而論之者耶?

老莊蓋世所謂異端者. 傳記所載, 老子蓋出於夫子之前, 然不聞夫子有闢之之說. 孟子亦不闢老子, 獨楊朱之學, 考其源流, 則出於老氏, 然亦不知孟子之辭, 略不及於老氏何耶? 至揚子始言"老子槌提仁義, 絶滅禮學, 吾無取焉耳." 然又有取於其言道德. 韓愈作「原道」, 始力排老子之言道德.

佛入中國, 在揚子之後. 其事與其書入中國始於漢, 其道之行乎中國始於梁, 至唐而盛. 韓愈闢之甚力, 而不能勝. 王通則又渾三家之學, 而無所譏貶. 浮屠・老氏之敎, 遂與儒學鼎列於天下, 天下奔走而鄉之者蓋在彼而不在此也. 愚民以禍福歸鄉之者則佛・老等, 以其道而收羅天下之英傑者, 則又不在於老而在於佛. 故近世大儒有曰, "昔之入人也, 因其迷暗, 今之入人也, 因其高明." 謂佛氏之學也. 百家滿天下, 入者主之, 出者奴之, 入者附之, 出者汚之, 此莊子所以有彼是相非之說也.

要之, 天下之理, 唯一是而已. 彼其所以交攻相非, 而莫之統一者, 無乃未至於一是之地而然耶? 抑亦是非固自有定, 而惑者不可必其解, 蔽者不可必其開, 而道之行不行, 亦有時與命而然耶? 道固非初學之所敢輕議, 而標的所在, 志願所向, 則亦不可不早辨而素定之也. 故願與諸君熟論而深訂之.

문: 부자께서는 주나라 말에 태어나셨는데, 스스로 말씀하시길 "문왕(文王)이 이미 돌아가셨으니, 문(文)이 내 몸에 있는 것 아니겠느냐?"[15]고 하셨다. 당시 부자를 따르던 무리가 3천 명이나 되었고, 재

아(宰我)·자공(子貢)·유약(有若)처럼 문하에 있던 고명한 제자들은 부자를 높이 받들며 심지어 "요순보다 현명하다."라고 하였으며, "백성이 태어난 이후 부자 같은 분은 없었다."라고 하였고, "백 세대가 지난 후 백 세대의 왕을 평가해보면 부자를 어기는 바가 없을 것이다."[16]라고 하였다. 천년이 지난 지금도 그 말을 지나치다고 여기는 자는 없으며, 옛 성인이 본디 많음에도 이 도(道)의 종주로 떠받드는 사람은 오직 부자뿐이다. 이 도에 뜻을 두었다면, 그 누구인들 배우고 싶어 하지 않겠는가? 부자께서는 『시경』을 산삭(刪削)하시고, 『서경』을 정리하셨으며, 『주역』에 대한 해설을 짓고, 『춘추』를 저술하였다. 증자(曾子)에게 전해준 것으로는 『효경』이 있고, 자사(子思)에게 전수한 것으로는 『중용』이 있으며, 문인들이 기록한 것으로는 『논어』가 있다. 죽간에 기록된 책들이 비록 잿더미 속에서 나왔지만, 서한(西漢) 때 수소문 해 찾아낸 다음 상세히 참조, 교정을 하였기에 족히 전하여 믿을 만하다. 이 책들은 본디 부자께서 후세를 깨

---

15) 『論語』「子罕」
16) 『孟子』「公孫丑上」에 보인다. "공손추가 말했다. '[백이·이윤·공자의] 다른 점을 감히 묻겠습니다.' 맹자께서 대답했다. '재아·자공·유약은 누가 성인인가를 알아내기에 충분한 지혜를 가진 분들이다. 낮게 잡아도 자기가 좋아하는 사람에게 아첨하는 데 이를 그런 분들이 아니다. 그런데 재아는 말하기를, 내가 부자를 보건대 요임금과 순임금보다도 더 현명하다고 하였고, 자공은 말하기를, 그 예법을 살펴보면 그 나라의 정치를 알 수 있는 것이고 그 음악을 들어보면 그 나라의 덕을 알 수 있다. 백 세대가 지난 후 백 세대의 왕을 평가해보면 부자를 어기는 바가 없을 것이니, 백성이 태어난 이후 부자 같은 분은 없었다고 말했다.'(曰, '敢問其所以異.' 曰, '宰我·子貢·有若智足以知聖人. 汙不至阿其所好. 宰我曰, 以予觀於夫子, 賢於堯舜. 子貢曰, 見其禮而知其政, 聞其樂而知其德. 由百世之後, 等百世之王, 莫之能違也. 自生民以來, 未有夫子也.')"

우치고 가르치기 위해 지은 것들이니, 부자를 배우고자 하는 후세로서 이를 버리고 달리 그 문하에 들어갈 수 있는 방도란 없다. 『논어』에는 당시 주고받았던 문답과 옛날에 하신 훈계의 말씀이 적혀 있다. 비록 당시에 태어나 직접 가르침을 받을 수 없다지만, 거기 적힌 내용을 보면 당시에 직접 듣는 것과 진배없을 것이다. 그렇지만 배움에는 반드시 업(業) 삼은 바가 있을 터인데, 당시 부자의 문하들은 과연 어떤 것을 업으로 삼았을까?

유(由: 子路)는 천승(千乘) 나라[國]의 군사를 다스렸고, 구(求: 冉有)는 백승(百乘)의 가(家)를 주재할 수 있었으며, 적(赤: 公西子華)은 빈객을 맞이해 이야기하게 할 수 있었다.[17] 이 두 세 명은 그 능력을 스스로도 말했으며, 부자 역시 이로써 그들을 인정하셨다. 그들이 부자의 문하에서 이런 것을 업 삼았을지, 아니면 부자로부터 배운 바는 또한 이런 것이 아니었을지 모르겠다. 훗날 부자께서 혼자 서 계실 때 백어(伯魚)가 앞뜰을 지나가자 그에게 시(詩)를 배우라고 하셨고, 시를 배우고 났더니 훗날 다시 예(禮)를 배우라고 하셨다.[18] 백어

---

17) 『論語』「公冶長」에 "공자께서 말씀하시기를, '유는 천승의 나라에서 군사를 다스리게 할 수는 있으나, 어진지는 모르겠다.'고 하였다. '그렇다면 구는 어떻습니까?' 공자께서 말씀하시기를, '구는 천 호의 읍과 백승의 가문을 맡아 관리하게 할 수는 있지만, 그가 어진지는 모르겠다.' '적은 어떠합니까?' '적은 朝服을 입고 조정에 나아가 빈객을 접대하게 할 수는 있으나, 어진지는 모르겠다.'(子曰, '由也, 千乘之國, 可使治其賦也, 不知其仁也.' 求也, 何如?' 子曰, 求也, 千室之邑, 百乘之家, 可使爲之宰也. 不知其仁也.' 赤也, 何如? 子曰, '赤也, 束帶立於朝, 可使與賓客言也. 不知其仁也.')"라는 내용이 보인다. 여기서 賦는 兵을 뜻한다.

18) 『論語』「季氏」에 "진항이 [공자의 아들] 백어에게 물었다. '그대는 무언가 새로운 이야기를 들었습니까?' 백어가 대답했다. '없습니다. 다만 어느 날 부친께서 홀로 서 계셨는데 제가 앞뜰을 지나가자 부친께서 『시경』을 공부했느냐고 물으

가 시를 배우지 않았다면 또한 달리 배운 바가 있는 것은 아닐까? 또 예를 배운 뒤에 달리 배운 바가 있지 않았을까? 부자께서는 "얘들아, 어찌하여 시를 배우지 않느냐?"[19]고 하셨고, "시에서 정서가 일어난다."[20]고 하셨다. 부자께서는 누차 시를 가지고 사람들을 가르치셨는데, 부자 문하에 거하던 자들 모두가 시 배우는 것을 업으로 삼았을까? 진항(陳亢)은 본디 제자 항렬에 있던 자인데, 백어에게 물어본 뒤에야 시에 대해 듣고 예에 관해 들었으니, 그 전에는 그런 이야기를 몰랐다는 것 아닌가? 부자께서 네 가지로써 가르침을 삼았는데, 문(文)과 행(行)과 충(忠)과 신(信)이 그것이다. 이는 문하의 제자들이 기술한 바이니, 분명 근거한 바가 있어 그리 말했을 것이다. 이른바 문과 행과 충과 신이라는 것이 과연 어떤 방식의 가르침이었을까? 삼천 명의 제자 중 오직 안연(顔淵)만을 배우기 좋아한다고 기리면서, 그를 칭찬할 적에는 "마치 어리석은 자인 듯 종일토록 내 말을 거스르지 않았다."[21]고 하였고, "그 마음이 석 달 동안 인(仁)을 어기지

섰습니다. 아직 못했다고 말씀드리자 부친께서는 『시경』을 배우지 않으면 말할 줄을 모른다고 하셨습니다. 그래서 저는 혼자 『시경』을 공부했습니다. 또 어느 날 부친께서 홀로 서 계셨는데 제가 그 앞뜰을 지나가자 부친께서 『예』를 공부했느냐고 물으셨습니다. 아직 못했다고 말씀드리자 부친께서는 『예』를 배우지 않으면 세상에 우뚝 설 수 없다고 하셨습니다. 그래서 저는 혼자 『예』를 공부했습니다. 제가 들은 것은 이 두 가지입니다.'(陳亢問於伯魚曰, '子亦有異聞乎?' 對曰, '未也. 嘗獨立, 鯉趨而過庭. 曰學『詩』乎? 對曰, 未也. 不學『詩』, 無以言. 鯉退而學『詩』. 他日又獨立, 鯉趨而過庭. 曰學『禮』乎? 對曰, 未也. 不學『禮』, 無以立. 鯉退而學『禮』. 聞斯二者.')"

19) 『論語』「陽貨」.
20) 『論語』「泰伯」.
21) 『論語』「爲政」에 "내가 회와 더불어 종일토록 이야기하였으나 마치 어리석은 자인 듯 내 말을 거스르지 않았다. 물러난 뒤 그의 사생활을 봄에, 나를 깨우치기에 족하였으니, 회는 어리석지 않다.(吾與回言終日, 不違如愚. 退而省其私,

않았다."[22]고 하였으며, [한 소쿠리의 밥과 한 표주박의 물을 마시며 누추한 골목에 살지라도] 그 즐거움을 바꾸지 않았다."[23]고 하였고, "화를 남에게 옮기지 않고 실수를 반복하지 않았다."[24]고 하였다. 이 밖에 더 알 수 있는 것이 혹 있는가? 『논어』를 읽는 자라면 마땅히 학문하는 방법과 날마다 익혀야 하는 학업을 추구해야 한다. 따라서 제군들과 더불어 의심쩍은 부분에 대해 논해보고자 한다. 부자께서 사람들을 가르쳤던 내용이나 당시 문하 제자들이 부자로부터 배운 내용이 모두 이런 것들이 아니고, 오늘날 학문하는 자들이 근심하는 바 또한 이런 것들이 아니라면, 제군들과 더불어 다 갖추어 논하고 다 찾아내 이야기해보고자 하니, 대충 하지 말지어다.

問: 夫子生於周末, 自謂"文王旣沒, 文不在玆乎?" 當時從之遊者三千, 門人高弟如宰我·子貢·有若之徒, 所以推尊之者, 至謂"賢於堯舜", 謂"自生民以來未之有." 謂"百世之後, 等百世之王, 莫之能違也. 千載之後, 未有以其言爲過者. 古聖人固多, 至推以爲斯道主, 則惟夫子. 苟有志于斯道者, 孰不願學? 夫子刪『詩』定『書』, 繫『周易』, 作『春秋』, 傳曾子則有『孝經』, 子思所傳則有『中庸』, 門人所記則有『論語』. 簡編雖出煨燼, 而西都搜求參校之詳, 猶足傳信. 凡此固夫子所以詔敎後世, 而後世所以學夫子者, 亦未有捨此而能得其門者也. 『論語』載當時問答與疇昔訓詞, 旣不得親炙於當時, 則視其所載, 亦可以如親聞於當時也. 然學必有業, 不知當時在夫子之門者, 業果安在?

由治千乘之賦, 求宰百乘之家, 赤可使與賓客言, 二三子蓋自謂其

亦足以發, 回也不愚)"라는 구절이 보인다.

22) 『論語』「雍也」.

23) 『論語』「雍也」.

24) 『論語』「雍也」.

能, 而夫子亦以是許之. 不識其在夫子之門獨以是爲業乎? 抑亦所學於
夫子者又不在是也? 他日獨立, 伯魚過庭, 乃使學『詩』. 旣學矣, 他日
乃使之學『禮』. 不識伯魚之未學『詩』也, 亦有所學乎無也, 旣學禮矣,
亦有所學乎無也? "小子何莫學夫『詩』?" 又曰: "興於『詩』." 夫子蓋屢敎
人以學『詩』, 不識凡居夫子之門者, 擧皆以學『詩』爲業乎? 陳亢固在弟
子列, 乃問伯魚而後聞『詩』聞禮, 無乃先是未知其說乎? 子以四敎, 文
行忠信, 此固門弟子紀述之辭, 然亦必有所據而言. 所謂文行忠信者,
果何如而以爲敎也? 三千之中, 獨薦顔淵爲好學, 而稱之則曰"終日不
違如愚", 曰"三月不違仁", 曰"不改其樂", 曰"不遷怒, 不貳過." 不識亦
有可得而知者乎? 讀『論語』者, 固當求所以爲學之方, 日肄之業, 故願
與諸君論其所疑.　　夫子之所以敎人與當時門弟子之所以學於夫子者,
苟不在是, 而今日學者之所患, 亦不在是, 則亦願與諸君備論而索言
之, 毋略.

문: 성인께서는 만물을 준비하여 쓰임을 통제하시고, 기물을 완성
하여 천하를 이롭게 하셨다. 그물과 쟁기와 절구가 있어 백성들은 먹
을 근심을 덜었고, 위에는 용마루, 아래는 처마가 있어 비바람을 막음
으로써 거주에 불편을 겪지 않을 수 있었다. 소를 부리고 말을 타고,
배를 만들고 노를 깎음으로써 험난한 물길을 건널 수 있었고, 활을
구부리고 화살을 깎고 겹문을 세우고 [순찰 돌며] 딱딱이를 침으로써
포악한 세력을 제압할 수 있었다. 무릇 성인께서 하신 모든 일은 다
천하를 이롭게 하기 위함이었다. 「요전(堯典)」과 「순전(舜典)」에는
요순 임금의 일이 기록되어 있는데, 희화(羲和)에게 명하여 백성들에
게 때를 알게 한 것과,25) 우(禹)임금이 홍수를 다스린 것과, 직(稷)
이 내려와 파종한 것도 모두 당시 첫 번째로 시급한 정무였다. 양(梁)

혜왕(惠王)이 "무엇으로 내 나라를 이롭게 해주시겠소?"라고 물은 것에 다른 잘못이라곤 없는데, 맹자는 어찌 그리도 준엄하게 내치고 힘껏 변론했을까?[26] 부자 또한 "군자는 의(義)에 밝고 소인은 이(利)에 밝다."[27]고 하셨고, 번지(樊遲)가 채소 심는 일을 배우고자 하자 소인이라고 내쳤다.[28] 어째서인가? 『맹자』에 이르기를, "내가 능히 임금을 위해 동맹국과 맹약하여 전쟁에서 반드시 이길 수 있다고 말한다면, 이는 오늘날 이른바 훌륭한 신하이자 옛날에 이른바 백성을 해치는 자이다."[29]라고 하였다. "토지를 넓히고, 창고를 채우고, 동맹국과 맹약하고, 전쟁하면 반드시 이기는 것"[30]이 나라에 끼치는 이로움이

---

25) 『尙書』「堯典」에 "희화에게 명하시어 하늘을 삼가 따르게 하고, 해와 달과 별들의 운행을 관찰하여 백성들에게 때를 알리도록 했다.(乃命羲和, 欽若昊天, 歷象日月星辰, 敬授人時.)"는 구절이 보인다.

26) 『孟子』「梁惠王上」에 보이는 내용이다.

27) 『論語』「里仁」.

28) 『論語』「子路」에 "번지가 곡식 심는 법에 관해 묻자 공자 말씀하시기를, '나는 늙은 농군만 못하다.'라고 하셨다. 번지가 채소 키우는 법에 관해 묻자 공자께서 말씀하시기를 '나는 늙은 채소 가꾸는 이만 못하다.'라고 하셨다. 번지가 나가자 공자께서, '번수는 소인이구나. 윗사람이 예를 좋아하면 백성들도 공경 아니 하지 못하고, 윗사람이 의를 좋아하면 백성들도 성실하지 않을 수 없다. 이와 같다면 사방의 백성이 그 자식을 강보에 싸서 업고 찾아올 것이니 어찌 농사를 배우고자 하느냐?'(樊遲請學稼, 子曰, '吾不如老農.' 請學爲圃, 曰, '吾不如老圃.' 樊遲出, 子曰, '小人哉, 樊須也! 上好禮, 則民莫敢不服, 上好信, 則民莫敢不用情. 夫如是, 則四方之民襁負其子而至矣, 焉用稼?')"라는 내용이 보인다.

29) 『孟子』「告子下」.

30) 『孟子』「告子下」의 위의 각주 바로 앞부분에 "오늘날 임금을 섬기는 자가 말하길, 나는 능히 임금을 위해 토지를 넓히고, 창고를 채울 수 있다 한다면, 오늘날 이른바 훌륭한 신하요 옛날에 이른바 백성을 해치는 자이다.(今之事君者曰, 我能爲君辟土地, 充府庫, 今之所謂良臣, 古之所謂民賊也.)"라는 내용이 나온다.

적지 않은데, 맹자는 도리어 백성을 해친다고 하였으니, 이는 어째서인가? 유자의 도라는 것이 그저 주저앉아서 토지가 황폐해지고, 창고가 바닥나고, 이웃 나라가 침범해오는데도 아무 계책도 내지 않은 채 서(徐)나라 언왕(偃王), 송(宋)나라 양공(襄公)이 그랬던 것처럼 한갓 인의(仁義)만 풀이하고 있어야 한단 말인가? 그렇지 않다면 맹자께서 하신 말씀을 거칠고 허술하게 보아서는 안 되고, 세속의 어리석음 또한 깊이 탐구하고 명백히 구분하지 않을 수 없다. 세상에서는 유자를 쓸모없다 여기고, 인의를 빈 말이라 여기는데, 그 내실을 깊이 탐구하지 않는다면 쓸모없다는 비판이나 빈 말이라는 책망으로부터 도망칠 길이 없을 것이다. 제군들과 더불어 이를 논해보고자 한다.

問: 聖人備物制用, 立成器以爲天下利. 是故網罟·耒耜·杵臼作, 而民不艱于食, 上棟下宇以待風雨, 而民不病于居. 服牛乘馬, 刳舟剡楫, 而民得以濟險, 弦弧剡矢, 重門擊柝, 而民得以禦暴. 凡聖人之所爲, 無非以利天下也. 「二典」載堯舜之事, 而命羲和授民時, 禹平水土, 稷降播種, 爲當時首政急務. 梁惠王問"何以利吾國?" 未有它過, 而孟子何遽闢之峻, 辯之力? 夫子亦曰: "君子喩於義, 小人喩於利." 樊遲欲學圃, 亦斥以爲小人, 何也?『孟子』曰: "我能爲君約與國, 戰必克, 今之所謂良臣, 古之所謂民賊也." "闢土地, 充府庫, 約與國, 戰必克", 此其爲國之利固亦不細, 而孟子顧以爲民賊, 何也? 豈儒者之道, 將坐視土地之荒蕪, 府庫之空竭, 鄰國之侵陵, 而不爲之計, 而徒以仁義自解, 如徐偃王·宋襄公者爲然耶? 不然, 則孟子之說亦不可以鹵莽觀, 而世俗之蔽亦不可以不深究而明辨之也. 世以儒者爲無用, 仁義爲空言. 不深究其實, 則無用之譏, 空言之誚, 殆未可以苟逃也. 願與諸君論之.

문: "옛날에는 과거로 사인(士人)을 뽑지 않았기에, 천하에서 [학문

에] 종사하던 자들은 문학만 전공하지 않았다. 한나라에 이르러 비로소 사책(射策)으로 과거를 결정지었지만,[31] 벼슬에 나아가는 길이 하나만 있는 것은 아니었으며, 익히는 학업 또한 오직 하나만 전적으로 하거나 큰 비중을 두어 하지 않았다. [이러한 방식이] 줄곧 이어지다가 당나라에 이르러 진사(進士)가 가장 중요한 등용문이 되어 과문 익히는 자들이 천하에 가득해지더니, 오늘에 이르기까지 변하지 않고 있다. 문장은 옛날보다 더욱 정교해졌으나, 한나라 때부터 이미 육경(六經)이나 선진(先秦)의 고서에 미치지 못하였고, 한나라 이후로는 또 한나라의 문장에 미치지 못하였다. 당나라 300년 동안 문장의 종백(宗伯)은 오직 한퇴지(韓退之: 韓愈)이고 그 다음은 유자후(柳子厚: 柳宗元)였다. 이 두 사람은 서한의 문장을 익히고 배우며 당시 함께 문장을 일으킬 자가 적은 것을 한탄했는데, 이는 어째서이겠는가? 문장이란 하나일 뿐이거늘, 어찌 과문(科文)과 고문(古文)이 본디 다른 것이어서 같아 질 수 없겠는가? 어찌하여 문장 익히는 자들은 갈수록 전적으로 일삼고 또 그 수 또한 늘어 가는데 더욱 예전만 못해지는 것일까? 말에 문채(文彩)가 없으면 오래 가지 못한다고 하였고, 부자께서 [文・行・忠・信] 네 가지로써 가르치실 때 문장도 거기 들어 있었으니, 문장이란 본디 성인께서 폐하는 바가 아니었다. 그러나 [德行・言語・政事・文學] 부자의 사과(四科)에서 덕행에 뛰어난 사람은 언어과(言語科)에 들어 있지 않고,[32] 언어과에 들어 있는 자

---

31) 한나라 때 經術 내용으로 시험을 치르던 방법이다. 主試官이 문제를 내서 목판 [策]에 적은 다음 책상에 뒤집은 채 놓아두면 응시자가 그 중 하나를 골라[射] 스스로 고른 목판 위에 적힌 제목에 대해 답을 적었는데, 이 과정을 일러 射策이라 했다.

32) 『孟子』「公孫丑上」에 "재아와 자공은 말을 잘하시던 분이요, 염우와 민자와 안

는 또 문학과에 들어 있지 않았다. 소자(小子)들과 응대(應對)33)할 때부터 재상들과 회동할 때나 사방에 사신으로 나갈 때에 이르기까지, 언어의 쓰임은 매우 중했다. 그럼에도 도리어 문학을 중시하지 않았으니, 이른바 문학이란 과연 무엇을 익히는 것이고 무슨 쓸모가 있는 것일까? 과거로 사인을 뽑는 것은 갑자기 바꿀 수 없고, 제공들이 과거를 익히는 것 또한 갑자기 면할 수 없다. 이제 바야흐로 조석으로 문장에 종사할 터이니, 그 문장이란 것이 무엇인지 깊이 알지 않을 수 있겠는가? 제군들과 더불어 논해보기를 원한다.

問: "古不以科擧取士, 天下之從事者不專於文. 至漢始射策決科, 然仕進者不一途, 習其業者, 未始專且重也. 綿延以至於唐, 進士爲重選, 習其文者殆遍天下, 至于今不變. 文宜益工於古, 然六經之文, 先秦古書, 自漢而視之, 已不可及. 由漢以降, 視漢之文, 又不可及矣. 唐三百年文章宗伯, 惟韓退之, 其次柳子厚, 而二人皆服膺西漢之文章, 恨悼當世鮮有能共興者, 何耶? 夫文一也, 豈科擧之 文與古之文, 固殊而不可同耶? 何其習之者益專且衆而益不如也? 言而不文, 行之不遠, 子以

연은 덕행을 잘 설명했습니다. 공자께서는 이를 겸비하셨지만 '나는 말재주에는 능하지 못하다'고 하셨으니, 그렇다면 선생님은 이미 성인이십니다.(宰我 · 子貢善爲說辭, 冉牛 · 閔子 · 顔淵善言德行, 孔子兼之, 曰我於辭命則不能也. 然則夫子旣聖矣乎!)"라는 내용이 보인다.

33) 『論語』「子張」에 다음과 같은 내용이 보인다. "자유가 말하였다. '자하의 門人 小子은 물 뿌리고 청소하고, 손님 응대하고, 집안을 들고 날 때의 예절은 잘 배운 것 같다. 그러나 이는 다 말단의 것이다. 근본으로 들어가면 아무 것도 없으니 어찌할 것인가? 자하가 이 말을 듣고 말하였다. '아! 언유의 말이 지나치다! 군자의 도인즉 어느 것이 먼저라 하여 전하고 어느 것이 후라 하여 게을리 하겠는가?(子游曰, '子夏之門人小子, 當灑掃應對進退則可矣, 抑末也. 本之則無, 如之何?' 子夏聞之, 曰, '噫! 言游過矣! 君子之道, 孰先傳焉, 孰後倦焉?')" 즉 자하의 문인들이 일상에 있어서 몸소 배운 몸가짐과 행실을 가리킨다.

四敎, 文與居一焉, 文固聖人所不廢也. 然夫子四科, 善言德行者不在
言語之科, 而言語又不與文學. 自小子應對至於會同之相, 四方之使,
言語之用亦重矣, 而反不與文學, 則所謂文學者果何所習而何所用耶?
科舉取士未遽可變, 而諸公於科舉之習亦未能遽免, 方將朝夕從事於
文, 其所以爲文者, 可不深知乎? 願與諸君論之.

　　문: "『상서』를 다 믿느니, 『상서』가 없느니만 못하다."[34]고 하였는
데, 이치가 본디 그러하다. 그러나 잿더미 속에서 서책이 나온 지 천
여 년이 지났으니, 그 간 보아온 빼어난 지식들도 많을 터, 모두가 존
경하며 믿고 있는 것들을 '서책을 다 믿을 수는 없다.'는 말로써 일괄
하여 믿지 않을 수는 없다. 하지만 또한 사람들이 다 같이 믿는다고
해서 진실로 믿으면서 고려하지 않을 수도 없다. 옛 사람의 책을 보
고서 범범히 넘기면서 그 내실을 터득하지 못한다면, 이는 보지 않은
것과 다르지 않다. 공자께서 향원(鄕原)을 미워하신 일은 『논어』와
『맹자』에 상세히 기록되어 있다. 거함에 있어 충성스럽고 미더운 듯
하고, 행함에 있어 청렴하고 결백한 듯하며, 스스로 자신이 옳다 여기
고, 남들도 모두 그를 좋아하는 것, 이것이 바로 향원의 행위이다. 만
약 스스로 자신이 옳다 여기고 남들도 모두 좋아하는 자라면 사람들
은 분명 진실로 충성스럽고 미더우며 진실로 청렴하고 결백한 자라고
여길 것이지만, 오직 맹자만은 그를 사이비(似而非)라고 지목했다.
"마음에 있어서만 같은 바가 없겠는가?"[35] 이것은 맹자께서 하신 말

---

34) 『孟子』「盡心下」에 나오는 내용이다. 여기서 '書'를 혹자는 『書經』이라고 번역
　　하고 혹자는 일반적인 책으로 번역하는데, 여기서는 전자를 따랐다.
35) 『孟子』「告子上」에 나오는 내용이다. "그러므로 말하기를, 입은 맛에 대해 좋아

씀이다. 지금 향원이란 자는 사람들이 모두 그를 좋아했으나 부자께서는 미워하셨고, 사람들은 모두 충성스럽고 미덥고 청렴하고 결백하다 여겼으나 맹자께서만은 사이비로 지목했다. 사람들이 모두 그렇다고 여기는데 부자와 맹자만 그렇다고 여기지 않은 것은 어째서인가? "이 세상에 살면서 이 세상을 위해 일하되 모두가 좋다고 하면 되는 것이다."36) 이 세상에 살면서 이 세상을 위해 일했는데 그것이 훌륭

하는 바가 같고, 귀는 소리에 대해 듣는 바가 같으며, 눈은 색에 대해 아름답게 여기는 바가 같다고 하였으니, 마음에 있어서만 같은 바가 없겠는가? 마음에 있어 같은 바는 무엇일까? 理와 義를 일컫는다. 성인은 내 마음에도 똑 같이 있는 것을 먼저 터득했을 뿐이다. 그러므로 理와 義가 나의 마음을 기쁘게 하는 것은, 소고기나 돼지고기가 내 입을 기쁘게 하는 것과 같다.(故曰, 口之於味也, 有同耆焉, 耳之於聲也, 有同聽焉, 目之於色也, 有同美焉, 至於心, 獨無所同然乎? 心之所同然者, 何也? 謂理也, 義也. 聖人先得我心之所同然耳. 故理義之悅我心, 猶芻豢之悅我口.)"

36) 『孟子』「盡心下」에서 향원을 설명하며 한 말이다. 『맹자』 본문에는 '居斯世也'가 아니라 '生斯世也'로 되어 있다. "[만장이 말했다.] 감히 여쭙겠습니다. 어떤 사람을 狂이라고 일컬을 수 있습니까? 맹자께서 말씀하셨다. 琴張(趙岐와 焦循은 공자의 제자인 子張을 말한다 하였고, 朱熹는 이름이 牢이며 자가 子張인 별도의 인물로 보고 있음)이나 曾皙, 牧皮와 같은 자들이 공자께서 말씀하시는 이른바 狂이다. [만장이 말했다.] 어째서 그들을 광이라 일컫는 것입니까? 맹자께서 말씀하셨다. 그 뜻이 크며 큰소리를 잘 쳐서, '옛사람이 어떻고, 옛사람이 어떻다'라 말하지만 평소의 행실을 살펴보면 (행실이 그 말을) 다 가리지 못하는 사람들이다. 광자가 되지 못하여 더러운 것을 우습게 여기는 사인을 얻어 함께하고자 한 사람이 獧으로, 狂 다음가는 사람이다. 공자께서는 '내 문 앞을 지나가면서 내 집에 들어오지 않더라도 내가 유감으로 여기지 않는 사람은 오직 鄕原일 것이다. 향원은 덕을 해치는 자이다.'라고 말씀하셨다. [만장이] 말했다. 어떤 사람을 향원이라 일컬을 수 있습니까? 맹자께서 말씀하셨다. '[狂者에 대해서는] 어찌 그토록 뜻만 크고 큰소리만 치는가? 말이 행실을 따르지 않고 행실이 말을 따르지 않으면서 옛사람이 어떻고, 옛사람이 어떻다 하니 말이다.'라고 하고, [獧者에 대해서는] 행실이 어찌 그리 외롭고 쓸쓸해 보이는가? 이 세상에 태어나서 이 세상을 위하되 남들이 좋다고 하면 되는 것이다.'라고 하며, 드러나

하다면, 과연 가하지 않을 것이 있겠는가? "어찌 그토록 뜻만 크고 큰 소리만 치는가? 말이 행실을 따르지 않고 행실이 말을 따르지 않으면서 옛사람이 어떻고, 옛사람이 어떻다 하니 말이다. 행실이 어찌 그리 외롭고 쓸쓸해 보이는가?" 말이 행실을 따르지 않고 행실이 말을 따르지 않는 것은 족히 탓할 만한데, 또 이를 말하지 않은 것은 어째서인가? 맹자께서는 양주(楊朱)와 묵적(墨翟)을 내치신 일을 가지고 스스로 우(禹)임금이 홍수를 다스리고 익(益)이 호랑이와 표범을 몰아낸 것에 견주었다. 양주와 묵적은 당시 현자로서, 맹자 입장에서 보자면 선배이다. 맹자 이후에도 사람들은 여전히 공자와 증자와 묵자가 어질다고 말하고 있으니, 묵자의 어짊을 공자와 증자에 견준 것이다. 양주는 자신의 도로 능히 여관에 묵는 자들로 하여금 자리를 피하게 하고, 불을 때던 사람들로 하여금 아궁이를 피하게 하였으나 여전히 부족하다 여겨 더 나아가 자리를 다투고 아궁이를 다투게 하는 데 이르렀으니,[37] 그가 터득한 바가 어찌 얕았겠는가? 하지만 맹

지 않게 몰래 세상에 아부하는 자가 바로 향원이다.(敢問何如斯可謂狂矣? 曰, 如琴張·曾晳·牧皮者, 孔子之所謂狂矣. 何以謂之狂也? 曰, 其志嘐嘐然, 曰'古之人, 古之人', 夷考其行而不掩焉者也. 狂者又不可得, 欲得不屑不潔之士而與之, 是獧也, 是又其次也. 孔子曰, '過我門而不入我室, 我不憾焉者, 其惟鄕原乎! 鄕原, 德之賊也.' 曰, 何如斯可謂之鄕原矣? 曰, '何以是嘐嘐也? 言不顧行, 行不顧言, 則曰, 古之人, 古之人. 行何爲踽踽涼涼? 生斯世也, 爲斯世也, 善斯可矣.' 閹然媚於世也者, 是鄕原也.)"

37) 『列子』「黃帝」에 보인다. 老子로부터 크게 결백한 사람은 더러운 것 같이 행동하고, 덕이 성대한 사람은 덕이 부족한 듯이 행동한다.(大白若辱, 盛德若不足)는 가르침을 받은 양주의 태도가 변하자 많은 사람들이 그를 환영했다는 내용이다. "전에는 같은 여관에서 묵는 사람들이 그를 마중하고 전송하였고, 여관 주인은 방석을 날라 왔으며, 주인의 처는 수건과 빗을 갖다 주었다. 여관에 묵는 사람들은 그를 보면 자리를 피했고, 불을 때던 사람들도 그를 보면 아궁이 앞을

자는 그를 내치며 심지어 "아비도 임금도 없으니, 이는 금수나 진배없다."[38]고 하였고, "천하의 언론이 양주로 귀결되지 않으면 묵적으로 귀결된다."[39]고 하였다. [묵적의] 겸애설(兼愛說)이 아비를 무시하는 것과 [양주의] 위아설(爲我說)이 임금을 무시하는 것에 관해 맹자의 말씀을 가지고 변석해보면 오 척 동자나 글자와 숫자만 대충 익힌 자라도 서서 이야기하는 도중에 능히 이해할 수 있을 것이다. 그런데 어찌하여 양주나 묵적 같이 품행과 언론으로 천하의 사인들을 경도시킬 수 있는 위대한 현인이 이를 깨닫지 못하여, 기어이 맹자로 하여금 나서서 심도 있게 분석하고 강력하게 내치다 호변(好辯)이라는 비웃음까지 사게 하였으며, 그러고도 여전히 천하에 모든 것을 낱낱이 밝힘으로써 그 학설을 꺼뜨리지 못하게 하였는가? 만약에 이는 모두 성현들의 일이라 후학들은 감히 함부로 학설을 낼 수 없다고 말한다면, 맹자께서는 분명 "양주와 묵적을 내칠 수 있는 말을 하는 자라면 성인의 무리이다."[40]라고 말씀하실 것이다. 감히 생각을 밝히고 의론을 설파하지 못하겠다면, 성인의 무리가 될 수 없나니, 그렇다면 무엇 때문에 학업을 한단 말인가? 『상서(尙書)』에서도 말했다. "배움은 뜻을 겸손히 함이다."[41] 『예기(禮記)』에서도 말했다. "배우는 것이 차례를 넘어서지 않게 하려 함이다."[42] 안자(顔子)는 이렇게 말했다. "순

피해갔다. 그러나 그가 다시 돌아왔을 때, 여관에 묵는 사람들이 그와 자리를 다투면서 어울리게 되었다.(其往也, 舍者迎將, 其家公執席, 妻執巾櫛, 舍者避席, 煬者避竈. 其反也, 舍者與之爭席矣.)"

38) 『孟子』「滕文公下」.
39) 『孟子』「滕文公下」.
40) 『孟子』「滕文公下」.
41) 『尙書』「說命下」.
42) 『禮記』「學記」. "어린아이에게 가르침을 듣게 하고 질문을 하지 않는 것은 배우

임금은 어떤 사람이며, 나는 어떤 사람인가? 훌륭한 일을 하는 자는 또한 순임금과 같아야 할 뿐이다."⁴³⁾ 성간(成覸)이 말했다. "저 자도 장부이고 나도 장부인데, 내가 왜 저 자를 두려워하겠는가?"⁴⁴⁾ 공명의(公明儀)가 말했다. "주공께서는 문왕이 나의 스승이라고 했으니, 주공이 어찌 나를 속이겠는가?"⁴⁵⁾ 반드시 안자나 성간이나 공명의처럼 말한다면, '뜻을 겸손히 하는 것'이나 '차례를 넘어서지 않는 것'과 서로 부딪히는 것 아닌가? 만약 안자나 성간이나 공명의 같은 자라야 감히 이런 말을 할 수 있다고 생각한다면, 등문공(滕文公)이 말 달리기와 검 쓰기만 좋아하고 학문은 하지 않았는데도 맹자께서 이를 면려하시며 옳다고 여기신 것⁴⁶⁾은 어째서일까? 제군과 함께 그 이야기에 관해 논해보고자 하니, 말을 아끼지 말라.

問: "盡信書, 不如無書." 理固然也. 然自書出煨燼, 千有餘年, 其更

는 것이 차례를 넘어서지 않게 하려 함이다.(幼者聽而弗問, 學不躐等也.)"
43) 『孟子』「滕文公上」.
44) 『孟子』「滕文公上」.
45) 『孟子』「滕文公上」.
46) 『孟子』「滕文公上」에 보이는 내용이다. "[등문공이] 연우에게 말했다. '내가 전에 학문을 하지 않고 말 달리기나 칼 쓰는 일만 좋아했는데, 지금 부형이나 백관들이 나를 부족하게 여기니, 대사를 다하지 못할까 두렵소. 나를 위하여 맹자에게 물어보시오.'하거늘. 연우가 다시 추 땅으로 가서 맹자한테 물으니 맹자께서 말씀하셨다. '그렇다. 자신이 할 일은 다른 데서 구할 것이 아니다. …… 위에서 좋아하는 것이 있으면 아래 사람 중에는 그보다 더 심히 좋아하는 자가 있으니, 군자의 덕은 바람이고, 소인의 덕은 풀이다. 풀 위에 바람이 지나면 풀이 반드시 눕게 되어 있다고 하였으니, 이는 바로 세자에게 있다.'고 하였다. (謂然友曰, '吾他日未嘗學問, 好馳馬試劍. 今也父兄百官不我足也, 恐其不能盡於大事. 子為我問孟子.' 然友復之鄒, 問孟子, 孟子曰, '然, 不可以他求者也. …… 上有好者, 下必有甚焉者矣. 君子之德風也, 小人之德草也, 草尚之風必偃, 是在世子.')"

賢知多矣, 則所同尊而信之者, 固不可槪以書不可盡信而不之信也. 然亦不可以人之所同信而苟信之, 而弗之思也. 觀古人之書, 泛然而不得其實, 則如弗觀而已矣. 孔子惡鄕原, 『語』·『孟』載之詳矣. 夫居之似忠信, 行之似廉潔, 自以爲是, 人皆悅之, 此鄕原之行也. 苟自以爲是, 而人皆悅之, 則必以爲眞忠信, 眞廉潔者矣, 獨自孟子言之, 則以爲似耳. "至於心, 獨無所同然乎?" 此孟子之言也. 今鄕原者, 人皆悅之, 而夫子惡之, 人皆以爲忠信廉潔, 而孟子獨以爲似之, 此人之所同然者, 而夫子·孟子乃不與之同, 何也? "居斯世也, 爲斯世也, 善斯可矣." 夫居斯世, 爲斯世而善, 果有不可者乎? 何以是嘐嘐也? "言不顧行, 行不顧言, 則曰古之人, 古之人, 行何爲踽踽涼涼?" 夫言不顧行, 行不顧言, 誠足病也, 而又不謂是何耶? 孟子辟楊·墨, 蓋自比於禹之治洪水, 益之驅虎豹. 夫楊朱·墨翟皆當時賢者, 自孟子視之, 則爲先進. 孟子之後, 人猶曰孔·曾·墨子之賢, 墨子之賢, 蓋比於孔·曾. 楊朱之道, 能使舍者避席, 煬者避竈, 猶以爲未也, 進而至於爭席爭竈, 則其所得豈淺淺者哉? 而孟子闢之, 至曰: "無父無君, 是禽獸也." 又曰: "天下之言, 不歸楊, 則歸墨." 夫兼愛之無父, 爲我之無君, 由孟子之言而辨釋之, 雖五尺童子, 粗習書數者, 立談之頃, 亦可解了. 豈有以大賢如楊朱·墨翟, 其操履言論, 足以傾天下之士, 而曾不知此, 必待孟子之深言力闢, 貽好辯之譏, 而猶未得以盡白於天下而熄其說, 何耶? 若曰: 此皆聖賢之事, 後學未敢妄措其說, 則孟子固曰: "能言距楊·墨者, 聖人之徒." 必不敢少置其思, 措其議, 是不得爲聖人之徒矣, 亦何以學爲? 且『書』稱"爲學遜志", 『記』稱"學不躐等", 而顏子則曰: "舜何人也? 予何人也? 有爲者亦若是." 成覸曰: "彼丈夫也, 我丈夫也, 吾何畏彼哉?" 公明儀曰: "文王我師也, 周公豈欺我哉?" 必如顏子·成覸·公明儀之言, 無乃與遜志不躐等之說悖乎? 苟以爲必顏子·成覸·公明儀而後敢爲此言, 則滕文公好馳馬試劍, 未嘗學問, 而孟子亦遽勉之以是, 何也? 願與諸君並論其說, 毋愛詞.

문: 밭가는 법을 배우려면 농부에게 물어야 하고, 나무 깎는 법을 배우려면 장인에게 물어봐야 하나니, 천하의 일이란 아무렇게나 해서는 안 되는 법이다. 한 가지 일을 업으로 삼으면서 그 본말을 알지 못한다면 아무렇게나 하는 것에 지나지 않는다. 당(唐)·우(虞)·상(商)·주(周)를 보좌했던 사람들이 눈에 띄지 않는 곳에 있다가 기용되어 재보(宰輔)가 되었지만, 그들의 도(道)는 그에 앞서 정해져 있었고, 그들의 업은 이미 잘 정비되어 있었음에 분명하다. 진평(陳平)과 한신(韓信)은 한 고조를 도와 천하를 얻었는데, 장군과 재상으로서의 업은 곤궁하고 가난하던 시절부터 본디 정해져 있었으니, 어찌 우연히 이룬 것이겠는가? 또 제갈공명(諸葛孔明)은 무릎을 끌어안고 길게 휘파람을 불었고,47) 조적(祖逖)은 닭 울음소리를 듣고 일어나 춤을 추었다.48) 비록 그들이 이룬 공업이 큰 뜻을 보상할 정도는 못되었지만 사람들은 그들의 처음 품은 뜻이 그릇되지 않았음을 믿는다. 후세 호걸들도 각각 자신의 재능으로써 당시에 스스로를 드러냈다. 비록 옛 사람의 학문으로써 다그쳐 요구할 수는 없지만, 미리 정해놓은 규모를 볼 때, 범범히 아무렇게나 하는 자들과는 달랐던 것이다. 지금 제군들도 옛 성현들의 책을 강독하고 옛 성현들의 학문에 종사하고 있는데, 과연 옛 사람들처럼 미리 정해놓은 규모가 있는지 모르겠구

---

47) 『三國志』 권35 「諸葛亮傳」의 注에서 『魏略』을 인용해 말하기를, "제갈량은 형주에 있을 때,……매일 새벽마다 조용히 무릎을 끌어안고 길게 휘파람을 불었다.(亮在荊州……每晨夜從容, 常抱膝長嘯)"고 하였다.

48) 『資治通鑑·晉紀十』에 "범양 사람 조적은 젊어서 큰 뜻을 품었다. 그는 유곤과 함께 사주 주부가 되었는데, 함께 잠을 자다가 한밤중에 닭 울음소리를 듣더니 유곤을 발로 차 깨우며, '이것은 불길한 소리는 아닐세.'라고 하고는 일어나 춤을 추었다.(范陽祖逖, 少有大志, 與劉琨俱爲司州主簿, 同寢, 中夜聞鷄鳴, 蹴琨覺, 曰, '此非惡聲也.' 因起舞.)"는 일화가 적혀 있다.

나. 부자의 문하에서 유(由: 子路)는 천승(千乘) 나라의 군사를 다스
렸고, 구(求: 冉有)는 백승(百乘)의 가문을 주재할 수 있었다.49) 두
사람 모두 이로써 자부했으며 부자 또한 이로써 그들을 칭찬했다. 제
군들도 스스로 그 재능을 아는지, 그리고 이처럼 제군들을 믿어주는
자가 있는지 모르겠구나. 증자(曾子)는 슬(瑟)을 쿵기덕 내려놓고는
일어나 자신의 뜻을 말했는데,50) 그가 뜻한 바가 과연 어떤 일이고
그 뜻은 과연 어떤 것이었을까? 부자께서 감탄하며 그와 함께 하겠다
고 하신 것은 과연 어떤 점을 취하여 그리 하신 것일까? 부자께서 안
자(顔子)를 칭찬하며 "내가 회(回)와 더불어 종일토록 이야기하였으
나, 마치 어리석은 자인 듯 내 말을 거스르지 않았다. 물러난 뒤 그의
사생활을 봄에 나를 깨우치기에 족하였으니, 회는 어리석지 않다."51)
라고 하였는데, 종일토록 어리석은 자인 듯 보였다는 말은 가히 알
수 있으나 이른바 '종일토록 내 말을 거스르지 않았다'란 과언 무얼
말하는 것일까? 또 '나를 깨우치기에 족하였다'란 과연 어떤 일을 가
리키는 것일까? 비록 고인을 함부로 논의할 수는 없지만 그들의 책을
읽고 그들의 일을 하면서 그들의 말을 몰라서야 되겠는가? 그렇지 않

---

49) 각주 17 참고.
50) 『論語』「先進」에 보이는 내용이다. "(증점)이 비파를 드문드문 타다가, 슬을 쿵
    기덕 내려놓고는 일어나 대답했다. '저는 세 사람의 뜻과 다릅니다.' 공자께서
    말씀하셨다. '그들의 뜻이 무엇이 나쁘겠는가? 각자 자기의 뜻을 말했을 뿐이
    다.' 증점이 말했다. '늦봄에 봄옷을 만들어 입고, 관을 쓴 어른 5~6명과, 동자
    6~7명과 함께, 기수에서 목욕하고, 무우에서 바람을 쐬면서, 노래하며 돌아오겠
    습니다.' 공자께서 감탄하며 말했다. '나도 증점과 같이 할 것이다.'(鼓瑟希, 鏗
    爾, 舍瑟而作, 對曰, '異乎三子者之撰.' 子曰, '何傷乎? 亦各言其志也.' 曰,
    '莫春者春服既成, 冠者五六人, 童子六七人, 浴乎沂, 風乎舞雩, 詠而歸.' 夫
    子喟然歎曰, '吾與點也.')"
51) 각주 21 참고.

다 여긴다면 제군들의 뜻을 한번 들어보기를 원한다.

問: 欲學耕必問諸農, 欲學斲必問諸工, 天下之事非可以浪爲之也.
業是事而不知本末, 則浪爲之而已. 唐·虞·商·周之佐, 起於隱約而
登宰輔, 其道前定, 其業旣修, 固矣. 陳平·韓信佐高祖取天下, 其將相
之業皆素定於困窮之時, 此豈偶然而成者耶? 又如諸葛孔明抱膝長嘯,
祖逖之聞雞起舞, 雖其功業不能大酬其志, 而人皆信其始志之不妄也.
後世豪傑之士各以其才自見於當時, 雖未可責以古人之學, 而觀其規
模先定, 則與泛泛浪爲者殊也. 今諸君求講古聖賢之書, 從事於古聖賢
之學, 不識規模果有先定如古人者乎? 夫子之門, 如由治千乘之賦, 求
宰百乘之家, 二人皆以此自許, 夫子亦以是許之. 不識諸君自知其才,
而人信之有如此者乎? 曾子鏗爾舍瑟而言志, 不知其所志果何事, 而其
志果何如? 夫子喟然嘆而與之, 果何所取而然耶? 夫子稱顔子"終日不
違如愚, 退而省其私, 亦足以發, 回也, 不愚." 夫終日如愚, 可知者也,
而所謂終日不違者果何道? 而亦足以發者果何事也? 古人雖不可妄議,
然讀其書, 爲其事, 可不知其說乎? 不然, 亦願聞諸君之志.

문: 사람 알아보기란 옛날에도 어려운 일이었다. 요임금 같은 성인
이라면 곤(鯀)에 대해 자세히 알았을 터인데도 사악(四岳)이 그를 시
험해 볼 것을 청하자 감히 확신하지 못했다. 한나라 고조는 도망치다
가 궐기한 사람이며 글 또한 몰랐으니, 그가 천하를 얻은 것은 아마
도 천명이지 그의 지모에서 비롯된 것은 아니었을 것이다. 그러나 사
람 알아보는 데 있어서만은 남달랐다. 장량(張良)은 노인으로부터 병
서(兵書)를 전해 받았는데,[52] 남에게는 말해주어도 깨닫지 못하였지

---

52) 장량이 황석공의 신발을 주워주고, 몇 번의 시험을 거친 끝에 그로부터 太公兵

만 고조만은 능히 그의 말을 들을 수 있었다. 진평(陳平)과 한신(韓信)을 초나라는 등용하지 못했지만 고조는 그들을 등용했다. 여후(呂后)에게 후일 장상(將相)에 임명할 자를 고하며 그들의 재능을 분석한 말은53) 거의 척도와도 같았으니, 제아무리 인물 논하는 데 뛰어난 자라 하여도 미치지 못할 정도다. 세상에서는 그의 말이 마치 부계(符契)처럼 맞아떨어지는 것을 보고 그가 이서(異書)를 얻어 그 일을 미리 알았을 것이라고 말하는데, 그렇지 않다. 다만 고조가 과연 어떻게 그런 능력을 가지게 되었는지 모르겠구나. 문제(文帝)는 세상에서 현군이라 칭하며, 유자(儒者)들은 종종 칠제(七制)54)보다도 우월하다고 논한다. 가생(賈生: 賈誼)이 비분강개하여 올린 간언을 문제는 받아들이지 않았는데,55) 세상에서는 [문제가] 가생을 몰라서 그런 것이 아니라, 너무 팔팔하고 경험한 바가 많지 않기 때문에 짐짓 그를 누름으로써 그 재능이 성숙해지기를 바라서였다고들 말한다. 가생은 일단 논외로 치더라도, 당시 재능 있는 자가 어찌 가생뿐이었겠는

　　法에 관한 책을 얻은 고사를 말한다. 『史記』 권55 「留侯世家」에 보인다.
53) 한 고조가 병석에 누웠을 때 呂后가 蕭何의 뒤를 이을 후보에 관해 묻자 고조는 曹參이라 답했고, 그 다음 후보를 묻자 조금 어리석지만 陳平이 보좌할 수 있으니, 王陵이 좋겠다고 하였고, 陳平에 관해서는 아는 것은 충분히 많지만 혼자 맡길 수는 없다고 하였고, 周勃은 중후하고 꾸밈이 없는지라, 유씨 천하를 안정시킬 사람은 그밖에 없다고 하면서 太尉에 임명해도 좋다고 하였다.
54) 한나라 때 탁월한 치적을 이룬 황제를 가리킨다. 여기에는 서한의 孝文帝 劉恒, 孝景帝 劉啓, 孝武帝 劉徹, 孝宣帝 劉病已, 동한의 光武帝 劉秀, 孝明帝 劉莊, 孝章帝 劉炟이 포함된다.
55) 賈生은 賈誼를 말한다. 文帝가 즉위했을 당시 賈誼는 太息·痛哭이라는 상소를 올려 문제에게 조정에서 정한 법령을 고칠 것을 권고하였다. 그러나 가의의 의견은 끝내 받아들여지지 못하고 그는 마침내 長沙로 유배되어 그곳에서 젊은 나이에 생을 마감했다.

가? 그러나 흉노(匈奴)가 대대적으로 침범해 온 것이 서너 차례여서 문제 또한 어찌할 수 없었다. 말을 몰며 무예를 강론하거나, 허벅지를 치며 장수를 구할 적에 저 멀리 염파(廉頗)와 이목(李牧)을 그리워하다가 풍당(馮唐)에게 창피를 당하였으니,56) 그가 평소에 인재 거두어들임이 어떠했는지 가히 알 수 있다. 무제(武帝)는 비록 웅대한 재능과 위대한 책략을 지녔지만 평생 이름난 재상 하나 얻지 못했다. 호월(胡越)을 무찔러 몇 세대 전의 부패한 곡식과 썩은 돈을 취하였으나 이 또한 텅 비어버렸고, 나라 안에서 경비만 헛되이 소모하여 호구가 절반으로 줄었다. 윤대조(輪臺詔)57)는 결국 스스로 후회하고 통탄하는 글일 뿐이다. 하지만 무제를 일깨워줬다는 사람은 하나도 없으니, 당시에만 유독 사람이 없었단 말인가? 이 또한 심히 무고할 수 없다. 사람 알아보기가 본디 어렵다지만 천하를 경영하는 것은 사람을 근본으로 삼으므로 만일 끝까지 알아보지 못한다면 끝내 천하를

---

56) 『史記』권102「張釋之·馮唐傳」에 보이는 내용이다. "문제가 염파와 이목의 사람됨에 대해 듣고 매우 기뻐하며 허벅지를 치며 말했다. '나는 어째서 염파와 이목 같은 사람을 얻지 못했는가! [얻었더라면] 어찌 흉노를 걱정하겠는가!' 그러자 풍당이 말했다. '폐하께서는 염파나 이목을 얻더라도 등용하지 못하셨을 것입니다.' 황제는 노여워하며 일어나 궁궐로 들어갔다. 한참 뒤에 풍당을 불러 꾸짖었다. '그대는 어찌 사람들 앞에서 나를 욕보이는가? 조용한 곳이 없었겠는가?' 풍당이 사죄하며 말했다. '제가 미처 가릴 줄을 몰랐습니다.'(上既聞廉頗·李牧為人, 良說, 而搏髀曰, '嗟乎! 吾獨不得廉頗·李牧時為吾將, 吾豈憂匈奴哉!' 唐曰, '陛下雖得廉頗·李牧, 弗能用也.' 上怒, 起入禁中. 良久, 召唐讓曰, '公奈何衆辱我, 獨無間處乎?' 唐謝曰, '鄙人不知忌諱.')"

57) 武帝는 평생 서역을 개척하는 데 힘을 쏟았으나 이로 인해 국력이 크게 약해졌다. 만년에 그는 이를 깊이 후회하면서 輪臺(지금의 新疆 위구르 자치구)의 땅을 버리고 스스로를 치죄하는 조서를 내리는데, 이를 일러 '輪臺詔'라고 한다. 『漢書』권96「西域傳贊」에 보인다.

경영할 수 없다. 요임금은 순임금을 얻지 못한 것을 자신의 근심으로 삼았고, 순임금은 우임금과 고요(皐陶)를 얻지 못한 것을 자신의 근심으로 삼았다. 고요가 말했다. "[제왕의 도는] 사람을 아는 데 있다."[58] 또 말했다. "사람을 아는 것은 명철한 것이니 명철하면 능히 사람에게 벼슬을 줄 수 있다."[59] 그러니 어찌 끝내 모를 수 있겠는가? 사람을 알아보는 데는 반드시 그 방도가 있을 터, 한나라 세 임금을 아울러 논해보기 바란다.

問: 知人古所難, 以堯之聖, 其知鯀蓋審, 及四岳請試之, 猶不敢必. 漢高祖亡命崛起, 亦不知書, 其得天下, 殆有天命, 初非盡出其智謀, 然其於知人亦異矣. 張良授書老父, 爲他人言不省, 而帝能聽之. 陳平·韓信, 楚不能用, 而帝用之. 至告呂后以後日將相之任, 掇摛其才能, 殆若權度, 雖善論人物者, 未必逮此. 世見其言之符契, 遂謂其得異書, 前知其事者, 非也. 顧不知高祖果何以能之耶? 文帝世稱賢君, 儒者之論往往以爲優於七制. 賈生慷慨言事, 帝抑不用, 世以爲非不知生, 獨以其壯銳不更涉, 姑少抑之以老其才耳. 賈生姑不論, 當時之才豈獨止生耶? 然匈奴大侵邊數四, 帝不能堪, 至御鞍講武, 拊髀求將, 遠想廉頗·李牧, 乃爲馮唐所慚, 則平日所以收羅人才者, 可知矣. 武帝號雄才大略, 然終其身無一名宰相. 快心胡越, 取前世紅腐之粟, 貫朽之錢而空之, 至於海內虛耗, 戶口減半. 輪臺之詔, 終亦自悔悼而已. 未聞有一人能開悟之者, 豈當世獨無其人耶? 是又不可以厚誣也. 知人固所難, 而爲天下以人爲本, 使終於不能知, 則天下亦終不可爲矣. 堯以不得舜爲己憂, 舜以不得禹·皐陶爲己憂. 皐陶曰: "在知人." 又曰: "知人則哲, 能官人." 豈可以終不知之耶? 知人則必有道矣, 願倂與漢三君論之.

---

58) 『尙書』「皐陶謨」.

59) 『尙書』「皐陶謨」.

문: 방몽(逢蒙)이 예(羿)를 죽였는데, 맹자께서는 "이는 또한 예의 죄이기도 하다."[60]라고 말씀하셨다. 유공지사(庾公之斯)가 자탁유자(子濯孺子)의 뒤를 쫓을 때 자탁유자는 자신이 죽음을 면할 것임을 알고서 "윤공지타(尹公之他)는 단정한 사람이라 그가 취택한 친구 또한 분명히 단정한 사람일 것이다."[61]라고 말했다. 배움을 논하고 벗을 취택하는 것은 입학한 지 7년이 지나야 책망할 수 있다. 하지만 첫 번째 해부터 뜻이 구별되니, 구별되는 바는 바로 그가 하고 있는 일이다. 친구를 취택하는 일 역시 논하지 않을 수 없다. 성인이 아닐진대 어찌 모든 일을 다 잘할 수 있겠으며, 사람이 그 누구인들 과오가 없겠는가. 만약 행실에 과오가 있고 일에 잘하지 못한 바가 있다 하여 바로 내쳐버린다면 천하에 가르칠 만한 사람은 하나도 없을 것

---

60) 『孟子』「離婁下」에 보이는 내용이다. "방몽이 예에게서 활쏘기를 배웠는데, 예의 방도를 모두 배운 뒤 천하에 자기보다 나은 자는 오직 예뿐이라고 여겨 예를 죽였다. 맹자께서 말씀하시기를, 이는 또한 예의 죄이기도 하다.(逢蒙學射於羿, 盡羿之道, 思天下惟羿爲愈己, 於是殺羿. 孟子曰, 是亦羿有罪焉.)"

61) 위의 내용 바로 뒤에 이어 나온다. "정나라 사람이 子濯孺子를 시켜 衛나라를 침범하게 하자 衛나라에서는 庾公之斯로 하여금 그를 추격하게 했다. 子濯孺子가 '오늘 내가 병이 나서 활을 잡지 못하겠으니 내가 죽겠구나.' 하며, 노복에게 '나를 추격하는 자가 누구인가?'라고 물었다. 노복이 '庾公之斯입니다'라고 대답하자 '그러면 내가 살겠구나!'라고 하였다. 노복이 말했다. '庾公之斯는 衛나라의 명사수인데 夫子께서 내가 살겠다고 하시니, 무슨 말씀이십니까?' 그가 답했다. '庾公之斯는 尹公之他에게 활쏘기를 배우고, 尹公之他는 나에게 활쏘기를 배웠다. 尹公之他는 단정한 사람이라, 그가 취택한 친구도 반드시 단정할 것이다.'(鄭人使子濯孺子侵衛, 衛使庾公之斯追之. 子濯孺子曰, '今日我疾作, 不可以執弓, 吾死矣夫!' 問其僕曰, '追我者誰也?' 其僕曰, '庾公之斯也.' 曰, '吾生矣.' 其僕曰, '庾公之斯, 衛之善射者也, 夫子曰吾生, 何謂也?' 曰, '庾公之斯學射於尹公之他, 尹公之他學射於我. 夫尹公之他, 端人也, 其取友必端矣.')"

이다. 방몽은 천하에 자기보다 뛰어난 사람은 오직 예뿐이라고 생각했고, 그런 연후에 예를 죽이고자 하는 마음이 싹텄다. 하지만 어떻게 예에게 [이런 사실을] 미리 알게 해 방몽을 가르치지 못하게 할 수 있었겠는가? 절대 불가능한 일이다. 그렇다면 자탁유자는 유공지사를 일찍이 알지 못하였는데, 그가 단정한 사람임을 능히 알 수 있었던 것은 어째서일까? 이른바 단정한 사람이란 과연 어떻게 단정한 것일까? 또 그걸 안 사람은 과연 어떻게 해서 안 것일까? 너희들이 그 본말을 상세히 말해 갖추어 논해본다면, 또한 단체 생활을 하는 데 있어 커다란 이익이 될 것이다.

問: 逢蒙殺羿, 孟子曰"是亦羿有罪焉." 庾公之斯追子濯孺子, 子濯孺子知其獲免, 曰: "尹公之他端人也, 其取友必端矣." 論學取友, 必入學七年而後可責. 然自其一年辨志, 則所辨者卽其事也, 取友之事亦有不得不論者矣. 自非聖人, 安能每事盡善. 人誰無過, 如以其行之有過, 事之不善, 而遂絶之, 則是天下皆無可敎之人矣. 逢蒙思天下惟羿爲愈己, 然後萌殺羿之心, 將何以使羿能逆知之而不敎之耶? 必以爲不可知, 則子濯孺子未嘗識庾公之斯, 而能知其端人, 何也? 所謂端人, 果何如其端? 而知之者, 果何如其知之也? 二三子其詳言其本末而備論之, 亦群居之大益也.

문: 『상서』에서는 요·순·우·고요를 칭하며 모두 "옛날의 법도를 고찰하여 따랐다."고 하였다. 『예기』에서는 "중니는 요순의 도를 근간으로 그 뜻을 펴고 서술[祖述]하였으며, 문왕과 무왕의 법을 높이 받들었다."[62]고 하였다. 부열(傅說)은 고종(高宗)에게 고하기를 "일에 있어 옛 것을 본받지 않고서 능히 장구할 수 있었다는 말은 들어보지

못하였습니다."[63]라고 하였다. 성인이 귀한 까닭은 관대하고 드넓어 자신의 주장만 쓰려고 하는 마음이 없기 때문이며, 그들이 실시한 모든 것에 반드시 옛 것을 고찰하고 조술(祖述)한 바가 있을 것임은 이치상 당연한 일이다. 그러나 이른바 옛 것을 고찰하고 조술한다는 것이 과연 자신의 주장을 쓰려는 마음이 없어서만 그렇게 된 것일까? 그들이 실시한 일 또한 반드시 옛날을 고찰해 보았기에 도움되는 바가 있었던 것일까? 만약 일이란 반드시 옛날을 고찰해 본 연후라야 도움이 된다고 말한다면, 그물·쟁기·절구·활·화살·배·노·용마루·지붕·관곽·서계(書契: 문자) 등은 모두 옛날 세상에 없던 것으로 후세 성인들이 창조해낸 것인데, 모두 도움 되는 바가 있는 것은 어째서인가? 만약에 이는 일 중에 사소한 것들이라 때에 맞게 창제할 수 있으나 큰 것의 경우 반드시 본받을 바가 있은 연후라야 가능하다고 말한다면, 요임금이 천하를 아들에게 전해주지 않고, 조정의 대신에게 전해주지 않고, 필부인 순을 천거하여 물려 준 것은 과연 무엇을 본받은 것인가? 요임금은 순임금에게 전해주었고, 순임금은 우임금에게 전해주었는데, 우임금만은 아들에게 주어 대대토록 전하게 하였으니, 이는 또한 어째서인가? 탕(湯)은 제후로서 천하를 가졌고, 공자는 필부로서 『춘추』를 지었다. 이는 더 없이 큰일이지만 이와 같이 하였으니, 옛날에 고찰해보아야 한다는 말과 서로 상충되지 아니한가? 또한 똑같은 일에 무슨 크고 작고의 구분이 있단 말인가? 오늘날 천하를 놓고 볼 때, 이른바 옛날이란 요순시대가 있고, 삼대(三代)가 있다. 진나라 이후로 많은 왕조가 바뀌었으나, 그 중 뚜렷

---

62) 『中庸』 30장.
63) 『尚書』 「說命下」.

이 드러난 것으로는 한나라가 있고 당나라가 있다. 임금들 중 현자 또한 매우 많고, 그들이 실시한 일 또한 이만저만 다르지 않다. 지금 조정에도 조종(祖宗)의 고사(故事)가 있으나, 조종의 고사 또한 하나 뿐인 것은 아니다. 지금 한 가지 일을 세우려는데 반드시 옛 것을 본 받아야 한다고 한다면, 장차 어느 것을 따라야 한단 말인가? 만약 반 드시 나의 뜻에 부합하는 일을 택하여 본받는다면, 이는 '옛 것을 본 받는다'는 명분만 있을 뿐, 실제로는 자신의 주장만 쓰는 셈이 아니겠 는가? 만약 나는 이치에 합당한 것을 택하여 본받는다고 한다면, 이 또한 이치만을 따르는 것일 뿐, '옛 것을 본받는다'는 말은 빈껍데기 만 남는 것 아니겠는가? 너희들은 상세히 고찰하여 갖추어 논해보도 록 하라.

問: 『書』稱堯·舜·禹·皐陶皆曰, "若稽古." 『記』稱"仲尼祖述堯· 舜, 憲章文·武." 傅說告高宗曰"事不師古, 以克永世, 匪說攸聞." 所貴 乎聖人者, 以其寬洪博大, 無自用自私之心, 其所施設, 必有稽考祖述, 理固然也. 然所謂稽考祖述者, 果獨取其無自用自私之心而然耶? 亦其 事之施設, 必於古有所考, 而後能有所濟也? 如曰事必於古有所考, 而 後能有濟, 則如網罟耒耜杵臼弧矢舟楫棟宇棺椁書契, 皆上世所無有, 而後世聖人創之, 而皆能有濟, 何耶? 若曰是事之小者, 因時而創制, 至其大者, 則必有所師法而後可, 則如堯傳天下, 不與子, 不與在朝之 大臣, 舉舜於匹夫而授之, 果何所師法耶? 堯傳舜, 舜傳禹, 禹獨與子 而傳以世, 此又何耶? 湯以諸侯有天下, 孔子匹夫而作『春秋』, 此事之 莫大焉者, 而皆若此, 無乃與稽古之說戾乎? 且均之爲事, 亦安有大小 之間哉? 今之天下, 所謂古者, 有堯舜, 有三代, 自秦而降, 歷代固多, 而其昭昭者曰漢曰唐, 其君之賢者甚衆, 事之施設, 蓋有不勝其異. 今 朝廷有祖宗故事, 祖宗故事尚且不一. 今欲建一事而必師古, 則將安所 適從? 如必擇其事之與吾意合者而師之, 無乃有師古之名, 而居自用之實乎? 若曰吾擇其當於理者而師之, 則亦惟理之是從而已, 師古之說, 無乃亦持其虛說而已乎? 二三子其詳考而備論之.

문: 『중용』에서 이르기를, [순임금은] "악을 감추었다."[64]고 하였는데 『상서』에서 기록하기를 순수를 마친 뒤에 유독 형정을 밝히는 데 급급하여 직접 네 명의 죄인을 추방하고, 유배 보내고, 내쫓고, 죽을 때까지 귀양 살게 하였다고 하였으니,[65] 악을 감춘다는 뜻과 서로 다르지 않은가? 공자께서 스스로 말씀하시길 "덕으로써 정치한다."[66]고 하셨고, 또 말씀하시길 "인도하되 덕으로써 하고, 가지런히 하되 예로써 한다."[67]고 하셨으며, 또 말씀하시길, "정치란 바로잡는 것이다."[68]라고 하셨다. 계강자(季康子)가 물었다. "무도한 자를 죽여 도가

---

64) 『中庸』 6장.
65) 『尙書』「舜典」에서는 시작 부분에서 사방을 5년마다 순수하신 일을 적은 다음 "떳떳한 형벌을 보여주시되 귀양살이로 오형을 용서하시고, 채찍으로 관청의 형벌을 지으시며, 회초리로 학교의 형벌을 지으시되 금으로 대속하는 형벌을 지으시고, 실수로 저지른 잘못과 재난으로 지은 죄는 풀어주시며, 믿고 재범하는 자는 죽이는 형벌을 지으시되 공경하고 공경하시어 오직 형벌을 구휼하셨다.(象以典刑, 流宥五刑, 鞭作官刑, 扑作敎刑, 金作贖刑, 眚災肆赦, 怙終賊刑, 欽哉欽哉, 惟刑之恤哉.)"라고 하여 형벌을 바로 잡은 일을 기록하였으며, 이어 "공공을 유주에 유배 보내고, 환두를 숭산으로 추방하였으며, 삼묘를 삼위로 내쫓고, 곤을 우산에 귀양 보내어 죽을 때까지 있게 하시어 네 사람을 벌하시니, 천하가 다 복종하였다.(流共工于幽洲, 放驩兜于崇山, 竄三苗于三危, 殛鯀于羽山, 四罪而天下咸服.)"라고 기록하였다.
66) 『論語』「爲政」.
67) 『論語』「爲政」에 "[백성을] 이끌되 정치로써 하고, 가지런히 하되 형벌로써 하면 [형벌은 면하겠지만 부끄러움이 없고, 이끌되 덕으로써 하고 가지런히 하되 예로써 하면 부끄러움도 있고 또한 선에 이르게 된다.(道之以政, 齊之以刑, 民免而無恥. 道之以德, 齊之以禮, 有恥且格.)"라는 내용이 있다.

있는 사람을 성취시켜 주는 것은 어떠합니까?" 공자께서 대답하셨다. "그대는 정치를 함에 있어 어찌 살인을 쓰는가? 그대가 선하고자 하면 백성들이 선해질 것이다."[69] 그러니 공자께서는 마땅히 형벌을 숭상하지 않았을 터인데, 노나라 사구(司寇)가 된 지 이레 만에 기필코 소정묘(少正卯)를 양관(兩觀) 아래서 죽여 후에 사람들의 마음을 크게 움직인 것은 또 어째서인가? 부자께서 말씀하셨다. "덕이 퍼져 나감은 파발마를 달려서 명령을 전하는 것보다 빠르다."[70] 탕(湯)의 덕은 금수에게 미칠 정도로 넉넉했지만 갈백(葛伯)[71]에게만은 베풀지 않고 기필코 군사를 일으켜 정벌하였다. 또 동쪽으로 정벌하고 서쪽으로 정벌하여 그치지 않았으며, 기필코 열한 차례 정복한 끝에 천하가 그에게 복종하였다.[72] 주나라가 대대토록 덕을 닦음에 문왕만 한 사람이 없었으나, 숭(崇)나라에게만은 덕을 베풀지 아니하고 기필코 두 번이나 출전한 끝에 항복시켰다.[73] 완공(阮共)을 토벌할 때나, 밀

---

68) 『論語』「顔淵」.

69) 『論語』「顔淵」.

70) 『孟子』「公孫丑上」에서 공자의 말을 인용한 것이다.

71) 商나라 때 사람으로 姬氏 성을 가진 제후국의 國君이었다. 湯都인 亳과 이웃해 있었다. 제멋대로 행동하고 예법을 존중하지 않았으며, 귀신에게 제사를 지내지 않자 탕 임금이 토벌했다. 『尙書』「仲虺」 및 『孟子』「滕文公下」에 보인다.

72) 『孟子』「滕文公下」에 "탕 임금이 정벌을 시작하기를 갈나라로부터 시작하였는데, 열한 차례 정벌하여 천하에 대적할 사람이 없었다. 동쪽으로 향하여 정벌을 하면 서이가 원망하고 남쪽을 향하여 정벌하면 북적이 원망하여 '무엇 때문에 우리를 뒤로 하는가?'라고 하였다.(湯始征, 自葛載, 十一征而無敵於天下. 東面而征, 西夷怨, 南面而征, 北狄怨曰, 奚爲後我.)"는 내용이 보인다.

73) 『左傳』「襄公 31년」에 "문왕이 숭을 토벌하는데, 두 번이나 출전한 끝에 항복하여 신하가 되었다.(文王伐崇, 再駕而降爲臣.)"라는 기록이 보인다. 杜預의 注에서는 "문왕은 숭의 덕이 어지럽다는 말을 듣고 정벌하였으나 한 달이 되도록

수(密須)를 토벌할 때나, 험윤(玁狁)을 토벌할 때나, 곤이(昆夷)를 토벌할 때나, 병사로써 하지 않은 적이 없으니, 이는 어째서인가? 일곱 나라가 전쟁을 하며 강성함을 다투고, 성을 공격해 땅을 취하면서 마치 미치지 못할세라 두려워하듯 하였는데, 맹자께서는 그 사이를 주유하며 말씀하시길, "깊이 갈고 열심히 김을 매게 하시고, 효제충신을 닦게 하라."[74]고 하고, "오직 인의뿐이다."[75]라고 하고, "인자에게는 적수가 없다."[76]라고 하고, "단지 선에만 힘쓸 뿐이다."[77]라고 하고, "몽둥이를 가지고서도 진나라·초나라의 강한 갑옷과 무기들을 물리칠 수 있다."라고 하고, "제나라를 가지고 왕천하(王天下) 하기란 손바닥 뒤집기다."[78]라고 하고, "온 천하가 함께 할 것이다."[79]라고 하였다. 그 말씀들을 믿을 수 있었겠는가? 생략하지 말고 그 말을 궁구하여 모두 말해보기 바란다.

問: 『中庸』稱"隱惡", 而『尙書』載其受終巡狩之後, 獨汲汲於明刑, 自

항복하지 않자 물러나서 修敎하고서 다시 정벌하였더니 항복하였다.(文王聞崇德亂而伐之, 三旬不降, 退修敎而復伐之, 因壘而降.)"고 설명하고 있다.

74) 『孟子』「梁惠王上」에 "왕께서 백성에게 어진 정치를 펴시고, 형벌을 줄이시고, 세금을 가볍게 하시고, 깊이 밭을 갈고 김을 매게 하시고, 건장한 사람들로 하여금 여가에 효제충신을 닦아, 들어가면 부형을 섬기고 나가면 웃어른을 섬기게 하신다면, 백성들은 몽둥이를 가지고서도 진나라, 초나라의 강한 갑옷과 무기들을 물리칠 수 있습니다.(王如施仁政於民, 省刑罰, 薄稅斂, 深耕易耨. 壯者以暇日修其孝悌忠信, 入以事其父兄, 出以事其長上, 可使制梃以撻秦楚之堅甲利兵矣.)"라는 내용이 보인다.

75) 『孟子』「梁惠王上」.

76) 『孟子』「梁惠王上」.

77) 『孟子』「梁惠王下」.

78) 『孟子』「梁惠王上」.

79) 『孟子』「梁惠王上」.

四罪而放之流之竄之殛之, 無乃與隱惡之意異耶? 孔子自言"爲政以德", 又曰"道之以德, 齊之以禮", 又曰"政者正也." 季康子問: "殺無道以就有道何如?" 對曰: "子爲政, 焉用殺? 子欲善, 而民善矣." 宜不尙刑也, 而其爲魯司寇七日, 必誅少正卯於兩觀之下, 而後足以風動乎人, 此又何也? 夫子曰: "德之流行, 速於置郵而傳命." 湯德足以及禽獸, 而不行於葛伯, 必擧兵征之. 又東征西征不已, 必十一征而天下服. 周世世修德, 莫若文王, 而不行於崇, 必再駕而後降. 至伐阮共, 伐密須, 伐獫狁, 伐昆夷, 蓋未始不以兵, 何耶? 七國用兵爭强, 攻城取地, 如恐不及, 而孟子乃遊於其間, 言"深耕易耨, 修其孝弟忠信"之事, 曰"仁義而已", 曰"仁者無敵", 曰"强爲善而已矣", 曰"可使制挺以撻秦·楚之堅甲利兵", 曰"齊王猶反手耳", 曰"天下莫不與也." 其說儻可信乎? 願究其說而悉言之, 毋略.

문: 고종(高宗)은 부열(傅說)을 꿈을 통해 얻었고, 문왕은 여망(呂望)을 점을 쳐서 얻었다. 재상을 뽑은 일은 중대한 사항이거늘, 꿈이나 점을 믿어서야 되겠는가? 「홍범(洪範)」에서는 의심에 대해 물을 때 먼저 마음에 묻고, 경사(卿士)에게 묻고, 서인(庶人)에게 물은 다음 점을 치라고 했다.[80] 순임금이 우임금에게 명할 때면 반드시 "나의 뜻을 먼저 정하고 의논하였으나 모두 같았으며, 귀신들도 그렇게 따르고, 거북점과 시초점도 그렇게 따랐다."[81]고 말하였다. 꿈이나 점은 성현들이 전적으로 믿었던 것은 아닌 듯하니, 고종이 부열을 알

---

80) 『尙書』「洪範」에 "너에게 큰 의문이 있을 경우, 먼저 자기 마음에 묻고, 그 다음 경사에게 묻고, 그 다음 서인에게 묻고, 그 다음 점에 물어라(汝則有大疑, 謀及乃心, 謀及卿士, 謀及庶人, 謀及卜筮.)"는 내용이 보인다.
81) 『尙書』「大禹謨」.

아본 것과 문왕이 여망을 알아본 데에는 분명 꿈이나 점에 그치지 않
는 그 무엇인가가 있었을 것이다. 이를 고증할 수 있겠는가? 포숙(鮑
叔)이 관중(管仲)에 관해 말하자 제(齊) 환공(桓公)은 그를 등용했고,
서서(徐庶)가 제갈공명(諸葛孔明)에 관해 말하자 촉(蜀) 선주(先主:
劉備)는 그를 등용했다. 환공과 선주가 어찌 사람의 말만을 믿었겠는
가? 관중과 환공은 원수 사이였으나 "첫째도 중부(仲父), 둘째도 중
부"[82]가 되었고, 선주는 공명과 만나자마자 관우나 장비처럼 총애 받
던 인물도 그 사이에 끼어들지 못할 만큼 아꼈으며, 심지어 "내게 공
명이 있음은 물고기에게 물이 있는 것과 같다."[83]고 말했다. 이를 보
건대 두 군주와 두 신하의 서로를 알아줌이 과연 구차하지 않다. 서
로 그렇게 알아준 까닭은 대체 무엇이었을까? 제군들은 이를 아울러
이야기해보도록 하라. 장차 그간 온축해온 바가 어떠한지 살펴보고자
한다.

　問: 高宗得傅說以夢, 文王得呂望以卜, 置相重事, 而夢卜是信, 可
乎?「洪範」稽疑, 自乃心 · 卿士 · 庶人, 而後及卜筮. 大舜命禹, 必曰:
"朕志先定, 詢謀僉同, 鬼神其依, 龜筮協從." 夢卜似非聖賢所宜專信
者, 高宗之知傅說, 文王之知呂望, 其必有不止於夢卜者矣, 儻可得而
考乎? 鮑叔言管仲, 齊桓公用之, 徐庶言諸葛孔明, 蜀先主用之. 桓
公 · 先主, 豈惟人言是信耶? 管仲與桓公讐也, 而至於一則仲父, 二則
仲父. 先主既見孔明, 雖關 · 張之愛將不能間, 至曰: "孤之有孔明, 猶

---

82) 『三國志』 권49 「張顧 · 諸葛步傳」에 "옛날에 관중이 제나라 재상이 되자 첫째
　　도 중보, 둘째도 중보일 정도가 되었고, 환공은 패자들의 종주가 되었다.(昔管
　　仲相諸, 一則仲父, 二則仲父, 而桓公爲霸者宗.)"라는 내용이 보인다. 중보는
　　환공이 관중을 높여 부르던 호칭이다.
83) 『三國志』 권35 「諸葛亮傳」에 나온다. 여기서 '水魚之交'라는 성어가 비롯되었다.

魚之有水也." 觀此則二君二臣之所以相知者, 果不苟矣. 其相知之處
果安在耶? 諸君其倂言之, 將以觀其所蘊.

문: 옛날에는 여덟 살에 소학에 들어가고 열다섯 살에 대학에 들
어갔다. 소학에서는 활쏘기, 말 타기, 글쓰기, 수학을 가르쳤고, 대
학의 도는 천하에 밝은 덕을 밝히는 것으로 귀결되었다. 지금 어린
아이를 가르칠 때는 겨우 그들로 하여금 자획이나 익히게 하고 책
이나 읽게 할 뿐이며, 조금 자라면 글 짓는 법을 가르친다. 읽는 책
인즉 『효경』·『논어』에서부터 육경과 제자서 및 역사서에 이르고,
짓는 글인즉 시(詩)와 대(對)에서 이른바 경의(經義)·사부(詞賦)·
논책(論策)에 이르는데, 옛날 소학과 대학이 남겨준 뜻을 능히 지니
고 있는지 모르겠구나. 만약 오늘 날 사람을 가르칠 때 꼭 옛날과 같
아야 하는 법은 없으니, 그저 글을 지을 수 있게 만들고 유사(有司)의
척도에 응하여 과거에 합격할 수 있게만 하면 된다고 말한다면, 내게
의문점이 하나 있다. 어려서 암송한 책은 자라면 반드시 그 뜻을 알
게 된다. 글을 지을 수 있게 되었을 때 이른바 제목(題目)은 또한 모
두 고서에서 나오게 되니, 그 뜻을 능히 말할 수 있은 연후라야 문장
이 이루어질 수 있다. 예컨대 『효경』의 첫 장은 "몸을 세워 도를 행한
다."이고 『논어』의 첫 장은 "배우고 때로 익히다."이다. 『맹자』의 첫
장에서는 "꼭 이(利)를 말해야 합니까? 또한 인의가 있을 따름입니
다."라고 말했는데, 과연 어떻게 몸을 세워야 하고, 어떻게 도를 행해
야 하는 것일까? 배우는 바와 익히는 바는 과연 어떤 도이고 어떤 업
(業)일까? 이(利)와 인의를 어떻게 구분해야 할까? 이러한 것들 중에
과연 오늘날 글을 배우는 자들이 알지 못해도 되는 것이 하나라도 있

을까? 만약 "오늘날 사람을 가르치는 것은 옛날과 크게 다르다. 입으로 말을 하고 붓으로 종이에 적어 과장에서 펼쳐 보일 것들에 반드시 내실이 있을 필요는 없으니, 재주가 빼어나거나 부지런하기만 하면 된다. 그러나 인의충신의 도 또한 폐할 수 없으니 두 가지가 서로 상충되지 않게 병행하면 된다."고 말한다면, 과연 이런 이치가 있을까? 고인들은 인의충신의 도를 부지런히 배우면서도 혹 빠트린 바가 있을까 두려워했다. 오늘날 온 힘을 다해 종사하는 것은 전혀 이런 것들이 아닌데도 스스로 폐하지 않을 수 있다고 말하다니, 그렇다면 지금 사람들의 자질이 옛 사람들보다 훨씬 뛰어난 셈이다. 그렇지 않다면, 아비가 자식에게 고하고, 형이 아우에게 말하고, 친구들이 한데 모여 함께 종사하는 것들은 모두 기만이요 모두 거짓이며, 서로를 그물이나 함정 속으로 몰아넣는 것인데, 이대로 안주해서야 되겠는가? 바라건대 제군들은 상세히 고찰하고 빠짐없이 강구하여 정밀히 말해보도록 하되, 내실을 얻은 연후라야 가할 것이다.

問: 古者八歲入小學, 十五歲入大學. 小學敎之射御書數, 大學之道則歸乎明明德於天下者. 今敎童稚, 不過使之習字畫讀書, 稍長則敎之屬文. 讀書則自『孝經』·『論語』以及六經子史, 屬文則自詩·對至於所謂經義·詞賦·論策者, 不識能有古者小學·大學之遺意乎? 若曰今之敎人者不必如古, 惟使之能爲文, 應有司程度, 可以取科第而已, 則竊有疑焉. 幼所誦書, 長必知其意義, 及其作文, 則所謂題目者, 又皆出於古書, 則必能言其義, 而後文可成也. 如『孝經』首章所謂"立身行道", 『論語』首章言"學而時習之", 『孟子』首章言"何必曰利, 亦有仁義而已." 不知果何如而立身, 何如而行道? 所學所習果何道何業? 利與仁義何如而辨? 若此等類, 今之爲文者果有不必知之者乎? 若曰今之敎人者與古大異, 言之於口, 筆之於紙, 施之於場屋者, 不必有其實, 巧與勤者斯可矣. 然亦不廢仁義忠信之道, 兩者並行不相悖. 不識有是理乎?
夫仁義忠信之道, 古人汲汲學之, 猶懼有闕. 今悉力從事者初不在是,
而曰自能不廢, 則是今人才質過古人遠矣. 不然, 則是父詔其子, 兄語
其弟, 友朋之群居相與從事者, 皆爲欺爲僞, 相驅入於罟擭陷阱也, 而
可安乎? 諸君幸詳考備究而精言之, 當得其實而後可.

문: 부자께서 수수(洙水)와 사수(泗水) 사이에서 강학하신 일은
『논어』에 기재되어 있다. 인(仁)에 대해 물은 자가 한 둘이 아님에도
"부자께서는 인에 대해 거의 말씀하시지 않았다."[84] 진문자(陳文子)
나 영윤자문(令尹子文)의 행실이면 세상에서 얻기 어려운 정도이거
늘 인으로 인정하지 않으셨고, 자공(子貢)·자로(子路)·염유(冉有)
등의 무리 역시도 인으로 인정하지 않으셨다. 혹 인의 도가 너무 커
서 보통 사람이 갑자기 미칠 수 있는 바가 아니기 때문이었을까? 정
말로 그렇다면 이른바 거의 '말하지 않았다'라는 말의 뜻인즉 성인이
사람을 가르칠 때 중요한 것은 늘 비밀로 하고 그저 사소한 것만 이
야기해주었다는 것이다. 게다가 자로·자공·염유는 모두 성인 문하
의 훌륭한 제자들로서 그들이 수립한 바는 백 대의 사표가 되기에 충
분하다. 영윤자문과 진문자는 모두 열국의 현대부로서 당시에만 얻기
힘든 인물이었을 뿐 아니라, 인품이 이와 같았으니 또한 고금 천하에
서 얻기 힘든 인물이었다. 그럼에도 불구하고 모두 인하다 일컫기에
부족하다 하였다. 그렇다면 오늘날 학자들은 마땅히 인에 뜻을 끊고
서 더 이상 이것저것 따져서는 안 될 것이다. 지금 세상에서 책을 읽

---

84) 『論語』「子罕」에 "부자께서는 이와 명과 인에 대해 거의 말씀하시지 않았다.(子
罕言利與命與仁.)"는 구절이 나온다.

는 자들은 누구나 『논어』를 먼저 읽어, 동자 시절부터 이미 익숙하게 암송한다. 그렇다면 배우는 자들이 매번 『논어』를 읽다 인에 이르렀을 때, 과연 내버려둔 채 생각하지 않아도 되는가? 아니면 생각해보려 시도하되 반드시 알지는 못해도 그만인가? 지금 세상은 과거로 사인을 뽑는데, 만약 과거 제목에 인에 관해 나오면 또 줄줄이 이에 관해 설을 풀고 있으니, 그 무고함과 거짓됨이 너무 심한 것 아닌가? 제생들은 바야흐로 성인의 학문에 종사하고 있다. 근세에 인을 말한 자도 많지만, '거의 말씀하지 않았다.'는 말을 내세워 인에 관해 말하는 것을 배척하는 자 또한 많다. 따라서 제생들과 더불어 이를 논해보고자 한다.

問: 夫子講道洙泗, 『論語』所載, 問仁者不一. 又曰"子罕言仁", 如陳文子·令尹子文之所爲, 皆世所難得, 而不許以仁. 如子貢·子路·冉有之徒, 皆不許以仁. 豈仁之爲道大, 而非常人所能遽及耶? 審如是, 則所謂'罕言'者, 是聖人之敎人常秘其大者, 而姑以其小者語之也. 且以子路·子貢·冉有皆聖門人之高弟, 其所自立者皆足以師表百世. 令尹子文·陳文子皆列國之賢大夫, 非獨當時所難得, 人品如此, 蓋亦古今天下之所難得也. 然而猶皆不足與於仁, 則今日之學者宜皆絶意於仁, 不當復有所擬議矣. 今世讀書者未有不先『論語』, 自童了而已誦習之矣. 不識學者每讀至言仁處, 果可置而不思乎? 亦可試思而不必其遽知之也? 今世又以科擧取士, 苟其題之言仁者, 又將累累而言之, 其爲誣欺, 無乃已甚乎? 諸生方將從事於聖人之學, 近世言仁者亦衆, 而持罕言之說以排言仁者亦衆, 故願與諸生論之.

문: 하늘이 만물을 내심에 한 세대의 쓰임에 제공하기에 절로 족하다. 하늘이 인재를 내심 또한 이와 같다. 옛날 왕업을 일으킨 제왕들

은 언제나 다른 시대로부터 인재를 빌려왔으나, 후세 왕들은 늘 인재가 부족하다며 근심한다. 혹자는 탓을 과거로 돌리며, 과시 문장을 가르치다보니 천하의 인재를 완성시키기에 부족할 뿐만 아니라 도리어 이로 인해 이들을 곤경에 몰아넣고 훼멸시켜버린다고들 말한다. 과거가 비록 옛날의 제도가 아니기는 하지만, 과시 문장을 보면 성인들의 경전이고, 전 시대의 역사이며, 도덕인의의 종지와 치란과 흥망과 득실의 이유가 그 안에 온전히 들어있다. 그러니 옛날에 이른바 "옛 것을 배워 관직에 들어간다."[85]나 "배우고 여력이 있으면 벼슬한다."[86]는 것과 무엇이 다른가? 곤경에 몰아넣고 훼멸시킨다는 말이 과연 믿을 만한가, 믿을 만하지 못한가? 인재가 옛날만 못한 이유는 어디에 있을까? 아니면 인재가 없는 것이 아닌데, 위에서 취택하여 등용하는 자가 미처 찾아내지 못한 것은 아닐까? 이 이야기를 궁구해보기 바란다.

問: 天之生物, 自足以供一世之用, 天之生才亦猶是也. 古之興王, 未嘗借才於異代, 而後世常患人才之不足. 或者歸咎於科擧, 以爲敎之以課試之文章, 非獨不足以成天下之材, 反從而困苦毁壞之. 科擧固非古, 然觀其課試之文章, 則聖人之經, 前代之史, 道德仁義之宗, 治亂興亡得喪之故, 皆粹然於其中, 則其與古之所謂"學古入官", "學而優則仕"者何異? 困苦毁壞之說, 其信然乎不也? 人才之不如古, 其故安在? 抑果未嘗無才, 而獨上之所以取而用之者未至耶? 願有以究其說.

---

85) 『尙書』「周官」.
86) 『論語』「子張」.

권 25

시詩

소시작
少時作

본디부터 담도 크고 흉중도 드넓어
억 만 마리 호랑이 표범과 천 마리 규룡을
머리부터 거두어 한 입에 삼켰네
가끔씩 이들이 소란을 피우면
포효하며 크게 씹어서 하나도 남기지 않았네
아침엔 발해의 물을 마시고
저녁엔 곤륜산 꼭대기에서 잠을 잤네
이어진 산을 거문고 삼고
기다란 강물을 현으로 삼았네
만고토록 그 음성 전해지지 않으니
내 그대 위해 펼쳐주어 마땅하리

從來膽大胸膈寬, 虎豹億萬虬龍千, 從頭收拾一口呑.
有時此輩未妥帖, 哮吼大嚼無毫全.
朝飮渤澥水, 暮宿崑崙顚,
蓮山以爲琴, 長河爲之弦.
萬古不傳音, 吾當爲君宣.

꾀꼬리 소리를 듣다
聞鶯

온갖 새들 봄을 노래하며 잠시도 쉬지 않건만
봄기운이 간곡하지 않은 것을 늘 의심해왔네
나무 위에서 들려온 소리가 꾀꼬리 소리였음을 깨닫고
이제껏 집착해 들으려 했던 모습에 실소가 나오네

百喙吟春不暫停, 長疑春意未丁寧.
數聲綠樹黃鸝曉, 始笑從前着意聽.

꾀꼬리 육언

鶯 六言

풍대 위 어여쁜 소리 급한 피리처럼 들리고
돌 바위틈 맑게 퍼지는 소리 계곡을 휘감네
이 가지 저 가지 날아다니며 꿈을 깨우니,
요서로 마음 치닫는 사람 하나도 없네[1]

巧囀風臺急管, 淸逾石澗回溪.
好去枝枝驚夢, 無人心到遼西.

---

[1] 이 구절은 당나라 시인 金昌緖의 「春怨」을 염두에 두고 쓴 것이다. 춘원은 5언
절구인데, 내용인즉 "노란 꾀꼬리를 때려 쫓으며, 가지 위에서 울지 못하게 하노
라. 꾀꼬리 울면 첩은 꿈에서 놀라 깨어나, 요서로 갈 수가 없기 때문이라.(打起
黃鶯兒, 莫敎枝上啼. 啼時驚妾夢, 不得到遼西.)" 즉 꿈에서 낭군이 수자리
서기 위해 떠나간 요서로 날아가 함께 있었는데, 꾀꼬리 울음소리에 달콤한 꿈
에서 깨어나므로 꾀꼬리를 울지 못하게 쫓아버린다는 이야기이다.

늦봄에 전계를 나서며 두 수
晚春出箭溪 二首

맑은 구름은 뉘엿뉘엿 석양에 얇게 드리우는데
고요한 봄날 사립문은 반쯤 닫혀있네
바람 불어드는 담장 위엔 저녁 살구꽃 붉어
높다란 가지 살랑살랑, 꽃잎 어지러이 날리네

晴雲冉冉薄斜暉, 春靜衡門半掩扉.
風入牆頭丹杏晚, 高枝頻颭亂花飛.

다시 짓다
又

그윽한 시내엔 맑은 모래 따스하고
푸른 나무에 야들야들 풀 향기 더해졌네
돌아감은 나의 흥이 다해서가 아니니
달 밝으면 다시금 치마 걷고 건너가리

長蹊窈窕晴沙暖, 綠樹交加細草香.
歸去不緣吾興盡, 月明應得更褰裳.

자규 육언
子規 六言

버드나무 뜰, 대나무 재실, 띠 풀 올린 여관
어지러운 구름, 바람 부는 나무, 안개 낀 시내
석양녘부터 달 뜰 때까지 줄곧 들려오는 소리
파촉 땅2)이 동쪽인지 서쪽인지 따지지도 않네

柳院竹齋茅店, 雲蕪風樹煙溪.
聽徹殘陽曉月, 不論巴蜀東西.

---

2) 자규는 蜀 지방 마지막 임금인 杜宇의 망국의 넋이 환생한 새라는 전설이 있다.
巴는 지금의 四川省 동부에 위치하는데 보통 巴蜀이라고 통칭되기도 한다.

매미

蟬

메마른 창자 속으로 바람서리 스며드는데
두 날개 움직여 궁상(宮商)의 음조를 지어내네
장한 울음소리에 숲속 나무는 저녁 빛에 물들고
맑은 휘파람 소리에 무성한 숲엔 가을이 찾아오네

風露枯腸裏, 宮商兩翼頭.
壯號森木晚, 淸嘯茂林秋.

화주에게 주다

贈化主

불교를 배우며 산림에 거하노라면
종종 용모와 태도가 거칠어지기도 하건만
도인께서 홀연 찾아오셨는데
예절이 어쩌면 그리도 우아하신지
전심전력 다해 직책을 수행하고
하시는 말씀마다 거침이 없네
어떻게 하면 그 머리 위에 관(冠)을 씌울까?
공의 재주 어찌 적다할 수 있으리

學佛居山林, 往往儀狀野.
道人翩然來, 禮節何爾雅.
職事方惛惛, 言論翻灑灑.
安得冠其顚, 公材豈云寡.

소산 도중에 짓다
疏山道中

고요한 마을엔 개구리 소리 유심한데
숲속 꽃들은 새 소리에 놀라네
산허리엔 흰 꽃이 흐드러지게 피고
보리밭엔 푸른 싹이 하늘하늘 흔들리네
이별의 정회는 서쪽 강에 부치고
가고픈 마음은 동쪽 고개로 치닫네
홀연 배고픔도 흉년의 근심도 잊으니
도리어 깊은 깨달음이 열리네

村靜蛙聲幽, 林芳鳥語警.
山樊紛皓葩, 隴麥搖靑穎.
離懷付西江, 歸心薄東嶺.
忽忘飢歉憂, 翻令發深省.

아호에서 교수 가형의 시운에 화답하다
鵝湖和敎授兄韻

무덤 보면 슬퍼지고 종묘 보면 흠모의 정 이나니[3]
이는 천고토록 마멸되지 않는 마음이네
졸졸 흐르는 물이 큰 바다에 이르고
주먹만 한 돌이 쌓여 태산 화산이 되나니
간략하고 쉬운 공부는 마침내 오래가고 위대하지만
지리멸렬한 사업은 끝내 부침하리라
낮은 데서 높은 데로 오르는 법 알려면
오직 지금 먼저 진위를 구별해야 한다네

墟墓興哀宗廟欽, 斯人千古不磨心.
涓流積至滄溟水, 拳石崇成泰華岑.
易簡工夫終久大, 支離事業竟浮沉.
欲知自下升高處, 眞僞先須辨只今.

---

3) 『禮記』「檀弓下」에 "잡초 우거진 무덤 사이에서는 백성들에게 슬퍼하라고 시키
지 않아도 백성들 스스로 슬퍼하고, 사직과 종묘 근처에서는 백성들에게 공경하
라고 시키지 않아도 백성들 스스로 공경한다.(墟墓之間, 未施 哀於民而民哀,
社稷宗廟之中, 未施敬於民而民敬)"라는 말이 나오는데, 이 구절을 염두에 두
고 쓴 시구이다.

석자중[4] 만시

挽石子重

옛날에는 현령[5]을 중시 여겨
고아들의 생계를 도모하라 명을 맡기셨네
지금 경사(京師)의 질록을 내리시니
현우(賢愚) 할 것 없이 모두 현으로 모여왔네
주(州) 관부에선 판장전(版帳錢)[6]만 독촉하고
고과(考課)의 일등과 꼴찌를 세금 납부로 정하네
하물며 폐단이 쌓인 지 오래라
그간 진 빚 문서가 산더미처럼 쌓였네

---

4) 石墪(1128~1182). 字 子重이며 台州 臨海 사람이다. 紹興 15년(1145)에 진사
급제하여 3년 뒤에 郴州 桂陽主簿를 맡았고, 후에 泉州 同安任縣丞으로 부임
했다. 당시 동안에 기근이 들어 知府에 세금 감면을 부탁했는데, 지부에서 이를
허락하지 않았으나 石墪이 강력 주장하여 세금 감면을 받았다. 紹興 23년
(1153)에 朱熹가 同安 主簿에 제수되어 오면서 둘은 막역한 사이가 되었다.
후에 武進 知縣으로 나갔을 때 郡守가 사택을 지으려고 막대한 공금을 끌어다
쓰는 것을 보고는 강력히 맞서 싸우다가 郡守의 노여움을 샀다. 乾道 원년
(1165)에 그는 면직을 청하였다. 이 사실을 나중에 알게 된 백성 수천 명은 郡
守가 출행하는 길을 막아서고 石墪의 사임을 만류해 달라 청했다고 한다.
5) 원문의 百里長이란 한 현의 우두머리를 뜻하므로 곧 현령을 의미한다.
6) '版帳'이란 남송 때 징수하던 軍用 세금의 일종이다. 『宋史』권178 「食貨志」에
"주현의 관리들은 그것이 불법임을 알고 있었으나 그 액수가 하도 커서 백성들
에게 횡령하지 않고자 하여도 그럴 수가 없었다(州縣之吏固知其非法, 然以版
帳錢額太重, 雖欲不橫取於民, 不可得也.)"라는 기록이 보인다.

늙고 간악한 자들은 정신없는 틈을 타
수수방관하는 것으로 본보기를 세우니
백성들 곤궁해도 세금 징수는 더욱 촉급해지고
서리 배는 불러 가도 관가는 야위어가네
천자께선 이로 인해 노심초사하시며
밤낮으로 좋은 방법 궁리하시다
지방으로 파견할 관리를 훌륭히 선발하심에
이에 덕정을 펼쳐질 수 있게 되었네
석 군도 천거자 명단에 오르니
이 말 들은 사람들 모두 기뻐하면서
어느 고을 백성이
피폐 끝에 군 덕택에 소생할지 궁금해 했네
군이 동안(同安) 현승으로 나갔을 때
가뭄이 들어 조세를 덜어주어야 했거늘
현령은 전례를 고해오고
군수는 노여워하며 눈을 치켜떴네
군께서 힘껏 싸워준 덕분에
청한 대로 윤허받을 수 있었으며
액수를 게시해 이정(里正)에게 줌으로써
나중에라도 이를 어기지 못하게 하였네
또 일찍이 우계를 다스리러 나갔을 때도
서리배들 처음엔 기회를 엿보다가
처음부터 재정이 바닥났다 고하면서
민생 침탈할 방법을 찾아보려 하였네
그러나 군께서는 세금 장부를 정리하여

그 안의 폐단과 좀을 근본부터 다스렸네
쉽고 간략한 정치로써 백성들을 편하게 하니
위아래 사람들이 서로 서로 미더워하였네
백성들이 차마 스스로 배반하지 않을진대
더 이상 번거롭게 재촉할 필요가 있었겠는가
관세로 거둔 금액이 비록 줄어들긴 하였지만
그 누가 유술이 어리석다 말할 수 있으리오
지방관으로 이런 사람만 얻을 수 있다면
제왕에게 무슨 근심 걱정 있으리오
안타깝구나, 미처 쓰이지 못하였으니
내 탄식만 깊어지도다

古重百里長, 寄命謀託孤.　今以京秩授, 麇至無賢愚.
州家督版帳, 殿最視所輸.　況乃積弊久, 宿負堆文符.
老姦乘倉皇, 陰拱爲師模.　民窮斂愈急, 吏飽官自癯.
天子爲焦勞, 宵旰思良圖.　高選部使者, 庶使德意敷.
石君在薦剡, 聞者皆懽愉.　不知何方民, 凋瘵遲君蘇.
君丞同安日, 歲旱當蠲租.　縣白如故事, 守怒牢睢盱.
賴君爭之力, 意得所請兪.　揭數授里正, 俾後不可渝.
又嘗宰尤溪, 吏輩初闚覦.　首以財賄告, 欲闢侵民途.
君乃治稅籍, 弊蠹窮根株.　簡易以便民, 上下交相孚.
民自不忍負, 豈復煩催驅.　關征且損數, 孰謂儒術迂?
使家得此人, 黃屋何憂虞?　惜哉不及用, 重使吾嗟吁!

장정응[7] 만시
挽張正應

바다 문에선 밤낮으로 우레가 포효해도

오산(吳山)은 도리어 장엄하게 서있네

정전(正殿)에는 신선의 삼도[8]가 그윽하고

정 남쪽으론 하늘의 구천문이 열렸네

옥계에서 공손히 태관(太官)을 제수받고

상아 홀(笏) 들고 친히 어서 받아 돌아갔네[9]

안빈낙도하는 수많은 사인들

그대 찾아와 두 궁(宮)[10]에서 묵어갔다네

海門晝夜吼奔雷, 却立吳山亦壯哉!

前殿神僊三島邃, 正陽閶闔九天開.

玉階恭授太官賜, 象簡親承御墨回.

多少簞瓢蓬甕士, 輸君留宿兩宮來.

---

7) 이 시는 육구연이 38세에 도교 正一派의 32대 天師 張守眞을 위해 지어준 만시이다. 육구연 가문과 龍虎山 天師府와는 혼인으로 맺어진 밀접한 관계가 있으며, 이로 인해 육구연의 작품 중에는 도가 사상을 엿볼 수 있는 용어나 내용이 다소 보이는데, 이 시 또한 그러하다.

8) 곤륜산, 방장산, 봉래산을 가리킨다.

9) 남송 孝宗 乾道 6년(1170))에 홍수가 나자 張守眞을 內廷으로 불러 초제를 올리게 했는데, 크게 효험이 있는 것을 보고 상아 홀과 보검, 그리고 『淸靜經』과 『陰符經』을 하사했으며, 正應先生이라는 호까지 내려주었다. 상황인 高宗은 그를 접견한 뒤 道籙를 하사했다.

10) 龍虎山에 있는 유명한 道觀 上淸宮과 斗姆宮을 가리킨다.

황사업의 '눈을 기뻐하며' 시에 화답하다
和黃司業喜雪

옛날부터 시낭 아끼며 시 꺼내지 않았지만
아름다운 시구는 날로 위대해져 갔네
빼어난 재주에도 기꺼이 제공들 뒤에 서서
성실히 늙은 농사꾼 앞에서 조용히 살아갔네
섣달 늦은 눈, 이른 봄눈 내리기에
고요히 매화를 바라다보니 눈꽃이 어여쁘네
앞으로도 길이 풍년의 상서로움이 되어
집집마다 창고에 구년 먹을 양식 넉넉하기를

疇昔詩囊未破慳, 瓊瑰益自倍枵然.
才華甘落諸公後, 誠實徒居野老前.
臘雪晩成春雪早, 梅花靜對雪花妍.
從今長作豊登瑞, 廩庾家家贍九年.

호수를 노닐다 운을 나누어 '서' 자를 얻다

遊湖分韻得西字

말을 몰며 봄길 진흙탕도 마다 않고
도성 서쪽에서 소봉[11]과의 좋은 만남 가졌네
만물이란 우리처럼 끝내 믿을 수 없는 것 아니거늘
우습구나, 장주는 억지로 제물하려 하였네
호수에 빠진 하늘은 물결 따라 넓어졌다 좁아지고
구름에 숨은 산은 제각각 높고 낮네
누가 어여뻐할까, 저 아득한 줄풀들 속에
어렴풋 창룡이 오래된 제방에 누워있구나

命駕不辭春徑泥, 少蓬高會帝城西.
物非我輩終無賴, 書笑蒙莊只强齊.
天入湖光隨廣狹, 山藏雲氣互高低.
誰憐極目荽蒻裏, 隱隱蒼龍臥古堤.

---

11) 秘書少監을 少蓬이라 불렀다. 송나라 洪邁의 『容齋隨筆』「官稱別名」에 "당나
라 사람들은 다른 명칭으로 관직을 표현하기 좋아해 …… 비서감을 대봉이라
하고, 소감을 소봉이라 하였다.(唐人好以它名標榜官稱……秘書監爲大蓬, 少
監爲少蓬)"는 설명이 보인다.

'양정수 송행' 시에 화답하다[12]

和楊廷秀送行

거칠게 배워 방도 알고서 차마 사람이 되었으니

감히 겉모습 꾸며 참됨을 좀먹게 할까

의리상 영합하기 어려우나 세상 잊은 것 아니요

제 몸 도모에 뜻 없다고 어찌 일신을 망치리오

드넓은 은혜 입어 봉록까지 얻었고

돌아오다 만난 섣달 눈에 봄기운 절로 생겨나네

그대의 시는 맑은 바람처럼 상쾌하여

내 배 떠날 즈음이면 마름 풀에서 일어나리[13]

---

12) 楊時의 「送行和楊廷秀韻」이라는 작품이 있는데, 육구연이 唱和한 것은 바로 이 시가 아닐까 싶다. 양정수는 시인 楊萬里이다. 원래 시는 "거칠게 배워 방도를 알아 비로소 사람이 되었거늘, 감히 꾸밈을 숭상하면 어찌 참됨을 지킬까? 마음이 세상에 영합한다 해서 세상을 잊은 것은 아니요, 뜻으로 제 몸 도모하지 않은들 어찌 몸을 망치리오. 쫓기다 드넓은 은혜 만나 봉록 또한 얻었고, 돌아가다 섣달 눈 만나 봄이 절로 생겨나네. 그대의 시 마치 가을바람처럼 상쾌하여, 내 배에 돛 달아 떠날 때 마름 풀에서 일어나네(學粗知方始爲人, 敢崇文貌獨眞誠. 意雖阿世非忘世, 志不謀身豈誤身. 逐遇寬恩猶得祿, 歸衝臘雪自生春. 君詩正似秋風快, 及我征帆故起蘋)"이다.

13) 이 구절은 戰國時代 宋玉이 지은 「風賦」중 다음과 같은 내용을 염두에 두고 쓴 듯하다. "바람이 땅에서 일 때는 먼저 푸른 마름 풀의 끝에서 일어나기 시작해 계곡 속으로 스며들어갔다가 온 땅을 성난 듯 뒤덮는다.……그러다 마침내 풀숲에서 멈춘다.(夫風生于地, 起于靑蘋之末, 侵淫谿谷, 盛怒于土囊之口……止于草莽之間)." 이는 후에 아무도 모르는 사이에 어떤 일이 시작되어 한바탕 격정을 겪은 후 평정으로 돌아감을 형용하는 말로 사용되었는데, 여기서

學粗知方恥爲人, 敢崇文貌蝕誠眞?
義難阿世非忘世, 志不謀身豈誤身?
逐遇寬恩猶得祿, 歸衝臘雪自生春.
君詩正似淸風快, 及我征帆故起蘋.

는 특히 楊萬里의 시가 인생의 풍랑을 겪으면서 성숙의 경지에 든 것을 찬탄하
는 말로 사용되었다.

감원 덕린¹⁴⁾이 천동으로 돌아가는 것을 전송하여 양정수의 운에 화답하다 두 수

送德麟監院歸天童和楊廷秀韻 二首

내 오두막 올라오기 어렵다고들 말하지만
상인¹⁵⁾들마다 찾아오시어 만날 수 있다네
대접할 만한 것 없다고 말하지 마시게
마른 혀를 적셔줄 차라도 있으니

盡道吾廬登陟難, 上人得得到相看.
莫言無物堪延待, 也有茶澆舌本乾.

---

14) 德麟은 天童山의 승려이며 監院은 절을 감독하고 승려들의 모든 일을 맡아
   보살피는 직책을 말한다. 덕린은 楊廷秀, 즉 楊萬里(1127~1206)의 향친이다.
   당시 臨安에서 탁발하다가 천동산으로 돌아갈 즈음 셋이 모였는데, 양만리가
   먼저 시를 짓자 이에 대해 육구연이 화답하여 덕린선사에 대한 우호의 뜻을
   드러내었다.
15) 上人은 승려에 대한 존칭이다.

다시 짓다
又

회 땅 백성들 기근 면하기 어려워
초봄부터 땅을 파 풀뿌리 캐 돌아간다 하오
부러워라, 그대 다 신고서 산으로 돌아가는데
성랑16)께서 크게 써주신 시까지 지니고 가시니

聞說淮民未免飢, 春頭已掘草根歸.
羨君稛載還山去, 更挾星郎大字詩.

---

16) 星郎은 郎官의 별칭이다.

절서 염관으로 부임하는 구희재를 보내며
送勾熙載赴浙西鹽

절강을 가운데로 나누면
동쪽 경계는 바다 모퉁이에 떠있어
그곳 백성들은 어업과 염전에 의지해 사는데
이미 오래 전부터 세금과 전매에 시달려왔네
쌀과 보리, 뽕과 마
척박한 땅까지 경작하고 김 맸건만
몇 해 전부터 연이어 곡식 여물지 않아
논밭이 거의 헐벗었기에
조정에서 흉년 대책으로 수고하시더니
진휼 소식이 몇 번이고 들려왔네
굶주린 배 부르길 기대할 수는 없으나
모두들 임금의 은혜에 감격하였네
덮어 기르시는 은혜 인자하건만
증오스러운 바는 악착같은 서리들이라
더욱 준엄한 교지가 내려옴에
오직 공손하게 받들었으나
나라와 백성들이 어찌 알았으리
스스로 족히 가지고도 탐욕을 부릴 줄을
흩어진 채 떠돌며 돌아오지 못하는데
더 이상 때리고 벗겨낼 것이 있겠는가

안찰사는 이를 전혀 알지 못했으나

성주께서만 먼저 이를 깨달으시고

밤낮으로 거듭 고민하시며

사방을 둘러보며 빼어난 인재를 찾으셨네

그대는 본디 민산과 아산 같은 영재

가슴속엔 형산의 박옥[17]이 그득하다네

근자에는 주대(奏對)에서 말씀을 나누자

해 뜨는 아침에 작악[18]이 울었나니

위대하신 역대 제황들의 총명하심이여

역사의 기록은 실로 정확하구나

외대[19]에 마침 자리가 비어 있어

훌륭하신 선발, 직접 가려 뽑으시었으니

이 부절을 어찌 가벼이 주었으리

맡긴 바가 산처럼 무거운 것을

임명의 어지가 천하에 내려왔으나

분분한 의론 박잡한 소리 섞이지 않았네

말고삐 쥐고 막 산을 넘어가면

바야흐로 청평검[20]을 손에 쥐고 있을 것이요

---

17) 楚나라 사람 卞和가 荊山에서 얻었다는 아직 조탁을 가하지 않은 옥을 璞玉이
라 한다.

18) 작악은 鸑鷟이라고도 하는 전설의 새로, 봉황의 일종이다. 『詩經』「大雅·卷
阿」에 "봉황이 우네, 저 높은 언덕에서. 오동나무 자라네, 저 막 떠오른 아침
태양 아래서(鳳皇鳴矣, 于彼高岡. 梧桐生矣, 于彼朝陽)"라는 구절이 있는
데, 여기서 '鳳鳴朝陽'이라는 말이 생겨나 상서로움을 상징하는 말로 사용되
었다.

19) 주현의 지방관을 가리킨다.

그대 보내면서 쓸 데 없는 소릴랑 하지 않으리니
배운 바를 저버려서는 안 될 것이오

平分浙江流, 東境浮海角.
其民仰魚鹽, 久已困征榷.
麥禾與桑麻, 耕鋤到磽确.
往歲比不登, 場圃幾濯濯.
荒政勞廟謀, 賑廩聞數數.
飢贏不待飽, 共感君澤渥!
仁哉覆育恩, 所惡吏齷齪.
敎詔彌諄諄, 聽受祇虩虩.
何知國與民, 足己肆貪濁.
流離且未還, 已復事榷剝.
按察殊未曾, 聖主獨先覺.
重貽宵旰憂, 顧盼求卓犖.
君固岷峨英, 懷抱富荊璞.
邇來奏對語, 朝陽鳴鸑鷟.
鏘然歷帝聰, 簡記諒已確.
外臺適虛席, 妙選出親擢.
此節豈輕授, 委寄重山嶽.
除音九天下, 衆論靡瑕駁.
攬轡首越山, 靑萍方在握.
送君無雜言, 當不負所學.

---

20) 고대 명검으로 병권이나 군권을 상징한다.

혜조사에 적은 시

題慧照寺

봄날 다시 찾아온 혜조사
한 해가 가도록 시 빚을 갚지 못했네
시 지어놓은 객들 이름을 세세히 헤아려보시오
나처럼 못난 사람이 어디 또 있소?

春日重來慧照山, 經年詩債不曾還.
請君細數題名客, 更有何人似我頑?

매화 그림을 그려준 왕문현에게 주다

贈畵梅王文顯

그대가 그린 추운 가지 너무도 핍진하여
더 높은 곳 향해 신의 경지라 칭할 것이 없소
자고로 빼어난 기예에는 지음이 적다지만
지금 사람이 도리어 옛 사람을 뛰어넘은 듯하오

子作寒梢已逼眞, 不須向上更稱神.
由來絶藝知音少, 只恐今人過古人.

주간숙 등 여러 벗에게 쓰다
簡朱幹叔諸友

이익과 명예의 풍랑이 날로 사람을 재촉하니
반가운 눈빛으로 맞이할 이 세상에 없구나
제군들은 어찌하여 험난함을 무릅쓰고
지팡이 짚고서 흰 구름 속으로 들어왔단 말이오

利名風浪日相催, 靑眼難於世上開.
何事諸君冒艱險, 杖藜來入白雲堆.

유정부의 시축에 써주다
書劉定夫詩軸

인생사 여러 가지 일 겪어보지 않는다면
무슨 수로 위험과 어려움을 알 수 있겠소
그대의 거대한 시축을 보니
어찌 여산을 백번만 넘어보았겠소

人生不更涉, 何由知險艱?
觀君一巨軸, 奚啻百廬山.

옥지가

玉芝歌

신령한 꽃이여, 아름답구나
지초의 바탕에 난초의 모습이라
경(瓊) 같은 꽃봉우리에 요(瑤) 같은 열매
얼음 같은 잎에 눈 같은 줄기
석실은 구비지고
이끼는 푸릇푸릇
그늘 드리운 장송은 하늘을 찌를 듯 높고
휘감아 떨어지는 폭포에선 옥구슬이 튀네
속은 푸르고 단정하지만 겉은 노랗고
오묘함을 가운데 감추고 자랑하지 않네
자신의 명덕(明德)을 드러내지 않는다면
지난날의 재능에 어찌 부끄러움이 없으리

靈華兮英英, 芝質兮蘭形.
瓊葩兮瑤實, 冰葉兮雪莖.
石室兮宛宛, 苔茵兮菁菁.
蔭長松之偃蹇, 帶飛瀑之琮琤.
實靑端而黃表, 眇中藏而不矜.
匪自昭其明德, 羌無愧兮疇能.

순희 무신년(1188)에 나는 이 산에서 지내고 있었다. 초여름에 두세 명과 더불어 폭포 사이를 노닐다가 지초 세 쌍을 얻었는데, 서로 나란히 놓으니 괘(卦)의 그림 같았다. 핀 꽃은 난초 같았는데, 옥처럼 맑고 얼음처럼 투명한 것이 눈으로 훤히 관통해 볼 수 있을 정도였다. 그래서 지초와 난초가 본디 다른 것이 아님을 알게 되었다. 기유년(1189) 상사일에 다시 옥의 새싹이 튼 것을 보았으나, 급히 돌아가 성묘를 해야 하는 바람에 미처 꽃이 피는 것을 보지 못하였다. 이날 풍련 폭포와 비련 폭포를 찾아갔다가 비로소 꽃 하나를 찾아냈다. 꽃을 꺾어 책상 사이에 놓아두려는데, 마침 운암의 승려가 찾아와 자신의 지침으로 삼겠다며 내게 말씀을 구했다. 나는 막 이 노래를 짓고 있던 중이라 이렇게 말했다. 당연히 그대를 위해 써주어야지. 이 시를 가지고 돌아가기만 하면 그 뜻을 이해하는 자가 분명 있을 것이네.

소희 원년(1190) 3월 26일 상산옹이 쓰다.

淳熙戊申, 余居是山. 夏初, 與二三子相羊瀑流間, 得芝草三偶, 相比如卦畫. 成華如蘭, 玉明冰瑩, 洞徹照眼, 乃悟芝·蘭者非二物也. 己酉上巳, 復覩瑤芽, 迫歸拜掃, 不及見其華. 是日訪風練·飛雪, 始得一華. 方掇至案間時, 雲庵僧適至, 且求余言爲鄕道. 余方作是歌, 因謂之曰: 當爲子書之. 第持此以往, 會當有賞音者.

紹熙元年三月二十六日　象山翁書

천 26

제문祭文

여백공[1] 제문
祭呂伯恭文

옥이 있으면 산에 빛이 나고, 진주를 품으면 내가 아름다워지나니, 나라의 빛은 사람에게 달려 있네. 공께서는 유속의 무리를 뛰어넘으셨고, 전대의 인물에 비교해 보아도 특출나지 않음이 없었네. 겉모습은 어리석은 듯 순박했지만 속으로 영민함은 짝할 자 드물 정도여서, 숨어 지내면 모욕을 입었고 세상 밖으로 나오면 시기를 초래했네. 그러나 티끌만큼도 마음에 두지 않으시며 오로지 스스로를 다스리시니, 모욕하던 자 마침내 존경했고, 시기하던 자 마침내 부끄러워했네. 원대한 식견과 드넓은 도량, 영민한 재능과 위대한 기량은 짝도 없이 홀로 치달았으니, 홀로 우뚝 선 경지에 그 누가 견줄 수 없었을까. 문장의 구사는 드넓고 부드러웠으며, 펼쳐놓은 글은 곱고 아름다웠으되, 소시 적 문장에 종사함은 본디 여사였을 뿐, 배운 바는 안연(顔淵)과 증삼(曾參)이요, 뜻한 바는 이윤(伊尹)과 여망(呂望)이라, 오래될수록 더욱 전일하였고, 궁해질수록 더욱 힘을 쏟았네. 치우친 것 있으면 다잡아 균형을 유지하고, 하자 있으면 버리고 순수함을 길렀

---

1) 呂祖謙이다.

으니, 황중(黃中)에서 마음을 노닐고,[2] 백비(白賁)에 몸을 두었네.[3] 맑게 고여 있다가 흘러넘치면 그 끝을 볼 수 없었으니, 어찌 인걸일 뿐이리? 실로 나라의 상서로움이었네.

몇 해 전 병에 걸리셨을 때 사람들 벌써 깜짝 놀랐는데, 치유되어 가시는 걸 보고 평안하시기만을 바랐네. 『시(詩)』와 『전(傳)』을 집대 성하시고, 대사(大事)를 기록하시어,[4] 선유들의 보좌가 되고 『인경 (麟經)』[5]의 뒤를 이으셨네. 두문불출하고 병 치료를 하셨으나, 본디 하시던 학업 폐하지 않았거늘, 부음이 날아옴에 듣는 사람들 눈물을 떨구었네. 사문(斯文)을 이끌어갈 중임, 이 몇 군자에게 맡겨져 있거 늘, 줄줄이 빼앗아가시다니, 하늘의 뜻은 과연 무엇인가? 형주(荊州: 張栻)도 가고, 나의 형님께서도 세상을 떠났는데, 채 한 해도 되기 전 에 공마저 이 세상 버리셨네. 죽은 자야 수없이 많다지만 사람이란 거대한 존재일 수도 있고 미미한 존재일 수도 있는 법, 이 사람의 죽 음은 자신만의 슬픔이 아니라네. 오호, 하늘이여! 어찌 이를 생각지

---

2) 『周易』「文言傳」에 "황중의 이치에 통달하여 바른 자리에 몸이 거하면, 아름다 움이 그 안에 있어 사지로 발양된다.(君子黃中通理, 正位居體, 美在其中而暢 於四支)"는 말이 나온다. 여기서 黃中이란 內德을 말한다. 옛날에는 五色을 五方에 배치했는데, 가운데 있는 것이 土이며 이는 곧 黃이 되므로 중앙의 正 色이 되었다.

3) 『周易』「賁卦」에 나오는 말이다. "상구, 소박하게 꾸미는 것은 허물이 없다.(上 九, 白賁無咎.)"

4) 그의 미완성작인 編年體 通史 『大事記』 총 12권(通釋 3권, 解題 12권)을 말 한다.

5) 공자가 『春秋』를 지을 적에 한 사냥꾼이 기이한 모습의 짐승을 등에 지고 공자 를 찾아와 이것이 무슨 짐승이냐고 물었다. 공자는 "기린이란 본디 태평성세에 나타나는 짐승인데 어찌하여 제 시절도 아닌데 나타났을까?(麒麟本是太平獸, 緣何生來不逢時.)"라고 말하고는 『춘추』의 집필을 멈추었다고 한다. 그래서 『춘추』를 『麟經』이라고도 부른다.

않으시는가? 내가 마르고 구릉이 무너지는데도 차마 잠시 기다려줄 수는 없었는가. 신묘년(1171) 겨울, 운 좋게 행도(行都: 杭州)에서 뵈었을 때, 겨우 한번 왕복에 읍양만 올린 뒤 물어났었네. 그 후 공무로 바쁘고 장차 고시(考試)에도 참여해야 해서 조석으로 만나 뵙고 속내를 토로할 수 없었네. 공과 나는 본디 글자 하나도 주고받지 못한 사이나, 이름을 적어 찍어낸 책이 수 천 수 만 쪽이나 되었네. 나의 글 한번 보시고는 다른 사인들과 다름을 알아보셨으니, 공의 아름다운 감식안, 기이하기도 하였어라. 공께서 큰 변고를 만나셨을 때 나는 외람되이 말단으로 급제하였는데, 다급히 부모님 뵈러 돌아가야 했기에 그저 편지로 위로의 뜻만 전했네. 갑오년(1174) 여름에 공께서 아직 고향에 머물고 계실 때, 나는 전당(錢塘)으로부터 강을 타고 거슬러 올라가 공을 만나 뵈었네. 마침 공께서 출타중이시라 열흘 간 그곳에 머물러 있었는데, 나를 한번 보시더니 마치 큰 이익이라도 얻은 양 환히 기뻐하셨네. 나는 광망하고 어리석고 관심사가 특히 넓었으며, 말함에 있어 잴 줄을 몰라 간혹 모진 일을 겪기도 하였네. 비록 그 그릇됨을 놓고 시비를 다투는 경우가 생길지라도 스스로 억제할 줄을 몰랐는데, 공께서 훌륭한 침을 놓아주셨기에 비로소 통렬히 다스릴 수 있었네. 내게 물으실 땐 귀 기울이셨고, 내게 고하실 땐 조근조근 말씀하셨네. 몸으로써 가르치심 또한 성대하였네. 그러나 불초한 나는 종종 이를 어기어 마침내 공의 근심걱정을 보태드렸거늘, 이대로 땅에 묻히고 말았네. 아호(鵝湖)의 모임이 있은 후 한 해가 지나자마자 나는 걸핏하면 망발을 해대며 예전의 행태를 반복하였네. 공께서 비록 말씀하지 않았으나 뜻은 이미 내게 전달되었기에, 장차 유유자적 지내며 따끔한 충고를 받들고자 하였네. 그러나 농민들이 반란을 일으켜 경보가 군 경계까지 전해오는 통에, 급히 본가로 돌아가

느라 끝내 뜻을 이루지 못했네.

　복재(復齋) 형님께서 돌아가시기 전 한 두 해 동안 두 차례나 함께 이야기 나눌 기회를 얻었는데, 말이며 마음이며 한결같이 부합하셨네. 염경(冉耕)이 악질을 앓고 안회(顏回)가 요절했듯, 예부터 이런 일은 있었나니, 오오 하늘이여! 어찌 수(壽)를 내리심에 이리 인색하신가! 복재 형님의 장례에 평생 기록이 빠질 수는 없으니, 묘지명을 새길 중임을 어찌 남에게 맡기리? 도(道)와 뜻이 합치되기로는 오직 공뿐이라, 편지를 올려 명문을 부탁함에 공께서 즉시 붓을 휘둘러 하사해주시었네. 낭랑한 소리에 황하가 뛰고 산악이 치달았으니, 오호라, 이 글이 어찌 천만 년만 이어질까. 나는 본디 피폐하고 노둔한데, 거기다 바삐 뛰어다니며 스스로 쉴 줄을 모른 채 힘써 노력하며 준마가 되길 바랐네. 근년 들어 날로 달라짐을 느꼈나니, 경험한 바가 조금씩 많아지자 보고 성찰함에 있어 세심함이 더해졌네. 옛날을 돌이켜보건대, 마음은 거칠고 기운은 들떠있어 쓸데없이 동에 갔다 서에 갔다[6] 했으니, 어찌 족히 의(義)에 보답할 수 있었을까? 이번 가을이나 겨울에 직접 공께 강습을 받아 열흘 동안 달리면 가히 이치[理]에 다가갈 수 있으리라 기대했네.[7] 의심쩍은 것 아직 풀리지 않았고 그리워하는 마음 아직 그치지 않았건만, 동쪽에서 부음이 날아옴에 심장이 찢기고 머리가 부서지는 듯하였네. 두 세 명의 자제와 절에서 통곡하고, 이내 편지 한 장 올려 아우님을 위로했네. 오직 무덤에 아직 하관하지 않았기만은 바랐는데, 뒤이어 채 하루가 가기도 전에 그

---

6) 參星과 辰星은 각각 서쪽과 동쪽에 있어서 출몰 시 동시에 보이지 않는다. 때문에 서로의 거리가 멀리 떨어진 것을 비유하는 말로 쓰인다.

7) 『荀子』「修身」에 "천리마는 하루에 천리를 가지만 노마도 열흘 동안 달리면 또한 이를 수 있다.(夫驥一日而千里, 駑馬十駕, 則亦及之矣.)"는 말이 나온다.

기일이 들려왔네. 신발 신고 우산 메고, 밤에도 잠 이루지 못하였건만, 가슴 아프게도 왔을 때는 관도 휘장도 가려진 채 보이지 않았네. 누가 알았으리, 문에 이르렀을 때 불삽(綍翣)[8]이 이미 떠났을 줄. 두 발이 진흙탕에 빠져도 따라잡지 못하였네. 창망히 고개를 드니 빗물처럼 눈물이 쏟아지네. 민첩하지도 용감하지도 못한 것을, 장차 누구를 탓하랴? 우제(虞祭)를 마치고 상을 차려 올리나니, 술잔엔 술을 제기엔 고기를 담고서 애사를 지어 바치네. 들으시는가? 듣지 못하시는가? 신께서 마치 계시는 것만 같구나!

玉在山輝, 珠存川媚, 邦家之光, 繫人是寄. 惟公之生, 度越流輩, 前作見之, 靡不異待. 外朴如愚, 中敏鮮麗, 晦嘗致侮, 彰或招忌. 纖芥不懷, 惟以自治, 侮者終敬, 忌者終愧. 遠識宏量, 英才偉器, 孤騫無朋, 獨立誰配. 屬思紆徐, 摛辭綺麗, 少日文章, 固其餘事. 顔·曾其學, 伊·呂其志, 久而益專, 窮而益厲. 約偏持平, 棄疵養粹, 玩心黃中, 處身白賁. 停澄衍溢, 不見涯涘. 豈伊人豪, 無乃國瑞.

往年之疾, 人已愕眙, 逮其向瘳, 全安是冀. 『詩』·『傳』之集, 大事之記, 先儒是裨, 麟經是嗣. 杜門養痾, 素業不廢. 訃音一馳, 聞者隕涕, 主盟斯文, 在數君子, 纍纍奪之, 天乎何意? 荆州云亡, 吾兄旣逝, 曾未期年, 公又棄世. 死者何限, 人有鉅細, 斯人之亡, 匪躬之瘁. 嗚呼天乎! 胡不是計? 竭川夷陵, 忍不少俟. 辛卯之冬, 行都幸會, 僅一往復, 揖讓而退. 旣而以公, 將與考試, 不獲朝夕, 以吐肝肺. 公素與我, 不交一字, 糊名謄書, 幾千萬紙. 一見吾文, 知非他士, 公之藻鏡, 斯已奇矣. 公遭大故, 余忝末第, 迫歸覲親, 徒以書慰. 甲午之夏, 公尙居里, 余自錢塘, 遡江以詣. 値公適衢, 浹日至止, 一見懽然, 如獲大利. 我坐狂愚, 幅尺

---

8) 관을 들기 위해 묶는 밧줄과 관에 붙인 장식물을 말한다.

殊侈, 言不知權, 或以取戾. 雖訟其非, 每不自制, 公賜良箴, 始痛懲艾.
問我如傾, 告我如祕, 敎之以身, 抑又有此. 惟其不肖, 往往失隆, 竟勤
公憂, 抱以沒地. 鵝湖之集, 已後一歲, 輒復妄發, 宛爾故態. 公雖未言,
意已獨至, 方將優游, 以受砭劑. 潢池之兵, 警及郡界, 亟還親庭, 志不
克遂.

　先兄復齋, 比一二歲, 兩獲從款, 言符心契. 冉疾顔夭, 古有是比, 鳴
呼天乎, 胡嗇於是! 復齋之葬, 不可無紀, 幽鐫之重, 豈敢他委? 道同志
合, 惟公不二, 拜書乞銘, 公卽揮賜. 琅琅之音, 河奔岳峙, 鳴呼斯文,
何千萬祀. 我固罷駑, 重以奔踶, 惟不自休, 强勉希驥. 比年以來, 日覺
少異, 更嘗差多, 觀省加細. 追惟曩昔, 麤心浮氣, 徒致參辰, 豈足酬義?
期此秋冬, 以親講肄, 庶幾十駕, 可以近理. 有疑未決, 有懷未旣, 訃音
東來, 心裂神碎. 與二三子, 慟哭蕭寺, 卽拜一書, 以慰令弟. 惟是窀穸,
祈卜未牂, 繼聞其期, 不後日至. 蹛屬擔簦, 宵不能寐, 所痛其來, 棺藏
幃蔽. 誰謂及門, 紼翣已邁, 足趼塗泥, 追之不逮. 矯首蒼茫, 涕零如霈,
不敏不武, 將以誰罪? 及其旣虞, 几筵進拜, 觴酒豆肉, 哀辭以載. 聞乎
不聞? 神其如在!

치정을 대신하여 지은 조카 유지 제문
代致政祭姪橞之文

　내 나이 일흔여섯에 온 일가를 합치면 거의 천 명에 이르는데, 밭으론 근근이 몇 달치 식량을 충당할 수 있을 뿐이어서 일 년 동안의 생계 걱정에 늘 불안하였다. 너는 같은 항렬에 있는 십여 명 중 아래에 속했으나, 너만이 능히 나의 일을 맡아 나의 근심을 풀어줄 수 있었고, 패이고 끊기고 가파르고 좁은 길에서 구멍을 메워주고 신발 바닥을 덧대줄 수 있었다. 마치 성대한 사람처럼 얼굴에도 목소리에도 동요함 없었으나, 안팎의 크고 작은 일들을 빠뜨리지 않고 정리, 처리함으로써 나를 편안히 해주었다. 내 너 혼자 수고하는 것을 염두에 둔 지 오래였으나, 다만 너를 대신할 사람을 찾기 어려웠을 뿐이다. 지난해에 비록 여러 자식들과 너로 하여금 교대로 일을 맡게 함으로써 너의 학문의 뜻을 이루어주려 하였건만, 모든 일의 본말이 다 너에게 의지하고 있더구나. 떨어진 울타리도 잇지 못하고, 쌀 빻는 일도 진행하지 못한 채로였는데, 보이지 않는 곳에 있는 그 모든 일들을 너는 죽는 날까지 나를 위해 다 처리해주었다. 나는 평소에 신하가 되어 임금의 백성을 긍휼히 여기지 않고, 임금이 맡긴 일을 책임지지 못하는 자를 보면 내심 노여워하였고, 갖은 수고를 다하는 자가 있으면 반드시 기뻐하며 사랑하였다. 하물며 너는 자제들 가운데 있으면서 이처럼 지난한 일에 부지런히 힘쓰지 않았더냐? 너처럼 어진 자가 수(壽)를 다하여 죽어도 사람들은 가슴 아파하거늘, 하물며 채 장성하기도 전에 죽었으니 오죽하겠느냐? 하늘이 너를 갑자기 빼앗아갔지만, 너는 나의 슬픔을 알 수 있을 것이다. 운명이니 어찌하랴! 모두가 운명이 아닌 것이 없다.

내 이미 소손(紹孫)과 환손(環孫)을 너의 후사로 삼았다. 고선산(高選山)은 참으로 아름다운 성(城)임을 내 일찍이 본 바 있다. 내일은 길일이니, 너는 이제 잘 가거라!

吾年七十有六, 闔門且將千指, 田僅充數月之糧, 卒歲之計, 每用凜凜. 汝在同行十餘人之下, 獨能任吾事以紓吾憂, 彌縫補葺於缺絶迫窄之中, 如需然者, 不動聲色, 而中外巨細, 靡不整辦, 使吾有以安之. 然吾念汝獨勞久矣, 顧難於代汝者耳. 去年雖令諸子與汝輪幹, 以遂汝學問之志, 而事之本末, 緊汝是賴. 籬落之未葺, 春揄之未便, 皆在隱處, 汝死之日, 猶悉爲吾治之. 吾平日見爲人臣而不恤君之民, 不任君之事者, 每竊憤之, 有盡瘁者, 必喜而愛之, 況汝在子弟之中, 而服勤於至難之事, 若此者乎? 如汝之賢, 或壽而死, 人猶傷之, 況於未壯而亡乎? 而天遽奪乎汝, 汝其有以知我之哀也. 命也奈何! 莫非命也.

吾旣以紹孫・環孫爲汝後, 高選之山, 眞佳城也, 吾見之矣. 翌日維吉, 汝其行乎!

교수를 대신하여 지은 신께 올리는 제문
代教授祭神文

공자께서 이르시길 "제사 지내지 말아야 할 귀신에게 제사 지내는 것은 아첨이다."[9]라고 하였고, 『예기』에 이르길 "제사지낼 대상이 아닌데 제사지내는 것을 음사라 한다."[10]라고 하였습니다. 예법에 관한 경전을 고찰해보건대, 신에게는 사서인(士庶人)이 집에서 제사 지낼 수 없거늘, 이제껏 옛 습속을 그대로 따르며 올바른 길로 나아가지 못하였습니다. 대저 총명하고 정직한 것을 일러 신이라 합니다. 제사 지낼 대상이 아닌데 제사지내는 것은 신께 제사 올리는 도리가 아닙니다. 제사지낼 대상이 아닌데도 사람들로 하여금 그에게 제사지내게 하는 것 또한 신을 위한 도리가 아닙니다. 지금 옛 습속의 과실을 혁파하여 신들의 제사를 바른 길로 돌려놓고자 하나니, 신령이 있으시거든 살펴주소서.

孔子曰: "非其鬼而祭之, 諂也." 『禮』曰: "非所祭而祭之, 名曰淫祀." 惟爾神, 稽諸禮典, 非士庶所當祭於家者. 鄕者因循舊俗, 未適厥正. 夫聰明正直之謂神. 非所當祭而祭之, 固非所以祀神. 非所以當祭而欲人之祭之, 亦非所以爲神. 今將革舊俗之失, 以爾神之祀而歸諸正, 惟爾有神鑒之.

---

9) 『論語』「爲政」.
10) 『禮記』「曲禮」.

석만 기우문

石灣禱雨文

　　황송(皇宋) 소희(紹熙) 원년(1190) 경술년 유월 갑신삭(甲申朔) 13일 병신일에, 봉의랑(奉議郞)으로서 임시 파견된 형문군사(荊門軍事) 겸 관내권농영전사(管內勸農營田事) 육 아무개가 삼가 술과 차, 봉래산의 향(香)과 맑은 못의 연꽃을 가지고 거주하고 있는 청전산(青田山)·석만산(石灣山) 꼭대기를 찾아가 땅을 청소하고 제단을 차린 다음, 이 고을 오방 산천의 신들에게 명백히 고합니다.

　　대개 듣기를 천자는 천지에 제사지내고 제후는 경내 명산대천에 제사지내며, 홍수나 가뭄이 들 때면 기우제를 드리는데, 산림과 내와 계곡과 구릉 등 구름을 내보내고 바람을 일으킬 수 있는 모든 대상에게 제사지낸다고 하였습니다. 나라에는 정해진 법도가 있어 유사(有司)가 관장하고 있으니, 자기가 맡은 직분이 아닐진대 누가 감히 침범할 수 있겠습니까. 하지만 보좌대신들은 조화와 화합의 임무를 다하지 못하고서 관리의 업무만을 다그치고, 수령은 백성을 보듬어 사랑할 겨를 없이 세금 독촉만을 정치의 전부로 여기고 있습니다. 도를 논하고 나라를 경영함으로써 임금께서 베풀어주신 은택을 받들어 교화를 펼치는 일은 한갓 공언이 되어버리고, 장부니 세금의 기한이니, 옥사 소송이니 재정이니 하는 것들이 실제 업무가 되어버린 지 이미 오래입니다. 하물며 지금은 옛 땅을 아직 다 수복하지 못하였으며, 동남쪽의 역량도 한계가 있습니다. 그러나 조정과 백관과 관리, 성곽과 궁실과 종묘와 사직에 들어가는 비용들은 그 사안도 크고 체모도

막중한지라 쉬이 깎거나 덜어낼 수 없습니다. 동서 변방 근접 지역이 거의 만 리에 달하는지라 병사 양성에 전체 비용의 10분의 8, 9가 들어갑니다. 그러나 공경대신들은 관후함만 중히 여겨 날마다 엄숙하고 조심스러운 태도로써 서로 경계하고 있는지라, 변화에 신중하고 어지러이 바꾸는 것을 싫어하며, 옛날부터 이어온 것을 그대로 따르라는 뜻만을 신봉하고 있습니다. 이에 민력이 날로 쪼그라들고 군현이 날로 빈곤해져가고 있으나, 수령이 그 과오를 구제할 수 없는 것은 형세상 어쩔 수 없는 일입니다. 가뭄과 홍수 때마다 기우제를 올려 정성을 다하고 싶지만, 본 직책에 있으면서 항시 처리해야 할 임무가 해야 할 본분의 절반이 넘습니다. 따라서 기도 올리는 일이 서민들에게 흩어지게 되어 온 천하에 가득하기에 이르렀는데, 오래되다 보니 일상처럼 되어버렸습니다. 법에 규정된 문구가 있으되 관가에서 금하지 않는 것 또한 형세상 어쩔 수 없는 일입니다.

지금 비가 내리지 않은 지 한 달입니다. 땅은 깊이 갈라지고 샘은 갑자기 줄어들었으며, 못의 물 또한 메말라가고 있습니다. 수레 같은 천둥소리가 귀에 가득하지만, 한 묘(畝)의 땅조차 적셔주지 못하여 얼굴에 근심만 가득한 채 탄식 소리조차 내지 못하고 있습니다. 민심이 위태로워짐이 하루 하루 더해갑니다. 어떤 객이 저를 탓하며 말했습니다. "이 고을에 사는 사람 중에 고을의 일을 근심하지 않는 자가 없다. 지금 사람들이 일상적으로 행하는 기우제는 법에서도 금하는 바가 아니거늘, 지금 구구한 옛날 말이나 혼자 지키고서 가뭄의 재앙을 앉아 쳐다보기만 한 채 심력을 한번 꺼내 신명께 기도함으로써 군현을 돕고 향리를 위로하고 더 나아가 부형의 근심을 나누지 않는다면, 이는 곧 각주구검(刻舟求劍)이나 형수가 물에 빠져도 구하지 않는 것[11]과 마찬가지 아닌가?" 저는 이에 천하일가(天下一家)의 뜻을 떠올렸나니, 군수는 2년, 현령은 3년이면 바뀝니다. 오늘날의 사정은 또한 앞에서 아뢴 바와 같습니다. 저는 조정 반열의 말단 중 한 명이었으며, 지금은 다시 부절을 하사받아 형문 보루를 맡았기에 집에서 보결(補缺) 순서를 기다리고 있습니다.[12] 군현에서는 어리석은 저를 비루하게 여기지 않고서 상객으로 예우해주었으며, 부형과 자제들도 종종 찾아와 제가 잘 알고 있는 분야에 관해 묻곤 하였습니다. 만일 부형들의 근심을 나누고 자제들의 기대를 위로할 방도가 없다면, 객의 책망 또한 심한 말이 아닐 것입니다. 이에 재계한 다음 신께 기도합니다.

이 고을 동쪽에는 상산(象山)·운대(雲臺)·선암(僊巖)·용호(龍虎)·호령(湖嶺)·호령(豪嶺)·후동(侯棟)·선학(仙鶴)·중산(中山)이 있고, 남쪽에는 애산(崖山)·운림(雲林)·백마(白馬)·두타(頭陀)·마고(麻姑)·군봉(軍峰)·여원(余源)·청강(淸江)·남산(南山)·등고(登高)가 있으며, 서쪽에는 대령(大嶺)·숭령(崇嶺)·영곡(靈谷)·하령(何嶺)·명주(明珠)·관원(觀原)·옹당(翁塘)·화원(火源)·관산(官山)·전계(箭溪)·서집(西集)이 있고, 북쪽에는 자강(柘崗)·금봉(金峰)·선령(禪嶺)·적연(積煙)·길령(吉嶺)·만석당(萬

---

11) 『孟子』「離婁上」에 나오는 말이다. "순우곤이 말하였다. '남자와 여자가 주고받는 것을 직접 하지 않는 것이 예입니까?' 맹자가 말하였다. '예이다.' '형수가 물에 빠졌다면 손으로 건집니까?' '형수가 물에 빠졌는데 건지지 않는다면, 이는 승냥이나 이리이다. 남자와 여자가 주고받는 것을 직접 하지 않는 것은 예이고, 형수가 물에 빠졌다면 손으로 건지는 것은 권도이다.'(淳于髡曰, '男女授受不親禮與?' 孟子曰, '禮也.' 曰, '嫂溺則援之以手乎?' 曰, '嫂溺不援, 是豺狼也. 男女授受不親, 禮也, 嫂溺援之以手者, 權也.')"

12) 원문의 '待次'란 옛날 관리들이 관직에 제수된 후에 資力에 따라 차례대로 補缺 순서를 기다리던 것을 말한다.

石塘・두문(斗門)・석뢰(石瀨)・사강(沙岡)・삼우(三牛)・계지(桂枝)가 있습니다. 나란히 늘어서서 빙 둘러 에워싸고서, 기이함을 감춘 채 수려함을 품고, 영험함을 빛내며 기이함을 드러내고 있기에 해마다 고을 백성들 중 기도하며 제사 올리는 사람들이 많습니다. 한발(旱魃)이 이와 같은데도 구름을 내고 풍우를 일으켜 이 사나운 기운을 죽이고 이 백성에게 은혜를 내리지 않는다면, 부형자제들의 원망은 아마 제게만 향하지 않을 것입니다. 신께서 잘 헤아리소서. 상향.

惟皇宋紹熙元年, 歲次庚戌, 六月甲申朔, 十有三日丙申, 奉議郎新權發遣荊門軍事, 兼管內勸農營田事陸某, 謹以元酒茗飲, 蓬萊之香, 淸陂之蓮, 就所居靑田・石灣山頂, 除地爲壇, 昭告于是鄕五方山川神祇.

蓋聞天子祭天地, 諸侯祭其境內名山大川, 雩禜祭水旱, 山林川谷丘陵, 能出雲爲風雨則祭之. 國有常典, 掌在有司, 非其職守, 誰敢奸焉. 然輔相不任燮調, 以吏事爲責, 守令無暇撫字, 以催科爲政. 論道經邦, 承流宣化, 徒爲空言. 簿書期會, 獄訟財計, 斯爲實事, 爲日久矣. 況今日輿圖未歸, 東南事力有限, 而朝廷・百官・有司, 城郭・宮室・郊社・宗廟諸費, 事大體重, 未易損削. 東西被邊殆幾萬里, 養兵之費, 乃十八九. 公卿大臣, 寬厚有體, 日以靖恭謹重相告誡, 方重改作, 惡紛更, 服膺仍舊貫之旨, 則民力日屈, 郡縣日困, 守令救過不給, 其勢然也. 旱雩水禜, 雖欲竭精盡誠, 而本職常務, 所分過半矣. 故祈禱散在庶民, 徧滿天下, 久以爲常. 法有其文, 官無其禁, 亦其勢然也.

今不雨彌月, 龜坼已深, 水泉頓縮, 陂池鄕涸. 車聲塞耳, 而浸不終畝, 憂色在面, 而嘆不成聲. 民心自危, 日加一日. 客有病某者曰: "居是鄕者莫不憂一鄕之事. 今人所常行, 而法所不禁, 乃獨守區區古說, 坐視旱暵之災, 不一出心力, 以祈神明, 以輔郡縣, 以慰鄕里, 以分父兄之憂, 無乃類刻舟求劍, 嫂溺不援者乎?" 某因念今天下一家, 郡守再期, 縣令三期而易之矣. 今日事體又有如前所陳者. 某嘗備員朝著之末列, 今又分符荊璺, 待次于家. 郡縣不鄙其愚, 禮以上客, 父兄子弟, 往往過而問以所長. 誠無以分父兄之憂, 慰子弟之望, 則客之所病, 不爲過矣. 是用齋戒以祈于爾有神.

是鄉之東, 有象山·雲臺·僊巖·龍虎·湖嶺·豪嶺·侯棟·仙鶴·中山, 南有崖山·雲林·白馬·頭陀·麻姑·軍峰·余源·淸江·南山·登高, 西有大嶺·崇嶺·靈谷·何嶺·明珠·觀原·翁塘·火源·官山·箭溪·西集, 北有柘崗·金峰·禪嶺·積煙·吉嶺·萬石塘·斗門·石瀨·沙岡·三牛·桂枝, 駢羅還繞, 韜奇蘊秀, 炳靈兆異, 歲享鄉民禱祈祭祀者多矣. 旱魃如此, 不爲一出雲爲風雨, 以殺其虐而惠斯民, 則父兄子弟之責望, 恐不獨在某也. 惟爾有神裁之, 尙饗.

비에 감사드리는 글
謝雨文

황송(皇宋) 소희 원년(1190) 경술년 유월 갑신삭(甲申朔) 16일 기해일에, 헛되이 자리만 차지하고 있는 육 아무개가 술과 차, 봉래산의 향과 연꽃을 가지고 석만산 제단에 올라 이 고을 오방 산천 신에게 감사를 올리나이다.

땅을 청소하고 단을 설치하던 날 먹구름이 뒤덮이더니, 신께 고한 날 새벽에 시원한 비가 갈마들며 내리고, 이윽고 비바람이 사방에서 일어나니, 신들의 모이심이 며칠이고 그치지 않았습니다. 여러 고을이 두루 젖었으니, 그 응험함이 특히 빼어나고 혜택이 넉넉합니다. 신께서는 정직하시어, 도를 다하고 직분을 다함으로써 상제를 돕고 백성을 소생시키고자 하실 뿐, 어찌 공을 논하고 보답을 바라시겠습니까? 그러나 감응을 내려주시고 우리의 기도를 이루어주셨으니, 백성의 마음으로 어찌 감히 이를 잊겠습니까? 이에 먼저 의식을 진행함으로써 경건한 감사의 뜻을 바칩니다. 신께서 굽어 살펴주시고, 은덕을 없애지 말아주십시오. 상향.

維皇宋紹熙元年, 歲次庚戌, 六月甲申朔, 十有六日己亥, 具位陸某謹以元酒·茗飲·蓬香·蓮花, 登石灣之壇, 致謝于是鄕五方山川神祇.

除壇之日, 陰雲交覆, 致告之辰, 涼雨遞灑, 旋而風雨四作, 神祇參會, 連日未已. 諸鄕周洽, 靈應特達, 惠澤優渥. 惟神正直, 盡道擧職, 以贊上帝, 以蘇下民, 安肯論功望報? 然感而應, 祈焉而遂, 在吾民之心豈其敢忘? 用敢率玆前儀, 以致虔謝. 惟神其鑒之, 以毋替德惠, 尙饗.

형문 기우문
荊門禱雨文

　형문(荊門)은 옛 초나라입니다. 장강(長江)과 한수(漢水)가 강역에 있고, 저수(沮水)와 창수(漳水)가 경계에 있습니다. 동쪽으로는 백경(百頃)이, 남쪽으로는 귀산(龜山)이 있으며, 서쪽에는 옥천(玉泉)이, 북쪽에는 상천(上泉)이, 중간에는 몽천(蒙泉)이 있는데, 모두 신령하고 영험한 산들이라 이 땅에서 소원을 비는 대상입니다. 그러니 가물어 마르거나 홍수 져 물이 넘칠 때면 이 지방을 지키는 신하와 더불어 그 책임을 같이 져야 마땅합니다.

　지난해 겨울과 올 봄에는 비가 유난히 적게 내렸습니다. 지금 벌써 입하인데, 못에는 물이 다 말라버려 아직 땅에 씨도 뿌리지 못했습니다. 백성들은 불안한 마음으로 흉년을 근심합니다. 이 지방을 지키는 신이 부덕하다면 마땅히 이 몸으로 죄 값을 받겠나니, 백성들에게 무슨 허물이 있습니까? 길일을 점쳐 몽천산 꼭대기에 제단을 설치하고 거위를 잡아 피를 바친 다음 이 제단 오른 편에 묻음으로써 신께 경건히 고하오니, 굽어 살펴주소서.

　荊門故楚國也. 江·漢爲疆, 沮·漳在境, 東有百頃, 南有龜山, 西有玉泉, 北有上泉, 中爲蒙泉, 皆炳靈效異, 爲此土之望. 旱乾水溢, 實與守臣同其責.
　往歲之冬, 玆歲之春, 需澤殊嗇. 今旣立夏矣, 陂池涸絶, 種未入土. 斯民凜凜有無年之憂. 守臣不德, 當身受其咎, 斯民何辜? 謹卜日爲壇於蒙泉山頂, 刑鵝薦血, 瘞于玆壇之右, 庸敬告于爾有神, 其尙鑒于玆.

제단을 우러르며 비에 감사드리는 글

望壇謝雨文

목욕재계하고[13] 제단을 설치한 후 술과 차를 가지고 이 고을 산천 신께 비를 내려달라 기도하였더니, 아침나절이 지나기도 전에 우레가 치고 구름이 모여들며 단 비가 이내 내렸습니다. 이처럼 두루 적셔주는 비가 쏟아진 것은 겨울 봄 내내 없었던 바라, 백성들의 마음에 큰 위로가 되었습니다. 이에 삼가 관료들을 인솔하여 제단을 우러르며 신께 감사 올립니다. 그러나 그 동안 누적된 가뭄에 못은 오래 전에 이미 말라버렸고, 샘의 원천에는 아직 움직임이 없으니, 어찌 이를 헤아리지 않을 수 있겠습니까? 원컨대 위엄스런 영험함을 아끼지 마시고, 끝까지 은혜를 내려주심으로써 저의 청을 이루어주소서.

蠲吉爲壇, 以元酒茗飮禱雨于是邦山川神祇. 曾不崇朝, 雷動雲合, 甘澤隨降, 霧霈浹洽, 冬春所無. 靈應響答, 民情大慰. 謹率官寮, 望壇祇謝. 惟玆積暘, 陂池久涸, 泉源未動, 是安得無數? 願無愛威靈, 尙終惠之, 是用卒請.

---

13) 『詩經』「小雅 · 天保」에 "길일을 택하여 정결하게 술밥지어, 흠향하시도록 정성을 다하네(吉蠲爲饎, 是用孝享)"라는 구절이 있는데, 朱熹의 『集傳』에서는 "길은 날을 정하고 좋은 땅을 택하는 것을 말한다. 견은 재계하고 정결히 씻는 것을 말한다.(吉, 言諏日擇土之善. 蠲, 言齋戒滌濯之潔.)고 설명하였다.

다시 짓다

又

이 고을 겨울 지나 봄에 이르도록 비가 몹시도 적게 내렸습니다. 경칩이 지난 후에도 우레와 천둥이 치지 않더니, 이미 입하가 지난 지금까지 못의 물이 말라 있었습니다. 이에 제단을 세워 신께 기도하였습니다. 제단을 설치한 날 새벽에 구름이 사방에서 뭉게뭉게 일더니 성근 비가 징조를 알려왔습니다. 기도를 올리던 날, 먼저 천둥 우레가 치고 이윽고 단비가 흠뻑 내려 사방을 두루 적시며 며칠 동안 계속되었습니다. 이 분명한 영험에 이곳 서리와 백성 중 그 누군들 감동하지 않았겠습니까? 이에 삼가 군의 관료들을 이끌고 제단을 찾아와 신께 감사 올립니다! 앞으로도 비와 햇볕이 제 때 내리고 비춰 주어 백곡이 순조롭게 자라날 수 있다면, 백성들이 신의 은혜를 떠받듦에 어찌 끝이 있겠습니까!

屬以是邦, 經冬涉春, 雨澤殊少. 啓蟄之後, 雷震不作, 已踰立夏, 陂池尙涸. 創玆爲壇, 用祈于爾有神. 爲壇之辰, 油雲四興, 疏雨爲兆. 致禱之日, 先以震雷, 從以膏雨, 霧霈周浹, 連日不怠. 靈應昭然, 凡厥吏民, 孰不感動? 謹率郡寮, 詣壇祇謝! 繼是雨暘時若, 百穀順成, 民戴神惠, 其有窮哉!

동산 기우문
東山禱雨文

   온 군의 관료들을 이끌고 술과 차로 산천 신께 고합니다. 형문군
(荊門郡)은 대저 장강과 한수 사이에 있습니다. 정남향은 강릉(江陵)
이며 실제 장강이 흐르고 있습니다. 오직 저수(沮水)와 창수(漳水)가
당양(當陽)을 통해 장강으로 흘러 들어가는데, [저수와 창수 모두] 군
의 서쪽에 있습니다. 정북향은 양양(襄陽)입니다. 한나라 때 양양을
경영한 이후로 그 남쪽을 갈랐는데, 그곳이 바로 장림(長林)과의 동
쪽 경계입니다. 따라서 형문의 산들은 파총(嶓冢)에서 발원하여 서산
(西山)에서 그칩니다. 몽천(蒙泉)이 바로 그 아래에서 발원하는데, 군
의 서쪽에 있다 하여 서산이라고 부릅니다. 그 지산(支山)들이 계곡
을 따라 동으로 뻗으며 군의 치소를 에워싸고 있습니다. 봉우리가 높
다란 것이 동산(東山)으로 그 위에 절이 있으며, 서산은 주산(主山),
동산은 빈산(賓山)입니다.

   늦봄에 오래 비가 오지 않은 탓에 서산 꼭대기에 제단을 쌓고 기도
를 올렸더니 영험한 응답이 내려와 빗줄기가 쏟아졌습니다. 근자에
다시 비가 오지 않아 청을 올리려 사흘간 계속 제단을 찾아와 청하였
더니 이에 구름이 뭉게뭉게 피고 비가 소슬히 뿌렸지만 큰 비가 내리
지는 않았습니다. 대낮이 되자 날이 개었다가 2일과 3일 저녁에 서북
경내에 오래도록 우레 치고 비 내리면서 번개가 점점 가까이 근접해
왔으나, 군성(郡城)까지는 미치지 못했습니다. 동남쪽은 토지가 드넓
어 더욱 다급히 비를 바라고 있건만, 한 방울의 비로도 적셔주지 못

하고 있습니다.

삼가 생각건대, 신을 섬기는 정성이 지극하지 못하였습니다. 옛날 산천에 제사지내는 자들은 모두 제단을 쌓고 기도한 바가 이루어지기를 소망하였습니다. 지금 서산에 쌓은 제단이 이미 영험함을 얻었으니, 감히 폐할 수는 없습니다. 그러나 동산은 서산의 빈산이요, 서쪽을 바라보면 산천의 본원들이 삼엄히 앞에 펼쳐져 있으니, 제단을 쌓아 기도를 올리기에 적합니다. 이에 청을 고하나니, 신께서 살펴주소서.

謹率闔郡官僚, 以元酒茗飮, 致告於山川之神. 荊門爲郡, 大抵在江·漢之間. 正南爲江陵, 而江實在焉. 唯沮·漳由當陽以入江, 在郡之西. 正北爲襄陽, 而漢實畧襄陽而後南折, 爲長林東境. 故荊門之山, 發於嶓冢, 止於西山. 蒙泉原其下, 以在郡之西, 故曰西山. 其支山沿溪而東, 以繞郡治, 有峰峨峨然曰東山, 有浮圖在其上, 於西山爲賓.

季春之月, 以不雨之久, 爲壇西山之巓, 以致其禱. 靈應響答, 沛然爲霖. 比日又以不雨申致其請, 連三日皆詣壇致請. 有雲油然, 有雨瀟然, 而竟未霑需. 正晝間開霽, 二日三日之夕, 西北境有雷雨甚久, 電光密邇, 而不及郡城. 東南土田至廣, 仰雨尤急, 殊不霑及.

竊惟所以事神者未至. 古之祠山川者, 皆爲壇望其所祠. 今西山之壇, 旣獲靈應, 不敢廢也. 然觀東山, 正爲西山之賓, 西望則山川之本原, 皆森列在前, 宜爲壇以致禱. 是用於此申致前請, 惟神其鑒之.

동산에서 거위를 잡아 기우문을 짓다
東山刑鵝禱雨文

삼가 온 군의 관료들을 이끌고 동산에 새로 쌓은 제단을 찾아가 서산을 바라보며 감히 이 땅의 오방 산천 신께 고합니다. 9월 경신일에 기도를 올린 후부터 경내에는 늘 촉촉이 비가 내렸습니다. 제단을 찾아올 때마다 구름 기운이 반드시 변하였으니, 비가 비록 흡족히 적셔준 것은 아니나 영험함은 볼 수 있었습니다. 그러나 군성(郡城)에 아직까지 큰 비가 내리지 않고 있으며 여러 고을에도 고루 비가 내리지 않고 있습니다. 신을 섬기는 정성이 지극하지 못했던 것이 아닐까 두려워 봄에 서산에서 기도를 올릴 때는 거위를 잡아 피를 바치고 제단 옆에 묻음으로써 그 정성을 드러냈습니다. 이 달 올리는 기도에는 이 예법을 차리지 않았나이다. 오직 신께서 미처 준비하지 못함을 용서하시고, 스스로 새로워지고자 하는 마음을 허여해주시어 이 정성을 굽어 살펴주소서.

謹率闔郡官僚, 詣東山新壇, 以望西山, 敢告于玆土五方山川之神. 自九月庚辰致禱之後, 境內每有雨澤. 凡詣壇之時, 雲氣必變, 雨澤雖未霑洽, 可見靈應. 然郡城至今未得大雨, 諸鄕亦未週遍. 竊懼所以事神之禮未至. 春季致禱西山之時, 刑鵝薦血, 瘞于壇側, 用著厥誠. 玆月之禱, 此禮未講. 惟神恕其不逮, 而許其自新, 其尙鑒玆誠.

상천 용담에서 물을 길어다 올리는 기우문
上泉龍潭取水禱雨文

   올해 오래도록 비가 내리지 않아 이 달 6일에 몽천산 꼭대기에서 제단을 차리고 기도를 올렸습니다. 12일에는 동산에서 제단을 우러르며 청을 올렸습니다. 6일 아침부터 구름이 뭉게뭉게 피어나면서 성대히 비가 내려 군성 및 여러 고을까지 미치었습니다. 이 덕분에 여러 고을이 돌아가며 비를 얻었으나, 시원하게 두루 내리지는 못하였기에, 영험함을 입었음에도 큰 혜택이 되지는 못하였습니다. 이에 정성을 다 바쳐 청을 올리며, 감히 삼가 깨끗한 병에 샘을 길어와 군의 치소 동쪽 형잠정(荊岑亭) 위에 둔 다음, 아침저녁으로 경건함을 올리며 신령한 비가 쏟아지기를 기원합니다. 상향.

   兹歲不雨之久, 是月六日, 於蒙泉山頂爲壇致禱, 十有二日, 又於東山望壇申致厥請. 自六日之朝, 有雲油然, 有雨祈然, 由郡城以及諸鄉. 是故諸鄉循環得雨, 但未霈霈浹洽. 雖蒙靈應, 未終大惠. 是用竭誠致請, 敢敬以淨瓶迎泉, 歸置郡治東荊岑亭上, 朝夕致敬, 以幸靈沛. 尚饗.

권 27

행장行狀

전주 교수 육 선생 행장
송 고故 오 공 행장

전주 교수 육 선생 행장
全州敎授陸先生行狀

　선생은 이름이 구령(九齡)이고 자는 자수(子壽)이다. 조상의 성은
규(嬀)이다. 전경중(田敬仲)의 후예인 제(齊) 선왕(宣王)의 작은 아들
통(通)이 평원(平原)과 반현(般縣)과 육향(陸鄕)에 봉해졌는데, 육향
이 곧 육종(陸終)[1])이 살던 옛 땅이라 이를 성씨로 삼았다. 통의 증손
열(烈)은 오령(吳令)과 예장 도위(豫章都尉)를 지냈다. 그가 죽은 후
오 땅 사람들이 그를 그리워하며 그의 관을 서병정(胥屏亭)에서 맞이
해 장례를 치르니, 그 자손들은 마침내 오군 오현 사람이 되었다. 열
로부터 39대에 이르러 당나라 말에 희성(希聲)[2])이 나왔는데, 논저가
매우 많았다. 후에 벼슬길이 순탄치 않아 관직을 버리고 의흥(義興)
에 은거하다 만년에 소종(昭宗) 밑에서 재상이 되었으나 얼마 있다가

---

1) 『史記』 권40 「楚世家」에 따르면 吳回는 요임금 시절에 火神 祝融의 관직을
　 맡았는데, 그에게 終이라는 아들이 있었다고 한다. 그가 살던 곳이 陸鄕 일대여
　 서 이름을 陸終이라고 하였다. 그의 후손들은 이로 인해 陸을 성씨로 삼았다.
2) 陸希聖은 당나라 때 인물로, 字가 鴻磬이고 君陽道人이라 불렸다. 蘇州府 吳
　 縣 사람. 박학하고 글재주가 뛰어나서, 昭宗 때 給事中이 되었고, 同中書門下
　 平章事를 역임했다.

그만 두었다. 빈주(邠州)·농우(隴右)·화주(華州) 세 곳의 반란군이
경사를 침범했을 때3) 병든 몸으로 가마에 올라 피난했다가 돌아가셨
다. 시호는 문(文)이다. 문공에게는 여섯 아들이 있었는데, 둘째 아들
숭(崇)이 덕천(德遷)·덕성(德晟)을 낳았다. 이들은 오대(五代) 말에
무주(撫州)의 금계(金谿)로 피난 와 보따리를 풀고 밭을 사 생업을
꾸렸는데, 마을에서 재산이 제법 많은 편에 속했다. 덕성의 후손들은
[사방으로] 흩어져 이사 갔기 때문에 더 이상 알 길이 없고, 덕선이
마침내 금계 육씨의 시조가 되었다. 모두 여섯 아들을 두었는데, 고
조부 유정(有程)은 넷째 아들로, 박학하여 책이란 책은 모두 읽었다.
모두 세 아들을 두었는데, 증조부 연(演)은 셋째 아들로 능히 가업을
이어받았고 관대하며 후덕했다. 모두 네 아들을 두었는데, 조부이신
전(戩)은 넷째 아들이다. 재종형제 대략 40명 중에 선조께서 가장 어
렸다. 불로(佛老)를 좋아하시고 생업에 관여하지 않으셨다. 모두 네
아들을 두었는데, 선친이신 거사군(居士君) 하(賀)는 차남이다. 태어
날 때부터 기이한 품성을 지니셨으나 단정하고 정중하여 이를 자랑하
지 않으셨으며, 전적을 깊이 탐구하여 이를 몸소 행실로 드러내셨다.
선유들의 관혼상제의 예법을 따르며 집안에서 실행하시니, 집안 법도
가 가지런하여 마을에 소문이 자자했다. 모두 여섯 아들을 두셨다.
  선생은 다섯째 아들로, 나면서부터 총명하더니 걷기 시작하자 이내
행동거지에 법도가 있었다. 다섯 살에 학교에 입학했는데, 나이가 두

---

3) 당나라 소종 때 隴右節度使로 있던 李茂貞(856~924)은 乾寧 2년(895)에 邠州
   의 王行瑜, 華州의 韓建과 함께 장안을 침범하여 재상을 살해했다. 李茂貞은
   이듬해에서 장안을 침공했는데, 昭宗이 韓建에게 의지하자 궁궐을 불사르고
   도시를 약탈한 후 돌아갔다. 그럼에도 光化年間에 岐王에 제수되었다.

배나 넘는 동학들이 하는 것들까지 모두 해낼 수 있었으며 책을 읽으면 그에 기인해 그 뜻과 취지를 분석하였다. 열 살에 모친상을 당했을 때, 성인처럼 몸 상하도록 슬퍼하며 거상하였다. 열세 살에 진사시에 응시했는데, 지은 글들이 우아하고 여유 있으며 이치가 깊어서 노련한 학자들도 그 경이함에 탄복하였다. 열여섯에 군의 학교에 다녔는데, 과시(課試)를 치르면 늘 상위권을 차지했다. 당시에는 정씨(程氏: 程頤)의 학문이 배척받았으나 선생만은 그 학설을 존숭했다. 군의 박사인 서가언(徐嘉言) 군은 나이도 많고 수양하기를 좋아하였는데, 학교를 중히 여겨 가끔씩 홀로 서재를 방문하곤 하였다. 선생은 여러 형들을 모시고 의관을 갖춘 채 강론하면서 한 번도 해이해지는 법이 없었기에, 서 군은 점잖은 태도로 선생을 예우했다. 이듬해 서 군이 세상을 떠 다시 이듬해 새로운 박사가 부임할 참이었다. 선생은 새로 부임할 박사가 황로(黃老)를 좋아해 예의나 규칙 등에 얽매이지 않는다는 말을 듣고는 언짢아 개탄하면서 시를 지어 뜻을 드러냈다. 돌아가 띳집을 짓고는 부형을 좇아 책을 읽고 옛날을 강론하였으며, 간혹 밖으로 나가 통달하신 옛 어른들을 만났는데, 자문을 구하며 질문하는 내용들이 모두 구차하지 않았다. 당시 거사군께서는 집안 살림을 모두 선생에게 전해주려 하면서, 오래도록 사용할 수 있도록 하기 위해 평상시의 기강과 예법 등을 더욱 잘 다듬고자 하셨다. 선생께서도 이에 관해 많은 의견을 내셨다.

약관에 이부 외랑(吏部外郞) 허흔(許忻) 공을 찾아갔다. 허 공은 오래도록 한가로이 지내오신 터라 아는 사람이 적었는데, 선생을 보시고는 마치 옛날부터 알아오던 사람처럼 대했다. 이듬해 허 공은 소양(邵陽) 태수로 나가게 되자 선생을 부르고자 하였다. 거사군 역시 선생의 사방을 경영하고자 하는 포부를 열어주시니, 선생은 이에 호

(湖)·상(湘) 일대를 거쳐 소양에 이르렀다. 한참 후에 동쪽으로 임강(臨江)에 이르렀을 때 군수인 등여(鄧予) 군께서 선생을 학교로 초빙했다. 이에 임강의 사인들 모두 기꺼이 선생과 가까이 지냈다. 선생은 그곳에서 반년 머무르고 돌아왔다. 몇 년이 지나 군 박사 묘창언(苗昌言) 군이 다시 선생을 학교로 초빙했는데, 따르는 학자들이 더욱 많아졌다. 묘 군 스스로 말하기를, 평생토록 아무나 존경하고 인정해오지 않았으나 선생에 대한 예우만큼은 매우 특별했다고 했으며, 사람들 또한 이로 인해 선생을 믿게 되었다. 그가 선생에게 보낸 편지에서 "문사가 옛날에 가까운 것이 퇴지(退之: 韓愈)와 자후(子厚: 柳宗元)의 풍모가 있고, 도학에 조예가 정미한 것이 자사(子思)와 맹가(孟軻)의 뜻을 얻었다."고 하였다. 선생을 존숭함이 대개 이와 같았다.

선생은 책을 읽으심에 막힘이 없었다. 백가(百家)의 서적을 펼쳐볼 때면 밤낮으로 피곤한 줄을 몰랐고, 음양(陰陽)·성력(星曆)·오행(五行)·복서(卜筮)에 관해서도 정통하지 않은 바가 없었다. 성격이 면밀하고 조심스러워 대충 간단히 섭렵하고자 하지 않았으며, 익힌 바마다 반드시 끝까지 정밀하고 상세히 알고자 하였다. 기묘년(1159)에 비로소 과거에 합격하여 도성으로 보내졌다. 같은 군 출신으로 도성에서 관직 생활 하고 있던 자가 마침 둘 있었는데, 모두 저명한 선배들이었다. 이들은 공사(貢士)[4]의 명부를 펼쳐 선생의 이름이 있는 것을 보고는 서로 돌아보며 기뻐하며 말했다. "우리 고을에서 이제 인물을 얻었다고 할 수 있겠군." 경진년(1160) 춘관시(春官試)[5]에서

---

4) 唐宋 시대에는 州(府)나 縣의 과거(鄕貢, 鄕擧)에 합격한 사람들을 貢士라 칭했다.

는 뜻을 이루지 못하고, 신사년(1161)에 대학(大學)에 충원되었다. 돌아가신 단명(端明) 왕 공(汪公)께서 사업(司業)으로 계셨는데, 선생은 월시(月試)를 치를 때마다 매번 상위권에 들었다. 과거 문장이라는 것이 대개 시대의 취향을 따르고 기준에 얽매이기 마련이라 지극한 온당함을 추구하지 않는다. 그러나 선생의 문장만은 경전에 근거하여 이치를 밝히며, 그 뜻을 굽힌 적이 없었다. 일찍이 한 선배가 이를 가지고 선생을 탓하자 선생께서는 "이는 바꿀 수 없습니다."라고 말했다. 선생은 관대하고 넉넉하며 평범하고 솔직한 사람이라, 사람들 모두 기꺼이 다가가고자 하였으며, 오래 지낼수록 더욱 존경하고 사랑하였다. 학교 내 이름 난 명사들 중에도 선생을 존경하지 않는 자가 없었다. 이듬해 거사군 상을 치르고 을유년(1165)에 내사(內舍)로 승진했다.[6] 병술년(1166)에는 학록(學錄)이 되니, 학교의 기강이 날로 엄숙해졌으며, 큰 폐단 작은 폐단 가리지 않고 모두 차례대로 개혁하였으나 사람들은 이상하게 여기지 않았다. 일찍이 작은 규범을 어긴 자가 있었는데, 선생은 법도로써 바로잡으며 조금도 봐주지 않았다. 후에 그 사람에게 선생에 대해 물었더니 그저 선생의 덕만을 칭송하여 원망하지 않았다. 정해년(1167)에 상사(上舍)로 승진하였다.

무자년(1168)에 무녀(婺女)의 장 씨(張氏) 집에 머물렀다. 선생은 그 집 아들에게 『중용』과 『대학』을 가르쳤는데, 늙은 아비는 매번 귀퉁이에 앉아 손을 마주잡고 강의하는 내용을 들으며, "다 늙어 이런

---

5) 禮部에서 보는 과거시험을 말한다.
6) 宋代 太學 三舍 중의 하나이다. 처음 배우는 자는 外舍에 들어가고 外舍에서 內舍로 승진하며 마지막에 內舍에서 上舍로 승진한다.

강의를 듣게 될 줄은 몰랐습니다."라고 말했다. 장 군이 죽은 후에 아들은 불교 방식을 사용하지 않고 옛 법도대로 상을 치렀다.

기축년(1169)에 진사 급제하여 적공랑(迪功郎)·계양군(桂陽軍) 군학 교수(軍學敎授)에 제수되었다. 임진년(1172)에 부임하러 갈 때가 되자 맞이하러 온 관리도 도착했다. 당시 태유인(太孺人)께서 자주 약을 드시고 계셨는데, 선생은 계양이 너무 멀고 풍토 또한 [고향인] 강서와 달라 모셔와 살피기 어렵다고 판단하여, 사직을 청하는 표문을 올리고 부임하지 않았다. 갑오년(1174)에 흥국군(興國軍) 군학 교수에 제수되었다.

이듬해 여름에 호남에 적이 쳐들어 와 장차 군의 경계에 이르려 하였다. 이에 앞서 건염(建炎) 노구(虜寇)[7]가 이르렀을 때는 선생의 족형제의 아들 악(諤)이 기의하여 병사를 모집한 바 있다. 그 후 적들이 치고 들어와 주의 경계를 침범했을 때에도 악은 매번 격문(檄文)을 통해 부름을 받고서, 병사를 모아 그들과 맞서며 방어한 끝에 종종 적군을 물리치곤 하였기에 주현의 사람들 모두 그에게 의지하였다. 하지만 이때는 악이 이미 죽은 뒤라 옛날 대오에 편입되어 있던 자들은 선생이 나서 주관해주길 바라는 마음에 군에 청을 넣었다. 그때 선생은 마침 신주(信州) 연산(鉛山)에 계셨는데, 경보를 듣고는 급히 돌아왔다. 집에 도착했을 때 선생을 청하러 온 자들이 이미 문에 가득하였는데, 보내도 떠나가지 않았으며, 날로 그 수가 많아졌다. 선생은 형제 및 문인들과 어떤 길을 따라야 좋을지 깊이 의논해보았다. 태수 이하 관원들을 모아놓고 장차 [그 책임을 맡겠노라] 허락하려고

---

7) 여기서 建炎 노구란 북송을 멸망시킨 금나라 병사를 가리킨다. 금나라 병사에 쫓겨 남으로 내려온 송나라 황실은 연호를 건염으로 고치고 남송을 세웠다.

하자, 혹자가 달가워하지 않으며 선생에게 말했다. "선생은 나라 안 유가의 종주로서 규칙을 몸으로 실천하시고 경술을 강학하고 계시온데, 하루아침에 무부(武夫)들이 하는 일을 하고자 하시다니요. 위 영공(衛靈公)이 공자에게 진(陣) 치는 법에 관해 묻자 공자께서는 답하지 않으셨거늘,[8] 지금 선생께서 직접 그런 일을 하시고자 하십니까?" 선생이 말했다. "남자아이가 태어나면 활과 화살을 준비하였고,[9] 자라서 활을 쏠 줄 모르면 병이 있어 못한다고 사양했다.[10] 문(文)을 익히는 것과 무(武)를 대비하는 것은 결코 나눌 수 있는 일이 아니다. 옛날에 정벌할 일이 있을 때면 공경들이 장수가 되었고, 마을의 우두머리가 곧 용사들의 우두머리가 되었다. 위 영공의 경우, 나라에 도가 없어 삼강(三綱)이 장차 무너지려 하였다. 그가 부자를 만난 것도 철인(哲人)을 존경해서거나 사직을 지키고자 해서가 아니었다. 그런 그가 불경스럽게 진 치는 법에 관해 물었으니, 그 황당함과 전도됨에 매우 심하다. 이 때문에 부자께서 조두(俎豆)에 관한 일만 들었다고 답변하시고는 이내 떠나가신 것이다. 협곡(夾谷)에서 [노나라 정공을

---

8) 『論語』「衛靈公」에 보인다. "위나라 영공이 공자에게 진 치는 법을 물으니 공자께서 대답하시기를, '조두의 일이라면 일찍이 들었지만 군사의 일은 아직 배우지 못하였다.'고 하시고 이튿날 바로 떠나가셨다.(衛靈公問陳於孔子, 孔子對曰, '俎豆之事, 則嘗聞之矣, 軍旅之事, 未之學也.' 明日遂行.)"

9) 『禮記』「內則」에 "자식 태어났을 때 남자아이면 문 왼편에 활을 둔다. …… 활 쏘는 사람이 뽕나무 활과 쑥대 화살로 천지사방을 여섯 번 쏜다.(子生, 男子設弧於門左 …… 射人以桑弧蓬矢六射天地四方.)"는 말이 나온다. 이에 '弧矢'는 장부로서 사방을 경영하고자 하는 포부를 상징하는 말로 사용된다.

10) 『禮記』「郊特生」에 "공자께서 말씀하시길, '사에게 활을 쏘게 하였는데, 할 수 없으면 병이 있어 못한다고 사양해야 한다. 이것이 활을 걸어주는 뜻이다.'라고 하셨다.(孔子曰, '士, 使之射, 不能, 則辭以疾, 縣弧之義也.')"라는 내용이 보인다.

모시고 제나라 임금과 회담한 일, [노나라의 실권을 쥐고 있는 맹손·숙손·계손이라는 세 대부들의 도성을] 함락시킬 것을 건의한 일, [陳成子가 齊 簡公을 시해하자 魯 哀公에게] 제나라 칠 것을 청한 일 등, 부자가 어찌 군사 일을 몰랐겠는가? 공자께서 [창고 회계를 맡는] 위리 직을 맡고 [가축을 기르는] 승전(乘田) 직을 맡았을 때, 회계에는 틀림이 없었고 소와 양들은 무럭무럭 자랐다. 만약 영공이 전쟁이나 진 치는 일 대신 회계나 가축 기르는 일에 관해 물었다고 해서 장차 대답하셨겠는가? 이런 것을 가지고 부자께서 정녕 군사의 일에 관해 아는 것이 없었다고 말한다면, 더불어 이치를 논할 수 없다." 혹자가 말했다. "예에서는 혐의를 구분하며, 일에는 온당함이란 것이 있습니다. 만일 선생께서 이 자리를 맡아 변방의 중임을 떠맡고자 하신다면, 누가 다시 감히 이를 왈가왈부하겠습니까? 그러나 마을의 자질구레한 일로 어찌 선생께 누를 끼칠 수 있겠습니까? 지금 향당에서 스스로를 아끼는 자들은 이 일을 주관하고 싶어 하지 않으니, 이 일을 주관할 자는 분명 무모하게 결단을 내리는 호협일 것입니다. 그런데 지금 선생께서 이 일을 주관한다고 하면 사람들이 무어라 말하겠습니까?" 선생이 말했다. "그대는 마음이 넓지 못한 것 같군. 스스로를 아끼는 자는 이 일을 주관하지 않고, 무모하게 결단을 내리는 자만 끝내 이 일을 맡는다는 것은 이 시대의 불행이다. 그대도 그렇게 되기를 바라는가? 일의 온당함이란 그 내실을 보아야만 한다. 설령 적이 끝내 쳐들어오지 않는다 해도 우환을 대비하는 군현의 계책은 멈출 수 없다. 이 사람들이 처음 모일 때는 창졸지간에 응모하였을 것이다. 그러나 성문법이나 방비에 관한 문이(文移: 공문서)도 없는 상태라 일괄 임시로 재물을 징집해 일을 추진해야 하며, 군현에서 어떤 일을 도모하고자 하면 사람들의 힘을 빌릴 수밖에 없는 상황인데,

만일 일을 주관하는 자가 옳지 못한 자라면 그 틈을 타 반드시 마을을 착취하고자 할 터, 무슨 일인들 하지 못하겠는가? 그 참담함은 적이 쳐들어오지 않아도 충분할 정도일 것이다. 만일 적이 쳐들어온다면 이런 것들은 모두 쓸모가 없어 수비에 아무 보탬이 되지 못하나니, 이에 적들이 사납게 사람들을 겁박하고 강탈한다면, 어진 자로서 차마 볼 수 있겠는가? 저들이 기필코 내게 맡기고자 하는 것은 이런 상황을 바꿀 방도가 있다고 여기기 때문이다. 따라서 나는 이를 허여하는 것이 온당하다고 생각한다." 혹자가 또 말했다. "증자(曾子)가 노나라에 있을 때 적이 쳐들어오면 먼저 떠나갔고, 적이 물러가면 '우리 집 담장을 잘 수리해놓아라. 내가 장차 돌아가겠다.'[11]고 말했습니다. 선생께서 고을에 거하실 때는 사유(師儒)[12]로서의 바탕을 보이셨고, 조정의 명을 받들었을 때는 사유로서의 관직을 맡으셨습니다. 그런데 지금 또 이 일을 주관하고자 하신다면, 이는 증자와 다른 것 아니겠습니까?" 선생이 말했다. "내가 고을에 거하며 강학할 때는 빈천하게 지내는 것이 본분이며, 벼슬을 구하는 것은 녹을 받아 봉양하기 위함이다. 지금 관직을 맡은 것은 관리가 선발 전형 격식에 따라 준 것일 따름이니, 증자가 사(師)가 되었던 것과는 다르다. 나는 지금 또 고을에 머물고 있으며, 노모께서는 여든이 넘으신 데다 가솔들은 백 명이 넘는다. 적이 쳐들어오기도 전에 먼저 떠나는 것은 본디 지금 군현에서 금지하고 있는 바이거니와, 거의 이르렀을 때 떠난다 하여도 반드시 멀리 도망치지는 못할 것이어서, 사납게 겁박당하고, 짓밟히고, 나

---

11) 『孟子』「離婁下」에 보인다.
12) 敎官이나 學官을 가리키는 말이다. 육구령이 교수 직을 맡았기 때문이 이렇게 표현한 것이다.

뒹굴고, 흩어지는 재앙을 종종 면하지 못하곤 한다. 떠나는 것은 본디 불가하거니와 가령 떠날 수 있다 하여도 80, 90 먹은 노인을 부축하고 백여 명의 사람을 이끌고서 장차 어디로 갈 수 있단 말인가? 그대는 나를 신분과 지위가 다른 증자에 견주고자 하지만, 집안이 화를 입는 것도 달게 여기고, 고을이 해독을 입는 것도 참아 넘긴 채 할 수 있는 일조차 수수방관하고 서있다면, 이것이 어찌 물에 빠진 형수를 구하지 않는 정도에 그치겠는가?" 혹자는 이에 자신의 부족함을 사죄했다. 선생은 비로소 군수에게 보고하여 이 일을 허여했는데, 후에 방도에 맞게 일을 조절하고 내실 있게 방비 한 결과, 적이 비록 쳐들어오지는 않았지만 온 군현이 선생께 의지하게 되었다.

병신년(1176) 여름 사월에 임지에 도착했다. 선생은 큰일 작은일 가리지 않고 모든 정성을 다해 일을 처리했으며, 사람이 적건 많건 가리지 않고 공경을 다해 그들을 대했다. 부천(富川)은 단조롭고 편벽한 곳이라 글 읽는 소리[13]가 드물게 들렸으며, 학교에 있는 사인도 얼마 되지 않았다. 선생께서 교수로 임직하시면서 행동거지가 근엄하고 법도가 아정하며, 마음이 흡족할 때까지 성심을 다하시는 것을 보고는 온 사인들이 모두 감동하여 일어났다. 선생께서 재덕이 출중한 이들을 모으려 하시자 원근에서 찾아와 의지하고자 하는 사람들이 아주 많았다. 부천 학교의 창고는 본래 식량이 넉넉지 못한데다가, 체납된 조세도 내지 못하고 있어서 세입이 겨우 6백 섬밖에 되지 않았으며, 근년 들어 포흠 액수가 7, 8백 섬에 달하였다. 모든 백성이 다

---

13) 『禮記』「文王世子」에 "봄에는 歌樂의을 외워 읊고, 여름에는 거문고에 맞추어 음률을 배운다.(春誦, 夏弦.)"라는 말이 나오는데, 후에 널리 授業 내지는 강독을 뜻하는 말로 사용되었다.

빚을 지고 있던 것이 아니었을 터인데, 간악한 서리와 교활한 무리들이 그 사이에서 정당한 대가 없이 물건을 몰수해버린 것이다. 하지만 장부가 없어진 터라 고증하여 증명할 방법도 없었다. 선생께서는 사실을 파헤치고 이치로써 다그쳐 받아내는 법을 고안하셨는데, 매우 간단하고 편리했다. 이를 군에 고해 시행하게 하니, 번거로운 문이(文移)나 사람을 괴롭히는 독촉이 없어도 장부가 제대로 잡혔으며, 빚 진 자도 기꺼이 세금을 내 창고가 그득 차니, 학교를 찾아오는 사인들이 날로 많아졌다. 그러나 채 한 해도 되기 전에 태유인 상을 당해 관직에서 떠나니, 부천에 있던 사람 중에 안타깝게 여기지 않은 자가 없었다.

기해년(1179) 4월에 탈상하고 늦겨울에 선발 전형에 참여해, 경자년(1180) 봄에 전주(全州) 주학(州學) 교수에 제수되었다. 여름에 한기와 열기가 번갈아 나타나는 병에 걸리더니, 이내 설사를 했다. 몇 번을 그쳤다 몇 번을 발작하다 하더니, 끝내 완치하지 못하고서 9월 29일에 세상을 뜨셨다. 향년 49세이다. 선생께서는 몸져 누워있을 때에도 빈객을 만날 때면 반드시 의관을 갖추셨으며, 세심한 행동거지까지 모두 절도에 맞았다. 돌아가시던 날 새벽에 일어나 침상에 앉으셨다. 병문안 온 사람이 있으면 반드시 머물게 한 다음 더불어 말씀을 나누시고, 어린 아이에게는 한 사람씩 교훈을 남겨주시며 즐거우신 듯 담소를 나누었다. 선생은 늘 천하에 학술 인재가 적은 것을 염려하셨는데, 병중에 하신 말씀도 늘 이것이었다. 이날은 유난히 상세히 말씀을 하시더니, 밤이 조금 깊어지자 바로 누워 옷과 이불을 정돈하고 수염을 가지런히 한 다음 배에 두 손을 겹치신 채 웃음과 말씀을 멈추시었다. 그로부터 얼마 있다 세상을 뜨셨다. 선생의 순수한 도덕에 천하의 기망이 달려있었거늘, 미처 펼쳐보지도 못하고 한번

병들어 누운 뒤로 다시 일어나지 못하시었다. 이에 공을 아는 자이건 모르는 자이건 모두 가슴아파하며 탄식하였다.

　선생은 젊어 큰 뜻을 품으셨나니, 깊고 순정하고 끝없이 드넓어 그 가를 볼 수 없었다. 선생과 가까이 지낸 자는 어리석건 우매하건 어질건 그렇지 못하건 간에 모두 자기도 모르게 선생을 경애하였고, 또 선생으로부터 큰 위로를 얻었다. 선생의 훌륭함을 말하는 자들은 종종 자신들이 각각 본 바를 말하곤 했는데, 하나도 같은 것이 없었다. 구구하게 보듬어 쓰다듬지 않아도, 온화하고 자상하며 공경스러운 풍모는 분쟁을 없애고 불화를 융화시켰으며, 끊임없이 갈고 닦아 밝고 깨끗이 빛나던 순결한 내면은 더러움을 씻어내고 오만함을 억누르기에 충분했다. 지향이 예스럽고 높았으나 능히 세속에 처할 수 있었고, 변석이 정미했으나 능히 어리석은 자를 포용할 수 있었다. 한 가지 선한 행동, 한 마디 옳은 말이면 그것이 비록 무당이나 의원, 점쟁이, 농부나 노비의 것이라 하여도 높이 존중하고 아껴주었다. 젊어서부터 성현을 스승으로 삼아 석로(釋老)의 학문을 엄격히 구별했지만, 석로의 무리 중에도 만약 훌륭한 자가 있으면 또한 내치지 않으셨다. 선생이 사람을 버리지 않았기에, 선생에게서 스스로의 재능을 다 펼칠 기회를 얻지 못한 자 역시 드물었다. 남과 더불어 이야기할 때는 다급하게 구는 법 없이 조용히 분석했기에 본말을 환히 꿸 수 있었다. 그래서 선생께 질의하여 도움을 청한 자 중에 원하는 바를 얻지 못하고 가는 자가 없었다. 누군가의 언행의 실수에 대해서도, 더불어 말할 만하지 못하다고 판단되는 자에게는 말을 꺼내지 않았다. 혹자가 이에 대해 의문을 제기하자 선생께서 말씀하셨다. "사람이 미혹되었을 때는 본디 입으로 쟁론하기 어려운 바가 있다. 말이 격해지다 보면 그저 그의 뜻을 더 확고하게만 만들 뿐이다. 그러나 잠시 시간을 주면 스스로 깨닫지 못하라는 법도 없다. 매사에 부딪히고 사납게 구는 기운은 마땅히 없애주어야지, 일어나게 해서는 안 된다. 선으로써 다그치는 것이 본디 친구의 도리이기는 하지만, 성인께서도 '안 되면 그만 두라.'[14]고 하셨으니, 하물며 범범한 사귐에 있어서야 말할 것이 있겠느냐? 또 하물며 친애하는 정이 있는 자에게 있어서야 말할 것이 있겠느냐? 비록 친구 사이에 의논하다가 도저히 서로 통하지 않는 곳에 이르렀다 하여도, 이는 의리(義理)에 큰 해가 되지 않으니, 자신의 주장을 펼치고자 하다가 교우의 도를 상하게 하는 것보다는 차라리 짐짓 기다리면서 교우의 도를 온전히 지키는 것이 낫다. 또한 일에는 경중과 대소가 있다. 내가 두려워하는 이유는 이익 되는 바는 작고, 손상 되는 바는 크며, 다투는 바는 가볍고, 잃은 바는 큰 까닭이다. 그러나 때로 갑자기 이야기하고, 다 드러내 이야기하고, 힘껏 이야기하는 바가 있으니, 대저 그 일로써 재보고, 그 사람으로써 재보고, 그 때로서 재보고서 한 이야기들이다."

모친 요 씨(饒氏), 계모 등 씨(鄧氏)는 순희 3년(1176) 천자의 탄신일을 맞아 은혜롭게도 태유인에 봉해졌다. 왕 씨(王氏)에게 장가들었는데, 왕 씨는 위 공(魏公)의 증손이신 통주 사군(通州使君) 감(瑊)의 장녀이시다. 통주군 역시 이달 8월에 돌아가셨는데, 선생께서는 와병 중에 부음을 듣고 옷을 맞춰 입고 예를 차리셨으며, 발상할 때까지 세세한 항목 모두를 직접 맡아 하셨다. 아들 간지(艮之)는 열세 살이고, 딸들은 모두 아직 어리다.

선생께서는 미처 저서를 남기지 못하셨다. 과제문이나 친구들과 학

---

14) 『論語』「顔淵」에 "충고해서 선도해도 안 되거든 이를 그만 두라.(忠告而善道之, 不可則止)"는 말이 나온다.

문을 논하며 주고받은 서신들은 기록한 자들이 퍽 많고, 나머지 잡저(雜著) · 고시(古詩) · 율시(律詩) · 묘지(墓志) · 서계(書啓) · 서발(序跋) 등은 문인들이 한창 편집 중에 있다.

12월 을유일에, 고향 만석당(萬石塘)에 묻고 평생 행실의 대강을 삼가 기록하여 당세 군자에게 묘지를 구하고자 한다.

순희 7년(1180) 11월 기망에, 아우 아무개가 쓰다.

先生名九齡, 字子壽. 其先嬀姓, 田敬仲裔孫齊宣王少子通, 封於平原 · 般縣 · 陸鄉, 卽陸終故地, 因以爲氏. 通曾孫烈, 爲吳令 · 豫章都尉, 旣卒, 吳人思之, 迎其喪葬于脊屛亭, 子孫遂爲吳郡吳縣人. 自烈三十九世, 至唐末爲希聲, 論著甚多. 後仕不偶, 去隱義興. 晚歲相昭宗, 未幾罷. 邠 · 隴 · 華三叛兵犯京師, 輿疾避難, 卒, 諡曰文. 文公六子. 次子崇, 生德遷 · 德晟, 以五代末, 避地于撫之金谿, 解橐中裝, 買田治生, 貲高閭里. 德晟之後, 散徙不復可知. 德遷遂爲金谿陸氏之祖, 六子. 高祖有程, 爲第四子, 博學, 於書無所不觀, 三子. 曾祖演爲第三子, 能世其業, 寬厚有容, 四子. 祖戩爲第四子. 再從兄弟蓋四十人, 先祖最幼. 好釋老言, 不治生産, 四子. 先考居士君賀爲次子, 生有異稟, 端重不伐, 究心典籍, 見於躬行, 酌先儒冠昏喪祭之禮, 行之家, 家道之整, 著聞州里, 六子.

先生爲第五子, 生而穎悟, 能步趨則容止有法. 五歲入學, 同學年長蹝倍者所爲, 盡能爲之. 讀書因析義趣. 十歲丁母憂, 居喪哀毁如成人. 十三應進士學, 爲文優贍有理致, 老成歎異. 年十六, 遊郡庠, 每課試必居上游. 時方擯程氏學, 先生獨尊其說. 郡博士徐君嘉言, 高年好修, 留意學校, 間日獨行訪諸齋. 先生侍諸兄衣冠講論, 未嘗解弛, 由是徐君雅相禮敬. 明年徐君物故, 又明年新博士將至. 先生聞其嗜黃老言,脫略儀檢, 慨嘆不樂, 賦詩見志. 歸茸茅齋, 從父兄讀書講古, 間出見故老先達, 所否叩皆不苟. 時居士君欲悉傳家政, 平日紀綱儀節, 更加櫽括, 使後可久, 先生多與裁評.

弱冠, 造吏部外郎許公忻, 許公居閒久, 故知少, 見先生如舊相識. 明年, 許公守邵陽, 欲先生來, 居士君亦啓其四方之志, 先生於是游湖·湘, 抵邵陽. 久之而東至臨江, 郡守鄧君予, 延先生于學, 臨江士人皆樂親之. 居半歲, 乃歸. 越數年, 郡博士苗君昌言復延先生於學, 從遊者益衆. 苗自謂平生所尊賞者不苟, 至其所以禮先生者特異, 人亦以是信之. 其與先生啓有云: "文辭近古, 有退之·子厚之風, 道學造微, 得子思·孟軻之旨." 推尊蓋如此.

先生覽書無滯礙, 繙閱百家, 晝夜無倦, 於陰陽·星曆·五行·卜筮, 靡不通曉. 性周謹, 不肯苟簡涉獵, 所習必極精詳. 歲在己卯, 始與舉送. 同郡官中都者, 適有二人, 皆先進知名士, 閱貢籍見先生姓名, 相顧喜曰: "吾州今乃可謂得人." 庚辰, 春官試不利. 辛巳, 補入大學. 故端明汪公實爲司業, 月試輒居上游. 場屋之文, 大抵追時好, 拘程度, 不復求至當. 惟先生之文, 據經明理, 未嘗屈其意. 嘗有先進以是病之, 先生曰: "是不可改." 先生寬裕平直, 人皆樂親, 久愈敬愛, 學校知名士, 無不師尊之. 明年, 丁居士君憂. 乙酉, 升補內舍. 丙戌, 爲學錄, 學校綱紀日肅, 弊無巨細, 皆次第革之, 人不駭異. 嘗有小戾規矩者, 先生以正繩之, 無假借. 後或以先生問其人, 顧稱先生之德, 不以爲怨. 丁亥, 升補上舍.

戊子館于婺女之張氏. 先生授其子以『中庸』·『大學』, 其父老矣, 每隅坐, 拱手與聽講授, 且曰: "不自意晚得聞此." 張君之死, 其子喪以古禮, 不用浮屠氏.

己丑, 登進士第, 授迪功郎·桂陽軍軍學教授. 壬辰當赴, 迓吏且至, 時太孺人間親藥餌, 先生以桂陽道遠, 風物不類江鄉, 難於迎侍, 陳乞不赴. 甲午, 受興國軍軍學教授.

明年夏, 湖之南有寇侵軼, 將及郡境. 先是建炎虜寇之至, 先生族子諤, 嘗起義應募. 是後寇攘相次犯州境, 諤皆被檄保聚捍禦, 往往却敵, 州里賴焉. 至是諤已死, 舊部伍願先生主之, 以請于郡. 時先生適在信之鉛山, 聞警報亟歸. 抵家, 請者已盈門, 却之不去, 日益衆. 先生與兄弟門人論所以宜從之義甚悉. 會郡符已下, 先生將許之. 或者不悅, 謂先生曰: "先生海內儒宗, 蹈履規矩, 講授經術, 一旦乃欲爲武夫所爲. 衛靈公問陳於孔子, 孔子不答, 今先生欲身爲之乎?" 先生曰: "男子生以弧矢, 長不能射, 則辭以疾. 文事武備, 初不可析. 古者有征討, 公卿卽爲將帥, 比閭之長, 則五兩之長也. 衛靈公家國無道, 三綱將淪. 旣見夫子, 非哲人是尊, 社稷是計, 而猥至問陳, 其顚荒甚矣. 故夫子答以俎豆而遂行. 夾谷之會, 三都之墮, 討齊之請, 夫子豈不知兵者? 其爲委吏·乘田, 則會計當, 牛羊茁壯長, 使靈公捨戰陣而問會計·牧養之事, 則將遂言之乎? 執此而謂夫子誠不知軍旅之事, 則亦難與言理矣." 或者又曰: "禮別嫌疑, 事有宜稱. 使先生當方面, 受邊寄, 誰復敢議此? 閭里猥事, 何足以累先生? 今鄉黨自好者不願尸此, 尸此者必豪俠武斷者也. 今先生尸之, 人其謂何?" 先生曰: "子之心, 殆未廣也. 使自好者不尸此, 而豪俠武斷者卒尸此, 是時之不幸也. 子亦將願之乎? 事之宜稱, 當觀其實. 假令寇終不至, 郡縣防虞之計, 亦不可已. 是社之初, 倉卒應募, 非有成法令, 備禦文移, 類以軍興從事, 郡縣欲事之集, 勢必假借, 主者或非其人, 乘是取必於閭里, 何所不至? 是其爲慘, 蓋不必寇之來也. 有如寇至, 是等皆不可用, 無補守禦, 因爲剽刼, 仁者忍視之哉? 彼之所以必誘我者, 爲其有以易此也. 吾固以許之爲宜." 或者又曰: "曾子之在魯, 寇至則先去, 寇退則曰, '修我牆屋, 我將反爲師也.' 今先生居於鄉, 有師儒之素, 命於朝, 爲師儒之官, 而又欲尸此, 無乃與曾子異乎?" 先生曰: "吾居鄉講授, 自窮約之分. 吾求仕, 爲祿養. 今之官, 乃吏按銓格而與之耳, 異乎曾子之爲師也. 今又遲次居鄉, 老母年且八十, 家累過百人. 寇未至先去, 固今郡縣所禁. 比至而去,必不達, 剽刼・踐蹂・狼狽・流離之禍, 往往不可免. 去固不可, 藉令可去, 扶八九十老者, 從以千餘指, 去將焉之? 子欲使吾自附於分位不同之曾子, 而甘家之禍, 忍鄕之毒, 縮手於所可得爲之事, 此奚啻嫂溺不援者哉?" 或者乃謝不及. 先生於是始報郡符許之. 已而調度有方, 備禦有實, 寇雖不至, 而郡縣倚以爲重.

丙申夏四月, 到任. 先生於事無大小, 處之未嘗不盡其誠, 於人無衆寡, 待之未嘗不盡其敬. 富川單僻, 絃誦希闊, 士人在學校者無幾. 先生蒞職, 擧措謹重, 規模雅正, 誠意孚達, 士人莫不感動興起. 先生方將收拾茂異, 而遠近願來親依者且衆. 富川學廩素薄, 而又負逋不輸, 歲入僅六百石, 而比年不輸者乃七八百石. 民未必盡負, 姦吏黠徒乾沒其間, 簿書緣絶, 莫可稽證. 先生爲覈實催理受輸之法, 甚簡而便, 白郡行之. 於是無文移之繁, 無追督之擾, 簿書以正, 負者樂輸, 儲廩充裕, 士人至者日衆. 不滿歲, 丁太孺人憂, 去職. 在富川者, 莫不惋惜.

己亥四月, 服闋, 冬末到選. 庚子春, 授全州州學敎授. 夏中得寒熱之疾, 繼以脾泄, 屢止屢作, 竟不可療, 九月二十有九日卒, 享年四十有九. 先生雖臥病, 見賓客必衣寇, 擧動纖悉皆有節法. 卒之日, 晨興, 坐于牀, 問疾者必留與語, 幼者人人有所訓誨, 談笑歡如也. 先生未嘗不以天下學術人才爲念, 病中言論, 每每在此, 是日言之尤詳. 夜稍久, 則正臥, 整衣衾, 理鬚鬢, 疊手腹間, 不復言笑, 又數刻而逝. 先生道德之粹, 繫天下之望, 曾未及施, 一疾不起, 識與不識, 莫不痛息!

先生少有大志, 而深純浩博, 無涯涘可見. 親之者無智愚賢否, 皆不覺敬愛慰釋. 稱其善者往往各以所見, 未嘗同也. 不區區撫摩而藹然慈祥愷悌之風, 有以消爭融隙. 不斷斷刻畫而昭然修潔淸白之實, 足以澄汚律慢. 趣尙高古而能處俗, 辨析精微而能容愚. 一行之善, 一言之得, 雖在巫醫卜祝, 農圃臧獲, 亦加重敬珍愛. 自少以聖賢爲師, 其於釋老之學辨之嚴矣, 然其徒苟有一善, 亦所不廢. 故先生無棄人, 而於先生亦鮮有不獲自盡者. 與人言, 未嘗迫遽, 從容敷析, 本末洞徹, 質疑請益者, 莫不得所欲而去. 於人言行之失, 度未可與語, 則不發. 或者疑之, 先生曰: "人之惑, 固有難以口舌爭者. 言之激, 適以固其意, 少需之, 未必不自悟也. 捍格忤狼之氣當消之, 不當起之. 責善固朋友之道, 聖人猶曰'不可則止.' 況泛然之交者乎? 又況有親愛之情者乎? 雖朋友商確, 至不可必通處, 非大害義理, 與其求伸而傷交道, 不若姑待以全交道. 且事有輕重小大, 吾懼所益者小, 所傷者大, 所爭者輕, 所喪者重故也. 然有時而遽言之, 盡言之, 力言之者, 蓋權之以其事, 權之以其人, 權之以其時也."

母饒氏, 繼母鄧氏, 淳熙三年, 以慶壽恩封太孺人. 娶王氏, 魏公曾孫通州使君瑊之長女也. 通州君亦以是年八月卒, 先生臥病聞訃, 制服成禮, 逮遣祭, 纖悉皆自經畫. 子艮之, 年十三, 女□人皆幼.

先生未及著書, 若場屋之文, 與朋友往來論學之書, 則傳錄者頗衆, 其餘雜著・古律詩・墓志・書啓・序跋等, 門人方且編次.

將以十二月乙酉, 葬於鄉萬石塘, 謹書其行實之大概, 以求誌於當世之君子.

淳熙七年 十一月既望 弟某狀

송 고_故 오 공 행 장
宋故吳公行狀

공은 휘가 점(漸), 자가 덕진(德進), 성이 오씨(吳氏)이다. 옛날 이름은 흥인(興仁), 자는 무영(茂榮)이었는데, 옛날 자를 사용했다. 그의 조상이 금릉(金陵)에서 임천(臨川)으로 이사 온 지 거의 백 년이 되어간다. 증조부는 사종(嗣宗)이고, 조부는 경장(景章)이다. 부친 만(萬)은 우적공랑(右迪功郎)으로 있다 퇴직했다. 형제는 셋인데, 공은 그중 차남이다. 젊어서 백부를 따라 강회(江匯) 공에게서 학문을 배웠다. 강 공은 향선생(鄕先生)이었는데, 그와 어울리는 사람들 중에는 노련한 학자나 당대 빼어난 인재들이 많아서 이호(李浩)나 증계리(曾季貍) 공 등도 거기 있었다. 공은 어린 나이로 그 사이에 끼어있었으나, 성실하고 공손하여 자제의 예로써 대우받았으며, 이해가 가지 않는 곳이 있으면 모두들 기꺼이 알려주었다. 열다섯에 모친 고 씨(高氏) 상을 당했는데, 상복을 벗자 치사공(致仕公)[15]께서 가계를 경영하게 했다. 공께서는 본디 문학을 좋아하였으나 치사공의 뜻을 거스를 수가 없어 몇 년 간 부지런히 일했다. 그러던 어느 날 조용히 그 뜻을 말하자 치사공께서 크게 기뻐하시며 공으로 하여금 다시 학문에 종사하도록 해주었다. 얼마 후 새로운 교관(敎官)이 부임하고 시험을 통해 제자(弟子)를 충원하였는데, 군의 사대부들이 다 모인 중에 공께서 일등을 하셨다. 이때부터 매번 시험을 치를 때마다 상위

---

15) 여기서는 오 공의 부친 吳萬을 지칭하는 말로 쓰인 듯하다.

에 올랐기에, 사람들은 그의 기예의 빼어남에 모두 탄복하였다. 당시 강 공을 함께 섬기던 자들과 절친한 벗이 되었으나, 공께서는 마치 제자인 양 늘 스스로를 낮추어 그들을 섬겼다. 소흥 계유년(1153)에 처음으로 향시에 합격하여 도성으로 보내졌는데, 사람들은 공이 일등 하는 것은 식은 죽 먹기라고 말하였다. 그러나 이듬해 성시(省試)에서 뜻을 이루지 못하였다. 공은 유사(有司)를 탓하지 않으며 "나의 학업이 정밀하지 못하였나 보다."라고 말했다. 병자년(1156)에 재응시하고, 임오년(1162)에 세 번째로 응시하였으나 성시에 모두 불합격했다. 이때부터 벼슬에 대한 뜻이 쇠하였다. 그 후 비록 몇 차례 성(省)에 들르기는 했지만, 모두 자식이나 조카 혹은 문인들이 도성으로 과거 응시하러 가는데 공이 나서서 인솔해줄 것을 원하고, 또 친구들이 간곡히 떠날 것을 독려했기 때문이었다. 공은 초연히 왕래하면서 득실에 관한 기억을 마음에 두지 않았다. 혹자가 특별히 그의 이름을 상주하며 붙잡아두었지만, 공께서는 "나는 그저 잠시 여기 왔을 뿐이라 오래 있을 수가 없네."라고 말하며 사양하고 끝내 돌아가 버렸다. 매일 여러 자제들을 거느리고 책을 읽으며 스스로 즐거움으로 삼았다. 이에 그의 집안을 찾아온 사람들은 말씀을 듣기도 전에 떨치고 일어날 수 있었다. 순희 10년(1183) 6월삭에 병환으로 돌아가시니, 향년 60세였다. 향리에서 공의 죽음을 애석하게 여기지 않는 자가 없었다.

공께서는 성품이 효성스러워 좌우에서 양친을 모심에 거스름이 없었다. 노인을 보면 아무리 천한 자라도 반드시 공경을 다했고, 자상하고 만물을 사랑하여 힘이 닿은 한 개미나 지렁이가 어려움에 처했다 해도 반드시 이를 해결해주었다. 겸손하고 공손하고 남과 다투지 않으려는 성품을 보고 사람들은 모두 스스로 미칠 수 없다고 여겼다.

그러나 마음에 합당하지 않은 바가 있으면 의(義)를 인용하여 정색하였는데, 그 용기는 빼앗을 수 없었다. 집안이 심히 가난하여 스스로 먹고 입는 데에는 매우 각박했지만, 제사나 빈객 접대만은 풍성하고 맛나게 차렸다. 공께서 군(郡)의 학교에 있을 때 빼어난 행실과 기예 덕분에 요직에 추천되었으나 얼마 후에 조용히 물러나 떠나갔다. 건도(乾道) 경인년(1170)에 허급지(許及之)와 소총귀(蘇總龜) 군이 교관이 되어 특히 학교 일에 마음을 쏟았다. 그들은 공이 학행으로 향리에 높은 신망을 얻고 있다는 말을 듣고 그의 오두막을 찾아가 모셔오고자 하였는데, 두세 번씩이나 찾아오자 하는 수 없이 나아갔다. 허급지는 본디 공을 잘 알고 있었다. 그래서 오랜 폐단을 모조리 없애고자, 큰일 작은일 가리지 않고 모두 공에게 맡겼다. 그러면 공은 일을 나누어 조리 있게 처리하면서 마치 손바닥 들여다보듯 훤히 사리를 살폈다. 허 공은 매번 탄복하며, "군이 훗날 어떤 일을 펼칠지 여기서 보게 되는군."이라고 말했다. 그러나 일에 가닥이 잡히자 이내 떠나갔다. 그 후 온 군의 사인들이 거듭 공을 학교로 모셔오게 해 달라 청을 하고, 교관과 군수도 각각 예를 표했지만 공은 모두 사양하며 다시는 나오지 않았다. 향리의 선달들 모두 공께서 크게 쓰이기를 기대했건만, 끝내 세 번 시험해보지도 못하고 세상을 뜨다니, 슬프도다!

공은 황 씨(黃氏)에게 장가들어 다섯 자식을 두었다. 옹약(顯若)·후약(厚若)·성약(誠若)은 그 가업을 이어받았다. 후약은 정유년(1177)에 도성으로 보내져 과거를 치렀다. 딸이 넷 있는데, 장녀는 나에게 시집왔고, 차녀는 갓 열다섯이 되자마자 죽었다. 셋째 딸은 서훈(胥訓)에게 시집갔고, 넷째 딸은 아직 시집가지 않았다. 손주로는 남녀 각 한 명씩 있는데, 아직 어리다.

돌아가신 해 가을 7월 임신일에 금계현(金谿縣) 귀덕향(歸德鄉) 금석원(金石源) 선영 옆에 묻었다. 장례식을 거행하던 날, 호송하는 가마가 길을 가득 메웠고, 거리에서 영결 제사 올리는 자가 줄을 이었으며, 지나가는 사람들 중 흐느끼며 눈물을 흘리지 않는 자가 없었다.

나 아무개는 어릴 적에 공의 지우를 입었고, 나중에는 공의 따님을 아내로 맞이했으므로 공의 일생을 가히 깊고도 상세히 안다고 이를 만하다. 공의 덕이라면 후세에 드러내지 않을 수 없기에, 삼가 사실대로 적어 당대 군자들에게 고한다.

순희 11년(1184) 9월 기망에, 승봉랑(承奉郎)으로 상정사(詳定司) 칙령소(敕令所) 산정관(刪定官)에 충원된 사위 육 아무개가 쓰다.

公諱漸, 字德進, 姓吳氏, 舊名興仁, 字茂榮, 以舊字行. 其先自金陵徙家臨川, 今幾百年矣. 曾大父嗣宗, 大父景章, 父萬, 右迪功郎致仕. 兄弟三人, 公居次. 少隨伯氏從學於江公匯. 江爲鄉先生, 從游多老成宿學, 一時英異, 如李公浩, 曾公季貍皆在. 公以童幼居其間, 顧愨恭遜, 得子弟禮. 有所未解, 人樂告之. 年十有五, 喪母高氏. 服除, 致仕公使之治生. 公雅好文學, 重違致仕公意, 服勤數歲. 一日從容言其志, 致仕公大悅之, 史使從學. 未幾, 會新敎官至, 試補弟子員. 郡之士大集, 公居第一. 自是每試輒居上游, 人服其藝異. 時同事江公者, 與爲執友. 公每自挹損事之, 如子弟. 紹興癸酉, 始與擧送, 人謂公一第固可俯拾. 明年省試不偶, 公不以罪有司, 曰: "吾殆業不精." 丙子再擧, 壬午三擧, 省試皆報罷, 自是仕進之意衰矣. 其後雖屢到省, 皆以其子姪或門人與擧送, 願公表率, 親舊敦勉以行. 公往來超然, 殊不以得失介意. 或以特奏名留之, 公曰: "吾來此聊復爾耳, 不能久也." 謝之竟歸. 日率諸子讀書, 以自娛樂, 其聲洋洋, 踵門者未及見, 已爲之起. 淳熙十年六月朔, 以疾卒, 享年六十, 鄉閭莫不惋惜.

公性孝, 事親左右無違. 見老者雖賤必敬, 慈祥愛物, 力所及者, 螻蟻蛙蚓之難, 亦必免之. 其謙恭不競, 人皆以爲不可及. 至有不當其心, 引義正色, 堅勇亦不可奪. 家甚貧, 自奉甚薄, 唯祭祀賓客則致其豊鮮. 公在郡庠, 以行藝推爲前廊. 居無何, 輒逡巡辭去. 乾道庚寅, 許君及之, 蘇君總龜爲敎官, 尤留意學校. 聞公學行信於鄉里, 造廬敦請, 至于再三, 不得已就之. 公雅爲許所知. 許方欲盡去宿弊, 事無巨細, 皆以委公. 公爲區處條畫, 如指諸掌. 許每歎曰: "於是見君後日之施設矣." 事有緒, 卽辭去. 其後合郡之士屢請延公入學, 敎官郡守各致其禮, 公皆固辭, 不復出矣. 鄉里先達皆期公以有用, 乃竟不三試而死, 悲夫!

公娶黃氏. 子五人, 顯若 · 厚若 · 誠若皆世其業. 厚嘗與丁酉擧送. 女四人, 長歸某, 次甫笄而死, 次許胥訓, 次未許嫁. 孫男女各一人, 尚幼.

卒之年, 秋七月壬申葬于金谿縣歸德鄉金石源祖塋之側, 葬之日, 送車塞塗, 祖奠于道者, 相望不絶, 行過者莫不齎咨涕夷.

某在童穉時, 爲公所知. 後又妻以其女, 知公之平生可謂深且詳矣. 如公之德, 不可不表顯于後, 謹覼書以告當世之君子.

淳熙十一年 九月旣望 壻承奉郎充詳定一司敕令所刪定官陸某狀

권 28

묘지명墓志銘

황 씨 묘지명
黃氏墓志銘

　순희(淳熙) 경자년(1180) 3월 8일에 양세창(梁世昌) 군이 내게 편지를 보내와 장차 후처인 황씨의 장례를 치르려 한다며 이반(李蟠) 군이 지은 행장을 보이며 묘지명을 부탁했다.

　나는 묘지명을 써본 일이 없는데, 이는 묘지명이 옛날의 법도가 아니기 때문이다. 오직 「공리정명(孔悝鼎銘)」만이 『대기(戴記)』에 보일 뿐이니, 위후(衞侯)가 명령하기를, "그대에게 명을 준다."[1]고 한 것이 그것이다. 무덤에 명문이 있는 것을 두고 유자후(柳子厚)는 "공실에서 비를 세워 장례 치르던 것에서 시작하였는데, 후에 자손들이 이에 기인해 덕행을 새겨 넣었다."[2]라고 설명하였다. 그렇다면 공후(公侯)

---

1) 孔悝는 衞나라의 大夫로, 그 先祖의 衞國에 대한 忠勤을 새긴 鼎銘이 『禮記』 「祭統」에 보이는데, 그 명문 중에 "공이 말하기를, 숙구여, 그대에게 명을 준다. 그대는 아비의 덕업을 계승하라.(公曰, 叔舅, 予與汝銘, 若纂乃考服.)"는 내용이 들어 있다.

2) 당나라 문인 柳宗元(773~819)이 지은 「碑陰」에 나오는 구절이다. 문자에 약간의 출입이 있다. "옛날 공실에서는 예법상 비를 세워 장례를 치를 수 있었는데, 후에 자손들이 이를 없애지 못하고 덕행을 새김으로써 세상에 오래 전하고자 하였다.(然昔之公室, 禮得用碑以葬. 其後子孫, 因宜不去, 遂銘德行, 用圖久于世.)"

가 아니고서는 비를 가질 수 없는 것이다. 하지만 곽임종(郭林宗)은 현에서 급사(給事) 노릇밖에는 해보지 못했음에도 그를 묻을 적에 돌을 깎아 비석을 세우고 채옹(蔡邕)이 그를 위해 명을 지어주었으니,[3] 동한 때에 이미 묘지명에 제한이 없어진 것이다. 지금도 능력이 되는 사람들은 반드시 묘지명을 새기고자 하는데, 나는 더욱 달갑지 않았다.

그러나 황 씨는 내 장모의 여동생으로 오래 전부터 그 어짊에 관해 들어왔으며, 양세창 군 또한 내게 갖은 정성을 다했다. 올 봄 초에 나는 양 군을 찾아갔는데, 양 군은 안에 지시해 술이며 안주를 즉시 갖추어 내왔다. 양 군은 작년에 여산(廬山)과 부산(阜山)을 유람하고 왔는데, 산수의 승경을 이야기하고 고인(高人) 일사(逸士)들의 문장을 읊을 때면 흥이 나 지칠 줄도 몰랐다. 이에 나는 양 군의 처가 능히 양 군에 대해 안심할 수 있기 때문에 양 군 또한 자신이 좋아하는 일을 마음 놓고 할 수 있는 것임을 더욱 잘 알게 되었다. 오호라! 내가 떠나고 며칠 만에 황 씨가 죽을 줄은 몰랐도다. 묘지명은 오늘 날 사람들이 모두 쓰고 있는 바이며, 황 씨는 어질 뿐만 아니라 또한 나의 친척이기도 하다. 게다가 죽기 며칠 전에 마침 그 집을 다녀온 데다 양 군 또한 내게 이토록 정성스러우니, 그 청을 거절하기 어려워 명을 짓는다.

---

3) 동한의 명사 郭泰(128~169)(范曄의 『後漢書』에는 郭太라고 적고 있다.)는 字가 林宗이며 太原 사람이다. 李膺과 교유하며 洛陽에서 명성을 떨쳐 太學生들의 영수가 되었다. 그는 1차 黨錮의 禍를 겪은 후 陳蕃이 환관들을 죽이려다 실패하여 죽었다는 사실을 알고 애통해 하다가 이듬해에 죽었는데, 그의 장례에 만 명 가까이 참여했으며, 蔡邕이 그를 위해 碑文을 지었다.

대대로 임천(臨川)에 살았으며
성은 황 씨라네.
딸로 태어나
어려서부터 지혜롭고 선량했네.
그 딸 몹시도 아껴
까다롭게 배우자를 고르니,
마침내 시집갈 대상 정해져
양 씨의 후실로 들어왔네.
세시마다 올리는 제사는
상수(湘水) 물 떠놓고 정갈히 올렸고
부모 대할 때나 손님 대할 때나
늘 정해진 법도가 있었네.
두 아들 성장(成章)과 대장(大章)을
보듬어 기르고,
딸 하나에게도
온화하고 자상하였네.
양 군은 그 덕분에
뜻한 바를 모두 이룰 수 있었고,
집안 살림 더욱 넉넉해져
전대에 비해 광영을 더했네.
경자년 초봄
갑자일에 갑자기 세상을 떴네.
겨우 마흔이라니
어찌 그리 오래 살지 못하였나?
묘혈은 어디인가?

영대향(靈臺鄕)

동령(桐嶺) 양원(梁源),

시부모님 묘 옆이라네.

3월 임신일에,

육신도 영혼도 여기 묻혔나니,

후세들이여,

이곳을 잊어서는 안 되리라.

淳熙庚子三月八日, 梁君世昌以書抵予, 言繼室黃氏將葬, 以李君蟠
狀來乞銘.

余未嘗銘墓, 抑銘墓非古. 惟「孔悝鼎銘」見『戴記』」, 則衛侯策書曰:
"予汝銘." 墓之有銘, 柳子厚謂"始於公室用碑以葬, 其後子孫因銘德
行." 如此, 則非公侯不得有是. 然郭林宗不過嘗給事縣廷, 其葬也, 刻
石立碑, 蔡邕爲之銘, 是則東漢時銘墓已無限制. 今人力能辦者必銘其
墓, 余滋不悅.

然黃氏, 余外姑之妹也, 舊聞其賢, 梁君亦惓惓於余. 是春之初, 余
訪梁君, 梁君內顧, 酒肴立具. 梁君去年嘗游廬·阜, 其談山水之勝, 誦
高人逸士之文, 亹亹不倦. 余於是益知其在中饋者能安於梁君, 而後梁
君能安於所好也. 嗚呼! 乃不知余去數日, 而黃氏死矣. 墓銘今世皆用,
黃氏又賢, 余又親戚, 前其死數日, 余又適至其家, 梁君又惓惓於余, 是
以重違其請, 銘曰:

世居臨川, 其姓則黃. 曰謂之女, 少慧且良. 謂殊愛之, 擇配至詳. 爰
緩其歸, 繼室于梁. 歲時祭祀, 潔蠲盛湘. 有親有賓, 飾具有常. 撫其二
子, 成章·大章, 與其一女, 藹然慈祥. 梁賴其相, 志願畢償. 家用益肥,
於前有光. 庚子孟春, 甲子遽亡, 年止四十, 壽胡不長? 其穴伊何? 靈臺
之鄕, 桐嶺梁源, 舅姑塋傍. 三月壬申, 體魄以藏. 後有興者, 是不可忘.

장 공 묘지

張公墓誌

공은 휘가 완(琬), 자가 우석(禹錫), 성이 장(張)이며 한나라 유후 (留侯)[4]가 그의 조상이다. 대대로 신주(信州) 용호산(龍虎山)에 살았 다. 증조부 사종(嗣宗)은 허백선생(虛白先生)이라는 호를 하사받았 고, 조부 대방(大方)은 무공랑(武功郎)에 추증되었다. 부친 염(念)은 승신랑(承信郎)을 지냈다. 공은 원부(元符) 2년(1099) 11월 5일 계해 일에 태어나 순희(淳熙) 8년(1181) 3월 14일 경신일에 돌아가셨으니, 향년 83세이다.

공은 막 관례를 올리자마자 과거에 응시하였으나 급제하지 못하고 이내 고향을 떠나 경사로 들어갔다. 선화연간(宣和年間: 1119~1125) 에는 [병사] 모집에 응하여 방렵(方臘)[5]을 격파하고 진의부위(進義副 尉)가 되었다. 건염연간(建炎年間: 1127~1130) 초에는 경사에서 풍해 (馮澥) 등을 따라 제남부(濟南府)로 갔다가, 남경(南京)까지 수행하 여 진무교위(進武校尉)로 옮겨갔다. 이듬해에는 일찍이 오랑캐 땅으 로 가는 사신을 수종하여 승신랑으로 옮겨갔다. 그러나 변수(汴水)와

---

4) 張良(?~기원전 189)을 말한다. 중국 한나라의 정치가이자, 건국 공신이다. 자는 子房, 시호는 文成이다. 소하(蕭何), 한신(韓信)과 함께 한나라 건국의 3걸로 불린다.

5) 方獵(1048~1121)은 宣和 2년(1120) 10월에 기의하여 백만 군사를 모아 6개 州, 52개 현을 점령하였다. 연호를 永樂으로 정하고 관리와 장수를 임명하여 정권 을 세웠으나, 이듬해 4월에 宋軍에게 패하여 汴京에서 처형되었다.

회수(淮水) 일대가 불안하고 어지러워 뜻한 바를 이루기가 어렵게 되자 호연히 고향으로 돌아와 쉬었다. 집안에 거할 때나 향리에서 처신할 때, 효성스럽고 자애롭고 공경스럽고 온순하여 거스르거나 부딪히는 바가 없었다. 토납(吐納)6)에 마음을 쏟으며 교송(喬松)7)의 자취를 좇고자 하였다. 중년에 살 집 터를 고를 때, 세속에 유행하는 음양지리 등 학설을 취하지 않고 스스로 좋은 땅을 골랐다. 집안이 풍족해지자 더욱 유유자적 편안히 생을 보냈다. 만년에는 예법을 익힌 사인을 모셔와 자제들의 스승으로 삼았는데, 옛 습속을 바꾸어 모든 법도가 새로워지자 온 향리의 모습도 바뀌었다. 병환이 심해지자 자손들을 불러 모아 훈계의 뜻을 펼친 후 말씀을 마치자마자 세상을 뜨셨다.

장 씨(莊氏)를 얻었으나 일찌감치 세상을 떠났고, 후실인 주 씨(周氏)가 4남을 낳았으니, 숭지(崇之)·간지(簡之)·안지(安之)·명지(明之)가 그들이고, 딸 둘을 낳았는데, 장녀는 장여장(章如璋)에게 시집가고 차녀는 장사랑(將仕郎) 예안국(倪安國)에게 시집갔다. 손자 8명과 손녀 7명, 증손자 1명이 있다.

10월 3일 병오일을 택해 장호(長湖)에 묻기로 했다. 기일을 택한 다음 아들 명지가 나를 찾아와 묘지명을 부탁하였다. 공의 후실은 나의 내종 누이이며 명지는 또 나를 좇아 노니는지라 마다하지 못하였다. 청전(靑田)의 육 아무개가 기록하다.

---

6) 일종의 氣功 훈련법이다. 즉 혈액과 기 순환을 위해 특별히 훈련하는 호흡법이다.
7) 전설 속의 仙人인 王子喬와 赤松子를 가리킨다.

公諱瑰, 字禹錫, 姓張, 系出漢留侯, 世居信龍虎山. 曾祖嗣宗, 賜虛白先生. 祖大方, 贈武功郎. 父念, 承信郎. 公生於元符二年十有一月五日癸亥, 卒於淳熙八年三月十有四日庚申, 享年八十有三.

公甫冠, 應擧不利, 乃去入京師. 宣和間, 應募破方臘, 補進義副尉. 建炎初, 自京師從馮獬等詣濟南府, 扈從至南京, 轉進武校尉. 明年, 以嘗從使虜, 轉承信郎. 傾側擾攘汴・淮之間, 所志不就, 浩然歸休. 居家處鄕, 孝慈悌順, 無所違拂. 留意吐納, 希蹤喬・松. 中年卜居, 不用世俗陰陽地理等說, 自得勝處. 家旣饒給, 益自燕適. 晩歲尊延禮法之士爲子弟師, 變其舊俗, 軌範一新, 鄕里改觀焉. 寢疾且亟, 召子孫申戒之, 言訖而逝.

娶莊氏早卒, 繼室周氏. 子男四人, 崇之・簡之・安之・明之, 女二人, 長適章如璋, 次適將仕郎倪安國. 孫男八人女七人, 曾孫男一人.

卜以十月三日丙午葬于長湖, 旣得卜, 子明之來求誌其墓. 公繼室, 余表姊也, 明之又嘗從予遊, 不可辭. 靑田陸某誌.

송 고故 육 공 묘지
宋故陸公墓誌

    공은 성이 육 씨(陸氏)이고 이름이 구서(九叙)이며, 자가 자의(子儀)이다. 무주(撫州) 금계(金谿) 사람이다. 증조부는 연(演), 조부는 전(戩), 부친은 하(賀)인데, 승사랑(承事郞)에 추증되었다. 모친은 요 씨(饒氏)로 유인(孺人)에 추증되었다. 계모 등 씨(鄧氏)는 태유인(太孺人)에 봉해졌다. 공은 선화 5년(1203) 7월 을묘일에 태어나 순희 14년(1187) 5월 계해일에 돌아가셨으니, 향년 65세이다. 돌아가신 해 10월 임진일에, 임천현(臨川縣) 장수향(長壽鄕) 나수봉(羅首峰) 아래 묻었다.

    공은 타고난 기운이 드넓고 공정하시며 형적(形迹) 따위는 신경 쓰지 않으셨다. 일족들이 모여 이야기를 나눌 때, 공은 그 사이에 없는 듯 조용히 계셨으나 의문스러운 점이 있어 논의할 때는 간혹 정색을 하시고서 한 마디 말로 결판내기도 하시고, 간혹 담소하는 중에 한 가지 이야기를 들어 풀이하기도 하셨는데, 그 덕분에 종종 의문이 싹 사라지곤 하였다. 집안이 본디 가난하여 농사지을 땅조차 없었기에, 선대 때부터 약방을 운영하며 생계를 이어왔다. 형제 여섯 중에 공은 차남이었다. 형제들은 모두 과거 시험을 준비했으나 공만은 약방의 일을 총괄하셨는데, 한 집안의 의식에 들어가는 모든 재용이 다 여기서 나왔다. 약방에서 각각 부리는 자제와 하인들이 매우 많았다. 공은 한 번도 자질구레하게 점검을 하거나 사찰하는 법이 없었지만 그 누구도 공을 속이지 않았다. 왕래하는 상인들로부터도 모두 환심을 사서, 속임수를 부리거나 계산하지 않고서 각각 편리함을 제공함으로써 도움을 주었다. 그 덕분에 부족함 없이 집안을 충족하게 먹여 살릴 수 있었다. 나중에 조금씩 전답을 사들이긴 했지만, 거기서 나오는 수입을 계산해보면 겨우 몇 달 치 식량밖엔 대지 못했다. 식구는 날로 많아져 약방에서 나오는 수입에 의지하는 정도가 날로 무거워져 갔는데, 공은 그 사이에서 매일같이 일을 주선하셨다.

공은 여 씨(余氏)를 얻었으나 공보다 11년 먼저 세상을 떠났다. 여 씨는 천성적으로 효성스럽고 순종적이어서 다른 동서들은 스스로 이에 미치지 못한다고 여겼다. 가난하게 살 적에 공의 자녀들의 옷이 특히나 남루했는데, 여 씨가 어쩌다 그 이야기를 꺼내면 공은 정색을 하면서 그만두라고 소리쳐서 다른 형제들이 대신 조치해주어야 비로소 옷을 얻을 수 있었다. 공 자신의 옷이나 물품이라 하여도 종종 이와 마찬가지였다. 형님이나 아우가 외지로 나갈 일이 있으면 아무리 곤궁하고 다급한 상황이라 할지라도 반드시 그 즉시 행장을 꾸려주었다.

공이 돌아가시자 먼 곳의 사우들이 부음을 듣고 달려와 공의 자식과 공의 형제들을 위로해주었으며, 공의 미덕을 칭송하며 너 나 할 것 없이 애통해하고 가슴 아파했다. 4남을 두었는데, 망지(望之)・인지(麟之)・입지(立之)・상지(尙之)가 그들이며, 6녀를 두었는데, 장녀는 향공진사(鄕貢進士) 장상좌(張商佐)에게 시집갔고, 차녀는 황숙풍(黃叔豐)에게 시집갔다. 그 다음 딸은 위삼외(危三畏)에게 시집갔으나 공보다 17년 먼저 세상을 떠났다. 또 그 다음 딸들은 각각 서상룡(徐翔龍)・주청수(周淸叟)・웅감(熊鑑)에게 시집갔다. 손자가 셋, 손녀가 다섯인데, 모두 어리다.

선의랑(宣義郞)으로서 태주(台州) 숭도관(崇道觀)을 주관하고 있는 아우 육 아무개가 삼가 기록하다.

公姓陸氏, 名九叙, 字子儀, 撫州金谿人. 曾大父演, 大父戩, 父賀, 贈承事郞. 母饒氏, 贈孺人. 繼母鄧氏, 封太孺人. 公生於宣和五年七月乙卯, 卒於淳熙十四年五月癸亥, 享年六十有五. 以卒之年十月壬辰, 葬于臨川縣長壽鄕羅首峰下.

公氣稟恢廓, 公正不事形迹. 群居族談, 公在其間初若無與, 至有疑議, 或正色而斷之以一言, 或談笑而解之以一說, 往往爲之渙然. 家素貧, 無田業, 自先世爲藥肆以養生. 兄弟六人, 公居次. 伯叔氏皆從事場屋, 公獨總藥肆事, 一家之衣食百用, 盡出於此. 子弟僕役分役其間者甚衆, 公未嘗屑屑於稽檢伺察, 而人莫有欺之者. 商旅往來, 咸得其懽心. 不任權譎計數, 而人各獻其便利以相裨益, 故能以此足其家而無匱乏. 後雖稍有田畝, 至今計所收, 僅能供數月之糧. 食指日衆, 其仰給藥肆者日益重. 公周旋其間, 如一日也.

公娶余氏, 先公十一年卒. 余氏孝順出於天性, 娣姒皆以爲莫及. 當窮約時, 公之子女, 衣服敝敗特甚, 余氏或時及之, 公卽正色呵止, 必伯叔氏爲之處, 乃始得衣. 雖公之衣服器用, 亦往往如此. 及伯季有四方游, 雖至窘急, 裹囊無不立具.

自公云亡, 遠方士友聞訃, 慰唁諸孤與公之伯季, 稱公德美, 悼痛傷惋無異辭. 子男四人, 望之·麟之·立之·尙之. 女六人, 長適鄕貢進士張商佐, 次適黃叔豊, 次適危三畏, 先公十七年卒, 次適徐翔龍·周淸叟·熊鑑. 孫男三人, 女五人, 皆幼.

弟宣義郞主管台州崇道觀 某謹誌

황 공 묘지명

黃公墓誌銘

　남풍(南豊) 황세성(黃世成)은 젊어서 과거 공부를 하였으나 거듭 낙제하고는 포기하고 떠나간 뒤 경사(經史) 백가(百家)의 말씀을 더욱 열심히 읽으며 그 도리를 궁구하였다. 석선암(石僊巖)에 띠 집을 짓고 그곳에서 생을 마치고자하는 뜻을 품었다. 그의 형인 세영(世永)은 갓 약관의 나이에 과거에 급제하여, 품고 있던 훌륭한 뜻과 재능을 펼칠 수 있게 되었다. 한가한 날 석선암에서 쉬고 있다가 세성과 더불어 시사에 관해 격론을 벌였는데, 아우의 재능에 탄복하며 출사할 것을 면려하였으나, 완강한 뜻을 바꿀 수 없었다. 세영은 그를 더욱 기이하게 여기며 그가 사는 띠 집에 호은(壺隱)이라는 이름을 붙여주었다. 부친인 남웅부군(南雄府君)은 관직이 정랑(正郎)에 이르렀는데, 그 은택이 세성에게까지 이르렀으나 세성은 아우에게 양보하였고, 은택이 거듭 이르렀을 때도 다시 그 다음 아우에게 양보하였다. 막내아우에게 은택이 이르지 못하게 되자 자신의 땅을 아우에게 양보해주었다. 혹자가 세상과 반대로 달리는 그의 행실에 대해 악담을 하면서, "인지상정에 어긋난다."하고, "가식"이라 하고, "명예를 좋아한다."하며 왈가왈부하였으나, 세성은 태연자약하게 받아들였다. 이에 왈가왈부하는 자들이 점차 잠잠해졌고, 한참이 지나자 원근이 모두 그대에 탄복하며 성과 자를 부르는 대신 '호은'이라고만 불렀다.

　어린 시절에 횡포(横浦) 장 공(張公)으로부터 인정을 받았으며, 자라서는 당대 모든 명류들과 교유하였다. 비록 벼슬에 뜻을 접었으나 나라의 치란, 백성의 화복에 대해 관심을 두지 않은 적이 없었다. 따라서 관직을 맡고 있던 친구들은 매번 그로부터 의견을 얻었으니, 강서(江西)에서 흉년을 구휼한 것이나 호광(湖廣)에서 도적이 사라진 것 등이 종종 그의 계책에서 나오곤 하였다. 근자에는 좌사(左司) 양정수(楊廷秀)와 간의(諫議) 사국창(謝昌國)에게 편지를 보냈는데, 그 말씀이 특히나 사리에 합당하고 깊고 절실했다. 두 공께서도 답신을 보내어 받들어 높이며 찬탄하였지만, 끝내 아무 것도 시행하지 못하였다.

나는 세성을 알지 못하지만 그 사람됨에 대해서는 매우 자세히 들어 알고 있다. 용모는 순수했고, 마음은 정성스러웠으며, 번거로운 것을 없애 쉬운 것을 따랐고, 큰 데 거하며 작은 것을 따랐으니, 펼친 것에는 부족함이 없었고, 지키던 뜻에는 변함이 없었다. 글을 지을 때는 붓을 쥐자마자 완성하였는데, 아름다운 구상이 풍부하고 성대하였으되 기강이 어지럽지 않았으니, 고심하여 힘을 쏟는 자가 미치지 못할 바였다. 여러 유자들의 언론을 들으면 반드시 깊이 잠겨 세세히 뜻을 궁리하였다. 자못 논저를 남겨 그 진위를 바로잡기도 하였으나, 자신만이 옳다고 여기지는 않았다. 근 십여 년 동안 빠트리지 않고 내게 편지를 보내오며, 마치 엄한 스승 섬기듯 하였다. 학문도 끊기고 도도 사라졌으나 한 토막의 선한 일, 한 치의 장점이라도 반드시 스스로 믿고 의지하였다. 가지고 있던 것이 많고 많거늘 스스로 늘 부족한 듯 여기며 도를 구하기에 급급하였으니, 사람들을 한참 멀리 뛰어 넘었다. 그가 사망하자 그의 아들이 찾아와 명문을 부탁하였다. 세성처럼 어진 사람이라면 비록 내가 글을 짓지 않는다 해도 분명 세상에 널리 드러날 터이나 그리도 간곡히 청하니 어찌 하리오?

세성은 휘가 문성(文晟)이다. 증조부 이중(履中)은 강주 사리참군(康州司理參軍)을 지냈고 증조모는 섭 씨(葉氏)이다. 조부 부(俯)는 좌적공랑(左迪功郎), 건주 사리참군(虔州司理參軍)을 지내고 좌조청대부(左朝請大夫)에 추증되었으며 조모는 태의인(太宜人) 여 씨(呂氏)와 증 씨(曾氏)이다. 선친 월(越)은 좌조봉대부(左朝奉大夫), 지남웅주(知南雄州)를 지냈고, 돌아가신 모친은 의인(宜人) 증 씨이다. 증씨를 얻어와 5남을 얻었으니, 장자 즙(楫)는 4년 전에 죽었고, 그 다음은 차례로 남(楠), 회(檜), 춘(椿), 비(棐)이다. 딸이 셋 있는데, 장녀는 담각(湛覺)에게 시집갔고, 차녀는 증임종(曾林宗)에게 시집갔으며, 막내는 아직 집에 있다. 손자 둘은 각각 도(燾)와 훈(勳)이며, 손녀 하나도 있다. 세성은 소흥(紹興) 정사년(1137) 2월 기해일에 태어나 순희 정미년(1187) 12월 임진일에 세상을 떴으니, 향년 51세이다. 장차 무신년(1188) 11월 기유일에 석선암의 금아곡(金鵝谷)에 묻으려 한다. 명을 짓는다.

집이 그의 몸을 윤택하게 해준 것 아니요,
관작이 그의 어짊을 높여준 것 아니로다.
직책이 아니어도 정사를 언급했고,
자리에 있지 않았어도 백성을 생각했네.
누가 나의 탓이라 하겠는가?
누가 나의 탓이라 하겠는가?
오호라, 호은이여,
어찌 이대로 가려지고 사라지겠는가?
그 누가 호은을 널리 드러낼까,
바로 후인이리라.

상산의 육 아무개가 기록하다.

南豐黃世成, 少事場屋, 再擧不第, 卽棄去, 益繙經史百家言, 究窮其道理. 結廬石儼巖, 有終焉之意. 其兄世永, 甫冠登科, 所志穎脫以出. 暇日憩石儼, 與世成劇論時事, 歎美其才, 勉之使出, 堅不可奪. 世永益奇之, 名其廬曰壺隱. 其父南雄府君, 官至正郎, 澤及世成, 世成推以與弟, 澤再及, 又推以與次弟, 有季弟澤不及, 則推己田與之. 或惡其背馳, 議之曰"是非人情", 曰"矯", 曰"好名", 世成處之泰然, 議者浸以熄. 久之, 遠近咸服, 不稱姓字, 但曰'壺隱'.

在童稚時, 嘗爲橫浦張公賞識. 及長, 結交皆一時名流. 雖絶意仕進, 其於國之治忽, 民之休戚, 未嘗不關其心. 故舊居職任事者, 每賴以有聞. 江西之救荒, 湖廣之弭盜, 往往出其策. 比年移書左司楊廷秀, 諫議謝昌國, 其言尤剴切深至. 二公還書, 推重嘉歎, 然卒不能有所施行.

余不識世成, 而得其爲人至詳. 粹然其容, 懇然其中, 剸煩若易, 處大若細, 其施不匱, 其守不渝. 爲文操筆立成, 藻思贍蔚, 統紀不紊, 有苦心極力所不到者. 得諸儒言論, 必沉涵紬繹, 頗復論著訂其眞僞, 然不自以爲是也. 比十數年, 辱余以書無曠時, 若所嚴事. 學絶道喪, 片善寸長, 必自介恃, 世成之所可挾者衆矣, 乃自視欿然, 汲汲於求道, 過人亦遠矣. 今其亡也, 其子來請銘. 以世成之賢, 雖不吾屬, 猶將彰之, 況請之勤邪?

世成諱文晟. 曾祖履中, 康州司理參軍, 妣葉氏, 祖俯, 左迪功郎, 虔州司理參軍, 贈左朝請大夫, 妣太宜人呂氏·曾氏. 父越, 左朝奉大夫, 知南雄州, 妣宜人曾氏. 娶曾氏, 子男五人, 長曰楫, 先四年卒, 次曰楠, 曰檁, 曰椿, 曰柴. 女三人, 長適湛覺, 次適曾林宗, 幼在室. 孫男二人, 煮·勳, 女一人. 世成生於紹興丁巳二月己亥, 卒於淳熙丁未十二月壬辰, 享年五十有一. 將以戊申十一月己酉, 葬於石儼巖之金鵝谷. 銘曰:

匪屋之潤于其身, 匪爵之尊于其仁. 無其責而有其言, 非其位而及其民. 孰曰余咎? 孰曰余咎? 烏乎壺隱, 豈其隱淪? 誰尙顯之, 在其後人. 象山陸某誌.

황 부인 묘지명
黃夫人墓志銘

　　나는 소시 적에 많은 날 동안 묘지명을 보아왔는데, 종종 미덕을
칭송하느라 사실을 아랑곳 않고 과장된 말이나 부화한 언사를 많이
사용해서 미덥지가 않았기에 속으로 이런 생각을 했다. "진정 그러하
다면 차라리 묘지명이 없는 편이 낫다." 장성한 후에 혹 나에 대한
과한 평가를 듣고 묘지명을 부탁하는 자가 있었으나 나는 끝내 매번
사양하였으니, 재주가 보잘 것 없고 인품이 낮은 것 때문만은 아니었
다. 경자년(1180)에 같은 군(郡)에 사는 양광원(梁光遠) 군이 후실 황
씨가 사망하자 내게 묘지명을 부탁했는데, 그때 나는 명을 짓고 또한
생전의 사적을 기록하였다.[8] 그러나 그 까닭을 거슬러 올라가자면 그
분이 내 장모님의 여동생이며, 또한 그 분의 현숙함을 믿을 수 있었
기 때문이었다. 옛날 장인이신 오무영(吳茂榮) 군의 장례를 치를 적
에도 나는 그의 행장(行狀)을 적어 우 태사(尤太史)에게 묘지명을 부
탁한 바 있는데, 감히 한 마디 말도 덧붙이지 않았다. 이른바 온 군의
사인들이 그를 영수로 추대하길 원했다던가, 군의 박사들의 그의 오
두막을 찾아가 모셔오고자 한 것이 두세 번 거듭되자 비로소 명에 응
했다던가 하는 내용들은 허심보(許深父) 군의 애사(哀詞)에 매우 상

---

8) 이 권의 맨 앞에 실린 「黃氏墓誌銘」을 가리킨다. 묘지명은 본래 世系와 일생의
　　자취를 기록한 산문의 誌와 이를 간단히 요약한 운문의 銘으로 이루어져 있다.
　　따라서 銘을 짓고 誌를 지었다고 나누어 말한 것이다.

세히 언급되어 있다. 심보는 당시 군 박사로 있다가 올해 우습유(右拾遺)에서 이봉상(貳奉常)으로 승진한 자이다. 나는 근자에 또 황남풍(黃南豊)과 자계(慈溪) 두 군자의 묘지명을 지은 바 있는데, 나라 안 식견 있는 명류들은 부끄러운 내용이 없다고들 말하였다. 지금 나의 장모님 장례를 치르는 마당에, 비록 남겨진 자식들의 청이 없다고 한들 내 감히 명을 짓지 않을 수 있겠는가?

장모님께서는 열다섯이 넘어서 장인께 시집왔다. 높은 사람과 낮은 사람, 집안사람과 바깥사람, 인척과 친척, 이웃, 동료나 벗의 집안에서부터 아래로 하인과 첩에 이르기까지, 그 사이에서 쓸데없는 소리를 하는 법이 없었다. 나는 그 분의 사위가 된 이래로 기뻐하거나 노여워하는 모습을 뵌 적이 없고, 오직 자상하고 공경스럽고 엄숙한 모습만 보았을 뿐이니, 장모였지만 부인 같았다. 제사를 올릴 때나 빈객을 접대할 때면 술과 안주와 밑반찬 등을 모두 친히 준비하셨으며, 씻고 닦을 때는 정결히, 음식을 조리할 때는 적절히 하였다. 또한 제사를 받들 때는 정성과 공경을 다 바쳤다. 거의 매일같이 부지런히 살림을 도맡았기에 다른 부인네들이 편안함을 꾀해보려 하려도 그렇게 할 수 없었다. 사위를 대할 때도 겸손하게 행동하시면서도 혹시 미치지 못한 곳이 있을까봐 애쓰셨다. 하지만 조용하고 편안한 성품이라 목소리나 낯빛에 감정을 드러내지 않은 채 늘 평소처럼 행동하셨기에 사람들을 편하게 해주셨다. 시서(詩書)나 전기(傳記)에서 칭송하고 있는 부덕을 장모님에게서 확인할 수 있었으니, 오호라, 현숙하도다!

향년 64세이다. 본적과 성씨와 선친과 휘 등은 누이동생의 묘지명에 보이며, 자손 남녀 수는 장인어른 행장 및 우 공이 지은 묘지에 갖추어져 있다. 어린 아들 한 명이 있는데, 장모님께서 낳은 자식은 아니다. 기체가 유약하여 장모님께서 자상히 보듬어 수고를 다해가며 기르셨는데, 옛날 [친자식들을 키울 때]보다 더욱 정성을 쏟아가며 스스로 낳은 자식이 아니라고 해서 구분하지 않으셨다. 막내딸은 전 해에 죽었다. 손주로는 손자 하나와 손녀 넷이 있다. 돌아가신 날은 순희 15년(1188) 2월 정묘일이다. 이듬해 10월 기유일에 금계(金谿) 동조(東漕)의 용강(龍岡)에 묻었다. 명을 짓는다.

용강의 무덤
운림(雲林)의 이별.
우강(旰江)이 앞에 흐르는데,
서리 둥둥 떠다니고 눈 또한 내리네.
고인 물은 거울처럼 밝고,
휘감은 안개는 물처럼 깨끗하네.
옆에 늘어선 봉우리들
마고(麻姑)가 맨 앞에 서있고
뒤로 서산(書山)을 등지니
병풍처럼 가려진 봉우리들 높고도 높네.
영곡(靈谷)에서 부거(副車)를 타고,
뇌공(雷公)과 나란히 달리네.
장모님의 현숙함은
옛 교훈과 나란하였으나,
장모님의 몸에는
명복(命服)⁹⁾이 내려오지 않았네.

---

9) 명복은 옛날 천자가 하사한 예복을 말한다. 『詩經』「小雅・采芑」에 "천자께서

그러나 하늘이 보답하시어

이 무덤에 묻히게 해주셨고,

나 또한 이를 알아

이 비석에 시를 새기네.

그 자손들

벌열에 올라

푸른 인끈 하사받고 높이 봉해짐이

대대토록 끊이지 않으리라

      하관하는 날, 선의랑(宣義郞)으로 임시 파견되어 온 신임 형문군(荊門軍) 겸 관내권농영전사(管內勸農營田事) 사위 육 아무개가 쓰다.

  余少時見墓銘日多, 往往緣稱美之義, 不復顧其實, 侈言溢辭, 使人無取信. 竊念之曰: "苟如是, 不如無銘." 及長, 人或過聽, 俾爲墓銘, 輒終辭之, 蓋不獨以才薄品卑也. 歲在庚子, 同郡梁君光遠繼室黃氏之亡, 乞銘於余, 於是銘之, 且具誌其故. 然其原, 大抵以其爲吾外姑之妹, 而有以信其賢也. 昔者外舅吳君茂榮之葬, 余狀其行, 乞銘於尤太史, 不敢加一辭. 如所謂闔郡之士, 願以爲領袖, 謁諸郡博士, 造廬延致, 至于再三, 乃始應命, 則許君深父哀詞言之尤詳. 深父乃當時郡博士, 今年自右拾遺進貳奉常者也. 余比歲又銘南豊慈溪二君子之墓, 海內名識, 謂無愧辭. 今吾外姑之葬, 雖微諸孤之請, 吾敢無銘乎?

  外姑踰笄, 歸于外舅, 尊卑, 內外, 嬪戚, 隣里, 僚友之家, 下與僕妾,

주신 옷 입고, 붉은 폐슬 반짝이며(服其命服, 朱芾斯皇)"라는 구절이 보인다. 즉 나라에서 孺人등의 호칭을 하사해주지 않은 것을 말한다.

舉無間言. 自吾爲壻, 未嘗見其喜怒, 唯見其慈祥恭謹, 爲姑如婦. 祭祀賓客, 酒淆菹醢, 靡不躬親, 滌濯致潔, 調割致適, 奉承薦獻, 致其誠敬. 其勤勞中饋, 殆如一日, 諸婦祈欲逸之而不可得. 待子壻卑行, 猶孳孳若有不及. 然幽閒安詳, 不動聲色, 履之如素, 亦使人有以安之. 詩書傳記所稱婦德, 於是有證. 嗚呼賢哉!

享年六十有四. 邑氏先諱, 見乃妹銘章, 子孫男女名數, 具外舅行狀與尤公之誌. 獨子之幼, 非外姑出, 其氣體稚弱, 外姑慈撫, 鞠育劬勞, 有加於疇昔, 莫辨其非己出也. 其女之季, 前一年卒. 孫則增男一人, 女四人. 卒之日, 維淳熙十有五年二月丁卯, 明年十月己酉, 葬于金谿東漕之龍岡. 銘曰:

龍岡之阡, 雲林之別, 盱江陳前, 浮霜湧雪, 潚若鑑明, 繚若水潔, 旁羅諸峰, 庥姑就列, 却負書山, 屏隱巉嶻, 靈谷後車, 雷公並轍. 維姑之賢, 往訓是垧, 維姑之身, 命服不設. 天實酬之, 窆以斯穴. 余實知之, 詩之斯碣. 尙其子孫, 自致閥閱, 褒綸崇封, 奕世不缺.

葬月之朔, 壻宣義郎, 新權發遣荊門軍, 兼管內勸農營田事, 陸某書.

양 승봉 묘갈
楊承奉墓碣

    노년기에 들어서도 배움이 날로 진보하는 자라면, 오늘날 내가 알고 있는 사람은 오직 사명(四明) 양 공(楊公) 하나뿐이다. 공은 채 5척이 되지 않는 키에 허약하고 야윈 유자이지만, 도를 따르고자 하는 용기는 굽히거나 빼앗을 수 없고, 혈기는 날로 쇠해가나 이 뜻은 더욱 굳세어져서, 맹분(孟賁)과 하육(夏育)[10]도 언급할 만하지 못하였다.

    나는 아주 늦게야 공과 어울릴 수 있었지만 공에 대해서는 특히나 깊이 알고 있다. 평생 공부해온 본말을 내게 빠짐없이 말해주었으며, 황공하게도 내게 배움을 구해온 사방 사우(士友)들 중에서도 사명이 가장 자주 물어왔다. 나는 공을 알기 전부터 공의 행실과 언론에 대해 상세히 들어왔다.

    공은 사람됨이 공경스럽고 조심스럽고 정확하고 매서웠으며, 무능하고 범용한 자를 하찮게 여기면서 천하에 해서 안 될 일이란 없다고 여겼다. 공은 일찍이 "이적(夷狄)을 두려워하고 재용을 아낀다면, 이는 재상될 재목이 아님을 보여주는 명백한 징험이다."라고 말씀하셨다.

    소시 적에는 스스로를 돌아보면 허물이 없어보였고, 남을 보면 허물이 있어보였다. 그러던 어느 날 스스로 생각했다. '어찌 저 사람이면 허물이 있다고 여길 수 있는가?' 그 즉시 두세 가지를 터득하여 이

---

10) 孟賁과 夏育은 秦 武王 때의 장사로, 용맹한 장사의 대명사처럼 사용된다.

읽고 머리가 어지러워졌고, 이내 크게 두려워한 끝에 통절히 징계하고 힘껏 고치며 각고의 노력으로 배움에 임했다. 책을 읽고 말씀을 들으면 반드시 스스로 반성하였고, 자신의 허물을 보면 그대로 두지 않고서 안으로 자책하였다. 일정과 지향이 엄밀하여 잠자는 시간까지 이어졌고, 지난날에 대한 원망과 후회가 깊고 절실하여 가끔 슬피 울기까지 하였다. 그렇게 오랜 시간이 쌓이자 공력이 정밀해졌으며, 생각에 있어서의 실수나 지식에 있어서의 오차가 있을 시 털끝 만큼일지라도 구차히 스스로를 용서하지 않았다. 훌륭한 말씀과 선한 행실은 놓치지 않고 보고 들었다. 책이 방안 가득했고, 저서가 몇 질을 이루었다. 한번은 이런 말씀을 하셨다. "나무하는 아이나 소 치는 아이가 '내가 당신을 깨우쳐주겠다.'라고 말한다면, 나는 또한 경청할 것이다." 몸을 엄정히 점검했으나 자신의 처지를 편히 받아들였고, 선을 널리 취했으나 가릴 줄을 알았기에, 옛날 습관은 날로 멀어지고 새로운 공력이 날로 드러났다. 그의 자식들은 사리를 분별할 줄 알게 된 이후로 공이 과오를 범하는 것을 본 적이 없다. 공이 자책하던 것들은 대개 겉으로 드러나 보이지 않았는데도 공은 매번 이를 드러내 보이며 감계(鑑戒)로 삼았다. 사람들의 우환은 성내는 것인데 공은 다 비워두신 듯 고요히 행동하셨고, 사람들의 우환은 인색한 것인데 공은 본디 없었던 듯 재물을 내놓았다. 혹자가 도저히 미칠 길이 없다고 탄복하자 "옛날에는 전혀 이렇지 않았소. 고쳤을 뿐이지."라고 말씀하셨다.

하루는 저녁에 도둑이 들었다. 이튿날 공은 자손들을 깨우치며 말씀하셨다. "하녀가 처음에 도둑이 들었다 고했을 때도, 내 마음은 그저 이와 같았다. 등불을 켜고 상자를 살펴본 뒤 잃은 것이 매우 많다고 고했을 때도, 내 마음은 그저 이와 같았다. 지금의 내 마음 또한 이와 같다."

　사명의 사족(士族) 중에는 행실로 이름 높은 자가 많은데, 공의 가문에는 특히나 많아 온 집안이 화목하고 도의로써 봉양한다. 둘째 아들 간(簡)은 특히나 부친을 닮아서 태학에 들어가 『주역』을 익힐 때 제생들 중 으뜸이더니, 벌써 급제하여 부양(富陽) 주부(主簿)로 있다. 행도(行都)11)로 나를 찾아왔을 때, 나는 들은 바를 삼가 매우 열심히 반복해가며 읊었으나, 내가 할 말을 다 마친 뒤에도 그는 끝내 마음에 들어 하지 않았다. 그래서 속으로 벌써 어릴 적에 다 깨우친 바라, 부유(腐儒)의 말 따위는 채택할만하지 않은가보다 여겼다. 이것이 그의 속내였는데, 절대 남에게 말하지 않다가 나중에야 내게 그렇게 이야기해주었다. 다시 만났을 때야 비로소 망연자실했고, 한참 후에 실제로 나아가고 바른 것을 근거로 삼을 줄을 스스로 깨우쳐 더 이상 다른 곳으로 나아가지 않았다. 스스로 부친만 한참 못하다고 여기며, 내 말을 듣지 않았던 것을 후회했다.

　후에 양간(楊簡)이 이 말을 공께 고하자 공은 크게 수긍하고는 소장하고 있던 이교(異敎)의 책을 모두 불태웠다. 공은 매번 말했다. "사람의 마음은 지극히 영명한데, 미혹된 자들이 이를 잘못 사용하고 있다." 또 말했다. "움직일 때나 고요할 때나 말할 때나 침묵할 때나, 모두가 천성(天性)이다." 또 말했다. "안회(顏回)는 늘 굶주렸으나 부자께서 아끼셨나니, 기어이 얻은 것으로 가슴 속을 채우려는 자는 또한 스스로 고생을 자초할 뿐이다." 또 말했다. "지금 나의 즐거움을 어찌 가히 헤아릴 수 있으랴!"

　내가 국자정(國子正)으로 있을 때 공께서 두 손자의 손을 잡고 나

---

11) 임시 수도를 말한다. 여기서는 남송의 수도인 臨安, 즉 지금의 杭州를 가리킨다.

를 찾아오셔서 한달 남짓 머물다 떠나셨다. 후에 그 아들이 절서(浙西) 통수의 부하가 되어 공을 모셔왔는데, 그때 나는 다시 그 이웃에 관아를 짓게 되어 매번 모시고 가르침을 받으며 깨우침의 말씀을 실컷 들을 수 있었다. 그러나 용속하고 텅 빈 만학으로 아무런 도움도 드리지 못하고, 공의 기대마저 저버렸으니, 그것이 부끄러울 따름이다.

한번은 공께서 길을 걷다가 살짝 넘어지셨는데, 태연히 두 손을 맞잡고 천천히 일어나더니 조금도 다친 데 없이 자유자재로 걸어 다녔다. 따르던 자가 이상하게 생각하자 공께서 말씀하셨다. "넘어졌다고 해서 반드시 다치는 것은 아니다. 하지만 이 마음이 존재하지 않으면 간혹 스스로 놀라 소란을 피우다 다치곤 하지." 나는 그 말을 듣고 "이른바 자빠지더라도 반드시 인(仁)에 있어야 한다는 말의 뜻이로군."12)이라고 말했다.

장강(長江)과 절강(浙江)은 서로 천 리나 멀리 떨어져있다. 공이 집으로 돌아간 후 나 또한 칩거에 들어갔다. 때로 그 풍채를 떠올릴 때면 마치 채찍을 쥐고 그 뒤를 따라가는 것만 같았는데, 공께서 돌아가셨다며 아들 간이 부음을 보내왔다. 나는 마침 서쪽을 유람하고 있었는데, 노복이 나의 관사에 이르렀을 때 나는 그것이 부음인 줄도 모르고서 만나 뵙게 되었다며 반가운 마음에 "공께서는 편안하시냐?"라고 물었다. 노복이 답했다. "이미 돌아가셨습니다." 나는 놀라 거듭 탄식하며 공을 위해 슬피 통곡했다. 간이 내게 묘갈을 부탁해오기에

---

12) 『論語』「里仁」에 "군자는 밥을 먹는 동안이라도 仁을 떠남이 없으니, 경황 중에도 반드시 仁에 있고, 자빠지더라고 반드시 仁에 있어야 한다.(君子無終食之間違仁, 造次必於是, 顚沛必於是.)"라는 말이 나온다.

여기 기록하여 새긴다.

공은 휘가 정현(庭顯)이고 자가 시발(時發)이다. 그의 선조는 태주(台州)의 영해(寧海)와 황단(黃壇)에 살았는데, 9대조 때 명주(明州) 봉화(奉化)로 이주해왔다. 그의 자손은 다시 은주(鄞州)로 이주했다. 소흥연간(紹興年間) 말에 북쪽 오랑캐가 회수(淮水)를 침범하자 다시 자계(慈溪)로 이주했다. 증조부 윤(倫), 조부 종보(宗輔), 부친 연(演)은 모두 덕을 지닌 채 은거하며 출사하지 않았다. 순희 11년(1184), 황제 탄신일에 경사를 베푸시니, 공은 자관(子官)으로서 승무랑(承務郎)에 봉해졌다. 13년(1186)에 광요(光堯)[13]의 탄신일에 경사를 베푸시어 승봉랑(承奉郎)에 봉해졌다. 15년(1188) 가을 8월 무인일에 병환으로 돌아가시니, 향년 82세이다. 11월 경신일 길일을 택해 현의 석단향(石壇鄕) 구여촌(句餘村) 효순리(孝順里)에 묻었다. 장 씨(莊氏)을 얻어왔으나 공보다 14년 앞서 세상을 떠났다. 공은 장 씨와 합장되었을 것이다. 6남을 두셨는데, 주(籌)·전(篆)·간(簡)·권경(權卿)·지(篪)·적(籍)이 그들이다. 전은 향시에 합격에 도성으로 보내져 과거에 참가한 바 있고, 간은 선교랑(宣敎郎)으로 지금 막 소흥부(紹興府) 승현(嵊縣)을 다스리러 부임했다. 권경은 요절했다. 3녀를 두었는데, 장녀는 손해(孫楷)에게 시집갔고, 차녀는 풍상선(馮象先)에게 시집갔으며, 셋째는 왕치(王治)에게 시집갔다. 손자는 12명인데, 염(恬)·회(恢)·유(惟)·회(悔)·역(懌)·제(低)·각(恪)·조(慥)·유(愉)·담(憺)·제(偍)·의(憶)가 그들이다. 손녀는 9명인데, 맏손녀는 안곤(顔衮)에게 시집갔고, 그 다음 손녀는 서월(舒鉞)에게 시집갔

---

13) 光堯는 남송 高宗을 가리킨다. 紹興 31년(1161) 6월에 고종은 孝宗에게 선위하고 太上皇이 되었는데, 그때 받은 尊號가 光堯壽聖太上皇帝이다.

다. 나머지는 아직 혼처를 정하지 않았다. 증손자가 셋으로 학(壑)·후(厔)·규(圭)이다. 증손녀가 하나 있다. 명을 짓는다.

집에서 베푼 바를
천하로 옮길 수 있나니,
바다가 말라 없어진다 해도
이 명은 마멸되지 않으리라.

　　　　　　　의조카[14], 임천의 육 아무개가 짓고 쓰다.

年在耄耋, 而其學日進者, 當今所識, 四明楊公一人而已. 公長不滿五尺, 薾然臞儒, 而徇道之勇不可回奪. 血氣益衰, 而此志益厲, 賁·育不足言也.

余獲遊甚晩, 而知公特深. 平生爲學本末, 無不爲余言. 四方士友辱交於余, 惟四明爲多. 自余未識公時, 聞公行事言論詳矣.

公爲人恭謹精悍, 不屑碌碌, 視天下事無不可爲者. 其言曰: "畏夷狄, 愛財用, 此宰相非才之明驗."

少時蓋常自視無過, 視人則有過. 一日, 自念曰: '豈其人則有過?' 旋又得二三, 已而紛然, 乃大恐懼, 痛懲力改, 刻意爲學. 讀書聽言, 必以自省, 每見其過, 內訟不置, 程指精嚴, 及於夢寐, 怨艾深切, 或至感泣. 積時旣久, 其工益密. 念慮之失, 智識之差, 毫厘之間, 無苟自恕. 嘉言善行, 不曠耳目, 書之盈室, 著之累秩. 嘗曰: "如有樵童牧子謂余曰, '余誨汝', 我亦當敬聽之." 檢身嚴而安其止, 取善博而知所擇, 舊習日遠, 新功日著. 自其子識事, 未嘗見公有過. 所自責者, 類非形見, 公每發明以示鑑戒. 人患忿懷, 公容止若虛, 人患吝嗇, 公捐財若無. 或歉

---

14) '契' 자가 붙으면 실제 혈연관계가 아니라 의로써 맺어진 관계임을 뜻한다.

其不可及. 公曰: "昔甚不然, 吾改之耳."

一夕被盜, 翌日諭子孫曰: "婢初告有盜, 吾心只如此. 張燈視笥, 告所亡甚多, 吾心止如此. 今吾心亦止如此."

四明士族, 多躬行有聞. 公家尤盛, 閨門雍雍, 相養以道義. 仲子簡尤克肖, 入太學, 治『易』, 冠諸生. 旣第, 主富陽簿. 訪余於行都, 余敬誦所聞, 反復甚力. 余旣自竭, 卒不能當其意, 謂皆其兒時所曉, 殆腐儒無足采者. 此其腹心, 初不以語人, 後乃爲余言如此. 又一再見, 始自失. 久乃自知就實據正, 無復他適. 自謂不逮乃翁遠甚, 恨其未聞余言.

後簡自以告公, 公果大然之. 於是盡焚其所藏異敎之書. 每曰: "人心至靈, 迷者繆用." 又曰: "動靜語默, 皆天性也." 又曰: "顏回屢空, 夫子所賞, 必以所得塡塞胸中, 抑自苦耳." 又曰: "今吾之樂, 何可量也!"

余爲國子正, 公携二孫訪余, 留月餘而去. 後其子爲浙西帥屬, 迎公以來, 余更卜廨爲隣, 每侍函丈, 屬厭誨言. 晚學庸虛, 無所啓助, 負公所期, 斯爲愧耳.

公嘗步行小跌, 拱手自若, 徐起脩然, 殊不少害, 從行異之. 公曰: "蹉跌未必遽傷, 此心不存, 或自驚擾, 則致傷耳." 余聞之曰: "所謂顚沛必於是."

江浙相望, 千里而遙. 公旣還第, 余亦屛處, 時想風采, 如鞭其後. 公之云亡, 子簡遣訃. 余適西遊, 僕及余館, 余不知其爲訃也, 方喜見之. 首問: "公安否?" 僕答曰: "已下世." 余驚嗟再三, 哭之爲慟! 簡又以墓碣屬余, 於是次而銘之.

公諱庭顯, 字時發. 其先居台之寧海·黃壇, 九世祖徙明之奉化, 其子又徙鄞. 紹興末, 北虜犯淮, 又徙慈溪. 曾祖倫, 祖宗輔, 父演, 皆隱德不仕. 淳熙十一年, 壽聖慶霈, 公以子官封承務郎, 十三年, 光堯慶霈, 封承奉郎. 十五年秋八月戊寅, 以疾卒, 享年八十有二. 卜以十一月庚申, 葬於縣之石壇鄉句餘村孝順里. 娶莊氏, 先公十四年卒, 公蓋合葬. 子男六, 籌・篆・簡・權卿・篪・籍, 篆嘗與擧送, 簡宣教郞, 新知紹興府嵊縣, 權卿夭. 女三, 長適孫楷, 次適馮象先, 次適王治. 孫男十二, 恬・恢・惟・悔・懌・怟・恪・慥・愉・憺・惿・憻. 女九, 長適顔衮, 次適舒鉞, 餘未許嫁. 曾孫三, 墾・塦・圭. 女一.

銘曰: 施之家, 可移天下. 海可竭, 斯銘不滅.

契姪臨川陸某撰 幷書

갈치정 묘지명

葛致政墓誌銘

　　어려서 선친을 옆에서 모실 적에 기골이 장대하고 얼굴이 방정한 한 객이 우뚝 높이 앉아서 공경스럽게 행동하는 모습을 보고는 속으로 기이하게 여겼다. 이에 좌우에 물어보고서 갈덕재(葛德載) 공임을 알았으나 그의 사람됨에 대해서는 상세히 알지 못했다.

　　성인이 되어서 갈재미(葛才美)의 명성이 학교에서 자자하다는 소리를 들었다. 오행술(五行術)을 업으로 삼는 황실(黃實)이라는 자가 있는데, 오래도록 향리에서 객지 생활을 하며 우리 집을 자주 드나들었다. 매번 과거를 시행한다는 조령이 내려올 때면 이번 과거에 누가 천거자 명단에 오를 것 같은가 물었는데, 황실은 언제나 갈재미라고 대답했다. 하지만 후에 보면 그 말은 맞지 않았다. 사람들은 모두 황실을 비웃으며, 능력 있다는 명성 있는 자를 고른 것뿐이라고들 하였다. 재미는 마침내 건도(乾道) 무자년(1168)에 그의 아들과 함께 향시에 합격하여 도성으로 보내졌고, 이듬해 과거에 급제했다. 내가 황실의 말을 들었을 적에 황실은 이미 노년의 나이었으니, 이때까지 살아있었는지 모르겠다. 재미는 공의 둘째 아들이다. 공은 평상시에 재미를 매우 엄하게 대하였다. 이에 그 모친이 틈을 엿보았다가 재미를 위해 읍소했다. "아이가 무슨 잘못을 한 적도 없는데, 어찌 조금 너그럽게 봐주지 않으십니까?" 공이 말했다. "이건 아녀자가 알 바가 아니오. 내가 이렇게 하는 것은 학업에 발전이 없고, 덕이 닦이지 않을까 걱정해서이니, 어떻게 봐줄 수 있겠소? 이는 그 아이를 훌륭하게 만드는 방도이니, 너무 괴로워하지 마시오." 이때부터 모친 또한 그 뜻을 깨달았다.

　재미가 아직 급제하지 못했을 때, 나는 군의 학교를 찾아간 적이 있는데, 동쪽 채를 통해 들어가니 두 명의 사인이 서쪽 채에 나란히 서있었다. 얼핏 살펴보았더니 한 사인은 볼품없는 용모임에도 고고한 자태로 얼굴을 치켜들고 나왔고, 다른 한 사인은 고개를 숙인 채 공손한 태도로 조심스럽게 마당으로 걸어 나와 만났는데, 그가 바로 재미였다. 재미는 나보다 나이가 한참이나 위였는데도 이처럼 공손하게 행동하였기에, 나는 이로써 그를 더욱 존경하게 되었다. 후에 그에게 엄한 부친이 있다는 말을 듣고서야 재미의 공손함이 천성이기도 하지만 동시에 교육을 통해 이루어진 것임을 알게 되었다.

　재미는 돌아가신 복재(復齋) 형님과 같은 해에 진사가 되신 터라 두 분은 그때부터 더욱 가까이 왕래했다. 나 또한 누차 공을 찾아뵈었는데, 공은 나이도 많고 행실도 드높으시면서 마치 두려운 사람을 만난 듯 과하게 겸손하게 행동하셨기에, 편히 교유할 수가 없었다. 근년에 한 객이 나를 찾아와 공이 지난 날 하셨던 말씀 및 행실에 관해 이야기하기에 나는 속으로 흠모하는 마음을 품었다. 이에 객을 통해 나의 뜻을 전달하고, 편히 만나 다정히 이야기 나누면서 그 본말을 다 궁구해보고자 하였다. 그러나 시일만 끌다가 끝내 그 뜻을 이루지 못하였건만, 공이 돌아가시고 말았다. 나는 공의 영구 앞에서 통곡하였다. 공의 자제분들은 매우 슬퍼하며 상을 치르셨는데, 나도 모르게 눈물이 쏟아져 내렸다. 돌아와 책 보따리를 싸서 산방으로 들어갔다. 공의 장례를 치르고 며칠이 지난 뒤 재미가 두 발로 걸어서 기어가며 산을 올라와서는 내게 묘지명을 부탁했다. 나는 원래 묘지명 짓는 것을 좋아하지 않아 지난날 거절한 사례가 많았다. 간혹 그런 의지를 깨트리고 묘지명을 지은 경우는 모두 마침 느낀 바가 있어 스스로 그만 둘 수 없었기 때문이다. 나는 갈 공에 대해 느낀 바가 매우 깊기에 마침내 생을 서술하여 명을 짓는다.

공은 휘가 갱(賡), 성이 갈(葛), 자가 덕재이다. 그의 5대조 때에 번양(番陽)에서 무주(撫州) 금계(金谿)로 이사 왔다. 증조부 기(祈), 조부 풍(豊), 선친 사심(思審)은 모두 벼슬하지 않고 농사를 지어가며 가계를 꾸렸다. 공은 사람됨이 강직하고 결단력 있어서 일에 임해 머뭇거리는 법이 없었다. 열세 살 때에 집안일을 마치 성인처럼 처리하는 것을 보고 부형께서 기이하게 여겨 그에게 가정(家政)을 맡겼다. 당시 공의 부친은 채 쉰이 안 된 나이로 집 북쪽에 당(堂)을 지어 놓고 마치 세상을 버린 사람처럼 유유자적 편히 지내다 무릇 30여 년을 보낸 후에 세상을 뜨셨다. 공에게는 형이 둘 있는데, 둘째 형은 일찍 죽었다. 공은 큰 형을 모시고 둘째 형의 자식들을 보듬어 기르며 존경과 사랑을 다했기에 이러쿵저러쿵 말하는 사람이 없었다. 다사다난한 시절을 만나 현의 관부에서 백성들로부터 거두어들여 해결하는 재용이 평상시 세금의 몇 배에 이르렀으나 공이 방도에 맞게 이를 조절하여 여유롭게 공급할 수 있었다.

건염연간(建炎年間)에 [金나라] 도적 떼가 봉기하자 각지에서 보위대오를 편성하여 스스로를 방어했고, 한 군이 적들에게 공격을 입으면 반드시 격문을 보내 막아냈다.[15] 임천(臨川)도 도적 떼들의 침범

---

15) 여기서 다루고 있는 사건은 建炎年間 말에 일어난 洞庭起義이다. 鍾相과 楊 么(?~1135) 등은 10만 군사를 이끌고 洞庭湖 인근을 점령한 뒤 성채를 쌓고 관군과 대항하였다. 紹興 원년에서 4년 사이에 鼎口(지금의 湖南 常德 동쪽), 下沚江口(지금의 湖南 漢壽 동북쪽), 陽武口(지금의 湖南 岳陽 서쪽) 등에서 관군을 무찔렀다. 다급해진 고종이 소흥 3년에 程昌寓, 王燮, 折彦質 등을 파

을 입어 말 탄 오랑캐들이 성 밑까지 쳐들어왔지만 언제나 향사(鄕
社) 덕분에 피해를 면하곤 하였다. 공은 긴 창을 잘 다루시어 비분강
개하여 의를 따랐기에, 사람들은 기꺼이 공과 가까이 하고자 하였다.
거느린 부대원들 또한 모두 용감하였던 덕에 선봉장으로 추대되었는
데, 견고한 적진을 쳐부수고 함몰시키면서 결코 피하는 법이 없었다.
오랑캐 기마병이 패퇴한 뒤에 왕섭(王燮)의 후군 중 반란을 일으킨
병사 수천 명이 금세 성 아래로 쳐들어 왔다. 그러나 그들과 접전을
벌인 병사들이 번번이 패하자 성 안의 사람들은 두려움에 떨었다. 이
때 금계의 향사가 도착하니, 성 안 사람들이 크게 기뻐하였다. 공은
성 위에서 소리쳤다. "적군 중에 수염을 기르고 말 탄 자가 싸움을
잘하니, 조심스럽게 방비해야 한다." 전진(戰陣)을 배치하고 보니 과
연 수염을 기르고 말 탄 자가 칼을 휘두르며 돌진하였는데, 공이 앞
으로 나가 긴 창으로 찌르자 그 즉시 말에서 떨어졌고, 적군은 놀라
와해되었다. 그의 고신(告身)16)을 획득하고 보니, 이미 정사(正使) 관
직에 오른 자였다. 사람들이 모두 말했다. "어찌 논공행상을 하지 않
습니까?" 공이 말했다. "오늘의 일은 본디 적을 제거하기 위함이었으
니, 적이 제거되었으면 족하오. 논공행상은 내 일이 아니오." 유사(有
司) 또한 더 이상 이 일을 살펴 기록하지 않았다. 공의 둘째 아들이

견해 반란군을 제압하게 했으나 모두 패하여 돌아왔다. 후에 王燮이 禁軍將으
로서 다시 병사를 이끌고 진압에 나섰으나 크게 패하고 말았다. 소흥 5년에
고종은 다시 재상 張浚을 諸路兵馬都督에, 岳飛를 荊湖南北路制置使에, 劉
延年을 隨軍轉運使에 임명한 뒤 20만 군사를 이끌고 가 그들을 진압하게 했다.
이때 岳飛는 鼎州에서 이들을 크게 무찔러 와해시킨 뒤 楊么를 사로잡아 처형
했다.
16) 송나라 때 관리에게 하사하던 증빙 문서로 후대 임명장과 유사하다.

벼슬길에 나아간 후 세 차례나 경사스런 날에 베푸는 은덕을 받으셨으니, 거듭 봉해져 승사랑(承事郎)에 오르시어 비어대(緋魚袋)를 하사받았다. 지금 황상께서 등극하신 후에 선의랑(宣義郎)에 가봉되었다. 공이 남긴 공적이 유사에게 기록되지는 못했지만, 하늘이 기록해준 셈이다.

소흥 을묘년(1135)에 가뭄이 들어 이듬해에 백성들은 쌀 사들이는 데 어려움을 겪었고, 쌀값이 한 되에 십 전(錢)이 넘었다. 부자들은 창고를 걸어 잠갔지만 공은 앞장 서 쌀값을 내린 후 쌀을 풀었는데, 빈손으로 오는 자에게는 쌀을 꿔주었다. 공이 곡식을 그다지 제한하지 않았기에, 마을에서 입은 덕택이 매우 컸다. 밭에 차를 심어 먹고 남는 것으로 부족한 것과 바꾸는 것은 농가에서 흔히 있는 일이다. [당시] 포악하고 교활한 자들이 각금(榷禁)[17] 권한을 손에 쥐고 있었는데, 어리석은 백성들이 이런 상황을 판별할 줄 모를 경우 [차를 내다 팔고] 돈을 벌기도 하였다. 공에게는 가난한 일족이 셋 있었는데, 일찍이 이러한 일로 화를 입었다. 소송을 건 자도 공의 일족이었다. 소송 당한 자는 소송 건 자에게 뇌물을 주어 빠져나오고 싶어 했지만 돈을 구할 길이 없어 공에게 보증을 부탁하자, 공은 흔쾌히 보증을 서주었다. 얼마 후 소송 건 자가 공에게 돈을 내놓으라고 다그치니, 도합 세 명에 돈이 삼만 전이었다. 공은 세 집 다 몹시 가난하여 끝내 돈 구할 방도가 없을 것이라 생각하고, 그 즉시 대신 갚아주었다. 공이 재물을 가벼이 여김이 대략 이러했기에, 집에는 남은 재산이라곤 없었으나 공은 넉넉한 듯 처신했다.

---

17) 일종의 專賣 제도를 말한다. 송나라 때는 소금, 茶, 술, 철, 향료 등 품목에 交引을 발행하여 전매를 하게 해주었다.

가산(柯山)에서 손님 접대한 일도,[18] 여산공(廬山公)에 관한 이야기도[19] 모두 조용히 따르기를 원했던 바였다. 공의 아드님이 서안(西安) 현승이 되고 성자(星子) 현령이 되었을 때도 공은 매우 흡족해했다. 공을 모시러 와 관직에 부임하러 가니, 옛 벗들을 방문하고 새로운 벗과 사귀며 종일토록 피곤한 줄을 몰랐다. 그러나 흥이 다하면 이내 돌아갔으니, 아들이라도 공을 잡아두지 못했다. 천성이 술을 좋아하여 객이 오면 있는 대로 없는 대로 반드시 술상을 차렸고, 마시면 반드시 취했다.

공은 생전에 별다른 병이 없으셨으나 중년에 손가락 사이에 혹이 나더니 날씨가 흐릴 때면 간혹 아프기도 했고, 오래 갈 때는 하루 종일 아픈 뒤에 그치기도 했는데, 의원도 그 이유를 알지 못했다. 후에 아들이 과거에 급제하자 통증이 점차 없어지더니 한참 뒤에 사라졌다. 연세가 많이 드신 후에도 먹고 마시는 것이며 움직이는 것이며 한창 때와 별반 다르지 않았다. 하루는 출타했다가 발을 조금 헛디뎠는데, 돌아와 보니 조금 아픈 듯했다. 며칠 후 평상시처럼 고요히 잠

---

18) 蘇軾의 고사를 인용하였다. 蘇軾은 黃州에 폄적되었을 때 柯山에 객들을 데리고 가 노닐곤 했다. 「記遊定惠院」에 "황주 정혜원 동쪽 소산(즉 가산) 위에 해당화 한 그루가 유난히 가지가 무성하다. 매년 꽃이 활짝 필 때면 객들을 데리고 술자리를 차렸는데, 벌써 다섯 번이나 그 아래서 취하였다.(黃州定惠院東小山上, 有海棠一株, 特繁茂. 每歲盛開, 必携客置酒, 已五醉其下矣.)"는 구절이 보인다.

19) 南朝 宋나라 袁淑에 관한 이야기다. 『初學記』권29에 袁淑이 지은 「廬山公九錫文」을 인용하고 있다. 여산공은 나귀의 별명이다. "너는 나그네들을 건네준 공훈이 있다.……양주의 여강, 강주의 여릉, 오국의 동려, 합포의 주려와 함께 너를 여산공에 봉한다.(爾有濟師旅之助, …… 以揚州之廬江 江州之廬陵, 吳國之桐廬, 合浦之珠廬, 封爾爲廬山公.)" 즉 산천유람에 뜻이 있었음을 말한다.

자리에 드셨는데, 좌우 사람들이 살펴보니 공께서 이미 돌아가신 뒤였다. 향년 84세이며, 돌아가신 날은 소희(紹熙) 원년(1190) 5월 경오일이다.

공은 양 씨(楊氏)를 얻었으나 일찍 돌아가셨고, 후실 여 씨(余氏)는 의(宜人)에 봉해졌다. 6남을 두었으니, 조(造)와 유림랑(儒林郎)으로 남강(南康) 및 성자(星子) 지현(知縣)을 역임한 봉시(逢時), 공보다 5년 먼저 돌아가신 술(述), 종윤(宗允), 일찍이 나를 좇아 배웠던 소량(少良), 양(亮)이 그들이다. 4녀를 두었으며, 왕통일(王通一)·호부(胡溥)·여방광(余邦光)·풍문재(馮文載)가 사위이다. 손자가 13명인데, 준경(俊卿)은 자신의 부친과 동시에 과거에 급제하였고, 나머지는 왕경(王卿)·유광(有光)·유개(有開)·여정(如霆)·유위(有爲)·조몽(祖蒙)·헌경(憲卿)·여강(如江)·관경(冠卿)이다. 셋은 아직 어리다. 손녀가 다섯, 증손자가 다섯, 증손녀가 셋이다. 10월 기유일을 택해 지두(池頭)의 학고령(鶴叩嶺) 아래 묻었다. 호음위(湖陰尉) 주부(朱桴) 제도(濟道)가 행장을 썼다. 명을 짓는다.

재물을 덜어내고 몸을 바쳐
재난을 구하고 해악을 없앴네
그 명성은 미미하나
그 공은 실로 크다네
상아홀 드높고
주은(朱銀) 휘황하니
공께서 말씀하지 않아도
하늘이 드러내주셨도다

장례 열흘 전, 봉의랑(奉議郞)으로 임시 파견되어 온
신임 형문군(荊門軍) 겸 관내권농영전사(管內勸農營田事)
육 아무개가 짓고 쓰다.

余稚齒在先君侍側, 見客有長大面目方整, 坐立聳直, 揖遜恭謹者,
心獨異之. 廉問左右, 知爲葛公德載, 而未能詳其爲人.

及長, 則聞葛才美有聲學校. 有業五行術者曰黃實, 久遊鄕里, 常往
來吾家. 每科詔下, 問此擧誰當薦名, 實必曰葛才美, 已而不驗, 人皆
笑實曰, 是獨采有能名者耳. 才美竟以乾道戊子與其子同與擧送, 明年
才美登科. 余聞實言時, 實已老矣, 不知此時猶在否也. 才美, 公仲子
也. 公平日待之甚嚴, 其母嘗乘間爲才美泣曰: "兒未嘗有過, 盍少假借
之?" 公曰: "此非兒女子所知, 吾如是, 猶懼其業不進, 德不修, 可假借
乎? 是所以成之也, 爾母毋以爲苦." 由是母亦喩其意.

才美未第時, 余嘗造郡庠, 由東序以入, 有二士並立西序, 稍相睥睨.
一士容色甚少, 益自鬼崖, 面焉以出. 一士低回恭謹, 翼翼趨庭間見,
卽乃才美也. 才美齒出吾上遠甚, 而其恭如此, 余由是益敬重之. 已而
聞其有嚴君焉, 余然後知才美恭遜固天性, 亦其敎有以成之也.

才美與先兄復齋爲同年進士, 自是往來加密. 余亦屢造公, 公年耆行
尊, 過自謙抑, 如見所畏, 未獲從容. 比年客有過我道公疇昔語, 且及
其行事, 余竊有慕焉. 因介客道意, 欲求款晤, 以究本末. 因循未遂, 而
公下世矣. 余往哭公柩, 諸孤執喪甚哀, 余亦不知涕泗之橫集. 旣歸,
卽束書入山房. 公葬有日, 才美徒行匍匐登山, 以銘爲請. 余雅不樂銘
墓, 異時所辭却者衆矣, 或破此意而爲之者, 皆適有所感而不能自已者
也. 余於葛公, 所感深矣, 遂次而銘之.

公諱賡, 葛其姓, 德載其字. 其先五代間自番陽徙撫之金谿. 曾祖祈,
祖豊, 父思審, 皆不仕, 世以力田殖其家. 公爲人剛決, 臨事無凝滯. 年

十三, 區處家務如成人, 父兄異之, 於是付之以其政. 時公父年未五十, 爲堂舍北以自燕適, 如遺世者, 凡三十餘年而後卽世. 公有二兄, 仲早卒, 事伯兄, 撫仲孤, 敬愛飭盡, 人無間言. 遭時多故, 縣官倚辦於民者幾倍常賦. 公調度有方, 從容贍給.

建炎間, 盜賊蜂起, 所在爲保伍以自衛. 郡每被寇, 必檄以捍禦. 臨川爲寇衝, 虜騎侵軼亦嘗及城下, 皆賴鄉社以免. 公善用長戈, 慷慨徇義, 人所樂親, 所部皆勇敢, 以是見推爲前鋒, 摧堅陷陣, 未嘗有所避. 虜騎旣敗退, 王燮後軍叛卒數千, 尋至城下. 他兵遇者輒不利, 城中恟懼. 金谿鄉社旣至, 城中則大喜. 城上呼曰: “賊中有髥而騎者善戰, 宜謹備之.” 旣陣, 果有髥而騎者, 奮刀馳突. 公直前以長戈擣之, 應手墮馬, 賊衆驚潰, 獲其告身, 官已正使. 人皆曰: “盍論功乎?” 公曰: “今日之事, 本爲除賊, 賊除足矣, 論功非吾事也.” 有司亦不復有所省錄. 公仲子旣仕, 凡三遇慶霈, 累封至承事郎, 賜緋魚袋. 今上登極, 加封宣義郎. 公功不見錄於有司, 天則錄之矣.

紹興乙卯歲旱, 明年民難糴米, 斗踰十錢. 富民方閉廩, 時公先下價散其米, 徒手來者, 輒貸與之. 公限粟不多, 而里中賴之宏矣. 蔬圃蒔茶爲用, 餘者以易所乏, 農家往往有之. 罵猾持以榷禁, 愚民不知所辨, 則可以得貨. 公有三貧族, 嘗遭此厄, 訟者亦公之族, 被訟者願賂入訟者萬錢求已, 而未能得錢, 丐公爲保, 公欣然保之. 已而訟者迫公索錢, 凡三人, 爲錢三萬. 公度三家者貧甚, 終不能得錢, 卽代償之. 公輕財類是, 以是家無餘財, 然公處之裕如也.

柯山所客, 廬山公所聞, 皆願從容者. 其子丞西安, 令星子, 皆適當公意. 方其迎侍之官, 訪舊賞新, 窮日不倦. 及其興盡而返, 子亦不能留也. 性喜飲酒, 客至治具, 隨有無, 飲必至醉.

公生無它疾, 中年指間有贅, 天陰或痛, 久者彌日而後止, 醫者不能曉. 自其子登科, 痛乃浸殺, 久而失之. 年益高, 飲食步移無異壯時. 一日出門小跌, 旣歸, 如有微恙. 後數日, 從容就枕如平常, 左右視之, 公則逝矣. 享年八十有四. 卒之日, 實紹熙改元五月庚午.

公娶楊氏, 早卒, 繼室余氏, 封宜人. 子男六人, 曰造, 曰逢時, 儒林郎, 知南康・星子縣. 曰述, 先公五年卒, 曰宗允, 曰少良, 嘗從余遊, 曰亮. 女四人, 王通一・胡溥・余邦光・馮文載, 其壻也. 孫男十三人, 俊卿, 卽與其父同舉者, 王卿・有光・有開・如霆・有爲・祖蒙・憲卿・如江・冠卿, 三人尙幼. 女五人. 曾孫男五人, 女三人. 卜十月己酉, 葬于池頭鶴叩嶺下, 湖陰尉朱桴・濟道, 實狀其行. 銘曰:

捐財致身, 紓難去害, 其聲則微, 其功則大. 象笏昂昂, 朱銀煌煌, 公固不言, 天其以章.

前葬十日 奉議郎新權發遣荊門軍 兼管內勸農營田事 陸某撰幷書

오백옹 묘지
吳伯顥墓志

    임천(臨川) 사람 오백옹은 나의 처남이다. 장인어르신께서는 다섯 아들을 두셨는데, 백옹은 맏아들이었다. 효성스럽고 우애로웠으며 근면하고 조심스러워 어려서부터 친척이나 손님 혹은 벗들 사이에서 매번 칭찬을 받곤 하였다. 열다섯에 군의 학교에 입학하여 매 해 선발하는 우수 학생에 여러 번 뽑혔다. 허심보(許深甫)와 소대문(蘇待問)이 교관으로 있을 때 학교가 가장 번창했는데, 백옹은 늘 상위권에 들었다. 그가 지은 「생재유대도론(生財有大道論)」을 허심보는 극구 칭찬하며, 훗날 세상에 크게 쓰이게 될 것이라고 말했다. 처음으로 『시경』을 배우고, 나중에 『상서』와 『삼례(三禮)』를 배웠다. 매달 치르는 시험마다 무리 중에 으뜸이었음에도 끝내 천거 받지 못하였기에 사람들은 억울하다 말했다. 집안이 몹시 가난한데다 장인어르신마저 세상을 뜨자 변고가 거듭되고 매년 살림이 더욱 힘들어졌다. 하지만 백옹은 의리(義理)로써 처신하며 늠름히 뜻을 바꾸지 않았으니, 이는 사람으로서 특이나 해내기 어려운 바이다. 장모님 상을 당하여 장차 대상일(大祥日)에 가까워왔을 때 별 것도 아닌 병환으로 죽고 말았으니, 오호, 가슴 아프도다!

    백옹은 이름이 옹약(顯若)이다. 세계(世系)와 선조들의 휘(諱)는 우 예시(尤禮侍)가 지은 장인어르신 무영(茂榮)의 묘비에 다 갖추어져 있다. 소흥(紹興) 무진년(1148) 윤 8월 정사일에 태어나, 소희(紹熙) 경술년(1190) 11월 을해일에 운명을 달리했다. 12월 임인일, 금계(金谿) 용강(龍岡)에 있는 선비(先妣)의 무덤 동쪽에 묻었다. 정실로 주 씨(周氏)를 얻었고, 재취 또한 주 씨 일족이다. 딸 하나가 있는데 아직 어리다. 그가 죽은 후에 일족의 자식을 후사로 들였으니, 이름은 계손(繼孫)이고 네 살이다. 땅에 묻기 닷새 전에 봉의랑(奉議郎)으로 임시 파견되어 온 신임 형문군(荊門軍) 겸 관내권농영전사(管內勸農營田事) 육 아무개가 묘지를 짓다.

臨川吳伯顯, 余妻弟也. 外舅五子, 伯顯爲長. 孝友謹飭, 見於稚齒, 媚族賓朋, 每所歎賞. 年十五, 補入郡庠, 歲選嘗多. 許深甫·蘇待問爲敎官時, 學校最盛. 伯顯居上游, 所爲「生財有大道論」, 深甫極賞之, 謂後日當爲世用. 初爲『詩』, 後爲『書』, 爲『三禮』, 月試皆嘗冠其倫, 然竟不薦名, 人爲稱屈. 家甚貧, 外舅旣下世, 變故仍出, 歲益艱. 伯顯處以義理, 凜然不移, 尤人所難. 外姑之喪, 將及大祥, 以微疾卒. 嗚呼痛哉!

伯顯名顯若, 世系先諱, 具尤禮侍所爲外舅茂榮之碑. 生於紹興戊辰閏八月丁巳, 卒於紹熙庚戌十一月乙亥, 以十有二月壬寅, 葬于金谿龍岡母塋之東. 娶周氏, 再娶亦其族. 一女尙幼. 旣死, 以族子爲嗣, 名繼孫, 生四歲矣. 前葬五日, 奉議郎新權發遣荊門軍, 兼管內勸農營田事, 陸某誌.

육수직 묘표
陸修職墓表

육 씨(陸氏)가 금계(金谿)로 이사 온 지 200여 년이 넘었고 후손은 9대가 이어졌다. 공은 5대손으로 휘는 구고(九皋), 자는 자소(子昭)이다. 형제가 여섯 있는데, 공은 그 중 셋째이며, 자미(子美: 陸九韶)가 넷째이다. 그 다음은 자수(子壽: 陸九齡), 또 그 다음이 나 아무개이다. 자수가 세상을 뜬 지 벌써 13년이다. 내 그의 행장을 지어 세계(世系)를 상세히 서술하였다. 당시 선친께서는 아직 관직에 추증되지 못하셨다. 그 후 둘째 형님 자의(子儀: 陸九敍)의 묘지를 지을 때는 더 이상 선대를 열거하지 않고서 선친께서 승사랑(承事郞)에 추증된 일만 적었는데, 지금 선교랑(宣敎郞)에 거듭 추증되셨다. 작년 가을에 나는 맏형님 자강(子強: 陸九思)를 모시고 와 형문(荊門) 군수로 재임했다. 맏형님께서는 여기 오신지 겨우 한 달 만에 돌아가셨는데, 미처 집에 도착하기도 전에 공이 세상을 뜨셨다. 오호, 통재라!

공은 어려서부터 학문에 힘 써 매일 경부(經部)와 자부(子部)와 집부(集部)의 서적들을 읽으셨는데, 반드시 외울 때까지 하셨으며, 밤이면 사서(史書)를 읽으셨는데, 한 질을 다 읽을 때까지 그만두지 않으셨다. 한번은 선친께서 밤이 깊었는데도 여전히 책을 읽고 있는 것을 보고는 그만 자면서 쉴 것을 권하셨다. 하지만 공은 그만둘 수가 없어서 등불을 가리고 숨을 죽여가면서 책을 읽으셨으니, 선친께서 다시금 알아채실까 두려워서였다. 자라서는 군의 학교에 입학했는데, 한번 시험을 치르자마자 바로 상위권에 오르셨다. 군의 박사(博士)

서 군(徐君)은 공의 문장과 행실 모두 우수한 것을 보고는 재장(齋長)으로 발탁하셨다. 공이 두 아우와 함께 의관을 바로 하고서 해이해지지 않은 채 강송(講誦)하는 것을 보고 서 군은 매번 칭찬하셨다. 월시(月試)를 치르면 반드시 앞에 이름을 나란히 올렸다. 서 군은 사람들 앞에서 이렇게 말했다. "이들의 학문에는 모두 연원(淵源)이 있으니, 사사로이 배운 것이 아니다." 그러나 공은 서른이 넘어서야 천거 명단에 올랐고, 줄곧 급제하지 못하다가 노년이 되어서야 관직 하나를 얻었을 뿐이다. 이 어찌 운명이 아니겠는가?

공이 논의를 펼칠 때는 반드시 경전의 논리에 의거하셨으며, 천착하는 습관을 수치스럽게 생각했다. 비록 과거에 실패했지만, 사람들이 공을 추존함은 영달한 자보다 못하지 않았다. 경전을 가르친 사인들 중에 혹자는 학교에서 독보적인 위치에 오르고, 혹자는 남성(南省)에서 승승장구했지만 공은 결코 그런 것으로 평가하지 않으며 오로지 언행이 어떠한지만 보았다. 지금도 공의 제자들 중에는 충신(忠信)을 지키며 시골 골목의 학교 사이에서 물러나 지내며 여생을 보내려 하지만 끊임없이 정진하고 수양하는 자가 있으니, 이는 모두 공의 가르침이다.

선친께서 벼슬하지 않고 은거하실 때에 집안에 어려운 일이 생기면 공이 그 일을 맡아보았는데, 늘 조리 있고 정밀하게 처리하여 일이 쉬이 해결되곤 하였다. 우리 집안은 본디 전답이라곤 없고, 채마밭이라야 채 10묘가 되지 않는데, 식구는 백 명도 넘어 모두 약방(藥房)에 의지해 생계를 이어갔다. 맏형님께서는 집안일을 총괄하시고, 둘째 형님께서는 약방을 운영했으며, 공은 가숙(家塾)에서 제자들을 가르쳐 학비로 보내온 물건들로 부족한 물자를 보충했다. 그 덕분에 선친께서는 만년에 일족이나 빈객들과 더불어 유유자적 노니시며, 술

마시고 시 읊고 거문고 뜯고 바둑 두시며, 부족한 근심 없이 넉넉히 지내실 수 있었다. 이때 공은 처자식이 뭘 입고 사는지조차 묻지 않으셨다. 두자미(杜子美)의 「북정시(北征詩)」에 "옷 무늬 바다그림은 물결이 갈라져 있고, 오래된 수는 서로 어긋나 뒤틀려 있네. 바다 신천오(天吳)와 자색 봉황은, 짧은 저고리에 거꾸로 달려 있네."라는 구절이 있다. 공의 처자식은 물결 갈라진 바다그림도 없고, 입을 만한 천오와 자색 봉황 옷도 없었으나, 어긋나 뒤틀린 오래된 수와 그림이 거꾸로 매달린 짧은 저고리인즉 있었다.

　선친의 상기를 마친 뒤에 공은 더 이상 강석에 나오지 않으시고 가숙에서 가르치는 일을 여러 아우들에게 부탁하셨다. 그렇게 형제들과 지내는 틈틈이 때론 지팡이를 짚고서 언덕이나 밭두렁 사이를 오가시면서 씨 뿌리고 풀 베는 일을 검사하셨는데, 마치 이 세상에 뜻이 없는 사람 같았으니, 각각 그러할 때가 있어서가 아니겠는가?

　번양(番陽)의 허 씨(許氏)가 동령(桐嶺)에 서원을 열고서 선생들을 모셔오고 향리에 사는 학자 몇 명을 또 직접 고용했다. 그 막내아들은 종종 바깥을 찾아다니며 배웠는데, 일찍이 나를 좇아 어울렸던 덕에 말석에서 공의 가르침을 받을 수 있었다. [그때] 어쩌다 공의 풍부한 논의와 고인의 풍모에 관해 조금이나마 들은 바가 있었던 모양이다. 하루는 부자가 상의하여 작은 집 하나를 짓고 여러 가지 기물들을 준비한 다음 모이는 학당을 넓히고 자비로 배우는 생도들을 늘렸다. 그 후 향리의 현자 소개로 예물을 바치며 공을 모셔오고자 하였다. 공은 거듭 마다하셨으나 더욱 한사코 청해오는지라 한 차례 밖으로 나가시게 되었다. 동령의 학자들은 이때부터 변하기 시작해 의리(義理)에 관한 이야기를 즐겨 했으며, 과거에 매달리는 누습을 혐오하였다. 이러한 소문을 들은 사대부들은 모두 [공의 강습소에] 참석하길 원했으며, 멀리서부터 찾아오는 자들의 자취가 끊이지 않고, 공으로 인해 일어난 자들이 매우 많았다. 그러나 연세가 드신 터라 사람들 응대에 퍽 피로함을 느끼신 공은 얼마 있지 않아 사직하고 떠나갔다. 몇 년 뒤에 안인(安仁) 현재(縣宰)로 온 증 군(曾君)은 문청(文淸)의 손자였는데, 부임하자마자 현학(縣學)을 수리하고 사인을 기르기 위해 설치한 곡식 창고를 늘렸으며, 예의를 정비하고, 사도(師道)를 드높였다. 공이 학교를 맡아주기를 원했지만, 공은 더 이상 나아가지 않았다.

순희(淳熙) 정미년(1187)에 강서에 가뭄이 들었는데, 무주(撫州)가 가장 심했으며 무주 다섯 개 읍에서 금계(金谿)가 가장 심했다. 창대(倉臺)와 군수가 진휼에 힘을 쏟았는데, 실제로 일을 주관한 자는 별가(別駕) 요 군(廖君)이었다. 요 군은 이 일을 함에 있어 가장 좋은 것은 향리에서 제대로 된 사람을 뽑는 것이요, 가장 나쁜 것은 서리가 이 일에 끼어드는 것임을 알고 있었기에 오두막을 찾아와 공에게 계책을 물으며, 공을 향리의 관리로 삼았다. 이에 향리에서 뽑은 자들은 충신지사(忠信之士)가 많았으며, 서리들은 그 권한을 손에 쥐고 이익을 꾀하지 못하였다. 이듬해 진휼을 시행했는데, 쌀을 내다 팔 때나 사들일 때나, 예년과 같은 폐단이 없었다. 마을 사람들은 환한 얼굴을 한 채 지금이 흉년인지도 몰랐다. 세속이 선하게 바뀐 것도 공의 힘이 크다.

공은 평소에 질박하신 것이 다른 사람과 별반 다르지 않았으며, 깊고 심오한 지식은 사건을 만나야 비로소 드러났다. 공에게는 밝을 때와 어두울 때의 차이가 있었으나 사람들은 이를 이해하지 못했다. 공이 어두울 때는 아이도 이해하고 노예도 아는 것을 분별하지 못하기도 했다. 하지만 오직 편히 쉴 때나 보고 들을 때, 혹은 하인을 부릴 때만 간간이 드러나는지라 일에 큰 해가 되지는 않았다. 하지만 얽히고설킨 사리(事理), 숨어 있어 잘 모이지 않는 진위처럼 똑똑한 사람도 걸려 넘어져 간혹 차질을 빚곤 하는 일들을 처리할 때는 마치 흰색과 푸른색을 구분하듯 환히 알아내셨다. [한번은] 명성이 드높은 자가 찾아왔다. 공은 옷을 찾아 입고 만나보려던 차에 문틈으로 우연히 그의 용모를 살펴보고는 물러나 옷을 도로 넣으며, "이 사람은 만나보고 싶지 않다."고 말했다. 얼마 후 알아보니 과연 훌륭한 사인이 아니었다. 그러나 어떻게 그렇게 하실 수 있는지는 사람들만 이해하지 못한 것이 아니라 공 자신조차 그러한 까닭을 알지 못했다. 학문으로 자임하지 않았어도 공을 찾아와 확인한 자들은 한결같이 흡족해하였고, 지혜로써 자부하지 않았어도 공을 찾아와 확인한 자들은 한결같이 깨달은 바가 있었다. 공이 하늘로부터 얻은 것이 옥이 산에 있는 것과 같고 진주가 못에 있는 것과 같으니, 어찌 한량이 있겠는가? 도리를 거스르고 마음을 나쁜 것에 빠뜨리며, 그럴 듯한 겉모습으로 실제를 가리는 것, 미미한 자는 도를 넘어서고 심한 자는 자리를 전도시켜 버리는 것, 이는 오늘 날 똑똑한 자라 하여도 면하기 어렵다. 하지만 공의 현명함은 호오(好惡)도 어지럽힐 수 없었으며, 그럴 듯한 겉모습으로도 가릴 수 없었다. 『대학』에서 말했다. "좋아하면서도 나쁜 점을 살필 수 있고, 미워하면서도 아름다운 면을 아는 사람은 세상에 드물다. 그러므로 속담에 이르기를, '사람들은 자식의 나쁜 점을 알지 못하고, 싹의 큼을 알지 못한다.'고 한다." 공은 옛날 이 말씀을 자주 되뇌며 그것의 어려움에 대해 누차 탄식하셨다. 공이 스스로 힘쓴 바가 매우 깊도다. 이 책이 근세에 특히나 유행하고 있는데, 심령이 이러한 경지에 이른 자는 여러 호걸들 중에 찾아보아도 공만 한 자를 보지 못하였다.

공은 장년에 들어 여 씨(呂氏)가 차서를 정리한『대학』장구에 미흡한 면이 많다고 여겨 직접 차서를 정리하였다. 지금 멀리 사는 학자들 중 이를 전해 받아 기록해두는 자들이 더욱 많아지고 있다는데, 우리 집에만은 유독 그 원고가 망실되고 없다. 공의 맏아들은 나이가 마흔이 넘었는데도 부친께서 일찍이 이런 책을 쓰셨는지도 모르고 있다. 아마도 철이 든 이래로 오직 공께서 문장을 바로 잡고 강의하시는 모습만 봐온 까닭인 듯하다.

공은 선한 일을 보시면 기뻐하지 않은 적이 없었으나 칭찬할 때 실제보다 부풀리는 법이 없었으며, 악한 일을 보시면 혐오하지 않은 적이 없었으나 지적할 때 죄상을 덧붙이는 법이 없었다. 이것도 옳고 저것도 옳은 말에는 화답하지 않았으며, 일괄적인 논의는 취하지 않았다. 그럴 듯해 보이는 형적은 가벼이 실제로 받아들이지 않았고, 떠돌며 전해 온 일은 가벼이 근거로 삼지 않았다. 사람들이 칭찬하는 것이라도 인정하지 않는 것이 있었고, 사람들이 내친 것이라도 끊어내지 않는 것이 있었다. 뭇 사람들이 의결하여 마당에 가득 모여 발언한다 하더라도 공은 언제나 반복해 생각한 뒤에 판단을 내렸다. 세상을 근심하던 사인들 중에는 공을 기회주의자[20]라 탓하며 훌륭한 명성을 세워 징벌의 권한을 드러내기에 부족하다고 여기는 자도 있었지만 공은 아무렇지도 않은 듯 여전히 자신의 태도를 견지했다. 근자에 옛날 생도였던 유요부(劉堯夫)의 제문을 지으면서 평소의 미덕을 기렸다. 하지만 만년의 허물을 책망하며 확실히 고치지 못했다고 하였으니, 더욱 귀하다 이를 만하다. 그 글 또한 깊고 절실하고 분명하

---

20) 首鼠는 '首施'라고도 쓴다. 양쪽을 돌아보며 그 사이에서 망설인 채 결정을 내리지 못하는 모습을 의미한다.

여서 읽는 자들 모두 감동을 받았다. 이치가 있는 곳에 어찌 어둡고 드러나고의 차이가 있겠으며, 의심해야 하나 판결해야 하고, 판결해야 하나 의심스러운 것들도 있으니 이 모두 불분명한 것들이다. 그러니 누가 공더러 기회주의자라고 할 수 있단 말인가? 공은 일찍이 자신의 서재에 '용학(庸學)'이라는 이름을 붙여 용재 선생(庸齋先生)이라 불렸다. 그러나 그 뜻에 관해서는 한 번도 말씀하신 적이 없으며, 배우던 자들 역시 그 뜻을 묻지 않았다. 공이 남긴 저술이 퍽 많으나 아직 편차를 정해 엮지 못했다.

공은 선화(宣和) 을사년(1125) 12월 14일 신해일에 태어나 소희(紹熙) 신해년(1191) 10월 10일 을유일에 돌아가셨다. 향년 67세이다. 돌아가시기 전날 저녁에 일어나시다 조금 넘어지셨는데, 그때부터 피곤해하셨으나 잠자리에 드셔서는 이내 숙면을 취하셨다. 깨어나시자 의원은 맥을 살폈고, 식구들은 약을 올렸다. 공은 비록 마시기는 했으나 마실 때마다 "나는 일어나지 못한다."라고 말씀하셨다. 10일 아침에 병석을 지키던 자가 갑자기 숨 쉬는 소리가 들리지 않는 것을 발견하고 공께서 이미 돌아가셨음을 알았다. 오 씨(吳氏)를 얻어 4남을 두었으니, 손지(損之)·익지(益之)·분지(賁之)·승지(升之)가 그들이다. 딸 둘을 두었는데, 장녀는 혼처도 정하기 전에 공보다 2년 앞서 세상을 떠났고, 차녀는 귀계(貴溪) 장 씨(張氏)와 혼인하기로 되어 있다. 손자가 하나, 손녀가 셋 있다. 소희 임자년(1192) 7월 12일을 택해 고향 장경사(長慶寺) 옆에 묻었다. 공은 순희(淳熙) 갑진년(1184) 황제의 탄신일에 경사스런 은혜를 입어 적공랑(迪功郎)에 제수되었고, 담주(潭州) 남악묘(南嶽廟)를 관리하셨다. 16년(1189) 기유일에 새로운 황상21)께서 등극하심에 크신 은혜로 수직랑(修職郎)으로 승진했다.

나는 중호(重湖)에서 관직을 맡고 있느라 몸져누워 계실 때도 약 시중을 들지 못했고, 염을 할 때도 관을 어루만져드리지 못했으며, 묻을 때도 묘혈에 가지 못했다. 오호라! 가슴 아프구나! 삼가 공의 일생을 묘표(墓表)에 기록한다. 내가 관직에 임명되던 날 공을 모시고 가려고 청하였으나 공께서는 "어서 가거라. 내 나중에 너를 방문하러 갈 것이다."라고 말씀하셨다. 부음이 오기 며칠 전에 꿈에서 공을 뵈었더니, 그때부터 절일(節日)만 되면 반드시 꿈에서 공을 뵙는다. 오호, 가슴 아프도다! 동쪽을 바라보며 눈물 떨군다. 명을 짓는다.

빛을 감춘 진주처럼
밤을 환히 비추는 것이
공의 밝음이요,
매끄러움을 감춘 옥처럼
산을 크게 만드는 것이
공의 덕이라.
공의 무덤에 묘표를 세워
이 명문과 함께 길이 간직하네

陸氏徙金谿, 年餘二百, 嗣見九世. 公居五世, 諱九皐, 字子昭. 同胞六人, 公爲叔氏, 子美其季也, 次爲子壽, 次爲某. 子壽下世, 今十有三年矣, 某狀其行, 逑世系爲詳. 當是時, 先君子未贈官. 其後某誌仲兄子儀之墓, 不復具世次, 獨載先君子贈承事郎. 今再贈宣敎郎. 去年秋, 某迎侍伯兄子强來守荊門. 伯兄至, 甫一月, 旣歸, 歸未及家, 公已下

---

21) 남송 광종을 가리킨다.

世. 嗚呼痛哉!

公少力于學, 日課經子文集, 必成誦, 夜閱史冊, 不盡帙不止. 嘗夜過分, 先君子見公猶觀書, 勉使寢息. 公後不能自已, 爲之障燈屏息, 懼先君之復知之也. 及長, 補郡學子弟員, 一試卽居上游. 郡博士徐君, 視公文行俱優, 擢爲齋長. 公與二季, 嘗正衣冠講誦不懈, 徐君每所咨賞. 月試必聯名占前列. 徐君嘗語於衆曰: "此其學皆有淵源, 非私之也." 然公年過三十, 始獲薦名, 又復不第, 投老乃得一官, 玆非命耶?

公持論根據經理, 恥穿鑿之習, 雖躑躅場屋, 而人所推尊不在利達者後. 授經之士, 或以獨步膠庠, 或以擅場南省, 而公之與否曾不以是, 一視其言行如何耳. 今其徒有忠信自將, 退然里巷庠序之間, 若將終焉, 而進修不替者, 公之教也.

先君子居約時, 門戶艱難之事, 公所當, 每以條理精密, 濟登平易. 吾家素無田, 蔬圃不盈十畝, 而食指以千數, 仰藥寮以生. 伯兄總家務, 仲兄治藥寮, 公授徒家塾, 以束修之饋補其不足. 先君晚歲, 用是得與族黨賓客, 優游觴詠, 從容琴弈, 裕然無窮匱之憂. 當是時, 公於妻子裘葛未嘗問也. 杜子美「北征詩」謂: "海圖坼波濤, 舊繡移曲折. 天吳及紫鳳, 顚倒在短褐." 公妻子無海圖可坼, 無天吳紫鳳可衣, 然舊繡移曲折, 顚倒在短褐, 則有之矣.

先君子之喪旣除, 公不復御講席, 家塾教授, 屬諸其季. 過從之隙, 時時杖策徜徉畦壟阡陌間, 檢校種刈, 若無意斯世者, 豈各以其時耶?

番陽許氏爲書院桐嶺, 延帥其間, 以處鄉之學者, 又自稟若干人, 然其季子往往從學于外, 亦嘗來從余游, 因得侍公函丈之末. 公之餘論遺風, 或者竊有所聞矣. 一日, 父子協謀, 闢廬舍, 儲器用, 廣會集之堂, 增自稟之員, 介其鄉之賢者, 致禮以延公. 公却之再三, 請益固, 公爲一出. 桐嶺學者於是變而樂義理之言, 厭場屋之陋, 士大夫聞風, 莫不願與參席, 自遠至者, 踵繫不絕, 興起甚衆. 然公年益高, 頗倦酬應, 未幾謝去. 越數歲, 安仁宰曾君, 文清孫也, 至則葺縣學, 增士廩, 修禮儀,尊師道, 願公主之, 公不復出矣.

淳熙丁未, 江西歲旱, 撫爲甚, 撫五邑, 金谿爲甚. 倉臺·郡守, 留意賑恤, 別駕廖君實主之. 廖知其說, 莫善於鄉得其人, 莫不善於吏與其事. 造廬問公計策, 且屈公爲鄉官, 於是鄉之所得, 多忠信之士, 而吏不得制其權以牟利. 明年, 賑糶行, 出粟受粟, 擧無異時之弊. 里閭熙熙, 不知爲歉歲, 而俗更以善, 公力爲多.

公平居混然無異於人者, 而智識濬深, 遇事始見. 又其晦明之變, 人所不解. 當其晦時, 童子所了, 隸人所知, 公或不辨, 然特間見於燕閒··視聽·使令之間, 未始害事. 至事理之盤錯, 情僞之隱伏, 賢識趑趄, 或用蹉跌, 惟公之明, 如辨蒼素. 客有以名聞者, 公探衣將見之矣, 戶間偶目其貌, 退而却衣曰: "吾不欲見斯人也." 已而果非佳士. 況此非獨人所不解, 公亦有不能自知者. 不以學自命, 而就證者類有惬志, 不以智自多, 而就謀者類有窾心. 公之得於天者, 如玉在山, 如珠在淵, 其可量哉? 逆遜溺心, 形似蔽實, 微者過當, 甚者易位, 今之賢者, 未易免此. 惟公之明, 好惡不能亂, 形似不能蔽. 『大學』曰: "好而知其惡, 惡而知其美者, 天下鮮矣. 故諺有之曰, '人莫知其子之惡, 莫知其苗之碩.'" 公疇昔亟誦斯言, 而屢歎其難. 公之所以自致其力者深矣. 是書之流行, 近世特甚, 然其靈足以造此者, 求諸其傑, 未見如公者焉.

公壯年以『呂氏』次序『大學』章句猶有未安, 於是自爲次序. 今遠方學者傳錄浸廣, 吾家獨亡其藁. 公之子, 長者年將四十, 乃不知父嘗有是書, 蓋自其省事, 惟見公正文講授故也.

公見善未嘗不喜, 而稱道不浮其實, 見惡未嘗不惡, 而指摘不加其罪. 兩益之辭無所和, 一切之論無所取, 疑似之跡不輕實, 流傳之事不輕據. 故人之所稱, 有所未許, 人之所擯, 有所不絶. 衆人所決, 發言盈庭, 公每低回以致裁抑. 憂世之士, 或病公首鼠, 不足以植風聲, 示懲勸, 而公隱然持之自若. 近年以文祭舊生徒劉堯夫, 頌其平日之美, 責其晚節之過, 謂改之冥冥, 尤足爲貴. 其辭深切著明, 讀者無不感動.

理之所存, 何間幽顯, 當疑而決, 當決而疑, 均爲不明也, 孰謂公首鼠哉? 公嘗名所居齋曰庸學者, 因號庸齋先生, 然公未嘗言其義, 學者亦未嘗有所請. 公著述頗多, 皆未編次.

生於宣和乙巳十有二月十有四日辛亥, 卒於紹熙辛亥十月十日乙酉, 享年六十有七. 卒之前一夕, 起旋小跌, 自是倦乏, 然就枕卽熟睡. 覺時醫者視脉, 家人進藥, 雖飮之, 必曰: "吾不起矣." 十日之朝, 侍疾者忽不聞鼻息, 察公則已逝矣. 娶吳氏. 子四人, 損之·益之·賁之·升之. 女二人, 長先公二年卒, 未及許嫁, 次許嫁貴溪張氏. 孫男一人, 女三人. 卜以紹熙壬子七月十有二日, 葬于鄉之長慶寺側. 公以淳熙甲辰壽聖慶恩, 授迪功郎, 監潭州南嶽廟. 十六年己酉, 上登極, 覃恩進修職郎.

某效官重湖, 疾不侍藥, 斂不撫棺, 葬不臨穴, 嗚呼痛哉! 敬次序公平生以表墓. 某聞命之日, 嘗請迎侍, 公曰: "子行矣, 吾往時當自訪子." 計前數日, 從公于夢, 自是節朔必夢見公, 嗚呼痛哉! 東望隕涕, 爲之銘曰:

如珠潛光, 可以照夜, 公之明也. 如玉儲潤, 可以貢山, 公之德也. 表公之墳, 與斯銘其長存.

| 역주자 소개 |

이주해

연세대학교 국학연구원 연구교수
국립대만대학에서 중국 고전산문 연구로 석사 및 박사학위를 받았다.
주요 역서로는 『한유문집(韓愈文集)』(문학과지성, 2009), 『우초신지(虞初新志)』(공
역, 소명출판사, 2011), 『파사집(破邪集)』(공역, 일조각, 2018) 등이 있다.

박소정

성균관대학교 유학동양학과 부교수(한국철학 전공)
연세대학교에서 「樂論을 통해 본 장자의 예술철학」으로 박사학위를 받았다.
주요 역서로는 『한국인의 영성(Korean Spirituality)』(모시는 사람들 2012), 『문답으
로 엮은 교양 중국사(中國文化史三百題)』(이산출판사 2005), 『아이들의 왕(棋王,
樹王, 孩子王)』(지성의샘 1993) 등이 있다.

한 국 연 구 재 단
학술명저번역총서
[동 양 편] 619

육구연집陸九淵集 ❸

초판 인쇄   2018년 8월 20일
초판 발행   2018년 8월 30일

저   자 | 육 구 연
역 주 자 | 이 주 해 · 박 소 정
펴 낸 이 | 하 운 근
펴 낸 곳 | 學古房

주   소 | 경기도 고양시 덕양구 통일로 140 삼송테크노밸리 A동 B224
전   화 | (02)353-9908 편집부(02)356-9903
팩   스 | (02)6959-8234
홈페이지 | http://hakgobang.co.kr/
전자우편 | hakgobang@naver.com, hakgobang@chol.com
등록번호 | 제311-1994-000001호

ISBN   978-89-6071-787-9 94820
         978-89-6071-287-4 (세트)

값 : 35,000원

이 책은 2014년도 정부재원(교육부)으로 한국연구재단의 지원을 받아 연구되었음(NRF-2014S1
A5A7037589).

This work was supported by National Research Foundation of Korea Grant funded by the
Korean Government(NRF-2014S1A5A7037589).

이 도서의 국립중앙도서관 출판예정도서목록(CIP)은 서지정보유통지원시스템 홈페이지
(http://seoji.nl.go.kr)와 국가자료종합목록시스템(http://www.nl.go.kr/kolisnet)에서 이용하
실 수 있습니다. (CIP제어번호 : CIP2018026619)